JN197819

新潮日本古典集成

浄瑠璃集

土田　衞　校注

新潮社版

目次

凡　例

厖大な浄瑠璃の作品の中から、数点の作品を選ぶことは困難なことであるが、本集成には別に『近松門左衛門集』が用意されているので、それを除き、時代と作品の内容に配慮しながら、比較的恣意的に校注者の好みで四編を選んだ。本集成の目的である、一般読者を対象とする読みやすいテキストという方針に従って、次のような配慮をした。

〔本文〕

一、本文の表記は一切底本の表記に従わず、今日の読者に読みやすいことを念頭において、歴史的かなづかいで書き直した。したがって、漢字を仮名に、仮名を漢字に改めることは勿論、漢字も現在の標準的な表記法に改めてある。この本文を利用して底本を復元するのは不可能である。

一、浄瑠璃の句点の「。」は息継ぎの意味があり、散文の場合とは異なるので、底本の通りに施した。

一、通読しやすくするために、適宜一字アキを設けた。その一字アキは必ずしも散文における句読点の位置とは合致しない。語り物としての韻文的な文脈の流れも配慮して設けたものである。

一、会話の部分には「　」を付して、他の部分と区別した。これは文字譜の「詞」とは当然一致しない。

一、節章は省略を原則とした。墨譜はすべて省略したが、文字譜のうち次のものは活字のポイントを小さくして、本文の行の中に残してある。

1　人物の登退場、場面の転換など、その他戯曲の構成に関係の深い文字譜。
「ヲクリ」「三重」「序詞……ヲロシ」、合の手の「〽」

2　浄瑠璃節以外の曲節で語られることを示す文字譜。
「謡」「歌」「ヲドリ」「オンド」「サハリ」「半中」「半太夫」「文弥」「相ノ山」「小室」「ハチタタキ」「サイモン」「順礼歌」「二上り」「三下り」など

底本には、通常これらの曲節が終るところに「ナヲス」という文字譜が付されているが、「ナヲス」は省略して、二字アキでその終りを示した。

一、浄瑠璃の戯曲構成を理解しやすくするために、改行を設け、改行ごとに頭注欄に見出しを付した。その改行は、原則として「フシ落」「ヲクリ」「三重」の部分である。

一、本文の中に挿絵を挿入した。底本には挿絵はないが、『傾城八花形』は絵入十八行本（旧赤木文庫・現大阪大学附属図書館蔵）の挿絵、『仮名手本忠臣蔵』と『桂川連理柵』は絵尽し（前者は慶応大学図書館蔵、後者は千葉胤男氏蔵）を用いて、本文の該当の頁近くに収めた。絵尽しについては、底本通りの見開きになるようにしてある。使用を許可していただいた所蔵者に厚く御礼申しあげる。

〔注釈〕

一、注釈は傍注（色刷り）と頭注とによって成る。傍注は現代語訳で、できるだけ自然な口語になるように努めた。頭注は読者の理解を深めるために、近世の資料も直接引用した。

一、頭注に引用した資料も、その表記は必ずしも原文の通りではない。現代の読者に適するように、表記を変えたり、句読点を補ったりしたところもある。漢文は本集成の方針に基づいて、原則として読み下しにした。

一、掛詞は頭注に説明したが、本文の傍注に（　）を付して、掛ける二語を示した場合もある。

一、挿絵の利用は読者の理解を深めると思われるので、近世の資料から適切なものを選んで掲載し、その出典を示した。

一、『仮名手本忠臣蔵』は各場を語った太夫が判明しているので、その場の冒頭の頭注欄に太夫名を記し、その太夫の特徴がわかるように、評判記から評判の一部を引用した。

一、本集成の方針により、本文の見開き二頁分に相当する頭注は必ずその二頁内に収まるように配慮したために、頭注に精疎が生じた。通読の便を考えた処置であるので、ご了解願いたい。

〔底本など〕

一、使用した底本は次の通りである。使用を許可していただいた各所蔵者に厚く御礼申しあげる。

『傾城八花形』　京都大学文学部図書室蔵、八行本。

『傾城三度笠』　松竹大谷図書館蔵、八行本。

『仮名手本忠臣蔵』　内山美樹子氏蔵、七行初版本。

『桂川連理柵』　大阪女子大学附属図書館蔵、七行本。

一、本文の校訂にあたって、次の諸本を利用した。ただし、読み方などの参考にしたのみで、諸本によって底本を改めることはしていない。底本が誤刻であると判断したときのみは、本文を他本によって改めているが、その場合には頭注欄にその旨を断わった。

『傾城八花形』　東京大学附属図書館蔵、十行本。大阪大学附属図書館蔵、絵入十八行本。

『仮名手本忠臣蔵』　七行再版本、架蔵。十行本、架蔵。

〔付録〕

一、巻末に付録として、『仮名手本忠臣蔵』の初演役割番付（西尾市立図書館蔵）と地図を収めた。地図は、寛延元年（一七四八）の木村寿陽堂板の『摂津国名所大絵図』と宝永六年（一七〇九）の吉田五郎右衛門板の『河内国絵図』の二図の一部をもとにした。前者は『傾城八花形』、後者は『傾城三度笠』の参考になろう。ご利用願いたい。

〔おわりに〕

一、『傾城八花形』と『桂川連理柵』の帯屋の段には、それぞれ「評釈江戸文芸叢書」の『傑作浄瑠璃集』上と下に樋口慶千代氏の注釈が、『傾城三度笠』には、「日本古典文学全集」の『浄瑠璃集』に横山正氏の注釈が、『仮名手本忠臣蔵』には、ここに列挙できないほどの多くの注釈がある。それらの先学から多大の学恩を受けた。厚く御礼を申しあげる。

浄瑠璃集

傾城八花形（けいせいやつはながた）

傾城八花形

作者　錦　文流

マクラ
〈瑞竜寺の場〉

序詞 月[一]野水に沈む光明蔵。蘭春山に吐く古仏心。まことなるかな
[二]一宇の精舎を眼前の。極楽世界と拝するは　つとめて至る所かな。
ここに[三]摂州西成の郡　[四]むかしの京の跡ふりし。下難波といふ片里に。
[五]慈雲山瑞竜寺と申す[六]禅林の鳳閣あり。そも〳〵この御寺と申せし
は　[七]人の世すでに七十七世。後白河院の御時　[八]明庵といへる沙門保
元平治に入唐し。仁安の秋帰朝の節　薬師如来を守りたてまつり。
[九]蘭若をしつらひ引き籠り　悟りを開きたまひぬる。津の国一の霊場
とてヲロシ〽諸人歩みを運ぶなり。

施主の女房の読経

中にも五十の秋ふけて　つきも気配もなみ〳〵に。あらぬと見ゆ

一 月が野原の水に映るさまは、まるで光明蔵のごとくであり、蘭が春の山に芳香を吐くさまは、まさに古仏の心である。『江湖風月集』による序。「光明蔵」は仏語で、仏の光に満ちあふれたものをいう。
二 一堂の寺院。「精舎」は僧が仏道を修行する所をいう仏語。
三 摂津国西成郡。現在の大阪市の東部を除く大半。
四 今の京都に対して、昔の都の難波をいう。
五 「ずいりゅうじ」が正しい。「慈雲山瑞竜寺、難波村北の端にあり、黄檗派禅宗鉄眼和尚開基也。本尊、薬師瑠璃光仏」(『摂津名所図会大成』八)。但し同書には「伝云、往昔当寺創建なき時此地に淵ありて深沙が淵と呼り。其傍に薬師仏を安置せし小堂あり。村中の農民これを守護せし草堂也」とあり、「明庵」(注八)のことは記してない。俗に「なんばの鉄眼」と呼ばれ賑った。
六 禅宗の寺院。「鳳閣」はすぐれた楼閣をいう漢語。
七 人皇第七七代。神武以前の神代に対していう。
八 京都の建仁寺の開山である栄西の字。『三部経開題』『喫茶養生記』などの著者。明庵が渡唐した記録は仁安三年（一一六八）の三月から九月、文治三年（一一八七）三月から建久二年（一一九一）七月までの二回で、この文章とは合致しない。「沙門」は、僧。
九 寺院を建てて。「蘭若」は仏語。人里から離れ、仏道修行するにふさわしい閑静な所。転じて寺院をさす。

る女房の　都めきたる風なるが。唐絵の掛絵を荘厳し　香華を手向け読経の。声もかすかにうちしをれ　涙もともに繰り捨つる。袂の数珠のかず〳〵の。思ひある身とうち見るにも　哀れさまさる風情なり。

ところは正治元年中秋下旬のことなつしに。右大将頼朝公の御家人。宇都宮弥三郎友綱　京都の守護にてありけるが。泉州天川の領主木戸兵庫正秋高。殿中にて口論し　即時に双方討ち果たし。いづれも領地を召し上げらる　されども諸家中城に籠り。皆討死と同心し城を明けざる所以によつて。友綱これをうけたまはり　早速城を請け取り　帰京に及ぶ道草の。露の間しばし色里の　枕借り寝る添ひ臥しや。伏屋といへる酒相手。ヲクリふかくぞ〳〵色に染みわたる。はや思ひ川。ふかみ草。根からうそなき実床の。うち解けて寝る夜を籠めて　日ごと〳〵の揚げ泊り。今日も変らぬ連駕籠に。のりの道にはあらねども　これも御寺に詣でらる。

一　中国風の絵画の掛軸。
二　仏語。仏具で仏像などを美しくおごそかに飾る。ここでは瑞竜寺の堂に掛絵を飾ることをいう。
三　仏語。仏前に供える香と花。
四　かずかずの思いを、涙とともに繰り出して、それを捨て去ろうとする。「繰る」「数珠」「かず〳〵」は縁語。「数珠の数」と「かず〳〵」は掛詞。
五　一一九九年。土御門帝の御代。鎌倉時代の始め。
六　「なりしに」の転化したいい方。

友綱、城明け渡しの使者

七　将軍家と主従関係を結んでいた大名。
八　主として警察権を持って治安維持にあたる職名。
九　不詳。架空の地名か。
一〇　泉州天川の城請け取りの役目を果し、京都に帰る途中、瑞竜寺に近い大坂の色里に遊ぶのである。「帰京に及ぶ道」と「道草」、「道草の露」と「露の間」は掛詞。
一一　人物の登退場に用いる曲節。ここでは友綱・伏屋が瑞竜寺参詣のために駕籠で登場。
一二　恋の思いの絶えることのないさまを川の流れにたとえていう歌語。
一三　牡丹の異名（『本草和名』）であるが、ここでは恋の深みにはまることをたとえていう。

友綱の登場

一四　心底に嘘のない実の心で、伏屋と実際に床を共にする。「うそなき実」と「実床」の掛詞。

一五 伏屋を揚げ詰めにして、連日泊り込む。
一六 駕籠を二つ連ねて、仲よく物見遊山などにでかけること。
一七 仏語。法会などに多数集まっている僧。
一八 ふさわしくない色絵を掛けて。「色絵」は彩色した絵画。多くは浮世絵、風俗画などの場合にいう。
一九 僧の着用する衣服。
二〇 法事をとり行う主催者。
二一 玄宗は唐第六代の帝。開元の治と呼ばれる善政を行ったが、後半は楊貴妃を寵愛し安禄山の乱を招いた。虞氏君は秦代末期の項羽の寵姫。劉邦に包囲され、項羽と最後に唱和して自害した。虞美人ともいう。楊貴妃と虞氏君は時代も異なる人物であるが、時の帝の寵姫であり、絶世の美人で、古くより詩題・画題となった。
二二 容色をくらべ、后の地位を争うこと。美人くらべ。争いを勝負事で結着をつける例は多い。文徳天皇の皇子、惟喬・惟仁が位を争い、相撲の勝負によって結着をつけることになり、惟仁（清和天皇）側が勝って位に即いたという話は有名。
二三 神仙の方術を行う人。ここでは楊貴妃の亡き魂魄のありかを玄宗皇帝の命によって尋ねたという方士、楊通幽を想定しての文章であろう。
二四 庵室を建立するための費用。
二五 これがよい機会であって欲しい。

無量之介、掛絵の鑑定

友綱参拝終つて後。大衆[一七]を一人招き寄せ。「拙者は田舎者なるが。御当地一見のため旅宿を求め。はう／＼の堂舎仏閣残りなく　拝み巡り候ふ。見れば仏前に似気[一八]なき色絵を掛けさせられ。大衆みな／＼法衣[一九]を改め　御法事の体いぶかしし。いかなること」と尋ぬれば。（大衆）「オオ御不審ごもつとも。これに御入り候ふは　この掛物の主　今日の施主[二〇]にておはせしが。御覧のごとく玄宗皇帝[二一]。楊貴妃虞氏君の二女を集め　色争ひ[二二]の双六勝負〔の絵〕。すなはち筆者は方士[二三]のよし。この施主家伝の形見なるが。取り伝ふべき人々も先立ち　空しうなりたまふ。よつてこの絵を宝に代へ　庵料[二四]となし出家を遂げ。亡き人の菩提をも　とひたき望みあるゆゑ。形見の名残りも今日ばかり　御望みならば絵は売物。さもなくば追福の座禅をなして行きたまへ」と。始終を語れば　友綱も哀れさ深甚肝に銘じ。「さて／＼殊勝の物語。幸ひがな[二五]　某内々かやうの大掛物。望みに存ずる折なれば　買ひ得中し候ふべし。すなはち某家来塵塚無量之介土塊とて。絵を見る者の候へば　確かに唐絵か倭絵か。目利きをさせて求むべし　それ無量之介」と召され。（友綱）「和漢の道理を見分くべし。」〔無量之介は〕かしこまつてさし寄り。つく〴〵と見て元の座に立ち帰り。「彩色墨色もつとも時代は古けれども。唐土絵では候はず。ことにぐわぎやう寸法合はず。御道具にはなり申さじ」と申し上ぐる。友綱聞きたまひ「さて残念のことどもや。申し分だになきならば　何とぞ求め申さんに。今一度吟味せよ。シテまた寸法合はぬとはいづれのことぞ」。（無量之介）「さん候ふ　そのかみ玄宗皇帝は。好色第一の帝にて　多くの美女を集めたまふ。中にもこの楊貴妃虞氏君を月よ花よと賞でたまふ。虞氏君は楊貴妃の上に立たんとすすみたまふ。また楊貴妃は虞氏君の下に立たじと勇みたまふ。ある時帝寵愛のあまり　賭双六を始めたまふ。いづれなりとも勝ちたらんを一の后にそなへんと。二人の官女を左右にたて　玉座を中に構へ。すでに双六始まりぬ。楊貴妃は朱四のこひめ　虞氏君は朱三のこひめ。双方朱四朱三

一　鑑定。真贋・価値などを見きわめること。

二　倭絵（和）なのか、唐絵（漢）なのか、理論に基づいて鑑定せよ。

三　不詳。建築用語である「ぐわんぎやう（丸桁）」の転として、算用の意とする説もあるが無理であろう。画形か。

四　家具・什器の類で特に貴重なもの。特に茶道に用いる器物についていうことが多い。

五　さようでございます。応答の発語として用いる軽い言葉。

六　第一皇妃の地位につけようと。

七　中国の説話では、玄宗皇帝と楊貴妃が五位をかけて双六を争う。それ以後、五位は赤い衣であることから、重三（注一〇参照）・重四（注八参照）を朱三・朱四と改称することになったという。この説話を虞氏君と楊貴妃の双六に改めたところが趣向。『平治物語』の「叡山物語の事」にもこの説話が用いられている。この掛物の双六のさまは二三頁の挿絵参照。

八　双六の用語で、二つのさいの目が、共に四で揃うこと。最上の目である。「朱四……極上の目ゆへ、手数すくなし。……別して双六の内にても、重一・朱四をかくべつの上目と知るべし」（『双六独稽古』）

九　出て欲しいと願うさいの目。

一〇　双六用語。二つのさいの目が、共に三で揃うこと。

のこひめ。つひに楊貴妃こひめ出で　一の后に立ちたまふ。絵にきずあるとはここのこと。朱四朱三と唱ふる詞は[一一]口のすぼむ文字なるに。左右ともに口開き　寸法相違いたせしなり。たとへいかなる名筆にても　その絵の心を知らずして。寸法合はねば絵とはいはれじ。方々も聞いておかれ。後学にしたまへ」と　言葉すぎてぞ[一二]聞えける。

伏屋の反論

友綱今は是非もなく。「絵のころもよし図もよきに。道具にならぬ残念さよ」と　本意なげに[一三]こそ見えにけれ。伏屋も不興を気の毒がり。「近ごろ[一四]女子の差し出過ぎたることなれど。幼きより聞き伝へ[一五]候ふに。そうじて五音[一六]の通ずること　日本の言葉は律[一七]に通ひ。唐の言葉は呂に通ず。ただいま塵塚殿の仰せ上げられしは　それは和国の言葉なり。唐土にては[一八]ぎやへいぎやさんと申すとなり。さあさう言うて見さんせ。ぎやへいぎやさんと唱ふれば　口広がらでかなはぬなり。しかればこの絵は唐土で。唐土の図を書いた物。ちつとも違ひは候はじ　唐音[一九]の義は坊様たち。よく御存知にて侍らはん。

一一「しゅ」と発音しようとすれば、口がすぼんだ形になることをいう。

一二 程度を越して、言ってはならないようなことまで言ってしまう。

一三 不本意な気持になったように見えた。

一四 はなはだ。善悪にかかわらず程度の甚だしいことを表す副詞。

一五 底本は「聞伝侍ふに」とあるが、十行本に「聞つたへさふらうに」とあるので、改めた。

一六 五行思想に基づく音の分類で、宮・商・角・徴・羽の五種の音。転じて音声の調子、声の音色をいう。

一七 十二律の音を二つに分類して律を六、呂を六に分ける。それを陽律陰呂と称して、陰の呂に対し陽の音を律とする。

一八 現在の中国語では「朱四」は「zhūsì」、「朱三」は「zhūsān」であるから、「ぎやへいぎやさん」はでたらめ。

一九 瑞竜寺の僧侶たちをさして、仏典・経典の関係から僧侶は唐音に詳しいことをいう。

是非望ましうおぼされなば　ま一度御吟味遊ばして。この絵ばかりは召しませい　さて美しの顔ばせや。これはいつかな王様も　どちらにせうとお心の。まよひたまふは道理ぢやが。唐も倭も恋の道遠いか近いか同じこと。どうで男はいたづらな」と。かしこいことを言ふうちにも。夫にすねるあてことが。これ傾城の定石なり。

無量之介の不首尾

友綱よろこび背を打ち。「さてもここな物知りめ。いかさまこれはさぞあらん　これ〳〵御出家たち。唐音ではさう申すか」とあれば　大衆口をそろへ。「絵のよしあしは存ぜぬが　確かに言葉はそのとほり。さて〳〵女中にめづらしい　ナウ物知りが出ましたわ。法師も及ばぬ〳〵」と　みな同音にほめけるにぞ。はじめの過言今さらに　返す言葉もあらし吹く。塵を捻りし塵塚が　不首尾のほどこそをかしけれ。

施主の喜び

友綱施主に向ひ「さて〳〵大事のお道具を。家来がいはれぬことを申し　さぞお心にかけたまはん。このうへは某が是非とも申し

一　絵に書かれた二人の美女についていう。
二　「いかな」を強めた語。どんな。
三　中国と日本の距離が遠いか近いか、たとえ遠くとも恋の道は同じことだ、という事と、諺の「遠くて近きもの男女の中」(『譬喩尽』)とを掛けた文脈。
四　「どうせ」の古い形。
五　性に対してだらしないさま。
六　他のことにかこつけて遠まわしに言う言葉。
七　「返す言葉もあらじ」と「嵐吹く」の掛詞。「嵐が塵を吹きとばす」意から、伏屋にしてやられた塵塚へと続く文脈。
八　いわれのない、余計なこと。

請(う)くべきなり。価(あたひ)も望み(お望み通りにいたしましょう)にまかせん」と　よろこびたまへば彼の女。(施主)
「何がさて(とにもかくにも)殿様の御所望と候ふうへは(ございますからは)。何しに(何故に)惜しみ申すべし　そのうへ価も望みなし。ともかくも御意次第(ぎよい)(お心次第)　さて奥様かお妹(いもと)ごか。ナウ御発明(はつめい)なる御ことや(何とまあ御賢明なことよ)。掛字(かけじ)[九]を召されぬ御ことは　苦しからじといひながら。[一〇]形見は人の亡き跡の　嘆きの種も朽ち果つる。草の陰なるこの主が　いかばかり悲しかるべきに。御一言(いちごん)ゆゑ道具となり　ことには殿へ召されんとは(殿に求めていただくとは)。[一一]生きてのよろこび亡者(まうじや)の手向(たむ)け[一二]かれこれもつてありがたし。法(ほふ)の御縁」と涙を流し　しみ〴〵とこそ申さるれ。

伏屋もよろこび　「慇懃(いんぎん)な御礼までもなきことよ。しかし卒爾(そつじ)[一三]なことながら。この絵はおまへの親御より　伝はる家の重宝(ちようほう)か。お国はいづく　いかなるゆゑに。御出家とはならせたまふ」と問ひければ。つい(すぐに)馴(な)れなじむは女の常(つね)。ひとつ所へ寄り添ひて　「しをらしのおこころざし。よくこそのお尋ねや(ようこそ尋ねて下さいました)。もと私は都の者。さる御所[一四]

九　巻物に表装をして床にかける書画。元来は書のみについて言い、「掛絵」と区別したが、この当時は書画いずれについてもいう。
一〇　形見は亡くなった人の跡に残る嘆きの種であるが、その種も朽ちはててしまって。
一一　生き残った私の喜びであり、それはまた亡き人への手向けとなります。
一二　自分の喜びと亡き人への手向けの両方がかなうことになり、何より有難い。

施主の述懐の涙

一三　人に物を問いかける時の発語の言葉。突然で失礼でございますが。
一四　宮中に宮仕えをしている公卿の家。

方にて女中を預り（女中の職について）　年月勤めし者なるが。一人の姉も同じ勤め　館(やかた)をかへておはせしが。折からの御所下り[一]　祇園詣(ぎをんまう)[二]での帰るさを。ついくどかれてかり臥(ぶ)しの　枕(まくら)の数も重ねずに。姫ごぜ一人よろこび（女児を一人分娩して）　産(さん)の上にて相果て候ふ（そのお産で亡くなりました）。わらはもお暇(いとま)申しつつ　〔姉に〕つき添ひ介抱いたせしが。息の下よりみづから[三]が　手を取り涙にくれながら。何とぞこの子を守(も)り育て　これを形見に見せて賜(た)べ（この子を形見として父親に会わせてほしい）。ひとへに頼むといふ息も　とぎれ／＼[四]のお念仏に。つれてむなしくなられしより。私も奉公勤むる身。乳(ち)はなし育てんやうもなく。泣いて別るる烏丸(からすま)[五]三条下がる所にて。ある商人の夫婦を頼み　養子につかはし候ふが。頼む木のもとに雨もるとは[六]。この子がことにて候ふぞや（この子のことを言うのでございましょうか）。五つの年の中の冬[七]。かの養子親　出火のため。欠落(かけお)ち[八]をいたしつつ[九]。行き方もなくなりしとなり。それよりはう／＼尋ぬれど。死生も知れず候ふうへ　かやうに年も寄りつれば（こんなに年もとってしまいましたので）。奉公も苦労なり　一門ゆかりは（さりとて頼るべき親類）候はず（縁者もなく）。正真(しやうじん)[一〇]の私は　木から落ちた猿[一一]とやら。世にあさましき者な（まことにみじめな者であるから）

一　御所方から休暇をもらって外出すること。
二　京都の祇園社に参詣すること。祭日は六月七日より十四日までの祇園祭であるが、京都の人は時をかまわずよく参詣する。
三　私の手を取って。「みづから」は身分のある女性が用いる一人称の代名詞。
四　「息もとぎれ／＼」と「とぎれ／＼のお念仏」を掛ける。
五　白居易の「慈烏夜啼」の詩句に「慈烏其の母を失う、啞々と哀しき音を吐く、昼夜飛び去らず、年を経て故林を守る」とあるによるか。「泣いて別るる烏」と「烏丸」を掛ける。「烏丸」は京都の町の中央を南北に走る通りの名で、「からすまる」とはいわない。「三条」は東西に走る通りの名。その交差点より南に向うのを「下がる」という。
六　諺。折角頼りにしたのにその甲斐がないことをいう。「頼む木の本に雨漏りて」（『譬喩尽』）
七　十一月。
八　自分の住むべき所から出奔して、行方をくらますこと。男女の欠落ちはこの一用例である。
九　底本はムシのために不詳であるが「致し。」らしく見える。十行本によった。
一〇　一人ぼっちの私は。
一一　頼りにするものを失って、どうにもならないことのたとえ。「木に離(はなれ)たる猿のごとし」（『せわ焼草』）

るゆゑ　これを菩提[一二]の種として。髪[一三]をも下ろし申さんため　この御寺へ駆け込みしが。思へば形見の絵もかぎり（今日限り）。ことには姉の命日ゆゑ。心ばかりの手向草[一四]。葉末の露[一五]も御存知ない。はあ　よしなき長物語。聞くも語るも他生の縁[一六]。哀れと思し召せや」とて　また今さらの涙なり。

伏屋もともに亡き人の　話を聞けば身にこたへ。心にこたへ胸[一七]に落ち「なう世には似たことのありし　むかしの母様の。名は知らねども戒名は　幼心に覚えしが。もし清光院玄誉心月妙夕信女とは申さずや」。「なか／＼[一八]のこと　あの掛物の裏書に。黒谷法然上人[一九]の御直筆にて候ふは（御直筆で記してあるのは）」と。いはせも果てず（言いかけたのをさえぎって）（伏屋）「わしこそは　その孤児にて候ふ」と。（二人は）顔と顔とを見合はせ（伏屋）「こなたは叔母ごか」（叔母）「そなたは姪ごぜ」。「これはまことか夢か」「現か幻か」。「ゆかしの叔母ごや」「めづらしの姪ごぜや」（二人）「さて／＼不思議の対面や」と　二人はひしと抱きつき　声も。をしまず泣きゐたる。

一二　さとりを開くための動機として。
一三　剃髪して尼となり、仏道に入るために。
一四　仏前に供える品物。「草」と「葉末」は縁語。
一五　「葉末の露」と「露も御存知ない」の掛詞。
一六　「多生の縁」の誤用であるが、この表記で通用している。仏語で多くの生死の輪廻を繰返している間に結ばれた因縁。

叔母・姪の邂逅

一七　納得する。得心がゆく。
一八　おっしゃる通りです。
一九　浄土宗の開祖。諱は源空。法然は房号。長承二年（一一三三）美作国に生れる。九歳の時出家して比叡山に入り、のち京都黒谷の叡空の弟子となった。『往生要集』により浄土宗開立を決意し、専修念仏による往生を説いた。建暦二年（一二一二）没。
＊　歌舞伎の対話法の一つである掛合いの型で、最後の台詞が二人の唱和で収まる。

伏屋、懐古の述懐

叔母ごは涙の。下よりも。「かほどに成人するまでに。なぜ訪れはしたまはぬ」。「（伏屋）いかにも御不審御もつとも　のたまふ（おっしゃる通り）ごとく養子の親。誤つて火を出だし　所の住ひなりがたく（そこに住んでいることができなくなり）。大津[一]の浦へ立ち退き　影を隠して[二]ゐられしが。二人は前後に空しくなられ（あいついで死亡なさって）　また孤児（みなしご）となりけるを。所の人々ふびんがり　舞妓（まひこ）[三]といへるうきふし[四]の。勤めする身になりけるが　この一両年このかたは　親方[五]が連れ下り〔わたしを〕　なれぬ気苦労いたせしなり（気苦労をしております）。命が宝[六]（命を宝と大事にしたおかげで）思はずも初めて御目にかかること。冥途（めいど）にまします母様は　名のみばかりが親御（おやご）にて（名前だけの母親でして）。あひ見ることも候はず　姉妹（おととい）なれば叔母様が。定めて似させたまふべし（きっと母様によく似ていらっしゃるでしょう）　今より後は真実の。親と尊（たつと）み申さんに　出家をやめて（俗世に）この所に。足をとめてたまはれ（とどまって下さいませ）」と　また先立つは涙なり。

友綱の力添え

友綱驚き手を打つて。「かかる不思議の　世の中にまたあるべきとも思はれず。気づかひあられな（心づかいをなさいますな）叔母ごぜ。某（それがし）〔伏屋を〕定まる妻女なく宿[七]の妻ともいたさんため。文車両輪之介道早（ふぐるまりやうわのすけみちはや）といふ者を　身請けの

一　近江国滋賀郡の琵琶湖西岸の港町で、東海道、東山道、北陸道の要路にあたる。

二　身をひそめて、人に知られぬようにする。

三　宴席などにはべって、舞をまう女。「舞子とは上古の舞女と同事也。……町の末〴〵なる牢人の娘、時にあはずして世にをくれたる人の子供に、師匠をとり、芸をまなばしむ。鼓三線をもて拍子をとり、小舞をまひて歌を発す。是を今舞子といふ」（『色道大鏡』十四）

四　つらくかなしい勤め。近世では専ら遊女の勤めをいう。

五　伏屋を抱えている親方が、伏屋を連れて大坂に下ったことをいう。

六　諺。命は何にもまして貴いものである意。「命は宝の宝、宝の中の宝といふ事也。大智度論に曰、たとひ世間に満つる宝も身命にあたる事有るなし」（『諺草』）

七　家の妻。正妻をいう。

ために遣(つか)はせしが。定めて埒(らち)して〔結着をつけて〕帰るべし　[八]しかる時んば親御なり。いかでか疎略に存ずべき〔どうして疎略にできましょう〕　御身の上は何事も。ただ友綱に任されよ」と世に頼もしく〔たいへん頼もしそうに〕仰せらる。

葛之丞、かけつけ諫言

しかる折ふし　家臣正木葛之丞末長(まさきかづらのじようすゑなが)といつし者〔という者が〕。妻女(さいぢよ)もろとも供〔従者〕廻り〔をつれて〕　[九]魏々堂々(ぎぎだうだう)たるありさまにて。御前(ごぜん)に参上す　友綱驚き「ヤア葛之丞。シテただいまはなんのため〔に来たのか〕　いぶかしさよ〔不審なことだ〕」とありければ。「なんのためとは[一〇]曲(きよく)もなや　コレ殿様。今度泉州天川(あまのがは)の城。五十三人の[一一]連判を取らせたまひ。城を請け取りたまふ段　比類もなき御(おん)手柄。[一二]禁裡(きんり)の奏聞鎌倉への訴へ[一三]早打ちすでに三日半。将軍家の御機嫌　諸家中ともによろこびて。御帰京遅しと待つところに〔待っていましたが〕　御病気のよし仰せ下さるゆゑ。またぞや訴へ〔鎌倉へ〕たてまつり。さて御当地への御迎ひ〔の使いは〕　ただ[一四]櫛(くし)の歯を引くごとし。されども一度の御書(ごしよ)〔お手紙〕もなく御帰陣よりは六十日。あまりと申せば　気づかはしく〔心配で〕。このたびは　末長がぢきに〔直接に〕迎ひに参りしなり。見たてまつれば　御(ご)顔色こと

八 そうなった時には。伏屋を自分の正妻とした時には、貴女は私の親となります。

九 姿がいかめしくて、立派なさま。「巍々蕩々」が正しく、『日葡』に「Guigui tŏtŏni」とあるように、「トウトウ」と清音に読むのがよいと思われる。しかし原本には「ぎゞどう〳〵たる」とあり、『好色破邪顕正』下には「道のかしこき御代なる今、時津風おさまりて魏々堂々たる御事」とあるので、「ドウドウ」も通用していたと思われる。通用に随った。

一〇 愛想がない。つれない。

一一 文書に二人以上の者が署名し、印を捺したり花押を書くこと。ここでは天川の城明け渡しの証文としての連判状。

一二 天皇への奏上と鎌倉の将軍への報告。

一三 馬を馳せて、急使を立てること。

一四 諺。ひっきりなしに、絶え間なく連続することのたとえ。「櫛の歯引くが如し」（『譬喩尽』）

のほかうるはしく。二か月余りの御病気とは　なか〳〵見えさせたまはぬなり。そのうへ目馴れぬ女中様　御席近く候ふは。御当地のはやり病　ムムさてはコリヤ。御持病のお傾城気に候ふな。はてさてお笑止千万や。これしきの儀は申さずとも　御胸中にあるはずよ。そうじて文武は武士の左右　忠孝もつて同じこと。たとへば孝は捨つるとも　忠勤怠ることなかれと　古語にも記して候ふなり。かつまた前車の覆るを見て後車の戒めにせよとは。コレ殿様ここのこと。このたび泉州天川の領主木戸兵庫正秋高殿。身代破却いたせしは　大磯の宿通ひ。傾城の買論ならずや　ほかにも劣らぬ色ありて。深きをそねむ者あらば　いかなることをかしいださん。君子は危きに近づかず　もうよつぽどで置かせられ。急いで上京なさるべし」と　にがり。切つたるありさまなり。

友綱大きに立腹あり「ヤア推参なり末長。今度泉州天川の城に立ち越え。矢の一手をも放たず　士卒一騎も失はず。謀を回ら

一　見たことのない。「見馴れぬ」と同じ。
二　傾城に迷う病気。病名に多い「中気」「瘴気」「尸気」「脚気」に類して作った造語である。
三　文と武とは、武士としてわきまえねばならぬ大切なこと。「左右」はわきまえねばならぬ大切な二つの意。
四　諺。前人の失敗は後人の戒めとなることとの譬え。『漢書』賈誼伝による。「前車の覆へるは後車の戒」（『諺草』）
五　相模国淘綾郡にある宿場で、古くより遊女町であった。『曾我物語』の十郎祐成と遊君虎の恋物語は有名。
六　傾城買にともなう口論、喧嘩。
七　諺。君子は危険な所には最初から近寄るようなことをしない。『漢書』薛広徳伝の「聖主危に乗ぜず」などより出た諺。「賢人は危を見ず」（『せわ焼草』）

し　ことを鎮めて帰るさに。休息のためこの所へ参りしが誤りか。ヤレ。これはこれ　友綱が武勇の徳といふものよ。近ごろいらざる諫言だて　罷り立ち見たうもない。向後対面いたさじ」と　もつてのほかに見えたまへば。末長なほもとどまらず。「シテその武勇に名を発し。宇都宮弥三郎友綱と呼ばれたまひ。

京都の守護職たまはつて　君の御覚えめでたく。御家長久繁昌には　誰がなし申したことなるぞ。大殿様御死去の節　未だ七歳なりけるより。父将監がもり育て　やうやう人となしたてまつり。源平数箇度の合戦にも　御馬の左右に某親子。刹那も離れずつき添ひ

八　はなはだ。一五頁注一四参照。
九　何かにつけてすぐに諫言しようとすること。
一〇　今後。これからのちは。
一一　困った状態が甚だしいことを表す形容動詞。友綱の怒りが極限に達したさまに見える。
一二　鎌倉・室町時代の官職名。軍事権・警察権を持ち、主として治安維持にあたる。
一三　君主の信頼は非常に厚く。
一四　葛之丞末長の父。

て　ここにては宇都宮。かしこにては弥三郎友綱が初陣に。手柄を見よと呼ばはつて　[一]分捕あまた御帳に留め。御大名に仕立てたるこの末長が忠言は。大殿様がよみがへり　仰せらるると思し召し。早々御帰京なさるべし」と　理を尽してぞ諫めける。

友綱重ねて「葛之丞　代々伝はる家老職。幼稚の[二]主を取り立てて　家を相続させけるは。[三]大分の知行を取り　妻子を扶持す役なれば。さのみ恩にも着ぬことよ。言はでかなはぬことあらば。旅宿へ参りていはずして　何事なれば法事の[四]庭　しかも諸人の面前にて。主人に恥を与ふる条　これ第一の誤り。二つに　そのはう侍の[五]似合はざる虚言あり。ゆゑはこのたび妻子を連れ　この辺まで遊山に出で。ふと某に出合ひ　[六]当座のいひわけなきゆゑに。迎ひと偽りたりけるは　言語に絶せぬふとどき者。さて某が許さぬに　大事の[七]番所を打ち明けて。これまで来たる[八]不調法　以上これにて三つの科。いひぶんあらば申してみよ　[九]さないにおいては葛之丞。[一〇]七生までの勘

一 奪い取った敵の武器、捕虜、首などを、それぞれの帳面に記し。

友綱、葛之丞を勘当

二 まだ年若い主人。「未だ七歳なりけるより」に対応する。

三 多額な俸禄をとって。「知行」は俸禄として与えられる土地をいう。広大な土地をもらって家族を養っている役職についているのだから。

四 法要の行事を行っている場所。

五 武士として言ってはならぬ嘘。

六 その場ですぐに言える言い訳。

七 近世では奉行所のことをいう。したがって葛之丞は奉行役であったという設定。

八 過失。守るべきことを守らない行為。

九 言い訳、釈明ができないようでは。「さない」は「そうでない」意で、「さ」は「いひぶん」をさす。

一〇 人はこの世に七回まで生れ変るという考えが仏教にある。その極限の七生までの勘当という意で、未来永劫にわたっての勘当の意味。勘当の場面は二三頁挿絵参照。

当なり　これよりすぐに立ち去るべし。諏訪八幡[一一]も照覧あれ。二度思ひかへさじ」と　大きに怒つてのたまへば。末長驚き「ハア　あやまつて候ふ　ごもつとも。御誓言のうへは今一度。御免を蒙りたてまつらんとの申し訳にはあらねども。御近習[一二]の朋輩たち　ひととほりを聞いて賜べ。某京都を出でざまに　これなる娘が申せしは。殿様のお迎ひに　わらはも具してと嘆くにつき。幼心にしをらしと　許して召し連れ候へば。母も娘が初旅に　残るも心もとなしと。申すに心ほだされて　何心なく召し連れしが。ただいま遊山とのたまふに　ほとんどいひぶん立ちがたし。さりとては　恩愛ほど世に捨てがたきものはなし。某ほどの侍が　かうした所へ気もつかず。うか〱と妻子を連れ　これまで参りし不覚[一三]さよ。面目もなき仕合[一四]せ　嘲りも恥づかしし。これよりすぐに行方なく[一五]　御暇申し候へば。重ねてお目にかからんも　不定[一六]の世界頼まれず。いづれもおさらば〱」と　しほ〱と立ち出づれば。女房は塵塚が袂をひかへ。

一一　武士が、絶対に嘘偽りのないことを神にかけて誓う自誓の言葉。武士の誓言は絶対的なものであった。「諏訪八幡」は、武神を祭る諏訪神社と八幡宮。ともに武神である。

一二　主君のお側に仕えている侍。主君の政務の事務的な処理を担当する役職名としても用いる。

一三　油断をして失敗すること。

一四　始末。次第。

一五　行く先が何処になるかわからない。あて所もなく。

一六　この世は不定の世界であるので、あてにすることはできない。

「コレ申し。朋輩多きその中に　別けては相家老[一]。何とぞ御前のよきやうに　申し直して[二]たまはるべし。これみなわたしが態なれば[三]　夫の手前も気の毒なり[四]。ひたすら頼みたてまつる」と　思ひ。入りてぞ嘆かるる。

塵塚ない〳〵根心に[五]　末長なくばと思ふゆゑ。わざと色をさとられじと。「お頼みなさるるまでもなし　御前を申し直さんが。畢竟殿にもいひがかり　水の出ばなのことなれば[六]。引きは返さじ御気色　追つつけ御機嫌うかがひて。よろしく申し直すべし　ただ御心やすかれ」と。うはべばかりをあしらへば　とかうの答もあらいそ[七]に。立つかひもなきみをづくし。ヲクリ[八]あはれ〳〵なりける帰るさを。

友綱の退場

友綱はるかに　眺めやり　「さて退屈や気詰りや。いざ旅宿へ」とゆふ日影[九]　入相の鐘つく〴〵と[一〇]。並みゐる大衆は役々の　鳴物読経[一一]の声も澄み。法事も済めば門前より　異形異類の非人ども[一二]。時こそ来たれありがたしと　花を飾りし供へ物[一三]。われ劣らじと引きくづ

無量之介、謀り事の追従

一　同じ主人に仕える仲間の家老。
二　よろしく申し上げて、事態を好転させて下さいませ。
三　わたしがしでかしたことですから。
四　困ってしまう。自分の心に困難、苦痛をおぼえる場合にいう。
五　心の中のほんねとして。本心では。
六　諺。水が激しく流れ始めた時のように、止めようとしても止まらないことの譬え。「水の出鼻じや留ても留らず」（『譬喩尽』）。したがってしばらく時間がたてばその勢いも衰え、止めることもできるという場合にも用いる。「気短かなれども、それは水のでばなのごとく、跡もなく、御機嫌なをるなり」（『好色一代女』四・四）
七　「答もあらず」と「荒磯」の掛詞。「立つかひもなき身」と「澪標」の掛詞。「磯」と「澪標」は縁語。「澪標」は「身を尽くし」に掛けて末長の心情をいう。
八　葛之丞末長の退場。
九　「と言ふ」と「夕日影」の掛詞。
一〇　しんみりと心の沈んでいるさま。「鐘つく」と「つく〴〵と」の掛詞。
一一　読経に合わせて奏する楽器。鉦、木魚などの類。
一二　普通でない、怪しい格好をした乞食。
一三　供物のお下がりをもらうために法事が終るのを待っていたのである。

し　奪ひ。あうてぞ　三重[一四]へ帰りける。

かくて友綱。旅泊[一五]に帰り　京の叔母ごの初めてと。饗応残る方[一六]もなき折ふし　文車両輪之介。手をつくしぬる（手のこんだ細工をした）島台[一七]に　同じく折[一八]を取り添へて　御前に参上し。（両輪之介）「これは伏屋殿かりの親　生田川屋の長[一九]。初めて御目見え　まことにもつて今日は。某をなしくださるる[二〇]うへ　黄金を拝領仕り候段。ありがたく存ずる　御礼のため御次[二一]まで。〔生田川屋の長が〕参上いたし候ふ」と　謹んで相述ぶる。友綱悦喜限りなく。「まことこのたび伏屋がこと　異議なくわれにくるる段。かず／＼満足いたす条　いく久しく[二二]よろこぶ」とて。さま／＼の祝儀ども　「いよ／＼過分千万」と。御かはらけ[二三]に相添へ。重ねて時服[二四]を拝領しよろこび。御前を下がりける。

友綱両輪を近く召され「今日瑞竜寺にて葛之丞。かやう／＼のことあつて　勘当いたせしなり。しかれば番所をあくること（したがって番所の留守居がいなくなることは）　禁廷の

〈友綱旅宿の場〉

生田川屋、お礼に参上

島台
〔女諸礼集大全〕

[一四] 瑞竜寺の場から友綱旅宿の場に、舞台装置が転換する。「三重」は舞台転換と戦闘場面に用いられる旋律。

[一五] 旅の途上での宿泊所。通常は清音で「りょはく」というが、底本は明白に「ば」と濁点がある。

[一六] すべてにゆきとどいて、完全であるさま。

[一七] めでたい時の飾り物として、州浜の台の上に、松竹梅、鶴亀、尉姥などを配して飾り立てたもの。

[一八] 折紙。紙を二つ折りにしたもので、進上物に目録などを書いて添える。ここでは伏屋の請状をいうのであろう。

[一九] 人の頭に立つ者。ここでは伏屋の抱え主であった生田川屋の主人をいう。

[二〇] 伏屋の身請をして下さったその上に。

[二一] 貴人の居住している部屋の次の部屋。控えの間。

[二二] いつまでも長く変らぬさま。祝言に用いる言葉。

[二三] 素焼の浅い酒盃。盃を下さることは、盃のみでなく酒を賜うことである。

[二四] 主君が臣下、下僕などに賜る衣服。

友綱、帰京の前夜

聞えもあり。明日上京すべき間（上京するから）。いづれも用意いたすべき」との御仰せ。両輪之介驚きて。「[一]代々御家伝の家老職〔友綱の〕京都の御遅参悲しみて。申し上ぐるは非道ならず（臣下の道にそむいたことにはなりません）。おほそれながらこの段は　[二]帰参仰せつけられなば。しかるべけん（よろしゅうございましょう）」と相述ぶれば。〔友綱〕「先づその段は　京着以後よろしく計らひ申すべし。さて叔母ごぜ伏屋こと　定めて積る物語。なか〳〵尽きすることあらじ　[三]今宵は夜ととも語られよ。明けなば伴ひ申さん（明日になれば京におつれいたしましょう）」と　御寝所深く入りたまへば。二人はかしこに集ひ寄り。憂さと辛さの二品を　語りわくるぞ[四]枕なる。

〔伏屋の〕叔母は母御の物語。伏屋は養ひ親たちの　貧苦にせまるいとしさや。別れてよりは流浪の身　売られ売らるる悲しさの。わきて思ひの[五]ますかがみ。うつり変れる。あすか川。[六]流れを立つるくるしみや。心配りや気尽しの。末は涙の雨もよひ　[七]ヲクリ月なき。〽空の雲あつく

[八]残る夕べと。明けておく。障子のすきまともし火の〔から洩れる〕。影を慕ひて

叔母伏屋、涙の物語

虫の音色にふけ行く夜

一　正木葛之丞末長は、先祖代々勤めていた由緒ある家老職である。

二　勘当を許して宇都宮家に帰参を命じること。

三　一晩中。夜通し。

四　寝所の枕と、語り分くるのを枕として、それを手始めに物語がいつまでも続く意を掛ける。

五　真澄の鏡。全く曇りのない澄みきった鏡。「湧きて思ひの増す」と「ますかがみ」を掛け、さらに「鏡に映り」と「移り変れる」と掛ける文脈。謡曲『竜虎』にも「見る度にかはる姿やます鏡。〳〵。移る月日は程もなく」と同様の文脈がある。「うつり変れる」「あすか川」「流れ」は縁語。あすか川は淵瀬の変り易いことから多くその意で歌枕として用いられた。

六　遊女のことを「流れの身」という。「流れを立つる」は遊女としての勤めをすること。

七　段落を示す旋律で、舞台転換はないが、気分の変る時、人物の登退場などに用いられる。ここでは叔母と伏屋がしんみりと語り合う雰囲気への転換に用いられたもの。

八　夜が更けてゆくさまをいう。

くる虫の　おのが。羽風に影おちて[九]　火を打ち消せば　叔母ごぜ。「これ〱姪ごぜ　火が消えた。誰そ呼びたまへ[誰か呼んで下さい]」とありければ。伏屋枕をもたげつつ　「イヤ申し。この所は勝間(こつま)[一〇]の里と申して。向ふの高みは阿部野(あべの)[一一]が原。近国一の虫所(むしどころ)　火影(ほかげ)なければ声たかく。無量[一二]の音色(ねいろ)聞ゆるなり　音せで[静かにして]聞いてみさんせ」と。たがひに耳を[虫の音を]そばだてて　[聞きながら]残る辛さの物語。虫と連れ立つ[一三]なき寝入り。ヲクリ[一四]ふけ行く〱空も松風も。

枕[一五]にひびくむなさわぎ　あら恐ろしや天井より。槍先(やりさき)前後に二筋おり　あなたこなたとひらめきしが。一つの槍先叔母ごぜの　あばら下にぐさと立ち。汐首(しほくび)[一六]こして裏欠けば　あつとばかりに息絶ゆる。今一筋の槍先は　伏屋が上着の衽先(おくびさき)[一七]をつらぬき。これも畳の裏を欠く　伏屋驚き。逃げんとすれば　小褄(こづま)[一八]を引く　「アア悲しや」と逃げもえず。わな〱ふるうてゐたりしが　もとより頓智の女[気転のきく女]にて。帯を解いて上着をすて　やう〱かしこを逃(のが)れ出で。ことを[の次第]窺(うかが)ひゐ

天井より突然の槍先

九 火影。ともし火の光。

一〇 大坂の住吉街道にそって、西側にある。手塚山と粉浜の間。「勝間浦(こつまのうら)　勝間村をいふ。或は古夫又は木妻に作る。街道の西の方なり。いにしへは此辺すべて海にて有し也」(『摂津名所図会大成』七)

一一 勝間の里の東に当る。四天王寺南大門より住吉に至る阿倍野街道にそった所。松虫の名所として名高く、謡曲『松虫』に「我も行き人も行く、阿倍野の原は面白や」と謡われる所。松虫塚は現存。付録地図参照。

一二 数限りない虫の音色。

一三 虫の鳴き声と辛さの物語の感泣とが連れ立って。

一四 涙の雰囲気から突然の事件発生への転換のヲクリ。

一五 松風の音が枕にひびくのに掛けて、胸さわぎがすることをいう。

一六 槍先が叔母御前のあばら骨の下をつき通して、その汐首が向う側に突き抜ける。「汐首」は槍の穂先の金属部分と柄とが接した部分。

一七 着物の前幅の、前身ごろと前襟との間につけた細長い布を衽(おくみ)という。その上先端部の斜めになって、三角形に尖った部分。

一八 着物の襟の下端から裾にいたるへりの部分。槍先が衽先から畳につき通っているため逃げようとすると小褄が引っ張られる。

る所に　何かはしらず槍を伝ひ。人影続いて下り立つたり。伏屋[一]すはやと声をあげ　「ナウ誰もおはせぬか。盗人ごさめれ[二]　出合ひたまへ」と呼ばはれば。友綱文車かけつけたまへば　ありあふ諸武士は火を点じ。前後左右を取り囲めば　ただ白昼のごとくなり。

人々かしこを見てげれば　塵塚主従槍先そろへ。仁王のごとく立ち並べば。縁の下には一[三]味の輩　われおとらじと詰めかけたり。文車主人に立ちふさがり。「ヤア狂気したるか無量之介。ゆゑなき人を手にかけし　子細を語れ」とせめかくれば。「オオ不審もつとも　両輪之介。某伏屋に心をかけ　たび／＼呼べども出合はず。あまつさへ身請けをせられ。本妻同意になつたれば　いよ／＼無念やむことなし。時[四]なるかな　家[五]の系図。ならびに今度の連判状某預り持つたるうへ。葛之丞は逐電[六]す　今この時こそ折よかめれ。主人を殺し女を奪ひ　われこの家を継がんため。諸家中大方一味をさせ　今宵の寝込みと思ひしに。[七]閨かはりしを知らずして　思はぬ

一　突然の出来事に驚いて発する語。

二　「ごさんめれ」の転。元来は「こそあるめれ」の変化によってできた語であるが、「御座る」と誤用されて、「居るらしい」「有るらしい」の意になった。

お家横領を企む無量之介

三　塵塚無量之介の反乱に味方する仲間の武士たち。

四　今が一番都合のよい好機だ。

五　宇都宮家の系図と、泉州天川城明け渡しの連判状。

六　逃げ去って、ゆくえをくらます。

七　友綱は日頃の寝所を伏屋と叔母に譲っていた。

不覚を取つてあり。もはやしらけたうへからは　逃れぬところ　覚悟をきはめ。主人友綱に腹を切らせ　汝も続け」といひければ。文車をかしさ吹き出だし　「やら洒落くさいやつがある。おのれも刀をさす役と。非道ながらもとりかけし　こころざしはやさしけれども。この文車があらん限りは　いつかな〳〵気もないこと。ならぬ　させぬ」といひざまに　太刀真向にさしかざし。真つ先かくれば友綱も　「かた〳〵続け」とのたまひて。出居の大庭に下り立ち　花を散らして　三重〳〵切りむすぶ　されども敵は。一味の武士　大ぜい力を合はすれば。義を重んずる者どもも　あるいは手を負ひ討死し。頼むは文車ばかりにて。主従もろとも面もふらず　腕を限りに切りまくる。

その隙に塵塚は　すきを窺ひかいくぐり。伏屋を宙に引き立てて　いづくともなく失せにけり。いたはしや友綱は　思ひもよらぬ裏切りに。あまたの深手を負ひたまひ　「エヱ無念千万や。これに

八　生意気な。こしゃくな。

九　道にはずれた行為とはいいながら。

一〇　とんでもないこと。そんなことができる気配は全くない。

一一　座敷。「客に対面する処を書院と云ひ、古は大家には主殿とも又客殿ともいふ。小家には出ゐといふ。今も田舎にて対面所お出ゐといふ……出居とはあるじの出て居べき処をいふなり」(『嬉遊笑覧』一上)

一二　火花をちらして。戦闘・喧嘩などのはげしいさまをいう。

一三　俗に「戦いの三重」といわれるもので、戦闘場面の三味線の旋律。

一四　底本は「敵」。十行本に「かたき」とあるに随う。

一五　謀反に組せず、最後まで主人に味方した者ども。

一六　脇目もふらず、まっしぐらに。

友綱の悔悟

一七　無理に抱きかかえるようにしてつれてゆく。足元も地につかないような乱暴な扱いにいう。

つけても末長が　われを諫めし言葉の末。その日を越さで友綱が身にせまりぬる恥づかしさ。とにかくに憎つくき塵塚め」と。太刀をば杖につきせぬは。恨みとまたは妬みぞと　歯がみを。なしておはします。

所へ文車取つて返し「急かせたまふな　この両輪が生き延ばはつてあるうへは。心安く取りかへし　追つつけ逢はせたてまつらん。君はひとまづ神宮寺まで立ち退きたまへ。某御跡ふせぐべし　はやと〳〵」とすすめぬる。言葉の下より声々に「それあますな」と駆け寄すれば。是非に及ばず後ろを見せ。岨を伝ひに影くらき草葉を分けて落ちたまふ。

あひもすかさず前後の武士　一つになつて取りかくる「いや物臭いやつばら　手並みは最前知つつらめ。いで物見せん」と　大手を広げ駆けめぐる。折ふし宵より焚く風呂の　湯玉たぎつてわきかへり。等活地獄のごとくなる　小風呂の戸をぐわらりとあけ。投げ

一　ちょっとした言葉。二一頁の葛之丞の諫言をいう。
二　その日のうちに。すぐさま。
三　「太刀をば杖に衝く」と「尽きせぬ」の掛詞。
四　歯ぎしりをする。くやしくてたまらぬ時の状態。

友綱一まず落ちのびる

五　「延ぶ」のハ行化「延ばふ」が更にラ行に再活用した語。生きのびる場合に用いることが多い。
六　勝間の南、住吉神社の手前にある寺。「神宮寺、大海神の社の南にあり。旧号新羅寺、天台宗、東叡山に属す。天平二年孝謙天皇住吉大神の霊告によつて建営し給ふ」(『摂津名所図会大成』七)
七　敵に背を見せて敗走する様子。

両輪之介立回り・等活地獄

八　とるにたらない。しゃらくさい。
九　八大地獄の一つ。獄卒によって虐殺されては生き返され、何度も繰り返し責め苦を受ける。殺生の罪を犯したものがこの地獄に堕ちるという。
一〇　蒸風呂。蒸風呂の蒸気を出すための付属した設備をいうのが元来の意であるが、転じて蒸風呂そのものの称となった。

込みまたははふり込み　追ひ込み。突き込み。押し込んで「オオ。大入(おほいり)[一一]めでたし　加減はよきか」と。そつと立ち寄りさし覗(のぞ)けば。「これなら死にます助けて」と　小風呂のうちをたたくにぞ。「オオ〳〵焚くよ焚きますよ」と。焚炭薪(たきずみたきぎ)[一二]をくべ〔両輪之介は〕すでに行き方(がた)[一三]もなくなりければ。風呂のうちなる者どもは　朱をそそぎたるごとくにて。赤鼻[一四]のみに恥をかき　頭(あたま)。かく〳〵よろぼひ行く〔よろめきながら逃げてゆく〕[一五]。昔まつかうさる人の。書き伝へたる物語　うつして。今に興じけり

一一　芝居用語。客が劇場に多く入場して、満員になること。人形芝居であるからこの語を用いておかしみを出した文。

一二　燃料として焚く炭。「たたく」「焚くよ」「焚きます」「焚炭」「薪」とタの頭韻をきかす。

一三　底本、十行本共に「行かた」とあるが、絵入十八行本に「行方」とあるにしたがう。何処かに去ってしまって行先がわからぬ意。

一四　「赤恥をかく」と、熱湯で鼻が真赤になっているさまを掛けた文。

一五　真斯う。「かう」を強める副詞。まさしくこのように。誰かが記した書物にこの話が書かれて、今に伝えられている物語であると、もっともらしく語って初段を収めている。

＊　お家騒動の芝居で、善玉方が一旦戦いに破れて、追放され、お家復興のための苦労がはじまるのは、当時の歌舞伎の典型的な構成である。

第　二

〈無量之介館の場〉

無量之介、横暴な政治

君[一]は礼をもつて使ひ　臣は忠をもつて君に仕ふ。義ある時ンば君臣となり　義なき時ンば君臣も敵と味方と分るるなり。さても塵塚無量之介　主人友綱を追ひ失ひ。上[二]をかすめて奏聞し　鎌倉へ訴ふれば。友綱死生[三]知れざるうち　御預け下さる条。諚使[四]をもつて仰せつけらるれば　元来思慮なき無量之介。また上[五]もなき身のおごり日々夜々に超過[六]し。万の掟公事訴訟　我意[七]にまかせて振舞ひける。

伏屋を火責めの私刑

中にも奪ひ取り置きぬる伏屋を一間に押し込め。さまぐ\くどきすかすれども。つれなき答ばかりにて　従ふべくも見えざれば。一責め責めて思ひ知らせ　有無の返事を聞かばやと。若党[八]どもに申しつけ　庭前の大竹を。一丈[九]あまりに切らせつつ　節を抜かせて油をしこみ。猛火の上に投げ渡し　煽ぎたつれば燃えあがり。竹に油の

一　『孟子』離婁下篇に見える「君の臣を視ること手足の如くすれば、臣君を視ること腹心の如し。君の臣を視ること犬馬の如くすれば、臣君を視ること国人の如し。君の臣を視ること土芥の如くすれば、臣君を視ること寇讐の如し」による文脈。

二　お上を欺いて。

三　原本に「死生」と書いて「しきよ」と振仮名がある。死んだのか生きているのかわからない間は。

四　お上の命令を家来に伝える使。「上使」という表記が通常であるが、原本の「諚使」に随った。

五　これより上がない程の極端な驕り。

六　度を過す。

七　わがままに、自分の思い通りに。

八　屈強な若侍。近世では武士の階級名としての用法もあるが、ここでは若者の武士の意であろう。

九　約三メートル。

乗りしころ　[一〇]むざんや伏屋に縄をかけ。庭上にひつすゆれば[一一]　塵塚まなこに角を立て。はつたと睨んでいふやう。「ヤレ胴欲[一二]もの　人でなし。[一三]おのれを見そめしこのかた　しばしも忘るる暇なく。た[一四]いこにふきこみ[一五]宿屋を頼み　大分の金を費し。さま〴〵心をくだきつつ　呼べども〳〵出合はず。このたびさいはひ葛之丞　勘当うけしを[一六]時こそと。義を捨て主人を追ひ失ひ。貪欲心をおこせしも皆これおのれゆゑにてあり。しかるをつれなく振舞ふは。友綱に思ひ深くのぼりつめたるゆゑなりき。しかるところを某が　うか〳〵[一七]くどくも愚痴の至り。向後さらりと恋をやめ　思ひの絆をふつつと切る。しかしそのはう友綱に　思ひは深くあるべきが。思ひといふ字の正体を　つひに見たことあるまいさ[一八]。それゆゑ[一九]思ひの体を拵へ　ただいま汝に見するの間。人の思ひもさぞかしと　よく〳〵見置け　[二〇]下燃えに。こがれこがるる胸の火の　猛火となつて焔を焚く　また[二一]恋すてふ竹の橋　渡りくらべて思ひ知れ。そのせつなさは

一〇 残酷な状況で、いたましく思う気持。

一一 「引き据ゆれば」の促音便。庭に引きずり出してすわらせると。

一二 不人情な者。

一三 対称の代名詞。相手を蔑んでいう。

一四 幇間。たいこもち。

一五 遊廓で遊女を呼んで遊興する家。揚屋。

一六 この時がチャンスと思って。

一七 うきうきと。浮いた気持で。

一八 会話の末尾につけて、軽く強調する助詞。元来は武士言葉である。

一九 思いをかたちにして。「思ひ」を「火」にかけて、以下油竹の猛火のことをいう。

二〇 「燃え」「こがる」「火」「猛火」「焔」と縁語でつづる。

二一 「ささやき竹」が恋の手段として用いられることから、火責めの竹の橋を渡って、私の恋の猛火を思い知れの意。

いくばくの　ことと思ふぞ恋しらず[一]。さりとは憎き女めかな　それ〳〵汝ら追ひ上せ。憂き目を見せよ」といひければ　逸り男[二]の若者ども。伏屋を取つて「橋上を歩め〳〵」とさいなみしは（折檻するさまは）。無[三]間　叫喚　阿鼻　永沈　験生地獄の苦しみも。これにはいかでまさるべき　一足歩めば蹠[四]の。皮もたくれつ（皮もめくれて）肉裂けて　血潮流るる滝つ瀬は　猛火も消ゆるばかりなり。されども伏屋　思ひきりたるありさまにて。橋上なかば押し渡りにつこと笑うて振り返り。「（伏屋）敵ながらもやさしさよ（あっぱれである）。思ひのせつ[五]なるかたちをつくり　報いをかへす（私に仕返しをしようと）身の責めか（いう折檻なのか）。さて〳〵思ひといふものも　よつぽど辛いものなるが。わたしが見する心中[六]の　二字に比べてみた時は。はるかにおとりて覚ゆるなり。いかなる辛さにあふとても　いとしいかあいし[七]人をすて。おのれが色になびかうか（お前の情婦になったりするものか）　殺さば殺せ未来まで。友綱様を差し置いて　ほかの色にはうつさぬ」と。くどき立てむせ返り　声を。あげてぞ泣きゐたる。

一 恋愛の情を解しない、つれない者。

二 血気にはやる若者。以下は「火責め」と呼ばれる私刑の一つ。赤く焼いた鉄を押し付けて責める場合と、ここのように燃えている木の上を歩ませる場合がある。

三 以下地獄の名称を並列している。「無間地獄」は八大地獄の第八番目の最下底部にある地獄で、間断なく責苦を受ける。「叫喚地獄」も同じく第四番目の地獄で、熱湯猛火の苦しみにあう所。「阿鼻地獄」は無間地獄の別称であるが、ここでは別の地獄と考えているのであろう。「永沈地獄」は元来は浄土双六用語で、一度そこにとどまると長く出ることのできぬ場所で、転じて一般に地獄の称として用いる。「験生地獄」は死相の六験の一つで、死に至って頭から冷えだして、足の裏だけがまだ温かい状況をいい、地獄に堕ちる相という。したがってここに並記した五つの地獄は仏教説話などに基づく地獄の呼称を正確に並べたものではない。

四 足のうら。「あ」は足の意で「な」は格助詞。

五 「切なる思ひ」の「切」に「節」を、「ひ」に「火」をかけて、猛火の竹の橋をさして「思ひのせつなるかたち」という。

六 恋愛の関係において、相手に対して信義、愛情を守り貫こうとする心。

七 「可愛し」の訛。

両輪之介、伏屋救出に登場

〔けいせい筑波山〕

八　しゃべることを罵《ののし》っていう語。頰桁《ほほげた》を叩く。

九　罪人を木に吊して責めるのを古木責めといい、近松作『出世景清』三もここと同様、梶原が小野姫を古木責め・火責めで拷問する場面があり、景清に救出される。古木責めの実態は『けいせい筑波山』に挿画がある。

一〇　火責めをしても、友綱への心中立てを口にするのは。

一一　眼・耳・鼻・舌・身・意の六根の器官によって、眼識・耳識・鼻識・舌識・身識・意識の六識の機能が働くという仏教の考えに基づく。鬼瓦が生命を得ることをいう。

一二　足をふんばって立ちはだかる。

一三　「うつそり」「すつぽり」は共に人を罵って呼びかける語。まぬけ。

塵塚いよ〳〵立腹し。「さて〳〵しぶとい女かな《強情な女だなあ》。まだ〳〵責めが軽いゆゑ　あのごとくなるほほげたきく八。それ〳〵汝ら引きおろし。くくりなほして向ふなる　松の梢《こずゑ》九に吊《つ》りあげよ。心中立て一〇をはき出すは　とにかく責めがたらぬぞ」と。大きにせいてもがくにぞ。ありあふ家中の若侍　ふびんのこととは思へども。時の威勢に従ふならひ　なさけなくも《無情にも》引きおろし。いましめ強く締めなほし　縄の端をば梢にかけ。「エイヤ。〳〵」と引きあぐれば　伏屋はいとど目くるめき　しだい〳〵に息切れて　すでにかうよと見えける時《もはやこれまでと思われた時》。不思議やそばなる宝蔵《ほうざう》の　甍苔《いらかこけ》むす鬼瓦《おにがはら》。六根六識《ろくこんろくしき》一一そなはつて　鬼《き》神《じん》のごとくすつくと立ち。伏屋を囲ひ縄切りすて。ふんじかつたる一二ありさまは　勢ひ勝《すぐ》れて恐ろしし。ありあふ者ども驚き騒ぎ　「これはいかなることなるぞや。末代末世《まつだいまつせ》に及べども　鬼瓦の化けたること。眼前《がんぜん》見たるは初めぞや　これは不思議」と見る所に。〔両輪之介は〕かづきし瓦を取つて捨て。「ヤレうつそり一三のすつぽりめら。見忘れたる

か　うろたへたか。〔我は〕文車両輪之介道早〔なり〕　久しいナア無量之介。さるころおのれめに　御家の系図。並びに泉州天川の籠城ども。城を渡せし連判状　たばかり取られし無念さに。[一]案内は知りつ　地をくぐつて御蔵へ忍び入り。思ひのままに奪ひ返し　立ち帰らんと思ひしが。[二]とてものことにおのれめが　首をはねて[三]三色とも。主君に渡し申さんため　暮るるを待つてゐる所に。思ひもよらぬ主君の妻女　某が手に入ること。うれしいと申さうか　主人もよろこびたまふべし。そのよろこびとして　うぬめが首　しばらく預け得さするぞ。追つつけ主君にめぐりあひ　[四]かたつぱし首

一　無量之介の館の状況は前からよく知っていた。

二　いっそのこと、事のついでに。

三　三点とも。すなわちお家の系図と天川城明け渡しの連判状と塵塚の首。

四　端から次々と、手当り次第に。「かたっぱしから」と同様、副詞としても用いる。

五　京都の五条橋と、その南の正面橋との間の賀茂川の河原。刑場であった。「六条河原、凡そ今の五条と正面との間を云ふ。……中古以来此地の西岸に刑罪場ありて罪人を斬殺す」（『京都坊目誌』下京）

戦闘、伏屋救出に成功

六「そやつ」の転。第三者を罵って言う場合に用いる。きゃつ。あの野郎。

七　あわてて狂ったようになる。

八　戦闘にそなえて緊急に集めた臨時雇いの武士達。

九　左手に矢をつがえた弓を持ち、まさに引きしぼろうとして。

一〇「案の内」と「打物」の掛詞。「案の内」は案外の対で、思いのままであること。「打物」は太刀・薙刀の類の武器をいう。たった一人を打留めることは思いのままで、武器を使うまでもない。

一一　矢を揃えて、整える。

一二　戦い・喧嘩など勢いこんだ場面の雰囲気を盛りあげる旋律の三重。このあたりの舞台は前頁挿絵参照。

一三　端隠れ。山の端に太陽が入り、幾重にも霧が立ちこめ、月は未だ出ない頃。暗闇の好機をねらっている。

をはね。六条河原[五]にさらさん」と。人を人とも思はぬは　あつぱれ不敵の若者なり。

塵塚驚き「かた〳〵よ。この二色を奪はれては　後日の詮議むつかしし。何とぞしやつ[六]めを打ち殺し　系図も状も取り返せ。それ突き殺せ突き殺せ」と　うろたへ回つてせき狂へ[七]ば。このたび一味の諸侍　また浪人の駆り武者[八]ども。槍先そろへ片手矢はげ[九]「たとへ鬼神なればとて。一人を留めんこと　案のうち物[一〇]までもなし。それ〳〵突きとれ」と矢先をそろへ　雨のごとくに突きかくれば。道早前後にまなこを配り　伏屋を後ろに囲ひつつ。風をよぎつて飛びくる矢を　切つて落すはもののふの。矢並束ぬる[一一]小手のうへにあられたばしる　三重[一二]〳〵ごとくなり。矢種尽くれば。多くの武士「たとへ文車なればとて。翼なければ天へもゆかじ　降りんず所を突き殺せ」と。たがひに力を合はせつつ　目をもはなさず待ちかくる。雲より雲に入日影　山にはがくれ[一三]八重霧に。月さへまだきころ

しもを　よき時分ぞとうちうなづき。（両輪之介）「ハテサテこれは先刻(せんこく)より。一御待ち久しう候はんに　よくこそ〳〵うれしけれ。さて何がなと存ずれど　この二仕合せにて候へば　御馳走(ちそう)申さんやうもなし。さりながら　焼きかげんよき瓦にて候へば。少々贈りまゐらする　賞翫(しやうぐわん)あつてたまはれ」と。拾ひかけ〳〵はらり〳〵とうちかくるは。霜の枯野にこがらしの　さそふがごとく　三重〽見えにけり　いさみすすみし。塵塚が　三頼みきつたる侍ども。しばしたゆんで見えけるを　文車時分は今こそと。伏屋を左手(ゆんで)にしつかとだき　右手(めて)にて四竹の葉末(はずゑ)を取り。南無八幡と五観念し　ヲクリ塀(へい)の　〽外面(そとも)へ飛び越して。足ふみなほし落ち行きしは　人間わざとは見えざりき。塵塚驚き「コハいかに。しやつめを生けては身の大事。さりながら　女をつれにも六道果(みちばか)は行くまじきぞ。かた〳〵追つかけ討ち取れ」とその身は館(たち)に居残つて。出口〳〵へ手分けをなし　七跡を。したひて　八三重〽おはせぬる。

一 長い間お待ち下さって、誠に嬉しゅうございます。皮肉たっぷりの言葉。
二 事のなりゆき。始末。
三 頼りにしきっていた。
四 竹の葉の一端を握って、竹の撓(たわ)みの弾力を利用するのであろう。なおこの当時の竹馬は、葉のついた一本の竹にまたがって走り回るものであるから、その意も含めているかもしれない。
五 心の中で祈念する。言葉で念仏を称える「称念(しょうねん)」に対して、口に出さずに思念すること。
六 行程の進行の程度。行程が思い通りにはかどる場合に「道果が行く」という形で用いる。
七 追跡する。追う相手が恋しい人である場合にも、仇敵である場合にも「したふ」という。
八 舞台転換の三重。ここで舞台は松虫の住家の場に転換する。

〈松虫亡霊の場〉
両輪之介・伏屋、山里の庵に一宿

[九]妹背鶉の。かたつばさ。あはでこがるる身の行方（大に逢えずに恋いこがれている）　[一〇]木幡の里へ馬やろと。いへど（〔馬方が〕）それさへ恐ろしく。今は杖にも力にも。ただ文車に助けられ。肩にかかればわれはただ　[一一]かたは車の生き甲斐も　[一二]なくよりほかのことぞなき。されども道早頼もしく。伏屋を背にかきいだき。（両輪之介）「必ず気づかひあそばすな。両輪之介がつき添へば。片輪にもせずわが君に。ほどなく逢はせたてまつらん。さてかく某道をかへ　[一三]本街道へ出でずして。西山かげへかかりしは　さる[一四]勝間の落ち足に。君は[一五]住吉神宮寺に　待たせたまへと約束し。御あと慕ひ候に　はや神宮寺にましまさず（いらっしゃらない）。さては御手の養生に　[一六]御知行所のことなれば。もしもこの山里へ　忍ばせたまふこともやと（忍んでおられるかもしれないと）。それゆゑ道をかへけるが　今は敵にしたがへば。そこつに尋ねられもせず（軽々しく尋ねることもできず）。ハテどこがなナア（何処がよかろうかナア）。幸ひの寺でも庵でも候へかし。しばしの間宿かりて　御悩みをもたすけつつ（火傷の治療をしながら）。またいづ方へも立ち退きて　しの

九　鶉のひとつがい。仲のよい男女のたとえにいう。ここでは友綱と伏屋をさす。友綱に離れた伏屋を「片翼」という。

一〇「山科の木幡の里に馬はあれどかちよりぞ来る君を思へば」（『拾遺集』巻十九）にもとづき、謡曲、浄瑠璃などこの文脈の表現は多い。「馬やろ」は馬方が客をさそう時に呼ぶ詞。地理的に山科の木幡では都合が悪いが、上記の和歌と友綱を尋ねる伏屋の心とを重ねた表現と考えれば納得がゆく。

一一　火傷のため五体満足でない身の意の「片輪」と、肩車の意を兼ね、さらに両輪之介の縁語とした。

一二「生き甲斐も無く」と「泣くより」の掛詞。

一三　本道を通ると危険なので、脇道を進む。「本街道」「西山」ともに具体的に明らかでない。

一四　勝間の里における逃亡の時をいう。

一五　三二頁注六参照。

一六　支配している土地。

びくにわが君の。御隠れ家を尋ねまゐらせ　何とぞ逢はせたてまつらん。ただ御心やすかれ」と　ゆふ闇暗きまがひ道。分けつつゆけば山くまの　一むら松の木深きに。宮とも寺とも知れざるに　ともし火かすかに影見えて。人音まれなる所あり　文車うれしく立ち寄りて。「ちと御内へもの申さん。これは行き暮れたる旅の者。ことにいたはる人をつれ　難儀に及び候ふなり。はばかりながら少しのうち　養生させさせたまはれ」と。小声になつて訪るれば。金闕の西廂に玉の扉を叩く。転小玉をして双生に報ぜしむ　とは候へども。葦もて葺ける竹柱　掛金いらぬ筵戸に。蔦の片壁片仮名の　井の字窓より見る月の。影さへもなき独り住み　頼み甲斐なき庵なるに。「行き暮れたる旅人なるが　病苦せつなる人を連れ。一夜の宿とのたまふは　げにいとほしき御ことや。いかでか惜しみ申すべし。はやこなたへ」とぞ請じける。文車よろこび「かたじけなし　しからば暫し臥させてたべ」と。伏屋をおろしたてまつり　挨拶一つ二

一　「言ふ」と「夕闇」の掛詞。
二　わかりにくい、まぎらわしい道。
三　山の凹んだ、陰になっている所。
四　病気になっている人。怪我をしている人。
五　白楽天の『長恨歌』には「金闕の西廂に玉の扃を叩き、うたた小玉をして双成に報ぜしむ」による。黄金の宮門の西の廂に来りて玉の扉をたたけば、少女玉扈が立ち現れて董双成に取次ぐ、という意。『長恨歌』では蓬萊の島における描写であるから、人音まれなる異様な住家を訪ねる描写に用いた。
六　筵をさげただけの粗末な入口。
七　表か裏の片側のみに土壁を塗った粗末な壁。その壁に蔦がつたっている。「片壁」「片仮名」は頭韻。
八　「井」の字の形に、縦横二本の桟を渡しただけの粗末な窓。
九　月の光さえさしこまない。
一〇　挨拶を一つ、二つ、三つ交わして、そのまま眠りにつき、時は四つ（午後十時頃）過ぎになる。

つ三つ。四つ過ぎ夜半のころなりけり　むざんや[一一]伏屋はひめもす[一二]の。責め苦に気づかれ文車は　手いたき働き身心とも。疲れはてけん仮枕　ヲクリうつつに〳〵あらぬ夢心。

しかるにありつる[一三]老女のかたち　うるはしかりける姿となり。衣[一四]をかいとり枕をおさへ　立つて徘徊していはく[一五]。「われはそも　コレそなたが叔母。無量之介が槍先に　露の命を取られたる。松虫が亡き霊なり。前生にては唐の玄宗皇帝の　一の后とよばれたる。楊の玄淡が乙娘[一六]楊貴妃といへる者。そなたもかはらぬ（私同様）虞氏君とて　いづれも劣らぬ身なりしが。ある時玄宗たはむれたまひ。誰をか一の后に立てん　双六[一七]打つて勝負をなし。その勝ちたらんが后ぞと　すでに勝負になりし時。みづから勝つて后に立つ　虞氏君これを口惜しと。華清宮[一八]なる温泉の　だう〳〵[一九]たるにおり浸り。思ひ切りたる恨み死　最期に及んで今こそは。かかる辛さにあふとても　生きかはり死にかはり　一度は妻となり　今の恨みをはらさんと。思ひこんだる

松虫の亡霊、前生の回顧

一一　三五頁注一〇参照。
一二　朝から晩まで。一日中。
一三　既に一度話題に登場した人や物を、再び持ちだしていう時に用いる連体詞。例の。前述の。
一四　着物の裾を手ですこし持ち上げ。女らしい美しい姿態の描写。
一五　謡曲『鉢の木』の「人は鶴鷺を着て立つて徘徊すと言へり」による文脈。
一六　次女。
一七　一四頁参照。
＊　掛物を唐絵と判定した伏屋は前世虞氏君であり、掛物の所持者であった叔母は楊貴妃であり、友綱は玄宗皇帝であったという種明しの設定。
一八　中国の長安の南東、驪山にある離宮。玄宗皇帝が楊貴妃をつれて遊んだ所として有名。その温泉を虞氏君の恨み死の場所とするのが趣向。
一九　温泉が水量ゆたかにたっぷりと流れるさま。

一念にて　今弥三郎友綱に。愛せられつつ妻となる。また友綱は前世の君　すなはち玄宗皇帝なり。われまたその後この国に。江口[一]の君と生来し　君傾城の守りとなる。本地[二]は普賢菩薩[三]にて　垂跡は尾張の国。白鳥[四]の大明神　ありし昔の恋慕の報い。返し与へんそのために　音ばかり残す松虫と。生れてかくのごとくなり。われ日本にて傾城の元祖をとつて　流れの道[五]。わかれ〳〵て末世にいたり　分[六]里さかんに繁昌す。これ秋津洲[七]は武門のさかえ　御代長久の印なり。いで〳〵傾城色遊びに　八徳一損[八]あることを　伝へて世々に広めん」と。不思議や現の筆のあと　ヲクリ　あたへたまふぞ奇妙なる。

好色八徳[九]

「むかし〳〵は妹背ごと（恋の道は）　親同胞の名づくるまで（婚約をするまで）。色といふ字を知らざれば　人間の知恵づくこと。二十を越せども愚かにて　世渡りの道孝の道。後世の道なほ疎かりき。煩悩[一〇]もと菩提ぞと　わがま（目に）

一　摂津国西成郡江口の遊女。淀川の右岸にあり、交通の要衝で、古くより隣接の神崎とともに遊女の里であった。謡曲『江口』は西行法師と江口の君の説話に基づいて作られ、江口の君を普賢菩薩の化身とする。

二　後の「垂跡」に対する語。仏教の本地垂迹説によるもので、神はこの世に仮の姿となって顕れる乗迹身であって、その本源は仏菩薩であると考え、これを本地とする。天照大神の本地を大日如来と考えるような思想。

三　釈迦如来の右の脇士として白象に乗る菩薩。江口の遊女を生身の普賢菩薩と見たという説話は『撰集抄』六など多くあり、それによって謡曲『江口』は成立した。

四　信濃国小県郡白鳥庄にある白鳥大明神が有名であるが、ここは「尾張」とあるので、日本武尊を祀る熱田神宮をいうか。

五　遊女の道。二八頁注六参照。

六　遊廓。色里。色の諸分を知る里の意。

七　元来は大和国の意であるが、大和を日本国の総称に用いるように、日本国全体をさしていう。

八　「八徳」は仁義礼智信忠孝悌の八徳目をいうが、ここでは遊女としての八つの得と一つの損をいう。

「好色八徳」の節事

九　以下四八頁六行目の「……残させたまひけり」まで、松虫の亡霊が好色の八徳を授ける節事となっている。

なじりにかかりしより。初めてこの道広めつつ　頓智種智[11]のもととなす。しかはあれどこの道の　過不及[12]なるを知らざれば。家を失ひその身を滅ぼし　欠落ちまたは心中の。中立ちとなる悲しさに　われ慈悲心の涙をそそぎ。姪ご方便の筆を染め[13]　この一巻を残し置く。名づけて傾城八花形[14]　すなはち八徳一損の。

そのしなぐ\をわかつなり。これを見これを知る時は。惑はずなづ[15]まず粋となる。先づ第一は人に揉まれ　座配品[16]よく　きれはなれし[17]やんとして　さて。凛として。そして心の角とれて　かけずさはら[18]ず受け流す。水の流れのさつぱりと　言葉すずしき挨拶の。物ごし[19]

一〇『摩訶止観』八上の「煩悩即菩提」による。『譬喩尽』に「煩悩は菩提の種」とあるように諺として一般化していた。煩悩と菩提はまるで反対のものであるようだが、そうではなく煩悩はそのまま悟りの縁である。
一一 その場で即座に出る臨時の知恵と、仏書に「一切種智」といわれる物の善悪を判断する根源的な知恵。合わせて知恵のすべて。
一二『論語』先進篇の「過ぎたるは猶及ばざるがごとし」による語。これも『諺草』に「過たるは猶不及が如し」とあるので、ことわざとなっていた。程度を過すことの不可をいう。
一三 筆に墨を染めて文字を書く。
一四 円の周囲に花弁様のものが八つ付いている文様の名。「好色八徳」の伝授の一巻の書名とし、更に本作の題名とする。
一五「なづむ、おもひ入て、執着する心なり。心外にあらずして、一すぢにかたぶく皃也」(『色道大鏡』一)
一六 人の集まる座における対応の動作。傾城が客席に出てのとりもちをいう。
一七 切れ離れ。物事に執着しないで、さっぱりとしている。
一八 当らずさわらずに。
一九 言葉の言いぶり。話しぶり。

はでに男子を。みがかば廓の。水ぞかし。第二番には　酒間[一]も上戸はさらなり下戸とても。座馴れ席馴れ上手となり　酒宴の間をも合はせつつ。間[二]の押[三]へのまた間も　つぎめかはりに障りなく（盃のやりとりの間に支障がなく）。つつとさしもの[四]兵の交はり。頼みある中の酒大将。さて第三は　買日[五]のほか。かりの枕のささめごと（枕を交わして愛をささやき）　しかも誓文[六]寝姿の。肩にくひつく[七]恋の重荷。また肩かゆる別れしな　余の色里にないことよ。第四には　諸商人人の身上見聞くこと。これ第一の肝要なり。売掛または預け銀[八]　思ひのほかに損あること。先の手見えぬ暗事[九]に　とんと[一〇]はまるが浮世川。底の知りたきことあらば　かの敵[一一]の行く色宿に。たよりて囲[一二]の女郎をはなし（偵察にやって）　心をつけて（慎重に）うかがふべし。その大尽のしこなしにて。明さ暗さの見ゆること　闇夜[一三]にともし火得たるがごとし。これ調法の軍法　商人の功名なり。さてまた人の。顔かたち。かがみに向ひ直すがごとし　この艶里[一四]に入りそむる。衣の模様も風俗も　ヲクリ中着[一五]。下着の思ひつき　腰のまはりの物好き[一六]も。

一 酒の相手。酒席のとりもち。
二 二人が酒席で盃を交わす時に、第三者が入って、一方に代って盃を受けて飲むこと。
三 酒席でさされた盃を飲まずにそのまま留保しておくこと。
四 「つつとさす」と「さしもの」の掛詞。「さしもの」以下、謡曲『羅生門』の「つはものの交はり頼みある中の酒宴かな」をふまえた文脈。
五 傾城を廓で買って遊興する日。
六 神にちかって誓約する文言。仮枕の私語が単なる私語に終らず、誓文である意。
七 「恋の重荷」の縁語で、「肩にくひつく」「肩かゆる」という。恋情の堪えがたく重いことをいう。「肩かゆる」と「方かゆる」を掛詞として「別る」につづく。
八 貸した金。通常無期限無利息であるかわりに、請求があればいつでも返済する約束であることから、預け銀という。
九 秘密の仕事。多くは人に知られたくない不正な仕事をいう。
一〇 すっかりはまってしまうのが浮世である。それを「はまる」から「浮世川」と「川」を出して、「底」へとつづける文脈。「川底」は相手の本心をさす。
一一 お敵。遊女の相方の客をいう。
一二 遊女の位の名称。最高位が松、次を天神といい、その下が囲である。鹿恋とも書く。

下卑ず愚ならず俗ならず。一興あつて至りあり　[一七]当世男と指折りの。五番とさがらぬ面影と。誉れを。とるも得分の。第六番は　[一八]これよりぞ物のあはれは知るぞかし。恋と情けは仁義の二つ。身の一芸は文の道。仮名美しう書きなして。言の葉つづる　[一九]糸竹や。[二〇]蹴鞠茶の湯香の道　万の芸能たしなむも。廓通ひの[二一]余情より　つづまるところは徳となる。第七番は　請け出し本妻になほすこと。素人の知らぬ勝手なり。[二二]善悪の沙汰七十五日　親同胞の憎みをうけ。一家の老人　つきあひの謗りを受くるやうなれど。年月あまたの[二三]客にすれ無理な口説もしなをつけ。[二四]わけよく捌く心から　姑小舅なづくること。内外の下人下女までに　言葉優しくたんのうさせ。夫の友を大切に　世帯の始末ぬけめなく。悋気はせねどおのづから　夫を出さぬ[二五]しかけごと。これみな利発の徳ぞかし。第八徳は若き時　[二六]傾国に立ち寄る人。老いても世間に交はりて　心古びず面影も　かはらで一生つれ〴〵なく。これ存命の徳なりき　さて。一損は　悪洒落

一三　諺の「暗夜に灯火消えし如く」（『譬喩尽』）を逆に言った。
一四　廓。色っぽくいう文学的表現。
一五　下着と上着の間に着る小袖。
一六　趣向をこらすこと。着物の腰まわりの色模様についていう。
一七　現代風なハイカラな男だと、指折り数える中に入る。「指」から「五番」を導く文脈。
一八　藤原俊成の「恋せずば人は心もなからまし物のあはれも是よりぞ知る」（『長秋詠藻』中）による。
一九　「しちく」を訓読した語。絃楽器と管楽器。転じて管絃の音楽をいう。
二〇　けまり。底本は「しらぎく」とある。十行本は「しうぎく」とあるので誤刻と見る。
二一　間接的に得ることのできるもの。おこぼれ。
二二　諺「世の取沙汰も七十五日」（『毛吹草』二）による。
二三　客にもまれて、人扱いに慣れる。
二四　人情の機微にうまく通じて処理をする。
二五　たくらみ事。上手にしかけて夫を出さぬようにすること。
二六　元来は傾城と同じく遊女のことであるが、転じて遊廓の意にも用いる。

や悪功仲間なんどとて。娼をうちこみ太鼓をいぢり　少しのことに揚屋をかへ。無益の女郎を荷なひつつ　引舟禿に引きづられ。本名呼ばれ恥をかく　後には娼も揚屋も嫌ひ。工面ごかしに大方は。これより身代ひづみつつ　つひには家を持ち崩す。これ一損にあらざるや　後代傾城八花形。これを写して色人の。手本にせよ」と一筆を　枕に。残させたまひけり。

白鳥明神の神護

人々驚き夢うちさまし。かしこを見れば一巻の伝書あり。「こはありがたし」と押しいただき　すでにかしこを立つ所に。追ひ手の侍数十人　「すはあますな」といふほどこそあれ。前後左右より押つ取りまき　すでに危く見えける時。不思議やありつる庵のかたち　たちまち白鳥明神の。御影をあらはし虚空に上がり　敵に向つてはたらきたまふ。羽風はすなはち神風と　吹きかはり吹きすさび。古木を吹き折り砂をまき。地をかへしぬるありさまは　恐ろしかりける　三重〽神崇り　いさみ進みし。追手の武士　まなこもくらみ

一 遊廓に遊んで、悪ふざけをする仲間たち。
二 遊女を言葉で言い負かす。「よね」は『志不可起』に「よね、武江の俗遊女をよねと云は米か」とあるので、もと東国の方言か。
三 自分の負担とする。
四 廓では遊女は勿論、客も替名で呼ぶ。「入郭の人の名を求る事故実あり……当道はしのぶをもととするなれば必いひかへべき道也」(『色道大鏡』十二)
五 人のために工面しているように見せかけて。
六 色道に携わる通人。
＊ 以上「好色八徳」は元禄十六年正月刊の『好色敗毒散』一・二に「十徳一損」に替えて模倣されている。
七 例の。四三頁注一三参照。
八 神や仏のお姿。
九 戦場で活躍する意に用いる。
一〇 白鳥明神の姿から、その働きを「羽風」と描写した。「はたらき」「はかぜ」と頭韻をふみ、「羽風」「神風」と脚韻、さらに「吹きかはり」「吹きすさび」と頭韻を重ねた文脈。
一一 大地をひっくりかえすような、大騒ぎがおこる。
一二 その場にいなくなった。「てげり」は完了の助動詞「つ」の連用形「て」に助動詞「けり」が接続する場合「てんげり」となり、それがつづまって「てげり」となったもの。
一三 松平（徳川）を暗示して、太平の御代を称える段

切りの手法。「永代松の朶を鳴さず、此御時江戸に安住して猶悦を重ける」（『本朝二十不孝』五・四）も巻末で同じ手法。

一四『万葉集』巻二十の「船競ふ堀江の川の水際に来ゐつつ鳴くは都鳥かも」に基づき、謡曲『隅田川』にも用いられた有名な歌。

一五『日本書紀』仁徳天皇十一年十月の条に基づく。堀江の土地伝承としては一般的なもので、『芦分舟』一に「堀江。仁徳天皇。十一年の冬十月南水を引て。西海に入、因て以て其名を堀江と号し給ふと。日本紀に見えたり。今の木津村と云所也。万葉船きおふ堀江の河のみなきはに来ゐつつ鳴は都鳥かも　江辺」とある。

一六 道頓堀の歌舞伎・浄瑠璃の劇場合わせて七軒をさす。元禄十六年（一七〇三）には東から、東の芝居（歌）、出羽（浄）、豊竹（浄）、角（歌）、中（歌）、竹本（浄）、大西（歌）の七軒があった。

一七「しらの町」「気の通り丁」共に不詳。大坂の地名でなく、「知らない町」「粋な丁」の意かも知れぬ。

一八 家の中に閉じこもって、外に出ぬこと。

一九 貯え、財産のない身。

二〇 落ちぶれてみすぼらしくなり、元の面影がなくなってしまうさま。

二一 深山の木のように。「深山木」「見る」「身」は頭韻。

〈葛之丞陋居の場〉

マクラ　大坂の繁栄

葛之丞の町屋住み

心も乱れ。前後を忘ずるその隙に　二人は逃れらせてげり。まことに神力擁護のせめ　不思議なるかな妙なるかな。悪人残らず吹き散らされ　なほ治りし松杉も。千草もただちに立ち直るは　すぐなる。御代のすがたかな

第　三

船競ふ堀江の川と詠みけるは。仁徳天皇十一年　宮外の南水を。西海へ落さんと　江を掘り貫きて地をならし。町々小路を割りつけて　民屋甍を争へば。七座の市蔵しらの町　気の通り丁いく筋か。軒を並べて繁昌の　千草も靡く所かな。

さても忠臣葛之丞　主君の勘気を蒙りて。瑞竜寺よりすぐさまに。親子三人立ち退き　しばらく蟄居してげるが。もとより用意なき身の上。永々の眼病に　尾羽を枯らして深山木の。見る影もなき身と

＊落ちぶれて身をやつし、町屋住みとなった忠臣葛之丞の世話場で、歌舞伎の手法。葛之丞は眼病を患い、女房の仕立物の仕事で生活していた（六五頁挿絵参照）。

一 山城国乙訓郡（京都府長岡京市）にある歌枕の「羽束師の森」。「前垂や襷にやつれ恥づかし」と「羽束師の森」を掛け、更に「もりづけ頃」に掛ける。

二 子守をつけるような年頃。

三 不詳。露は豆板銀のことで、わずかな生活費を算段する意か。

四 砧に衣をのせて槌で叩く。

五 奉公人・遊女などの周旋を業とする人。口入れ。

六 二つ以上のものがまぜ合わされて、一つにまとまってしまっていること。「欲と悪との二筋をなひまぜ」と、弥太八の呼び名「なひまぜの弥太八」の掛詞。

七 四七頁注二六参照。

八 茶屋を音読した語。色茶屋をいう。「傾国」と脚韻を合わせる。

九 「どこ」の転。強めたいい方。十行本では「茶やがたにはどつこにも」と「は」がある。

妻・娘の苦労

色商い弥太八の来訪

なれど。世に連れ立つは女房の習ひなりとて（世間の風潮にしたがうのは女の常であると）馴れぬ業。馴れ馴染みなき町屋住み。

それに染まれば。前垂や。襷にやつれ恥づかしの。もりづけころな小娘も　世に従へば是非もなの（町人世界のならわしに従えばやむをえない）。露をそろゆる母親は　衣打つらん火たくらん　立居せはしき世渡りや。世やの浮世や世の中や。

奉公人の肝煎りに欲と悪との二筋を。なひまぜの弥太八とて　傾国茶屋一ぱいに（一手に引受けて）。色商ひの口入れあり　つねぐ\かしこに出入りしが。かねぐ\の契約ときほひかかつて（いきおいこんで）入り来たり。（弥太八）「ナウ御内儀様精が出る　御亭主は留守か」といふ。女房何か差し置きて　「ようござんしたなう弥太八殿。なるほどぬしは（亭主は）昼前から　眼医者の方へでござんすが。なんの御用」と尋ぬれば　「されば内々あの子がこと。はうぐ\の旦那衆に話をしてみましたが。茶屋方にどつこにも思ふやうな口がない。それゆゑ廓で話したりや　さる旦那衆の見たいとて。すなはち同道しましたが　留守なら埒があくまいか」。女

房重ねて「なんのいの[一〇]。まあ見せましてくだんせ。それ〳〵小春
煙草盆　茶釜の下をふすびやるな[一一]」と。打盤取り置く横槌で[一二]　庭掃きまはれば弥太八は。やがて表へ走り出で。「ごらうじましたか旦那　亭主は留守にて候ふが。少しも苦しう候はず　そのうへ追つつけ帰るとの御事にて候へば。先づから[一三]お通りなされまし　お茶一つ」とぞもてなしける。

かの男（傾城屋）小声になり「これ〳〵弥太八　先づ待ちや。娘を見たが道具[一四]もそろひ。言はうところのない器量　きはまつて松の位[一五]。もしも太りが出てきたら（どれ程すばらしくなるかわからない）　なんとあらうも知らぬこと。（しかし）これは手遠いこと[一六]なれば　飛びつくやうにも思はぬが（とびつく程今すぐ欲しいとは思わないが）。さてあの母親はなんと見事な者ではないか。今ごろ廓で口を聞く（はぶりがよい）太夫のうちには一人もない。世界の美人といふはアノ女房のことであろ。さりとては欲しいもの　突出し[一七]に出したらば。おそらくは一年中　客もがかせて売りつめて（遊客をいらいらさせて毎日売りつけて）。金箱積んでみようもの。コレ弥太八。さあならうなら世話を

一〇 何でもないことです。

一一 煙ばかり出して、すすだらけにするな。

一二 洗濯物をたたいて柔らかくするための木製の台を「打盤」といい、たたく道具を「横槌」という。「ウチバンヨコツチ二品ハ擣衣ノ具也」（『守貞漫稿』六）。「取り置く横槌」と「槌で庭掃く」は掛詞。「槌で庭掃く」は急な客にあわててもてなし、追従するたとえ。「槌で庭掃」（『譬喩尽』）

一三 どうぞ。相手の動作をうながす時に用いる副詞。

傾城屋は母親に執心

一四 顔の道具。即ち目・鼻・口などをいう。

一五 遊女の階級の最上位。松（太夫）、梅（天神）、鹿（囲）の三階級に分れていた。

一六 手もとから遠い。距離にも時間にもいい、ここではずっと先のことなので の意。

一七 禿の期間を経ることなしに、廓に入るとすぐに客に接する遊女。「突出、同じく新艘の事なり。されども是は幼歳よりかかへ置て養育せず、禿となりて先輩にもつかへず、十四五歳、十五六歳にて其家へ来り、其儘傾城に仕立出すを突出しといへり。是郭中の者とりあつかふ詞にて、外よりはいはず」（『色道大鏡』一）

やけ。[一]がらり百両年（ねん）[二]六年　そちへの祝儀が二十両。ただいま出さうがしてみぬか（やってみないか）。どうぢや／＼」と背中をたたき。そぞろに[三]もがいて強（し）ひければ。

弥太八もとよりも貪欲深く。「いかにも／＼見事なは　近国に隠れなし。ちよつと[四]見に来るばかりさへ　金の二杯も三杯も。つかうて見物する女房　金儲（まう）[五]けるは見えたこと。さりながら大切な。人の女房で候へば　高（たか）[六]でならぬは知れたこと。しかし亭主も浪人で。眼病ゆゑにびつしやり[七]と　身代つぶれしことなれば。小判を見せて弥太八が　ちよつぽりと実事（じつごと）[八]の。工面（ぐめん）[九]にかけてやつたらば　ゆくまい（成功しない）ものでも候はず。昔はなんでもかでもあれ　当代耳[一〇]を揃（そろ）へたる。金百両といふものを　ぐわらり[一一]と出して見せたらば。十（とを）[一二]が九つ九分（くぶん）まではコリヤいきさう（成功しそうな）なものぢやが」と。気を持たすれば「ヤレ男。（傾城屋）そちがゆかう（できると）と睨（にら）んだに　なんの違ひがあるべきぞ。コレ／＼小判百両は　不断放さぬ（いつでも持っている）傾城屋。切（きれ）[一三]れも軽目もござらぬわ　どうぞ小判

一　給金、契約金などを全額前渡しにする場合の総計の金。「分て見よいのはかしらに給銀皆取をがらりといふ也」（『好色貝合』下）

二　年季奉公の期間を六年間と定めること。

三　落着きなく、そわそわしているさま。

四　ちょっと顔を見に来るだけで、金を二杯も三杯も使って見ねばならぬ美しい女。

五　廓の勤めに出れば客が多くついて金儲けになる。

六　そもそも初めからできぬ相談であることは、当然である。

弥太八、母親周旋の計略

七　どうにも動きのとれないように、打ちのめされるさま。ここでは貧乏してすっからかんになるさま。

八　歌舞伎の演技用語。立役の演技で、正しい判断力をそなえて、誠心誠意正義のために力を尽す演技をいう。そういう演技でだまそうとするのである。

九　相談をしかける。実事風に相談をもちかける。

一〇「耳」は平たいものの縁をいう。大判、小判のふちをそろえる意で、過不足なく金銭を整える。

一一　小判がぶっつかり合ってたてる音をあらわす擬声語。多くの音が重なって生ずるときに用いるので、百両の小判をすっかり揃えて出すことをいう。

一二　十のうち九つ。十分の九。

一三　正常な小判が百両完全にそろっていることをいう。「切れ」は小判についたきず。「軽目」は量目が不足すること。「其小判は切（きれ）もなく。かる目もないかと

を見せかけて。手柄に太夫を取つてみしや。祝儀の金は二十両　万事首尾してあとから」と。金渡すれば請け取つて　先づ懐にずつと入れ。「諸事は拙者にお任せ　追つつけ亭主も帰るべし　先づ〳〵。こなたへ〳〵」と。打ち連れうちに入る[一四]月の影と。連れ立つ三重

〽[一五]謡悲しみの涙[一六]まなごに遮り　思ひの煙胸に満つ。つら〳〵これを案ずるに。[一七]三界に流転してなほ人間の妄執の。[一八]晴れがたき雲の端の月の御影や明らけき。[一九]真如平等の台に至らんとだにも嘆かずして。[二〇]煩悩の絆に。結ぼほれぬるぞ悲しき。

葛之丞帰宅

葛之丞末長は　浪々の身の上に。さいつころより眼病にて　医師のもとへ通ひつつ。養生怠りなけれども　いつ開くべき身の運も。[二一]月日ばかりを数へ来て　頼みがたなく行く道も。杖をやつこに[二二]つき〳〵もなき身の。ほどこそ悲しけれ。

　弥太八立ち出で　「ヤお帰りか」。(葛之丞)「いやめづらしの御声や。シテただいまはなんのため御入りにて候ふぞ」。弥太八聞いて　「され

とへば」(『好色二代男』三・二)

一四「内に入る」と「入る月」の掛詞。

一五 以下「……結ぼほれぬるぞ悲しき」まで、謡曲『柏崎』の「クセ」の部分と同文。語りも謡の曲節で語る。

一六 底本は「眼にさへぎつて」とあるが、十行本には「まなごにさへぎり」とあり、以下謡曲と完全に同文であるので、謡曲通りの十行本に随った。

一七 衆生が輪廻転生する迷いの世界。欲界・色界・無色界の三つをいう。

一八「妄執の晴れがたき」と「晴れがたき雲」を掛けて、更に「晴れ」「雲」「月」「明ら」「真如」と縁語でつづける。

一九 迷いのない悟りの世界。

二〇 いつまでも煩悩に捉われているのは悲しいことです。

二一「身の運も尽き」と「月日」の掛詞。

二二「やつこに衝く」と「付き〳〵もなき」の掛詞。杖を奴(下僕)として衝くだけで、お付きの従者が一人もない身。

傾城請状の押印

ばこそ。御頼みなさるることにつき　とくより参りて候ふなり。さておかさま[一]へいふとほり。小春ことをばはう〳〵と売つてみれども口もなく。やう〳〵廓に口あつて　どうやらかうやら売りつけた。禿[二]のうちは捨てにして　公界六年金十両。これでよいか」といひければ　（葛之丞）「先づもつて御世話や。ハテ女房だに合点なら　ともかくもよきやうに。御自分[三]頼み存ずる」といへども　下の心には。ただ口惜しとばかりにて　心までくる涙かな。弥太八今はしすませしと。金子を数へ　「これ十両。うち一両は十分一[四]　ただ好い仲には垣せいぢや[五]。後といはずに取ります」と　また懐へぬくめ入れ。さて証文を取り出だし。（弥太八）「コレ。いづ方にてもあるならひ。作法のとほり親判と請人の判がいる。ほかでは分[六]に請け取れど　こなたと拙者が仲なれば。余の請人を頼まずに　私が判をつぎまして　両判でこと済まします。どれ印判は」といひければ。末長なんの心もなく。「それ女房ども　膳棚[七]な。神の折敷の二枚目に印判があろ　持つておぢ[八]

一　上方語。町人の間で他人の妻をいう敬称。

二　禿の間は計算に入れないで、傾城の勤めをしてから六年間の契約で十両。「公界」は傾城の場合には「苦界」とも書き、遊女としての苦しい勤めの意。

三　対称の代名詞。敬意をこめていう。

四　十分の一。一割が弥太八の手数料である。

五　諺。親しい仲でも間に垣を設けてきっちりと礼儀正しくせよ。親しき仲にも礼儀あり。「よき中には垣をする」（『せわ焼草』）

六　親の判と請人の判を、それぞれ別に請ける。

七　食器棚にある神前の供物に用いる折敷。「折敷」は、檜のへぎで作った四角の盆。

八　「おぢやる」の命令形。「来る」の意の尊敬語。持っていらっしゃい。

や。はやう〱」といひけるにぞ　二人の判をぞ出だしける。弥太八判を見分けつつ　めい〱の名の下に。墨黒々と捺して取る　末長「これ〱弥太八殿。拙者はまなこが不自由なり　女房どもは無筆なり。手形の訳[九]を存ぜぬが　どのやうなことなるぞ。ちよつと聞かせてたまはれ」と　証文を差し出せば。弥太八ちやくと[一〇]引き取つて。「エエ聞くまでもないことよ。傾城奉公請状[一一]の事。一この小春と申す娘。ハテこの末は節つけて　子ども等までもいふとほり。なんの違ひがござらう」と　いひなぐり奥に行き。手形を渡し立ち帰り「酒を出さずはなるまいが。なんにも肴があるまいの。オオよきこと思ひ出したり。北島屋か山城屋で　肴を貰うてこうほどに。先づ盃を出さしやれ」といひ捨ててこそ走りけれ。

廓より女房請取の駕籠

所へ廓のうちよりとて　手代がましき者一人。駕籠をつらせて「お迎ひ」と　奥へかくといひ入るれば。浪屋の長立ち出でて「迎ひに来たか　気がついた。さて御亭主へは初対面。先づもつてこのた

九 手形というものはどんなものか知らぬが。

一〇 直ちに。すばやく。「即時をちやくじ又ちやくと、ちやつくりなどもよろしからざる歟」(『かたこと』三)

一一 近松作『団扇曾我』(元禄十三年上演か)に節事「傾城請状」があり「けいせい奉公請状之事。一此なみと申むすめながれのみちに身をしづむ……」と有名な、当時流行した浄瑠璃の一節があった。この事をふまえて、「ハテこの末は節つけて」という。

一 傾城奉公の契約の年数。
二 手元の生計。家計のやりくり。
三 死んで土葬にされても。
四 冗談じゃない。常規を逸した意外な言葉。
五 「けんにもない」の転。思いもよらない意外さに驚くさま。
六 捩じこむような態度ですわり込む。
七 前出五一頁注一六の「手遠い」と同意。

葛之丞と傾城屋の争い

びは　弥太八が肝煎りにて。御内儀の勤め奉公早速埒明き　このはうにも満足せり。年[一]の五年や六年のたつはちとのうちぞかし。無事で奉公勤め　また一所へ寄りたまへ。さあ〳〵太夫　駕籠に乗りや。さらば〳〵」と立つところを　末長「これは」と引きとどめ。「ムムなんとおしやる。某が女房を奉公に抱へしとや。それはどうしたいひぶん。この方には娘をば　六年切つて金十両。うち一両は十分一　残る九両を請け取つた。浪人のうへ眼病で　手前[二]なんともなりがたく。もつとも娘は売つたれども　女房は売り申さぬ。土[三]を被つて死ねばとて。いとし可愛い女房を　そもやそも勤めをさせて。その金で身命がどうつながるるものなるぞ。いやはや興[四]がる一言」と　けん[五]にようも。ない顔つきなり。

女郎屋どつかと捩[六]坐り。「なんとお言やる御浪人　女房は売らぬとや。もつとも娘を見せうとて　弥太八が連れ来たれども。娘はあまり手[七]が遠い　これは止しにといひければ。しからば内儀といふに

より　突出し[八]六年金百両。証文まで取つたるが　それにいひぶんあ
りけるか。コレ浪人殿。いつかに[九]身代ならぬとて　それは卑怯なな
されやう。ムムさては肝煎り弥太八と並んで　身どもをはめうとや。[一〇]
さて／＼野太い人がある。コレこちとは[一一]年中商売で。大分の金を出
し　大ぜい女郎を回す身が。[一二]その手を食はうと思やるか　足下[一三]の
明いうち。早う渡しや」と引き立つるを　（葛之丞）「どこへ」といひて引き
戻し。「ナニ拙者が売らぬ女房を　買うたといふはおのれが騙り。
[一四]いき盗人の昼強盗　肝煎りとうなづき合ひ。[一五]女房をかどはかし　傾
城にして売らうとは。さてたくんだり／＼。もうこのうへは飢ゑ死
んでも娘も売らぬ」と　金投げ返し。小脇指ひねくり回し　寄ら
ば突かんず勢ひなり。女郎屋いよ／＼合点せず　「オオそなたがか[一六]
まの前でこそ。いひたいわがままいはれうずれ　証文手形がものを
いふ。御代官所の鏡[一七]にかけ　御意次第に仕らう。[一八]泥水飲んで渡さう
より　内証にて済まされよ。それとても聞き入れなくば　明る所で

八　突出し女郎として六年間の契約で百両の前金。

九　「如何に」を、怒りのために強調していう言い方。「突出し」は五一頁注一七参照。

一〇　計略にかけておとし入れる。

一一　自称の代名詞。わたし。

一二　思うままに人を使う。

一三　手おくれとならないうちに。

一四　「いき盗人」「昼強盗」とも、人を強く罵って言う言葉。

一五　前もって相談して、悪い計画を立てる。

一六　公に対する私、世間に対する内輪の意に用いる。内輪の話だから言いたい放題言っているが、世間に出れば証文手形が物を言う。「釜の前了簡」「釜の前で舟漕ぐ」（『譬喩尽』）

一七　地獄の閻魔の前で生前の善悪を映す浄玻璃の鏡とかけて、善悪を御代官所で決定しようという意。

一八　泥水を飲むような苦しい責めにあって。代官所での裁きの結果敗北することをいう。

埒明けん　ソレ〳〵手代。御年寄家主殿五人組へも断れ」と。いひつけ下僕を呼び寄せ（傾城屋）「急いで袴を取つて来い。これよりすぐに御前へ行く　たつた今目に物見せん」と。畳を叩いてわめきける　所へ家主五人組。宿老町代　入りつどひ「こは何事ぞ声高な。両方ともに静まつて様子をとくと申されよ。子細を聞かん」と静むれば　末長立ち出で手を束ね。段々をいひければ　女郎屋は手形を出し。「御覧下され候ふごとく　金子を百両請け取つて。証文をいたしおきながら。ただいまになり金子をば九両返して。娘は売らぬ金は存ぜぬなんどとて　女房が儀を紛かす。千万わがまま横道者。はばかりながら私儀は　御存知の御方もあらん。廓にては隠れもない浪屋の長とて。太夫ばかりが十五人　天神囲端かけて。八十余人持つたる者。金の五十や百両で申し掛けを仕り。人様の目を掠め　不埒を申し上ぐべきか。かくお出合ひのうへからは　御代官所も御同然。段々御詮議下さるべし」と　ことをわけてぞ申しける。

一 町年寄。町の役人で、村方の名主・庄屋に相当する。大坂では惣年寄の指揮下にあって、町政全般の監督取締に当った。本業は別に営んでいる名誉職で、実務は町代が行う。

二 町方の土地家屋を所有して、人に賃貸を行う者。今日の経営としての家主のみでなく、町政の運営に参加し、町費等を負担することにより、町政の末端を担っていた。

三 町方の最末端の隣保組織。地主・家主の五戸で一組織を形成し、その長を五人組頭という。キリシタンの監視、犯罪の監視など、相互監察により犯罪の防止と告発を目的とした。相互扶助の機能も果している。

四 高位の武家を敬っていう語。ここでは代官所の役人をいうか。

五 町内の世話役。行政上の組織ではないが、年寄役として町人のもめごとの仲裁など、相談にあずかった。

六「町代」は注一参照。手代が連絡したので家主・五人組・宿老・町代が集まって来た。

七 今までの事の推移・経過。

八 手形を御覧下さればおわかりになるように。

九 女房の身売りについての件。

一〇 不正と知りながら、罪を犯したり、道にはずれたことを行う者。

一一 遊女の最高位が太夫。次位が天神。以下囲、端の順となる。この年刊行の『傾城色三味線』の「大坂新町女郎惣名よせ」によると、太夫を十五人も抱えてい

年寄家主聞きとどけ「いかさまこれはもつともなり。しかしこの証文に請人肝煎りなひまぜの弥太八と判形[14]あり。この仁はいづく（今どこにい）にぞ　何とて出合ひ申さぬぞ（何故今ここにいないのか）」。女房「それは先ほどから　肴の用意に参るとて　とくより出られ候ふ」と　これも段々いひわくれば（いきさつを説明すると）。年寄家主口をそろへ「ハテ不届きな男かな。これほどの騒動に請人出ぬことやある。それ〳〵（弥太八の）宿へ人をやれ」。畏つて町代が走れば　あとから夜番[15]が行く。「やれ人売りよ」といふもあり「喧嘩で斬つた」と沙汰をする。「酒の酔ひぢや」と逃ぐるもあり「強請者[16]ぢや」とはなすもあり。「やれ心中よ騙りよ」と　堀江はののめき[17]渡りあふ。

折ふし町代立ち帰り。「弥太八は五七日[18]以前に駆落ち[19]し。御帳[20]にも留り（書きとどめてある）候ふとて　家は空家で候ふ」と。様子を詳しくいひければ年寄家主五人組。「さてはこの肝煎りめが　亭主の眼病幸ひに。娘がことを種にして　騙りをつたにまぎれなし。ハテさていとしい[21]こ

る遊女屋はない。最も多いのが越後町筋の茨木屋妙了で、抱える太夫は八人である。大げさに誇張したものであろう。

町中の大騒ぎ

一二 言いがかり。

一三 町の世話役はすべてお揃いになっているので、代官所まで訴え出る必要もないだろう。

一四 文書や証文に押した印判のあと。

一五 町内から交代で、火の用心などのために夜勤務をする者。番小屋に詰めていた。

一六 言いがかりをつけて、人から金品をまきあげる者。ゆすり。

一七 「ののめく」は大声をあげて騒ぐ。「渡る」は広い範囲に広がる。あっという間に堀江中に話はひろがって大騒ぎとなった。

一八 三十五日以前。

年寄りらの裁き

一九 居住地から正式の手続きをふまずに逃亡し、行方をくらますこと。その失踪中の詐欺犯罪であったことがわかる。あるいは最初から詐欺を意図して前もって失踪しておいたのかも知れぬ。後者の場合は『曾根崎心中』の九平次の謀判に類似する。

二〇 宗門人別帳など、町役人が保管する諸記録。

二一 哀れな、気の毒なことだなあ。

とぢやなう。しかれども先様にはたしかな証文手形あり。というて眼前騙られしを　いかに手形があればとて。片手打ちにもなりますまい。ここは両方折れ合うて　たがひに了簡あらうこと。さて長殿へ申します。御自分にも大分の金子を出し抱へられ。堅い証文これあれば　いひぶんもつとも道理なり。なれども亭主は騙られて　わづか金九両取り。手形のとほり奉公に出しませうとも申すまじ。いはば弥太八　長殿をみごとに騙つて取つたれば。騙られ損ともいふべきが　証文といふものがどうともかうとも削られぬ。とかく手形が亭主の落度　このいひわけが立ちにくし。ここをばわれ〳〵扱はん。手形の年を四年にして　二年は了簡なさるべし。亭主も笑止に思へども　ハテ騙られたが身の因果。四年の年で御内儀を　長殿方へ渡されよ。なんと長殿これでは」と　いづれもこぞつて扱へば。もとより長は手前よし「何がさてお町儀を。もれませうやうはなし　拙けれども私も男。当つて砕くる浪屋の長　なんの二言と申し

一　調停、仲裁をして、結着をつける。
二　六年契約の証文であるが、それを四年契約に短縮して、二年短くなることを了承して下さい。
三　困ったことと。
四　町人が町の年寄、家主、五人組などに対して勤めねばならぬつきあい。その勤めから洩れる方法はないということで、調停案を承諾する意。
五　当って砕ける浪のように男気のあるさっぱりとした浪屋の主人。「当つて砕くる浪」と「浪屋」を掛ける。

ませう。ハテどうなりともよきやうに」と　一方さらりと埒明けば。町人どももよろこびて「早速の御得心　先づもってかたじけなし。これ〳〵亭主。そなたにもさぞ気の毒に思はれん。しかれどもかうなければ　とにもかくにも済まぬなり。こなた次第に召されよ」と　また証文を書き直せば。扱ひといひ差し詰めになりていふべきやうもなく。是非に及ばず判をつぎ　女房にうち向ひ。「さきほどより段々の聞かるるとほり。お町衆の御意なさるるも背かれず。そのうへこのはうあやまつて　証文これあることなれば。一つもいひわけ立ちがたし。そなたも無念にあるべきが　今は逃れぬ所なり。前世の因果とあきらめて　年の間は勤めをしや。傾城町の習ひにて　勤めのうちはふつつりと。門出ることもかなはぬよし　今別れてより年のうち。あひ見ることはなきぞとよ。たがひに命ながらへば　めぐり逢ふ瀬もあるべきが。知れぬは人の憂き命　いづれが先に立たうやら。頼みがたなき人界なり。思へばこれが生き別れ。さ

六 通常町人は士農工商の階級のうちの工商、職人と商人をさすが、法的に厳格な意味では、町政の運営にかかわってその権利と義務を持つ人たちをいう。家主、五人組などがそれに当る。ここでは後者の意。
七 不満で苦痛なこと。「気の薬」の対。
八 わたくし達にまかせて欲しい。
九 のっぴきならぬ状態になって。
一〇 注六の法的な意味での町人に同じ。
一一 傾城奉公の契約期間。ここでは一年を減じた四年間をいう。
一二 きっぱりと。全く確実に。
一三 人間の世界。現世。

[一]てしなしたり口惜しや　[二]貧は諸道の妨げとは。今身の上に知られしな。貧しきゆゑに口惜しや　子までなしたる女房を。傾城町へ売らうとは　夢にも思はざりつるに。これはいかなる報いぞ」と。拳を握り[三]牙を嚙み　男。泣きにぞ泣きゐたる。ことわりなるかな女房は　はつとばかりに胸塞がり。声もえ立てず噎せ返り　ひれ伏してこそ。ゐたりけれ。

末長娘を揺り起し。「はてさて[四]ここな子　目を覚ませ。おう／＼起きたか　こりや小春。ヤレそちが母はナ。父が貧乏したゆゑに騙りにあうて金取られ。そのかはりとして傾城に売られて母は廓へ行く。[五]また逢ふことは不定なり　別れもただいまなりけるぞ。名残りを惜しめ」とありければ　娘は[六]夢ともわきまへず。「こは何事をのたまふぞ　騙りが金を取つたりとて。あの母様を傾城に売らいでかなはぬことなるか。わらはが銭が[七]雛様の箱に[八]百よりたんとある。これを返して母様を　止めてたべ」と縋りつき。「母様気づかひ

母娘、別れの愁嘆

一　事に失敗した時に発する語。しまった。
二　諺。貧しいと何をしようとしても自由にならないことの譬え。「貧は諸道の妨げ」(『せわ焼草』『譬喩尽』)
三　非常にくやしくてたまらぬと、歯ぎしりをする。
四　「ここなる子」の約まった形。ここにいる子。
五　再び会えるかどうかは不確かなことである。
六　夢か現かを分別することができないで。全く夢見るような心地で。
七　三月三日の節供に飾る雛人形。
八　銭百文よりもっとたくさん。

したまふな」と。力[九](ちから)をつくるしをらしさ　二人は胸にこたへつつ「オオ親なればこそ子なればこそ。年端(としは)も行(ゆ)かぬ心から　親を助くるこころざし。オオ〳〵でかしたでかしやつた。愛(いと)しいものや」と父母は。娘にひしと抱(いだ)きつき　声を。上げてぞ泣きゐたる。

母親の嘆き

母はあまりのかなしさに。[娘の]襟(えり)かきあはせ髪かきなで。「世[一〇]が世の時は御家老の奥様　または姫君と。お乳(ち)[一一]や乳母(めのと)にかしづかれ　末末の者どもには。つひに姿も見せぬ身が。かく賤(しづ)の女(め)となりけるさへ。世にもかなしく思ひしに　ゆゑなき者に騙られて。夫(つま)にも子にも引きわかれ　君(きみ)[一二]傾城に売られつつ。諸人に恥ぢを晒(さら)さんこと　あるべきこととは思はれず。世に神仏はおはせぬか　いかなる因果ぞ聞かせてたべ。さりとてはなう末長殿　生きてたがひに面(おもて)[一三]を晒し。世の嘲(あざけ)りにならんより　いつそわらはを刺し殺し。娘も手にかけ御腹(おんはら)[一四]を召されうとはおぼさずや。世に落ちぶればさほどまで　心[一五]がおくれるものなるか。いかなる憂き目にあふとても　なか〳〵[廓の]勤め

九　元気をつけるようにはげます。力づける。

一〇　世の中が順調である時。逆境に立った時に、以前の順境な時をふり返っていう語。

一一　「お乳」は貴人の子供に母親に代って乳を与えて養育する人。「乳母」も本来は同意であるが、授乳と関わりなく子守りをする人に用いる場合が多い。

一二　「君」も「傾城」と同意。合わせて遊女の意。

一三　公衆の面前で恥ずかしい思いをする。

一四　切腹しようとはお考えにならないのですか。

一五　気おくれする。

はいたさじ」と。あるいは怒りあるいは諫め　嘆き沈むぞ。道理なる

末長。涙にくれながら。「オオもつともなりことわりなり。某も刺し殺し切腹いたすといふことは。心つかぬにあらねども。なんとも死なれぬことがある。まつたくおくれ[一]はいたさぬが。ここをばとつくと聞き分けよ。そなたはここにゐながらも。かく証文したからは　もはや浪屋の傾城。[二]しかるところを手にかけて　殺した時には盗賊よ。ことに某眼は見えず　もし為損ずるものならば。縛り首をはねられん。さある時には盗賊の。名を呼ばれんがいかにとしても口惜しさに。胸をさすつて控へ[三]しなり。このことわりを聞き分けて　勤めに出よ」といひければ。女房驚き「南無三宝。嘆くうちにも[四]よしやよし　かなはぬ時には子を殺し。夫婦もろとも刺し違へ　ともに冥途をみつ瀬川[五]。手を引き合うて渡らんと　辛きうちにも楽しみしに。死ぬるにだにも死なれぬは　[六]過去生々にて　いか

葛之丞夫婦の嘆き

一 気おくれ。妻の「心がおくれるものなるか」に対応した答え。

二 一旦浪屋に売ってしまった者はもう自分の女房ではないので、手にかけて殺した時は犯罪者となる。

三 怒りや不満な気持を何とか押えこもうとする。

四 もうどうにも仕方がない。ええままよ、どうにでもなれ。

五 「冥途を見」と「三瀬川」の掛詞。「三瀬川」は死者が冥途に行く時に渡る川。生前の罪の軽重によって渡る所が決められるという三カ所の瀬があることからの称。三途の川。

六 過去世で生れては死に、死んでは生れて輪廻のきわまりのないこと。結局は前世のことをいう語。

なりし。悪事をなしたる報い（んな悪いことをした報いなのか）ぞ」と。夫の膝にうつぶして泣き入り。絶え入るばかりなり。ありつる（そこに居あわせた）町人女郎屋も。下々駕籠の者までも。至極の涙を感[七]じつつ　ともに袂を濡らしけり。なかにも年寄家主は　二人が側にさし寄つて。「嘆きの段　察しやられて存ずれども。もはや悔みて益もなし。急いで渡し申されよ」と　力をつければ末長は。「まことにもつて御懇志　身に取つてかたじけなし。いかにも渡し申すべし。何とやらん[八]申すほど　未練に聞え候へども。皆様方にもあらうこと（ご経験があるでしょう）。姫御前のお子たちには　何かの芸はさし置いて。先づ手習ひ[九]が第一なり。某が女房

母親の駕籠が出発

七　感極まって、その頂点で流れでる涙。

八　今さら何やかやと申しましても。以下葛之丞のくどき言。

九　文字を書く練習。習字。

は三歳になりける年。乳房の母におくれ[一]　十一歳まで祖母(ばば)育ち。孫は子よりも可愛(かはい)とて[二]　寵愛(ちようあい)のあまり。手習ひは必ずさせな　気が尽きる(うんざりするものだ)。物書くことは祐筆(いうひつ)を[三]　いくらもかかへ書かすべし。身の養生が大事ぞと[四]　琵琶(びは)琴(こと)三味(しやみ)線(せん)踊(をど)りにて。昼夜を暮せしものなれば物はえ書かず　私は。かやうに眼病最中なり。手形の文句はかう〳〵といふをまことと心得て。よしなき判をいたせしゆゑ[五]　御苦労もかけ私も。かやうの難儀をつかまつる」と。涙とともに女房をやう〳〵(やつとのことで)としてかき起し。「ヤ思ひ切つたぞ女房。かうした義理にせまつては　いくほど嘆き悲しみても。かなはぬことぞ　嘆くな」と　さま〴〵すかし渡すにぞ[六]。女郎屋手代請け取つて　やうやく駕(か)籠(ご)にかき乗すれば。女房今は(今となってはしかたがないと)かなはじと　思ひ切れども悲しさの。なほし増しくる憂き涙　止(とど)めかねたる風情(ふぜい)にて。駕籠のうちよりさしのぞき　「これ小春。父(とと)さまは眼が悪い　明日(あす)からはずいぶんと孝行にあたりや[七]　ヤア。眼医者の方へもついて行きや　かまへてわ[八]

一　乳房をふくませていた実の母に死にわかれて。

二　諺。近世の諺の書には見えないが、浄瑠璃『頼朝伊豆日記』二に「孫は子よりもかはゆしと世のことわざにも申ぞや」と、また『新版歌祭文』油屋の段にも「譬にも、子よりも孫は可愛といふに」とある。

三　文書の代筆をする人。幕府の職掌の一つで、近世では諸大名も祐筆をかかえて公文書の執筆にあたらせた。

四　健康を維持し、その増進につとめること。

五　捺印しなければならぬ理由のない印判。

六　何とかしてなだめ、気持を変えさせようとする。

七　仕事を分担して行うことを「あたる」という。母に代って孝行せよの意をこめる。

八　道理に合わない無分別なこと。無茶。

九「さめ」は「雨」と「さめ〴〵」の掛詞。「雨をさめといへり」(『名語記』六)。時雨の雨のようにさめざめと。

一〇「とかく」に同じ。何やかや。さまざま。

一一 親方・町衆らの退場のヲクリ。

葛之丞の愁嘆

一二「友とても有らじ」と「嵐吹き越す」の掛詞。「嵐吹き越す荻萩のおとづれならで、言問ひかはす友とても有らじ」となる倒置の文脈。

葛之丞の書置

一三 弥太八を討つ決意までが曇ってしまう訳はない。

やく言やんなや。さらば。〳〵」といふ声も　あとは涙にかきくもる。時雨《しぐれ》の雨やさめ〳〵と[九]　小春は泣く〳〵走り出《い》で。とかうのこ[一〇]ともあらばこそ(小春)「これなら母様〳〵」と　うち伏し嘆くその隙《ひま》に。駕籠ははるかに出でて行く　親方帰れば町衆も。続いて出でて一礼し。[一一]ヲクリ わが家へ わが家に帰りけり。


あとには親子ただ二人。茫然《ばうぜん》としてゐたりしが。末長涙にくれながら。「さりとは不幸もこの如く　続くものにてありけるか《続くものなのかなあ》。われなが〳〵の眼病も　女房が介抱《かいはう》にて。少しは憂さをも忘れつつ　夜《よ》半《は》の寝覚めの徒然《つれづれ》も。語り慰み明かせしに。今日よりしては誰あつて　言問《ことと》ひかはす友とても。[一二]あらし吹き越す荻萩《をぎはぎ》の　おとづれならで」とかきくどき《心の愁いを切々と訴え》　涙に。くれてゐられしが《泣き沈んでいられたが》。

(葛之丞)「いや〳〵嘆くは愚痴《ぐち》の至り。なにぶんにも弥太八めを　討《う》たでは死んでも未来の障《さは》り。たとへまなこは暗くとも《眼は見えなくても》　など[一三]一念の暗かるべき。娘が眼《め》を借り尋ね行き　〔弥太八に〕出合ひ次第にひつくくり。女房にも

見せよろこばせ　今の無念を晴らさん」と。行灯引き寄せ　「こりや小春。父が物をば書くほどに　そなたは下り[一]を教へよ」と。筆く[二]ひしめす盲人の　杖[三]つきのの字も書き交へ。思ふ所存を残し置きいづちともなく（何処ともあてなしに）出でて行く。道は娘が手引草[四]　分けて哀れぞ
三重〽深かりき。

マクラ
〈相合井戸の場〉
近隣の井戸端会議

相合[五]井戸の。水鏡。うつれば変る品々の　あるが浮世の習ひかな。京も田舎も女子どち　寄れば。さがなき[六]人ごと[七]や　謗りなかまと。名に立てる。
隣りのやまた向ひのが　男噂の陰口も。もとは思ひの浅からぬ（本来は夫への愛の浅からぬ仲で）中にも向ひの御内儀は。釣瓶[八]取る手のなよやか[九]に　「イヤなう二人の聞かしやんせ。まあこの女子といふものは　何がなつたるものぞいの（前世は何であったものが女になったのかいな）。朝から晩までしほたら[一〇]と　ならぬ世帯に身をやつし（やりくりできぬ家計に心身疲れはて）。今日を[一一]今日とも思はねど　男が憎うないゆゑに。よいが上にもどうぞし（夫婦仲のよいその上に更に何とか）

一　文章の一行。盲目であるから、一行一行の行移りの所を教えよと娘にいう。
二　筆の穂先を口に含んで湿らす。
三　「盲人の杖」と「杖つきのの字」の掛詞。「乃」の字を、その形から「杖つきの『の』字」という。
四　「手引草」と「草分けて」の掛詞。「手引草」は案内・道しるべとなるものを草の名にたとえていう。更に「草分けて」と「別けて哀れぞ深かりき」を掛け、娘の案内で草を分けて進むさまは特に哀れ深いさまであった、の意。
五　近隣の数軒で共同に使う井戸。「井戸」「鏡」「映る」は縁語で、「水鏡映る」と「移れば」は掛詞。
六　口さがない。口やかましく、おしゃべりである。
七　人毎の意。誰もみな女はおしゃべりで。
八　井戸から水をくみあげる道具。七〇頁挿絵参照。
九　しなやかで、やわらかいさま。
一〇　貧乏にあくせく生活しているさま。
一一　忙しさに、あっという間にその日が過ぎるさま。
一二　うまく調和がとれて交わるさま。夫婦仲のよいことをいう。
一三　酒色・ばくちなどの遊興にふける者。ここでは夫を罵っていう。「悪性、悪人のみをさしていふ詞にあ

て　とかくこなりのよいやうに。[一二]負けも劣りもせぬやうにと　朝夕炊いたその間に。ちよつとまどろむ隙もなく　洗濯濯ぎに気をつかし。縫ひ立て仕立てて着せければ　よいことありと着飾りて。お虎の嚊様聞かしやんせ。アノナならこちの悪性が[一三]　昨日もまあ〳〵あることか。家主殿の竹を連れ　高津三界[一四]連れ歩き。長町[一五]の七町目竹が小宿[一六]で日を暮し。あまつさへ泊つてきて　今朝明け方に茶筅髪[一七]。ごつかりと痩せての。うちへ戻りしその時は　手水の湯ともろともに。くら〳〵胸が沸き返り[一八]　ものいふまいと思へども。男は七人[一九]あてがひぢや　なまなかいらぬことというて。またたたかれては損恥[二〇]と　思ひあきらめまま炊いて。食はせて寝させて来ました」と。おろ〳〵涙せき上げて　まつもしがら[二一]むやさしさよ。お虎が嚊はうちうなづき。「どつこもどこでござんすぞ。わたしが所のあてなしが[二二]。この中はけしからず　うちをせわつて[二三]せた〳〵[二四]と。俄かにいぢる[二五]と思ひしが。よう〳〵聞けば後家狂ひ。いやはやかかつた[二六]ことかいの。

らず、当道にても、いたづらなる者をいふ」(『色道大鏡』一)

一四 高津宮・生玉宮あたりの地名。当時の大坂の遊覧地で、見世物小屋などもあった。「三界」は接尾語的に用いられ、界隈・あたりの意。

一五 高津宮の西、道頓堀にかかる日本橋より、真南に長くのびた町筋。北から順に、一丁目から九丁目まである。南は今宮村で、堺街道に連なる。

一六 あいまい宿。男女の密会などに手軽に利用され、私娼を置く家や、その周旋をする家などもあった。

一七 髪を頭頂で束ね、三、四寸位に切って根から白元結で巻き、先端に髪の房を茶筅状にほおけさせた男の結髪。元禄以後は廃れて、二つ折に圧倒された。

一八 「手水の湯が沸き返る」のに掛けていう。

一九 男は七人まで、妾を持ってもかまわぬ。

二〇 損をしたうえに、さらに恥をかくこと。

二一 未詳。松藻がゆらゆらと岩にまといつくさまの形容か。

二二 あてどもなく、ぶらぶらしている遊び人。これも夫を罵っていう。

二三 あれこれとうるさく言う。

二四 せかせかと落着かぬさま。「せ」の頭韻をふむ。

二五 あてつけに文句を言ったりしていじめる。

二六 お話にならない事。言語道断。「おかしいやらにくいやら、かかつた事ではござんせぬ」(『大経師昔暦』上)

昨日も日和(ひより)がよいほどに　洗濯をしてしまはうと。疾(と)う(朝早くから)から起きて
灰汁(あく)[一]炊いて　振りつけて[二]ゐる所へ。ナウ月々のあてがひを[三]　せつき
に来たかどうしたか。かの後家面(ごけづら)めが来くさつて。ここらに乳母(うば)に[四]
行く人は　ござんせぬかとつがもなう[五]。尋ねに来たと思はんせ。私
もきやつめ[六]がこちの(うちの人を)をば　そび(誘惑に)
きに来た(来た)と小腹は立つ。わしも
わしとて愛想もなう。イヤ後家
狂ひする男はあれど　乳母(うば)ちい[七]
に出る人はない。よそを尋にや(尋ねや)
といひければ。どうやら手首尾(てしゅび)[八]
悪さうに　こそ〳〵と帰り
しが。色こそかはれ品こそかは[九]
れ　さりとは積(しゃく)の種ぞいの。こ
のおか様の所のは　若いが奇特(きどく)[一〇]

一　木灰を水で炊き、濾(こ)して用いる。洗濯や染色に用い、脱色剤として使用した。
二　灰汁の中へ洗濯物を入れて振り立てる。
三　月毎に渡す手当。
四　催促に来たのか。「せつく」は強く催促する。
五　とんでもない、ばかばかしいさま。
六　彼奴。他称。その場にいない人を罵(ののし)っていう語。
七　「ちい」は「乳」の転で、乳母の意の幼児語。「乳母」と「ちい」の重複語であろう。「御乳の人といふべきを、ちい、おちいなどいふこと如何。されどもみどり子のいひよきままに云なれ来りたること成べければ、改むるに及ばざる歟」（『かたこと』三）
八　都合の悪そうに。
九　「色」は顔色や容貌、「品」は人柄や風格をいうが、ここではいろいろと手をかえ品をかえて夫を誘惑にくることをいう。
一〇　めったにない珍しいさまにいう。珍しく感心な。

なお人ぢやわ。つひに（全く今まで）なんにも聞きませぬ。ハテよいことや」といひければ。「苦は色変へるでござんす[一一]。ナウわしらはまたお二人のが　うらやましうてなりませぬ。こちのは年中医者扱ひ（医者通いの病人）　男持つたといふばかり。内(うち)のが足らいで[一二]外(そと)を稼(かせ)ぐといふことが　元手がなうてなることか。わしらはほんに髪のある尼ぢやと思うてくだんせ」

「ナウそれはさうぢやが　ついここな浪人殿は[一三]。いつの間(ま)に宿替へがあつたやら　貸家札[一四]が打つてある。隣りが寂しうござんせうな」。「ここなおか様　長(なが)なこと（長い間たったのに）　まだ様子をば知らずかいの。大きな騙(かた)りにあひたまひ　お内儀様は新町[一五]へ。女郎に売られて行かんして。御亭主は騙りめを何とぞ尋ね出ださんと。小さい娘を引き連れて　行方もなうなりたまふ。聞けばいとしや（お気の毒に）おか様は　廓の勤めがかなしいか。気が違うたといひますが。哀れなことではないかいの」。「ここなおか様わけもない[一六]　それが哀れなことかいの。わしらも女房がよいならば[一七]　女郎に売られてどうぞして。気の違ふめにあ

一一　諺「苦は色替へる松風の音」による。松風を聞く世捨人にも、また別の苦労がある意で、人間には誰でもそれぞれの苦労があることのたとえ。「苦は色替へる松風の音」（『譬喩尽』）

一二　女房だけでは満足できずに、外に女をつくることを言う。

＊　近隣の女房どもの井戸端会議の雑談から、主人公葛之丞の話題へと転じ、次の狂乱の場へとつなぐ手法。

一三　ここに住んでいた浪人。葛之丞のことをさす。

一四　空家になったときに、家主が戸口などに貼る札。木や紙に「かしや」と書いて貼り、借りる人を求めた。幕末になると斜に貼る習慣になるが、このころはまだまっすぐ。前頁挿絵参照。

一五　大坂新町の廓。

一六　筋道が立たず、理解ができない。

一七　女として器量がよければ。

ひたい」と　笑ひ[1]。もがるる三重

〽恋ならば。夜昼ここに。通はまじ。堀江[2]の水に裾濡れて。われは色なき。身なれども。もとの住家の。恋しさに。

夜な〳〵ごとに通ひ来て　ありし枢[3]をおとづるれど。夫もわが子もなかりけり。(泉川)「あら情けなの御こと」と　涙に。くれてゐる所へ。

まだいはけなき童ども　「そりや〳〵女郎の気違ひよ。またこそ来たれ　狂はせて笑ふまいか」と手をたたき。歌[4]「わしは勤めをいつやめうとも。ままな身なれどこなさんに。あはうばかりにうか〳〵と　勤めまするに胴欲[5]な。いつ戻らんすことぢややら。　こちや知らぬ笑止。気違ひよ〳〵〳〵。物狂ひよ」と笑ひけり。

狂人なるとて笑ふ子の。中にもわが子に似たのはなし。「やれ方々よ。笑はずと教へてくれの　金ゆゑに。あかぬ別れをするぞとよ。哀れと思へ人々」と。またひれ。伏してぞ泣きゐたる。

一 笑いながらさからう。

〈泉川狂乱の場〉

マクラ

二 新町の廓の側を流れる堀江川の水。その「水に裾濡れて」は、廓に売られて濡れの身となることに言いかける。濡れの身ではあるが、葛之丞の妻として「色無き身なれども」とつづける。「色なき身」は夫と別れたことをいう。

童のあざけり

三 扉。転じて住家をいう。泉川の元の住居をいう。

四 「心中江戸三界」による。『落葉集』七、「古来中興当流はやり歌」に「心中江戸三界」と題して、「わしは勤めを明日やめうとも、ままな身なれどこなさんに、逢ふが嬉しゆてうか〳〵と、勤めまするに胴慾な、江戸三界へ行かんして、いつ戻らんす事ぢややら」とある。この歌は当時流行のもので、翌年上演の『曾根崎心中』道行にも用いられている。

五 なんと非情なことよ。

＊ 子供たちが「狂人よ」とはやすのは、『好色五人女』一・五の「お夏狂乱」の場面に同じ。

泉川の嘆き

六 台所の水仕事をする下男。主な仕事は、飲料水を共同の井戸から台所に運搬する力仕事である。この男は道化役として登場する。

七 担いできた水桶をおろす。挿絵参照。

八 下級の私娼をいう上方語。

泉川の狂乱・一

九 新町の廓の南、長堀をへだてて更にもう一筋南の東西の通り。一丁目から六丁目まであり、阿弥陀池があることよりの称。「御池通之事、長堀とほり江の間に東より二つの通りすじ也。東は西よこぼりすこし内より西へ、北は長ほり南側より一すじ内に東より西へ通り、南は堀江北側より一すじ内に東より西へ通り、右二つの通を一つにして御池通何丁目といふ」(『大坂町鑑』)

一〇 下級の「山衆」と呼ばれたので、自分は最高位の太夫であると怒っている。

一一 失礼でございますが。

一二 大坂の南の新地。新町の廓が一流であるに対し、その南の難波新地などは二流の色町であった。その「南」の色町の端女郎、下級女郎。

一三 選択、例示などの意を示す副助詞。一例として取りあげる場合に用いる。本来「がな」であるが、近世中頃より「がな」「かな」の混用が見られるので、底本・十行本の清音表記に随う。

一四 人を馬鹿にしたような、甲高い笑い。狂人の笑いとして用いることが多い。

一五「一期」は人が生れてから死ぬまでの期間。一生の見初めで、またこれが見納めになるであろう道中をして見せてやろう。

一六 廓の中を遊女が盛装し、供をつれて歩く様式的な歩み。揚屋入りの時などに行う。

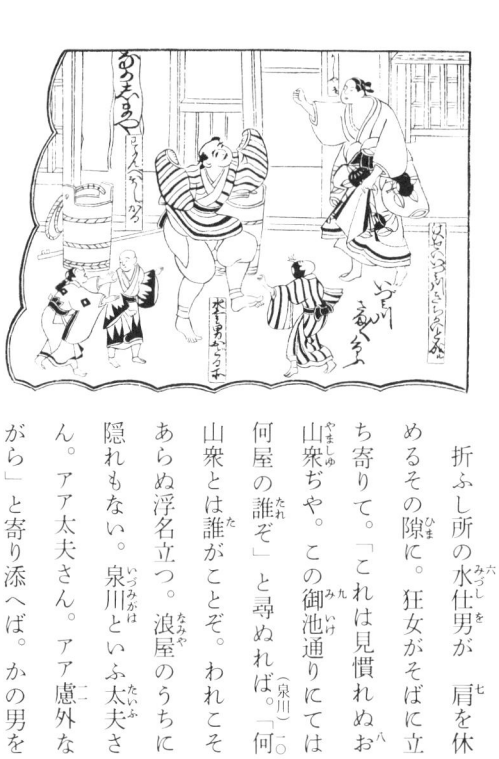

折ふし所の水仕男が[六]　肩を休[七]めるその隙に。狂女がそばに立ち寄りて。「これは見慣れぬお[八]山衆ぢや。この御池[九]通りにては何屋の誰ぞ」と尋ぬれば。(泉川)「何[一〇]山衆とは誰がことぞ。われこそあらぬ浮名立つ。浪屋のうちに隠れもない。泉川といふ太夫さん。アア太夫さん。アア慮外な[一一]がら」と寄り添へば。かの男を

かしがり。(水仕男)「なんのそなたが太夫であろ。いづちの南[一二]の端でかなど[一三]ざらうもの」とせかすれば。泉けら〳〵[一四]笑ひして。「オオもつとも〳〵。いかさま太夫といふものを　つひしか見たることあらじ。一[一五]期の初の見納めに　道中[一六]をしてみせう。見ておきやいの」といひ

ければ。水仕男いよ〳〵をかしがり。「太夫が定なら道中が　ひときは勝れて見事にあろ。そんならわしは下男　傘をさしかけませうぞ」と。たけのこ笠を朸にかけ　狂女がうしろにさしかくれば。

（泉川）「さてもそなたは才覚者。おう〳〵それよできました。そうじて太夫といふものは　位を取つて松一木。野路に立つたるごとくにてどこから見ても隠れがない。恋と情けの二つ櫛　三重の派手衣装。仰襟遠き打掛けの　追風燻るをかうつかみ。足繰り出して脇目をふらず。向ふに人がござらうが　仏が立つてゐさんしよが。みぢんもよけずふりかけて。歌とても濡れたる。わが恋の海。深き思ひのある男海士。泳ぐ心にまことがあらば。底の岩根のわが心根を　わきてこぼるる浪に　問へ〳〵。これが太夫の俤よ。さて引舟は　女郎よりちと風俗品下り。町の風してぼぢや〳〵と　つかみからげを帯でしめ。裾小短にしやん〳〵と。越後町から九軒へ行き。あちらをしまへばこちらから。揚屋の三が呼びに来る。そこをばち

一　太夫の道中には、後ろから傘をさしかける。

二　筍の皮で編んだかぶり笠。「ばっちょう笠」と同類のもの。「朸」は天びん棒。水を運んできた天びん棒の先に笠をつけて、太夫道中の傘に見立てた。

三　太夫の位を松という。それと掛けていう。

四　三枚重ねの、派手でぜいたくな衣服。「一木」「二つ櫛」「三重」と数字をふまえる文脈。

五　着物の襟を後ろに下げて、首筋が出るように、襟足を見せる粋な着方。ぬきえもん。

六　衣装に焚込めた香が、追風につれて薫ってくる。

七　以下当時流行の歌謡であろうが未詳。「海」「深き」「海士」「泳ぐ」「底の岩根」は縁語。歌意は、我に深き思いのある男は、誠があれば、我が心を浪に問え、という意。

八　引舟女郎。太夫につき添って客席をとりもつ女郎で、位は囲職にあたる。

九　町方の女房風に、ゆったりとして。

一〇　太夫の道中などに、打掛けの裾を手で持ちあげて歩むこと。またその持ちあげる裾。

一一　越後町、九軒町、ともに新町の廓の中の町名。越後町は廓の東南部、九軒町は西北部にある。

一二　遊廓において、正月、五節供、その他特別に定められた日。この日は遊女は客を必ずとるように要求され、揚代も特に高く、随って遊女たちは早くから客と契約しておく必要があった。大坂新町の紋日は『色道大鏡』十三に一覧がある。

よつと間に合はせ。宵の口説のいひまはし　紋日[一二]の約束[一三]もらひのせりふ[一四]。扇屋折屋茨木屋[一五]三所しまうてやう〳〵と。九軒の中の住吉屋　これを勤めてどうしてと。もだくだ思うて来る所に（何やかやと思いわずらって来る所に）　自分の恋（自分の好きな）にべたりとあふ（男にぱったりと逢う）。先づいそがしいをさし置いて　暗い所で立ちながら。ちよつといひたいことをいひ　後に太鼓[一六]を打つてから。やいの〳〵と走り行く　これも辛気な勤めなり。さてこれからが遣手[一七]の番。その前垂も手拭も。団扇も鍵も巾着も。わしに貸して」と取り集め　ヲクリ思ひの〳〵ままに身じまひて（身仕度をととのえて）。

「なんと遣手によう似たか。よう似やあふ[一八]がの　これはまた娼引舟[一九]にことかはり。ただ大船を漕ぐやうに　コレこのやうにゆらり。〳〵とあとにさがつて歩むにも。とかく禿が叱りたく　朝から晩まで食ひだくみ[二〇]。血の道[二一]ばかりを苦に持つて　どうやら今日は曇らねど。土用に入つたか。八専[二二]か。額口[二三]に石臼が　二つ重ねてあるやうな。アア〳〵鉈[二四]で切るやうな。濃茶が飲みたいことかな」と。恋しゆか

一三 すでに客に買われている遊女を、他の客があとから交渉してもらいうけること。

一四 遊女が客と交渉する談判。

一五 新町の古くからの有名な揚屋。上演時に近い元禄十四年刊の『傾城色三味線』大坂之巻によると、九軒町に住吉屋栄心、住吉屋四郎右衛門、越後町に茨木屋治兵衛、折屋伊左衛門、折屋おまき、扇屋伊兵衛、茨木屋長左衛門、よし原に茨木屋長七、茨木屋次郎三郎の名が見える。女郎屋にも同苗が多いが、この文脈からは揚屋と判断してよかろう。

一六 廓の刻限を告げる知らせの太鼓。

一七 廓で禿や遊女の躾をしたり、監督指導をなし、また客との間の諸事の取り持ちをする女。「遣手といふは、傾城に付て、其請待する挙屋へやりわたすゆへに、遣手といふ」（『色道大鏡』一）

一八 「似あふ」の転じた語。

一九 遊女。

二〇 食べることばかりを企んでいる。

二一 血行の不順が原因と考えられていた婦人病の俗称。月経時、産褥時、更年期などの症状をいう。

二二 壬子の日から癸亥の日までの十二日間のうち、癸丑・丙辰・戊午・壬戌の四日間（間日という）を除いた残りの八日。一年に六回あり、この期間は雨が多く、また忌日とされた。

二三 額の生え際。以下遣手の陰鬱な渋面の形容。

二四 醜いさまの形容。鉈の切味が悪いことからいう。

水仕男の文作

一「し」は強調であるが、「恋し」「ゆかしい」と脚韻で連ねた。
二 即興でおかしみのある文句をつくること。
三 けがらわしい、みにくい箱。次の伽羅の香箱と対応させて、悪臭を放つ箱の意に用いる。
四 香名。香木の中の最も秀れたものの一つ。
五 三味線の音をあらわす擬声語。もとは三味線の音符で、『大幣』の「糸之声の事」に、「てん」は「二ノ糸中程をおさへ上へうつてあがるを云ふ」、「つる」は「一ノ糸おさへてうつてすくふをいふ」「二ノ糸はなしてうつてすくふをいふ」とある。「天竺」と頭韻。
六 小形の土器。特に酒盃としての土器を重ねる場合の、一番上の小重をいう。「へそかはらけの事を小ぢうと云は、三度入の内に重る小き土器なる故なり」（『貞丈雑記』七）
七 節分の夜門付けに回って来る厄払いの文句の終りに「西の海へさらり／＼」「西の海とは思へども、ちくらが沖へさらり」という。それに拠るか。
八 踊りなどに用いる囃子詞。

泉川、廓に帰る

しはなかりけり。

水仕男いよ／＼をかしがり「これ／＼狂女。そのごとく恋しゆかしいばかりでは　[一]尚し心が屈するぞ。そこらを拙者が浮かせん」と。[二]文作袖をひるがへし（水仕男）「そも／＼堀江の町割は。[三]醜の箱の薫りを。[四]伽羅の香にしかへて。十方色里家立ち並べ。ヲドリ二階座敷でひく三味線の　[五]音はてんつる／＼天竺様の。星の数をばやれ読み尽せ。星の数をば読んだらば。ヲドリ浜の真砂を衣に織れ　それをしまうてあるならば。[六]臍土器に柄をつけて。[七]西の海をばかへ出だせ。とかくかなはぬ浮世え　かなはぬ。浮世[八]やつさ。」（泉川）「ただとにかくにかなはぬは　可愛い夫と可愛い子が。見まくほしさ」と　あらぬ門。あらぬ枢に立ち寄りて。割れよ砕けとうちたたき　憂き身。食ひさく袖涙。

かかる所へ親方は　下僕ら引き連れはう／＼と。尋ねめぐりてかしこへ来たり。「これ／＼太夫何ごとぞ。さりとては見苦しい　急いで廓へ戻るべし。さほど夫子に逢ひたくば　何とぞ尋ねてあはせん」と。さま〲すかせば泉川。涙を流し手を合はせ。「あらありがたや貴やな　しからば早々帰るべし　さりながらこのぶんで　廓へ去んではおもしろからじ。いざなう方々お祓への。真似してどつと去ぬまいか。ただしはいやか」と意地張れば　親方ほうど持て扱ひ。「ハアテ太夫がいふやうに。どうしてなりとも連れて来い。ヤレ逆らふな〲」と　先に進めば泉川。「振れ〲それよ振れ〲」と狂人。狂へば　不狂人もともに狂うて　三重〽帰りけり

〈新町廓の場〉
桶職の葛之丞

げにや恩愛。妹背ほど　世に捨てがたきものはなし。さても葛之丞末長は　やう〲眼病本復し。いよ〲騙り弥太八を　さがし出して討つべきに。さすが契りの深かりし女房にほだされて。もし大坂と立ち帰る［に居はしまいか］　昔は正木葛之丞。今は身すぎのかづら結ひ　これも憂き身の世渡りや。

桶結師
〔人倫訓蒙図彙〕

九　六月の下旬に、大坂で相次いで行われる夏祭の練物。二十一日の高津宮、二十二日の座摩、二十五日の天満宮、三十日の住吉社の渡御が有名。
一〇　うんざりとして溜息をつくさま。
一一　奴などが様式的な動作をして見せることを振るという。お祓えの練物の真似をしての全員退場で、歌舞伎の六方を踏んで花道を入る演出の応用。
一二　生計をたてるための仕事。
一三　桶のたがなどをはめる職人。桶屋。桶結ともいう。「京にてかづらといふはむかしは藤かつらにて結しゆへなり。江戸のたがといふは輪を多くくわゆるの心也」（『人倫訓蒙図彙』六）。葛之丞の葛と掛けた。桶屋のやつしも元禄歌舞伎の利用。

泉川の揚屋入り

佐渡屋町[一]と筋向ひ　越後町なる扇屋の。軒の日影にかたよりて
桶の輪結うてゐる所へ。憂しや憂き目をみかのはら[二]　わきて流るる
泉川。引舟禿遣手まで。全盛の君見よかしに。ヲクリ[三]めだつ〳〵ばか
りの揚屋入り

葛之丞・泉川の邂逅

姿かいとり[四]。〔泉川と葛之丞は〕来たりしが。たがひにそれと見しや夢　現のごとく
気あがりて[五]。涙は胸にせきくれど　さすが人目を恥ぢらへば。何心
なき風情にて　表の格子に腰を掛け。（泉川）今までは「つひにかづらを結ふのを
ば　目とめて見るは始めぢやが。ムム味なもの[六]かな」と　夫の顔を
しげしげと。しばし見とれてゐたりしが　逢ふ[七]にしののめ待宵のさ
はり。あるはかうした習ひかは

大尽一行入り込み

大尽[八]小紅屋源十郎。末社[九]太鼓に守
護せられ。廓中をばなり渡り[一〇]　ひびき渡つて入りこめば。

大尽の口上

主夫婦上[一一]する女子定付け[一二]の。座頭の坊までどぎ〳〵[一三]と　ヲクリ[一四]や
がて〳〵おもてへ走り出で。
（主）「これは〳〵今日の。御出でのはやいはどうした事。定めて西から

一 新町の廓内、西北部の町名。九軒町の西。
二 「憂き目を見」と「みかの原」の掛詞。「みかの原わきて流るる泉川いつみきとてか恋しかるらむ」（『新古今集』巻十一、『小倉百人一首』）により、遊女の泉川に言いかける文脈。
三 このヲクリで葛之丞妻泉川、揚屋入の道中で登場。
四 打掛け姿で、その褄を手で掻きあげるようにして持ち上げる。裾が地に引かぬようにする歩き姿であるが、女らしい姿態であった。当時の浮世絵の姿態に多い。
五 のぼせあがる。上気する。
六 風がわりな、興味のもてるもの。
七 早朝大門の開くのを待って廓に入り込み、馴染みの遊女と会うのを朝込みという。その朝込みの客を待つことは、宵の仕事に支障があるとの意か。
八 廓で豪遊する客。「大臣、傾城買の上客をさしていふ。夫大臣は天下の三公にして、尤職重ければ、尊敬し又欺きていふ異名なり」（『色道大鏡』一）
九 廓で客の取り持ちをする幇間。「末社、同、太鼓持の事也。傾城買の客を本社にたとへ、太鼓を末社に比したる分なり」（『色道大鏡』一）
一〇 豪勢な大尽の入り込みを強調していう描写。「太鼓」の縁からの表現。
一一 上女中。
一二 いつも定まっていて、変りのないこ

と。ここでは小紅屋源十郎にいつも呼ばれる芸人の座頭の坊主。
一三 うろたえ、あわてるさま。
一四 このヲクリで廓の主人以下出迎えに登場。
一五 改めて申す必要もないことだが。
一六 五一頁注一七参照。
一七 「余客」は自分以外の客。「いらふ」は「なぶる」の上方方言。毎日揚げ詰めにしておいて、他の客に手を触れさせない。「なぶる、関西にて○いらふと云。東国にて○いぢる又いびるといふ」(『物類称呼』五)
一八 香木二片。「伽羅」は最高級の香木。「かけ」は「欠」で、木片などのかけらにいう。
一九 いくら急いでも、なお遅いと思うほど急ぐさま。
二〇 大尽を大神にかけて、神の御言葉と洒落(しやれ)た。
二一 人に知れぬようにそっと泣く涙。

葛之丞の嘆き・道具づくし

日が出よ」といはせもはてず　源十郎。「いかにも不審もつともなり。さて何とやら　一五改まり申すはくだなれど。この太夫殿御事は一六突出しのその日より。一七余客(よきやく)にちよつともいらはせず　日ごとに通ひ来る所に。心づよい〔意志の強い〕太夫殿　一度も首尾なることはなし〔情を通じたことがない〕。所にすぎし夜〔昨夜〕別れしな〔別れの時に〕　明日はかならずどうなりと。心まかせとあるゆゑに　やらうれしやと疾(と)く起きて。たくほどに〳〵一八伽羅(きやら)二かけといふ物を。おほかたこげるほど燻(た)いて　一九疾(と)しや遅しと来たことぢや。皆よろこんでくれられよ」と　大尽二〇神託(しんたく)ましませば。末社太鼓は手を打つて「これはめでたい　酒にせい。先づこなたへ」と奥座敷　泉〔泉川〕ばかりは残しおく。

〔泉川は〕あとに心がひかされど　行かぬも辛し　行くも憂し。しばしたたずみゐる所へ　〔廓の者どもが〕入れかはり〳〵「はや御出で」とせつくにぞ〔うるさくせきたてる〕。心ならずも入りにける　末長はるかに眺めやり。二一かくし涙にくれながら「さても是非なきありさまや　京鎌倉にありし時は。一門一家のそのほか傍輩にだに見せざりしに。思ひよらざる金ゆゑに　眼前見ながら人々の。慰み物となしけること　よく天道にも見はなされ。武運につきたることかな」と。槌も締木も投げ捨て　吐息を。ついでゐる所に。座敷の首尾を見すまし　そつと表の格子へ出。「小春はまめでゐまするか。お眼はすきとよござんすか」といへば。末長客のあしらひをよそながら見て　むつとはする。商売の道具によそへ。（葛之丞）「なるほど小春は前鉋のとほりにて。桶のかはりはちともない。ただ母様が三つ目錐ぢやとなき輪でばかりゐまするわ。子どもはどうで正直な　鏡を見ては母様の。顔にわたしは似たげなと　そなたにあひの釘ぢやと思ひ。底心から見てうれしがる。父様が留守でさびしいに　内輪にゐよとせがめども。細工に出ねば口の輪が切るるほどにといひければ。せんかたもないことかなと　樽の口をえ明けもせぬ。今ゐる家もこのごろから　仮輪で借りは借つたれど。はやこのつき鉋から　家賃済まさうやうもない。こちは悲しい暮しぢや

一 ようもようも神様にも見はなされてしまって。「天道」は天地を司る神の意志をいうが、転じて神の意にも用いる。
二 たがを締めつけるために槌でたたく木片。
三 「やりかんな」の一種。内刃と外刃の二種があり、桶造りの道具。刃の両端に把手があり、両手でその把手を持って木をけずる。八二頁の挿絵参照。ここでは「前の通りで」の意。以下道具づくしの文脈。
四 「桶」は「大け」にかけて、大きな変化。「おおけ」は上方の方言。「おッけい、おッきいなり」（『浪花聞書』）
五 先が三つ叉になっている錐。樽の口を開ける道具。「三稜錐、俗云三ツ目錐。……三叉錐、形は戟の如くして以て樽口を明く。又大小有り」（『和漢三才図会』二十四）。「三」は「見」と掛けて、母様が見たいと泣きわめいてばかりいるの意。
六 樽の一番底にはめるたが。作業が困難をきわめるので、泣かされる意からの称。
七 酒樽のふた。
八 桶板を継ぐくさびの釘。そなたに会ったように思っての意。
九 樽の輪の用語と思えるが不詳。底の裏に内側に締める輪か。「内に居よ」の意。
一〇 樽の最上部にはめるたが。収入が絶えて、口に食

三稜錐・三叉錐
〔和漢三才図会〕

べ物を入れられなくなる意。
一一 桶造りのときに、一旦仮りに締めておく輪。「仮りに借りた」の意で、カ音の頭韻をふむ。
一二 かんなの一種。鉋の両側に横木があり、両手に持って前に突き出すようにして木をけずる。桶の製作、舟大工などに用いる。「鉋（つきかんな）……円桶家之を使ひ尋常用ひる者は横木を両翅となし手に執って前に推すと見へたり」（『和漢船用集』十二）。この月からの意。
一三 副詞的な用法で「神に誓って間違いなく」の意。
一四 元来は肌着を結ぶ紐であるが、近世では腰巻きの意にも用いる。以下肌を許したことはないという意。
一五 のっぴきならない状態。せっぱつまった状況。
一六 切々と感情に訴えて意中を述べる。
一七 一人で生きてゆくことができることを譬えている。したがってここで心中しようとするのである。
一八 氷のように冷たくするどくとぎすました。「氷の刃（やいば）」という語がある。
一九 竹や丸太を組んで作った仮設の囲い。周囲をぐるりと取りまくさまの形容。八三頁に「棒を引け」とあるので、家内の人々はそれぞれ棒を持って来たことがわかる。それが二人をかこんだので「矢来」にたとえた。

泉川、涙の言い訳

つき鉋
［和漢船用集］

葛之丞は大尽の恩人・大団円

が　そなたはよい身でうらやましい。床（とこ）入り前ぢやに早う行て　抱（き）いて締木（しめぎ）で寝くされ」と　道具を。投げてぞ泣きゐたる。

泉川　泉は涙の隙（ひま）よりも「御疑ひはごもつとも。さりながら　わしがナア心は誓文[一三]さうでなし。勤めに出てから狂気となり　長々引つ込みゐる所に。不思議に本復（ほんぶく）いたしまし　あの客に逢ひ初（そ）めて。昨日までも今日までも　つひに下紐[一四]（したひも）打ち解けて。寝たこととては候はず。さきほど聞かせたまふごとく　今宵は是非との約束　もうさしづめ[一五]になりたれば。どうも逃（のが）れぬ所なり　ただいま死ねば私も　貞女の道が立つぞとよ。なか〳〵今の心では　年季の間勤めうとは。夢々存じまうさず」と　涙。ながらにかきくどく[一六]。

木長よろこび「さりとはけなげな　でかされた。小春も七つになりたれば　牛[一七]にも馬にも踏まれはせじ。思ひ切つたぞこなたへ」と。氷[一八]のごとき前鉋（まへがんな）　胸に当つるを禿（かぶろ）が見て。「なう悲しや」と逃げ入れば　大尽亭主をはじめとし。家内（やうち）残らず走り出で　矢来[一九]（やらい）のごとくに押つ取り巻き。「それ打ち殺せ　物取りよ」と　町中残らず馳せ集まる。末長格子を小楯[一]に取り。大手を広げ「ヤアまつたく〳〵。御自分方[二]が千万人寄つても手に入る[三]者ではない。その上物取り盗人をいたす者でも候はず。先づひととほりを聞いて賜べ。某[四]ことは泉が夫　当時京都の守護職たる。宇都宮の弥三郎友綱が家臣。正木葛之丞末長といふ者。いささかのことあつて今浪人の身となる上。眼病ゆゑ騙りにあひ。女房に勤め[五]をさせ　無念さの止むことなく。さるによつて女を殺し　ともかくもなりなんと。見らるるごとく

一　楯のかわりとなるもの。身をかばうために、間に合せの楯にする。
二　二人称の代名詞。武士が用いる語で、同等より目上の人に対していう。
三　思いのままになる。
四　自称。主として武士が用いる。
五　女が廓に身を売ること。

[六]この仕合せ　盗人でないいひわけは。かくのとほり　さあ〳〵女房　これからは。切死[七]なるぞ　抜かるな」と　切つて出でんとする所へ。客源十郎走り出で「やれ方々　卒爾[八]すな。様子[九]があるぞ棒を引け。いづれも鎮まれ〳〵」と　さて末長に打ち向ひ。「さては正木葛之丞末長殿にてましますか。拙者は殿様（友綱）の呉服所[一〇]をうけたまはる。小紅屋浄春が倅源十郎と申す者。当地[一一]の店に幼少より罷りあり候へば　いまだ御目見得つかまつらず。親にて候ふ浄春　一年殿の御機嫌背き。呉服所を召し上げられ　難儀に及び候ふところに。御自分様[一二]のお蔭をもつて御前の首尾よく罷りなり（殿様の御機嫌が直り事がまるく収まって）。ふたたび御用を勤むること　ひとへに貴公様のお蔭と。一家[一三]よろこびたてまつるかやうの時こそ御高恩。報じ申さん時節なれ　御内儀様の御ことは。ただいま身請けをつかまつり　ことなく（無事に）添はせたてまつらん。先づ〳〵こなたへ〳〵」と　奥へ伴ひたてまつれば。主もよろこび「御盃　それ御銚子よ　島台[一四]よ」と。上下ののめき[一五]寿の　その品々を

六　ことのなりゆき。事の始末。
七　人と切り合いをして、その場で死ぬこと。
八　軽率なふるまいをするな。
九　これには事情がある。
一〇　諸家の衣服類の御用達を任ぜられている呉服屋。
一一　大坂の支店。親浄春が京都に本店を持ち、宇都宮家の呉服所の指定をうけ、息子の源十郎が大坂支店を担当しているという設定。
一二　目上の人に対していう二人称。貴方様。
一三　底本は「一家」、十行本に「一け悦び奉る」とある。呉服屋の小紅屋一統をさしていう。
一四　めでたい祝いの席などにおける飾り物（二一七頁注一七参照）。泉川身請の祝儀としての準備である。
一五　声高に大騒ぎをする。

調ふる。げに頼みある世の中は　身を棄ててこそ浮かぶ瀬も[一]。あり磯の海の深き縁　千代も経ぬべし松竹[二]の　変らぬ。色こそめでたけれ

伏屋泉川道行　四段目

[三]歌恋にこがれて行く道なれど。夢が惜しさにナ起きかねた枕。今しばしぞや　また寝の床。床には濡るるは袖。東が白む。やがて賤屋の。茶飲み時。起きかねた枕。今しばしぞや　また寝の床。床には濡るるは袖。東が白む。やがて賤屋の茶飲み時。　月清浄と影残り。景色もよしやよしや　それ古きことばの　賤しき[四]に。情け隔つるものならば。賤が伏屋に月影は。宿るまじやと詠みけるが。われも賤しき者なれど。殿御に添へばその光。玉の輿[五]にも乗りし身と。心一つに明け暮れと。二つ枕の起き伏しも　ささめ[六]尽きせぬうれしさと　祝ひつまたは寿きつ。楽しみ深く契りしに　無理な恋路

一 諺。身命を惜しまずに事に当ってこそ、困難をうちやぶることが可能だ。「身をすててこそうかぶせもあれ」(『毛吹草』二、『譬喩尽』)。「瀬も有り」と「有磯の海」の掛詞。「瀬」「磯」「海」「深き」は縁語。

二 松・竹ともに正月の飾り物、婚礼の島台などに用いられ、千代に変らぬ緑をめでたいものとした。

三 元禄十七年刊『落葉集』六所収の、古今新左衛門作の古今節「茶のみ時」による。「おきていなんせな、あすの夜もあるに、いましばしぞや、又ねのとこ、〳〵にはぬるるも袖、ひがしがしらむ、頓而おばばの茶のみどき」。文字譜に「歌」とあるので、古今節で語ったと思われる。

〈伏屋泉川道行〉
伏屋・両輪之介の道行
葛之丞夫婦と邂逅

四 賤しいからといって人の情に差別をすることがあるなら、賤しい伏屋に月影は宿るまい。そんな差別がないからこの伏屋にも月が照るのだ。伏屋に賤屋と宇都宮友綱の妻の名とを掛ける。出典の歌があると思われるが不詳。『玉葉集』巻五に「衣打つしづがふせやの板間あらみ砧の上に月もりにけり」とあり、同趣の歌が『続千載集』巻五にも見える。

五 貧しい身分の低い女が、結婚して金持になり、高貴な身分になる。「女は氏無ふして玉の輿に乗る」(『譬喩尽』)

六 男女間の睦言。恋のささやき。「一つ」「二つ」とつづけて「三(さ)」と続ける文脈。

に隔てられ。危かりつる身の難儀。神徳まさにありがたや。不思議〔そのおかげで〕に命助かりて　安穏ならしめたまふゆゑ。夫（友綱）の行方を尋ねんとヲクリめぐり〳〵て。文車が風の便りに。聞き出だす。言の葉草の[七]力草。しのぶ草なる隠れ家を。出でつつ。行けば東路や[八]。都は敵なりければ。せめて一日か二日路は　姿を変へて行かなんと。両輪之介は草履取り。われは目に立つなりふりは[九]　女とは見えず。男模様[一〇]の染衣を　しやんと羽織りて。長刀。さすがはわれが[一一]。心さへ。あらぬ姿と恥づかしく。面影隠す男笠[一二]。深くぞ忍ぶばかりなる。道慰みとたはぶれて。「来いよ　丁稚」と振り返り。持たせし杖を携へ[一三]て　歌「なりもかたちも男でござるヤットウ[一四]。色のヤットン〳〵。最中でナなさけもありて蓮葉に見えて。どうでも男のなりふりぢや。足の運びも品よや姿サテトン〳〵。とろりと見とれる姿。いかな女中も見もどりて。小褄をとらへてずんずと引かしやる〳〵　サアよいさつさ〳〵。よいさ〳〵よいさつさ。さつても男は　よいも

七「言の葉草」「力草」「しのぶ草」と草の名で連ねる文脈。言葉を力として忍んでいた隠れ家を出るの意。
八　十行本では「ひがしぢや」とある。ここでは東海道をいう。
九　伏屋の方は人目に立つ扮装で。「なりふり」は十行本では「なりかたち」とある。
一〇　敵の目をのがれるために女が男装する例は歌舞伎に多い。
一一「長刀さす」と「さすがは」の掛詞。長刀を腰にさし、立派な男姿ではあるというものの。
一二　男姿であるから男笠をかぶっているが、その笠を深くかぶって恥ずかしさに顔を隠そうとしている。
一三　十行本「つえもたせしを」とある。
一四『落葉集』五所収の「祇園町踊之唱歌」の「鑓権三男踊」によるか。「そりや〳〵そりや〳〵、鑓の権三は蓮葉に御座る、谷のやつとんとささやでやああ、そろへにかかる、しなへてかかる、どうでも権三はぬれ者だ、油壺から出すやうな男、しつとんとろりと見とれる男、磯の千鳥を追つかけて、石突つかんでづんづとのばしやる〳〵、さあさえいさつさ〳〵、えいさつさ〳〵、さつさどうでも権三は、よつどつこい、よい男え」

の」と。かたりよみける。道[一]のべの清水流るる柳陰　ヲクリしばし〳〵とてこそ。立ち寄りて　笠も刀もかいやれば。すずろなる目[二]もたすかりて。心も軽く身も軽く。名所古蹟はそこ〳〵に。ただ風景と見も慣れぬ。花[三]幾種の色に愛で。休みがてらに腰掛けて。悩[四]みを。助けおはします。太夫[五]所へこれも旅出立　はたちあまりの女房の。火[六]縄片手に立ち寄りて。（泉川）「御無心ながら　ちとの間その火をかして」といひけるに。ワキ両輪之介気をつけて　よく〳〵見れば「これはさて。御内儀なるか。」太夫「文車殿　さて〳〵不思議」と連合ひに。かくと語れば末長も　驚きかしこへ打ち寄りて。二[七]人たがひのことども語りあひ「よろづのことは道すがら。申しあはさん　こなたへ」と　打ち連れ行けば女房も。「奥様こなたへ〳〵」と　娘[八]まじりに行く道の。野路も山路も里々も。心のままに眺むれば　旅めづらしくおもしろく。野菊紫蘭を。つま折りて。笠にさすてふ女郎花。露を含みて立ちたるは。まことに僧正遍昭の。われ[九]落ちにきと。あ

一 西行法師の歌「道のべに清水流るる柳かげしばしとてこそ立ちとまりつれ」（『新古今集』巻三）による。謡曲『遊行柳』にも引用されている。道行文として浄瑠璃では『百日曾我』『絶狩剣本地』『奥州安達原』にも使われた歌。

二 思いもよらぬ意外な姿。伏屋の男装についていう。

三 幾種類もの花の色。

四 旅の疲れを癒やしておられた。

五 本作の太夫役割は不明だが、この部分は掛合いで語ったことが判る。泉川が太夫、両輪之介がワキの持役。

六 竹の繊維、檜の皮、木綿糸などを縄になって、それに硝石を吸収させたもの。火をつけておいて、煙草を吸う時などに使用する。

七 太夫とワキが連れ語りをする。

八 葛之丞・泉川夫婦に娘の小春も同行している。

九 僧正遍昭の歌「名にめでて折れるばかりぞ女郎花われ落ちにきと人に語るな」（『古今集』巻四）をさす。「つま折りて笠にさすてふ女郎花」より発想し、遍昭の歌から昔を偲ぶという文脈。元禄十年の歌舞伎『百夜小町』の第二でも、遍昭の妹嵯峨野がこの歌を台詞の中で言っている。

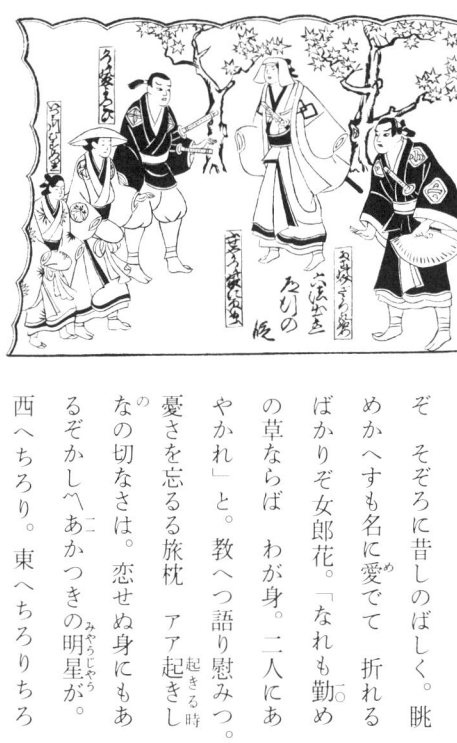

そ。ばせし。歌の余情と思へばぞ　そぞろに昔しのばしく。眺めかへすも名に愛でて　折れるばかりぞ女郎花。「なれも勤め[10]の草ならば　わが身。二人にあやかれ」と。教へつ語り慰みつ。憂さを忘るる旅枕　アア起きし（起きる時）なの切なさは。恋せぬ身にもあるぞかし〳〵あかつきの明星が。[11]西へちろり。東へちろりちろり〳〵とする時に。扇おつ取り刀さいて。太刀の下緒に手打ちかけて　行かうよ。急がうよ　いうては小腰に抱きついた。いとしにやきりりんない。きりりん〳〵限りりんない。手も力もないものを。

アアうつつなのわが姿や。[12] うかれし心を。なにとせうぞ[13]

一〇 女郎（勤め）という名のつく草。

一一 『鷺保教狂言伝書小舞』所収の狂言歌謡「暁の明星」による。「暁の明星は。西へちろり東へちろりちろり〳〵とする時は。扇をつ取刀指て太刀の柄に手打かけて、いなふよ戻よと云ふては袂に取付た。いなふとも戻とも何とも其方の御はからひと云ふては小腰に抱付た。最愛にやきりりんの。きりりんの。きりりん〳〵。かぎりりんの。きりりんの。手も力もない物を」

一二 気の抜けたようなさま。

一三 以下「なにとせうぞよ」「出で行く」「まねき」の繰返しによる修辞。

よ　ナウなにとせうぞよなう。出で行く〳〵。主は出で行く。われは遅れて小手まねき。まねく袂に。すれて行く。野分の木の葉ばら〳〵〳〵。ちちり〳〵と雲の根を。行けど落葉は遠からじ。アアわれ〳〵はまたいつか。逢ふ瀬。逢はぬ瀬二川も。白須賀越えて遠江浜松。が辺に　三重〳〵つきにけり

〈道中浜松の場〉
友綱も逃亡に成功

　かくて友綱。過ぎしころ　勝間の里の夜討ちがけ。諸家中一味してげるゆゑ。思ひのほかに為損じ。神宮寺まで立ち逃れんと　両輪之介を待つ所に。すかさず敵追ひかけて　すでに危く見えけるゆゑ。草に葉隠れ松の陰　つたひ〳〵てくらがりや。峠を越えて大和路に。旅宿を求め養生し　やう〳〵本復してげれば。

友綱、比丘尼に会う

　また鎌倉へとこころざす　土屋　岡崎　土肥　三浦。一門親しき仲なれば　これを頼りに下りつつ。是非の安否をきはめんと　旅泊を忍び出でけるが。もとより覚悟なき旅の　路銭ほとんどこと絶え

一　山。雲は多く山の頂きから湧くことからいう。
二　「逢ふ瀬」と「逢はぬ瀬」の二つの瀬から「二川」をみちびき、以下「二川」「白須賀」「浜松」は東海道五十三次の宿場。
三　第一の切（三二頁）以降の友綱の経過の叙述部。
四　一味してしまっていたので。「てげる」は「てんげる」の約まった形。過去のある時点で既に事が完了していたことを表す。
五　「暗がりや」に「暗峠」を掛ける。暗峠は大坂と奈良を結ぶ奈良街道の生駒越えの峠。河内大和の街道として近世最も利用された所であるが、勝間の里・神宮寺から大和に向うのは竜田越えが通常である。
六　そのつもりで準備していなかった旅。

て。飢ゑに臨めば行く末も　空定めなき雲助と[七]。身をなし果つるぞ口惜しき。何とぞ今宵は仕合せし　一献くんで通らんと。松の木陰に腰打ち掛けて　しばらく休みゐる所へ。熊野比丘尼[八]の二人連れ。鼻唄歌うて通りしを　友綱よき者ござめれ[九]と。続いて立てば飛び退いて。「アア怖　ここな人わいの。声繕ひ[一〇]をしもせいで　あつたら肝を潰した」と。しやな〳〵[一一]行くを呼び戻し。「コレ〳〵怖いことはない。シテそなた衆は夜に入りて　どこまで通る人なるぞ。見たまふごとくこの方も。連れなき一人旅なれば　男なれどももの淋し。連れにならう」といひければ。「いや〳〵連れはいりませぬ。わしらは熊野を春出まし。年中旅を家となし　勧進[一二]をして通る者。鎌倉[一三]の御所様をついしか拝んだことがない。伊勢参宮のついでぢやに。修行がてらとこころざし　参りますわ」と行きけるを。

比丘尼をおどす

また呼び戻し「コレ比丘尼連れ。近ごろ[一四]男のかくいふは　卑怯なやうに思されん。まつたくさうしたことでなし。この浜松より見[一五]

七　どうなることかわからない。「空」は接頭語で実体のないさまにいう。更に「空定めなき雲」と「雲助」を掛ける。
八　熊野三社の牛王宝印の札を売り、地獄極楽の絵解きなどして歩いた比丘尼姿の女。のちには売春も行うようになった。特定の木綿の着物に、文匣を持ち腰に勧進柄杓をさしているので、一見してわかる。勧進比丘尼、歌比丘尼ともいう。

熊野比丘尼
〔諸国此比好色覚帳〕

九　「ごさんめれ」の転。「にこそあるめれ」より変化した語。…であるようだな。
一〇　相手の注意を促すために咳ばらいなどをすること。
一一　しなやかに気どって歩くさま。しゃなりしゃなり。
一二　本来の意は、人々に仏道を勧め善に向わせることであるが、出家姿で物乞いをする意に用いる。熊野比丘尼は門々で「ちと勧進」と唱えて物乞いした。
一三　鎌倉の将軍様。
一四　甚だ。非常に。「卑怯な」を修飾する。
一五　五十三次の浜松の次の宿場。今の磐田市。

付へは三里余りの所なり。鎌倉までの道中に　これほど悪い（物騒な）所はなし。これから二里半ほど行けば。三本松猿原[一]とて　辻切りどもの住む所。そのうへこの猿原といふ所は　熊狼が大分あり。たび／＼人を食らふよし　あとの（前の）宿にてうけたまはる。旅は道連れ世は情け[二]　いづれも方は修行の旅。貴いお札[三]も候はん　どうぞ私もその蔭[四]で。この難逃れて通りたし。ひとへに頼みたてまつる」と　まことしやかにおどすれば。

［比丘尼たちを］

二人の比丘尼興覚め[五]て「さてはさやうに候ふか。何隠さうぞわたしらも　もつとも旅はいたせども。夜道を行くは今が初　ことさら初めて通る道。怖いといふは大抵のこと（並一通りのことでない）かいな。最前強みをいうたはの　あんまり怖さに気がのぼり。それは畢竟戯言なり　お札のことも有様[六]が。これも手紙のやうなもの。熊狼や盗人にお札がなんの利きませう。ようまあ思うても見さしやれや。愛宕様[七]でも焼け時はのがれぬものか火事[八]がある。薬師堂[九]のおもりさへ[一〇]　これもわづ

一　見付の位置を浜松より東へ三里余りとあるのは正しい（三里七丁）。三本松は、その浜松より二里半とあるから、見付の手前、西寄りでなければならぬが、実際には見付より東約一里、山より下って平地になった所にある。不詳の猿原とともに架空の地名か。
二　諺。旅先では見知らぬ者でも道連れとなって互いに助け合うべきで、世渡りにおいても同様である。「たびはみちつれ世はなさけ」（『毛吹草』二）
三　お守り札。
四　おかげで。守札のお蔭をこうむって。
五　緊張がほぐれて。
六　実のところは。
七　京都の北西にある愛宕山に祭る愛宕権現。火災除けの守り神である。古くより信仰があり、「伊勢へ七度熊野へ三度愛宕様へは月参り」と言われた。「愛宕から火出したやうなもの」（『譬喩尽』）
八　「火事　ヒゴト」（『文明本節用』）。十行本には仮名で「ひごと」とある。
九　薬師如来を安置してある御堂で、各地に数多い。薬師如来は病苦を救う仏で、医薬の仏である。
一〇　堂守り。お堂の世話をしている人。
一一　多賀大社。通称「お多賀さん」。近江国多賀町にある神社で、中世以後寿命神として長寿祈願の信仰が篤い。
一二　文殊菩薩。釈迦如来の左の脇仏で、知恵を司る菩

比丘尼の心ほぐれる

らふ時がある。お多賀[一一]の禰宜も死ぬ時は　どうでのがれぬ浮世なり。文殊信心[一二]する人も　大きな阿呆があるごとく。お札もお札でござるわいの　エエ白須賀[一三]で泊つたりや。この気づかひはないものを　ひよんなことをばしました」と。三人金輪[一四]に立ち並び　おど／＼ふるうてゐたりけり。

友綱大方しすましたと　心のうちにてうなづき。「これ／＼二人の比丘尼たち。見付の宿まで行かいでも　幸ひ泊る所あり。これより一里ほど行けば　池田[一五]の宿の長と申す。御大名衆の本陣[一六]あり　何とぞこれまで同道し。わびて[一七]宿をば借るべきが。いかにとしても比丘尼では　なか／＼合点いたすまい。なんと二人の頭をば　比丘尼と見せぬ思ひつき。どうぞないか」といひければ　二人の比丘尼はどうがなして[一八]。宿は借りたし怖うはあり　綿帽子[一九]をば取り出だし。「これさへ被けば比丘尼とは　なか／＼見せはいたさじ」と。てんに／＼[二〇]被いて立つ姿　友綱つく／＼打ちながめ。「オオ／＼こ

薩として尊ばれる。

一三 東海道の宿場。浜名湖の西で、五十三次では西から、二川、白須賀、荒井、舞坂、浜松、見付の順になる。

一四 鉄の輪に三本の足をつけたもの。五徳。三人が鉄輪の足のように鼎立しているさまをいう。

一五 浜松と見付の間の宿。天竜川の東岸。現在の磐田郡豊田町池田。鎌倉時代には栄え、池田の宿の長者のことも資料に散見するが、室町時代以後は衰微し、この頃は長者の屋敷跡といわれる史蹟があったのみ。「池田の宿、むかし此里に遊君あまた集め旅人を留し長者有」(『一目玉鉾』三)

友綱、騙りの計略

一六 大名衆一行の公用の旅宿。昼食用のものも、宿泊用のものもある。参勤交代の実施により恒常的施設となった。

一七 頼みこんで。困って人に物を頼む。

一八 何とかして。どんなことでもして、意志を実現したい気持をあらわす。

一九 真綿を適当な形にして頭に冠るもの。主として防寒の役目をする。頭にすっぽりと冠るものもあるが、当時は前頭部から頬にかけて、頬冠りの形にするのが普通。

綿帽子
〔和国百女〕

二〇 底本は「手ンに／＼」、十行本は「てんてに」、絵入本は「てんでに」とある。いずれも語源は「手に手に」で、それぞれ、めいめいの意。

れ〳〵よい女中（これは美しい女だ）　さてこれからは某に　万事を任せ何事も。いふやうにしてゐたまへ　必ず〳〵つべこべと。さし出口をば聞く一まいぞ　これ〳〵騙りおほすれば。よき事づくしをすることぢや　先づ一番に料理を食ひ。さてその次に酒飲んで。さうしてからに寝るであらう。さて寝てからはどうせうぞ。乗手一人に馬二疋二。この算用が合ひにくい。ここは二人の御了簡　一時三がはりときめませう。よつぽど苦労なことなれど　今宵日待四かし男五。是非に及ばぬこなたへ」と　打ち連れ。てこそ　三重へ急ぎけれ。

さて友綱は。二人の比丘尼を先に立て　やう〳〵池田の宿に着き。長が屋敷へつつと入り　「亭主〳〵」と呼びければ　「はつ」と答へて立ち出づる。友綱主に向ひ。「これは鎌倉梶原殿へ召し抱へらる女中方。上六が十人下七五十人　以上（合計）男女六十人。夜朝旅籠八念を入れ御馳走を申さるべし。これなる二人のお端衆九は　駕籠に酔うたる

一　言ってはならぬぞ。

二　男が一人に女が二人。

三　二時間交代としよう。「一時」は一日の十二分の一。二時間。

四　特定の日に村の者が一堂に集まってお籠りをすること。一夜眠らずに籠り明かし、日の出を拝する。本来は精進潔斎のお籠りであったが、近世では大勢の男女が集まって酒盛りをし、遊興的なものとなった。

五　不詳。日待の遊興に男女のバランスを欠く時、借りてくる男か。

〈池田の宿の場〉
友綱、銭三貫の詐取

六　上女中。主人奥方の居間近くで勤める女中。

七　下女中。下男。台所、勝手回りの仕事をする男女。

八　今夜も明朝も。

九　召使いの女。はしため。女中のうちで比較的下級の者の称。召使いの女の汎称にも用いる。

人々なり。先づ休ませてたまはれ」と　二人は奥へ通しけり。（友綱）「さて十挺は御乗物[一〇]　乗掛[一一]以上三十駄。茶の間[一二]端は拾ひ駕籠[一三]。宿境まで借つたれば。あれにて駕籠銭払ふはず　先づ銭を三貫たも。某は銭[一四]払ひ津山平三と申す者。算用合ひ[一五]は後ほどせん　早う〳〵」といひければ。主はなんの心もつかず　銭を渡せば引つかたげ。「どれ〳〵一ぱい飲んで行こ　冷やでもだしない〳〵[一六]」と。茶碗で四五はい引つかけて。なんやらかやら口たたき　いづちともなく失せて[一七]げり。

騙りの露見

主は表に火をともし。風呂よ料理と世話やいて　待てど暮せど音もせず。（主）「ハテさてこれは遅いこと　宿境[一八]までこれからは。やう〳〵五丁か七丁に　これほど隙の入るはずなし。いかにとしても[一九]呑み込まず　それ〳〵さつきの女中方。お二人ともに起しまし　様子を問へ」といひければ。若き者ども立ち出でて「申し二人の女中方を。起しに参つてみますれば　たわいもなう[二〇]寝入られしが。両

一〇 乗物駕籠。周囲がかこまれてあり、引戸を開けて出入する特製の駕籠。特に許されたものだけが使用した。

一一 道中馬で、馬の背の両側に計二十貫の荷物をつけ、その上に蒲団を敷いて人一人が乗る。宿駅間の賃貸し制度であった。「駄」は馬一頭の背負荷の量。

一二 茶の間女。茶の間の雑用をする女で、腰元と下女の間の階級に当る。

一三 町の辻や街道筋で客待ちをしているのを、その場で契約して乗る駕籠。「駕籠」は掛けむしろ程度の簡略な囲いしかない、丸棒で担ぐものをいい、乗物に対しては下等のもの。

一四 道中などで、小銭の支払いを担当している役目の者。

一五 貸し借りなどの差引計算をして清算すること。

一六 「だいじない」の転。大したことはない。差支えない。

一七 気がつくと消えてしまっていた。八八頁注四参照。

一八 池田の宿と隣りの宿との境。

一九 何としても合点がゆかぬ。

二〇 正体なくぐっすりと。

葛之丞ら一行、友綱を救出

人ともに真つ青な　坊主頭の剃りたて」と。舌も引かぬに「騙りなり　それ〳〵さつきの男めも。いまだ遠くは行くまいぞ　ぬかるな　人を走らせよ」と。大ぜい前後に引き分れ　あとを慕うて追ひ駆け行く。

あとには主　比丘尼をくくり　詮議最中なる所へ。友綱公には数十人　蟻のごとくに群がりつき。長が表へ引きもどし　「御代官所へ引くべきや。ただしはこれにて斬るべきか」と　皆口々に罵り合ふ。折ふし文車両輪之介　伏屋の御供申しつつ。末長親子三人とも　思はずかしこへ行きかかり。見ればわが君「こはいかに」と　前後の人を払ひのけ。末長主に打ち向ひ「騒ぎまするなおのればら。折悪しければ名乗りはせぬ　子細ある御方ぞ。はたまた盗人騙りとは　定めて様子品あらん。万事ゆるりと聞き届け　失せ物あらばわきまへん。これは今宵の騒動料　いづれも沙汰をいたすな」と。黄金百両主に取らせ。即時に騒ぎを鎮めぬる　頓智のほど

一　最後まで言い終らないうちに。
二　大声を出して友綱を非難する。
三　お前ら。複数の相手を罵っていう語。
四　そうなった事情、わけ。

五 すぐれて立派である。

六 「とかうを言はず」と「石清水」との掛詞。更に「清水」の縁で「底」に続けた文脈。

七 「心の底」に同じ。心の底からの友綱への恋情。

八 思いがけず。

九 ひそかに隠して、保護する。

一〇 預けてなりとも。

一一 これから先の君の御用。

一二 何とぞ。どうか。相手に懇願するときの語。

葛之丞、勘当の詫び言

こそゆゆしけれ[五]

文車末長謹んで　御前にかしこまり。「先づもつて御堅固の御ありさま。よろこび存じたてまつる」と　段々語りたてまつれば。伏屋はとかうをいは清水[六]　底の心[七]の恋しさは。読み尽されぬとばかりにて。涙にくれておはします。中にも末長「私儀。不慮[八]に御勘気被りて　さま〲難儀つかまつる。折しも呉服所小紅屋が。様子聞きつけかくまへて[九]　命をつなぎまかりあり。うけたまはれば塵塚が　君に敵対たてまつり。かやう〱の次第にて　はや鎌倉へ御下向と。うけたまはりて候ふゆゑ　何とぞ二人の妻子らを。いかなる方へも預けつつ[一〇]　御勘当を詫言し。先途[一一]の御用に立つべきと　存じて下り候ふ所に。両輪之介先立つて　伏屋様を御供し。罷り下る道中にて　思はず出合ひ候ゆゑ。とも〲つき添ひたてまつる　あは[一二]れさて御勘気を。御許しなされ下されなば　世にありがたう候はん」と　涙に。くれてぞゐたりける。

友綱顔色麗しく「先づは久しい葛之丞。おことが諫め用ひずして　かかる仕合せ面目なし。向後いよ〳〵頼むなり　さて文車は命を捨て。伏屋を奪ひ返す段　また類ひなき働き　近ごろうれしう思ふなり。某ことは勝間にて。さん〳〵深手を負ひしゆゑ　落ち行く道をもさへぎられ。大和の国の旅泊にて　かたのごとくの養生し。ほどなく本復してげるゆゑ　一家を頼みともかくも。身のなり果てをきはめんと　鎌倉へ発足す。所に四五日糧絶えて　越すべき便りなきままに　これなる比丘尼を種にして　亭主を欺き申せしが。飢ゑたる上の酒ゆゑか　いかにしても足立たず。不思議なことが縁となり　方々に会ふことは。家引き起さん瑞相　ふたたび世にだに出でたらば。主と二人の比丘尼には一礼を相述ぶべし。今宵はこれに一宿し　明けなば申し合はさん」と。打ち連れ奥へ入りたまへば　主は思はぬ富にあひ。上下ざざめきよろこびて　ヲクリ　さま〴〵もてなしたてまつる

一　御機嫌のうるわしいさまの形容。
二　親愛の情をこめていう対称の代名詞。
三　程度の甚だしいさまをあらわす副詞。大そう。
四　八八頁注四参照。全快していたので。
五　一族。共通の家系に属するものをいう。ここでは八八頁の土屋、岡崎、土肥、三浦のこと。
六　鎌倉まで行くべき方法。
七　めでたい前兆。
八　全員奥へ退場。

所に夜更け　人しづまり　表の門をしきりに叩き。「京都の御守護塵塚殿の御通り。こと火急なる御用あり　俄かに発足ましますゆゑ。御関札[九]はなけれども。今宵はこれが御泊りなるぞ」と答ふれば[一〇]。亭主はあわてふためきて　やがて表へ走り出て。提灯立てさせ乾き砂　箒目入れてぞ待ちゐたる。はるかにあつて塵塚は。近習の諸武士に守護せられ　奥の亭にぞ入りにける。

人々いまだ目も合はず[一一]　始終をとつくと聞きすまし。天の与へとよろこびて　忍び〳〵に表へ出で。友綱仰せ出ださるるは。「まことにもつてうれしくも　主従不思議にめぐり合ひ。これに一宿いたす所に　思はず敵にあふことは。ひとへに武運の尽きざるところ方々[一二]もつて満足せり。さて内証[一三]より切り込んでは　案内知らず過ちあらん。所詮表の塀を越し　玄関の戸を切つて落し。泊り番の奴ばらが　ねおびれたる[一四]を討つて捨て。卒爾[一五]に奥へ切り込まん　しかし高塀越すべきに。足代[一六]なくては乗られまじ　ハテなんとせん方

無量之介の到着

九 本陣の宿に宿泊するときに、氏名称号などを記して宿の前に立てる札。宿駅の出入口に立てることもある。

一〇 問いかけに対する返答に限らず、一方的に通告する場合にもいう。告げる。申し述べる。

敵討の成就

一一 眠れないでいる。上下の瞼が合わない意で、否定形で用いるのが通例。

一二 あちらの方も、こちらの方も。主従のめぐり合いと敵にあうことをさす。

一三 表側の門口、玄関などに対して、奥の間、台所、奥庭など。表から入ってくる無量之介に対し、奥の部屋から討ってでることをいう。

一四 寝とぼける。

一五 そのまますぐに。

一六 建築などに際して、高所の作業のために丸太などを組んでつくる足場。ここでは踏み台。

方」と。立ち煩うてゐる所へ　何かは知らず乗掛けに。手提灯をば自ら下げ　半ばは夢見て来る者あり。「これ究竟の足代　それ〳〵乗手を切つて落し　その馬とれ」とやり過し　末長火影をそむけつつ。よく〳〵見れば弥太八なり「こは仏神の御加護か。日ごろの本望今こそ」と　馬より下へ引きおろし。取つて伏すれば馬方は「ヤレ追剝よ盗人よ」と。呼ばはり逃げんとする所を　文車すかさず追詰めて。膝の下に押つひしぎ　首引き抜いて捨てたりけり。また末長はよろこびの涙を流し面をはり。「やれ　汝めゆゑ　ふびんなる

一　九三頁注二参照。
二　手さげ用の提灯。小型で竹の柄がついている。
三　都合のよい、あつらえむきの。
四　提灯の火影を正面から見ると乗手の顔がくらくて見えないので、火影をさけて、よくよく顔を見る。
五　底本には「馬士」とあるが、十行本に「馬かた」とあるので、読みは十行本にしたがう。
六　追いかけて、つかまえる。
七　宿場毎に常置して、宿場間の連絡・逓送に用いた馬。本来は公用として用いるものであるが、ここでは

女房までに苦労をさせ。無念さまたは口惜(くちを)しさ　めぐりあひなば頬桁(ほほげた)を。引き裂き捨てんと思ひしに　うれしの今日や今宵や」と。につこと笑うて首掻(か)き落し。よろこび勇みて立つ隙(ひま)に　文車伝馬(てんま)[七]の背(せな)を伝ひ。難なく高塀はね越えて　門(くわんぬき)[八]　蝦錠(えびぢやう)[九]もぎ放し。門を開(ひら)けば友綱公主従争(先を争って)ひ駆け込んで。三人一所に押し並び。枢(とぼそ)[一〇]に手をかけ声をかけ　えいや〳〵と押し破り　面(おもて)[一一]も振らず切り込めば。「すは夜討よ」といふほど[一二]こそあれ。うろたへまはる所をば　腕を限りと三重[一三]〳〵切りまくり　三人もろとも手も負はず　無量之介をひつくくり。勇み進んで出たまへば　末長女房親子ども。伏屋の御供申しつつ　急ぎ表に立ち出づれば。末長よろこび「女ども　今日はいかなる吉日ぞや。主君にめぐりあふといひ　憎しと思ふ弥太八めは。思ひのままに打ち殺す　これ福徳[一四]の三年め。」四段目にて敵(かたき)を討ち治むる末は御祝言。めでたかりける源氏の御代(みよ)　正木(まさき)[一五]の葛(かづら)末長に。相並[一六]びたる両輪之介　栄[一七]ふる家となりけるは。心底(しんてい)変らぬ主従[一八]の。

弥太八の乗ってきた乗掛けの馬をいう。

八 門の扉を閉じて明かぬようにするために、左右の扉の金具に差し通す横木。

九 海老の腰のような、半円形の錠。ばね仕掛けになっていて、鍵をかけると環状になる。掛け金に掛けて用いる。

一〇 扉。門を破って中に入り、宿の入口の扉を押し破るのであろう。

一一 わきめも振らず、まっしぐらに。

一二 言う間もあらばこそ。言う間もなく。

一三 戦闘場面に用いる三重。

一四 諺。福徳の神は三年目に回って来て恵みをもたらす意で、思わぬ幸運に出くわすことにいう。「福徳の三年め」(『せわ焼草』)。「三年目」から「四段目」を導いてくる文脈。「四段目」は本曲のこの段。

一五 正木葛之丞末長という人名と、植物の柾(まさき)の葛が常緑で蔓の長いことから、末長くめでたいことと掛けていう。『古今集』序の「まさきのかづらながくつたはり」よりこの修辞の例は多い。

一六 友綱の忠臣として葛之丞と両輪之介の二人が相並ぶことと、車の二輪が相並んでいることを掛ける。

一七 元来はヤ行下二段動詞であるが、ハ行下二段に転化した。底本・十行本共に「さかふる」とある。

一八 諺の「主従は三世の契り」(『譬喩尽』)による。更に友綱と二人の忠臣の三人と掛け、その三人が偶然に邂逅して敵討ちを果した奇縁をいう。

三世の奇縁尽きせざる　印。なりとぞ感じける

第　五

正しからざる不義の富は　かへつて災ひの中立ちと。左伝にいへ（春秋左氏伝）るがごとくにて　塵塚一旦上をかすめ。友綱を追ひ失ひ（追放し）　家富み栄えたりけれども。天道これを許したまはず　また友綱に囚はれて。憂き鎌倉へ引き渡され　頼朝公の御前にて。塵塚首を刎ねられ　由比が浜にさらされ。友綱ふたたび運を開き　花の都の守護職に。[なり]まためでたむる参内より　院参までを相勤め。堀川の城に入りたまへば　あなたの御使者こなたのよろこび。（あちらこちらからの使者の喜びの口上）門前昼夜市をなし。外繋ぎの駒いななかぬ間こそほどこそなかりけれ。時しも「亥子の寿は御奥方」とののめきて。（大声をあげて）歌舞伎子どもを召し寄せられ。風流姿を尽せしは　今様。にこそ　三重〽見えにけれ

一『春秋左氏伝』の昭公元年の条の「不義にして彊くば、其の斃れんこと必ず速かならん」による。

二 鎌倉の相模湾に面する海岸。鶴岡八幡宮の三の鳥居の南五丁の海岸。飯島と霊山崎の間二十五町をいう（『東海道名所図会』六）。

三 上皇の御所に参内すること。ここでは堀川の城の守護役になること。

四 牛馬を繋ぎとめるために門前に設けられた設備。

〈堀川館の場〉
無量之介処刑・友綱返り咲き

五 御玄猪の祝い。十月の亥の日（もと初亥、のち二三の亥）に厄除けとして餅を食べた。お祝いの行事に歌舞伎踊りで奥方をなぐさめようというのである。

六 現代風。亥子の寿に歌舞伎子を集めて祝事をするのを現代風だといった。

七 古浄瑠璃『しのだづま』のやつし物。古浄瑠璃の該当部分を掲げる。「爰に哀れを留めしは安倍の童子が母上也。本より其身は畜生の、苦しみ深き身の上に、猶憂き事の重なりて、思ひの種と成りやせん。いとど心はうば玉の夜の臥し床に幼な子の、母や恨みてさこそ歎くらん。不憫やと焦るるゆへか、露も涙もとどまらで、行く道さらに見えわかず立煩ふぞ哀れなり。頃しも今は秋なれば、千草にすだく虫の声かれがれに成るぞ辛き、憂きことの葉に秋風の、そよそよと吹く時は早稲田晩稲に立はりし、引かで鳴子の音高く、それかと見ればおしね

祝言の歌舞伎

風流信太妻

葛の葉の。うらみてもなほ甲斐ぞなき。浮世の中や身の果てや。またの苦界に帰りぬる。人ならぬ身ぞ哀れなる。妹背の道と。恩愛の。道の巷の真中の。中に立ちたる哀れさは。〽安倍の童子が母が身に。積り〳〵てとどまらぬ　さればにやもとよりも。その身は畜生害心の。苦しみ。深き身の上に。憂かりしことを重ねつつ。思ひの種や。まきの戸の（蒔・槙）　あくるわびしき葛城の　夜の臥所に。幼な子が。母や慕ひてさぞかしと　涙はさらにとどまらず。頃しも今は秋（晩秋）ざれや。稲葉そよぎて露こぼす　千草の雨に裾濡れて　姿掻い取る。身の振りは　萩を。くぐりつ。薄をよけつ。犬の臥居（寝ている所も）も回れば遠し。なんのままよと飛び越えて。しやんと立ちたる面影は。人も見つらん恥づかしや　アアしどけなのわが心。乱れ帽子の片下り　髱のほつれも結ひ櫛に。鬢水いらでときつ（解・時津）風。心もすずし。沢水の　影を

もる、案山子の姿見ゆるをも、もし狩人や有らんと心細さは限りなし。やう〳〵辿り行くほどに、わが住む森も近付きぬ。爰に狩人のいつも掛け置く狐罠、さま〴〵調へ掛け置きたり。さすが畜類の浅ましさ、心にこめし其数々のことどもを、はつたと忘れ其まま心移りつつ、とやせんかくやと身悶えしてしどろもどろの足元にて、立寄り笠を脱ぎ捨てて、上なる小袖の袂をばかざすとみれば忽ちに野奸と成て狂ひしは、何に譬へん方もなし。狩人さま〴〵手を砕いて釣り捕らんとしけれども、心きいたる野奸なれば、かへつて狩人を罠へおしこみ、その身は立退き嬉しげに踊り狂ひて、其後はわが住む森の草村に入りて形はなかりけり」（『しのだづまつりぎつね』三）

段切の景事
浄瑠璃竹本筑後掾
ワキ竹本頼母
手妻人形辰松八郎兵衛

八「葛の葉の裏見」と「恨み」の掛詞。「恋しくば尋ね来て見よ和泉なる信田の森のうらみ葛の葉」という葛の葉狐の歌による。

九 安倍晴明。信太の森の白狐が人間と契り晴明を生んだという葛の葉狐の伝承による。

一〇 人に害を加えようとする残忍な心。

一一「岩橋の夜の契りも絶えぬべし明くるわびしき葛城の神」（『拾遺集』巻十八）による。文流は『栄大門屋敷』四・一にもこの下の句を用いている。

一二 着物の裾や褄を手で少しもち上げる。粋な所作。

一三 後方に張出すように結う髪のその部分。たぼ。

鏡にうつくしう。(写・美)艶出す野辺の薄化粧。けはひ直して見返れば。心浮き立つ秋霧の。日に移ろひてさながらに　山は。錦を織り[一]はへて　緞子。野に敷く眺めあり。嘆きに沈むわれはまた　髪も形もき(気・木)も枯れて。木の葉降り積む笠の上。重きが上の[二]。小夜衣　わがつま(褄・妻)ならぬ妻恋に　声をくらぶる。小男鹿も。身のたぐひなる思ひ[三]ぞと　いとど悲しさいやまさり。涙を道のしるべにて　やう〱辿り行くほどに。わが住む里もほど近き。森の木陰の小暗きに　誰が狩り

一　織って長く延ばす。

二　寂然法師の歌「さらぬだに重きが上の小夜衣わが妻ならぬ妻な重ねそ」（『新古今集』巻二十）による。『太平記』二十一に師直の艶書の返しに利用されて以来、諸作品に頻用される。

三　わが身と同じような思いであろうと。

四　狐を捕えるために仕掛けておく罠。下の挿絵参照。

五　畜生が互いに嚙み合うこと。「畜生残害とて。少しにても己が手に叶ふ物は損害そこなひころす也。又己より強きやつが己を害せらるる也」（『譬喩尽』）

六　心がひかれて虚脱状態となる。

すなる狐[四]わな　さま〲調へ掛け置きたり。さすが畜生残害[五]の。心狂じてかず〱の。もの思ふ身を打ち忘れ　草に平伏し雲に音を鳴いつ。笑うつあくがれ[六]つ。行きつ戻りつ佇みつ　憂き身一つの置き所。定めなき世の村時雨　濡れて立ちたる。歌[七]われは野に咲くナ。籬の菊よ〱。色を飾りて風につれて〱招くさ。来よと招け。ば。[八]おきまどはせる。白菊小菊〱花かナ。目映[九]かへ袂をかざせエ。菊はわれらが住み所よ。乱菊の。花にかくれゐて。夜は。うかれ出て。花のほとりにちらり。〱ちら〱〱。ちら〱〱〱葉隠れて。忍びて〱。うかれ出て。恥づかしや。　狩人さま〲手を[一〇]砕き。心を砕き身をもがき　術を尽せど掛からばこそ。かへつて[一一]わなにおし入れて　跡を見返りうれしげに。信太の森の草隠れ　入りて姿はなかりけり。まことに神使[一二]　神道の。自在を得たる白狐の神。信仰無我の門に入る　寿福円満如意成就[一三]。狐福[一四]とて今この〱楽しき。宿に祝ひてき

七 当時流行の歌謡であろうが不詳。辰松八郎兵衛が操る狐の所作の見せ所。

八 凡河内躬恒の歌「心あてに折らばや折らん初霜のおきまどはせるしらぎくの花」(『古今集』巻五)による。

九 まばゆいと思うなら。

一〇 あれこれと手段をめぐらし。

一一 逆に狐が狩人を罠におしこんでしまって。

一二 狐を神聖視する考え方は古代よりあり、近世では稲荷の神の使者とされた。

一三 長生きして健康であり、願望がすべて達成するという幸福の極致。白狐の神の信仰によって無我の境地に入れば、幸福の極致に至るという。

一四 思いがけない幸福。信太の狐の神より得たる福と掛けていう。

＊ この景事は、手妻人形の名人辰松八郎兵衛によって操られた。前頁挿絵によれば、台人形の手妻である。元禄十四年十月、歌舞伎『今様能狂言』で大和屋甚兵衛が「釣狐」を演じており、有名な題材で、この作品の重要な見せ場であった。第五の切にこの景事を設定したのは、元禄歌舞伎の構成に随ったもの。この頃の上方の歌舞伎は三番仕立てで構成され、事件の展開は第二の終末で完結し、第三はめでたい完結の祝言として、総踊りの場面や、加護の神仏の法楽の場面を設けた。

傾城三度笠（けいせいさんどがさ）

傾城三度笠

豊竹若太夫　正本

〈街道筋の場〉

マクラ

[一]二上り歌坂は照る〳〵。鈴鹿は。くも。くもるヨイノ。あひの。土山。歌。歌でやる　[二]これやこの。行くも帰るも　同じ道。知る人ふえて。宿々のヲクリ泊り〳〵の留め女。「旦那のお上りお下り」と。言ひつ言はれてはの　聞くも。金と色との二道に　迷ふは人の世や深き。[四]伏見の里の朝もよひ。気も[五]軽衫の着慣らしに。内と外とに一年を　半ばは馬の背に眠る。歌[六]恋の重荷の[七]乗掛馬や。こちの思ひは日に[八]三度笠。夢も添ひ寝の　[九]点野を過ぎて。よそに徒名の[一〇]守口や。変らぬ色を[一一]松が鼻。今朝九重を立ちしより　心は西に[一二]飛び梅の。宰府も衛府も晩ははや　泊りは。われがすみかぞと　馬子も。

一　二上がりに調絃した三味線を伴奏にして歌う歌。陽気で派手であるが、鄙びた気分を持っている。

二　『落葉集』四にある二上がりの「馬士踊」。

三　『百人一首』蟬丸の歌に基づく歌謡か。未詳。

四　場所は伏見の里、時は朝であることを先ず示す。「あさもよひ」は「紀」に掛る枕詞で、転じて「気」にかけた。「気も軽し」と「軽衫」は掛詞。

五　袴の裾を膝でしぼって、下を脚絆状にした旅装。

六　『謡曲』『閑吟集』『落葉集』に「恋の重荷」が見られるので、この歌謡も流行したと思われるが未詳。

七　宿駅で雇う馬。馬の腹の左右に荷をつけ、蒲団を敷いて人が乗る。「恋の重荷」「こちの思ひ」は頭韻をふむ。

八　飛脚の深い編笠。「日に三度」と「三度笠」の掛詞。

九　淀川の東岸。河内国茨田郡点野村、現寝屋川市。

一〇　「徒名の洩る」と「守口」の掛詞。守口は淀川の東岸、点野の下流。現守口市。

一一　未詳。淀川東岸の佐太と枚方の間に松ヶ鼻村があるが順路が逆。大坂木津川町の北端の松ヶ鼻か。西国行の回航の出航地。「色を待つ」と「松が鼻」の掛詞。

一二　菅原道真の飛梅伝説に基づく。飛梅の縁で大宰府を、その縁で衛府を出し、衛府から番を出して晩に転じた。飛脚の到着時の描写である所から、宰府（財布）、衛府（会符・荷札）を裏にかくした複雑な修辞。

三重 勇みて〽鈴[一]が鳴る。

行き来の駒(こま)の。足音も　もしや忠兵衛(ちゆうべゑ)が帰るかと。待つ母親の気もまめに[二]。「ヤイ権太郎(ごんたらう)。風呂の下〔を焚く火を〕をけぶらすな　飯は炬燵(こたつ)に温め〔入れて〕て」と。世話をやくやら所作(しよさ)繰る[三]やら。取りまじへたるばかりなり[四]。

手代[五]のさぶは帳〔帳面を〕引き寄せ「為替(かはせ)[六]の銀の請(う)け払ひ。荷物の請取(うけとり) 状〔書状〕の届け。朝むつくりと起きるから〔起きる早々〕　さてやかましき〔めんどうな〕商売や」と。しばし伸びして大あくび。「まことに死病[七]と口過ぎとに徒(あだ)なことはない。千両[八]取る役者も質屋から鏡を据(す)わる。僭上(せんしやう)[九]な娼(よね)も　節季[一〇]の白粉(おしろい)はうすく。飛脚の手代は金銀を腰につけても。わがものにして抱いて寝たことはない。目に正月をさすぢやまで[一一]」とたばこ引き寄せのみゐたり。

しかる所へ〔ちょうどその時〕　その年は定かに見えぬ女房の〔年齢のはっきりしない女性が〕。人目を忍ぶ綿帽子[一二]〔を冠り〕二十五六の男連(づ)れ〔と一緒に〕。門口に立ち寄り　手代のさぶを手招きして。「忠兵衛様はお留守か」といへば。(さぶ)「ムムなるほどお留守ぢやが　そ

一 馬につける鈴。馬子、鈴、駒とつづける。

＊ 道行風の文体と作曲で、飛脚の京街道往来の雰囲気を描いてマクラとし、大坂の飛脚屋忠兵衛宅に焦点を合わせてくる手法。

〈忠兵衛店先の場〉

忠兵衛帰宅を待つ母親

二 勤勉でよく働くさま。

三 ある一つの動作や仕事に身体を動かす。

四 世話をやいたり、仕事をしたり、何やかやをまぜこぜにしていらいらしている。

飛脚屋の店先

五 商家の番頭と丁稚の中間の使用人。「さぶ」は三郎兵衛、三郎助などの名前の略したいい方。ここでは三郎兵衛。

六 遠隔地に現金を送金する代りに、手形などの信用手段で決済する方法。送金依頼をうけた両替屋が現金と引換えに手形を出し、飛脚屋によって送られてきた手形を、受取人はその地の両替屋に持参して現金と交換する。両替屋間で相互決済をするのが通常の形式。為替や現金の輸送は飛脚屋の業務で、為替に関する現金輸送の請け払いをいうのであろう。

七 助かる見込みのない病気と生計を立てるための仕事は、いいかげんにしておくことはできない。

八 千両の給金を取る役者も、質屋の得意先であるから、年末にはお歳暮に鏡餅を据えにくる。

おとらの来訪とさぶのチャリ

九 身分不相応なぜいたくをする遊女たち。

一〇 掛売買の決算日。この時には支払いのために始末

れがなんとした」。「しからばおふくろ様に逢ひましたい　伝へて賜べ」とありければ。三郎兵衛不審して「これは算用がちがうた。旦那に逢ひたさうなものが　おふくろ様に逢ひたいとは。さては旦那が子がな孕ませて。このごろ便りもないゆゑに　腹立ちまぎれにか[一三]み様に。いうて恥をかかしよとのことか。それはあまり一興な。いかに思へばとて　江戸から逢ひにもこられまい。この粋[一四]がのみ込んだ　今でも帰られたら取り持つて。産料でも取つてやろ。あとな[一五]は家守[一六]殿かもがり[一七]殿か。ゆすりなどくふ三郎兵衛ではない。出やうがよければ　一歩[一八]や二歩は取り換へてもやらう。なにぶん今宵は帰られよ」といへば。女房うち笑ひ。「イヤ左様なものではござんせぬ　わしは大和の姪でござんす。をば様に逢はせて」といへば「ヤアおとら様か　粗相なこと。サアお通り」といひければ　二人は奥に入りにけり。

をばは奥より立ち出でて「なんとおとらか　久しやな。ようおぢ[一九]

をするのである。

一一 諺。珍しい物などを見て楽しい思いをすることのたとえ。飛脚屋では多額の金銀を見るだけであることにいう。「眼の正月せん」(『譬喩尽』)

一二 真綿をのばして作る女性の帽子。通常は中年以上のものが着用する。九一頁注一九参照。

綿帽子
〔近世女風俗考〕

一三 町家の妻の称。中世では貴人の妻にいうが、近世後期には階層の低い人の妻にもいう。

一四 人情の機微によく通じている者。「和気しり　粋へたるといふまでの詞なり。当道(色道)の味をよくわきまへたるといふ心なり」(『色道大鏡』一)

一五 「あとなるは」の約。うしろにいる男は。

一六 家または土地を所有者に代って管理をし、家賃地代を借手より取立てる者。

一七 言いがかりをつけて金品を強要する者。ゆすり。「もがりといふは、非道をもととしていひぶんをこしらへ、利をうるたくみなどする者をかくいふ也」(『色道大鏡』一)

一八 一両の四分の一。

一九 「来る」の尊敬語。近世前期の上方語で、「おいである」→「おである」→「おぢやる」と約まった。

新七の告白

やつたといひたいが　これはなんとも合点ゆかぬ。前方はたがひに行き来もしたれど。わが子の忠兵衛といひなづけして。表向きから頼みをやつたれば　この方の秘蔵嫁。迎ひもやらぬに徒歩はだしで。しかも見なれぬお連れもある。さりとては心許ない　様子はどうぢや」といひければ。男腰をかがめ。「お前がおとらがをばごでござりますか。私儀は新七と申して　三輪のほとりの者。これなる女とは三年以前より　人知れず夫婦の契約いたし。隠すことなれば　親たちにも御存じなうて。せんごろ御子息忠兵衛殿へ婚礼きはまり。印の樽も納まりしうへは　それがしふつつと思ひ切り候へども。女心の一筋に　拙者に添はずは身も滅ぼすべきと　嘆きしがふびんさに。二三日以前に　所を立ち退き候へども。思案するほど一大事のこと　私は内証のちなみ。忠兵衛殿ためにはおほやけの妻女。その分にしてはござられぬはず。見つけられ次第に　とがにおこなはれんは知れたこと。しかる時には一門一家の恥辱と思ひ。たがひに覚

一 口約束や、親同士の契約でなく、正式に媒妁人を介して。
二 結納。「いひいれ」ともいう。「いひいれを古はたのみとも云ひし也。是は舅とたのみ妻とたのみ聟とたのみ夫とたのむの祝儀なる故たのみと云。たのみは聟より舅へ祝儀物を送り舅よりも聟へ祝儀物を送り両方より取かはして互にたのむ儀也。是古法也。今は聟より舅へ送るばかりにて舅より聟へ送り物なし」(『貞丈雑記』一)。祝儀の品については『諸礼筆記』四に詳しい。
三 履物をはかずに素足で歩くことだが、ここでは乗物にのらず徒歩で来た意。
四 敬意を含んだ対称の代名詞。あなた様。
五 大和国城上郡三輪、現桜井市。三輪神社がある。新七の住居は大和国葛上郡池の内村三の部であることが下の巻でわかる。
六 結納の祝儀には必ず朱塗りの酒の角樽が添えられる。
七 結納の授受を以て、公式に婚約の成立となる。それ以後の密通は姦通罪が成立する。
八 私たち二人をそのままにしてはおかれぬはずです。
九 男女ともに死罪がしきたり。
一〇 心中の覚悟を暗示している。あとの伏線になる。

悟きはめしうへ。恥を捨てて今日これへ参りしも。他人なれば了簡(思案の)に及ばず(ほかですが)。をば様とあるを力にて　一旦お詫びに参りたり。二人の者の一命は　生けうとも死なさうとも(生かすもころすも)。御両所の(おば様と忠兵衛様の)心まかせ　存分になされても。血を血であらふ道理[一一]。をば君のお情けに　宥免[一二]あつてたまはれ」と慇懃にこそ申しける。

をばは聞くより。「どなたかは存ぜぬが　発明さうな御口上(賢そうなお言葉)。お若い同士のことなれば　めなし[一三]をなしの時分には。あるまい事でも候はねば(よくあることでございますから)　そこのところはとがめませぬ。今では(しかし)わが子の女房と名のついてあるおとらをば。連れ退きたまふ御所存は　不義でないとは申されまい。忠兵衛宿(自宅)にゐるならば　こなたを(あなたを)ただは帰すまい。しかし皮引き[一四]や身がつくと　姪がふびんに候へば。隠密にしてやりませう　たがひにふつつと思ひ切り。おとらを早く親里へ戻したまへ」とありければ。おとらはそばへにじり出で(じりじりと寄ってきて)「今日これへ参ること　恥づかしいやらこはいやら。胸がどき〳〵いたしまし　御挨拶

母の寛容　おとらの増長

一一　諺。肉親同士が互いに争うこと。「血を血で洗ふ」(『譬喩尽』)。ここでは伯母と姪の血縁同士の争い。

一二　罪を許すこと。

一三　女無し男無し。妻のない男、夫のない女である独身の頃には。

一四　諺。密接な関係にあるものは、互いに影響をうけ、利害関係も直接ひびくことをいう。「皮挽けば肉が付く」(『譬喩尽』)

さへえせなんだに。思ひのほかなる御了簡　二人が命拾ひもの。ありがたいやらうれしいやら　申さうやうも（［お礼の］申しようも）ござんせぬ。このうへ欲なことなれど　とてものことに（いっそのこと）埒（らち）[一]をもあけて下さんせ。忠兵衛様も根心は（本心では）　わしを女房に持つことは。嫌（いや）がつてぢやと聞いてゐる。そのはずのこと　新町[二]の梅川（うめがは）といふ女郎と。二世（にせ）[三]の起請（きしやう）を書いてぢや（書いておられる）げな（そうな）。その水くさいお心と（忠兵衛様の冷たいお心と）　新七様のかはゆいと（愛情深いお心と）。どうマア思ひ替へられう　ぬし[四]は男のことなれば　思ひ切らうとのたまへど　わしやなんぼでもなりませぬ（何としても思い切れませぬ）」と。思ひの筋の遠慮なき（思っていることをそのままに遠慮なく言う）。年より過ぎた（年齢よりませた）通り者[五]　田舎（ゐなか）[六]に京とぞ思はるる。

をばは声をとがらして。「おぬしはどこの寺（寺子屋）へ往（い）て。そのいたづら[七]は習ひしぞ。なんと　忠兵衛は嫌にして新七殿が愛（いと）しいとや。をばが前にてほてくろしい[八]。見めよう（顔立ちが美しく）生れついたゆゑ　人が惚（ほ）れると思ふかや　今の世界のはやり物（現在の世間の流行は）　顔かたちより敷銀（しきがね）[九]に。惚れる男が多いぞや。左様なもののくせとして。博奕（ばくち）打つたり芸づきして[一〇]。金[一一]

一 事の結着をつける。ここでは忠兵衛との婚約を破棄して新七との結婚を認めてほしいことをいう。

二 大坂の廓。現在の西区新町のあたりにあった。「大坂の遊郭は慶長年中までは、西堀の東今の伏見呉服町の旧地にありて、又一町と号す。是より道頓堀に遷されて此に居る事十余年、其后寛永第八辛未年道頓堀より今の新町に還さる。爰を新町といふ事、元は此地葭原にて是よりさきには人家なし。然るに此地を賜りて郭中の者自分として、土砂をはこび入れ、地形をつきたててかかる町とはなせり。是によりて新町とはなづけぬ」(『色道大鏡』十三)

三 夫婦約束の起請文。「夫婦は二世の契り」(『譬喩尽』)の諺により、二世は夫婦約束のことをいう。起請は神仏に誓って記す誓文。廓における起請のしきたりについては、『色道大鏡』六の「心中部」の「第二誓詞編付血書」に詳しい。

四 夫。新七をさしていう。

五 人情の機微によく通じた粋人。

母の立腹に死の決意

六 諺。思わぬところに意外なものがあることのたとえ。「ゐ中にきやうあり」(『毛吹草』二)。ここでは大和の田舎に意外にも通り者がいることをいう。

七 好色な、みだらな所業。

八 好色的でいやらしい。

九 婚礼の持参金。

一〇 芸事にうつつをぬかし、身をほろぼす。

銀のみか寝道具まで。[一二]げじいてのけてあげくには　無体（無茶なこと）なことをいひかけられ。裸（はだか）で逃げて戻るもの。思ひ切らうが切るまいが。このをばが切らせて見せう（思い切らせてみせよう）」と　[一三]畳たいていひければ。新七言葉（ことば）を鎮（しづ）めつつ。「ただいまの一言に　ちといひぶんも候へども。[一四]高がわれらが無理なれば　いひわけもいらぬこと。所詮（しよせん）〔願いが〕かなはぬうへからは　長居（ながゐ）は無益（むやく）（無用）　サア立ちや」と。おとらをやがて（すぐに）引つ立てて表をさして出でければ。

母親、離縁状を書く

をばは「しばし（ちょっとお待ち）」とおしとどめ「さて是非もなきことどもや（それじゃあ　やむを得ぬことだ）。をばが心の和（やは）らがずは　死なうと覚悟きはめしも。〔ほんによく〕思ひ合うたり契りたり。われも昔は[一五]若木の花　色も情けも知りたれど。浮気盛りの者同士（どし）が　[一六]一（ひと）花染めの色ならば。思ひ切るでもあらうかと　叱（しか）つたことも憎口（にくぐち）も。〔お前たちを〕憎うてわれは言はぬなり（憎く思って言ったのでない）　[一七]五十路（いそぢ）に余る老いの枝。[一八]高座（かうざ）の上の談義にも　[一九]子のなきことは殺生の。報いと示したまひしを　聞いて戻つてその後（のち）は。鯉鮒（こひふな）さへも殺さぬを。生ひ先遠き方々（行く末の長いあなた方）

一二　持参金ばかりでなく、嫁入道具の寝具まで。
一三　人のものを使いこんで消費してしまう。
一三　激昂するさまを表す。「た」の頭韻をふむ。
一四　問題とするまでもなく。勿論のこと。
一五　「若木」「花」「色」は縁語。「色」「情け」「浮気」も縁語。昔は若い時代もあったから、色も情けもよくわかっているが。
一六　染物を一回だけ染めること。当然染色は浅い淡い色である。ここでは、その程度の淡い恋ならの意。
一七　今は五十歳も越えて年老い。「われも昔は若木の花」と対応した表現。
一八　高座の上で語られる談義。「高座」は説法・講談などを演ずる一段高い席。「談義」は仏教の説法の話。
一九　忠兵衛はこのおばの養子であることがわかる。

の　命二つが取られうか。とあつて（そうかといって）添へと許しては　心短かき忠兵衛が。世間の恥ぢて思はざる。嘆きや見んとかなしけれ（世間体を恥じて思いもよらぬ嘆きの姿を見るかと思えば）　とあれば[一]かかりかくすれば。あらむづかしの浮世や」と。しばし涙にむせびしが。なんとか思ひさだめけん（決心がついたのであろう）　そばなる硯（すずり）引き寄せて。さら〳〵と書く三下り半（みくだりはん）[二]　おとらが前にさし置いて。「二人（おば）のとがも忠兵衛が恨みの品も（恨みのかずかずも）　年寄つた。わが身一つに引き請（う）ける。泊つていきやといひたいが。そのうち忠兵衛が戻つては。物事がむづかしい[三]　はやう〳〵（〔お帰り〕）」といひければ。命二つを御赦免（ごしゃめん）[四]の　をばの御教書（みげうしょ）[五]いただきて。心しよぎ〳〵[六]いそ〳〵と　ヲクリ[七]急ぎ〳〵帰るぞ道理なる。

かかるところへ忠兵衛は　財布（さいふ）[八]をかたげ馬引かせ　旅巧者（たびがうしゃ）[九]とてくだびれず[一〇]。隣り歩きの心して（ちょっと近所を歩いてきた気持で）。ゆらり〳〵とあゆみ来る　さぶや権太立ち出でて。馬の荷を解く[一一]草鞋（わらぢ）解く。笠の締緒（しめを）もとく〳〵と　荷物は奥へ入れにける。忠兵衛母にうち向ひ。「留守中御無事でござりましたか。さて〳〵今年のやうな寒い年はない。箱根の吹雪（ふぶき）に当

母の述懐と忠兵衛の立腹

一　こうしようと思えばああなってしまうし、ああしようと思えばこうなってしまう。一方をとれば他方が駄目になってしまう。

二　離縁状。その文章を三行半に書く習慣からいう。当時の離縁は男性側が女性に対して一方的に離縁状を書くことによって成立した。

三　事がこじれて面倒になる。

四　「命二つを御赦免」と「御赦免の御教書」を掛けている。

五　古文書の様式名の一つ。元来は三位以上の公卿が出す奉書形式の文書をいうが、のちは将軍の花押のある文書をいうようになった。ここでは戴いた離縁状を命御赦免の御教書にたとえていう。

六　うれしくて心がうきうきするさまをいう。

七　おとら・新七の退場の曲節。

八　巾着。袋形になった大型のもので、紐を通して肩にかける。

九　旅馴れしている人。

一〇　底本には「だ」と明らかに濁点がある。「くたびれる」の意であろうが、濁音にも発音したのか、誤刻か不詳。

一一　「……解く……解く……とく〳〵」と韻をふむ。「とく〳〵」は「解く」と「疾く」の掛詞。

てられて。夜昼二日腹を痛めて難儀いたしました。さてこの財布は伊丹[12]の為替金四百五十両。戸棚へ入れてたまはれ」といへど〔母は〕答へずすんとして[13]。物思はしきありさまに（ふさぎこんでいる様子に）。忠兵衛はいぶかしく（不審に思って）「お気むつかしく御入りか（何か気分をこわしていらっしゃるのですか）。なんぞ御機嫌そこねたか」と。にじり寄りて問ひければ。母は涙を目に浮けて[14]。「いやはや興のさめたこと（不快なことだ）　途方にくれてゐるけれど。どうで（どうせ）いはねば済まぬこと　嫁にもらうたおとらめが。とうから腐り合うて[15]ゐる。その男めとたつた今。連れ立つて失せ[16]をつた。憎うて〳〵　おのれ　やれ　つかみつからうと思ひしが。年寄りは涙もろい。死のの生きよのと嘆くのを（死のうとか生きようとか言って）。けにも晴れにも[17]ひとりの姪。見殺しにもなりがたく　つい堪忍して帰せしが。そちには腹が立とけれど（立つだろうが）。了簡しや」とありければ。忠兵衛あざ笑ひ。「女と思ひ目だれ[18]見て。刃物ざんまい[19]いたしたる　ゆすりを一ツぱい参つたな（強請を一杯くらわれましたなあ）。憎さも憎し　追ひついて。引き戻さう」といひければ。「いや〳〵今のことではない。モウ半時[20]もあひがある。しか

一二 摂津国川辺郡にある。現伊丹市。酒の醸造地として栄え、伊丹諸白として江戸下りの酒を産した。ここではその代金として伊丹に支払われる為替金としての設定であろう。

一三 関心もないという、冷たい態度をあらわす。真実無関心な場合にも、表面的に無関心である態度だけとる場合にもいう。

一四 下二段に活用しているので他動詞。うかべる。

一五 男女の密通することを罵っていう語。

一六 「行く」「来る」「居る」を卑しめていう語。ここでは「来る」の罵語。

一七 褻の時も、晴れの時も。「褻」と「晴れ」は対句で、神の祭事や公の政事、祝事を晴れというに対し、日常的な私事を褻という。ここでは「よかれ悪しかれ」の意。

一八 相手の顔色をみてつけこむ。「目だれ」は自分に弱みを感じて目を伏せることで、その目つきを見てつけこむ意に用いる。

一九 刃物をふり回すような騒ぎ。前の「死のの生きよの」を受けた強調表現。

二〇 約一時間。一時は今の二時間程度。夏冬、昼夜により若干の長短がある。「半時」はその半分。

も了簡(承知した)したうへに。暇[一](いとま)の状もやつたれば　なんの帰らぬむかしぞ」[二]と。いひにくさうにまぎらかす。忠兵衛肝をつぶし(びっくりして)。「なに　暇の状をやりしとな。母者人(ははぢゃびと)にはきこえませぬ(道理が立ちませぬ)。私女房持つことは　仲間の者に知らぬはなく。祝儀の樽(お祝いの酒樽)も二三軒から越しました(よこしてきました)。今さら〔嫁を〕盗まれたというて　一分[三](いちぶん)が立ちませうか。私は子ながらも他人。とらめは真実のお前の姪なれば。身[四]どもがすたる一分より　とらが難儀が御ふびんなか。あんまりそれは胴欲[五](どうよく)」と　にがりきつてぞ申しける。

母も怒りのほに出づる[六]。顔を赤めていふやうは。「オオもつともなり道理なり。よしなき者をあはれみて(くだらぬ者に同情したために)　口惜(くちを)しい言葉を聞く。そちが五つの時よりも　二十年(はたとせ)余り親といひ。子となじみたるその中に。なんの隔てがあるものぞ。二人の者に(おとら・新七)憂き目を見せ　そちが手柄になるならば。何しにただは帰すべき(どうしてそのままに帰したりしようか)　いひわけするにあらねども。そちと〔おとらが〕一夜の枕をも　並べたうへのことならば。不義とて人も

一　離縁状。先におとらに渡した三下り半をさす。

二　もう今となっては帰ってこない昔のことよ。とりかえしのつかぬことをいう。

三　面目。近世では武士は勿論のこと、町人でも男の一分は重んぜられた。一分を立てるための悲劇が浄瑠璃の主題となるものも多い。

四　第一人称。武家言葉であるが、町人も形式ばった時や、緊張した時に用いる。

五　人情にそむく非道なこと。

母の立腹　忠兵衛の詫び

六　内面的な心情が外面に表れ出る。怒りの心情が顔に表れ出て赤らむことをいう。

笑ふべき。知られず[七]知らぬいにしへの。なじみと聞けば憎からず。十人寄れば[八]とり〴〵の　ほめそしりさへあるものを。一門中のことなれば　たがひによろづ隠しあひ。波風たたぬがよいはずと　心一つに計らひしも。真実の子と思ふゆゑ。心やすさのあまりぞや　そちが心にみづから[九]を。常も他人と思へばこそ。思はぬうらみも請けしぞや。その心なら折ふしに。めんだうがつたことあらう　気儘なものとそしるらん。ああ恥づかしの年月や　今宵一夜は待ち合せ[一〇]。明日は早々みづからが　駕籠はしらせて大和へ行き。暇の状を取り返し。二度帰らう　帰らずは　え取らぬものとあきらめて。親子の別れと思へや」と恨みながらに立ちたまへば。忠兵衛袖に取りついて。「あんまり腹の立つままに　よしなきことを申しかけ。御機嫌をそこなうて　千万後悔いたすなり。まことの親と存ずるゆゑ　かやうに慮外[一一]も申すなり。とらめが事はともかくも　お指図次第につかまつる。お腹をやすめ[一二]たまはれ」と　気の毒[一三]。さうにいひければ。

七 人にも知られず、こちらも知らない古い昔からの。

八 十人よれば十心というようにいろいろと誉めることと、そしることがあるけれど。諺の「十人寄れば十心」「十人寄れば十国の噂」と「とりどり」をかけた文体。「十人寄れば十国の噂」「十人寄れば十心」（『譬喩尽』）

九 第一人称。身分の高い女性が用いるのが通常であるが、先の忠兵衛の「身ども」に対応して形式ばったいい方をしている。

一〇 時間の経過を待つ。

一一 無礼。ぶしつけ。

一二 御立腹をおしずめ下さいませ。

一三 困惑しながら。自分の気持の状態についていう語で、「気の薬」の対。

母も顔色なほりつつ。「オオそれでこそわが子なれ。アノいたづらなとらめより。百層倍もよい女房を。呼んでやらう」と幼子を。すかすやうなる挨拶に　忠兵衛じつとかしこまり。「そのお言葉にあまえ　さつそくなれどちとお願ひがござります。さる女郎とふつとした。[一]夫婦やらのやうな儀をいたしおき候。[二]あはれお許しあれかし」と笑顔つくるもをかしけれ。

忠兵衛、梅川のことを明かす

梅川の噂

母も聞くよりうち笑ひ。「こちから無心いうたれば　そちの願ひもかなへるはず。しかしその梅川とやらには。そちが[三]懇志な利右衛門殿と。いつのまにやら深うなり　身請けの相談きはまりて。[四]手付けの金子三十両　内より盗んで出られ。一昨日から帰られず。親たちは腹を立て　勘当するの追ひ出すのと。[五]内はどやくやまぜるげな　この女郎めはおとらより。[六]十越して憎いやつ。アア嫌々」とぞいはれける。忠兵衛はつと思ひしが　さあらぬていにて。「たかが売物[七]てんやもの　これもさらりとやめまして。年明けてから[八]わつさ

一 夫婦とか何とかいうような事。夫婦の契りを養母に遠慮して婉曲に言う。
二 人に懇望する場合の発語の感動詞。どうか……して下さい。「哀李蹈天出合此しらが首を取てたべ」（『国性爺合戦』五）
三 心うちとけて親しくつきあっている。懇意な。
四 身請金の一部を契約の証拠として先渡しする金。残金を期日までに支払わない時には、手付金は没収され、逆に受取った方から契約を破棄した時は倍額を支払うのが習慣である。
五 騒がしく混乱しているさまを表す卑俗な語。「どしやくしや、とやくやも、さはがしきかた歟、いやしきこと葉にや」（『かたこと』五）
六 十倍以上の。程度の差の大きいことをいう。
七 店売りの商品の意で、ここでは売春を行う女。廓で身体を売る遊女を卑しめていう。
八 明るく気分のよいさまを表す。さっぱりと。
九 暦法でいう、その年の歳徳神の宿る方角。この方角が吉で、十干十二支に基づいてそれぞれの年の吉方が定まっている。年が変れば吉方から嫁取りしようという。

りと　恵方(えはう)[九]のかたから呼びましよ」と。いへば母にはよろこんで「それよ〳〵(それがよい　それがよい)」といひ捨てて　寝所(しんじよ)にこそは入りにけり。

忠兵衛しばしあきれつつ　呆然(ばうぜん)としてゐたりしが。しばらくあつて横手を打ち[一〇]。「知れぬは人の心かな　茶臼山(ちやうすやま)[一一]には天狗(てんぐ)が住むとも。梅川が心は変るまい。堀江[一二]の川より人魚[一三]は出るとも。利右衛門との懇意は切れまいと思うたが。ようも〳〵(よくもよくも)二人して。われをまんまとだましたな。おとらがことは当分の腹立ち(さしあたっての一時の腹立ちに過ぎない)。ことに他国に住むからは人も知らぬ。〔梅川の方は〕今宵の今まで女房と思うたを。友だちの内儀ぢやというて　見てはゐられまい。よく〳〵われをたはけと見すかしたればこそ(たわけ者だと見抜いていたからこそ)。〔利右衛門は〕請けうともいへ〔梅川は〕請けられうともいふ。おのれ畜生同士の不義者めら。切つて捨てるはものがない[一四]　江戸戻りの土足にかけ(江戸より帰着のままのこの土足にかけて)。踏み殺さん」と駆け出で(い)しが。また立ち帰り思案して。「死なうとをどり狂ふとも　〔廓の〕亭主や太鼓[一五]に障(さ)へられて。銀(かね)づくのつめひらき[一六](金銭次第の)になる時は。〔金が〕ないというては済むまい」と。あたり見回し〔戸棚の〕戸棚なる。錠(ぢやう)

一〇 思わず両手を打ち合す。驚いたり、思い当ったりした時の動作。

一一 摂津国大坂の地名。今の天王寺区茶臼山町にある小高い丘で、大坂の陣で御陣営が設けられた所として有名。天狗の住む筈のない茶臼山に天狗が住むことがあっても　の意で、そんなことがある筈がないことのたとえ。

為替金を手に新町へ

一二 大坂の長堀川と道頓堀川との間に、それらと平行に、西横堀と木津川をつないで開削された川。元禄十一年（一六九八）に完成した。

一三 魚身人面の想像上の動物。『古今著聞集』二十に「かしらは人のやうにてありながら、歯はこまかにて魚にたがはず、口さしいでて猿ににたりけり」という。「茶臼山には……」と対句になって、そんなことがある筈がないことのたとえに用いている。

一四 味も風情もない。切り捨てるだけではつまらない。

一五 太鼓持。幇間(ほうかん)。廓で客の機嫌をとり、座興を助ける者。「大こ、是大じんについてまはるもの、たいこもちなどいふもおなじ。ある書に大鼓とかきて一ざをとりはやすといふ事とぞ、此もの口をよくきくものなれば、くちをたたくといふ人もあり」（『好色伊勢物語』三）

一六 談判。「詰開　兵法より出たる詞なり。爰にいふは物の作配、ことはりの是非を糺し、道理を尽す言葉也」（『色道大鏡』一）

ねぢ切つてさいぜんの[一]。革財布取り出だし。（忠兵衛）「利右衛門めが何ほどに　はり合ひかけて[二]きをるとも。この金にては埒があく。しかしこれまた分別どころ。人の物をかすめる[三]からは　わが首はないもの。サ[四]命にかへて一分立てうか（死罪を覚悟して男の面目を立て通そうか）。イヤ無念をこらへて命を生きようか。アどうしようかかうしようか」と。金の脈とり自脈とり（金を手にとったり脈をとってみたり）[五]。死脈が打つてすすむやら。つまるところが分別を。無の字のかたに片づきて（無の字の付いた無分別の方に片づけ）　貧の盗みはいらぬもの[六]。恋の盗みは亡き跡の　人の噂も憎からず。おのれただいま踏ん込んで　二人が面をはりかへの[七]。提灯さげて蠟燭も　一寸先はやみの夜や[八]。肌に三途のかはせ金[九]。娑婆の身請けの手付けとは[一〇]　のちにぞ。三重

思ひ〳〵知られける

中之巻

〽生顔野べ[一一]のくろはぶたへ

一　先程の。一一五頁の四百五十両をさす。

二　意地を出してせり合うこと。梅川を利右衛門と奪い合いになることをいう。

三　盗み取る。伊丹の人への為替金を横領することになる。『御定書百箇条』によれば、十両以上の窃盗は死罪。したがって「わが首はないもの」という。

四　近松作『冥途の飛脚』も、上の切に小判を手にして大きな迷いを見せる。同じ構想である。

五　「脈」の韻をふむ。結局は金を懐にすることをいう。「死脈」は死期の近づきを示す不整脈。金を盗んで死罪になることを暗示して、比喩的にいう。

六　貧のための盗みはすべきではないが、恋のための盗みは死罪にあっても、死後の人の噂は悪くはないものである。迷いから決断への過程を描く。

七　「面を張る」と「張りかへの提灯」の掛詞。

八　諺。将来のことは全く予測できないことの喩え。

九　「三途の川」と「為替金」との掛詞。結局は三途の川を渡る破目になる為替金を肌につけて。

一〇　人間界から身請けされて冥土へ行くことの手付金になろうとは。

一一　「生顔延ぶ」と「野辺」の掛詞。

一二　「津の国の難波のことか法ならぬ遊び戯れまでとこそ聞け」（『後拾遺集』巻二十）の遊女宮木の歌による。謡曲『籠祇王』にもこの歌は利用されている。

一三　中の廓。新町をいう。次の南の島の内、北の曾根崎と対応して大坂の廓を揃える。「中に」「情け」は頭韻。

〈新町廓島屋の場〉

利右衛門の友情

[一三]津の国の。難波のことか色ならぬ　遊びたはぶれまでといふ。中[一三]に情けのさま〴〵や。南の岸に寄る波の　浮かれて〳〵身をや（遊女に身を滅ぼす客もいる）[一四]捨て小舟　[一五]待つとはなしに曾根崎の。よねに身をうつ客もあり。恋（象徴は）のまことのかたまりは　廓と粋が定めおく。（廓であると粋人が定めている）世間の意気地（世間に対する意地と）　友だち（友人への）の義理一辺に（義理だけのために）利右衛門は。首尾そこなうて（事の処理に失敗して）金捨てて　夜昼はまるこ（夜も昼も入りびたり）の里の。（の廓で）[一六]思はくならぬ手枕に　炬燵の内はこのましき。（恋の場面にふさわしい）暗がりなれど遠慮して　足差し合はず帯解かず。ささやくこともよそめにはねたましけれど恋ならぬ。忠兵衛が所存姑の。（所存を姑が）矯め直されぬ気の毒（心苦しさ）を。[一七]浮名の数に取り添ゆる　[一八]名代男ぞ気づまりや。

花車・座頭の接待

[一九]花車は[二〇]座頭の手を引いて　片手に持ちし取り肴。（酒の肴）隣りで酔うた酒機嫌　[二一]辰巳上がりの声をして。（花車）「これは[二二]マアあんまりな[二三]こつてり自慢。夜昼三日が間　声も立てずに寝てばかり。ただいまでもお金が渡つて（渡されて）　お帰りあれば[二四]おやどの花。[二五]かしらの雪と見ゆるまで　吸ひついてござんす御縁。この里の名残りに　[二六]わつさりと酒もあげまし

一四「身を捨て」と「捨て小舟」の掛詞。

一五「待つ」を「松」に掛けて、播州の「曾根の松」をふまえて「曾根崎」を引き出す修辞か。

一六 男女相愛の関係でない手枕。「尋常のおもはくといふは、万事思案し慎む事などにいふ。当道のおもはくはさにあらず、男女共におもひよりて、心をかくる貌なり。あひなれて後の詞にはつかはず」（『色道大鏡』一）

一七 利右衛門の浮名の数々にこれも一つ加えられて。

一八 代理の男。友達忠兵衛への義理一辺倒に、忠兵衛の代理をしている男の意。

一九 茶屋の嬶。

二〇 盲人で剃髪して僧体となり、三味線などを弾いて歌を歌ったり、語り物を語ったりする者の総称。元来は盲人琵琶法師の四官の最下位の名称であった。廓に出入して芸を売ったりする。

二一 かん高い調子はずれの声。

二二 原本は「マテ」とある。誤刻とみて改めた。

二三 濃厚な恋を自慢げに見せびらかしている。「こつてり」は男女関係の濃厚でしつこいさまを表す語。

二四 お家の花ともいえる花嫁となられ。

二五 すっかり白髪の老人になるまでくっついている。

二六 陽気でにぎやかなさまを表す副詞。

たし。梅川様のお気に入りの　清都[一]の三味線を。また聴きにお出でも稀にあらうと　思うて呼びにやりました。閨[二]の盃二世三世　仲人のわしが橋渡し。お一ッ飲んであげます」と会釈をすれば清都は。（早速の商売）やがて商売かしこまり　栄華[三]の春の一節や。小歌踊　むかし／＼　とつとのむかしいひおきし。浮世のたとへ世話詞[四]。なん／＼ならべて申すべし。すぎはひは草のたね（生計の手段は無数にある）。かせぐに追ひつく貧乏なし[五]。貧すりや鈍する[六]　長範[七]があて飲み。雁は八百矢は三本[八]。闇の夜のつぶて[九]。牛にひかれて善光寺参り[一〇]。長者の万灯貧女の一灯[一一]　提灯に釣鐘[一二]。膝とも談合[一三]。立ち寄らば大木の陰[一四]。暑さ忘るりや陰忘る[一五]。法論味噌[一六]の夕立。出る杭が打たるる[一七]　出る／＼杭が打たるる。藪に万ぐわん[一八]　藪から棒[一九]　お宝棒[二〇]。振り込めさ／＼。とかくたはむれあそべえ[二一]。

利右衛門につことうち笑ひ。「日ごろのなじみ梅川を　祝ふ小歌の一礼に。紙花[二二]なれど今日明日の　雨露[二三]のめぐみに正真の。さかりをばつと見せうぞ」と両人が手に渡すれば。（花車と清都）「もらうた時の[二四]

一　先に連れてきた座頭の名。「都」は座頭の名につける語で、城名という。城・市の字も用いる。

二　床盃。婚礼の夜、夫婦が床の前で盃をとりかわして酒を飲む儀式。「夫婦は二世」という諺をふまえて、二世どころか三世までと強調する。

三　小歌の題名か。不詳。以下は小歌踊の詞章。

四　諺。昔から言いならわされてきた、教訓性のある短句。この小歌踊の詞章は「世話づくし」の形式をもったもので、諺を羅列して詞章とする。今道念節の「かはり世話づくし」は内容は異なるが、「ヤレ踊れ、戯れ遊べえいえい／＼な、たんだ戯れ遊べ」と結句は類似する。「……づくし」の小歌は当時極めて多い。

五　家業に勤めば貧乏しない。（『毛吹草』二など）

六　貧乏すれば誰でも愚鈍になる。（『譬喩尽』）

七　人のふところをあてにしては失敗する。（『毛吹草』二、『せわ焼草』『譬喩尽』『諺苑』）

八　わずかなもとでで大もうけをしようとするのは虫のよい考え。（『毛吹草』二）

九　用心しても避けられぬ恐ろしさ。（『譬喩尽』など）

一〇　他人にさそわれてしぶしぶ行き、思わぬ成果をうる。（『せわ焼草』『譬喩尽』『諺苑』）

一一　数が多いことよりも、質のよいものを尊ぶ。（『毛吹草』二、『せわ焼草』『諺草』『譬喩尽』『諺苑』）

一二　つりあわぬこと。（『毛吹草』二、『せわ焼草』など）

一三　どんな相手でも相談するだけの益はある。（『毛吹草』二、『譬喩尽』『諺苑』）

地蔵顔　忘れた時の閻魔顔。先づそれまでの楽しみ」とヲクリ笑うて。へ内に入りにけり。

梅川の親方よりの身請金催促

かかるところへ亭主の喜平治　外より帰り。利右衛門が前にかしこまり。「用事あつて先ほど新町筋[二五]を通り候へば。梅川様の親方槌屋の半兵衛呼び込んで。身請けの金はなんとする。肥後のお客へつかはせば　昨日に小判の顔見るに。そちがためとて嘆くゆゑ　不承をこらへて待てばとて。あまりといへば不埒なこと。今晩中に埒あかずは　右の約束変替[二六]へと。もつてのほかに腹立ち候。もつともそなた様からも。三十両といふ手付けは請け取り候へども。何とぞ今宵か明朝まで　銀子お渡しあれかし」と。うかがふ顔も気の毒なり。

利右衛門の弁解

利右衛門聞いて「もつとも／＼。かやうに延引いたすはずはなけれど。親仁が手前不首尾[二七]ゆゑ。内から銀が出しにくさに　今日までは不埒せし。しかし先ほどさる方へ　無心をいうてやつたれば。明

一四 同じ頼むなら勢力ある者に。(『毛吹草』二など)

一五 受難の時をすぎるとすぐ恩を忘れる。(『毛吹草』二、『譬喩尽』『諺苑』)

一六 物がいたむのを心配する。(『せわ焼草』など)

一七 頭角を出す者は人に憎まれる。(『譬喩尽』など)

一八 無理なことをする。「藪に馬鍬」が正しいが、誤って言ったか。または歌としての訛りか。(『せわ焼草』『譬喩尽』『諺苑』)

一九 だしぬけ、突然の譬え。(『譬喩尽』『諺苑』)

二〇 男性の性器の隠語か。「藪から棒」「おたから棒」と韻をふみ、「振り込め」と性行為を暗示した文体。

二一 ここまでが小歌踊の歌詞。明るい楽しい廓の描写で、音楽的な聞かせ所。

二二 廓で心付けを与えるとき、とりあえず鼻紙の小菊紙を渡して、あとで現金と換える。その紙。

二三 ここでは身請の金が今日明日のうちに入ってくることをいう。「露」は小粒銀の異称でもある。

二四 諺「借る時の地蔵顔返す時の閻魔顔」(『譬喩尽』)のもじり。紙花を貰ったこのにこにこ顔も、忘れられてしまった時は恐い顔になる。

二五 新町の廓の東口大門から西口大門に通じる大通り。槌屋は新町東口之町北側にある。

二六 一旦約束したことを変えること。ここでは破棄。

二七 都合が悪い。親に黙っての行為であるから。

日用に立てんとのこと。先づよろこんでたもれや」と[一]まことしやかにいひければ。喜平治大きによろこんで「さてもめでたき御事かな　これにてさらりと[二]夜が明けた　先づ女房にもこのとほり。話して安堵いたさせん」といそ〳〵として入りにけり。

二人は顔を見合せて　しばし言葉も出ざりしが。梅川いふやう「さりとは[三]急になりました。どう思案してたまはる（どう次の手を考えてくださいますか）」と[四]うろ〳〵涙に問ひければ。利右衛門ためいきほっとつき。「当座のがれ（一時のいいのがれ）に潔よくいうて今宵はのがれたが。[五]始終がどうもつまらぬこと　今さらくやみ（後悔し）て帰らねど（てもはじまらないが）。こなたが心底　忠兵衛が所存もかねて知りながら（前々から知っていたのに）。ほかの男に請けさせては（身請けさせてはと）　思ひやるさへ笑止さに（気の毒なので）。こんな時こそ友だちの　役と思うて忠兵衛に。問ふまでもなく（［忠兵衛が］）留守の間に　[六]つい請け出して[七]両人が。よろこぶ顔を見よものと　思ふひとつの出来心。[八]内の不首尾に障へられて　わづかの金に手づまること。[九]なか〳〵いふも恥づかしや。[一〇]恩が仇とはかやうなこと　なまなかな事（中途半端なことを）仕出だし

一　真実であるかのように。その場しのぎの嘘であることが、観客にわかる。
二　気持が晴ればれするさまを比喩していう。「埒が明いた」と言うべきところを「夜が明けた」と言った。
三　事が急になる。すぐに何とかしなくてはならなくなる。
四　困惑して流す涙。
五　始めと終りのつじつまがどうしても合わない。

利右衛門、悔悟の述懐

六　すばやく事を行うさまをいう副詞。
七　忠兵衛と梅川の二人。
八　利右衛門の家庭の事情の不都合。
九　中途半端でもどかしく、不満である気持をこめていう副詞。
一〇　他人からの恩義がかえって仇になることがある。諺の「恩をあだで返す奴」（『譬喩尽』）をもじって用いた修辞。

て世間の取り沙汰　忠兵衛が無念の上に面目を。失はするもわれが咎(とが)宿へ帰りてのめ〳〵[一一]と。人に面(おもて)が合はさりよか　死んでいひわけ立つならば　今でも命は惜しまぬ」とさしうつむいてゐたりけり。

梅川の感謝と決意

梅川聞くにせきあぐる(こみあげてくる)　涙をやがて(すぐに)まぎらかし。「さて浅からぬ(深いご親切な)おこころざし(お心)　いつの世にかは忘るべき(いつまでも忘れることはございません)。かならずかやうな時節に(こんな時には)[一二]は　障(さは)り(支障)のできるものかして。年の内には五度三度(一年のあいだに何度も)　心中するも金銀の[一三]。不埒と。聞けば世の習ひ　身にも人にも恨みなし。われゆゑになさんの　身にもかからぬ御事に(関係のない事で)。お宿の首尾のそこねたが[一四]。何より先づはかなしけれ。明日にもぬしの戻られたら[一五]　このごろうちのお世話の段(この間以来のお世話になったことを)。くれ〳〵語りよろこばん(よくよく忠兵衛殿に話をして)　忠兵衛殿に逢うたらば。またよい思案もあらうもの　さほど苦にすることならず」と。思ひ[一六]こめたる心の底　つつむとすれど(なんとか隠そうとはするが)どこやらが言葉のはしの気づかひさに(気になるので)。利右衛門いとど気の毒の[一七]。「病が出でてこころにて　とんと死

一一　はじらいもなく平然としているさま。

一二　ある状況が成立する時。

一三　金銀の埒があかぬこと。お金の都合がつかぬこと。当時の心中には金銭を直接の原因とするものが多く、『曾根崎心中』以来、浄瑠璃の心中物にも多く書かれている。

一四　相手の家、またその家の人を尊敬していう語。ここでは利右衛門の家庭をいう。

一五　男女関係において、女から夫や情夫をさしていう語。ここでは忠兵衛をさす。

一六　梅川が死の決心までしていることを暗示する。

一七　心苦しくなる。気持がふさぐ。自分の気分が鬱になることにいう。「気の毒の病が出る」と「病が出て……死にたい」を掛けた文体。

一 どうしてよいかわからなくなる。途方に暮れる。

忠兵衛の来訪

二 上方の廓で、客が遊女を揚げて遊ぶ家。揚屋より格が低く、したがって太夫を揚げることはできない。新町の茶屋は立派な構えで他国の揚屋より豪華であったという（『澪標』）。貞享三年（一六八六）に株の数四十五と定められた（『浪花青楼志』『澪標』）

三 『御入部伽羅女』六・二十一に「新町四十軒かぶ茶やの分東口」に「あはざ丁西、しまや惣兵衛」とある。

四 太鼓持ちのように、座興をとりもち機嫌をとる。忠兵衛の皮肉である。

忠兵衛の憤怒

五 得意そうに挨拶をして。

六 驚いたり、失敗したりした時に発する言葉。仏・法・僧の三宝に帰依する意で、三宝に呼びかけて救いを求める意。

七 傾城の通称。ここでは梅川。

八 異様な。

忠兵衛状況を理解して陳謝

九 貞節でない者。不義密通をする者。忠兵衛に対して貞節を守らぬ意で用いる。

にたい〳〵」とヲクリいうて〳〵前後に暮れにけり。

しかるところへ忠兵衛。梅川がゐる茶屋は　島屋と聞いてせき来たり。「梅川殿のお客利右衛門殿がここにのよし。太鼓を持ちに忠兵衛が　来たと伝へてくれ」といふ。花車は挨拶自慢にて「おさびしがつてあつたのに。ようござんした　奥の間へお通りあれ」といふ声を。利右衛門聞くより「南無三宝　忠兵衛が尋ねて来た。面目なうて逢はれぬ」と炬燵の。内へ隠れけり。

女郎は忠兵衛を見るよりも　づか〳〵と走り寄り。「ナウ待ちかねてゐました」と抱きつくを突き倒し。折れよ砕けと踏む足も　震うてものはいはざりし。

梅川はぎよつとして「ナウけしからぬ機嫌ぢやが。気がちがうたか　さりとてはどうぞ〳〵」。といひければ。忠兵衛声を荒らげ。「オオなまくらものの心からは　気ちがひとも思ふはず。おのれがやうないたづらものを　切つても突いてもそれがしが。すたりはてたる一分（いちぶん）[一〇]のなか／＼相手[一一]に足らぬなり。サア請け出すといふ男めを　どこへ隠した　引き出せ　いひぶんあり」とねめつくる（にらみつける）。女郎やう／＼起きあがり「さては身請けのあらましを。聞きはつりて[一二]の腹立ちか　そんならさうといふたがよい。それについては利右衛門様段々[一三]のお世話にて。お宿の首尾もかまはずに　夜昼ここにござんすに。逢うて御礼をいはんせ」とすこしもせかぬ（あわてない）物腰[一四]を。忠兵衛あざ笑ひ。「さすがは傾城ほどあつて　よう打ち明けて白状した。たとへおのれが逢はせぬとて〔逢わずに〕[一五]のめ／＼と帰らうか」と。蒲団まくれば利右衛門は。そなたの方[一六]へ目もやらず　おしうつむいてゐたりけり。忠兵衛そばへどうどすわり（どっかりと坐りこみ）「さても初心な御大臣[一七]。顔振るの（私から顔をそむける）は（のは）　梅川と口説（くぜつ）[一八]をわれに取りもてか（仲立ちせよというのか）。ヤイそこな不届き者。義理差[一九]し合ひをわきまへるが　傾城買ひの一徳ぞ。人のわけくふ好色[二〇]は面桶狂（めんつぐる）[二一]ひと名をつけて。人間なれば乞食の所作（しょさ）。畜生ならば犬と猫。よい獣（けだもの）も嗜（たしな）むこと。おぬしも男のきれなれば[二二]。かく雑言（ぞうごん）をいはれ

一〇 面目。一一六頁注三参照。

一一 不充分である。梅川を切っても突いても、すたった一分を取りもどすには到底不充分である。

一二 ほんの一部だけを聞いて、間違った判断をする。聞きかじる。

一三 次から次へと続くさま。かさねがさねいろいろと。

一四 物の言いぶり。話しぶり。

一五 はじらいもなく平気なさま。おめおめ。

一六 そちらの方。ここでは忠兵衛の方。

一七 「大臣、傾城買の上客をさしていふ」（『色道大鏡』一）

一八 男女の間の痴話喧嘩。廓における恋の手管の一つ。「くぜち」とも。「あるときはうとまれ、ある時はくぜちし、或時はしたしみ、又或時はのく。無量の品をきざみて、当道の智謀をさとる」（『色道大鏡』五）

一九 差し障り。廓において一人の遊女に客が二人かちあう場合をいう。その時には客の相互関係、先客後客の順などで厳しいしきたりがある。そのしきたりをわきまえて無理をいわないことが大切なことである。

二〇 情事。男女の色事。ここでは他人の情婦を自分のものにしてしまうことをいう。

二一 乞食の食器のように、何でも自分のものに取り入れてしまうような傾城狂い。「面桶」は乞食の食器。

二二 切れはし。はしくれ。

ては　堪忍ならぬはず。覚悟をせよ」と詰めかくるを。利右衛門さ(落ち)わがずうち笑ひ(ついたままで)「あたら男に面目を。失はせたるわれなれば　あて[一]こと言はうがたたかうが。さら〳〵腹はたたぬ」といへば　忠兵衛いよ〳〵むつとして。「思ひのままに踏みつけて　けつこうらしい[二]挨拶は。われをなぶるかのせるのか(もてあそぶのか)[三]。また気色に恐れつつ　この場を逃げて退くためか。勤めなれども女房と(廓の遊女ではあるがわが女房と)。契つた仲を知りながら　目を盗んだは間男よ。首並べん[四]」と脇指を。抜きかける手に縋りつき(利右衛門)「やれ待て　それは了簡ちがひ(誤解だ)。そなたとわれが懇切は　兄弟よりも深い仲。身の大事をも語り合ひ　心の底も知りながら。不義なんどとは曲がない[五]。そちが留守に梅川が　身請けと聞くと身が(身体が)燃えて(カッとなって)。小判の二百や三百は　夜が夜中も[六]調ふと。いふを自慢にし[七]かかつて　かうしくさしたことなれば。話をするも恥づかしさに返答はうたぬなり(返事はしないで黙っている)[八]。取りのぼしたる心から　気のまはりたも道理ぢや(邪推したのももっともだ)」と。紙入れ[九]よりも一紙を出し。「コリヤこの手形[一〇]はな。梅川が

一　あてこすり。皮肉。
二　いかにも申し分のない好ましいさま。結構なような。
三　調子にのせる。おだてる。満足するように言ってよろこばす。
四　二人の首を並べて斬り捨てよう。近世では姦通の現行犯に対して夫は二人を斬る権利を持っていた。勿論梅川は遊女であるからこの権利は成立しないが、「女房と契つた仲」と忠兵衛が言った勢いから、自然に出てきた言葉。
五　愛想がない。
六　たとえ真夜中でも用意ができようと。
七　やりはじめたのに、このようにやり遂げずに中途半端になってしまったことなので。
八　逆上する。感情が高まりすぎて正常な判断を失う。
九　鼻紙入。外出時に携行する小物入れで、鼻紙の他に薬、耳かきなどの小物を入れて懐中した。皮、絹などで作り、三つ折にして用いる。「鼻紙嚢、常に略して二都ともに紙入とも云」(『守貞漫稿後集』四)

紙入れ
〔守貞漫稿後集〕

一〇　証文。文書に押印などをした証文・契約書の類。ここでは娘梅川についての親の承諾書。

親里へ　路銀をやりて呼び下し。[一一]娘をそちにくれるとの　証拠に取りし証文の。宛名は亀屋忠兵衛と　書かせておいたもそちがため。これでもおれがあやまりか」と忠兵衛に投げつくれば。〔証文を〕はつとばかりにおしいただき〔忠兵衛は〕「かねての所存（前々からのあなたの考えを）知りながら。持病の短気がさしおこり　悪口ばかりいひちらし。さて迷惑な[一二]　どうしよう」と頭を掻いつ手を揉みつ。うしろへ向けば梅川は「なんとわが身（なんとこれでも私が）がいたづら[一三]か」と。恨みかかれば〔忠兵衛は〕気の毒がり[一四]「はてせはしない　どうぢやいの。そちが恨みは内証事[一五]　片一方から詫言の。取次ぎ頼む」とたはむれて　利右衛門が膝に頭をつけ。「ただ堪忍」とばかりにて　手を合はせてぞ拝みける。

利右衛門顔を和らげて「おぬしとわれがその仲に。どうしたことをいうたとて　心に障ることはなし。思案するほど（考えてみればみるほど）梅川を　ほかへやりてはその方へ。どうも一分立たぬなり（お前に対して私の男の面目がどうにも立たぬことになる）　たとへ五年が十年でも[一六]。身請けの埒をあくるまで（身請けがすっかり片付いてしまうまで）　廓の門は出でまじ」と思ひこんだる気色

一一『冥途の飛脚』『御入部伽羅女』は、いずれも梅川を京都出身とする。したがって京都から呼んで大坂に下らす意。

一二 どうしたらよいのかわからなくなり、途方にくれること。本来の漢語はこの意に用いる。

一三 淫らな行為。特に不義密通をいうことが多い。

一四 当惑する。困る。「気の薬」の対で、自分の気持を毒する意で、困るとか苦しむとか腹立つとか厭に思うなどの意で用いる。本作の享保頃から他人に対する同情の意に用いられはじめる。

一五 梅川と忠兵衛との、二人だけの内輪の事。その二人の片一方、即ち梅川から詫言の取次ぎを利右衛門にして欲しいと頼む。

利右衛門の友情

一六 五年かかろうが、十年かかろうが。

なり。

忠兵衛でまかせの虚言

忠兵衛膝立てなほし「その段ならば安堵せよ。身請けの金子余るほど　すなはち持参いたせし」と。小判を出して見せければ　利右衛門大きに不審して。「その大分の金子をば　そちがぶんにてなんとして。才覚はしたことぞ」。「さればこれには話あり　天道人を殺さずぢや。今度のぼりの道連れに　さる歴々と連れ立ちしが。長道中のうさばらし　一杯酒のお相手に。浄瑠璃小歌色事の　話でとんと取り入つて。身の上のこと話せしに　二言もいはずこの金を。使へというて貸された」と即意告げなる間に合ひも。舌三寸のあやまりに　五尺の身をば滅ぼすと。

かりそめの祝宴

知らで利右衛門喜んで。「亭主〳〵」と呼び立てて　小判の山を見せければ。「ヤレおめでたや　お盃」勝手の行灯かき立てて。祝儀は鮒のお吸物　下を焚くやら椀拭くやら。金で庭掃く槌屋へと亭主は急ぐ　利右衛門は。「今宵は帰りわが宿の。首尾つくろうて

一 お前の分際で。養母の健在する養子の身分で四百五十両の金を準備できる筈がないことをいう。

二 諺。天は決して人を見捨てない。天の慈悲の広大をいう。「てんたう人をころさず」(『毛吹草』二)

三 身分・格式が高く教養もあって裕福な人をいう。『好色二代男』六・四では、能衆・分限者・銀持の三種の区別をして、能衆と分限者を歴々として扱う。

四 その場の思いつきを、一時しのぎに言うこと。

五 間にあわせ。一時しのぎ。

六 諺。失言のために身を滅ぼすことが多いというたとえ。口はわざわいのもと。「した三寸のさへづりに五尺のみをはたす」(『毛吹草』二)

七 台所の行灯の灯芯をかき出して明るくする。景気のよい客に対して、灯芯を明るくする描写は多い。

八 めでたい時の料理に用いる。例えば結婚式の三三九度のあと、色直しの盃事の料理など。「色なをして式三ごんの義しきすみて、むこの方よりつかはす小袖をきかゆるなり。むこもよめの方よりの小袖をきかへ、座敷に出てひとつ鮒の吸物をすはり、又盃事あるべし」(『女重宝記』二)。吸物は酒席のもので、食事の汁とは別。

九 諺の「槌で庭掃く」のもじり。大あわてでもてなしをするたとえ。ここでは梅川が槌屋の遊女であるから、この場の状況で「金で庭掃く槌屋」ともじった。「槌で庭掃」(『譬喩尽』)。抱え主の槌屋へ連絡に急ぐ。

明日ははや。駕籠をつらせて両人を。迎ひにこう」とたはぶれて
[一〇]ヲクリ よろこび〳〵わが家に帰りけり。「愛染様[一一]への御
(梅川)女郎は心いそ〳〵と　立つたりゐたり拝んだり。
無心も　さらりとやめて明日から。飛脚の神は知らねども　達者[一二]な
やうに仁王様。信心したがよいはずぢや　何かをおいて来月は。有[一三]
馬へ入りてやや産んで　成人したら嫁呼んで。夫婦は外へ隠居し
て　[一四]参り下向で暮さう」と心にたたむ百年[一五]の　命も今日か明日かと
も。知らぬ忠兵衛は無常気[一六]で　相返答[一七]うたずたはむれず。炬燵に顔
をもたせつつ　つく〴〵ものを思ひけり。

女郎はすこしむつとして。「世のことわざに嘘がない　女房と名
がつくとはや。愛想がつきるものぢやげな。ことに近々御内儀を。
呼ばしやんすのも聞いてゐる　肩を[一八]背中へ結んでも。女夫は女の手
柄にて　なんぼ栄耀に暮しても。てかけといへばどこやらが　足ら[一九]
はぬやうに思はるる。年越しの夜や七夕は[二〇]　かならず独り寝しさう

一〇 利右衛門の退場。

一一 愛染明王。外面は赤身、頭髪を逆立てた怒りの形相をしているが、愛欲に執着する煩悩を浄化して、男女間の悩みを救う仏。役者・遊女の信仰が厚く、大坂では特に勝鬘院の愛染明王が有名である。

はしゃぐ梅川　沈む忠兵衛

一二 健康で元気なさま。特に足の丈夫なことをいうことから、達者と飛脚は俳諧の付合となっている。さらに飛脚の草鞋から、草鞋の付合である仁王様をもってきた文脈。

一三 摂津国有馬郡、今の神戸市北部にある温泉。大坂より九里、湯治場として賑った。

一四 寺社めぐりの参詣をして、信心暮しでゆったりと生活しよう。

一五 梅川が心積りしている百年もの永い命も、実は今日明日の短い命であるかも知れぬと忠兵衛は思い。

一六 この世の無常を感じる心。

一七 適当に相手の調子に合わせて受け答えすることもせず。

梅川のくどき言

一八 なりふりかまわずに働く。「肩を裾に結ぶ」ともいう。「なんぼ栄耀に暮しても」と対句になる。

一九 満足できない。ものたりない。「たる」に反復継続の意の「ふ」がついた動詞。

二〇 妾でいるなら、きっと独り寝することになりましょう。「七夕」は牽牛・織女が逢瀬を楽しむ日であるところから、対照的に「独り寝」と用いた。

なもの。楽しみもなきかた様か[一]　可愛(かはい)といふも虫[二]のわざ。かういふ
さへも嫌さうな」とにらむ尻目[三]も物[四]らしき。
忠兵衛は聞くよりも(聞くやいなや)「女房持つと聞きながら。今まで知らぬふり
せしは　さりとは深き心かな(なんと奥ゆかしい心だね)。跡になりたるいひぶんなれど　女房(おとら)
呼ぶも敷銀(しきがね)[五]に。心のつくは欲ならで(私の心が動くのは欲からではなく)　そちを身請けの胸算用(お前の身請金にあてるむね)[六]。けた
がちがうてそれも今日　さらりと去つて[七]しまうたりや。女房といふ
はそちがこと　母も大方(おほかた)合点なりや。おつつけ(間もなく)内へ呼び入れて　ず
いぶん大きな顔さしよ」と。だますを知らで梅川は「それはまこと
か真実か。お袋様へおみや[八]には　菓子か酒か」と気をくばる　女心
のはかなきも。かしこき人も。とどまらぬ。市の仮屋[九]の一騒ぎ　仮
りのこの世と観ずれば。思はず出づる念仏の。(忠兵衛)「アア南無阿弥陀
仏〳〵」声も哀れに鼻へ入る[一〇]。心までくる涙川堤[一一]も。切れてむ
せかへり。(忠兵衛)「やれ女房よ梅川よ。この有様を(私のこのさまを)なんに似た。ものとも
今日は知らずとも　思ひ合はさんその時は(思いあたる時があれば)。念仏申し手向(たむ)けよや。

忠兵衛が洩らす不吉な言葉

一 女性から男性に対して用いる対称の代名詞。
二 人間の病気や感情は、体内に虫がいてそれがもとになって生ずるものとする考えからの表現。ここでは恋の虫をさしていう。
三 流し目。色っぽい所作である。この梅川のせりふは、「愛想づかし」の局面であることもこの用語でわかる。
四 ものものしい。大げさである。
五 女が結婚の時にもってくる持参金。
六 数の位取りの桁。胸算用がすっかり違ってしまったことをいう。
七 おとらと婚約解消して離縁したことをいう。
八 「おみやげ」の女房詞。「みやげを、おみや」(『女重宝記』一)
九 俗世間の中の仮の家。はかない女心も、賢人の心も、ともにとどまるところのない仮のこの世での一騒ぎであるとする仏教観に基づく文体。
一〇 涙にむせて鼻声になる。
一一 胸の中にこみあげてくる涙。川のように涙が流れるさまを涙川と表現して、しかもその川堤が切れるとつづける文体。

先づこのやうにわれが身は　野辺の枯木の木守り[一二]と　色は替りて朝夕に。いとし可愛としめた目も　からすのはしに食ひこぼし。血潮は染むる千日[一三]の　嵐[一四]の野辺の草むしろ。夜すがら撫でし肌へをも煩悩[一五]の犬食ひ散らす。身の行く末の悲しや」とおぼえず。泣いて語るにぞ。梅川なんのわきまへなく「さていま〳〵しき物語。どうぞ[一六]覚えのある事か　つつみたまふは聞えぬ[一七]」と縋りついてぞ泣きゐたり。

忠兵衛心を取り直し「嘆くは道理ことわりや。今は何をかつつむべき。最前渡せし身請けの金。人に借りたと話せしは　皆いつはりの為替金。盗んで内を出でたれば　二度帰る心はなし。いづくいか[一八]なる奥山に　しばしがほどは隠るるとも。多き仲間のことなればつひには捜し出だされて。憂き目を見んは知れたこと　覚悟でしたる事なれど。そちが嘆きを見るならば　未練な心やおこらんと。隠せしもまた恥づかしや。かくとは知らであひ思ふ　妹背[一九]の仲はよろ[二〇]

忠兵衛、真実の告白

一二 翌年の豊作を願って、果樹に一つだけ取り残しておく果実。獄門にさらされた自分の首を暗示している。「きまもり」ともいうが、当時は「きまぶり」の用例が多い。

一三 千日の墓所。道頓堀の劇場街のすぐ南側にある。ここに刑場もあった。「千日寺、道頓堀墓所の口にあり」(『摂津名所図会大成』八)

一四「草むしろ」は筵を敷きつめたように繁った草。嵐吹きすさぶ千日の野辺の草を血潮が染めるであろう。犯罪者として処刑されるわが身の行く末を思いやる述懐の言葉。

一五 諺の「煩悩の犬とて犬は色欲の甚きものなり」(『譬喩尽』)により、恋に身を滅ぼした吾が身を煩悩の犬が喰いちらすであろうと言う。

一六 何か身に覚えのあることなのですか。

一七「聞ゆ」の打消しであるが、相手の言うことが納得できないで、ひどいと思う時にその相手をなじる語。

一八 何処のどのような。「い」の頭韻。

一九 夫婦の仲。

二〇 諺の「鶴は千年亀は万年」により、「よろづ世」から「亀屋」を引き出した文体。

づ世や。亀屋忠兵衛が女房と　頼みにせしがふびんや（かわいそうだ）」とまたさめぐ\と泣きにけり。

女郎はあきれまどひつつ（あっけにとられ気も転倒し）「さて恨めしのお心や。誰に添へとてみづからを　命のあだの金[一]出して。身請けと思ひ立ちたまふ　それとは知らず露の間も（わずかの時間でも）。〔私の〕いさみし[二]言葉は悲しな。ぬし様[三]とてもわれとても　人悪（あ）しかれとは思はぬに。思へば過去[四]の敵同士（かたきどし）。たがひに惚（ほ）れつ惚れられた[五]　報いをかへすと思ふぞや。今は泣いても悔（くや）みても帰らぬ夢の浮橋[六]や。渡りくらべて今ぞ知る。千歳（ちとせ）の契りかはすとも　別れとなれば辛からん。一言なりと女房と　呼ばれしをただ思ひ出に。とてものがれぬ道ならば（とうてい避けることのできぬ道であるなら）　隠れ忍びて添はんより。死出[七]の山路の旅よそひ。ながき契りをかはすべし。最期（さいご）を急ぎたまへや」とひれ伏し。泣くぞあはれなる。

忠兵衛とかくいさめかね（どうにもこうにも梅川の決心を諫めかねて）。「先づは〔そなたの〕うれしきこころざし。あの世で添はるるものならば。何しに跡に残すべき（どうしてあなたをあとに残そうか）　かなしきはただわが

梅川、死の決意

一　結局は死罪のもとになる金。その金を出して一体誰に添わせるために私を身請けしようと思われたのか。
二　気分がひきたつ。喜ぶ。
三　女から、夫や恋人などの特定の男をさしていう語。
四　前世。生れるまえのさきの世。
五　原本には「ほれらた」とある。脱字とみて改めた。
六　『源氏物語』最終帖の巻名。転じて夢の中のはかない橋の意から、世の中のはかなく渡りがたいことをいう文学的表現として愛好された。「渡りかよへや泪（なみだ）の川を夢のうきはしかけて待つ」（投節『筆しやみせん』）
七　死んで冥土におもむく険しい山路の旅装束。「死出の旅」「死出の山路」などの歌語からの表現。
＊　来世での契りを信じて心中を女性の方から促すのは、世話物の常套的な手法。

忠兵衛のいさめ

身の上。咎をただして　あらけなき刃の下に消えゆかば。地獄とやらん恐ろしき　鬼のしもとの下に伏し。たとへ一緒に死ねばとて　あひ見ることはかなはぬなり。一門どももうとみはて　とひとぶらひもいたすまじ。そちがまことの心ならば　尼ともなりてなき跡に。残りし野江の黒髪を　拾ひ集めてけぶりとし。回向の鐘を聞かせよや　それを力に成仏し。末期は遠くへだつとも　夫婦の縁は蓮台の。半座をわけて待つべし」とすかしてもまた否応の。こたへもあらず荒磯の　涙凍らぬばかりなり。

飛脚屋仲間の到来

かかる折ふし仲間のもの。忠兵衛ありかかぎ出して　理不尽に駆け入るを。利右衛門跡より追ひつき　門口に立ちふさがり。「やれ待て　方々。大事をしだす不敵者。死狂ひして一人でも　かすり手負うていらぬもの　われには心ゆるすべし。だましてここへ連れ出さん」といひ捨て奥へ走り入り。

利右衛門、忠兵衛を逃亡さす

忠兵衛にささやけば「はや仲間へも知れたとな。是非に及ばぬ

八 荒々しい粗暴な刃。死刑を指していう。当時拾両以下の窃盗は入墨、敲、拾両以上は死罪、但し家宅侵入などを伴うときは金額の多少にかかわらず死罪であった（『御定書百箇条』）。

九 笞。刑罰の道具。木の若枝でつくった罪人を打つためのむち。地獄の獄卒である鬼の笞をいう。

一〇 死者の冥福を祈ること。追善供養。特に死後の七日七日の法要をいうことが多い。

一一 摂津国東生郡の村名。現大阪市城東区。刑場があった。その刑場で処刑されたあとに残った私の黒髪を。

一二 火葬にして。処刑された者は葬いを許されなかった。

一三 臨終の時は遠く離れていても。

一四 蓮華の台座。極楽に往生する者は、弥陀のもと、蓮台の上に座すという。

一五 「あらず」から頭韻で「あらいそ」を導き、「荒磯の波」から「涙」を導く文体。『万葉集』の枕詞に「ありそなみ」があり、同音の繰り返しから「あり」にかかる。この発想は雅文に多い。ここはこの逆の発想。

一六 飛脚屋の仲間。当時為替金の事故は飛脚仲間の共同責任で、『冥途の飛脚』中にも「十八軒の中間からせんぎにくるは今のこと」とある。

一七 大変なことを仕でかした無法者。

一八 死にものぐるいになって暴れること。

これまで」と脇指に手をかくれば。利右衛門そのまま抱きとめて
「何時死なうとままなこと。ひと先づここを立ち退きて　一日なりと梅川を。女房に持つて栄華せよ 跡はそれがし請け取つた。退けよ〳〵」と引き立つれど。忠兵衛ちつともいごかずして[一]「一ッたん二たん[二]段々の 恩を請けたるその方に。難儀をかけては生き甲斐なし 放せ。〳〵」とせき狂へば。利右衛門大きに腹を立て。「わ[三]れをわれとも思はぬゆゑ。かほどのことをさいぜんに つつみし段[四]が恨みなり。おぬしが今度のあやまちも いはば身どもが梅川を。出しぞこなうたゆゑなれば。汝がとがはわれが咎。ぜひ〳〵とまらぬ覚悟なら。[五]それがし先に腹切らん」とおなじく刃物に手をかくれば。忠兵衛はつと涙をこぼし。「命にかけてのこころざし 無下にいたさうやうはなし。そんなら落ちてみようか」と。屋根をのぞき裏を見つ。そこかここかと立ちさわぐ。利右衛門きつと思案して。炬燵の炭櫃[六]引きあげて「これよ〳〵」

一 「うごく」の上方の訛り。
二 一度ならず、二度も三度も。「一ッたん」「二たん」と脚韻をふんで「段々」を導く文体。
三 私を心から信用してくれなかったから。
四 隠していたことが恨めしい。「一ッたん」「二たん」「段々」をうけて「つつみし段」という。
五 一人称の代名詞。元来は武士言葉である。
六 床を切って作った炉。炭火と灰を入れた直方体のもので、引き上げるとそこは床下になる。

とささやけば。梅川を抱きおろし　続いて忠兵衛飛び入りしが跡振りかへり。利右衛門が顔をうちまもり手を合はせ。「朋友の縁つきせずば　ふたたび逢うて語るべし。落ち行く方は大和の国　落ち着いたなら書通にて。さつそく御礼申さん」といはせもはてずねめつけて。「やれうろたへもの。そんな粗相な根性では　身の行く末がおぼつかない。頼む頼めといひかはす　義理たがへぬは武士のこと。かういふわれは町人ぢや　わが身に難がかかる時。血に迷うたらあらゆること　白状せまいものでもない。命を的の当て所　問はずがたりは何事ぢや。大和へ行くと思ふなら　播磨へ行くといふものぞ。東の旅におもむかば　長門へ下ると書き残せ。足弱連れて口論すな　道を急いで夜道して。物したものを物せられな。時刻がうつる　はや行け」と名残りの顔を振り向ける。門出の道死出の道。火宅を出づる冷え炬燵　もとのごとくに取り直し。「ゐぬわ〳〵」と声あぐれば。大ぜい一度にこみ入つて「納戸にもゐぬ湯風呂にも。

七　現奈良県。

八　手紙をかよわすこと。

九　そそっかしい。軽率な。逃亡先を告げる軽率な行為をいましめていう。

一〇　興奮して平静を失う。血迷う。

一一　死ぬか生きるかの命をかけて物事に当るというのに。命がけの脱走をしようとする時に。

一二　播磨の国。現兵庫県南部。

一三　長門の国。現山口県。

一四　足の弱い人。女、子供、老人などにいう。ここでは梅川を指していう。

一五　自分の物とした梅川を、人にとられないようにせよ。

一六　門出の道であるとともに、それは死出の道でもある。

一七　仏語。この世の苦悩を燃えさかる家にたとえていう語。「火宅を出づ」「火宅の門を出づ」の用例は謡曲に多い。

ゐぬわ〳〵」といふ声は　下屋にひびく地雷。一へそ隠すやらつまむやら。暗きに入りてくらがりの　二峠をさして三重

落ちて行く

下之巻

〽道行人めのせき

ままならぬ。世に生れきて憂きことの。そのなか〳〵や色の道（憂きことの多いその中でも色の道は最も憂きもので）ひけど離れぬ煩悩の。欲と悪との三三筋町。四流れによどむ梅川の。五淵は瀬となる飛鳥川　搔けどすすげど。身の垢の。六落ちて行方をくろめんと。黒縮緬の一やうに。七石もち月は霜月の（［持・望］）　みぞれまじりに降る雪を。打ちはらひ〳〵八アミドヲクリ一人〽連れ立つ。後や先　知る人しのぶ。菅の笠（菅笠を）。前かたぶきに着なしても（前傾きに着けて顔を隠しても）。どこやら粋なかか〜帯（どことなく粋に見える抱え帯）　それとは誰も知らで立ち（梅川とは誰も知らない　九装いで出発し）。東の方もしら〳〵と。一〇白玉造一一札の辻。野はづれころは人顔も見ずや。見せじと袖口に。目の下隠す一二法明寺。

一　床下に潜んでいる梅川・忠兵衛にとっては、大地の雷のようで。「雷はへそを取る」という俗説による。

二　大坂玉造口と、奈良下三条口を結ぶ生駒越の峠。奈良街道の河内と大和の国境。

三　新町の廓の越後町・瓢箪町・佐渡島町の三筋の通りをいう。転じて廓の意に用いている。

四　流れの定めなきことから、遊女・遊廓の意に用いる。「流れ」「よどむ」「川」「淵」「瀬」「飛鳥」は縁語。

五　「明日香川淵は瀬になる世なりとも思ひそめてむ人は忘れじ」（『古今集』巻十六）による文脈。

六　「垢が落ちる」と「落ちのびて行く」を掛ける。

七　石持の紋所。黒い円形の紋様で、次の望月と掛詞になっている。時は十一月十五日であるのが判る。

〈道　行〉
大和への道行

八　「網戸節」という曲節によるヲクリ。

九　「知らで」と「出立ち」の掛詞。

一〇　「しら〳〵と白む」と「白玉」と「玉造」と掛詞でつなぎ、「知らで」「しら〳〵」「白玉」と韻を踏む文体。「玉造」は大坂東の出入口の一つで、奈良街道の始点。玉造の黒門瓜がこの街道を通って奈良漬となる。以下付録の地図参照。

一一　上本町八丁目にある町名（『摂津名所図会大成』三）。但しこの道筋から離れるので、別の所か。

一二　摂津深江村にある寺。玉造の東約三キロ。

一三　仏語で、昼を三分した最初の時間。またその時の朝の勤行。東の白む頃玉造を出て、法明寺で晨朝の勤

晨朝[13]の鐘うつつにも　小ヲクリなまみだ[14]ハチタタキ恋路の闇の晴れやらぬ。暗き浮世[15]の。くらきより。暗きに迷ふ。娑婆世界。なほいとしさに行く道を。頼まずとても弥陀仏　助け。たまへと伏し拝み。このころ積る憂き思ひ　語るにつきず語る間も。泣き暮したる歳月の　情けかさなり（忠兵衛）「今ははや。わがふる里へともなひて　一日[16]なりと世帯してサイモン朝茶沸かする釜の座[17]」とヲクリいへばへ梅川気にかけて。「それはおしゅんの祭文歌[18]　アア気がかり[19]」と耳ふさぐ。（忠兵衛）「まことにさうよ　さりながら請け出すそちを連れのくは〔お前を連れて大坂を去るのは〕。末世は知らず今の世に　またあるまじき身の上〔自分たちの〕を。難波の町の読売[20]に　語りつくせといふことか。操り歌舞伎のことわざ[21]の。たねに残しておく霜[22]の。露塵いとはぬ身なれども。上り文弥宿世[23]いかなる奇縁にや。見そめしよりも身に添ひて。月こそ出づれ葛城[24]の。よる〳〵ごとの仮枕。二人ならべてよしあしの。口説もいまは忘れ草。むかし。語りと　なりはつる。ここ松原[25]の。長堤　たばこのまん」

行の鐘を聞く道程。「鐘打つ」と「うつつ」は掛詞。

一四 南無阿弥陀仏。読経の時はこのように聞える。

一五 以下「くらきよりくらき道にもまよふらむ、これを救はむためとてぞ、三世の仏は出でにける……」（『続千載集』巻七）による修辞か。

一六 「一日なりと所帯してカカリ朝茶沸する釜の座や」（『伝兵衛名残の水盃』）の歌祭文。「……世帯して」まで浄瑠璃で語り、「朝茶」から歌祭文の節廻し。

一七 京都三条通西洞院の一筋東の町名。『名残の水盃』は京の道行であるので、「沸かする釜」と「釜の座」の掛詞として読みこまれた。

一八 歌祭文。俗間の事件を語って歩いた。

一九 『名残の水盃』は、三本木の河原で「……紅の血汐に染みて果てにけり」と心中に終る。

二〇 流行歌や市井の事件を綴った小冊子を、節をつけて読みながら売り歩く者。二人一組でつれ節で語る。

二一 言と業。ここでは科白と演技。

二二 「残しておく」と「置く霜」を掛ける。

二三 ここから「……語りと」まで文弥節で語る。

二四 葛城山の一言主神が、容貌の醜さのために、夜毎出かけて久米の岩橋を造ったという、役行者の故事。

二五 河内国河内郡松原（東大阪市松原）。法明寺より奈良街道を約六キロ東。すぐ東を恩地川が流れている。その長堤で一服するのである。二人は奈良街道（現三〇八号線）に沿って暗峠に向っている。

と煙管筒。片手に火縄片手には（忠兵衛）「くゆるけぶりの。わが。思ひ。たが身の上もこのごとく。果てはけぶりとなるものを。悔むは愚痴」と吸ひがらを　たたく拍子に雁首の。落ちてのむべきやうもなし。男は肝にこたへても　そ知らぬ顔にものいはせ。（忠兵衛）「先で休まん　こなたへ」とヲクリ心〳〵ぼそくも。たどり行く　くらがり峠。登り坂二人手に手を。〽取りかはし　歌（忠兵衛）「心やすかれ当麻へ行たら。いつがいつまでゐようとままぢや。さのみくど〳〵思はずと道急ぎや。先には親のあるもの」と。いさめ立てれば（梅川）「そりやそもあろが　とかく定めぬ身の上」と。泣いても歩み笑うても。歩む姿ぞみすぼらし。人目しのべばいとどなほ。行きくる人の見返りて「所目馴れぬ取りなり」と。うしろ指ざすうたてさよ　歌（梅川）「申し　これなう　さりとては。わしが身とてもままには」と。末は涙にはてしなくヲクリ延べの三つ折。〔涙を押え〕取り直し　〔忠兵衛は〕はなさぬうちにせはしくも　東の。方をながめやり。（忠兵衛）「あれアノ森の木隠れを。当麻寺とは申すなり。中将

一　煙草の異名に「おもひ草」がある。煙草の煙を恋の思いにかけた表現は多い。

二　煙管で、煙草を詰める金属製の部分。竹の管の羅宇に差し込むので、叩く拍子に抜けることがある。それを「首が落ちる」とみて不吉な予感にかられる。

三　大和国葛下郡当麻。中将姫の曼陀羅のある当麻寺があることで有名。但し、この「当麻」を、現御所市池之内の当麻久保とする説もある。

四　近松作『冥途の飛脚』の道行に「申しこれなうさりとてはわしが身とてもままにはと末は涙にはてしなく延べの。三つ折絞るにも」とある。同根の歌謡か。

五　延べ紙。杉原紙で、鼻紙の高級品。遊里などで用いられたので、梅川の持ち物として用いた。「三つ折」は幾枚かを折りたたんだ紙を三帖の意。

六　当麻にある禅林寺。当麻寺と通称する真言宗の寺。

七　伝説上の女性。藤原豊成の娘で天平の頃当麻寺に入山し仏行に励み、一晩で蓮華の糸で曼陀羅を織りあげた。中将姫出家を継子いじめの結果とする物語は浄瑠璃・歌舞伎の著名な素材。ここでは恋の発心とした。

八　百人一首の「見せばやなをじまの蜑の袖だにもぬれにぞぬれし色はかはらず」による構文。

九　『徒然草』の「色好みならざらむをのこはいとさうざうしく、玉の盃そこなきここちすべき」による。

一〇　百人一首の「これやこの行くも帰るも別れてはしるもしらぬも相坂の関」（蟬丸）による構文。

姫の発心も　濡れ[八]にぞ濡れしあま衣。恋のあだ名（恋の浮名）と聞くなれば　かりにも恋はせまほしき。恋[九]しらぬ身はむくつけに。玉の盃底なきもの。ものの哀れはこれよりぞ」知[一〇]るも。知らぬも色の道　迷ひ〳〵て行く先は。名[一一]を隠れ家の三[一二]の部村　知る人。三重里にへつきにける

わ[一三]がいほは三輪の近所を恋しくば。尋[一四]ねてこいは辻占の　悪い本歌を遠慮して。いはねど気にはかかりど[一五]の　心ぼそさや素麺[一六]の。機織り習ふ碓を挽く。姿捨てても色と香は　昔をにほふ（昔の名残りをとどめている）梅川は。ぼつとりもの（した愛嬌者だと）と手間取り[一七]が　しりをたたけば忠兵衛は。女房自慢の高あ[一八]ぐら。膝に拍子をとらせ（膝で鼓の調子をとりながら）つつ。「そ[一九]れ女房のしりといつぱ峰には四季の雪をいただき。ふもとに止観の海をたたへ。三[二〇]世の諸仏出世の門。一切衆生煩悩の。鬼[二一]門にあたりけるによつて。都の富士とは名づけたり。かかるたつとき霊地なれども。それがし不思議の奇縁によりて。たとへば夜が夜半なりとも。残らず拝みたてまつる。アア心あらん人々は。槌[二二]や杓子や擂粉木にて。たたきたまへといひ捨

一一「名を隠す」と「隠れ家」を掛ける。

一二 大和国葛上郡池ノ内村（御所市）三ノ部。

一三『古今集』巻十八の「わが庵は三輪の山本恋しくはとぶらひ来ませ杉立てる門」による文脈。「三輪」は大和国城上郡三輪村（現桜井市）。

一四 本歌は「とぶらひ来ませ」とあるので、逃亡者にとっては悪い辻占であるの意。「辻占」は黄楊の櫛を四辻で持って立ち、道祖神に祈って最初に通りかかった人の言葉で吉凶を判断する占い。

〈三の部村新七内の場〉　忠兵衛、女房自慢のチャリ

一五「気には掛かる」と「掛人」を掛ける。「掛人」は他家に世話になっている者。居候。

一六「心ぼそさ」の縁語。「素麺」は三輪の名物。

一七 手間賃でやとわれている者。

一八 無遠慮な高慢な態度であぐらをかくこと。

一九 以下謡曲『兼平』の「峰には遮那の梢をならべ、麓に止観の海をたゝへ」のやつし。以下女性の性器描写を謡曲風にもじったチャリ場。

二〇 謡曲『梅枝』の「三世の諸仏の出世の本懐、衆生成仏の直道なり」に基づく。

二一 謡曲『兼平』の「さてあの比叡山は王城よりうしとらに当つて候ふよなう」に基づく。「都の富士」は「比叡山」の美称。

二二「擂粉木」は男性の性器の異称。そこから「槌」「杓子」と類する道具をならべてふざけた。

てて一神は。あがらせたまひけり」と。語りしまへば(言い終えてしまうと)梅川は「また大だはけがおこつた」と。箒(はうき)を取つて追ひまはれば。(忠兵衛は)二おとらが腰に縋(すが)りつき「許せ。〈」といふ声もどよみ(響きわたり)たはむれゐるところへ。

新七親子立ち帰り　ものをもいはずふくれ顔(ふくれっつら)。新兵衛奥へ入りければ　新七どうど座を組んで(どっかりと坐りこんで膝を組み)。あたりほとりをねめまはせば(そこら中をにらみ回すので)。忠兵衛おとらは不首尾(ぶしゆび)三にて　四じんじと下にさがりけり。梅川そばから笑止がり(気の毒がって)。「五あじやらが過ぎてえいなりの。六ここへござれ」といふ声を。七ちから草にて立ち退(の)けば　新七しばしにらみつけ。「コレサ忠兵衛。八かひかふ犬に手をくはるるとはおぬしがこと。九ただずむかたもない所を。かくまひおいたる恩の忘れ。なぜ女房に不義はしかける。一〇うへに吐(つ)かれて後悔すな」と荒らかにいひければ。忠兵衛ぎよつとして。「これは一一近ごろ迷惑千万。流浪の身となりし以後は。夫婦一緒の寝所(ねどころ)でも　念仏で明かすことあり。左様(さやう)に栄耀(ええう)一二な心底(しんてい)は

梅川・忠兵衛の悪戯け

新七の意外な詰問

一「神はあがらせたまひけり」で終る謡曲に『鵜祭』『右近』『龍田(たつた)』『藍染川(あいぞめがわ)』がある。

二 ここで初めて二人の隠れ家が上之巻の新七おとら夫婦の家であることを明かす。

三 体裁が悪くて。

四 ゆっくりと少しずつ動くさまをいう。じりじりと。

五 冗談の意の大阪方言。「かりそめと云詞のかはりに、畿内にてあじやらと云」(『物類称呼』五)。「あじやら、実ならざるなり」(『浪花聞書』)

六 良い格好ですね。

七 鷹が大きな鳥を捕えたときに引張られないように片方の足でつかむ地上の草。転じて頼りにするものの意に用いる。梅川の言葉を頼りとして立ち去ると。

八 諺。平生目をかけておいた者に裏切られることのたとえ。「かひかふ虫に手をくはるる」(『毛吹草』二)「飼犬に手を噛まるる」(『譬喩尽』)

九 佇む。立ちどまる。ここでは仮住居をする意。

一〇 公儀から咎めをうけて。「吐く」は好ましくないことを言う。

一一「最近になく」の意から、善悪にかかわらず程度のはなはだしいさまを表す副詞。はなはだ。非常に。

一二 おごりたかぶること。

神(しん)[一三]もつて候はず。そのうへ恩あるその方(はう)の内儀に。虫なればとて不義すべきや。鬱気(うつき)ばらしに女房と　あじやらが過ぎて(冗談が過ぎて)この仕合せ(こうなった次第)。疑ひやめてたまはれ」と理をつくしていひけれども。新七すこしも合点せず。「いやさ　あじやらとはいはれまい。そちとおとらがいにしへは　いひなづけの仲。枕こそ並べね(並べはしないけれど)　たがひの心にいちもつ[一四]あるはず。その筋に頼りて[一五]　いひなびけんとのたくみ。おそらく見た目はちがふまじ　返答聞かん」と差し寄れば。忠兵衛聞いて「ムムさうおもふ心底からは(そんな考えを持っている気持からは)　疑ひももつとも。親子[一六]の仲にちがひはなけれど。いよ〳〵心残らぬとの証拠のために(全くおとらに心を残していないという証拠のために)　改めて暇(いとま)の状(離縁状)をつかはす」と。筆さら〳〵と染め[一七]なほし　血判[一八]添へて差し出せば。新七見もせずひき破り「ムム。ただいま暇(いとま)[一九]をやるまでは。不義しても大事ないとのいひわけか。梅川などは遊女の果て　さうしたこともあるべきか。身が女房は在所[二〇]もの。不義仲間[二一]へは入れられまい。いよ〳〵たはけたいひぶん」と気色(きしよく)をかへていひければ。梅川はむつとして。

一三 自誓の語。神かけて、神も照覧あれの意。

一四 心の中に秘められているわだかまり。

一五 そのことを手がかりとして、くどき落そうとするたくらみ。

一六 義母が前に離縁状を書いている事をふまえて言う。

一七 筆に墨を含ませて文字・絵などを書くことを「染む」という。さらさらと離縁状をもう一度書いて。

一八 違背しない意をあらわすために、指を針でさして血を出し、署名の下に血をつけること。血判のしきたりについては『色道大鏡』六に詳しい。

一九 離縁状を書く。

二〇 田舎者。律義で堅ぐるしい考えを持っている者の意で、遊女と対照して言う。

二一 遊女のように、不義を常としている者の仲間。

「なんと。（なんですって）遊女の果ては不義するとや。お前はいかい粋様（すいさま）[一]ぢや。大和に置くはをしいこと　先ほどからのご無体を。つく〲聞いてゐますが。どうやら物[二]がありさうな。ナウ忠兵衛様。ご思案はないか（何か思いつくことはないか）」といへば忠兵衛も。「さうぢや」というてうちうなづき　新七が前へつつと寄り。「エエきこえぬ（道理のわからぬ）新七。〔私たちを〕かくまふまいと思ふなら。なぜ打ち明けてはいはぬ。われに無き名を立つる[三]のみか。女房がことまでを　無念な言葉をいうたナア。その口やめてやりたけれど（その口を止めてやりたいが）片時（へんし）[四]も養はれた。恩があるゆゑのめ〲[五]とは出て行く。人には報いのあるものぢや」と歯を食ひしばり怒（いか）りけり。新七そしらぬ顔つきにて。「いかに女房。やつかい人（にん）が去（い）なるるに　笠杖[六]やれ」といひ捨てて。奥をさして入るところを　おとらは〔夫の〕袖に縋（すが）りつき。「たとへいかほどお心に　障（さは）りしことのあればとて。それほどまでにお二人を。（残酷に薄情におっしゃるのは）むごう辛うのたまふは。心の底のいぶかしや　いふにおよばぬことなれど。みづからやこなさんの（私やあなたの）　死なうと思ひさだめた

一　粋なお方。「粋」は色の道のわけ知り。皮肉たっぷりの言葉。
二　何かわけがあって、たくらんでいるらしい。
三　身に何のおぼえもない噂。おとらとの不義をさしていう。
四　すこしの間。しばらく。「Fenxi」（『日葡』）
五　するべきこともしないで、ただなんとなく。おめおめと。
六　「笠」と「杖」。ともに旅の用具で縁語。

る。命二つををば様に　助けられたる返しぞと。思ふがゆゑにお二人を。隠まふことも身の祈禱。なにほどご馳走申しても。あきたらねどもご遠慮が。ありもやせんと朝夕に。手なれぬわざをさせますも。お心やすきためならずや。人にかかりは物ごとに　心がひかれそつとした。ことにもお気がまはるもの。憂さ忘らせんためにこそ　あじやらいうたり笑うたり。たはぶれいふも無理ならず。お前も昨日今日までも　頼もしかりしお心の。にはかに変りたまふのは　邪慳なやつが知恵つけて。おどしをつたか叱つたか。たとへ千人万人の　邪慳なものがほむるより。一人なりとよき人に　そしらるるのを恥ぢたまへ。さて恨めしのお心や」とむせかへ。りてぞ嘆きけり。新七まなこに角を立て。「名を取らうより得取ろぢや。あた面倒な」と突き倒せば　三人目と目を見合せて　はつとばかりに泣きゐたり。

おとら、言訳けのくどき言

　おとらは二人に差し向ひ。「今の言葉の出るからは　もはやご思

七 新七とおとらの二人の命。上之巻の一件をいう。

八 自分の身に対しての祈禱。わたくしたちが幸福になれますようにとの祈り。

九 これで充分だということはありませんが。

一〇 したこともない仕事。ここでは先の素麺作り、機織り、粉挽きをいう。

一一 世話になっていること。ここでは居候になっていること。

一二 頼りにすることができる。

一三 諺。人にほめられるだけよりは、実利を得た方がよい。「名を取ろより徳を取れ」(『譬喩尽』)。おとらの「千人万人の邪慳なものがほむるより……」に対応して言った言葉。

案おはしませ。邪慳な男持つたゆゑ　われが心も一緒かと。思はれんこそかなしけれ。今お二人のご難儀も　わづかの金のあやまちぞや。わしが嫁入つてゐたならば　かやうなことにもなるまいと。世[一]の徒人に馴れそめて　引[二]きたがへたるいたづらの。われを根差[三]しに物事が　かうなりゆきてお二人に。憂き目見すると思ふゆゑ。身に引き請けてしみ〴〵と　おいたはしう思ふなり　いづくに住ませたまふとも。便りの文をたまへかし。邪慳な夫と憎ければ　添ひはてうとも思はれず。時節を待ちて宮仕[四]へ　今日の辛さをお詫びせん。命があれば世の中が　辛うばかりもないものぢや。お息災[五]にてましませ」と。いひわけするも後[六]や先　みだるるばかり泣きゐたり。

忠兵衛顔をうちまもり「夫婦が仲にかほどまで。ちがうた心底あるものか。頼[七]む木陰に雨もつて。さし行く方も覚えねば　野原の土とならんより。そこ[八]の情けの一言葉　冥途への土産にて。いつそむなしくなりなん」と涙とともにいひければ。梅川さわぐ[九]気色もなく。

一　移り気な浮気者。ここでは新七をさす。
二　忠兵衛と新七とを、とりかえてしまった徒らな恋。
三　原因。徒らの恋をした私を原因として、物事がこのようにちぐはぐとなって。
四　目上の人の身の回りの世話をすること。ここでは忠兵衛に仕えることをいう。
五　健康で、元気に暮すこと。
六　話が前後して取乱しているさま。
七　「頼む木蔭も嵐吹く、行方やいづち雲水の、跡を慕ひていづくとも、知らぬ道にぞ出でにける」（謡曲『高野物狂』）に基づく文脈か。
八　対称の代名詞。同等または目下の親しい相手に対していう。
九　動揺する様子もなく。覚悟ができていたことがわかる。

梅川・忠兵衛、自害の決意

「まだこのうへにどのやうな。憂き目を見んも知れぬ世に　早う殺してたまはれ」と。近くへ寄れば忠兵衛　脇指抜いて立つところを。新七やがて走り寄り　脇指挽いで投げければ。忠兵衛鞘にをさめつつ。「われ〱ここで相果つれば。難儀のかかる恐ろしさに　しひてとめるか　気づかひすな。サア梅川　一二丁　そろ〱歩め」と手を引けば。新七「しばし」とおしとどめ　うしろの障子引きあけて。父新兵衛の前にかしこまり。羽織をとればこはいかに。布子[一〇]の下の小手[一一]しばり皆々。興[一二]をぞさましける。

新七、真情の言立て

新七涙をながし。「語るまじとは思へども。死なうとあるゆゑひととほりを申すなり。今朝よりも親子の者　庄屋の方へ呼びつけて。両人の儀を村中が　ぜひ胡散[一三]なと怪しめて。先立つてはや飛脚仲間へ[一四]　あらましいうてつかはすよし。取り逃しては地下中[一五]が　いから迷惑することぢや。かならず沙汰[一六]をいたすなと牛王[一七]のうらに判させた。しかしそれがしが心中には。たとへ神罰受くるとも。おの[一八]

一〇 木綿の綿入れ。絹物の綿入れを小袖というのに対する。形は今日の着物と同じ。

一一 肘から手首までの称。特に手首近くの部分をいうことが多い。肩から肘までの高手に対する称。

一二 はっとして、緊張した雰囲気になる。

一三 あやしむべきさま。「うさん　ウサン臭イなど云」(『俚言集覧』)

一四 飛脚仲間の事故は連帯責任をとる定めになっていることから、犯人らしき人物を通報した。

一五 自分の住んでいる村落の中。またそこに住むすべての人。

一六 当人たちに知らせるな。

一七 「牛王宝印」の略。元来は諸社寺で出す厄除けの護符であるが、熊野神社の七十五羽の烏を描いた牛王は有名で、裏に文章を書いて誓紙や起請文として用いた。誓を破れば神罰を受ける。「起請文をかく料紙は、先熊野の牛王をもつて本とす。自然に其氏神の牛王をもちゆる事もあり」(『色道大鏡』六)

一八 無念の感情にある時に、自ら発奮し決意の程を示す時に用いる感動詞。

れ　さう〳〵落さうと（さっそくに逃してしまおうと）　［庄屋が］思ふ色目を（目付きを）さとつたやら。そこで庄屋が知[一]恵自慢。新七には孝行者　親の難儀を見捨てては。よも方人（かたうど）[二]はいたすまい。両人を渡すまでとてこのごとく。縄をかけて帰せしが。道すがら親人（おやひと）の仰せには。汝がわれを思ふより　親の汝を（親が子供を）思ふのは。百倍千倍まさりたり。われが難儀を苦しみて（私が難儀するのを心配して）　恩ある友に義理欠（か）くな。この様子をば［二人に］語りなば　先にも（先方でも）こちらをかばはれて。落ちまい（逃げないでおこう）などとある時は　［私たちの］こころざしが無足（むそく）[三]する。どうぞ（なんとか）思案をめぐらせと。仰せられしを　もつとも同心[四]して。手立て[五]のための慮外の段。さ（さぞ）こそ憎しと（かし憎いことと）おぼされん。夫婦の者はをば君の　かげで（おかげで）延ば[六]はる命なれば。今両人になりかはり　いかなる憂き目を見るとても。もとよりいとはぬはずのこと　ゆかり[七]もあらぬ親人が。子のためにとて年寄りの。難儀をしのぎ両人を。落さんとあるこころざし　一礼いう（一言お礼を）[八]て退（の）きたまへ（ここから逃げて下さい）」と。涙ながらに語るにぞ。「こは過分なるお心や」とおぼえず。知らず泣きにける。

一 自分の才知を自慢して人に見せること。ここでは梅川忠兵衛を逃亡させないために考えだした計画をいう。
二 味方をすること。「カトード」と読む。「Catŏdo すなわち、贔屓をする、ある人の側に味方すること、または、その人のために尽力すること」（『日葡』）
三 無駄になる。無にする。
四 同意して。考え方に賛成して。
五 二人をこの村から落すための手段としてとった失礼なこと。
六 のびる。特に生命がのびることにいう場合が多い。「延ぶ」のハ行延言。
七 縁。ここでは梅川と忠兵衛に対しては何の縁もない親の新兵衛をいう。
八 以前受けた情けを今日恩返しする。
九 人の言った言葉を、そっくりそのまま繰り返していうこと。ここでは言葉でなく、恩をそのままお返しする意に用いる。

梅川・忠兵衛捕縛される

恋に迷った男の末路

新兵衛につことうち笑ひ「様子は悴(せがれ)がいふとほり(事情は)。[八]以前の情け今日の恩　損得なしの鸚鵡(あうむ)[九]返し。礼いふこともいはるることも　時刻(時間が)うつりて(過ぎてゆけば)気づかひな。夫婦[一〇]のものも用意して　村境(ざかひ)まで送りませ[一一]。急げ〳〵」とありければ。杖よ笠よといふところへ　ものさわがしき足音の。近くなるよと思ふ間に「捕つた[一二]。〳〵」といふ声に。続いて大ぜい駆け入りて。両人ともにいましめ[一三]の。縄とり後(あと)より引つ立つれば。

新七おとら新兵衛は。あきれて涙も出ざりけり(動転して)。二人は覚悟きはめつつ　言葉すずしき[一四]暇乞(いとま)ひ。どうで(どうせ)一度は死に病[一五]　腎虚(じんきよ)[一六]内損(ないそん)[一七]労咳(らうがい)[一八]の。至り病[一九]のうへをゆく　恋の刃にかこまれて。女のよれる捕縄(とりなは)[二〇]に　身はつながれて引かれゆく。ひま行く駒[二一]にのぼりさし[二二]　三度火縄(さんどびなは)[二三]の仇(あだ)けぶり　消えにゆく身の道連れの　なかに哀れも目立ちたる。黒縮緬の優男(やさをとこ)と　狂言[二四]。綺語(きぎよ)に名を残す

一〇 子供夫婦、即ち新七・おとらを指す。

一一 送り申せ。「ませ」は謙譲の助動詞「ます」の命令形。

一二 捕手が犯人を追いつめて、捕えようとする時に発する掛声。

一三 捕手が忠兵衛・梅川をしばった捕縄。

一四 はっきりして、すがすがしい。

一五 命が助かることのない病。

一六 房事過度のために起る衰弱症。

一七 飲酒などのため、内臓をいためる病。

一八 肺結核。以上三つとも医学上の病名ではなく、民間の俗称である。

一九 極度の重症。恋の病はそれ以上の重症だという。

二〇 諺。「女の髪には大象も繋るる」（『譬喩尽』）に基づく文脈。梅川との恋によって罪を犯し、捕縄にしばられ引かれてゆく。

二一 諺。月日の経過の早いことの譬え。『荘子』の「知北遊」に基づく。「隙の駒、日影を去こと也、無常迅速を云」（『譬喩尽』）

二二 駒に乗ろうとして乗りえない。

二三 「三度飛脚」と「火縄」を掛ける。「火縄」「けぶり」「消え」は縁語による展開。

二四 漢語。道理に合わない言と巧みに飾った語。小説戯曲などを、儒教の立場から言った語である。

傾城三度笠　終　　　初板

右之本遂吟覧頌句音節墨
譜等不違毫釐令加筆且以
著述之全本令挍合畢尤可
為正本也

豊竹若太夫
紀　海音

大坂上久宝寺町三丁目
正本屋西沢九左衛門版

仮名手本忠臣蔵(かなでほんちゅうしんぐら)

仮名手本忠臣蔵

第一　鶴岡の饗応（兜改め）

一嘉肴ありといへども　食せざればその味はひを知らずとは。国治まつてよき武士の（平和な時には立派な武士も）　忠も武勇も隠るるに。（忠義武勇を発揮できないことに）たとへば二星の昼見えず三夜は乱れてあらはるる。（夜になると空一ぱいにあらわれるようなものだ）ためしをここに仮名書きのヲロシへ太平の代の。まつりごと。四

ところは五暦応元年二月下旬。足利将軍尊氏公　新田義貞を討ち滅ぼし。六京都に御所を構へ　徳風（仁徳は）四方にあまねく。万民草のごとくに　てなびき。したがふ御威勢。

序詞

竹本文字太夫

〈ロ〉兜改め

マクラ

＊竹本文字太夫の役場。「ふしごと地事よし、修羅つめのたぐひちと甲斐なき」（『操曲浪花芦』）、「声はちいそうてもきれいな、節は江戸もどりからよい」（『波のうねり鼎噂』）と評される。

一　ごちそうも食べねばその美味がわからない意で、実践の必要を説く諺。「嘉肴ありといへども食せざれば其味ひを知らず」（『譬喩尽』）。『礼記』学記篇に基づく。

二　「忠も武勇もかくるるにたとへられ」、「たとへば星の昼見えず」と上からつづき下にかかる。

三　大星由良之助が昼行灯と言われるのを利かす（『忠臣蔵岡目評判』）。

四　冒頭「嘉肴あり」からここまでが「序詞」の部分で、本作十一段全部のマクラに相当する。

五　北朝の年号。一三三八年。義貞敗死の史実は閏七月で、尊氏は八月に征夷大将軍となる。「○閏七月二日新田義貞ながれ矢にあたつて卒す○八月尊氏征夷大将軍に任す」（『新補倭年代皇紀絵章』五）

六　京都室町に幕府を開いたことをいう。

国に羽をのす鶴岡八幡宮　御造営成就し。御代参として　御舎弟足利左兵衛督直義公。鎌倉に下着なりければ。在鎌倉の執事　高武蔵守　師直。御膝元に人を見下ろす権柄眼。御馳走の役人は。桃井播磨守が弟　若狭之助安近。伯州の城主　塩谷判官高定。馬場先に幕うち回し　威儀を正して相詰むる。

直義仰せ出さるるは「いかに師直。この唐櫃に入れ置きしは。兄尊氏に滅ぼされし新田義貞。後醍醐の天皇よりたまはつて着せし兜。敵ながらも義貞は　清和源氏の嫡流。着捨ての兜といひながら。そのままにもうち置かれず。当社の御蔵に納める条　その心得あるべしとの厳命なり」とのたまへば。武蔵守うけたまはり。「これは思ひもよらざる御事。新田が清和の裔なりとて　着せし兜を尊敬せば。御旗下の大小名　清和源氏はいくらもある。奉納の義しかるべからず候」と。遠慮なく言上す。「イヤ左様にては候ふまじ。この若狭之助が存ずるは。これはまつたく尊氏公の御計略。新田に徒党

代参直義公の下向

一 「国に羽をのす（羽振りをきかす）」と「羽をのす鶴」を掛ける。

二 「鎌倉中央にあり。旧名小林郷松ヶ岡といふ。当宮はじめは由比の浜に在て其地を鶴岡といふ。建久二年四月頼朝卿の命によりてここに遷座あるよし、東鑑に見へたり。旧地の号を称して鶴岡と呼ぶ」（『東海道名所図会』六）

三 足利尊氏の同母弟。暦応元年新田義貞追討の功で左兵衛督に任ぜられ、開幕後は尊氏の補佐として諸政を行う。のち高師直と争い、兄尊氏とも不和となって、観応の擾乱で尊氏に毒殺された。

兜納蔵是非の論議

四 室町幕府の職名。将軍を補佐して政務を総轄する最高の職。師直は建武三年（一三三六）から観応二年（一三五一）まで、武蔵守として執事職にあった。

五 権力をかさにきて人をおさえつけようとするような目付き。「権柄」はもと権力を意味したが、転じて権力を濫用する横柄な態度をいう。「権柄……人臣ノ上ニ居テ政ヲ執行人ヲ権柄ヲトルト云也ナクテカナハヌ肝要ノ人也」（『志不可起』五）

六 桃井播磨守直常。

七 史実は出雲の守護職、隠岐大夫判官佐々木高貞。

八 馬場の馬をとどめておくたまり。

＊ 代参下向、師直が接待役を勤める構想は『太平記』にあり、『傾城伝授紙子』『忠義武道播磨石』以下義士物では常套の構想。

の討ち洩らされ 御仁徳を感心し。攻めずして降参さする御手立てと存じたてまつれば。無用との御評議卒爾なり」と。いはせも果てず。「イヤア師直に向つて 卒爾とは出過ぎたり。義貞討死したる時は大わらは[一二]。死骸のそばに落ち散つたる 兜の数は四十七[一三]。どれがどうとも見知らぬ兜。さうであらうと思ふのを。奉納したそのあとで さうでなければ大きな恥。生若輩なりをして お尋ねもなき評議。すつこんでおゐやれ」と 御前[一四]よきまま出るままに。杭[一五]とも思はぬ詞の大槌。打ち込まれてせき立つ色目[一六] 塩谷引つ取つて。「コハ御もつともなる御評議ながら。桃井殿の申さるるも をさまる代の軍法。これもつて捨てられず 双方[一七]まつたき直義公の。御賢慮仰ぎたてまつる」と。申し上ぐれば御機嫌あり。「ホホさいはんと思ひしゆゑ。所存あつて 塩谷が婦妻を召し連れよといひつけし。これへ招け」とありければ。「はつ」と答へのほどもなく。馬場の白砂素足にて 裾[一八]で庭掃く裲は。神の御前の玉箒[一九] 玉もあざむく薄

九 足のついた中国風のひつ。前後に二本ずつ、左右に一本ずつの計六本の足をもつのが普通。檜の白木でつくり、衣類調度などをいれる。一五六頁絵尽し参照。

一〇 清和天皇の皇子貞純親王の子経基が臣籍に下って源の姓を賜った。その嫡流をいう。『和漢三才図会』七十に「義貞源義家十代孫新田氏光之男也」とあるように、新田氏も清和源氏の嫡流である。

一一 同じ旗頭の下に直属している大名小名。

一二 乱髪。兜の下は散らし髪であるから、戦死して兜が脱げると乱髪の状態となる。

一三 赤穂の義士四十七士をきかせた数字。

一四 直義の信任が厚いのに乗じて。「よきまま」「出るまま」と韻をふむ。

一五 人を杭とも思わずに、出るままに言葉の鉄槌をくらわす。諺「出る橛は打たるる」(『譬喩尽』)による。「出る」「杭」「大槌」「打ち込む」は縁語。

一六 思いがあらわれている目付き。怒りに色めき立つ様子をいう。

一七 師直と若狭之助の両方の考え方がうまくおさまるような。

一八 打掛の裾を長く引いてひきずり歩くさま。「掃く」「玉箒」は縁語。

一九 「玉」は美称の接頭語。神前を掃くことからいう。「玉箒」「玉も」と頭韻。裾を引く裲は、神前を掃く玉箒のごとくであり、その玉もあざむくばかりの薄化粧をした美しいかほよ御前。

化粧。塩谷が妻のかほよ御前。はるかさがつてかしこまる。をなご好きの師直そのまま声かけ。「塩谷殿の御内室かほよ殿。最前よりさぞ待ちどほ　御大儀〳〵。御前のお召し近う〳〵」と取り持ち顔。直義御覧じ。「召し出だすことほかならず。去んじ元弘の乱れに。後醍醐帝都にて召されし兜を。義貞にたまはつたれば。最期の時に着つらんこと　疑ひはなけれども。その兜を誰あつて見知る人ほかになし。

そのころは塩谷が妻。十二の内侍のその内にて。兵庫司の女官なりと聞きおよぶ。さぞ見知りあらんず。覚えあらば兜の本阿

一 去る。「去にし」の音韻転化。
二 元弘元年（一三三一）に鎌倉幕府を討伐するために後醍醐天皇が企てた政変。正中の変につぐ企てであったが、これも失敗に帰した。
三 令制における後宮所属の十二の司。内侍司・蔵司・書司・薬司・兵司・闈司・殿司・掃司・水司・膳司・酒司・縫司をいう。
四 令制の官司の一つ。兵器の管理などをつかさどる。後宮十二の司のうちには属さず、『拾芥抄』によれば百官部に属す。ここでは十二の司のうちの兵司のことと誤ったものと思われる。
五 刀剣鑑定の家元。「磨刀　相伝足利尊氏卿之時相州鎌倉有妙本阿弥者専相刀剣之新旧真贋并事磨礪尊氏卿入洛日従後而来遂住京師元松田氏也然始妙本嫡流一人以本阿弥為称号自茲後一家中為嫡子者亦称本阿弥」（『雍州府志』七）
＊ 兜納蔵に師直が反対し、かほよの理に適った判断で兜改めが行われる。そのあと師直がかほよに恋慕する構成は、『傾城八花形』に類似する。唐絵大和絵の真偽の判定に塵塚無量之介が反対し、伏屋の理に適った判定があり、二段目に無量之介は伏屋に横恋慕している。三四頁以下参照。また、

弥。目利き〳〵」とをなごには。厳命さへもやはらかに。お受け申すもまたなよやか。「冥加にあまる君の仰せ。それこそはわたくしが。明

け暮れ手馴れし御着の兜。義貞殿拝領にて。蘭奢待といふ名香を添へてたまはる。御取次ぎはすなはちかほよ。そのときの勅答には。［義貞の］人は一代名は末代。すは討死せん時。この蘭奢待を思ふまま。内兜に焚きしめ着るならば。鬢の髪に香を留めて。名香かをる首取りしと　いふ者あらば。義貞が最期とおぼし召されよとの。詞はよもやちがふまじ」と申し上げたる口元に。下心ある師直は。小鼻いから

後の師直の艶書を吉田兼好が代筆した話は、『太平記』二十一「塩冶判官讒死事」に見える。これが近松の『兼好法師物見車』によって忠臣蔵の世界に取入れられ、以下『傾城伝授紙子』『今川一睡記』などに見られる趣向。

六 過分なもてなしに対する感謝の気持をいう。

七 天皇がお召しになっていた兜。

八 聖武天皇の時に中国より渡来したといわれる名香。『和漢三才図会』七十二に「勅符ノ蔵。和漢ノ珍宝納メラル中ニ二ノ名香有リ。一ハ黄熟香（一名蘭奢待）ト言フ。此量三貫三百五十目。一ハ大紅塵ト言フ。此量四貫六百目有ルト、聖武帝改メテ蘭奢待ト称ス也。東大寺ノ三字ヲ隠セリ」とある。御物として現存する。但し『嬉遊笑覧』十下には、蘭奢待を黄熟香とする説を疑い、黄熟香は水に沈まぬ下級品であるとする。兜に蘭奢待を焚きしめて義貞討死の証拠にする趣向は『吉野都女楠』によるという説がある。

九 「人は一代名は末代　漢和故事に本朝文粋十云、夫形者百年之旅館也、名者万代之嘉賓也、諺これよりをこれり」（『諺苑』）

一〇 兜の眉庇の内側。

＊『大矢数四十七本』の番付には「ちう恩を慕ふ者の為に恩を含む名香の焼残」という語りがある。

一一 鼻の左右のふくらみのある部分。得意げになっているさま。

し聞きゐたる。

兜改め（一）

直義くはしく聞し召し。「オオつまびらかなるかほよが返答。さあらんと思ひしゆゑ。落ち散つたる兜四十七。この唐櫃に入れ置いたり。見分けさせよ」と　御諚意の下侍[一]。かがむる腰の海老錠を[二]。開くる間おそしと取り出すを。［かほよは］おめずおくせず立ち寄つて。見れば所も。名にしおふ。鎌倉山の[三]星兜[四]。とつぱい頭[五]獅子頭[六]。さて指物[七]は家々の。流儀〳〵によるぞかし。

兜改め（二）

あるいは。直平[八]筋兜[九]。錏[一〇]のなきは。弓のため。そのぬし〳〵の好みとて。数々多きその中にも。五枚兜[一一]の竜頭[一二]　（これが義貞の兜だと言わぬうちに）これぞといはぬそのうちに。ぱつとかをりし名香は。かほよが馴れし（かほよ）「義貞の兜[一三]にて御座候」と差し出せば。

兜の納蔵

左様ならめと一決し（直義）「塩谷桃井両人は。宝蔵に納むべし　こなたへ来れ」と御座を立ち。かほよにお暇たまはりて　段葛[一四]を過ぎたまへば。塩谷桃井両人もヲクリうち連れ。へてこそ入りにける。

一　直義の仰せを受けた下級の侍。
二　腰を海老のようにまげて、海老錠を開ける。掛詞。「海老錠」は鉄を海老のようにまげた錠前。「大小有リ大抵方形長サ三四寸幅寸余」（『和漢三才図会』八十一）
三　「我ひとり鎌倉山を越え行けば星月夜こそ嬉しかりけれ」（『夫木抄』巻十九）を元にして、「星月夜」は「鎌倉山」の枕詞のように用いられる。その「鎌倉山の星月夜」を「星兜」といいかけた。
四　兜の矧合せの鋲頭を大きくして星のようにこしらえたもの。大星・小星・毬栗星など、各種ある。
五　兜の鉢頭が丸く尖ってうしろに靡いた形になっているもの。鉄砲戦の時期になってできた。
六　「獅子頭の冑といふは冑のまびさしを獅子の面にこしらへたるを云也。獅子の面を横平くまびさし一面に作りたる也」（『貞丈雑記』十一）
七　戦場の目印に鎧の背に指す標識。
八　兜の鉢頭が水平になっているもの。
九　兜の鉢の張り合せに、星を用いないでとめ合せ縦筋だけのあるもの。
一〇　兜の鉢の下縁に、左右と後方に垂れて、頸や襟を防禦するもの。帯状の鉄板を三段か五段つけるが、防禦には役立っても、弓を引くに邪魔になるのが欠点。
一一　錏が五段になっている兜。

あとにかほよはつぎほなく。「師直様は今しばし。御苦労ながらお役目を。お仕舞ひあつてお静かに。お暇の出たこのかほよ。長居は恐れ　おさらば」と。立ち上がる袖すり寄つて　じつと控へ。「コレまあお待ち　待ちたまへ。今日の御用しまひ次第。そこもとへ推参して　お目にかける物がある。幸ひのよいところ召し出だされた。直義公はわがための結ぶの神。御存じのごとくわれら歌道に心を寄せ。吉田の兼好を師範と頼み　日々の状通[一五]。そこもとへ届けくれよと　問ひ合せのこの書状。いかにもとのお返事は。口上でも苦しうない」と。袂から袂へ入るる結び文。顔に似合はぬ「様参る[一六]　武蔵鐙[一七]」と書いたるを。見るよりはつと思へども。はしたなう恥ぢしめては　かへつて夫の名の出ること。持ち帰つて夫に見せうか。いや／＼それでは塩谷殿。憎しと思ふ心から　怪我過ちにもならうかと。ものをもいはず投げ返す[一八]。人に。見せじと手に取り上げ。「戻すさへ[一九]手に触れたりと思ふにぞ。わが文ながら捨てもおかれず。

〈切〉恋歌

師直の艶書・口説

一二「竜頭の冑と云は冑の真向に竜の頭を作りたる也」（『貞丈雑記』十一）とある。竜の頭だけでなく、全身を備えたものは竜頭の冑とは言わない。

一三「義貞の兜にて」が地の文と会話文の両方にかかる文脈。

一四「社前（鶴岡八幡宮）より由井浜まで、道の真中に一段高く幅六間許高弐尺の道あり、これを段葛といふ。東鑑に寿永元年三月十五日、鶴岡の社頭より由比の浜まで曲横を直にして道を作らる」（『東海道名所図会』六）

一五 手紙をやりとりすること。

一六 師直らしくない、やわらかい文体の。「……様まゐる……より」は艶書末尾の形式。

一七 武蔵国より産する鐙。師直は武蔵守であるので、自らの名を記さず武蔵鐙とした。『伊勢物語』に武蔵男が京女に「武蔵鐙さすがにかけて頼むには問はぬもつらし問ふもうるさし」と手紙を送った故事による。

一八『太平記』二十一も「御文をば手に取ながら、あけてだに見給はず、庭に捨られたるを、人目にかけじと懐に入帰り参て候ぬる」とある。『傾城伝授紙子』もほぼ同文。

一九『太平記』二十一に「返すさへ手やふれけんと思にぞ我文ながら打も置れず」による。『太平記』ではこのあと、『仮名手本忠臣蔵』三の「さなきだに」の歌（一八四頁）へ展開する。

くどうはいはぬ。よい返事聞くまでは。口説いて〳〵口説きぬく。天下を立てうと伏せうとも　ままな〔思いの〕師直。塩谷を生けうと殺さうとも。かほよの心たつた一つ。なんとさうではあるまいか」と。聞くにかほよが返答も。なみだぐみたる〔無く・涙〕ばかりなり。

若狭之助の気転

折から来合す若狭之助。例の非道と〔またいつものよこしまと〕見てとる気転。「かほよ殿まだ退出なされぬか。お暇出でて隙どるは。かへつて上への恐れはやお帰り」と追つ立つれば。

きやつさては気取りしと〔気づいたかと〕。[一]弱味をくはぬ高師直。「ヤアまたしてもいはれぬ出過ぎ〔無用の出しゃばり〕。立つてよければ身が立たす〔帰ってもよいなら私が帰らせる〕。このたびの御役目。首尾ようつとめさせくれよと。塩谷が[二]内証かほよの頼み。さうなくてかなはぬはず。大名でさへあのとほり。[三]小身者に[四]捨知行　誰がか〔誰の〕げで取らする〔お蔭で取らせておくと思うのか〕。師直が口一つで　[五]五器提げうも知れぬあぶない身代。それでも武士と思ふぢやまで[六]」と。邪魔の返報憎て口〔憎々しい物言い〕　くわつとせき立つ若狭之助。[七]刀の鯉口砕くるほど　握り詰めは詰めたれども。

師直・若狭之助の対立と直義還御

＊　若狭之助の気転は『傾城武道桜』一・三の茨木屋主人の気転にヒントを得たか。

一　弱点につけ込まれまいとする師直。

二　人妻に対する敬称。

三　身分の低い、したがって禄高の低い者。

四　まるで捨てるのと同然の、役立たぬ俸禄。

五　「下学集には御器と書てもとは貴人の供御の飯器のことなるを下さまの飯椀の事にいひならはしたり…それをさげてありくは乞食のさまを云」（『瑠璃天狗』三）

六　文末に接続して、確認や強調の意を添える助詞。中世末よりの口語の用法。

七　刀の鞘の口。「鞘口を鯉口といふは其状の似たるを以ていひ呑入といふは清く刀刃を納るを以ていふなり」（『武家名目抄』三十三）。左手で鯉口を握りつめて、まさに刀を抜かんとするさま。

八　「神前」「御前」と脚韻、「一旦」「今」「一言」「生き死に」と頭韻。

九　「言葉の先」と「先手」は掛詞。「先手」は行列の先頭をつとめる者。

一〇　行列の最後尾を警固する者。先手の対。

一一　いろは四十七文字に分類して蔵に納める。赤穂浪士四十七士をきかせた。

一二　赤穂浪士は討入にこの火事装束を使用した。

一三　「捉ぞ久し」と「久方の」の掛詞。

＊竹本島太夫の役場。「修羅、詰、荒事は大イじやうぶなり」「芸者にて一体を崩さず、かたりひしぐ事、すさまじく、御声の分は、誰レにか、おとりたまはん、此上はふし付、味ミのたんれん気を付たまへ、夫さへ調へば、おそらくおそるべき事も有まじ」（『操曲浪花芦』）、「声はみなみの御堂様、とは高いてんじやうじや、節は毛とろめんのおび、なぜつよふても中から下」（『波のうねり鼎噂』）と評された。場所―桃井若狭之助の館、時―三月某日の夕刻。第一の翌日。

兜頭巾
［守貞漫稿・一四］

一四 元来は鎌倉幕府の職名で、幕政を総轄する北条氏の世襲の職であったが、後は諸大名の家臣をいうようになった。ここでは家老のことで、二六五頁には「家老を勤める本蔵」とある。

一五 しきたり通りに正しくつける。

＊「奴両人。庭のそうぢをしている幕明の仕出し也。すべて。幕明にたてものの人形を出す時は。舞台に目当なくしては出さず。よって此奴の仕出し人形を出し置て。かこ川本蔵をいだす」（『忠臣蔵岡目評判』）

一六 武家の下僕の通称。あとの可介、角助も同じ。

竹本島太夫

〈ロ〉梅と桜（力弥使者）

マクラ

主君不首尾の噂

八 神前なり御前なりと　一旦の堪忍も。今一言が生き死にの。九 ことばの先手「還御ぞ」と。御先を払ふ声々に［若狭之助は］せんかたなくも期をのばす。無念は胸に忘られず。悪事逆つて運強く　切られぬ高師直を。明日のわが身の敵とも。知らぬ塩谷が一〇 あと押へ。直義公は悠々と歩御なりたまふ御威勢。人の兜の竜頭。御蔵に入るる数々も。一一 四十七字のいろは分け［仮名・鉄］かなの兜をやはらげて。一二 兜頭巾の綻びぬ　国の。一三 掟ぞ三重〽久方の。

第二　諫言の寝刃（松伐り）

空も弥生の。たそかれ時。桃井若狭之助安近の。館の行儀掃き掃除。お庭の松も幾千代を守る館の一四 執権職。加古川本蔵行国。年も五十路の分別ざかり。一五 上下ためつけ書院先。歩みくるともしらすの下人。［知らず・白洲］［可介］「ナント一六 関内。この間はお上にはでつかちないおこしらへ。都からのお客人。昨日は鶴岡の八幡へ御社参。おびただしいお物入り　アアその銀の入目がほしい。その銀があつたらこの可介。名をあらためて楽しむになア」。（関内）「なんぢや　名をあらためて楽しむとは珍しい。そりやまたなんと替へる」。（可介）「ハテ角助とあらためて、胴を取つて見る気」。（関内）「ナニばかつつらな　わりや知らないか。昨日鶴岡で。これの旦那若狭之助様。いから不首尾であつたげな。子細は知らぬが　師直殿が大きな恥をかかせたとやつこ部屋の噂。定めてまた無理をぬかして。お旦那をやりこめをつたであろ」とさがなき口々。（本蔵）「ヤイ〱何をざわ〱と　やかましいお上の取り沙汰。ことに御前の御病気。お家の恥辱になることあらば　この本蔵聞きながしおくべきや。禍ひは下僕のたしなみ。掃除の役目しまうたら。みな行け〱」とやはらかに。女小姓が持ち出づる。たばこ輪を吹く雲を吹く。廊下おとなふ衣の香や。本蔵がほんさうの一人娘の小浪御寮。母の戸無瀬もろともに　しとやかに

一　必要とする経費。ここではその金高のかねが欲しい意。
二　一分金または一分銀のことを「角」という。方形をしていた。その金にちなんだ名前に改めて、賭博の胴元になって一もうけしようというのである。
三　大変不都合なことがあったそうな。
四　武家屋敷のやっこが詰めている部屋。「奴」は武家の下僕で日常の雑用や、槍持、挟箱持を勤める。
五　若狭之助の奥方。
六　「慈悲はかみよりくたる、わさはいはしもからおこる」（『毛吹草』二）。「わざわひは下もから」（『せわ焼草』）。
七　「小姓」は本来貴人のそばに仕える少年をいう。ここは女の小姓で、身のまわりの雑用をつとめる少女。
八　悠々としてたばこをのむさまの形容。「所も名におふ大仏ぎせる煙輪を吹雲をふく」（『本朝三国志』五）
九　「奔走は馳走の意也彼是と心くばりをするを親の奔走子などいふ……俗に転じて最愛のかたにいへり」（『俚言集覧』）。「本蔵」「ほんさう」と韻をふむ。
一〇　小浪、戸無瀬の名は享保十三年（一七二八）の『加賀国篠原合戦』に、姉妹の名として見えるが、関係はなさそうである。
一一　貴人の子息や子女をうやまっていう語。人名をあらわす語の下につけ、接尾語的に用いる。

立ち出づれば。（本蔵）「これは／＼両人とも　御前のおとぎ[一二]は申さいで。自身の遊びか　不行儀千万」。（小浪）「イエ／＼今日は御前様とのほかの御機嫌。今すや／＼とおやすみ　それでナア母様（はは）」。（戸無瀬）「イヤ申し本蔵殿　先ほど御前の御物語（先程の奥方のお話では）。昨日小浪が鶴岡へ御代参の帰るさ（帰りがけ）。殿若狭之助様。高師直殿ことば諍（あらそ）ひあそばせしとの御噂。誰（た）がいふとなくお耳に入り（奥方の）　それは／＼きついお案じ。夫（をつと）本蔵子細（しさい）くはしく知りながら。みづから[一三]に隠すのかやとお尋ねあそばすゆゑ。小浪に様子を尋ぬれば。これもわたしと同じこと。なんにも様子は存じませぬとのお返事。御病気のさはりお家の恥になることなら（御病気にも障るでしょうし）」。（本蔵）「アアこれ／＼戸無瀬。それほどのお返事　なぜ取りつくろうて申し上げぬ（なぜうまく取繕って上手にお返事申し上げなかったのだ）。主人は生得（しやうとく）[一四]御短慮なるお生れつき。なんのことば諍ひなどとは。女[一五]わらべの口くせ。一言半句（いちごんはんく）にても　舌（した）[一六]三寸の誤りより。身を果たすが刀の役目（武士としての役目）。武士の妻でないか。それほどのことに気がつかぬかたしなみめさ／＼（慎しみなさい）。ナニ娘。そちはまた御代参の道すがら。左様の

一二　高貴な方のそばにつかえて話相手になること。

一三　第一人称の代名詞。近世では高貴な身分の女性が用いる。

一四　もともと。元来。

一五　戸無瀬の言う「ことば諍ひ」をとるに足らぬものといましめた。諺に「女童のいふ事用べからず」（『諺苑』）とある。

一六　たった三寸しかない短い舌がしゃべった間違いから身を亡ぼすことがある。諺に「した三寸のさへづりに五尺の身をはたす」（『毛吹草』二、『諺草』『諺苑』）とある。

噂はなかりしか。ただしあつたか。ナニない。オオそのはず〳〵。ハハハハハなんの別してもないことを。よし〳〵奥方のお心やすめ。直きにお目にかからん」と立ち上がる折こそあれ。

使者力弥来訪の取次ぎ

当番の役人罷り出で。「大星由良之助様の御子息。大星力弥様御出でなり」と申し上ぐる。（本蔵）「ムムお客御馳走の申し合せ。判官殿よりのお使ひならん　こなたへ通せ。コレ戸無瀬　その方は御口上受け取り。殿へそのとほり申し上げられよ。お使者は力弥。娘小浪といひなづけの婿殿。御馳走申しやれ　先づ奥方へ御対面」とヲクリいひ捨て。〽一間に入りにける。

戸無瀬のはからい

戸無瀬は娘をそば近く「なう小浪。父様の堅苦しいは常なれど。今おつしやつた御口上。受け取る役はそなたにとありそなところを。戸無瀬にとは　母が心とはきついちがひ。そもじもまた力弥殿の顔も見たかろ。逢ひたかろ。母に代つて出迎やや。いやか〳〵」と問ひ返せば。あいともいやとも返答は　あからむ顔のおぼこさよ。

一　明日の足利左兵衛督直義公の御接待の打合せ。

二　元来は走り回ることの意で、接待に心をつくしていそがしく立ち回ることをいう。食事を出して饗応することを含めて、接待の全体をいう。

三　本蔵退場。

四　対称の代名詞。中世では「そなた」の文字言葉で、女房詞として女性が目上の者に用いたが、近世では待遇価値の下降に伴って対等または下位者に用いると共に、男性も使用するようになる。

母の粋な作病

母は娘の心をくみ「アイタタ[五]。娘背を押してたも」。「これはなんとあそばせし」とうろたへさわげば「イヤなう。今朝からの心づかひ　また持病の積[六]が差し込んだ。これではどうもお使者に逢はれぬ。アイタタ娘。大儀ながら御口上も受け取り。御馳走も申してたも。お主[七]と持病に勝たれぬ〳〵」と　そろ〳〵と立ち上がり。「娘や　ずいぶん御馳走申しやや。したがあまり馳走過ぎ。大事の口上忘れまいぞ。わしも婿殿にアイタ」あひたからうの奥様は。気をとほしてぞ奥へ行く。

小浪胸のときめき

小浪は御あと伏し拝み〳〵。「かたじけない母様。日ごろ恋しゆかしい力弥様。逢はばどう言[八]をかう言をと。娘心のどき〳〵と。胸に小浪を打ち寄[九]する。

二つ巴
〔江戸紋章集〕

力弥の出

畳[一〇]ざはりも故実を正し　入り来る大星力弥。まだ十七の角髪[一一]や。二つ巴[一二]の定紋に　大小[一三]。立派さはやかに。

力弥・小浪恥ずかしの対面

さすが大星由良之助が子息と見えしその器量。しづ〳〵と座にな

五 母親が仮病をつかって、娘のために口上受取り、接待役をゆずる趣向。

六 胸部又は腹部の激痛を伴う発作性の病気の総称。正式の病名でなく、一般の俗称。

七 諺。主人の命令と、自分の病気には、自力でどうすることもできぬ。「しうとやまひにはかたれず」（『毛吹草』二）

八 どう言おうか、こう言おうか。

九 恋人に逢う胸のときめきを、名前に言いかけた。

一〇 畳の触れ方の意で、立居振舞の挙動をいう。力弥の入ってくる挙動が古式にのっとって礼儀正しいこと。

一一 角前髪。少年の髪型で前髪を立てて額のはえぎわにそって髪を剃り、額の両角を角ばらせる髪型。半元服の姿である。

一二 二つ巴には、右二つ巴と左二つ巴があるが、大石家の家紋は右。この紋は人形遣吉田文三郎が自分の定紋を以て大星の紋としたという説が古くからあるが（『仮名手本蔵意抄』）、すでに暁鐘成が『雲錦随筆』で否定している。

一三 刀と脇差。

ほり(正座して)。「誰(た)そお取次ぎ頼みたてまつる」と慇懃(いんぎん)に相述ぶる。小浪ははつと手をつかへ。じつと見かはす顔と顔。たがひの胸に恋人と。もののもえいはぬ赤面(せきめん)は。梅と桜の花相撲(すまふ)[一]に　枕の行司[二]なかりけり。

小浪やう〳〵胸おし鎮め。「これは〳〵御苦労千万にようこそお出で〔下さいました〕。ただいまの御口上受け取る役はわたし。御口上のおもむきを。お前の口からわたしが口へ。直(ぢ)きに(直接に)おつしやつて下さりませ」とすり寄れば〔力弥は〕　身を控へ。「ハアこれは〳〵不作法千万　惣じて口上受け取り渡しは。行儀作法第一」と。畳を下(さ)がり手をつかへ。(力弥)「主人塩谷判官より若狭之助様への御口上。明日は管領直義(くわんれいただよし)[三]公へ　未明よりあひ詰め申すはずのところ。さだめてお客人(きやくじん)もさう〳〵に(はやばやとお越しになるで)お出であらん。しかれば判官若狭之助両人は。正(しやう)七つ時[四]にきつと御前へあひ詰めよと　師直様より御仰せ。万事間違ひのなきやうに　いま一応お使者に(お使いにゆけ)参れと。主人判官申しつけ候ゆゑ　みぎの仕合せ(以上申し上げました次第)。このとほり若狭之助様へ御申し上げ下さるべし」と。水を流せる[五]口上に。

＊『忠義武道播磨石』二・三の滝井杉之丞・お梅邂逅の場面に「思わず見合はす顔とかほに。互の恋のみだれやき」とあり、この場の状況に類似する。

一　二人が互いに花を出し合って優劣を競う遊び。古くはその花に添えて和歌の優劣を競ったりした。それが玄宗皇帝の花軍(いくさ)の故事とからんで美しいものが競う比喩に多く用いられる。花合せ、花競べとも。『国姓爺合戦』一にも梅と桜の花軍が描かれている。

力弥使者の口上、小浪見惚れ

二　相撲の縁で行司ともってきた。美しく若い男女の相撲なので、仲を取り持ち二人を合わせる行司は枕という発想。梅にもまがう力弥と桜を思わせる小浪の応対に仲立ちする者は誰もその場に居合せなかった意。

三　室町幕府の職名。将軍を補佐して政務を総轄する最高職。尊氏は高師直を執事として任命したが、貞治元年(一三六二)に義詮(よしあきら)に任命された斯波義将が管領の最初である。したがってこの芝居の時点としては史実と矛盾するが、問題ではなかろう。第一では直義公は左兵衛督とされている。

四　江戸時代は不定時法であるので、時節により七つ時の時刻は変る。この場は弥生であるから午前四時頃。

五　弁舌がさわやかで、よどみのないさま。「タテ板ニ水」(『諺苑』)

小浪はうつかり顔見とれ　とかう。答もなかりけり。

「オオ聞いた〳〵　使ひ大儀」と若狭之助。一間より立ち出で。「昨日お別れ申してより。判官殿間ちがうて[六]お目にかからず。なるほど正七つ時に貴意得たてまつらん。委細承知つかまつる。判官殿にも御苦労千万と。よろしく申し伝へてくれられよ。お使者大儀」。（力弥）「しからばお暇申し上げん。ナニお取次ぎ[七]の女中御苦労」と。しづ〳〵立つて見向きもせず　衣紋[八]つくろひ立ち帰る。

本蔵一間より立ちかはり。（本蔵）「ハア殿これに御入り。いよ〳〵明朝は。正七つ時に御登城　御苦労千万。今宵もはや九つ[九]。しばらく御まどろみあそばされよ」。（若狭之助）「なるほど〳〵。イヤなに本蔵。その方にちと用事あり　密々のこと。小浪を奥へ〳〵」。（本蔵）「ハアこりや〳〵娘。用事あらば手を打たう　奥へ〳〵」と娘を追ひやり。合点のいかぬ主人の顔色と　御そばへ立ち寄り。（本蔵）「先ほどよりおうかがひ申さんと存ぜしところ。委細つぶさに御仰せ。下さるべし」とさし寄

＊ 力弥と小浪の色模様は九段目の伏線。

若狭之助口上の聞届け

六 間がうまく合わないで。行き違いになってしまって。

七 口上取次ぎの小浪に対する謝礼を述べているが、次の「見向きもせず」と共に、冷淡そうな態度が逆に二人の想いを示して有効である。

八 もとは装束着用の法式をいう語で、ひだを整え形よく着くずれしないように着用することを意味した。『日葡辞書』には「襟もと」の意があるが、襟に限らず、身なり全体についていう。

〈切〉松伐り　誓言の強要

九 子の刻で、時節にかかわらず午前零時。

師直殺害の意打明け

れば〔若狭之助も〕にじり寄り。「本蔵　今この若狭之助がいひ出す一言。何によらずかしこまりたてまつると　二言と返さぬ誓言聞かう」。「ハアこれは〳〵改まつた御ことば。かしこまり入りたてまつるではござれども。もののふの誓言は」。「ならぬといふのか」。「イヤさにあらず。先づ委細とつくとうけたまはり」。「子細をいはせあとで意見か」。「イヤそれは」。「ことばをそむくかサアなんと」。「ハッ　はつ」とばかり差し俯き　しばらく。ことばなかりしが。

〔本蔵は〕胸をきはめて指添抜き。片手に刀抜き出だし。てう〳〵と金打し。「本蔵が心底かくのとほり。とどめもいたさず他言もせぬ。先づ思し召しのひととほりおせきなされずと。本蔵めが胃の腑に。落ち着くやうにとつくりとうけたまはらん」と相述ぶる。「ムムひととほり語つて聞かせん。このたび管領足利左兵衛督直義公。鶴岡造営ゆゑ。この鎌倉へ御下向。御馳走の役は塩谷判官。それがし両人うけたまはるところに。尊氏将軍よりの仰せにて。高師直を御添

一　一言で承知をして決してとやかく言わないという誓いを聞きたい。

二　脇差。太刀に添えて腰にさす小刀。「指副は太刀に帯副といふ例にて即脇差の亦名なり」（『武家名目抄』二百八十）

三　武士が誓いの証として行うもので、大小の刀を打合せること。もし誓約に違反すれば大小の刀を打合せて折り、二度と刀を帯びることはないという意と言われる。但し、『嬉遊笑覧』二中には「伊勢安斎人の問に答て云大小刀を抜て打合せて誓ふをきんちやうといふ。古書に所見なし。信長秀吉の頃以来武士の大小を帯する風俗なりしより其事ある歟。古代このことなく又漢土にもなき事なれば可ㇾ然文字もなし。両刀を打合する事なれば金打と書なり。其意もし誓約に違はば此のごとく大小刀を打折て二度大小を帯せざる身となるべしと誓ふなりといへり。此説臆度の非なり。是はもと仏に誓ひてかね打事なり」という。

＊　主従の誓言をめぐって詰合の場面。『傾城武道桜』二・三にも倉橋が伝助に誓言を求めて真相を打ち明け、さらに伝助が吉田に同様に誓言を強要する場面がある。

四　充分に納得がゆくように。「胃の腑に落ちる」ともいう。「きさめが申たぶんではさら〳〵ゐのふにおちませぬ」（『今宮心中』上）

五　そばにいて、世話をしたり指図をしたりする役の

人。万事彼が下知（命令通りにして）にまかせ　御馳走申し上げよ（御接待申し上げよ）。年配といひ　諸事物馴れたる侍と。御意にしたがひ（将軍尊氏の御意あったのをよいことにし図にのって）勝つにのつて　日ごろのわがまま十倍増し。都（京都の）の諸武士並みゐる中。若年のそれがし（私に目をつけて）を見こみ雑言過言まつ二つに（斬り捨てよう）と思へども。お上の仰せをはばかり。堪忍の胸を押へしはいくたび。明日は（しかし）もはや了簡ならず（堪忍できない）。御前（直義公の）にて恥面かかせる武士の意地（これが武士の意地というものだ）。そのうへにて討つて捨つる　かならず留めるな。日ごろそれがしを短慮なりと　六奥をはじめその方が意見。いくたびか胸にとつくと合点（収め）なれども。無念重なる武士の性根（としてもう許せない）。家の断絶奥が嘆き。思はんにてはなけれども。刀の役目七弓矢神へのおそれ。戦場にて討死はせずとも。師直一人討つて捨つれば天下のため。家の恥辱には代へられぬ。かならず〳〵短気ゆゑに　身を果たす（身の破滅をきたした）若狭之助。八ゐのしし武者ようろたへ者と。世の九人口を思ふゆゑ。汝にとつくとうち明かす」と。思ひ込んだる無念の涙。一〇五臓をつらぬく思ひなる。一一横手を打つて（本蔵）一二「したり〳〵。ムムようわけをおつしやつた。よう

六 高位の武家の妻に限って初めは用いたが、次第に武家、身分の高い人の妻に用いられ、のちには一般化される。

七 弓矢の道の守護神、即ち軍の神。伊勢貞丈は『軍神問答』に「問云、軍神と武神の弓矢神と差別如何、答云、武道を弓矢の道と云、武士を弓取と云、弓矢の道は軍の為也、其称は三つにかはれども、其実は差別なし」という。貞丈によれば、弓矢神は大和国三輪大明神、常陸国鹿島大明神、下総国香取大明神の三神であるが、源氏の祭神八幡大菩薩を軍神とする考え方が一般的であった。

八 前後の見さかいなしに、がむしゃらに突進だけする武士。無鉄砲な向う見ずの武士。

九 人の口端にのぼる噂話。世間の人が噂するだろうと思うから。

一〇 内臓。「五臓　心肝腎肺脾、膻中を加へ六臓と為す」（『和漢三才図会』十一）。神は心に、魂は肝に、精は腎に、魄は肺に、志は脾に宿るとされた。

一一 深く感ずるところがあって、思わず両手を打ち合せて。意外なことに驚いたり、はたと思い当ったりする場合にもこの動作をする。

一二 事がうまく運び、してやったりと思った場合などに発する感動詞。

本蔵松伐り

御了簡なされた（今まで御堪忍なされた）。この本蔵なら今まで了簡はならぬところ」。（若狭之助）「ヤイ本蔵　ナナなんと言つた。今まではよう了簡した堪忍したとは。一わりやこの若狭之助をさみするか（軽蔑するのか）」。（本蔵）「これはおことばともおぼえず。二冬は日陰夏は日おもて。よけて通れば門中にて。行きちがひの喧嘩口論ないと申すは町人のたとへ。武士の家では三杓子定規。四よけて通せば方図がないと申すのが　本蔵めが誤りか。御ことばさみいたさぬ（軽んじはいたしませぬ）心底。御覧に入れん」と御そばの五小刀　抜くより早く　書院なる。六召し替へ草履七片方片手の八早寝刃。とつくと合はせ縁先の松の片枝。ずつぱと切つて手ばしかく。鞘に納め。（本蔵）「サア殿。まつこのとほりにさつぱりと遊ばせ〳〵」。（若狭之助）（言うまでもない）「いふにやおよぶ。人や聞く（人が聞いているかもしれぬ）」と　あたりに気をつけ。（本蔵）「今夜はまだ九つ　ぐつたりと一休み。九枕時計の目さまし本蔵めがしかけ置く　早く〳〵」。（若狭之助）「オオ聞き入れあつて（よく聞き入れてくれて）満足せり。奥にも逢うてよそながらの暇乞ひ。モウ逢はぬぞよ本蔵。さらば〳〵」といひ捨てて　奥の一間に入りたまふ　武士の意気地は

一「われは」の訛った言い方。お前は。

二『諺苑』に「夏ハ陽ヲ冬ハ陰を行」とある。道を行くのに夏には日の当る所、冬には日の当らぬ陰を行くと人に行きあたることがないように、何事も人に譲って出過ぎぬようにせよといういましめの諺。このように人をよけて通ると、まるで門の中を歩いているのと同然で、人と行きあうことから起る喧嘩口論は生じない。

三 まがっている杓子の柄を定規として用いることで間違った基準でものを律しようとする意。ここでは、「町人に通用する譬えも、武士の家ではあてはまらぬ」といっている。

四 こちらが遠慮して衝突しないようによけて通させると、これには際限がない。

五 脇差。大小の刀の小をいう。

六 履きかえ用の草履。庭履きなどにいう。

七 草履の片方を片手にもって。「かたし」は一対になっているものの一片をいう。

八「寝刃を合はす」で、刀剣を研いで切れ味をよくする意。草履の片方を片手にとって、それを二つ折りにして刃をはさみ、さっと早く研ぎ上げて切れ味をよくし。

九 枕元に置く小型の時計。動力にぜんまいを用いた角型の置時計が多い。『仮名手本蔵意抄』には箱枕の箱の部分に時計をしかけた図をのせるが、不詳。

＊ 松伐りと次の駆出しは一七二頁絵尽し参照。

馬の用意

一〇 袴の脇の、左右の腰の側面にあたる部分の、縫わずにあけてある所。そこをとりあげて、行動しやすい様に、ひきしまったしゃんとした態度をとる。

本蔵、妻娘をふりきり師直邸へ

一一 馬の口にはめた馬具で、これに手綱をつけて馬を制御する。

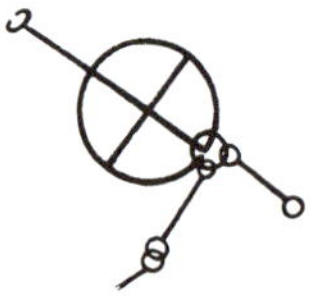

轡
〔馬具寸法記〕

一二 人をののしる時に発する感動詞。

一三 馬が疾走をはじめることによって立上る砂煙。

一四 「おつ立て」「打ち立て」「踏み立て」は脚韻。

是非もなし。
〔本蔵は若狭之助の〕御うしろ影見送り〳〵〔姿が見えなくなると〕 勝手口へ走り出で。「本蔵が家来ども
馬引け早く」といふ間もなく。股立[一〇]しやんとりりしげに 御庭に〔馬を〕引
き出せば。
縁よりひらりと打ち乗つて（本蔵）「師直の館まで。続けや続け」と乗り
出だす。轡[一一]に縋つて戸無瀬小浪（戸無瀬）「コレ〳〵どこへ。始終の様子は聞
きました 歳にこそよれ〔年甲斐もなく〕本蔵殿。主人に御意見も申さず。合点ゆか
ぬ 留めます〔止めなさい〕」と。母と娘がぶら〳〵〳〵。轡に縋りとどむれば。
「ヤア小さし出た〔さし出がましい〕。主人のお命お家のため思ふゆゑにこの仕儀〔こうするのだ〕。か
ならずこのこと殿へ御沙汰いたすな。お耳へ入れたら娘は勘当。戸
無瀬は夫婦の縁を切る。家来ども道にて諸事をいひつけん。そこ退
け両人」（戸無瀬・小浪）「イヤイヤ〳〵」。（本蔵）[一二]「シヤ面倒な」と鐙の端。一当てはつし
と当てられて。〔戸無瀬・小浪は〕うんとばかりにのつけにそるを〔のけぞるのを〕 見向きもせず。
「家来続け」と馬けぶり[一三] おつ立て[一四]打ち立て力足 踏み立ててこそ

三重へ駆けりゆく

第三　恋歌の意趣（館騒動）

足利左兵衛督直義公。関[一]八州の管領[二]と　新たに建てし御殿の結構。〔立派な構え〕

大名小名美麗を飾る晴れ[三]装束。鎌倉山の星月夜[四]と〔のごとく〕　袖をつらぬる御[五]馳走に。御能役者[六]は裏門口。表御門はお客人　おもてなしの役人衆。正[七]七つ時の御登城　武家の。威光ぞかがやきける。

西の御門の見付[八]

＊竹本信濃太夫の役場。「声は嵯峨の名物、とは名ほどあり大竹、節は三りにやいと、情出したら達者になろ」（『波のうね鼎噂』）と評される。

＊『鬼鹿毛無佐志鐙』（紀海音作）一に「将軍よしまさの御舎弟まさとも公かまくらに下向あれば。くわん八州の諸大名へきやうおう有こそ。びびしけれ。就中今日は。くわん世おんあみ其子又三郎を召れ。さるがくの御見物御ちそう人は柴野為光……」と冒頭にあり、文脈と状況の設定が類似する。時―第二の翌日午前四時頃。所―直義公館表門。

竹本信濃太夫
〈ロ〉大手下馬先
マクラ

一　関東の八カ国の総称。「坂東八州相模、武蔵、安房、上総、下総、常陸、上野、下野。又関八州と称す。箱根笛吹関之東に在り」（『和漢名数』三）

二　一六六頁注三参照。

三　正式の礼装。「晴れ」は「公」。

四　鎌倉の枕詞「星月夜」を、きら星のごとく並ぶ武将の形容に用いる。一五八頁注三参照。

五　一六四頁注二参照。

六　武家において客人を接待する方法の一つに、能を演ずる習慣があった。

七　一六六頁注四参照。

八　城門の構造の一に、前後二重に御門を設けて、その間に桝形を持つ構造がある。その場合外側に面

師直登城し、かほよの沙汰

の方。「ハイ／＼／＼」といかめしく。提灯照らし入り来るは。武蔵守高師直。権威をあらはす鼻高々。花色模様の大紋に。胸に我慢の立烏帽子。家来どもを役所／＼に残し置き。下僕わづかに先を払はせ。主の威光の召しおろし。鶴のまねする鷺坂伴内。肩肘いからし「申しお旦那。今日の御前表も上首尾／＼。塩谷で候の。イヤ桃井で候のと。日ごろはどつぱさつぱとどしめけど。行儀作法はゑのころを。屋根へ上げたやうで。さりとは／＼腹の皮。イヤそれにつき　かね／＼塩谷が妻かほよ御前。いまだ殿へ御返事いたさぬよし。お気

する前門には、番兵が見張りをする場所があった。

九 馬を駆す掛声。ハイシイ、ハイドウとも。

一〇 はなだ色の略したいい方。紺にちかい藍色。

一一 武家の礼服。形は素襖に似ているが、紋のつけ様と胸紐が組緒である点が異なる。大形の家紋を五カ所に染め抜くことが特徴で、それからの呼称である。大紋を着するときは長袴をはくのがしきたりで、頭には風折烏帽子を被った。ここでは風折でなく、立烏帽子を被っている。絵尽し参照。

一二 我を張り、傲慢で他をかえりみないこと。「我慢を立てる」と「立烏帽子」は掛詞。

一三 身分の高い者が外出をする時、その人の先に立って人払いをする。

一四 主人の衣服などを召使いに下げ与えること。ここでは、衣服などの品物でなく、主人の権威をかさにきて、家来までが傲慢な態度をとることにいう。

一五 諺の「鵜のまねをする烏」（『色里迦陵頻』世話づくし）の転用。師直を鶴にたとえて、その真似をする鷺坂とした。

一六 直義公の御前の首尾は上々にちがいない。

一七 せわしく立ち騒ぐさまをいう擬声語。どたばた。

一八 どしどしと音をたてる。大声でわめく。

一九 諺。「猧を大床へ上たるが如し」（『譬喩尽』）。どうしてよいか分らず、うろうろするだけの態のたとえ。

二〇 腹の皮がよれる。おかしくてしょうがない。

には障へられな。器量はよけれど気がかなはぬ。なんの塩谷づれ[一]と。当時出頭[二]の師直様と」。「ヤイ／＼声高に口きくな。ぬしあるかほよ。たび／＼歌の師範に事寄せ。口説けども今にかなはぬ。すなはち彼が召使ひ。かるといふ腰元新参[三]と聞き。きやつをこまづけ頼んで見ん。さてまだ取得がある。かほよがまことにいやならば。夫塩谷に子細をぐわらりと打ち明ける。ところをいはぬは楽しみ」と。四つ足門[四]の片陰に　主従うなづき話し合ふ　をりもあれ。

本蔵推参の知らせ

見付[五]に控へし侍　あわただしく走り出で。「われ／＼見付のお腰掛に控へしところへ。桃井若狭之助家来　加古川本蔵。師直様へ直きにお目にかからんため。早馬にてお屋敷へ参つたれども　はや御登城。是非御意得たてまつらんと。家来も大勢召し連れたる体。いかがはからひ申さんや」と　聞くより伴内さわぎ出し。「今日御用のある師直様へ。直きに対面とは推参[六]なり。それがし直談[七]」と走り行くを。「待て／＼伴内　子細は知れた。一昨日鶴岡にての意趣[八]晴

一　「づれ」は人名の下についた場合は、それを軽蔑する意をあらわす接尾語。

二　主君のそばにあって要職についている者。また主君から特別扱いにされている者。

三　新しく奉公した者。

四　二本の主柱のそれぞれの前後に、二本ずつの脇柱をそえた門。屋根は切妻破風造りとするのが普通で、豪華なもの。人妻に言い寄る師直に畜生のごとき者という意をかけたか。

五　一七二頁注八参照。

六　おしつけがましい、無礼な態度。

七　人を介さないで、直接相手と談判すること。ひざづめ談判。

八　遺恨をはらしての報復。第一の兜改めの時の遺恨をさす。

らし。わが手を出さず本蔵めにいひつけ。この師直が威光の鼻をひしがんため。ハハハハハ伴内ぬかるな。七つにはまだ間もあらん。これへ呼び出せ　仕舞うてくれん」。「なるほど〱　家来ども気をくばれ」と。主従刀の目釘[九]を湿し。手ぐすねひいて。待ちかけゐる。

ことばにしたがひ加古川本蔵。衣紋[一〇]つくろひ悠々とうち通り。下僕に持たせし進物ども。師直が目通りに並べさせ　はるか。下がつてうづくまり。「ハアはばかりながら師直様へ申し上げたてまつる。このたび主人若狭之助。尊氏将軍より御大役仰せつけられ下さる段。武士の面目身にあまる仕合せ。若輩の若狭之助。なんの作法もおぼ[一一]つかなく。いかがあらんと存ずるところに。師直様万事御師範をあそばされ。諸事を御引き回し下され候ゆゑ。首尾よく御用相勤めるも　まつたく主人が手柄にあらず。みな師直様の御取りなしと。主人をはじめ奥方一家中[一二]。われ〱までも大慶[一三]このうへや候ふべき。さるによつて近ごろ些少[一四]のいたりに候へども。右御礼のため一家中

本蔵忠義の賂

九　刀身が抜けないように、刀身に設けた穴に柄の表からさし通す釘。「刃剣の欄の抜けざらん料、中心に懸てつらぬきたる釘を、ふるくは目貫とも目釘ともいひしを、後代は目貫と目釘とことものの名となれり」(『武家名目抄』刀剣部十八)。その釘は竹を用いるのが通常で他に銅なども用いる。目釘が抜けぬように、竹の場合には唾液などで濡らし、しめらせた。

一〇　えりを合わせるなどして着くずれを正し、きちんとした身なりを整える。一六七頁注八参照。

一一　不安でこころもとないさま。

一二　武家では家来までも含めて一統をいう。

一三　喜ぶべきこと。「大慶」はこの上もなくめでたい。これ以上のめでたいことがございましょうか。

一四　程度のはなはだしいさまを表す副詞で、善悪にかかわらず用いる。非常に。はなはだ。

よりの贈り物。お受けあそばされ下さらば。生前[一]の面目ひとしほ願ひたてまつる。すなはち目録[二]御取次ぎ」と伴内に差し出せば。不思議さうにそつと取り押し開き。（伴内）「目録　一つ巻物[三]三十本黄金[四]三十枚若狭之助奥方。一つ黄金二十枚家老加古川本蔵。同じく十枚番頭[五]。同じく十枚侍中。右の通り」と読み上ぐれば。師直はあいた口ふさ[六]がれもせずうつとりと。主従顔を見合はせて。気抜けのやうにきよろりつと。祭[七]の延びた六月のつごもり見るがごとくにて。手持ち無沙汰に見えにける。

師直賂に上機嫌

にはかにことばあらためて。（師直）「これは／＼いたみ入つたる仕合せ。伴内こりやどうしたもの。ハテさて／＼」。（伴内）「ハアお辞宜申さばおこころざしそむくといひ。第一は大きな無礼」。（師直）「エエ式作法を教ゆるも。こんなをりにはとんとこまる[八]。ナニものぢやわ。イヤハヤ本蔵殿。なんの師範いたすほどの事もないが。とかくマア若狭之助殿は器用者。師範の拙者およばぬ／＼。コリヤ伴内　進物どもみ

一　死後に対する語で、この世。現世。

二　品目を書き記した文書。贈物をする時には、目録を添えるのが正式である。以下一七三頁の絵尽し参照。

三　軸に巻いた舶来の絹織物。「巻物　大凡ソ毎年番舶長崎ノ港ニ載セ来ル所ノ絹綿、倭ニ俗ニ巻物ト称ス」（『雍州府志』七）

四　大判金。貨幣のうち最高価のもので表面に「拾両・後藤・花押」の文字がある。重さ四十四匁一分。価値は十両と限らず、時代により変動がある。

五　幕府の職制名。それに準じて各藩もその職制をしく。警護を主とする役の番方の責任者を番頭という。

六　諺。あきれはてて物も言えず、呆然としているさま。「開た口も閉がれぬ」（『譬喩尽』）

七　がっかりして気抜けしたさまをいう。大阪では六月下旬に稲荷・座摩・天満・住吉・玉造と、大きな祭が集中していた。それが延期になって気抜けすることからいった。

八　「とんとこまるものぢやわ」の途中に「ナニ」が入った形。本当は困っていないので、「ナニ」を挟んで如何にも困惑した気持を表そうとした言い方。

九　ちょっとの間にがらりと態度のかわるさま。

一〇　会合宴席などの座る順序。身分資格の上下によって、厳重に守られたものである。

一一　家来の家来。大名の家来を将軍に対して臣下の臣の意でいう。本蔵は将軍の家来若狭之助の又家来。

な取り納め。エヽ不行儀な。途中でお茶さへえ進ぜぬ」と。手の裏返[九]す挨拶に　本蔵が胸算用してやつたりと　なほも手をつき。（本蔵）「もはや七つの刻限はやお暇。ことに今日はなほ晴れの御座敷。いよ〳〵主人の儀御引き回し頼み存ずる」と。立たんとする袂を控へ。（師直）「ハテえいわいの。貴殿も今日の御座敷の座なみ[一〇]。拝見なされぬか」。「イヤ倍臣[一一]のそれがし御前の恐れ」。「大事ない〳〵。この師直が同道するに。誰がぐつといふ者ない。ことにまた若狭之助殿も。なんぞれかぞれ小用のあるもの。ひらに〳〵」とすすめられ。（本蔵）「しからば御供つかまつらん。御意をそむくはかへつて無礼。先づお先へ」と跡につき。金[一二]で面はる算用に。主人の命も買うて取る。二一天作[一三]のそろばんの。桁[一四]をちがへぬ白鼠[一五]。忠義忠臣忠孝の。道は一筋真つ直ぐに　うち連れ御門に入りにける。

ほどもあらさず入り来るは。塩谷判官高定。これも家来を残し置き。乗物道[一六]に立てさせ。譜代[一七]の侍早野勘平。朽葉[一八]小紋の新袴[一九]。ざ

一二 諺。金銭の力でむりやりに相手をおさえこむ。「小判で面張る」（『譬喩尽』）

一三 珠算の割算の九九。「二一天作の五、二進の一十」という。その縁で次のそろばんにかかる。

一四 そろばんの計算で間違うことのないように、本蔵の目算は決してはずれることがない。

一五「白鼠は福の神といふ程の事にて、主人によくつかふる手代をあの内の白鼠ぢやなどは、今もいふ事にてめづらしからねど（中略）忠臣蔵の浄瑠璃に桁をはづさぬ白鼠と、本蔵の事をいひしは誤り、忠臣を白鼠といひし例なし」（『柳亭記』下）。また鼠の鳴き声が「ちゅう」であることをきかせて「忠義忠信忠孝」と音を重ねた修辞。

* 天保の中頃からは〈中〉の「どじょうぶみ」でも太夫が交代するようになるが、初演時は第三は〈口〉〈切〉と二人で語った。付録の番付参照。

〈中〉どじょうぶみ　判官遅参

一六 引戸のある駕籠。公卿、武士また限られた町人だけが乗ることを許された。

一七 世襲でその主家につかえている武士。

一八 朽葉色の地色の布に、細かい模様を一面に染め出したもの。朽葉色は赤色がかった黄色。

一九 仕立て下しの袴が、ざわざわと音をたてるのと、門前の人が取込んでざわついているのとをかけた。

わ〳〵ざわつく御門前。「塩谷判官高定登城なり」とおとなひける。門番罷り出で。「先ほど桃井様御登城あそばされ御尋ね。ただいままた師直様御こしにて御尋ね。はや御入り」とあひ述ぶる。（塩谷判官）「ナニ勘平　もはや皆々御入りとや。遅なはりし残念」と。勘平一人御供にて　御前へこそは急ぎ行く。

おかるの出

奥の御殿は御馳走の。地謡の声播磨潟。謡高砂の浦に着きにけり〳〵。　謡ふ声々門外へ。風が持てくる柳陰。その柳より風俗は。まけぬ所体の十八九小ヲクリ松の。みどりの細眉も　堅い屋敷にもの馴れし。奇特帽子のうしろ帯　供のやつこが提灯は　塩谷が家の紋所。

おかる、奴を帰す

御門前に立ちやすらひ。（おかる）「コレやつこ殿。やがてもう夜も明ける。こなた衆は門内へはかなはぬ。ここから去んで休んでや」と。ことばにしたがひ「ナイ〳〵」と　供の下僕は帰りける。

おかる、勘平に対面

［門前から］内をのぞいて（おかる）「勘平殿は何してぞ。どうぞ逢ひたい　用がある」

一 声をたてて姓名を名乗り、案内をこう。
二 能の詞章中、演技者の謡わない地の部分を、六人ないし十二人が同吟する。その役のものをいう。舞台の向って右側（地謡座）に二列に座す。『雍州府志』八には「十人或二十人同音唱レ之謂二地謡一」とある。
三 「声張り」と「播磨潟」は掛詞。
四 謡曲『高砂』の道行の末尾「さしも思ひし播磨潟高砂の浦に着きにけり高砂の浦に着きにけり」。『常憲院殿御実紀』元禄一四・三・一三に「饗応の猿楽。翁。三番叟。高砂。田村。東北。春日竜神……」とある。
五 柳は美女にたとえる。「柳の眉」「柳の髪」「柳腰」など。風になびく美しい柳に負けぬ姿。
六 十八、九歳。「松」の字を分解すると「十八公」となるので十八公は松の異称。その縁から松に続ける。
七 近世中期流行の頭巾。「独言に曰、婦女外に出るに昔はきままとて黒き絹にて頭面をつつみ目ばかりをあらはしける云々。黒素絹或は黒繻子なるもあり。また縞にて造れるも有。尚奇特頭巾の事は幸蔵、紫の一本、雍州府志、むかし〳〵物語、兼好一代記等に見えたり」（『近世女風俗考』）
＊ あとのおかる勘平の逢曳の伏線。

奇特頭巾［近世女風俗考］

と。見回す折からうしろ影（うしろ姿を）。ちらと見つけ（〔勘平は〕ちらと見付けて）。「おかるぢやないか」。
(おかる)「勘平さん逢ひたかつたに　ようこそ〳〵（よかったよかった）」。(勘平)「ムム合点（がてん）のゆかぬ
夜中（やちゅう）といひ。供をも連れずただ一人」。(おかる)一〇「さいなあ。ここまで送りし
供のやつこは先へ帰した。わし一人残りしは。奥様からのお使ひ。
一一どうぞ勘平に逢うてこの文箱（ふばこ）。一二判官様のお手に渡し。お慮外（りょぐわい）ながら（ぶしつけ）
この返歌を（けながら）　一三お前のお手からすぐに師直様へ。お渡しなされ下さり
ませと伝へよ。しかし。お取込みのなか　間ちがふまいものでなし（間違いが生じないとは限らない）。
マア今宵はよしにせう（やめにしておこう）とのおことば。わたしはお前に逢ひたい望み。
なんのこの歌の一首や二首。お届けなさるるほどの間のない事はあ
るまいと。ついひと走りに走つて来た。アアしんどや」一四と吐息（といき）つく。
(勘平)「しからばこの文箱（ふばこ）　旦那の手から師直様へ渡せばよいぢやまで。一五
どりや渡してこう　待つてゐい（待っていろ）」といふうちに　門内（もんない）より。「勘
平〳〵　判官様が召しまする。勘平〳〵」。(勘平)「ハイハイ〳〵ただ
いまそれへ。エエ忙（せは）しない（いそがしい）」と　袖ふり切つて行く跡へ。

八 背で帯を結ぶ結び方。かかえ帯の対。
九 武士の下僕の応答詞。はいはい。
一〇 相手のことばをうけて、自分の考えをまとめて言う時に用いる発語。女性が親しい人に対して用いる。
一一 以下「今宵はよしにせう」まで、奥様がおかるに言った直接話法。
一二 書状などを入れて持ち運びする小箱。

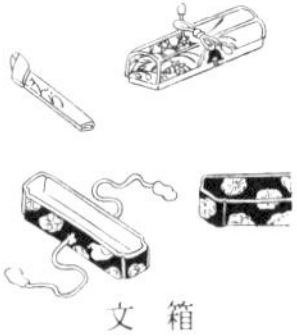
文箱
〔女用訓蒙図彙〕

一三 塩谷判官を指す。直接話法であるから、妻が夫に対していう二人称。宝暦頃までは相手を尊敬して用いる二人称で、男女共に用いる。
一四 「くたびれといふ事を畿内にて○しんどと云、しんろの転語にや、しんろは辛労なり」(『物類称呼』五)
一五 「まで」は意味を強めたり念を押したりする時に用いる助詞で、特定の助動詞「ぢや」に付いて殆ど一語のようになり、「だな」「ですね」の意となる。

一どぢやう踏む足つき鷺坂伴内。「なんとおかる　恋の知恵はまた格別。勘平めとせせくつて二ゐるところを。勘平〳〵旦那がお召しと呼んだはきついか〳〵（手厳しかったか）。師直様がそもじに三頼みたい事があるとおつしやる。われらはそさまに四たつた一度。君よ〳〵」と抱きつくを突きとばし。（おかる）「コレみだらなことあそばすな。式作法のお家にゐながら狼藉千万。あた無作法五なあた不行儀」と。突きのくれば（伴内）「それはつれない。暗がりまぎれについちよこ六〳〵」と。手を取りあらそふそのうちに。「伴内様〳〵　師直様の急御用。伴内様〳〵」と。やつこ二人がうろ〳〵目玉で「これは七したり伴内様。最前から師直様がお尋ね。式作法のお家にゐながら。女を捕へあた不行儀な。あた無作法」と。下僕が口々「エエ同じ八やうに何ぬかす」と。面ふくらして連れ立ち行く。

勘平跡へ入り替り。「なんと今のはたらき見たか（気転に気がついたか）。伴内めが一杯くらうてうせをつた（行ってしまいよった）。おれが来て旦那が呼ばしやるといふと。お

伴内横恋慕、偽のお召し

勘平、おかる忍び逢い

一　抜き足さし足で、相手に気付かれぬように用心して歩く。鷺と泥鰌は俳諧の付合で縁語（『類船集』六上）。

二　男女が戯れていちゃつく。

三　もと女房の文字言葉。「そなた」の「そ」に「もじ」を添えた語で、対称を指す代名詞。中世では女性語で目上に対して用いる敬語であったが、この当時には男性も用い、対等又は目下の者にもいう。

四　そなたさま。これも元来は女性語。鷺坂伴内は、「そもじ」「そさま」と柔かい言葉でおかるにせまる。

五　不快な気持や嫌悪の情を表す語句について、その情の強さを強調する接頭語的な副詞。

六　ひそかに物陰で情事をするさまを表す副詞。「屛風のかげでついちよこちよこと。取手を振切ええいやらしい」（『菅原伝授手習鑑』二）

七　物事の意外なのに驚きあきれた場合に用いる発語。

八　おかると奴の言葉が偶然に同じ言葉であったことをいう。

九　「うまうまと」の転。やり方がものの見事にうま

け　古いとぬかすが面倒さに。やつこどもに酒飲ませ。古いとはさぬこの手立て。ハハ〱〱まんまと首尾は仕おほせた」。（おかる）「サアその首尾ついでにな。ちよつと〱」と手を取れば。（勘平）「ハハテさてはづんだ　マア待ちやいの」。「何いはんすやら。なんの待つことがあるぞいなア。もうやがて夜が明けるわいな。是非に〱に」是非なくも　下地は好きなり御意はよし。（勘平）「それでもここは人出入り」。奥は謡の声高砂。謡松根によつて腰を摩れば。　「アノ謡で思ひついた。イザ腰かけで」と手を引き合ひ　うち連れて行く。脇能過ぎて御楽屋に　鼓の調べ太鼓の音。天下泰平繁盛のことぶき祝ふ直義公。御機嫌ななめならざりける。

若狭之助はかねて待つ　師直遅しと御殿の内。奥をうかがふ長袴の紐締めくくり気くばりし。おのれ師直まつ二つと　刀の鯉口息を詰め。待つとも知らぬ。

師直主従遠目に見つけ。（師直）「これは〱若狭之助殿。さて〱お早

くいったさまを表す。

一〇 韻を踏む。是非に是非にとおかるがねだるので仕方なく。

一一 諺。「シタヂハスキナリ御意ハヨシ」（『諺苑』）「下地は好なり御意は吉」（『譬喩尽』）。平素自ら好んでいるところへ、相手からすすめられるのだからたまらないことをいう。「した地はすき也ぎよいはよし。我も〱と引のけつきのけせせくりあひ」（『十二段』三）など、男女の仲にいうことが多い。

一二 謡曲『高砂』の文句。浄瑠璃から謡のふしに転じて、奥から饗応の謡が聞えてくるてい。

一三 能の五番立上演の第一番目に上演される能。本来『翁』のすぐ脇に演ずるものであることからの呼称。神や天人があらわれるめでたい曲目である。内容から神事物とも称され、『高砂』はこれに当る。

一四 一通りでなく、すぐれてうるわしかった。

＊ 竹本百合太夫の役場。「りち気なる音曲にて、あまりとんだふしをかたらず、それゆへ左ほどあたりめもすくなし。なれども一体上るりに無理はなきなり」（『操曲浪花芦』）と評され、高音はよいが、歯ぎれの悪い声と言われる。

竹本百合太夫

〈切〉館騒動

所―同殿中。

若狭之助、師直を待ちうけ

金が言わせた師直の追従

一五 すそを長くして、足の爪先よりなお一尺ばかり長く引くように仕立てた袴。元来は儀式用のもの。

い御登城。イヤハヤ我折りました。われら閉口〳〵。イヤ閉口ついでに貴殿にいひわけいたし。お詫び申すことがある」と。両腰ぐわらりと投げ出し。「若狭之助殿。あらためて申さねばならぬひととほり。いつぞや鶴岡で。拙者が申した過言。オオお腹が立つたであらう　もつともぢや。がそこをお詫び。その時はどうやらしたことばの間ちがひでつい申した。われら一生の粗忽。武士がこれ手を下げる　まつぴら〳〵。仮令そこもとが物馴れたお人なりやこそ。ほか〳〵のうろたへ者で見さつしやれ。この師直真つ二つ　こはや〳〵。ありやうがその節貴殿の後ろ影。手を合はして拝みましたアハハハ。アア年寄るとやくたい〳〵。年に免じて御免〳〵。これさ〳〵。武士が刀を投げ出し手を合はす。これほどに申すのを聞き入れぬ貴公でもないわさ。とかく幾重にも謝り〳〵。伴内とも〴〵にお詫び〳〵」と。金がいはする追従とは　夢にも知らぬ若狭之助。力みし腕も拍子抜け。今さら抜くに抜かれもせず。寝刃合はせし刀

一　腰につけている二本の刀。大小の二腰。

二　漢文脈で用いられる「仮令（たとえ）」の音読。呉音。偶然に。たまたま。下に「……ばこそ」を伴う文体が多い。ここでも「仮令……なりやこそ」となっている。

三　「やくたいもない」の下略したいい方。たわいもない。

四　刀剣の刃を研ぐ。切れ味を鋭くする。一七〇頁注八参照。

＊　前の〈どじょうぶみ〉からの師直の豹変について『古今いろは評林』に「二つ目本蔵にまいないを受てからの仕内は、あまりざつとして有ふれたる仕様にて、平敵めきたり、大序の仕様とは、きついちがひ様、ここは位高うして、ついしやうをいふてこそおかしみあり、ちやり過て面白からず、工夫有べき所也」とある。気品を持ちながらの追従はむつかしい役柄である。後に歌舞伎では〈どじょうぶみ〉の場を鷺坂伴内に変えて演出することになった。

の手前　差し俯きし思案顔。小柴[五]の陰には本蔵が。またたきもせずまもりゐる。「ナニ伴内　この塩谷はなぜ遅い。若狭之助殿とはきついちがひ。さて／＼不行儀者。今において面出しせぬ。主が主なれば家老で候とて。諸事に細心のつくやつが一人[六]もない。いざ／＼若狭之助殿御前へ御供いたそ。サアお立ちなされ。サアササア師直め謝つてをるぞ。コリヤここな粋[七]めく／＼。すい様め」。「イヤ若狭之助最前から。ちと心悪うござる　マア先へ」。「なんとした／＼　腹痛か。コレサ伴内お背中／＼。お薬進じよかな」。「イヤ／＼それほどにもござらぬ」。「しからば少しのうちおくつろぎ。御前の首尾はわれらがよいやうに申し上げる。伴内一間へお供申せ」と。主従寄つてお手車[八]に　迷惑ながら若狭之助。これはと思へど[九]是非なくも奥の一間へ入りければ。「アアもう楽ぢや」と本蔵は。天を拝し地[一〇]を拝し　お次の間にぞ控へゐる。

ほどもあらさず[一一]塩谷判官。御前へ通る長廊下　師直呼びかけ「遅

五 雑木の小株。

六 「ひとり」を強調していう語。

七 物わかりのよいさばけた者。

八 手車にのせる。ちやほやして意のごとくあやつること。

九 事の進行が、全く違った方向に進んでいったのに対して当惑していることをいう。

一〇 天地の神々に、事がうまくはこんだのを感謝して。

一一 十行本には「あらせず」とある。

恋歌の意趣の罵詈雑言

し／＼。なんと心得てござる。今日は正七つ時と。先刻から申し渡したでないか」。「なるほど遅なはりしは不調法　さりながら。御前へ出るはまだ間もあらん」と。袂より文箱取り出し。「最前手前の家来が。貴公へお渡し申しくれよ。すなはち奥かほよ方より参りし」と。渡せば受け取り「なるほど／＼。イヤそこもとの御内宝はさて／＼心がけがござるわ。手前が和歌の道に心を寄するを聞き。添削を頼むとある。定めてその事ならん」とおし開き。「さなきだに。重きがうへのさよ衣。わがつまならぬつまな重ねそ。ハアこれは新古今の歌。この古歌に添削とはムム。／＼」と思案のうち。わが恋のかなはぬしるし。さては夫にも打ち明けしと思ふいかりをさあらぬ顔。「判官殿。この歌御らうじたでござらう」。「イヤただいま見ました」。「ムム手前が読むのを。アア貴殿の奥方はきつい貞女でござる。ちよつとつかはさるる歌がこれぢや。つまならぬつまな重ねそ。アア貞女／＼。アそこもとはあやかりもの。登城も遅なは

＊『忠臣金短冊』一も判官の遅参が刃傷のきっかけとして設定されている。

一　身分の高い人の妻。奥方。身分の高い者が自分の妻のことをもいう。この場合は後者の例。

二　他人の妻をうやまっていう敬称。

三　『新古今集』巻二十、釈教の十戒歌、「不邪婬戒」と詞書した寂然法師の歌に「さらぬだに重きが上の小夜衣わがつまならぬつまな重ねそ」とある。これをもとに『太平記』二十一、「塩冶判官讒死の事」の条に、師直が薬師寺公義に恋文の代筆を頼み、塩冶高貞の妻に「返すさへ手やふれけんと思にぞ我文ながら打も置れず」（第一で師直の詞にある）の歌を贈る話がある。その返事が「重きが上の小夜衣」とばかりであり、公義は新古今十戒のこの歌の心で解釈する。その『太平記』の文では「さなきだに……」となっている。赤穂事件を師直と塩谷判官の『太平記』の世界に仮託した忠臣蔵物では、この人物関係と和歌がよく利用され、『兼好法師物見車』『福引閏正月』『太平記さゞれ石』『忠義武道播磨石』『今川一睡記』などに用いられる。本曲のこの場面はそれらの系列の上に成立つ。歌意は「そうでなくても夜着は重いものなのに、我が夜着の褄でない他人の褄まで重ねて着るな」の意で、褄に妻をかけ、かほよの拒否の返歌となっている。

四　他人があやかりたいと思う者。果報者。

るはずのこと。内にばかりへばりついてござるによつて。御前のはうはおかまひないぢや」と。当てこする雑言過言[五]。あちらの喧嘩の門ちがひ[六]とは。判官さらに合点ゆかず。むつとせしが押し鎮め。「ハハ〱〱これは〱。師直殿には御酒機嫌か。御酒参つたの」。「いつ盛らしやつた。イヤいつ飲みました。御酒下されても飲まいでも。つとめるところはきつとつとめる。貴公はなぜ遅かつたの。御酒参つたか。イヤ内にへばりついてござつたか。貴殿より若狭之助殿　アア格別つとめられます。イヤまたそこもとの奥方は貞女といひ。御器量と申し。手跡[七]は見事。御自慢なされ。むつとなされな　嘘はないわさ。今日御前にはお取り込み。手前とても同然。その中へ鼻毛[八]らしい。イヤこれは手前が奥が歌でござる。それほど内が大切なら御出で御無用。惣体きさまのやうな。内にばかりゐる者を。井戸の鮒[九]ぢやといふたとへがある。聞いておかしやれ。かの鮒めがわづか三尺か四尺の井の内を。天にも地にもないやうに思うて。

五　非礼な悪口を言いたい放題に言うこと。
六　ほかの原因で腹のたった怒りを、門違いの所で八つ当りすること。
七　書の筆跡。
八　女に甘く、いいなりになるさま。女にうつつをぬかしていることを「鼻毛を伸ばす」という。その「鼻毛」から造語した形容詞。
九　「井の中の蛙大海を知らず」（『譬喩尽』）の言いかえか。

ふだん外を見ることがない。ところにかの井戸がへに釣瓶について上がります。それを川へ放しやると。何が内にばかりゐるやつぢやによつて。よろこんで度を失ひ。橋杭で鼻を打つて。即座にぴり〳〵〳〵と死にます。きさまもちやうど鮒と同じことハハ〳〵」と出放題。

判官腹に据ゑかね。「こりやこなた狂気めさつたか。イヤ気がちがうたか師直」。(師直)「シヤこいつ。武士をとらへて気ちがひとは。出頭第一の高師直……」。「ムムすりや今の悪言は本性よな」。「くどい〳〵。また本性ならばどうする」。「オオかうする」と抜討ちに。真向へ切りつくる眉間の大疵。これはと沈む身のかはし。烏帽子の頭二つに切れ。また切りかかるを抜けつくぐりつ逃げ回るをりもあれ。お次に控へし本蔵　走り出て押しとどめ。(本蔵)「コレ判官様御短慮」と　抱きとむるその隙に師直は。館をさしてこけつまろびつ逃げ行けば。(判官)「おのれ師直　真つ二つ。放せ本蔵放しやれ」とせり合ふうち。館

一　井戸水を清浄にするために、すっかり水をくみ出して掃除すること。夏の年中行事で、「さらし井」ともいい、六月の季語。(『俳諧歳時記』上)

二　井戸水を汲み上げるために縄や竿の先に付けた桶。七〇頁の挿絵参照。

三　橋桁を支えている杭。橋脚。

四　他の者よりいちばん抜きんでている者。ここでは第一の家来。

五　眉と眉との間。額の中央。

六　この時師直は烏帽子装束である。一八八頁絵尽し参照。

七　お次の間。貴人の部屋のつぎの間、控えの部屋をいう。

八　こけたり、ころんだりしながら。「こける」はころぶの上方方言。「こける、ころぶなり」(『浪花聞書』)

もにはかにさわぎ出し。家中[九]の諸武士大名小名。押へて刀もぎ取るやら。師直を介抱やら上を下へと。[一〇]三重〽立ちさわぐ。

表御門裏御門。両方打つたる館の騒動　提灯ひらめく大さわぎ。早野勘平うろ〳〵まなこ[一一]　走り帰つて裏御門。砕けよわれよと打ちたたき　大声上げ。「塩谷判官の御内早野勘平　主人の安否心許なし　ここ明けて賜べ早く〳〵」と呼ばはつたり。

門内よりも声高々。「御用あらば表へ回れ　ここは裏門」。「なるほど裏門合点[一二]。表御門は家中の大ぜい早馬[一三]にて寄りつかれず。喧嘩の様子はなんと〳〵」。「喧嘩の次第相済んだ。出頭の師直様へ慮外いたせし科によつて。塩谷判官は閉門[一四]仰せつけられ。網乗物[一五]にてたつた今帰られし」と聞くより「ハア南無三宝[一六]。お屋敷へ」と走りかかつて「イヤ〳〵〳〵。閉門ならば館へはなほ帰られじ」と行きつ。戻りつ思案最中。腰元おかる道にてはぐれ「ヤア勘平殿。様子は残

九 家来の総称。

＊ 刃傷から本蔵の抱きとめへの展開は『傾城武道桜』をはじめ、『忠臣金短冊』など、同型のものが多い。

一〇 舞台が転換し、直義公館裏門となる。

〈アト〉裏御門　勘平駆けつけ

一一 落着かぬうろたえた目付。

一二 裏門であることは承知の上だ。

一三 早打ちの使が乗りつける馬。

大事に遅れた勘平　おかるの意見

＊『高名太平記』一には、片岡善五郎が主君切腹に駆けつけ、出入を許されぬ場面がある。

一四 近世、武士僧侶などに課せられた禁固刑の一つ。五十日、又は百日間、外から門をとざし、窓をふさぎ、一切の出入は許されない。「一閉門。門を閉、窓塞、釘〆に不及」（『禁令考』）

一五 近世武士などの重罪人を護送するときに用いた乗物。上から網をかぶせて逃亡できぬようにしてある。

一六 しまった。突然の出来事に驚いた時、物事が失敗に終った時などに発する感動の言葉。元来は、仏・法・僧の三宝に帰依し、三宝に呼びかけて仏に救いを求める語。

らず聞きました。こりやなんとせう　どうせう」〔おかるが〕と取りつき。嘆くを〔勘平は〕取つて突きのけ。（勘平）「エエめろ〳〵[一]と吠えづら[二]。（おかる）コリヤ勘平が武士[三]はすたつたわやい。もうこれまで」と刀の柄[四]「コレ待つて下され。こりやうろたへてか　勘平殿」。（勘平）「オオうろたへた。これがうろたへずにゐられうか。主人一生懸命[五]の場にもあり合はさず　あまつさへ囚人同然の網乗物　御屋敷は閉門。その家来は色にふけり　御供にはづれしと人中へ。両腰[六]差して出られうか　ここを放せ」（おかる）「ママママ待つて下さんせ。もつともぢや道理ぢやが。そのうろたへ武士には誰がし

一　気を落してめそめそと泣くさま。

二　泣き顔。「ほえる」は大声をあげて泣くのをののしっていう語。

三　武士としての面目が、台無しになってしまった。

四　刀の柄に手をかけて、自害しようとする。

五　生死をかけて事にあたること。命がけの重大な場面。「一所懸命」の転じた語で、元来は主君より賜った一カ所の所領を、生死をかけて生活の頼みとすることをいう。

六　武士として人前へ出られようか。両腰は刀の大小のこと。

た。みんなわしが心から　死ぬる道(死ぬのが道理)ならお前より　わたしが先へ死なねばならぬ。今お前が死んだらば　誰(た)が侍ぢやと褒(ほ)めまする。ここをとつくりと聞き分けて。わたしが親里(実家)へ一先(ひと)づ来て下さんせ。父様(ととさま)も母様(かかさま)も　在所(田舎ではあるけれど)でこそあれ頼もしい人。もうかうなつた因果(めぐりあわせ)ぢやと思うて女房のいふことも。聞いて下され勘平殿」とわつとばかりに。泣きしづむ。(勘平)「さうぢやもつとも。そちは新参なれば委細(みさい)のことはえ知るまい。お家の執権[七]大星由良之助殿。いまだ本国[八]より帰られず。帰国を待つてお詫びせん。サア一時(いつとき)なりとも急がん」と身ごしらへ

＊勘平とおかるのやりとりは、五、六段目の展開のための仕込みの場面。

七　この場合は家老。二六五頁参照。

八　国元からまだ江戸にお帰りにならない。国元は播州赤穂。

するところへ

鷺坂伴内家来引き連れ駆け出で。(伴内)「ヤア勘平　うぬ[1]が主人判官師直様へ慮外をはたらき。かすり疵負ほせし科によつて　屋敷は閉門。おつつけ首がとぶはしれた事　サア腕回せ。連れ帰つてなぶり切る　覚悟ひろげ[2]」とひしめけば。(勘平)「ヤアよいところへ鷺坂伴内。おのれ一羽[3]で食ひたらねど。勘平が腕の細ねぶか[4]。料理あんばいくうて見よ」。(伴内)「イヤ物ないはすな家来ども」(家来)「かしこまつた」と両方より。「取つた」とかかるを(勘平)「まつかせ[5]」とかいくぐり。両手に両腕捻ぢ上げ　はつし〳〵[6]と蹴かへせば。

かはつて切り込む切先を　刀の鞘にてちやうど[7]受け。回つてくるを鐺[8]と柄[9]にてのつけにそらし。四人一所に切りかかるを　右と左へ一時に。田楽返し[10]にばた〳〵〳〵と打ち据ゑられ。皆ちり〴〵に行くあとへ。伴内いらつて切りかかる　ひつぱづしそつ首[11]にぎり。大地へどうど[12]もんどり打たせ[13]　しつかと踏みつけ。(勘平)「サアどうせうと

伴内捕り手

立回り、伴内退散

一 相手を軽べつして言う時に用いる男性の対称代名詞。

二 覚悟しやがれ。「ひろぐ」は、為す、行うの罵語で、ののしっていう場合に用いる。

三 鷺坂という姓の鷺によって、「一羽」「食ふ」「ねぶか」「料理」「あんばい」とつづける。

四 勘平の細腕の手並を見ろ。細腕をねぎの細根深にたとえ、料理の味加減を食うてみようという。

五 「まかせ」の促音便。任せておけの意から、承知した、さあ来いという場合に、掛声のように用いる。

六 物をはげしく続けさまに打つさまをあらわす。

七 物をはげしく打ったり切ったりする音をあらわす語。「ちやうど」と濁音になるのが通常。擬声語には「と」がついて副詞になる場合、その前が「う」の時には「ど」と濁音になる傾向があるのは、中世語り物の習慣。「Chŏdo」(『日葡』)。注一二も同じ。

八 刀剣の鞘の末端部。その部分は金属で包み飾る。

九 刀剣の、鍔より手元の、手で握る部分。

一〇 田楽豆腐を焼く時、豆腐に刺した串をまわして素早く裏返すように、相手をばったばったとひっくり返らせること。

一一 首の罵語。「素首」の促音表現。

一二 大きな重い物が落ちる音をあらわす語。

一三 身体をさかさまにひっくりかえらす。

こつちのまま。突からうか切らうかなぶり殺し」と　振り上げる刀に縋つて。(おかる)「コレ／＼そいつ殺すとお詫びのじやま。もうよいわいな」と留めるまに　足の下をばこそ／＼と。尻に尾のない鷺坂は[一四]。命から／＼逃げて行く。

(勘平)「エエ残念／＼　さりながら。きやつをばらさば(殺してばらばらにすると)不忠の不忠。一先づ夫婦が身を隠し　時節を。待つて願うて(お許しを)見ん」。もはや明六つ[一五]東が白む横雲に。塒をはなれ飛ぶからす　かはい／＼[一六]のめらと連れ　道は。急げど跡へ引く。主人の御身いかがぞと　案じ。行くこそ。三重〽浮世なれ

第四　来世の忠義（判官切腹）

塩谷判官閉居によつて　扇が谷[一七]の上屋敷[一八]。大竹にて門戸[一九]を閉ぢ。家中のほかは出入りをとどめ。事厳重に見えにけり。

一四 諺「尻に帆を揚ぐ」を利用し、「帆」を「尾」に転じて「尾のない鷺」とし、この諺が逃げ足の早いことをいうことから、「逃げて行く」に続けた。

一五 午前六時頃。

一六 烏の鳴声と「可愛い」とを掛けた。鷺に対して烏をもち出した文脈。

＊ 竹本政太夫の役場。政太夫は当時竹本座太夫の第一人者。「ふし付の細かき事は、ゑぶな子のごとし」「浄るりの一体風世話事の達人なれば」（『操浪花芦』）。「別而やつしもかわり功者なれども少しくせ有」「声は鯉のさし味、あぢはいより名がよひ、節は者のはてそふな、なぜうつりが残つてゐる」（『波のうねり鼎噂』）。所―判官の上屋敷。

裏門立退き

竹本政太夫 〈口〉花籠 マクラ

一七 鎌倉谷七郷の一つ。現在の扇ヶ谷。浅野の屋敷は築地鉄砲洲にあったが、『太平記』の世界に設定のための虚構。但し、すでに『忠臣金短冊』一も「代々殿の頂戴なされし。扇がやつの御屋敷」とある。

一八 身分の高い武士が日常の住居に使用する屋敷。他に中屋敷、下屋敷がある。

一九 江戸時代の刑罰に閉門がある。通常五十日から百日の間、外から門と窓を閉じて一切の出入が許されない。但し釘打ちをするには及ばないと『禁令考』にある。一八七頁注一四参照。

かかるをりにも。花やかに[一]奥は。なまめく女中の遊び。御台所[二]かほよ御前。おそばには大星力弥。殿のお気をなぐさめんと。鎌倉山の八重九重[三]いろ〳〵さくら。花かごに。活けらるる花よりも。活ける人こそ花もみぢ。

柳の間[四]の廊下を伝ひ　諸士頭[五]原郷右衛門。跡に続いて斧九太夫。（郷右衛門）「これは〳〵力弥殿　早い御出仕」。（力弥）「イヤそれがしも国元より親どもが参るまで。昼夜あひ詰め罷りある」。「それは御奇特千万[六]」と郷右衛門両手をつき。「今日殿の御機嫌は。いかがおわたりあそばさるる[七]」と。申し上ぐれば　かほよ御前。「オオ二人とも大儀〳〵。このたびは判官様お気づまりにおぼし召し[八]。おしつらひ[九]でも出やうかと　案じたとは格別。明け暮れ築山の花ざかり御らうじて。御機嫌のよいお顔ばせ。それゆゑにみづからもお慰みに差し上げうと。名あるさくらを取り寄せて　見やるとほりの花ごしらへ」。（郷右衛門）「アアいかさまにも仰せのとほり。花は開くものなれば御門も開き。閉門を

かほよ活け花

＊判官切腹の直前の状況として、逆に花やかな色調で開幕する作劇法。視覚的には花やかであるが、語りには閉門中の沈痛な気分を出さねばならぬという口伝のある所。

郷右衛門、九太夫の口論

一　ここで、かほよ御前、力弥ら登場。
二　大名、将軍など身分の非常に高い人の妻に対する敬称。
三　八重桜、九重桜など種種の桜。
四　障子や襖に書かれた絵から、その部屋の名称をいうことが多い。柳の絵の書かれた部屋か。
五　諸侍のかしら。
六　それは御殊勝なことでございます。「千万」は程度の極端に甚だしい意を添える接尾辞で、形容詞の語幹、様態の意をもつ体言に付けて用いる。
七　いかがでいらっしゃいますか。「わたる」は「あり」「をり」の尊敬語として用いる。
八　精神的に弱りきっているさまにいう。
九　病気。「病気の事をしつらいと云は失例の二字也。不例と云も同じ事也」（『貞丈雑記』十五）

御許さるる吉事の御趣向。拙者も何がなと存ずれど。かやうなことの思ひつきは。無調法なる郷右衛門。ヤア肝心のこと申し上げん。今日御上使のお出でとうけたまはりしが。定めて殿の御閉門を御許さるる御上使ならん。なんと九太夫殿。さうはおぼし召されぬか」。(九太夫)「ハハハハハコレ郷右衛門殿。この花といふものも。当分人の目をよろこばすばつかり。風が吹けば散り失せる。こなたのことばもまつそのごとく。人の心をよろこばさうとて。武士に似合はぬ。ぬらりくらりと跡からはげる正月ことば。なぜとお言やれ。このたび殿の御越度は。もてなしの御役儀をかうむりながら。執事たる人に手を負ほせ。館をさわがせし科。軽うて流罪。重うて切腹。じたいまた師直公に。敵対ふは殿の御不覚」と。聞きもあへず郷右衛門。「さてはそのはう。殿の流罪切腹を願はるるか」。(九太夫)「イヤ願ひはいたさねど。ことばを飾らず真実を申すのぢや。もとをいへば郷右衛門殿。こなたの吝嗇吝さからおこつたこと。金銀をもつて面をはりめ

一〇 めでたい縁起のよいお考え。

一一 命令権をもっているものが、命令を伝達するために派遣する公式の使者。

一二 おもてだけ飾っていうお追従の言葉は、すぐにあとからその正体がばれてしまう。「正月詞の追蹤言じや」(『譬喩尽』)。「正月辞　諛言を云」(『俚言集覧』)

一三 手負いをさせる。負傷させる。

一四 「吝嗇」も「吝さ」も物おしみをするけちなことにいう。同義語を重ねて強調し相手をなじる。

一五 おしげなく金銭をばらまいて、財力で相手を思うままにする。「金でつらはる」(一七七頁)とも、「小判で面張る」(『譬喩尽』)ともいう。

さるれば。かやうな事はでき申さぬ」と。おのが心に引きあてて。欲面うち消す郷右衛門。「人にこびへつらふは侍でない。武士でない　なう力弥殿。なんとさうではあるまいか」と。ことばのかどをなだむる御台。「二人ともにあらそひ無用。こんど夫の御難儀なさる。もとのおこりはこのかほよ。いつぞや鶴岡でもてなしの折から。道知らずの師直。ぬしのあるみづからに　むたいな恋をいひかけ。さま〴〵と口説きしが。恥を与へ懲りさせんと。判官様にも知らさず。歌の点に事寄せ。さよ衣の歌を書き　恥ぢしめてやつたれば。恋のかなはぬ意趣ばらしに　判官様に悪口。もとより短気なお生れつき。え堪忍なされぬは　お道理でないかいの」と。語りたまへば郷右衛門　力弥もともに御主君の。御憤りを察し入り。心外面にあらはせり。

〈切〉判官切腹
切腹の上使

「はや御上使の御出で」と　玄関広間ひしめけば。奥へかくと通じさせ　御台所も座をさがり　三人出迎ふあひだもなく。入り来る上

一　歌合せなどで和歌の優劣の点をつけること。批点をうつこと。転じて文詞を添削することにもいう。
二　一八四頁注三の和歌参照。
三　予期していたことに対して、考えどおりにならない気持。意外。残念。

使は石堂右馬之丞。師直が昵近薬師寺次郎左衛門。「役目なれば罷り通る」と　会釈もなく上座につけば。一間の内より塩谷判官。しづ〳〵と立ち出で。「これは〳〵。御上使とあつて石堂殿御苦労千万。先づお盃の用意せよ。御上使のおもむきうけたまはり。いづれもと一献汲み。積鬱を晴らし申さん」。（薬師寺）「オオそれようござろ。薬師寺もお問いたさう。したが上意を聞かれたら。酒も咽へ通るまい」と。あざ笑へば右馬之丞。「われ〳〵今日。上使に立つたるそのおもむき。つぶさに承知せられよ」と。懐中より御書取り出だし。押し開けば判官も　席を。改め　うけたまはるその文言。「このたび塩谷判官高定。わたくしの宿意をもつて。執事高師直を刃傷におよび。館をさわがせし科によつて。国郡を没収し。切腹申しつくるものなり」。聞くよりはつとおどろく御台。並みゐる諸士も顔見合せ　あきれ。果てたるばかりなり。

判官動ずる気色もなく。「御上意のおもむき委細承知つかまつる。

＊「此役検使にて人品専らなれば随分落付て得と切腹を見極め、其後一家中の愁情を察して、ことばをのこし、心をこめてかへるまで猶更優美の俤入る也」（『古今いろは評林』上）

四 高貴な人のお側近くに仕える者。昵近衆。

五 上使は殿の代理としての使であるから、使者の身分如何にかかわらず、諸礼は殿自身と同じ扱いになる。

六 もと遊里で起った酒盃献酬の作法で、酒盃をやりとりしている二人の間に入って、第三者が代りに盃を受けることをいう。

七 主君の御命令。

八 上意を記した書付け。

九 以下上意書の文言を上使石堂右馬之丞が読み上げる。

一〇 私事に関しての、前々からの遺恨。かほよに関することをさしていう。忠臣蔵物では刃傷を判官の私意と師直方では扱う。「小栗判官兼氏私の意趣を以て。横山郡司に切付し狼藉」（『忠臣金短冊』一）

一一 主命による処分の一つで、地位、財産、領地などを取りあげてしまうこと。「Moxxu」（『日葡』）。「所領を没収すると云は、知行所を持たる者罪科有に依て、其知行所を上へ取上げ給ふ事也。収公と云も同じ儀也。知行所を公儀へ取収めらるる事也」（『貞丈雑記』十六）

一二 意外なことにどうしてよいかわからず、茫然とし途方にくれる。

覚悟の白小袖

さてこれからは。おの〲の御苦労休めに。うちくつろいで御酒一つ」。「コレ〱判官だまり召され。その方が今度の科は。縛り首[一]にもおよぶべきところ。お上の慈悲をもつて。切腹仰せつけらるるをありがたう思ひ。早速用意もすべきはず。ことにもつて　切腹には定まつた法のあるもの。それになんぞや。当世様の長羽織[二]。ぞべ[三]ら〱としらるるは。酒興かただし血迷うたか。上使に立つたる石堂殿。この薬師寺へ無作法」と。きめつくれば　につこと笑ひ。「この判官。酒興もせず血迷ひもせぬ。今日上使と聞くよりも。かくあらんと期したるゆゑ。かねての覚悟見すべし」と。大小羽織を脱ぎ捨つれば。下には用意の白小袖[四]　無紋[五]の上下死装束。皆々これはと驚けば。薬師寺は言句も出ず。顔ふくらして閉口す。

右馬之丞さし寄つて。「御心底察し入る。すなはち拙者検使[六]の役。心静かに御覚悟」。「アア御親切かたじけなし。刃傷におよびしより。かくあらんとはかねての覚悟。恨むらくは館にて。加古川本蔵に抱[七]

一 麻縄で罪人をうしろ手にしばり、顔面に白布をかけて目かくしをし、首を前につき出させて斬る刑罰の一方法。通常の死刑である斬首はこの方法である。

二 通常より身丈が長い羽織。羽織の丈の長さは周期的に長短くりかえしの流行をみる。羽織は天正頃より起るので、本作の時代の『太平記』の頃には存在しない。元文頃より長羽織が流行するので、上演時の状況で書かれているのが判る。「此服天正を始とす。当時長さ不同也。天和貞享の頃長短の中を用ふ。元禄以後短きを好とす。享保再び中に復し元文又長きを好みたり」（『守貞漫稿』十三）

三 長い着物などを着て、しまりのないだらしないさまをあらわす擬態語。「ぞべぞべ」「ぞんべり」とも。

四 武士の切腹の式法。「一、装束は白衣左前にあはせ、柿色の上下を着す。口伝有之。帯も白きなり」（『凶礼式』三十二）

五 模様のない無地の上下。「上下」は同じ染色の肩衣と袴を一対にして言う呼称。

六 切腹に立ち会ってそれを見届ける役目の人。身分のある者の切腹に際しては、江戸時代は大目付、目付がその役にあたる。

七 『忠臣金短冊』一と類似の文脈。「土川兵庫にだき留られ、横山を討もらせし、心の内の無念さは、骨肉にしみわたり、億万劫をふるとても、思ひ忘るる事はなし」（『忠臣金短冊』一）

判官の無念

き留められ。師直を討ち洩らし無念。骨髄にとほつて忘れがたし。湊川にて楠木正成。最期の一念によつて生を引く　といひしごとく。生き替り死に替り。鬱憤を晴らさん」と。怒りの声ともろともに。お次の襖打ちたたき。（家中の侍）「一家中の者ども。殿の御存生に御尊顔を拝したき願ひ。御前へ推参いたさんや。郷右衛門殿お取次ぎ」と。家中の声々聞ゆれば。郷右衛門御前に向ひ。「いかがはからひ候はん」。（判官）「フウもつともなる願ひなれども。由良之助が参るまで無用〳〵」。「はつ」とばかり一間に向ひ。（郷右衛門）「聞かるるとほりの御意なれば。一人もかなはぬ〳〵」。諸士はかへすことばもなく。一間もひつそと。静まりける。

力弥御意をうけたまはり。かねて用意の腹切り刀　御前に直すれば。（判官は）心静かに肩衣取りのけ　座をくつろげ。「コレ〳〵御検使。御見とどけ下さるべし」と。三宝引き寄せ　九寸五分押しいただき。（判官）「力弥。〳〵」。（力弥）「ハア」。「由良之助は」。「いまだ参上つかまつりま

八「正成座上に居つつ、舎弟の正季に向て、抑最期の一念に依て、善悪の生を引といへり、九界の間に何か御辺の願なると問ければ、正季から〳〵と打笑て、七生まで只同じ人間に生れて、朝敵を滅さばやとこそ存候へと申ければ」（『太平記』十六）による。臨終時の心の持ち様一つで、来世の善悪が決定する意。

九　一八六頁注七参照。

一〇「刀拵様は九寸の小脇差切先七八分ほど出し紙又は布にて逆に巻仏名を書公卿の切目の縁を放し切先を左へ刃を切手のかたへなして出すなり」（『凶礼式』三十二）。ここでは九寸五分の刀を用いている。

一一　江戸時代の武士の公式の服装。袴とともに用い、上下同色同地の場合には合わせて裃という。肩から背をおおうもので袖がなく、麻を用いる。

一二「三方は三面に眼象あるを云。四面にあるを四方と云。眼象のなきを供饗と云。物名をついがさねと云。衝重也。四方を貴人の用とし三方次レ之供饗を其次とし皆庶人不レ用レ之。庶人は片木及び折敷を用ふ」（『守貞漫稿』後集一）

三方［守貞漫稿］

由良之助かけつけ、判官切腹

一三　鎧通しといわれる長さ九寸五分の短刀。「近古鎧通しといふものは多くは九寸五分の短刀にて、略しては九寸五分ともいふと見えたり」（『武家名目抄』三十二）。戦陣においては頸をかいたり、鎧の毛間に突込んでえぐったりする。

せぬ」。「フウ。エエ存生に対面せで残念。ハテ残り多やな。是非におよばぬ　これまで」と。刀逆手に取り直し。弓手[一]に突き立て引き回す。御台二目[二]と見もやらず　口に称名[三]　目に涙。廊下の襖踏みひらき。駆け込む大星由良之助。主君のありさま見るよりも。はつとばかりにどうど伏す。あとに続いて千崎　矢間。そのほかの一家中[四]ばら〳〵と駆け入つたり。「ヤレ由良之助　待ちかねたわやい」。「ハア御存生の御尊顔を拝し。身に取つてなにほどか」。「オオわれも満足〳〵。定めて子細聞いたであろ。エエ無念。口惜しいわやい」。「委細承知つかまつる。この期におよび。申し上ぐることばもなし。ただ御最期の尋常[五]を。願はしう存じまする」。「オオいふにやおよぶ」ともろ手をかけ。ぐつ〳〵と引き回し。苦しき息をほつとつき。「由良之助。この九寸五分は汝へ形見。わが鬱憤を晴らさせよ」と。切先にてふえはね切り。血刀投げ出しうつぶせに。どうどまろび息絶ゆれば。御台をはじめ並みゐる家中。まなこを閉ぢ息を

一　弓矢の弓を持つ方の手、即ち左手。転じて左のほうにもいう。ここでは腹部の左の方。左の脇腹に突き立てて右に引くのが切腹の定法。
二　あまりのむごさに、もう一度見やることができぬさま。
三　「南無阿弥陀仏」と六字の称名を口にとなえること。
四　同藩の家来の総称。ここでは先に推参を申しでた家臣たち。
五　いさぎよくすぐれて立派なさま。

石堂の情、薬師寺の悪態

詰め　歯を食ひしばり控ゆれば。由良之助にじり寄り　刀取り上げおしいただき。血に染まる切先を　うち守り〳〵。拳を握り。無念の涙はら〳〵。判官の末期の一句　五臓六腑[六]にしみわたり。さてこそ末世[七]に大星が。忠臣義心の名をあげし　根ざしは。かくと知られけり。

薬師寺は突つ立ち上がり。「判官がくたばる[八]からは　早々屋敷を明け渡せ」。(石堂)「イヤさはいはれな薬師寺。いはば一国一城のあるじ。〔家中に向って〕ヤ方々。葬送の儀式取りまかなひ。心静かに立ち退かれよ。この石堂は検使の役目。切腹を見とどけたれば。この旨を言上せん。ナニ由良之助殿。御愁傷察し入る。用事あらばうけたまはらん　かならず心おかれな」と。並みゐる諸士に目礼し。悠々として立ち帰る。(薬師寺)「この薬師寺も　死骸片づけるそのあひだ。奥の間で休息せう。家来参れ」と呼び出だし。(薬師寺)「家中どもががらくた道具　門前へ放り出せ。判官が所持の道具。にはか浪人にまげられ[九]な」と。館の四方を

六「五蔵、肝木 心火 脾土 肺金 腎水　六府、胆肝之府 胃脾之府 大腸肺之府 小腸心之府 膀胱腎之府 三焦外府」(『和漢名数』八)。五臓六腑で人間の内臓の総称としていう。一六九頁注一〇参照。

七 仏語。釈迦入滅後時のたつにつれて道徳がおとろえ、世が乱れるとの考えから、入寂後五百年を正法の世、次の千年を像法の世、次の一万年を末法の世とする。年数については諸説がある。師直の収賄という乱れた今の世を末世と言っている。

八 死ぬことを卑しめていう上方の方言。「くたばるとはしぬこと」(『新撰大阪詞大全』)

九 盗むことを卑しめていう上方の方言。「まげるとはぬすむこと」(『新撰大阪詞大全』)

ねめ回し。一間の内へ入りにける。

御台愁嘆、御骸光明寺へ

御台はわつと声をあげ。「さても〳〵もののふの身の上ほどかなしいもののあるべきか。いま夫の御最期に　いひたいことはやま〳〵なれど。未練なと御上使のさげしみが恥づかしさに。今までこらへてゐたわいの。いとほしのありさまや」と。亡き骸に抱きつき　前後も。分かず泣きたまふ。「力弥参れ。御台所もろとも亡君の御骸を。御菩提所光明寺へ　早々送りたてまつれ。由良之助もあとより追つつき。葬送の儀式取りおこなはん。堀　矢間　小寺　間。そのほかの一家中　道の警固いたされよ」と。ことばの下より御乗物　手舁きに舁き据ゑ戸を開き。みな立ち寄りて御死骸涙とともに。乗せたてまつり　しづ〳〵と舁き上ぐれば。御台所は正体なく　嘆きたまふをなぐさめて。諸士の面々われ一と。御乗物にひつ添ひ〳〵　ヲクリ御菩提。〽所へと急ぎ行く。

〈アト〉城渡し　屋敷渡しの談合

人々御骸見送りて。座につけば　斧九太夫。「なに大星殿。そこ

一　軽蔑して見ること。「さげすみ」に同じ。推量する意の「下墨」より転じた語。
二　「ナキガラ」と読んで一語とするのは、この時期では不可。「亡し」の連体形＋「骸」。
三　菩提寺。一族が代々その寺の宗旨に帰依して、一族の死者を葬り、死後の法事を行い、墓所を有している寺。檀那寺。
四　鎌倉市乱橋材木座町の南にある浄土宗関東総本山。浅野家の菩提寺は江戸高輪の泉岳寺であるが、『太平記』の世界の鎌倉に場所を設定したための虚構。「光明寺、開山はきしゆ上人、北条経時の建立。東鑑にては見おぼえず。寺宝松陰鏡、二位殿硯、菅相丞硯、十六羅かん、長さ十二間の名号弘法大師筆。中将姫蓮の糸にておらせ給ふけさ有とかや。鎌倉中の浄土寺のがらんなり」（『鎌倉物語』三）
五　乗物の棒を肩にかつがないで、手で持って運ぶこと。
六　われ先にと。自分が一番先になろうと争うさま。
七　御骸・御台・堀・矢間らの家人退場。
八　文化頃からここで太夫が替るようになるが、初演より享和頃までは交代しない。

もとは御親父八幡六郎殿よりの家老職。拙者とてもその右[九]には座せども。今日より浪人となり。妻子をはごくむ手立てなし。殿の貯へ置きたまふ　[一〇]御用金を配分し。早く屋敷を渡さずば。薬師寺殿へ無礼ならん」。（千崎）「イヤ千崎が存ずるには。[一一]指す敵の高師直。存命なるがわれ／＼が鬱憤。討手を引き受け。この館を枕として」。（定九郎）「アアこれ／＼。討死とは悪い了簡。親九太夫の申さるるとほり　屋敷を渡し。金銀を分けて取るが上分別」と。評議のうちに由良之助。黙然としてゐたりしが。「ただいまの評定に。〔千崎〕弥五郎の所存と。わが胸中　一致せり。いはば亡君の御ために。われ／＼[一二]殉死すべきはず。むざ／＼と腹切らうより。足利の討手を待ち受け。討死と一決せり」。（九太夫）「ヤアなんといはるる。よい評定かと思へば。[一三]浪人の痩せ顔張り。足利殿に弓引から。アアそれは無分別。マアこの九太夫合点がいかぬ」。（定九郎）「オオおやぢ殿　さうぢや／＼。この定九郎もその意を得ぬ。この談合にははぶいてもらはう。[一四]長居は無益　お帰りなされ」。

九　右は上席。

一〇　公用の金銭。臨時に豪商などに献金させて、不時の際に備えて貯えておく。

一一　めざすかたき。底本の「敵」には振仮名がないが、十行本には平仮名書きで「てき」とある。

一二　主人が死んだ時に、家来が跡を追って自害し、死後も奉仕の意を示すこと。古代よりこの風習があり、中世以降戦場における追腹はしばしば行われた。近世になって寛文三年（一六六三）に江戸幕府の禁令がでている。

一三　「浪人の痩せ我を張る」と解釈する説が強い。「痩せ我を張る」の用例は多く、「痩せ顔張る」の用例は他に見出せないが、七行本、十行本共に「痩顔はり」「やせ顔はり」と「顔」の字をあてているので右の説に躊躇する。「見栄をはる」の「はる」で、浪人の痩顔をはるの意ととるべきか。いずれにしろ、やせがまんをして意地を張る意。

一四　これ以上ここに長く居ても、何の役にもたたぬ。

「(九太夫)それよかろ。いづれもゆるりと居めされ」と。親子うち連れ立ち帰る。
「(千崎)ヤア欲面[一]の斧親子。討死を聞きおぢして　逃げ帰つたる臆病者。きやつかまはずと大星殿。討手を待つ御用意〳〵」。「(由良之助)アアさわがれな弥五郎。足利殿になに恨みあつて弓引くべき。かれら親子が心底を　探らんための計略。薬師寺に屋敷を渡し。思ひ〳〵に当所を立ち退き。都山科[二]にて再会し。胸中残さず打ち明けて。評議をしめん」といふ間もあらせず。〔薬師寺〕次郎左衛門一間を立ち出で。「ハテべん〳〵[三]と長詮議。死骸片づけたら。早く屋敷を明け渡せ」と。いがみかか[四]れば　郷右衛門。「アアなるほどお待ちかね。亡君所持の御道具。そのほかの武具馬具まで　よく〳〵改め受け取られよ。サア由良之助殿　退散あれ」。「(由良之助)オオ心得たり」と　しづ〳〵と立ち上がり。御[五]先祖代々。われ〳〵も代々。昼夜詰めたる館の内　今日をかぎりと思ふにぞ。名残り惜しげに見返り。〳〵　御門外へ立ち出づれば。

屋敷明渡し

一　欲深い顔づらをしている者。欲張りをあざけっていう語。

二　現在の京都市東山区山科。このころは宇治郡。東山の東、音羽山の西の盆地。京都と大津を結ぶ東海道の要地。のち由良之助はここに閑居する。九段目参照。

三　ただいたずらに時間だけがだらだらと経過するさま。

四　争って相手に対し大声でくってかかる。

五　以下、「今日をかぎり」まで由良之助らの心の内。塩谷家の御先祖以来、代々にわたって、我々家臣も代々お仕え申し。

御骸送りたてまつり。力弥　矢間　堀　小寺　おひ〳〵にはせ帰り。「さては屋敷をお渡しあつたか。このうへは直義の。討手を引き受け討死せん」と。はやり立てば　由良之助。「イヤ〳〵今死すべきところにあらず。これを見よ方々」と。亡君の御形見を抜きはなし。「この切先には。わが君の御血をあやし[六]。御無念の魂を　残されし九寸五分。この刀にて師直が。首かき切つて本意を遂げん」。「げにもつとも」と諸武士のいさみ。屋敷の内には薬師寺次郎。門の貫の木[七]はつしと[八]立てさせ。「師直公の罰があたり。さてよいざま〳〵」と。家来一度に手をたたき。どつと笑ふ鬨[九]の声。

「あれ聞かれよ」と若侍　取つて返すを由良之助。「先君の御憤り。晴らさんと思ふ所存はないか」。「はつ」と一度に立ち出でしが。思へば無念と館の内を。振り返り〳〵。はつたと[一〇]。にらんで三重へ立ち出づる

六　ぽたりぽたりとしたたらす。血についていうことが多い。

七　門の扉を閉鎖するとき、左右の扉の金具に差し通して開かぬようにする横木。「かんぬき」に同じ。九九頁注八参照。

八　堅い物が激しく打ちあたるさまをあらわす副詞。

九　多人数のものが、一度にどっとあげる大声。

一〇　一点を凝視してにらみつけるさま。

立退き

第五　恩愛の二つ玉（山崎街道）

鷹は死しても穂は摘まずと　たとへに洩れず入る月や。日数も積る山崎の　ほとりに近き侘び住居。早野勘平若気の誤り　世渡る元手細道伝ひ。この山中の鹿猿を　打つて商ふ種が島も。用意に持つや袂まで　鉄砲雨のしだらでん。誰が水無月と夕立の。晴間をここに松の陰。

向ふより来る小提灯　これもむかしは弓張りの　ともし火。消さじ濡らさじと。合羽の裾に大雨を　しのぎて急ぐ夜の道。（勘平）「イヤ申しく〳〵。卒爾ながら火を一つ　御無心」と立ち寄れば。旅人もちやくと身構へし。（弥五郎）「ムムこの街道は無用心と　知つて合点の一人旅。見れば飛び道具の一口商ひ。得こそはかさじ出直せ」と。びくと動かば一討ちと　まなこをくばれば。（勘平）「イヤアなるほど。盗賊とのお

＊竹本百合太夫の役場。第三の切（一八一頁）参照。時―六月二十九日夜。所―山崎街道の山中。

竹本百合太夫

マ　ク　ラ

一　李白の詩に基づく諺。「鷹は死ぬれど穂をつまず。つむとは、食事也。……此諺の意は、義を守る武士は、たとひ飢に及共、不義の俸禄をば受ずと也」（『諺草』三）。勘平が浪人になっても二君に仕えなかったことのマクラとする。

〈ロ〉ぬれ合羽（鉄砲渡し）

二　「譬に洩れず」「洩れず入る」「入る月」「日」「日数も積る」「積る山」と発想を展開させて、「山崎」の「山」にかかる修辞とした。この日は大雨であると設定されているので、入る月は全くの修辞。第七にも寺岡の詞として、この日は六月二十九日の夜となっている。二十九日は闇夜である。

三　山城国乙訓郡山崎。二一四頁注四参照。

弥五郎・勘平の邂逅

四　若さによる失敗。第三のおかるとの一件をさす。

五　「世渡る元手細し」と「細道」を掛ける。

六　天文十二年八月、種子島に漂着したポルトガル人より購入し、堺の橘屋又三郎らが製造した銃。一般に古い型の小銃をいう。「商ふ種」と「種が島」を掛ける。

七　鉄砲をうつように強く降る雨。「種が島」の縁語。

八　震動雷電の転じたものというが、『嬉遊笑覧』五上には異説もある。強い雷雨雷鳴をいう。

九　一体だれが六月のことを水無月と言ったのか。それどころかすさまじい夕立がやって来て。

目たがひ　御もつとも千万。われらはこのあたりの狩人なるが。先ほどの大雨に火口[一五]も湿り　難儀至極。サア鉄砲それへお渡し申す。自身に火をつけ御貸し」と。他事[一六]なきことば顔つきを。〔弥五郎は〕きつとながめて。「和殿[一七]は早野勘平ならずや」。「さいふ貴殿は千崎弥五郎」。「これは堅固で」「御無事で」と　絶えて久しき対面に。主人の御家没落の。胸に忘れぬ無念の思ひ　たがひに。拳を握り合ふ。

勘平は差し俯き。しばしことばもなかりしが。「エエ面目もなきわが身の上。古朋輩の貴殿にも。顔も得上げぬこの仕合せ。武士の冥加[一八]に尽きたるか。殿判官公の御供先。お家の大事起りしは　是非におよばぬわが不運。その場にもあり合はせず。御屋敷へは帰られず　しよせん。時節を待つて御詫びと。思ひ[一九]のほかの御切腹南無三宝。みな師直めがなすわざ。せめて冥途の御供と刀に手はかけたれど。何を手柄に御供と。どの面さげていひわけせんと　心[二〇]をくだく折から。ひそかに様子をうけたまはれば。由良殿御親子郷右

一〇 弓張提灯。竹を弓のように曲げ、提灯をかけて張って開くようにしたもの。『四方の硯』には「弓張提灯は赤穂の義士よりはじまる」とある。勘平がむかしは弓矢もつ武士であったことと掛けていう表現。

一一 雨の時に外出用に用いる外套。木綿、桐油紙などを素材として、キリシタン僧侶の法服のごとき形をした袖なしのもの。後には袖のあるものもできる。

一二 時間をおかずに直ちにするさまを表す語。「chacu-to」(『日葡』)。鉄砲を持つ勘平に警戒した態度。

一三 弓矢・鉄砲の類の、遠くから飛ばして打つ武器。

一四 値引きの交渉なしに、一言で売買の決定をする商取引。転じて唯一言で、諾否を決定することにいう。猟師の鉄砲は一発で勝負がきまることからの文飾。

勘平の悔悟

一五 火打石の火を移しとるもの。ここは鉄砲の点火縄。蒲穂で作り、上方で用いられた。

一六 他念のないことば。相手の疑念を晴らすため、火の無心の他に何もないという言葉と顔付き。火の無心から邂逅の趣向は『傾城八花形』四にも見え(八六頁参照)、『忠義武道播磨石』三にも利用されている。

一七 同輩に対して用いる二人称代名詞。

一八 神仏の加護に見離されてしまったのか。「冥加」は眼に見えない冥々の中の神仏の加護をいう。

一九 「御詫びと思ひ」と「思ひのほか」を掛ける。

二〇 「何を手柄に御供」しようかとも思い、「どの面さげていひわけせん」とも思い乱れて。

衛門殿をはじめとして。故殿の鬱憤散ぜんため。より〳〵のおぼし召し立ちありとの噂。われらとても御勘当の身といふでもなし。手がかりもとめ　由良殿に対面遂げ。御くはだての連判に　御加へ下さらば　生々世々の面目。貴殿に逢ふも優曇華の。花を咲かせて侍の。一分立ててたまはれかし。古朋輩のよしみ　武士の情け。お頼み申す」と両手をつき。先非を悔いし男泣き　理。せめてふびんなる。

弥五郎も朋輩のくやみ道理と思へども。大事をむさと明かさじと。「コレサ〳〵勘平。はてさて。お手前は身のいひわけに取りまぜて。御くはだてのイヤ連判などとは　なんのたはごと。左様の噂かつてなし。それがしは由良殿より郷右衛門殿へ急ぎの使ひ。先君の御廟所へ。御石碑を建立せんとの催し。しかしわれ〳〵とても浪人の身の上。これこそ塩谷判官殿の御石塔と。末の世までも人の口の端にかかるものゆゑ。御用金を集むるその御使ひ。先君の御恩を思ふ人

弥五郎計画の暗示と勘平決意の披瀝

一 亡くなられた主君。塩谷判官のこと。

二 時々寄り合っては相談して決心を固めていられるとの噂。

三 私の様な者でも。「ら」は複数ではない。少し卑下の意をこめて用いる接尾語。

四 同志の約束を固めるために連名で署名して印を押すこと。「Renban　ある紙に多くの人々が署名すること」(『日葡』)

五 人は現世から後世へと何度も生きかわり死にかわるという仏法の考えから、そのすべての世をいう。永久。「Xŏjŏxexe　霊魂の転生（輪廻）に関する仏法の説による、転生して生存するすべての世々」(『日葡』)

六 仏教で三千年に一度咲く花とされ、咲くときは金輪王の出現があるとされる。『涅槃経』『雑阿含経』に詳しい。極端に稀なことのたとえとして用いられる。「此華芽出而一千年莟而一千年開而一千年含三千年一度開華也」(『増補下学集』下・三)。「貴殿に逢ふも優曇華の花」と「花を咲かせて侍の一分立ててたまはれかし」を掛ける。三〇九頁にも「三千年の優曇華の花」と用いている。

七 その道理はいかにももっともなので、哀れである。ここまでの悔悟の長台詞は聞かせ所である。

八 同輩以下の者に対して用いる対称代名詞。

九 貴人の霊をおまつりしてある殿堂。転じて先祖代々の墓を収めてある寺などにもいう。

をえり出すため。わざと大事を明かされず。先君の御恩を思はばナナ。合点か〳〵」と。石碑になぞらへ　大星の。たくみ[一〇]をよそに知らせしは。げに朋輩のよしみなり。（勘平）「ハアアかたじけない弥五郎殿。なるほど石碑といひたて。御用金の御こしらへある事　とつくにうけたまはりおよび。それがしも何とぞして用金を調へ。それを力に御詫びと　心は千々にくだけども　弥五郎殿。恥づかしや主人の御罰で　今このざま。誰にかうとのたより[一一]もなし。されどもかかるが親。与市兵衛と申すは頼もしい。百姓　われ〳〵夫婦が判官公へ。不奉公をくやみ嘆き。何とぞして元の武士に立ちかへれと。おぢうば[一二]ともに嘆きかなしむ。これ幸ひ　御辺[一三]に逢ひし物語り。段々の子細を語り。元の武士に立ちかへるといひ聞かさば。わづかの田地もわが子のため　何しに[一四]否は得もいはじ。御用金を手がかりに　郷右衛門殿までお取り次ぎ。ひとしほ頼み存ずる」と余儀[一五]なきことばに（弥五郎）「ムムなるほど。しからばこれより郷右衛門殿まで　右のわけをもはな

一〇 他の事（ここでは石碑建立）にまぎらして、それとなく（復讐の）計画を知らせたのは。

一一 頼りとするべき人。誰にこうと打明けて頼る人もない。

一二 年寄った老翁と老婆。おかるの両親をいう。

一三 同輩に用いる対称代名詞。「Gofen Qixo（貴所）に同じ、あなた」（『日葡』）。「延天（延喜・天暦）以来の武弁の語、同輩相称して殿といふ。其後和殿といふ。太平記の頃は御辺といふ。其後其許、貴様などの語となる」（『孔雀楼筆記』一）

一四 どうしても嫌だとは決していうことはあるまい。「何しに」は反語の用法。

一五 一途にそれのみを思いつめた余念のない言葉。

し。由良殿へ願うてみん。明[一]々日はかならずきつと御返事。すなはち郷右衛門殿の旅宿の所書き」と。渡せば[勘平は]取つて押しいただき。「重々の御世話かたじけなし。何とぞ[何とかして]急に御用金をこしらへ。明々日お目にかからん。それがしがありかお尋ねあらば。この山崎[二]の渡し場を左へ取り。与市兵衛とお尋ねあれば。さつそく[すぐに]相知れ申すべし。夜更けぬ内に早くもお出で。コレこの行く先はなほ物騒。ずいぶんぬかるな[手ぬかりのないように]」「合点[三]/\。石碑成就するまでは。蚤にもくはさぬこのからだ。御辺も堅固で。御用金のたよりを待つぞ。さらば」「/\」と両方へヲクリ立ち別。〽れてぞ急ぎ行く。

定九郎、与市兵衛の金を強奪殺害　〈切〉二つ玉

　また降りくる雨の足[四]　人の足音とぼ/\と。道は闇路に迷はねど　子[五]ゆゑの闇につく杖も。直[六]ぐなる心堅親仁[七]　一筋道のうしろから。「オオイ/\親仁殿。よい道連れ」と呼ばはつて。斧九太夫が悴定九郎。身の置きどころ[八]しらなみや　この街道の夜働き。だんびら[九]物を落[一〇]し差し。(定九郎)「さつきにから呼ぶ声が。きさまの耳へはひらぬ

一 「Miŏmŏnichi 今から二日後、すなわちあさって」(『日葡』)

二 山崎と橋本の間の狐川の渡し。「山崎橋、山城より摂津への通路の橋なりし。桓武天皇延暦三年に造れり。中古淀の橋出来てより絶えたるにや。今は柳原といふ所より橋本へ船渡しなり」(『菟芸泥赴』八)「橋本に着く。爰は天正の頃迄橋ありて八幡より山崎への通行自在也。……厄神堂よりぬかり道をあゆみ狐川の渡しをこゆ」(『綺語文草』一)。もと橋があったが、天正以降絶えた。したがって『太平記』の時期では橋があったが、上演時は渡しである。山崎は二一四頁注四参照。

三 相手の考えに全く同意する時の返事の言葉。

四 「風はよく物を動かすこと手あるがごとく、雨は一むらふり過ぐること足あるが如しとて、風の手雨の足といふことあり」(『世事百談』一)。「雨の足」「人の足音」と対句的表現。

五 諺。「子ゆゑの闇にまよふ、大学云。諺有レ之。曰。人莫レ知二其子之悪一 新考是諺の意に同じ。歌に、後撰、人の親の心は闇にあらねども子をおもふ道にまよひぬる哉、兼輔朝臣」(『諺草』)。謡曲『隅田川』『藤戸』『木賊』、浄瑠璃『心中万年草』『女殺油地獄』など、この修辞は語り物に多い。

六 「杖も直ぐなり」と「直ぐなる心」の掛詞。「直ぐなる」「一筋道」は縁語。

か。この物騒な街道を。よい年をして大胆〱。連れにならう」と向ふへ回り。きよろつく目玉ぞつとせしが　さすがは老人。（与市兵衛）「これは〱　お若いに似ぬ御奇特な。私もよい年をして。一人旅は嫌なれど。サアいづくの浦でも金ほど大切な物はない。去年の年貢に詰り。この中から一家中の在所へ　無心にいたれば。これもびたひらなか才覚ならず。埒の明かぬ所に長居はならず。すご〱一人戻る道」と。半分いはさず（定九郎）「ヤイやかましい。ありさまが年貢の納まらぬ　その相談を聞きにはこぬ。コレ親仁殿。おれがいふこと　とくと聞かしやれや。マアからうぢやわ。こなたのふところに　金なら四五十両のかさ。縞の財布にあるのを。とつくりと見つけてきたのぢや。貸して下され。男が手を合はす。定めてきさまもなんぞつまらぬことが。子が難儀におよぶによつてといふやうな。あるかくなことぢやあろ。けれどおれが見込んだら。ハテしよことがないとあきらめて。貸して下され〱」と　ふところへ手を差し入れ。引きず

七 心の真直ぐな物堅いおやじ。勘平の父与市兵衛の登場。

八 「身の置き所知らず」と「白浪」の掛詞。「白浪」は盗賊のこと。武士であった者としての身の処し方も知らずに盗賊になってしまって。「知らず」と「白浪」を掛詞とする修辞は謡曲『綾鼓』『半蔀』など用例は多い。

九 刃が平たくて幅のひろい刀。「たひらは即はたひらのはを略したるにて、刃の幅の広きをたひらひろといひ、狭きをたひらせまといふ。後代だんびら物といふことあるは、たひらひろの略語なり」（『武家名目抄』刃剣十七）。

一〇 刀の末端を下方に垂れ下げて、縦に近くさすさし方。こじりさがり。

一一 ご殊勝なことでございます。普通の人では行えない感心な行為をほめていう。

一二 租税。田畑の税として納めさせる米または金銭。

一三 「Conogŭ このごろ」（『日葡』）

一四 もと同じ家系であったものから分れた親族。

一五 「びた」は鐚銭。磨滅してしまった粗悪な一文銭。「ひら」は枚で、薄い平らな物をかぞえる語。「なか」は半分で、半銭のこと。びた一文。

一六 「われさま」の訛。同等または目下の者にいう対称代名詞で下品なことば。

り出す縞の財布。(与市兵衛)「アア申し　それは」。(定九郎)「それはとは。これほどここにあるもの」と　ひつたくる手に縋りつき。(与市兵衛)「イエ〳〵この財布は　跡の在所で草鞋買ふとて。はした銭を出しましたが。あとに残るは昼食の握り飯。霍乱せんやうにと　娘がくれた和中散。反魂丹でござります。おゆるしなされ下さりませ」と。〔財布を〕ひつたくり　逃げ行く先へ〔定九郎は〕立ち回り。「エヽ聞きわけのない。むごい料理するが嫌さに。手ぬるういへばつき上がる。サアその金ここへまき出せ。遅いとたつた一討ち」と　二尺八寸拝み打ち(与市兵衛)「なうかなしや」といふ間もなく　から竹割りと切りつくる。刀の回りか手の回りか。はづれる抜身を〔与市兵衛は〕両手にしつかとつかみつき。「どうでもこなた殺さしやるの」。「オオ知れたこと。金のあるのを見てする仕事。小言はかずとくたばれ」と。肝先へ差しつくれば。(与市兵衛)「ママママまあ待つて下さりませ。ハア是非におよばぬ。なるほど〳〵。これは金でござります。けれどもこの金は。私がたつた一人の娘がござる。その娘が命

一　縞模様の財布。二一四頁絵尽し参照。六段目の下敷である。

二　さっきの在郷。「跡」は、時間または場所の経過した一番近い部分をいう。

三　病名としては何が該当するのか定かでない。暑気のはげしい時に吐瀉、腹痛などの症状を伴うもの。「Facuran コレラ。ただし正しい本来の語は Quacuran である」(『日葡』)。「霍乱は外暑熱に感じ、内飲食生冷にやぶられ、たちまち心腹疼み吐瀉発熱悪かん頭痛眩暈煩燥し、手足ひへ脈沈にして死せんとす」(『鍼灸重宝記』)

四　霍乱、頭痛、吐瀉などにききめのある薬の名。「和中散、頭痛腹の痛泄瀉むねのつかへしよくしやうによし、白木、香附子、陳皮各十匁、縮砂、欝金、茴香各五匁、右粉にしてさゆにて用ふ」(『医道日用重宝記』)。近江国栗田郡梅木村の津田宗左衛門藤原是斎が売始め、のち代々織田彦十郎と称した。「梅木　本名六地蔵村也、ここに和中散の薬店三軒許あり、是斎を本家といふ。……ここに元和の頃梅の木ありて其木陰にて和中散を製し、旅人に買ふ本家をぜさいといふ。其初は織田氏と号して元和元年医師半井卜養が女を娶て和中散小児薬の奇妙丸等の薬方を授り、永く此家に商ふ」(『東海道名所図会』二)

五　心痛・腹痛また気付に用いる薬で、越中富山の薬商が売出した。「返魂丹、家方秘伝○心痛腹痛小児の五疳五噎五膈癲癇の症を治す、噎膈とは食にむせる膈

にも代へぬ。大事の男がござりまする。その男のために要(い)る金。ちとわけあることとゆゑ　浪人してゐまする。娘が申しまするは。あのお人の浪人も　もとはわしゆゑ。何とぞしてもとの武士にして進ぜたい〳〵と。嬶(かか)とわしとへ毎夜さ[一二]頼み。ア身貧(ひん)にはござりまする。どうもしがく[一三]の仕やうもなく。婆(ばば)といろ〳〵談合(だんかふ)して。娘にものみ込ませ。婿(むこ)へはかならず沙汰なし(知らせない)と　しめし合はせ。ほんに〳〵親子三人が血の涙[一四]の流れる金。それをお前に取られて　娘はなんとなりませう(どうなることでしょう)。コレ拝みます　助けて下されませ。お前もお侍の果てさうなが　武士は相身たがひ[一五]。この金がなければ。娘も婿も人様に顔が出されぬ。たつた一人の娘に連れ添ふ婿ぢやもの。ふびんにござる可愛(かはい)ござる。了簡(れうけん)して(がまんして)お助けなされて下さりませ。エエお前はお若いによつて　まだお子もござるまいが。やんがつて[一六]お子を持つて御(ご)らうじませ。親仁(おやぢ)がいひをつたはもつともぢやと　おぼし召して。この場を助けさしやつて下さりませ。マア一里行けば私在所(わたしざいしょ)[一七]。金を

の病なり、その外気付に妙なり」(『医道日用重宝記』)。熊の胆などを主成分として、その細末を麺の粉、蕎麦粉で合わせて丸薬とし、辰砂をまぶしたもの。

六 人殺しを婉曲に言った言葉。

七 「まき」は罵っていう接頭語で、はき出せ。

八 刀の寸法。「備前造の二尺八寸の太刀、随分秘蔵したりけるを脇に挟で」(『源平盛衰記』十一)

九 刀を両手で握り、頭上にかまえて真正面から下に切りさげること。

一〇 竹の幹を割るように縦に真直ぐに切りつけること。「真向よりも幹竹割りに上帯ぎはまで割りつけられて」(謡『烏帽子折』)

一一 死ぬことを罵っていう語。「くたばることは死ぬこと」(『新撰大阪詞大全』)

一二 毎晩。「夜さ」は「夜さり」の意。

一三 才覚。やりくり。転じてその結果としての貯え。「世俗に物を儲け置くことをしがくするといふは」(『夏山雑録』)

一四 度を越した悲しみ、憤りなどに用いる。

一五 諺。武士はおたがいに思いやりを持ち助けあうべきである。『忠臣金短冊』五にも「弓矢取身は相互」とある。

一六 「やがて」の変化した語。十行本・再版七行本には「やんがて」とある。

一七 私の在所。「わたくし銀」「わたくし衣裳」「私仕事」などと同種の言い方。

婿に渡してから殺されましよ。申し〳〵　娘がよろこぶ顔見てから死にたうござります。コレ申しアア。あれ。〳〵。〳〵」と呼ばはれど　あと先遠く山彦の　こだまに〔ひびくばかりで〕。あはれもよほせり。（定九郎）「オオ悲しいこつちやわ。まつととこぼえ。ヤイ老いぼれめ。その金でおれが出世すりや。その恵みでうぬが悴も出世するわやい。人に慈悲すりや悪うは報はぬ。アア可哀や〔不憫なことだ〕」と。ぐつと突く。うんと手足の七顚八倒。のたくり回るを脛にて蹴返し。（定九郎）「オオいとしや。痛かろけれど　おれに恨みはないぞや。金がありやこそ殺せ。金がなけりやなんのいの。金が敵ぢやいとしぼや。南無阿弥陀。南無妙法蓮華経。どちらへなりと失せをろ」と。刀も抜かぬ芋刺しゑぐり。草葉も朱に置く露や。年も六十四苦八苦　あへなく息は絶えにけり。

しすましたりと件の財布。暗がり耳のつかみよみ。「ヒヤ五十両。エエ久しぶりの御対面。かたじけなし」と首に引つかけ〔財布を〕　死骸をすぐに谷底へ。跳ね込み蹴込む泥まぶれ。はねはわが身にかかると

勘平、定九郎を誤殺

一「事ぢやと云を京近辺西国にては何ッの事ちやとつめて云」（『物類称呼』五）

二 もっと。「今卒度といふべきを○まつとと云ことも如何。但略語なれば。くるしかるまじき歟。そつととといふべきを○もつとと云はくるしからぬ歟」（『かたこと』二）

三 声をたてて長く泣き続けることを罵っていう。「とこぼえるとは、なくこと」（『新撰大阪詞大全』）

四 殺害された場合の描写の常套語。「Xittenbattô」（『日葡』）。『文明本節用』には「ヒチテンハツタウ」とあるが、近世では「シッテンバットウ」が普通。

五 何ということもない。殺しはしない。大したことでないと見くびる時の言い方。「なんのいな」とも。

六 諺。金銭がわざわいのもとになる。「金が敵じや」（『譬喩尽』）

七「いとほし」の「ほ」と「し」が入れ替った語。近世では俗語的には「いとしぼい」が通常。

八 先に突きさした刀を抜きもしないで、そのまま芋の竹串のようにえぐる。

九「草葉も朱に」と「明けに置く露」の掛詞。

一〇「年も六十四」と「四苦八苦」の掛詞。「四苦八苦」は元来は仏語。「四苦」は生苦・老苦・病苦・死苦。「八苦」はそれらに愛別離苦、怨憎会苦、求不得苦、五蘊盛苦を加えたもの。

も　知らず立つたるうしろより。逸散[一三]に来る手負ひ猪「これはならぬ」と身をよぎる。駆け来る猪は一文字。木の根岩角踏み立て蹴立て　鼻いからして　泥も草木もひとまくりに飛び行けば。あはやと見送る定九郎が。背骨をかけてどつさりと　肋へ抜ける二つ玉[一四]。うんともぎやつともいふ間なく。ふすぼり[一五]かへりて死したるは　心地よくこそ見えにけれ。

猪打ちとめしと勘平は。鉄砲ひつさげここかしこ　探り回りてさてこそと。引つ立つれば猪にはあらず。「ヤア〳〵こりや人ぢや南無三宝[一六]」。仕損じたりと思へど暗き真の闇。誰人なるぞと問はれもせず。まだ息あらんと抱き起せば　手に当る金財布。つかんで見れば四五十両。天の与へとおしいただき〳〵。猪より先へ逸散に飛ぶがごとくに三重へ急ぎける

＊『忠義太平記大全』五・三には、吉野勘平が山賊に会い、拝領の刀だけは見のがして欲しいと頼むが断わられ、足に深手をうけ、翌朝山かせぎの人に戸板で自宅に運ばれるという部分がある。このあと勘平は自害するが、本曲の五、六段はこれをふまえて立てた構想と思われる。

一二　小判などの枚数を数えることを「耳を読む」「耳を数える」という。「耳」は小判など平たいもののふち。暗がりの中で小判の枚数をかぞえ。

一三　泥のはね水がわが身にかかる。「悪いことをした報いはわが身にふりかかってくるとも知らず」と下につづき、やがて誤殺されることの暗示。

勘平、五十両を奪う

一三　馬などが一目散にかけてくるさま。「逸散、奔馬所ﾚ言」（『書言字考』八）

一四　「二つ玉の事、三匁五分の筒には、薬一匁五分込、さて相玉を込、其上へ薬弐分程入、又其上へ相玉を込放也、三四十間までは直に行也、遠く放時は、下薬多くこむべし、口伝」（『調積集』中）。狩猟の時の鉄砲に二つ玉の用例は多い。『信州川中島合戦』一に、二つ玉で猪を打つ場面がある。

一五　火薬ですっかり焦げたようになってしまって。「ふすぶり」ともいう。

一六　一八七頁注一六参照。

竹本島太夫
〈ロ〉おかる身売り
マクラ（在郷歌）
おかる髪すき

第六　財布の連判（与市兵衛住家）

三下り歌「みさき踊りがしゆんだるほどに。親仁出て見やばばんつ。ばばん連れて　親仁出て見やばばんつ」。麦かつ音の在郷歌。所も名に負ふ山崎の小百姓。与市兵衛が埴生の住家。今は早野勘平が。浪々の身の隠れ里。女房おかるは寝乱れし。髪取り上げんと櫛箱の。あかつきかけて戻らぬ夫。待つ間もとけし投げ島田。結ふにいは

＊　竹本島太夫の役場。島太夫の評は一六一頁参照。
　時―第五の翌朝。所―与市兵衛の住家。

一　三味線の調絃法の「三下がり」で伴奏する歌。「三下がり」は本調子の第三絃を一全音下げたもので、最低絃と第二絃とは完全四度、第二絃と最高絃とも完全四度の音程となる。粋な調子で、長唄などに多い。

二　不詳。

三　麦を搗く音に交じって聞える在郷歌。「在郷歌」は田舎の流行歌。幕明きで田舎ののどかな風を出すために在郷唄を用いるのは歌舞伎の下座音楽の手法。「曾根松宮の作り物、茶見世二タ所に有……在ごう哥にて道者仕出しにて出ル」（『傾城建仁寺供養』）。「在郷唄、てんつつは是より出たるものにて世話場につかふ在郷唄も三種あり。唄のなきはてんつつといふ」（『絵本戯場年中鑑』上）

四「山崎、具号ニ大山崎ニ在ニ円明寺南六七町計ニ但云所山崎東端也、山崎ノ境地北ハ山。南ハ川。其流山城ヨリ出難波ニ入ル。人家南北双立ツ。中ニ往還道アリ。東西ニ通ル。西国東国ノ陸路也。古ニハ繁栄シテ人家千軒アリ」（『山州名跡志』十）

五　十行本に「小百ぜう」とある。

六　赤土の埴を塗った住居。転じて粗末なあばら家。

七「櫛箱の明け」と「暁」の掛詞。

八「とけしなし」と「解けし投げ島田」の掛詞。「と

けしなし」はじれったい、待ちどおしい。「投げ島田」は髪型で島田髷の髷を後ろへそらして結んだ派手な型。

九「投げ島田結ふ」と「言ふに言はれぬ」の掛詞。

一〇「誰にか告げる」と「黄楊の水櫛」の掛詞。

一一 女性が髪を梳く姿は、歌舞伎で「髪梳き」と呼ばれる演出の型で、元禄期に曾我物の十郎と虎御前の髪梳きの趣向から発生し、一般に愛情感の表現様式となる。在郷歌から髪梳きへと、第六の冒頭は歌舞伎手法の利用である。歌舞伎の髪梳きには音楽の伴奏を伴うが、ここでは在郷歌がそれに当る。「さかおもだかのよろいに鏡を立、片袖ぬぎかけ髪すきの所、江戸半大夫上るりに合所作大当り」（『芝居晴小袖』江戸）。『忠臣金短冊』四にも大岸の妾の髪梳き場面がある。

一二 六十歳になったこと。「五十杖二於家一、六十杖二於郷一、七十杖二於国一、八十杖二於朝一」（『礼記』王制篇五）

一三 麦秋（ばくしゅう）の訓読。『日葡』には「Bacuxû…Goguachino jibun」とあるが、『下学集』には「麦秋四月」とある。麦のみのる陰暦四、五月をいう。

一四 在所の入口。

一五 益無の音便か。その甲斐もなく。

一六 女性語。相手の言葉をうけて、自分も同意するような場合の発語の詞。

投げ島田
〔当世かもじ雛形〕

れぬ身の上を　誰にか。一〇つげの水櫛に。一一髪の色艶梳きかへし。品よく（上品にきちんと）しやんと結ひ立てしは。在所に惜しき（田舎には惜しい艶な姿である）姿なり。

与市兵衛を待つ妻子の不安

母の齢も杖一二つき

の。野道とぼ〳〵立ちかへり。「オオ娘　髪結やつたか。美しうようできた。イヤもう在所はどこもかも一三麦秋時分で忙しい。今も藪際で若い衆が麦かつ歌に。親仁出て見やばばん連れてとうたふを聞く。親仁殿の遅いが気にかかり。一四在口まで行たれど　一五ようなら影も形も見えぬ」。（おかる）一六「さいな　こりやまあどうして遅いことぢや。わし一走り見てきやんしよ（来ましょう）」。（母）「イヤなう　若いをなごの一人歩くはいらぬこと（してはならないこと）。

おかるの身売

ことにそなたは小さい時から。在所を歩くことさへ嫌ひで。塩谷様へ御奉公にやつたれど。どうでも草深い所に縁があるやら　戻りやつたが。勘平殿と二人ゐやれば　おとましい[一]顔も出ぬ」。(おかる)「オオかか様の　そりやしれたこと。好いた男と添ふのぢやもの。在所はおろか　貧しい暮しでも苦にならぬ。やんがて盆になつて。とさま[二]出て見やかかんつ。かかん連れて[三]といふ歌のとほり。勘平殿とたつた二人。踊り見に行きやんしよ。お前も若い時覚えがあろ」とさし合ひ[四]くらぬぐわら娘[五]。気もわさ〳〵と見えにける。

(母)「なんぼそのやうにおもしろをかしう言やつても。心の内はの」。(おかる)「イエ〳〵済んでござんす。ぬしのために祇園町[六]へ。勤め奉公に行くは　かねて覚悟のまへなれど。年寄つて父様の世話やかしやんすが」(母)「そりや言やんな。小身者なれど　兄[七]も塩谷様の御家来なれば。ほかの世話するやうにもない」と。親子はなしの中道伝ひ[八]。駕籠を舁かせて急ぎ来るは　祇園町の一文字屋[九]。「ここぢや〳〵」と門口

一 「疎ましい」の変化した語。いやな。不愉快な。
二 父さま。
三 母。冒頭の「親仁出て見やばばんつ。ばばん連れて」と一対になる在郷唄。
四 人の前で遠慮すべきことを言ったりしたりすること。家族の中で自分の色話などをする場合に言うことが多い。
五 がさつな、おてんば娘。
＊ あとの悲劇への導入部として、明るい陽気な場面を設定する常套の手法。
六 祇園社西門前の四条通の両側、大和大路に至るまでを祇園町といい、私娼街であった。「ぎをん町八軒は万事大ようにてしゆらひも少はをかれぬ所三匁銀壱両其外二匁五分そのうへは首尾によるべし」(『諸国色里案内』)
七 おかるの兄、寺岡平右衛門のこと。七段目に登場する伏線としての働きがあろう。
八 「親子はなしの中」と「中道伝ひ」の掛詞。
九 京都の祇園には一文字屋という名の遊女屋は見当らない。京都島原柳町中之町の一文字屋梅村七郎兵衛(『色道大鏡』)と伏見撞木町の一文字屋(『傾城色三味線』)があるが、俗説からみて後者と関係あるか。『忠義武道播磨石』四にも一文字屋が登場する。

から。「与市兵衛殿内にか」といひつつはひれば。（母）「これはまあ〳〵遠いところを。ソレ娘たばこ盆。お茶上げましや」と親子して。槌一〇でお家をはくじんやの亭主。（一文字屋）「さて夕べはこれの親仁殿も いかい大儀。別条なう戻られましたか」。（母）「エエさては親仁殿と連れ立つて来はなされませぬか。これはしたり一一。お前へ行てから今においてゞ」。「ヤア戻られぬか」。「ハテ面妖な」。「ハアもし稲荷前一二をぶらついて 一三かの玉殿につままりやせぬかの。コレこの中ここへ見に来て極めたとほり。一四お娘の年一五も丸五年切り。一六給銀は金百両。さらりと手を打つた。これの親仁がいはるるには。今夜中に渡さねばならぬ金あれば。今晩証文をしたため。百両の金子お貸しなされて下されと。涙をこぼしての頼みゆゑ。証文の上で半金渡し。残りは奉公人と引き換への契約。なにがその 五十両渡すとよろこんでいただき。ほ一七た〳〵いうて戻られたは 一八もう四つでもあらうかい。夜道を一人金持つていらぬものと 一九留めても聞かず戻られたが。ただしは道に」。

一〇 諺「槌で庭掃く」（『譬喩尽』）を転用して用いた。人の訪問をうけてあわてふためいて客人をもてなすさまにいう。「お家」は座敷。「御家え上る、座敷え上る也」（『浪花聞書』）。「お家を掃く」と「白人屋」は掛詞。「はくじんや」は白人（しろと）屋の音読。「いつのころより素人と名附けて、傾城にもあらず茶屋女にもあらぬ遊女の出来ぬ、白人といふを、すぐに用ひて白人と云ふ」（『五箇の津余情男』一）

一一 意外なことのなりゆきに驚くときに発する語。

一二 京都伏見の稲荷神社の前。「三の峰稲荷大明神のやしろは大和大路（伏見街道）の南にあり」（『都名所図会』三）。祇園町からの帰路にあたる。

一三 狐殿。稲荷神社の狐は、口に宝珠をくわえていることからいう。

一四「おむすめ」の下略語。他人の娘に対する愛称。

一五 年季奉公の期限。通常五年とか十年とかの雇用契約を結び、前金を渡して契約が成立する。それを五年切り、十年切りという。

一六 年季奉公の契約時に支給する前渡金。

一七 うれしそうに、愛敬をふりまくさま。「ほたえる」と同根。「ざれたはぶるる事を上方にて○ほたえると云。関東にて○をどけると云」（『物類称呼』五）

一八 夏であるから、午後十時二十分頃。

一九 不要なことで、してはならない意か。または「行かぬもの」の誤刻か。再板本では「か」と読めるが、初板本と十行本は「ら」。

(おかる)「イエ〳〵寄らしやる所は　なうかか様」。(母)「ないとも〳〵。ことに一時も早う　そなたやわしに金見せて。よろこばさうとて。息せき一と戻らしやるはずぢやに　合点がいかぬ」。(一文字屋)「イヤこれ合点のいくいかぬはそつちの穿鑿。こちはさがり二の金渡して。奉公人連れて去の」と。ふところより金取り出し(一文字屋)「跡金の五十両。これで都合百両。サア渡す　受け取らしやれ」。(母)「お前それでも親仁殿の戻られぬうちは　なうかる。わが三身はやられぬ」。「ハテぐづ〳〵と埒の明かぬ。コレ四ぐつともすつともいはれぬ与市兵衛の印形。証文がものいふ。今日から金で買ひ切つたからだ。一日ちがへばれこ五づつちがふ。どうで六かうせざ済むまい」と手を取つて引つ立つる。「マア〳〵待つて」と取りつく母親　突き退けはね退け。無体に駕籠へ押し込み〳〵　舁き上ぐる門の口。鉄砲に蓑笠打ちかけ戻りかかつて見る勘平。つか〳〵と内に入り。「駕籠の内なは七女房ども　こりやマアどこへ」。(母)「オオ勘平殿　よい所へよう戻つて下さつた」と。八母のよ

一　非常に急いでいるさま。息をきらして。「いきせきは気息急きにて気息を切ていそぐをいふ」(『俚言集覧』)

二　末払いの残金。「代料のいまだ了らざるをサガリと云ふ」(『俚言集覧』)

三　お前。目下の者に対する二人称代名詞。

四　一言半句も文句のつけようがない。与市兵衛の印判がある証文を見せて、おかるをつれて去ろうとする。

五　「これ」の倒語で、隠語的表現。金銭、情人などをはっきり示さずにぼかしていう時に用いる。ここでは指で金額を示している。

六　身を売った娘を遊女屋がつれてゆく時は、いざとなれば何時でもこんな場面になることを前提として、「どうせ結局はこうしなければすむまい」と引立てる。

七　「ども」は人を表す名詞について、呼びかけの働きをする。「駕籠の内なは女房ども」「女房どもこりやマアどこへ」が重なった言い方。

八　母が何故喜んでいるのか、その訳が分らない。

ろこびその意を得ず。(勘平)「どうでも深いわけがあろ。母者人女房ども。様子聞かう」とお家[九]のまん中。どつかと坐れば文字[一〇]の亭主。「フゥさてはこなたが奉公人の御亭[一一]ぢやの。たとへ夫でもなんでも。なづ[一二]けの夫などと脇より違乱[一三]さまたげ申す者これなく候と。親仁の印形あるからは　こちにはかまはぬ。早う奉公人を受け取らう」。(母)「オオ婿殿　合点がいくまい。かねてこなたに金の要る様子　娘の話で聞いたゆゑ。どうぞ調へて進ぜたいと。いうたばかりで一銭のあてもなし。そこで親仁殿のいはしやるには。ひよつとこなたの気に女房売つて金調ようと。よもや思うてではあるまいけれど。もし二親の手前を　遠慮してゐやしやるまいものでもない。いつそこの与市兵衛が　婿殿に知らさず娘を売らう。まさかの時は切り取り[一四]するも侍のならひ。女房売つても恥にはならぬ。お主の役に立つる金。調へ[一五]てをましたら　まんざら腹も立つまいと。昨日から祇園町へ。折り[一六]極めに行て　今に戻らしやれぬゆゑ。親子案じてゐる中へ　親方

九　座敷。「御家え上る、座敷え上る也」(『浪花聞書』)。底本は「お上」とある。
一〇　一文字屋の略した言い方。
一一　御亭主の略した言い方。
一二　いいなずけの夫。婚約者。
一三　一旦取りきめた契約を違えたり、妨害したりするものはありません。契約の文言の形式で「違乱妨申者無之候」という文書になる。
一四　諺。「世の諺に。切り取りするも浪人の習ひと」(『放屁論』後編)。乱世に落ちぶれた浪人の行動をいう諺。
一五　人に「してあげる」意を表す謙譲の補助動詞。調えてあげたら。「おまらす」の転。
一六　お互いに相談して、折合って話をきめること。利害が相反する場合に、お互いに譲歩して決着をつけるときにいう。

殿が見えて。夕べ親仁殿に半金渡し。跡金の五十両と引き換へに。娘を連れて去なうというてなれど。親仁殿に逢うてのうへと　わけをいうても聞き入れず。今連れて去なしやるところ　どうせうぞ勘平殿」。(勘平)「これは／＼先づもつて舅殿の心づかひかたじけない。したがこちにもちつと一よいことがあれども　それは追つて。親仁殿も戻られぬに　女房どもは渡されまい」。(一文字屋)「とはなぜに」。(勘平)「ハテいはば二親なり判がかり。もつとも夕べ半金の五十両渡されたでもあらうけれど」。(一文字屋)「イヤこれ京大坂をまたにかけ。女護三の島ほど奉公人をかかへる一文字屋。渡さぬ金を渡したと　いうて済むものかいの。まだそのうへに確かなことがあるてや四。これの親仁がかの五十両といふ金を。手拭ひにぐる／＼と巻いて　ふところに入れらるる。そりやあぶない　これに入れて首にかけさつしやれと。おれが着てゐるこの単物の縞の切れで。こしらへた金財布五貸したれば。やんがて首にかけて戻られう」。(勘平)「ヤアなんと。こなたが着てゐるこの縞の切れの金

＊夫のために身売りして金を調達するのは浄瑠璃歌舞伎を通じて頻用される手法。義士物でも『太平記さざれ石』『けいせい伝授紙子』『忠臣金短冊』などに用いられる。

一　前段の山崎街道で得た五十両のことをいう。

二　言ってみるなら、まだ戻られぬ親仁殿は女房の親でもあり、また判を押した本人でもある。

三　女ばかりが住んでいるという想像上の島。伊豆七島の八丈島を想定する説（『広益俗説弁』）が一般であるが、亞瑪作揥、羅刹国とする説（『雑説嚢話』）、薩摩の甑島とする説（『仙台間語』）などもある。遊女を抱える廓をたとえていう。

四　終助詞「て」に間投助詞「や」を添えた語。親しみの意をこめる。確かな証拠があるんだよ。

五　お金を入れる巾着形の袋。二二〇頁注一の「縞の財布」。二二五頁絵尽しの一文字屋亭主の着物と財布は同じ縞模様。

財布か」。（一文字屋）「オオてや〔そうだよ〕」。（勘平）「あのこの縞でや」。（一文字屋）「なんとたしかな証拠であらうが」。聞くよりはつと勘平が　肝先に〔胸にはっと感じ〕ひしとこたへ。そばあたりに目をくばり　袂の財布見合せば。寸分ちがはぬ糸入り縞[六]　南無三宝。さては夕べ鉄砲で打ち殺したは　舅であつたか。ハアはつとわが胸板を二つ玉で打ち抜かるるより[七]切なき思ひ。とは知らずして女房。（おかる）「コレこちの人　そは／＼せずと。〔一文字屋に私を〕やるものかやらぬものか。分別して〔判断してきめて〕下さんせ」。（勘平）「オオなるほど。ハテもうあのやうに確かにいはるるからは　行きやらずばなるまいか」。（おかる）「アノとつさんに逢はいでもかえ」。（勘平）「イヤ／＼親仁殿にも今朝ちよつと逢うたが　戻りは知れまい」。（おかる）「フウそんなりや〔それならば〕とつさんに逢うてかえ〔会ったのかい〕。それならさうといひもせで　かかさんにもわしにも。案じさしてばつかり」といふに　文字も〔一文字屋も調子にのって〕図に乗つて。「七度尋ねて人疑へ[八]ぢや。親仁の在所の知れたので　そつちもこつちも心がよい。まだこのうへにも四の五の[九]あれば　いやともに[一〇]でんど沙汰[一一]。まあ／＼さらりと済んでめで

六　絹糸入りの意で、絹糸を木綿の中にまぜて縞に織った織物をいう。「糸縞」ともいう。

七　二一三頁注一四。五段目をふまえた表現。

八　諺。「七たびたづねて、人うたがへ」（『和漢古諺』上）。「七どたづねて人うたがへ」（『毛吹草』二）など。いきなり人を疑う軽率さをいましめる意。

九　なんやかやと苦情をいう。「四の五のいふ人」（『譬喩尽』）

一〇　たとえいやであっても。

一一　出る所へ出て訴訟にもちこむこと。おもてざたにして決着をつけること。

たい。おふくろ[一]も御亭も　六条参り[二]してちと寄らしやれ。サア〳〵駕籠に早う乗りや」。（おかる）「アイ〳〵これ勘平殿もう今あつちへ行くぞえ。年寄つた二人の親たち。どうでこなさんのみんな世話。取りわけてとつさんはきつい持病。気をつけて下さんせ」と。親の死目をつゆ知らず。頼むふびんさいぢらしさ。〔勘平は〕いつそ打ち明けありのまま。話さんにも他人ありと　心を[三]。痛め堪へゐる。（一文字屋）「オオ婿殿。夫婦の別れ暇乞ひがしたかろけれど。[四]そなたに未練な気も出よかと　思うてのことであろ」。（おかる）「イエ〳〵なんぼ別れても。ぬしのために身を売れば　かなしうもなんともない。わしや勇んで行く　かか様。したが父様に逢はずに行くのが」。（母）「オオそれも戻らしやつたら　つい逢ひに行かしやろぞいの。患はぬやうに灸据ゑて。息災な顔見せに来てたも。鼻紙・扇もなけりや不自由な。なんにもよいか。[五]とばついて怪我しやんな」と。駕籠に乗るまで心をつけ　（母）「さらばや」（おかる）「さらば」。（母）「なんの因果で人並みな娘を持ち。このかなしい目を見ること

一　母親。他人の母親を敬っていい、自分の母親を謙譲していう。「児既に成長して父に別称なく、母を御袋と云、おふくろと訓ず」（『守貞漫稿』三）

二　京都の六条通りにある、東西の本願寺に参詣すること。「六条といへば古より本国寺の事なるに、只今にては六条参り抔と称して、門跡の事になりたり」（『蕉斎筆記』四）。六条参りでもして帰りに立寄りなさい。

三　心を痛めてじっと我慢していた。

四　二人称であるが、ここではおかるの方をさしていう。

五　よろめく。足がふらつく。

〈切〉勘平切腹　与市兵衛死骸で帰る

ぢや」と。歯をくひしばり泣きければ　娘は駕籠にしがみつき。泣くを知らさじ聞かさじと　声をも。立てずむせかへる。情けなくも駕籠舁き上げ　道をはやめて急ぎ行く。

母は跡を見送り〳〵。「アアよしないことというて　娘もさぞかなしかろ。オオこな人わいの。親の身でさへ思ひ切りがよいに。女房のことぐづ〳〵思うて。患うて下さんな。この親仁殿はまだ戻らしやれぬことかいなう。こなた逢うたといはしやつたの」。「アアなるほど」。「そりやまあどこらで逢はしやつて。どこへ別れて行かしやつた」。「されば別れたその所は。鳥羽か伏見か淀　竹田」と。口から出次第　めつぽふ弥八。種が島の六　たぬきの角兵衛。所の狩人三人連れ。親仁の死骸に蓑打ち着せて　戸板に乗せ。どや〳〵と内に入り。「夜山しまうて戻りがけ　これの親仁が殺されてゐられたゆゑ。狩人仲間が連れて来た」と。聞くよりはつとおどろく母。「何者のしわざ。コレ婿殿　殺したやつは何者ぢや　敵を取って下され

六　ここなる人の転。勘平に対する呼びかけ。

七　相手の言ったことに対して、その通りだと同意するときの返事にあたる感動詞。

八　「鳥羽里は四ツ塚の南なり。上鳥羽下鳥羽とて南北一里ばかりあり。民家多し」（『都名所図会』四）

九　「伏見、いにしへは隴々たる野径にしてところ〴〵に民村あり。秀吉公御在城より大名屋鋪、諸職工人、賈人軒端をつらね、町小路に市をなし、都へ貨物を通じて交易をなしけり」（『都名所図会』五）

一〇　「京より未申の方三里なり。城有。大小の橋有。大は木津川の流に有。小は伏見より行水淀川の最中也。木津川かつら川淀において一般に落合摂津へ行」（『国花万葉記』二下）

一一　「竹田　在城南宮森艮亘卯辰一町許。此所洛陽東洞院通南順路也。竹田今は所の名とす」（『山州名跡志』十一）。「口から出次第」というが、京方面から山崎への道筋としては、東から伏見→淀、竹田→淀、鳥羽→淀の道筋が考えられる。

一二　「めつぽふ」は滅法で、法外なこと。「口から出次第めつぽふ」なことをいう「めつぽふ弥八」と掛けた。さらに、鉄砲の上手な六、うそつきの角兵衛と、あだ名を冠した狩人の名前。

一三　板の戸を物を載せるのに利用した。怪我人や死体などを運ぶのによく用いられる。

一四　夜の狩猟。夜の山狩。

なう。コレ親仁殿〳〵」と。呼べど叫べどその甲斐も[一]なくより。
ほかのことぞなき。
狩人ども口々に。「オオおふくろ　かなしかろ。[二]代官所へ願う
て　詮議してもらはしやれ。[三]笑止〳〵」とうち連れて　みな〳〵わ
が家へ立ち帰る。
母は涙の。ひまよりも　勘平がそばへさし寄つて。「コレ婿殿。
[四]よもや〳〵。〳〵とは思へども　合点がいかぬ。なんぼ以前が
武士ぢやとて。舅の死目見やしやつたら。びつくりもしやるはず。
こなた道で逢うた時。金受け取りはさつしやれぬか。親仁殿がなん
といはれた。サアいはつしやれ。サアなんと。どうも返事はあるま
いがの。ない証拠はコレ。ここに」と勘平がふところへ　手を差し
入れて引き出すは。さつきにちらりと見ておいたこの財布。(母)「コレ
血のついてあるからは。こなたが親仁を殺したの」。(勘平)「イヤそれは」。
「それはとは。エエ[五]わごりよはなう。隠しても隠されぬ　[六]天道様が

一「甲斐も無く」と「泣くより」の掛詞。
二 幕府の直轄地を支配する地方官を代官といい、勘定奉行に属して旗本が任ぜられ、年貢徴収、司法検察を主として民政に当った。その役所を代官所という。
三 お気の毒だ。おいたわしい。

狩人たち帰る

四 まさか。下に否定の意を伴って、そんなことは殆どありえないという予測を表す。ここでは「まさかそんなことはあるまいと思うけれど」という意で、あとの「こなたが親仁を殺したの」を前提とする言い方。

与市兵衛女房のくどき

五 二人称の代名詞。対等又は身分の下の相手に対し親しみをもっていう語。男女共に用いるが、年配者が用いることが多い。
六 天地を支配する神。近世では天地主宰の絶対的な意志の意に用いられ、具象化して、それを太陽と考えていた。「天道様は見通し」に同じ。
＊ 縞の財布が羽織の縞と合致して犯人露見の趣向は、宝永八年（一七一一）正月の京都万太夫座『けいせい九品浄土』にあり、肉親を知らずに殺害し、奪った縞の財布が証拠となって事実を知るという趣向は、正徳三年正月の大坂大西の芝居『大餝万年暦』に沢村長十郎が演じている。

明らかな。親仁殿を殺して取つた。その金（かに）[七]や誰（たれ）にやる金ぢや。ムゥ聞え（わかつ）た。身貧な舅。娘を売つたその金を。[八]ちゆうで半分くすねておいて。みなやるまいかと思うて。コリヤ殺して取つたのぢやな。今といふ今までも。律儀（りちぎ）な人ぢやと思うて。だまされたが腹が立つわいやい。エヱここな人でなし。あんまりあきれて涙さへ出ぬわいやい。なう[九]愛（いと）しや与市兵衛殿。畜生のやうな婿とは知らず。どうぞ元の侍にしてやりたいと。年寄つて夜（よ）も寝ずに [一〇]京三界（きやうさんがい）を駆け歩き。[一一]珍財（ちんざい）を投げうつて 世話さしやつたも。かへつてこなたの身の[一二]仇（あた）となつたるか。[一三]飼ひ飼ふ犬に手をくはるると。ようも／＼このやうに むごたらしう殺された事[一四]ぢやまで。コリヤここな鬼よ蛇（じや）よ。父（と）さまを返せ。親仁殿を生け（生き返らせ）て戻せやい」と。[一五]遠慮会釈もあら男（をのこ）の。[一六]髻（たぶさ）をつかんで 引き寄せ／＼たたきつけ。「づだ／＼に切りさいな（なぶり切りにし）んだとて（たとて） これでなんの腹が[一七]癒（い）よ」と。恨みのかず／＼くどき立て かつぱと伏して。泣きゐたる。身の誤りに勘平も。[一八]五体に熱湯（ねつたう）

七 「そのかねは」の訛った言い方。「おれは」が「おりや」と訛るのと同じ転訛。
八 途中で半分をひそかにかすめ取っておいて。与市兵衛が半分くすねて全額を渡すまいとお前が思って。
九 可哀そうな。ふびんな。ここからは与市兵衛に言う形になる。
一〇 「三界」はもと仏語で、欲界、色界、無色界をいうが、「三千世界」の意にも用い、また地名の下につけて、界隈、そのあたりの意を表す。遠く離れた場所の時に用いる事が多いが、ここでは、「はるばる京都あたりまで」の意の言い方。
一一 財宝。金銭。
一二 当人にとって害になるもの。
一三 諺。恩を与えた者に、逆に害を受ける意。「かひかふ虫に手をくはるる」（『毛吹草』二）、「かひいぬにあしをくはるる」（『和漢古諺』上）、「飼犬に手を噛まるる」（『譬喩尽』）
一四 事だわい。「まで」は文の終止した形のあとについて、意味を強め念を押す意を添える終助詞。
一五 「遠慮会釈もあらず」と「荒男」の掛詞。
一六 髪の毛を頭上で集めてたばねた所。ここを元結でしばる。
一七 「癒よう」の約まったいい方。腹立ちが直ろうか。
一八 頭と両手と両足。「五体、筋脈肉骨皮毛、仏書曰頭ト四肢トヲ曰フ」（『和漢名数』八）

の汗を流し。畳にくひつき天罰と。思ひ知つたる折こそあれ。

深編笠の侍二人「早野勘平在宿をし召さるか。原郷右衛門　千崎弥五郎御意得たし」とおとなへば。折悪けれども勘平は。腰ふさぎ脇ばさんで出迎ひ。「コレハ〳〵御両所ともに。見苦しきあばらやへ御出でかたじけなし」と。頭を下ぐれば郷右衛門。「見れば家内に取込みもあるさうな」。〔勘平〕「イヤもう瑣細な内証事。おかまひなくとも　いざ先づあれへ」。「しからば左様にいたさん」とずつと通り　座につけば。〔勘平は〕二人が前に両手をつき。〔勘平〕「このたび殿の御大事にはづれたるは。拙者が重々の誤り。申し開かん言葉もなし。何とぞそれがしが科　御許しをかうむり。亡君の御年忌。諸家中もろとも相つとむるやうに　御両所の御取りなし。ひとへに頼みたてまつる」と身をへりくだり　述べければ。

郷右衛門取りあへず。「先づもつてそのはう　貯へなき浪人の身として。多くの金子御石碑料に調進せられし段。由良之助殿はなは

郷右衛門・弥五郎の来訪

一　顔がかくれるように、深く編んだ編笠。

深編笠
〔守貞漫稿・二九〕

二　一時の間に合せに腰をふさぐだけの粗末な刀。

三　家の中の内輪の事。通常は家計のやりくりなどについていう。

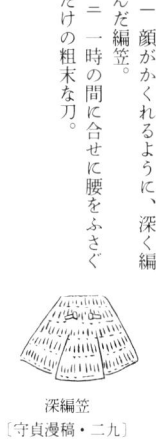

四　死後、毎年巡ってくる命日に行う法要。仏教では一年目を一回忌又は一周忌、二年目を三回忌、以後七回忌、十三回忌と仏事法要を行う。ここでは一周忌の法要。

五　家中の皆さんと御一緒に。「家中」は同藩の家来たちを総称していう語。

勘平切腹

六　調えて進上する。

だ感じ入られしが。石碑をいとなむは　亡君[七]の御菩提。殿に不忠不義をせしそのはうの金子をもつて。御石碑の料に用ひられんは。御[八]尊霊の御心にもかなふまじとあつて。金子は封のまま相戻さる」と。ことばのうちより弥五郎　懐中より金取り出だし。勘平が前にさし置けば。〔勘平〕はつとばかりに気も顚倒　母は涙ともろともに。「コリヤここな悪人づら[九]。今といふ今　親の罰思ひ知つたか。皆様も聞いて下され。親仁殿が年寄つて　後生のことは思はず。婿のために娘を売り。金調へて戻らしやるを待ち伏せして。あのやうに殺して取つた金ぢやもの。天道様が無くば知らず。なんで御用に立つものぞ。親殺しのいき盗人[一〇]に。罰をあてて下されぬは。神や仏も聞えぬ。あの不孝者　お前方の手にかけて。なぶり殺しにして下され。わしや腹が立つわいの」と身を投げ。伏して泣きゐたる。聞くにおどろき　両人刀おつ取り。弓手馬手[一一]に詰めかけ〳〵。弥五郎声をあららげ。「ヤイ勘平。非義非道[一二]の金取つて。身の科の詫びせよとは　い

七 亡くなられた主君の霊を極楽浄土に往生させるためである。死後の冥福を祈るためである。
八 主君塩谷判官の御霊。

九 悪人め。「づら」は人名につけて、その人を罵る意をもつ接尾語。

一〇 盗人をさらに罵っていう語。「人をしかり詈る時に、をのが腹のたつ儘に、息まき赤面して、せめてちくしやうともいはで、いきづくしやうめ、しにづくしやうめ、いきだはけ、しにだはけ、がつきめ、あはうめ、ふんちうめなど、いとさもしく冷じういふことなかれとぞ、すべて、生死めの二字を付て、人をののしり侍ること、浅ましうすごう侍る物なり」（『かたこと』五）
一一 「弓手」は弓を持つ方の手で左手。「馬手」は馬の手綱を持つ方の手で右手。
一二 義理と道理にはずれたこと。

はぬぞよ。わがやうな人非人　武士の道は耳に入るまい。親同然の舅を殺し　金を盗んだ重罪人は。大身槍の田楽刺し。拙者が手料理振舞はん」と。はつたとにらめば郷右衛門。「渇しても盗泉の水を飲まずとは　義者のいましめ。舅を殺し取つたる金。亡君の御用金になるべきか。生得汝が不忠不義の根性にて。調へたる金と推察あつて。突き戻されたる由良之助の眼力　あつぱれ〳〵。さりながら。ハア情けなきは　このこと世上に流布あつて。塩谷判官の家来早野勘平。非義非道を行ひしといはば。汝ばかりが恥ならず。亡君の御恥辱と知らざるか　うつけ者。さほどの事のわきまへなき　汝にてはなかりしが。いかなる天魔が見入れし」と。鋭きまなこに涙を浮かめ　事をわけ理を責むれば。たまりかねて勘平。もろ肌おし脱ぎ脇指を。抜くより早く腹にぐつと突き立て。「アアいづれもの手前面目もなき仕合せ。拙者が望みかなはぬ時は　切腹とかねての覚悟。わが舅を殺せしこと　亡君の御恥辱とあれば　ひととほり申し開か

一　大身の槍。刃わたりの長い大きい槍。
二　田楽豆腐の串のように、槍や刀で突き通すこと。大身槍で貴様を田楽刺しにして処刑してしまうの意。
三　みずからの手で作る料理。「田楽刺し」の縁語。
四　諺。いかに困窮していても、不正な財をむさぼらないことのたとえ。『文選』の「渇シテモ盗泉ノ水ヲ飲マズ、熱シテモ悪木ノ陰ニ息マズ」による。「渇しても盗泉の水を飲まず」(『譬喩尽』)
五　正義を重んずる者。
六　生れつき。
七　左右両方の肌。上衣の上半身を脱いで肌をあらわす。

ん。両人ともに聞いて賜べ[八]。夜前弥五郎殿の御目にかかり。別れて帰る暗まぎれ　山越す猪に出あひ。二つ玉にて打ち留め。駆け寄つて探り見れば。猪にはあらで旅人。南無三宝あやまつたり。薬はなきかと懐中を探し見れば。財布に入れたるこの金。道ならぬ事なれども　天よりわれに与ふる金と。すぐに馳せ行き　弥五郎殿にかの金を渡し。立ち帰つて様子を聞けば。打ち留めたるはわが舅。金は女房を売つた金。かほどまでするこ となすこと。いすかの觜[九]ほどちがふといふも。武運に尽きたる勘平が。身のなりゆき推量あれ」と血ばしる。まなこに無念の涙。子細を聞くより弥五郎ずんど[一〇]立ち上がり。死骸引き上げ打ち返し「ムウ〳〵」と疵口改め。(弥五郎)「郷右衛門殿これ見られよ。鉄砲疵に似たれども。これは刀でゑぐつた疵。エエ勘平早まりし」と。いふに手負ひも見てびつくり。母もおどろくばかりなり。

郷右衛門心づき。「イヤコレ千崎殿。アアこれにて思ひ当つたり。

八　前日の夜。昨夜。

九　やることなすことがちぐはぐになって、思い通りにならぬことのたとえ。鶍は雀科の小鳥で上下のくちばしが曲っていて、うまく合わずに交差してしまう。「鶍鵑の觜　齟齬也　くひちがふこと」（『譬喩尽』）

一〇　動作が突然に行われるさまを表す擬態語。

一　二人称の代名詞。元来は反射指示の代名詞であるが、「御」を冠すれば丁寧な二人称となる。

二　わが身の置き所。まともな生活をする場もないことをいう。

三　死出の山と三途の川。仏説によると、人が死後冥途におもむく時、死出の山を越えて三途の川に達するという。

四　弓矢を司る軍神。武運を守る神。

御[一]自分も見られしとほり。これへ来る道ばたに。鉄砲受けたる旅人の死骸。立ち寄り見れば斧定九郎。強欲な親九太夫さへ。見限つて勘当したる悪党者。身[二]のたたずみなきゆゑに。山賊すると聞いたるが　疑ひもなく勘平が。舅を討つたはきやつがわざ」。(母)「エエそんなりや。あの親仁殿を殺したは。ほかの者でござりますかえ」。ハアはつと。〔驚いて〕母は手負ひに縋り。「コレ手を合はして拝みます。年寄りの愚痴な心から　恨みいうたは皆誤り。こらへて下され勘平殿。かならず死んで下さるな」と。泣き詫ぶれば〔勘平は〕顔振り上げ。「ただいま母の疑ひも。わが悪名も晴れたれば。これを冥途の思ひ出とし。跡より追つつき舅殿。死出三途[三]を伴はん」と。突つ込む刀引き回せば(郷右衛門)「アアしばらく〱。思はずもそのはらが舅の敵討つたるは。いまだ武運に尽きざるところ。弓矢神[四]の御恵みにて。一功立つたる勘平。いま息のあるうち郷右衛門が　ひそかに見する物あり」と。懐中より一巻を取り出だし。さら〱と押し開き。(郷右衛門)「このたび亡君の敵。高師

直を討ち取らんと　神文[五]を取りかはし。一味徒党の連判かくのごとし」と。読みも終らず苦痛の勘平。「その姓名は誰々なるぞや」。（郷右衛門）「オオ徒党の人数は四十五人。汝が心底見とどけたれば。その方をさし加へ　一味の義士四十六人。これを冥途のみやげにせよ」と。懐中の矢立[六]取り出だし　姓名を書きしるし。「勘平血判[七]」。「心得たり」と腹十文字にかき切り。臓腑[八]をつかんでしつかと押し。（勘平）「サア血判つかまつつた。アアかたじけなやありがたや。わが望み達したり。母人嘆いて下さるな。舅の最期も。女房の奉公も。反古にはならぬ（無駄にはならない）この金。一味徒党の御用金」と。いふに母も涙ながら。財布とともに二つつみ　二人が前に差し出だし。（母）「勘平殿の魂の入つたこの財布。婿殿ぢやと思うて。敵討ちのお供に連れてござつて下さりませ」。「オオなるほどもつともなり」と郷右衛門金取り納め。「思へば／＼この金は　縞の財布の紫摩黄金[九]。仏果を得よ」といひければ。「アア仏果とはけがらはし。死なぬ／＼。魂魄[一〇]この土にとどま

五　神仏に誓いを立てて、その誓いに違反したときには罰を蒙ってよい旨の文を記した文書。起請文。

＊『忠臣武道播磨石』五にも仇討に参加できなくなった橋本平内が切腹、それによって徒党の人数に加えるという同様の場面がある。

六　携帯用の筆記具で、墨壺に筆入れをつけたもの。筆入れの筒の部分を腰にさして携行する。

七　誓詞・起請文などの署名の下に血で押す指判。左の中指又は無名指の爪の生え際に針をさして、その血をしぼよせて押すのがしきたりである。

八　一九九頁注六参照。

九　紫色をおびた純度の高い黄金。「縞の財布」と「紫摩黄金」は頭韻。「紫摩黄金」と「黄金仏」、「黄金仏」と「仏果」は掛詞。紫摩黄金仏ともいうべき尊いものである。その縁で成仏して下さいという意。

一〇　人が死ぬと、魂は天に帰し、魄は地に帰すという中国の考え方が根底にあろう。「魂気ハ天ニ帰リ形魄ハ地ニ帰ル」（『礼記』郊特牲篇）

つて。敵討ちの御供する」と。いふ声もはや四苦八苦。母は涙にかきくれながら「ナウ勘平殿。このことを娘に知らし。せめて死目に逢はしてやりたい」。「イヤ〳〵親の最期は格別。勘平が死んだこと　かならず知らして下さるな。お主のために売つたる女房。このこと聞いて不奉公せば。お主に不忠するも同然。ただそのままにさし置かれよ。サア思ひ置くことなし」と。刀の切先　咽にぐつと刺しつらぬき　かつぱと伏して息絶えたり。「ヤアもう婿殿は死なしやつたか。さても〳〵世の中に　おれがやうな因果な者が　またと一人あらうか。親仁殿は死なしやる　頼みに思ふ婿を先立て。いとし可愛いの娘には生き別れ。年寄つたこの母が　一人残つてこれがマア。なんと生きてゐられうぞ。コレ親仁殿与市兵衛殿。おれも一所に連れて行て下され」と。取りついては泣き叫び。また立ち上がつて「コレ婿殿。母もともに」と縋りついては伏ししづみ。あちらでは泣き　こちらでは泣き。わつとばかりにどうど伏し。声をは

一　元来は仏語で、四苦は生苦、老苦、病苦、死苦の四つ。それに愛別離苦、怨憎会苦、求不得苦、五蘊盛苦の四つを加えて八苦という。ここでは臨終が近づいて断末魔の苦しみにあえいでいるさまをいう。

二　人の死後四十九日目の法要。その日に未来に生を享けて往生すると考えられ、その間を中陰と称する。死後七日目毎に法要し、それを一七日、二七日……と称し、中陰の満ちる七七日に満中陰の法事を営む。この四十九から次の五十両を導き、一文字屋の五十両と勘平の五十両を合わせて身請金の百両といい、それを百カ日の追善供養の法事へとつなぐ文。

三　「涙」と「波」は頭韻。「波の立ち帰る」と「立ち帰る人」は掛詞。見送る人も、見返る人も涙又涙であり、留まる老婆も立ち帰る二人も、ともにはかない運命である。

四　前段の暗い悲劇的場面を転じて、明るいはなやかな廓の騒き唄で開幕のマクラとする。この唄は「ワイワイノワイトサ」まで。

五　真言密教の祈禱の詞に、東南西北及び中央に配した五大尊明王を呼ぶ詞からの語。謡曲『葵上』『船弁慶』『道成寺』などに例は多い。ここでは、西北の順序を入れかえて、西方にあるという弥陀の浄土を導く序に用いる。

六　祇園の廓を弥陀の極楽浄土にたとえる。

七　白人。京、大坂の私娼街の女。歌や三味線の芸が未熟で素（白）人の女の意。芸妓は歌曲の芸にたけた

かりに(を出して)嘆きしは　目も当て。られぬ次第なり。

郷右衛門・弥五郎帰る

郷右衛門突っ立ち上がり。「ヤアこれ〳〵老母。嘆かるるは理(ことわり)なれども(当然のことであるが)。勘平が最期の様子。大星殿にくはしく語り。入用金(いりようきん)手渡しせば満足あらん。首にかけたるこの金は。婿と舅の七々日(なななぬか)[二]。四十九日や五十両。合はせて百両　百ケ日の追善供養。跡ねんごろに弔(とぶら)はれよ　さらば〳〵」。「おさらば」と見送る涙。見返る涙　涙の[三]。波の立ち帰る　人も。はかなき三重

第七　大臣(だいじん)の錆刀(さびがたな)（一力茶屋）

由良之助の遊興

歌 花[四](花のような美人と遊ぶなら)に遊ばば祇園あたりの色ぞろへ。東方南方北方西方(とうばうなんばうほつぱうさいはう)[五]。弥陀(みだ)[六]の浄土か　塗りに塗り立て(美しく化粧して)ぴつかりぴか〳〵。光り輝く白(はく)[七]や芸妓(げいこ)にいかな粋(すい)めも。うつつぬかして。ぐどんどろつくどろつくや[八]　ワイワイノワイトサ　[百][九]「誰(た)[一〇](斧九太夫)ぞ頼まう。亭主はゐぬか。亭主〳〵」。[友]

女で白人と対にしていう。二一七頁注一〇参照。

八 太鼓の音の擬声語で、賑やかな騒(ぞめ)きの気分を出し「ぐどん」は愚鈍に掛け、「どろつく」は大太鼓を太桴(ばち)で打つ歌舞伎の下座の称に掛けた。

九「百」は「百合太夫」の略符号。以下太夫の名の頭の一字で、掛合いの語りの部分を示す。

一〇「誰かお願いいたしましょう」の意で、他家を訪問する時の案内を請う挨拶。

＊竹本此太夫（大星由良之助）・竹本文字太夫（千崎弥五郎、仲居、おかる）・竹本友太夫（一力亭主、仲居、大星力弥）・竹本信濃太夫（鷺坂伴内、矢間十太郎）・竹本百合太夫（斧九太夫、竹森喜多八）・竹本政太夫（寺岡平右衛門）の掛合い。初演以来この段は掛合いで語られている。

＊この段の構想は、『鬼鹿毛無佐志鐙』四段目の撞木町茶屋、『忠臣金短冊』三段目の島原近江屋の場と同じ。本作上演の年の正月、江戸市村座『紋尽名護屋曾我』にも用いられた。『古今いろは評林』には「延享四卯年京都中村粂太郎座本の時大矢数四十七本と外題して沢村宗十郎大岸役にて……今の仮名手本七ツ目は此時沢村宗十郎が形と成りて凡其俤を手本と成来れり」とある。ただし、敵をあざむくための傾城狂いの趣向は歌舞伎の『鶴渡城女軍』など、他にも多い。

(亭主)「これは忙しいわ。どいつ様ぢや。どなた様ぢや。ェ斧九太様。御案内とはけうとい〳〵」。百(九太夫)「イヤはじめてのお方を同道申した。きつう取込みさうに見えるが。一つ上げます座敷があるか」。友(亭主)「ござりますとも。今晩はかの由良大臣[一]の御趣向で。名ある色たちをつかみ込み。下座敷[二]はふさがつてござりますれど。亭座敷[三]があいてござります」。百「そりや[四]また蜘蛛の巣だらけであらう」。友「また悪口を」。百「イヤサよい年をして。女郎[五]の蜘蛛の巣にかからまい用心」。友「コリヤきついわ。下におかれぬ[六]二階座敷。ソレ灯をともせ仲居ども。お盃[七]おたばこ盆」と。高い調子[八]に枷かけて 奥はさわぎの太鼓三味。百(九太夫)「ナント伴内殿。由良之助がてい御らうじたか」。信(伴内)「九太夫殿。ありやいつそ気ちがひでござる。だん〳〵[九]貴様より御内通あつても。あれほどにあらうとは。主人師直も存ぜず。拙者に罷りのぼつて見とどけ。心得ぬことあらば。さつそくに知らせよと申しつけましたが。さて〳〵我[一〇]も偏私も折れましてござ

一 「大臣。傾城買の上客をさしていふ」(『色道大鏡』一)

二 上座敷の対で、母屋の奥座敷からは離れた所にある座敷。

三 庭の中に建つ、母屋と別棟のあずまや風の座敷。

四 寛保三年一月、京都坂田市太郎座の歌舞伎『傾城室町桜』の「四条加茂川之段」の返しに「『うらのはなれ座敷でくるしうなくば』『又くものすだらけであろう』『コレハけふといわる口』」と同じ趣向がある。この台詞に限らず、この『傾城室町桜』は七段目への影響が考えられる。

五 女郎を女郎蜘蛛(蜘蛛の種類)に言いかけた洒落。「しかとしめつけ、女郎蜘が取つきます」(『好色一代男』六・五)

六 粗略にはとりあつかえぬ。二階へきかせた文。

七 客商売の来客時の接待の常套語。「のさばり上れば、それたばこぼん、おさかづきと、ありべかかりに立さはぐ」(『曾根崎心中』)

八 亭主の高い調子の声に、更に輪をかけたように高くひびく、奥の太鼓、三味線。「枷」は三味線の上調子の高音を出すための具。象牙などで作る細い棒で長さは棹の幅より僅かに長く、両端に紐がついていて、絃の途中を強く棹にしばる。

九 次々と。物事が次から次へと続くさま。

一〇 とんだ見込み違いでございました。「我」「偏私」ともに、自分が思いこんでいる片よった考え。私の思

る。悴力弥めはなんといたしたな」。百（九太夫）「こいつも折ふしこの所へ参り　ともに放埒。一一差し合ひ繰らぬが不思議の一つ。今晩は底の底〔大星親子の心の〕を探し見んと。心だくみ（計画）をいたして参つた。密々におはなし申さう。いざ二階へ」。信「先づ〳〵」。百「しからばかうお出で」。一二三下り歌実は心に。思ひはせいで　あだな（浮いた心で）。惚れた〳〵の口先は　いかい（とっても）。一三つやではあるわいな　信（十太郎）「弥五郎殿。喜多八殿。これが由良之助殿の遊び茶屋。一力と申すのでござる。コレサ平右衛門。よい時分に呼び出さう。勝手に控へておゐやれ」。政「かしこまりました。よろしう頼み上げます」。信（十太郎）「誰ぞちよと頼みたい」。友（亭主）「アイ〳〵一四どなさんぢやえ」。信（十太郎）「イヤわれ〳〵は由良殿に用事あつて参つた。奥へ行ていはうには。矢間十太郎。千崎弥五郎。竹森喜多八でござる。この間より一五節々迎ひの人を遣はしますれども。お帰りのないゆゑ。三人連れで参りました。ちと御相談申さねばならぬ儀がござるほどに。お逢ひなされて下されと　きつと申してくれ」。友（仲居）「それ

い込みが間違っていました。

一一　父子そろっての登楼はさしさわりがあると、互いに遠慮して繰合せようとしない。『忠臣金短冊』三の同様の場面にも「大岸力弥利金が忍びあみ笠大小も、さし合くらず父が跡」とある。

一二　三味線の調子の一つ。本調子の第三絃の音を一音低くする調絃法。軽快な感じがする。この部分、浄瑠璃節からはなれて、三下りの三味線歌となる。九太夫伴内の退場と矢間十太郎らの登場をつなぐ、廓の雰囲気を出す部分。

一三　相手をうれしがらせる言葉。お世辞。

一四　「どなたさん」の略。しゃれた言い方。「こなたさん」を「こなさん」という類に同じ。

一五　度々。回数が繰返し多いこと。

はなんとも気の毒でござんす。由良さんは三日このかた飲み続け。お逢ひなされてから　たわいはあるまい。本性はないぞえ」。信「ハテさてまあさういうておくりやれ」。友「アイ〳〵」。信「弥五郎殿　お聞きなされたか」。文「うけたまはつて驚き入りました。はじめのほどは敵へ聞かする計略と存じましたが。いから遊びに実が入りすぎまして。合点が参らぬ」。百「なんとこの喜多八が申したとほり。魂が入れ替つてござらうがの。いつそ一間へ踏ん込み」。信「イヤ〳〵とくと面談いたしたう〳〵」。文「なるほど。しからばこれに待ちませう」。友「手の鳴る方へ。〳〵。〳〵」。此「捕まよ。〳〵」。友「由良鬼や待たい。〳〵」。此「捕まへて酒飲まそ。〳〵。コリヤ捕まへたわ。サア酒酒。銚子持て〳〵」。信「イヤコレ由良之助殿。矢間十太郎でござる。こりやなんとなさるる」。此「南無三宝。しまうた」。友「オオ気の毒なんと栄えさん。ふし食たやうなお侍さん方。お連れさんかいな」。文「さあれば。お三

一 酒に酔ったり、睡魔におそわれて正体のないさまをいう。たわいない。

二 上方で「目んない千鳥」、江戸で「目隠し」という遊び。一人が手拭で眼かくしをして、その端を後頭部で結ぶ。これを鬼という。他の多くが手を打って、鬼の周囲を回る。鬼はそれを追いかけて捕え、捕えられた者が交代して次の鬼となる。上方では「めんないちどり手のなるほうへ」と手を打ってはやす。室町末期よりあった遊び（『守貞漫稿』二十五）。ここでは由良之助が鬼になって仲居たちと遊びながら登場してくる。捕えられた者に酒を飲ますという趣向にしている。

三 花代を多く稼いだ者にいう、ほめ詞の擬人名。仲居の一人に言いかけた。

四 五倍子。ヌルデの葉茎に、ヌルデノミミフシが寄生して生ずる瘤状のもの。解毒に用い、女性のお歯黒に用いる。「其功甚ダ多ク薬毒ヲ解ク。五痔脱肛及ビ口舌牙歯痛ヲ治ス。故ニ婦人歯ヲ染メルニ五倍子ヲ用フ。鉄漿ニ和シ之ヲ含ム。味渋ク酸シ」（『和漢三才図会』五十二）。渋くて酸っぱいので、「ふし食たやうな」は苦虫をかみつぶしたような顔付をいう。

五 十行本では此とあって、由良之助の台詞になっている。それでも解釈できぬことはないが、文で仲居の台詞とする八行本がよかろう。今日でも仲居の台詞である。

人ともこはい顔して」。信（十太郎）「イヤコレ女郎たち。われ〳〵は大星殿に用事あつて参つた。しばらく座を立つてもらひたい」。友（仲居）「そんなことでありそなもの。由良さん奥へ行くぞえ。お前も早うお出で。皆さんこれにえ」。信「由良之助殿。矢間十太郎でござる」。百「竹森喜多八でござる」。文「千崎弥五郎御意得に参つた　お目さまされませう」。此（由良之助）「これは打ちそろうてようお出でなされた。なんと思うて」。信（十太郎）「鎌倉へ打つ立つ時候はいつごろでござるな」。此「されぱこそ。大事のことをお尋ねなれ。丹波与作が歌に。歌江戸三界へ行かんして　ハハハハハ御免候へ　たわい〳〵」。三人「ヤア酒の酔ひ本性たがはず。性根がつかずば三人が。酒の酔ひをさまさしませうかな」。政（平右衛門）「ヤレ聊爾なされまするな。はばかりながら平右衛門めが。一言申し上げたい儀がござります。しばらくお控へ下されませう。由良之助様。寺岡平右衛門めでござります。御機嫌のていを拝しまして。いかばかり大悦に存じたてまつります」。此「フ

六　お考えを承りに参りました。

七　宝永四年（五年説もある）大坂竹本座上演、近松門左衛門作『丹波与作待夜の小室節』。その上巻に、お伽小姓の歌として「山も見へざるかりそめに、江戸三がいへいかんして、いつもどらんすことじややら、ころしてをいていかんせの、はなちはやらじとなきければ」とある。これは当時の流行歌で、その歌詞は『落葉集』七に「古来中興当流はやり歌」として載っている。題は「心中江戸三界」。

八　ここまで、流行歌の節で歌い、以下浄瑠璃の詞にもどる。ここに「ナヲス詞」の文字譜がある。

九　ああ、酔った酔った。「たはひ　酒たはひ、酩酊を酒たはひと云」（『俚言集覧』）。酒に酔ってたわいのないさまにいう。

一〇　文字太夫・信濃太夫・百合太夫の三人が同音で語る。由良之助の酔態に三人が同時に力んだ発言をした形。

一一　諺。酔っぱらいでも、その本性は失わない。「酒の酔本性を忘ず」（『毛吹草』二）「酒の悖本性忘れず」（『譬喩尽』）

一二　大変悦ばしいことでございます。

ウ寺岡平右とは。エヽなんでえすか[一]。前かど北国へお飛脚に行かれた。足のかるい足軽殿か[二]」。政(平右衛門)「左様でござります。殿様の御切腹を　北国にてうけたまはりまして。南無三宝と　宙を飛んで帰りまする道にて。お家も召し上げられ。一家中ちり〴〵と。うけたまはつた時の無念さ。奉公こそ足軽なれ。御恩は変らぬお主の仇。師直めを一討ちと　鎌倉へ立ち越え。三が月が間非人[三]となつて　つけねらひましたれども。敵は用心きびしく　近寄ることもかなひませず。しよせん腹掻つさばかんと存じましたが。国元の親のことを思ひ出しまして。すご〳〵帰りました。ところに。天道様のお知らせにや。いづれも様方の一味連判の　様子うけたまはりまするとヤレうれしやありがたやと。取るものも取りあへず。あなた方[四]の旅宿を尋ね。ひたすらお頼み申し上げましたれば。でかしたうい[五]やつぢや。お頭へ願うてやろとおことばに縋り。これまで推参つかまつりました。師直屋敷の」。此(由良之助)「アこれ〳〵。アそこもとは足軽では

一「です」と同意。酔人・男伊達・遊女などの言葉としての用例が多い。
二 幕府や藩の最下級の武士として抱えられた者で、二人扶持、三人扶持などある。平時は警固・巡視などを勤め、戦時は歩兵として働いた。
三 江戸時代に、士農工商の更に下の階級とみなされた人。ここでは乞食の意。非人となって敵をねらうのは歌舞伎にはよく用いられる。
四 あの方々。そばにいる矢間・千崎・竹森をさす。
五 けなげな奴だ。殊勝な奴だ。「下郎のけなげなるを誉るは、有意奴也」(『諺草』)
六 酒席で遊客の機嫌をとり、酒興を添える芸人。
七 通人が遊里で用いる自称。「わたくし」の転か。
八 諺。ほんの少しばかりであることのたとえ。「蚤の頭斧で割る」(『譬喩尽』)
九 変なことだなあ。一風変っているさまにいう。
一〇『碁盤太平記』の「ゐせいつよき師直を討そこなへばくびがとぶ。討おほすれば腹を切どちらへしてもしなねばならぬ」と同趣の文。
一一 高価な高麗人参を飲んで病気は直ったが、その借金で首をくくることになる意で、自分の身のためにしたことでも、かえって身を滅ぼすことになるたとえ。ここでは、どっちにころんでも死があるだけの意。「人参飲んで縊やうなもの」(『譬喩尽』)
一二「扶持」は扶持米の意で、一人一日五合の基準で給与される。三人扶持は一日一升五合の給米をいう。

なうて。大きな口軽ぢやの。なんと太鼓持ち[六]なされぬか。もつとも
みたくしも[七]。蚤[八]の頭を斧で割つたほど　無念なとも存じて。四五十
人一味をこしらへて見たが。ア味[九]なことの。よう思うて見れば。仕[一〇]
損じたらこのはうの首がころり。仕おほせたら跡で切腹。どちらで
も死なねばならぬ。といふは人参[一一]飲んで首くくるやうなもの。こと
にそこもとは五両に三人扶持[一二]の足軽。お腹は立てられな。はつち坊[一三]
主の報謝米ほど取つてゐて。命を捨てて敵討ちせうとは。そりや青[一四]
海苔もらうた礼に。太々神楽を打つやうなもの。われら知行[一五]千五百
石。貴様とくらべると。敵の首を斗升[一六]で量るほど取つても　釣り合
はぬ〳〵。ところでやめた。ナ聞えたか。とかく浮世はオンド[一七]から
したものぢや。つつてん〳〵〳〵。〔三味線を〕なぞと弾きかけたところは
たまらぬ〳〵」。政（平右衛門）「これは由良之助様のおことばともおぼえませ
ぬ。わづか三人扶持取る拙者めでも。千五百石の御自分様[一八]でも。つ[一九]
なぎました命は一つ。御恩に高下はござりませぬ。押すに押されぬ[二〇]

一三 物貰いの托鉢坊主。鉢開きともいう。

一四 ほんの僅かなものを貰って、多額の返礼をすることのたとえ。ばかげた不釣合にいう。「太々神楽」は伊勢神宮に奉納する太神楽のうち、最も大がかりな、高額な神楽で、奉仕の楽人は百人以上という。「青海苔貰ふた代に大太神楽打やうなもの」（『譬喩尽』）

＊ このあたりの語りは延享四年京都の中村粂太郎座の『大矢数四十七本』における沢村宗十郎の芸を生かした演出という。『古今いろは評林』下に「此場は古沢村宗十郎大岸宮内にて、仕内を当たるを、此浄るりに取りて作り、古吉田冠子、則古宗十郎の形を以て人形をつかひし也、去によつて、竹本此太夫かけ合にて語りしも、むかしの沢村宗十郎の俤にて、青海苔もらふた礼に、太アイ太神楽打やうな物とも語り置し也」とある。

一五 武士が主君より支給される俸禄。大石良雄の知行は千五百石であったから、史実に一致する。

一六 米を計量するときに用いる一斗用の升。

一七 音頭の節で語ることを示す文字譜。ここから「つつてん〳〵〳〵」まで。「とかく浮世はかうしたものぢや」という歌詞の音頭があったか。

一八 二人称の代名詞。あなた様。

一九 主君から受けた俸禄でつなぐことのできた命は、ただ一つであることに変りはない。

二〇 争うにも争うことのできぬ、絶対的なものは家柄である。

はお家の筋目。殿の御名代もなされまする。歴々様方の中へ。見るかげもないわたくしめが。差し加へて〔下さい〕とお願ひ申すは。[一]はばかりとも慮外とも。ほんの猿が人まね。お草履をつかんでなりとも。お荷物をかついでなりとも参じませう。お供に召し連れられて。ナ。申し。コレ。申し。〳〵。[二]これはしたり　寝てござるさうな」。百（喜多八）「コレサ平右衛門。[三]あつたら口に風ひかすまい。由良之助は死人も同然。矢間殿。千崎殿。モウ本心は見えましたか。申し合はせたとほり計ひませうか」。文（弥五郎）「いかさま。一味連判の者どもへの見せしめ。いざいづれも」と立ち寄るを。政（平右衛門）「ヤレしばらく」と平右衛門押しなだめ　そばにより。「つく〴〵思ひ回しますれば。主君にお別れなされてより。仇を報はんとさま〴〵の艱難。[四]木にも萱にも心をおき。人のそしり無念をば。じつと堪へてござるからは。酒でも無理に参らずば。これまで命も続きますまい。〔由良之助の酒がさめてからお考え下さい〕醒めての上の御分別」と。無理に押へて三人を。三人伴ふ一間は[五]善悪の。あかりを照らす障子の

一　遠慮すべきことでもあり、又ぶしつけなことでもございましょうが。

二　おやおやこれはどうしたことか。意外なことに驚いた時に発する語。

三　せっかく言っても何のききめもないから、むだ口はきかぬほうがよい。「余の取次で済ことなら、あったら口に風ひかせてこな様は頼まぬ」（『艶狩剣本地』二）

四　諺。落人などが木を見ても萱を見ても、敵かと思うように、周囲に気を配り、細心の注意を払うことのたとえ。「木にも萱にも心置かるるは落人の身」（『譬喩尽』）

五　次に由良之助の善悪の心が明らかになることの暗示。

六　障子の内に姿を消すことと、月が西山に入ることを掛け、更に「月の入る山」と「山科」を掛ける。二〇四頁の「入る月や。日数も積る山崎の」と同じ発想。

七　「山科　宇治郡なり東西は相坂山と音羽山の間なり北は御陵村より南は六地蔵までの間方一里余山科七

内　影[六]を隠すや友へ月の入る。

力弥書状持参

山科[七]よりは一里半　息を切つたる嫡子力弥。内をすかして〔みると〕正体なき父が寝姿。起すも人の耳近しと〔誰か人が聞いているかもしれぬと思い〕　枕元に立ち寄つて。轡[八]に代る刀の鍔音。鯉口[九]ちやんと打ち鳴らせば。此むつくと起きて（由良之助）「ヤア力弥か。鯉口の音ひびかせしは。急用あつてか　ひそかに〳〵」。友（力弥）「ただいま御台かほよ様より。急のお飛脚密事の御状〔お手紙〕」。此「ほかに御口上[一〇]はなかつたか」。友「敵高師直帰国[一一]の願ひかなひ。きん〳〵〔近々〕本国へ罷り帰る。委細の儀はお文との御口上」。此「よし〳〵。そのはうは宿へ帰り。夜の内に迎ひの駕籠〔かごをよこすように〕　行け〳〵」。友はつとためらふひまもなく　山科さして引つ返す。

此先づ様子気づかひと〔由良之助が〕　状の封じ〔封じ目〕を切るところへ。百「大星殿。由良殿。斧九太夫でござる。御意得ませう〔お目にかかりましょう〕」と声かけられ。此「これは久しや〳〵。一年も逢はぬうち。寄つたぞや〳〵。額にその皺〔額の皺が〕[一二]伸ばしにお出でか。アノここな莚破り[一三]めが」。百「イヤ由良殿。大功[一四]

郷十八村にわかつ山科は惣名なり」（『京城勝覧』）。二〇二頁注二参照。

八 諺を利用したいい方。「実諺に言伝ふ、心がけ有る侍は、轡の音に目を覚す、たとへを引も愚なり」（『後藤伊達目貫』三）

九 刀の鞘の上端。刀を差し入れるところ。楕円形で鯉の口の形に似ることからの命名。

一〇 言葉で述べること。密事は露見をおそれて、大事なことは文面にしない場合がある。

一一 吉良義央の帰国許可の記録は見当らない。元禄十四年十二月十二日に養子左兵衛義周に家督相続を許可され（『常憲院殿御実紀』四十四）、隠居の身となったので、帰国も自由になっている。上杉家の本領地米沢を想定しての文であろう。

一二 老人が気晴らしをしたり、息抜きをすることにいう。

一三 六十歳を越えた老人が色狂いをすること。「六十の莚破り」という成語がある。「いとしらしさに老をうかす六十の莚破」（『役者万年暦』江戸）

九太夫、由良之助の心底探り（蛸肴）

一四 諺。偉大なことを成しとげようとする者は、少しの過失を何とも思わぬ。「史記項羽紀に樊噲曰。大行は細謹を顧みず。大礼は小譲を辞せず」（『諺草』）、「大功は細謹を顧みず」（『譬喩尽』）

は細瑾をかへりみずと申すが。人のそしりもかまはず　遊里の遊び。大功を立つるもとゐ。[一]あつぱれの大丈夫　末頼もしう存ずる」。[此]「(由良之助)ホオオこれは堅いわ〳〵。[二]石火矢と出かけた。さりとてはおかれい」。[百]「(九太夫)イヤア由良之助殿とぼけまい。まこと貴殿の放埒は」。[此]「敵を討つ手だてと見えるか」。[百]「[三]おんでもないこと」。[此]「かたじけない。四十に余つて色狂ひ。ばか者よ。気ちがひよと。笑はれうかと思うたに。敵を討つ手だてとは九太夫殿。ホホウうれしいうれしい」。[百]「スリヤそこもとは。主人塩谷の仇を報ずる所存はないか」。[此]「[四]けもないこと〳〵。家国を渡す折から。城を枕に討死というたのは。御台様への[五]追従。時に貴様が。[六]上へ対して朝敵同然と。その場をついと立つた。われらはあとにと。[七]しやちばつてゐた。いかいたはけの。ところでしまひはつかず。御墓へ参つて切腹と。裏門からこそ〳〵。いまこの安楽な楽しみするも　貴殿のおかげ。むかしのよしみは忘れぬ〳〵。堅みをやめてくだけをれ〳〵」。

一　実に見上げた立派な男。「あつぱれ」は人をほめたたえる時にいう語。

二　これはまあお堅い、お堅い。石火矢とおいでなさったなあ。それにしても堅い話はやめになされ。「石火矢」は、室町末期に南蛮から渡来した大砲。堅いもののたとえとして用いている。

石火矢
〔和漢三才図会・二一〕

三　当然のこと。いうまでもないこと。

四　気もない。少しもない。通常相手の言葉を否定・拒否する時に感動詞的に用いる。

五　他人の歓心を得るために言うお世辞。

六　おかみ。将軍家。以下四段目の二〇一頁にあることをいう。

七　鯱のように威厳をつくって、しかつめらしくしている。しゃちこばる。

八　和泉国信太村。この地の樟の大樹に白狐が住んで、安倍安名との間に、陰陽師の晴明を生んだという伝説がある。古くより小説戯曲の素材となっている葛

百「いかさまこの九太夫も。むかし思へば信太[八]の狐。ばけあらはし
て一献酌まうか。サア由良殿。久しぶりだお盃」。此「また頂戴と
会所[九]めくのか」。百「差しをれ飲むわ」。此「飲みをれ差すわ」。百
「ちやうど受けをれ[一〇]　肴をするわ」とそばにありあふ蛸肴[一一]。はさん
でずつと差し出せば。此「手を出して。足をいただく蛸肴。かたじ
けない」といただいて食はんとする。百手をじつととらへ。「コレ
由良之助殿。明日は主君塩谷判官の御命日。取りわけ逮夜[一二]がたいせ
つと申すが。見事その肴貴殿は食ふか」。此「たべる〳〵。ただし
主君塩谷殿が。蛸になられたといふ便宜があつたか。ヱ愚痴[一三]な人で
はある。こなたやおれが浪人したは。判官殿が無分別から。スリヤ
恨みこそあれ　精進[一四]する気微塵もござらぬ。おこころざしの肴　賞
翫いたす」となにげもなく。ただ一口に味はふ風情。百邪智深き九
太夫も　あきれて。ことばもなかりける。此「さてこの肴では飲め
ぬ〳〵。鶏締めさせ　鍋焼[一五]きさせん。そこもとも奥へお出で。女

の葉伝説で、本作の十四年前の享保十九年には、『芦屋道満大内鑑』が同じ竹本座で上演されている。

九　会所に出頭した時のように、礼儀正しく振舞う。「会所」は種々の目的をもった会合のための事務所で、江戸・大坂などで町年寄が町内の公務を行ったり訴訟を取扱ったりする所にもいう。

一〇　酒が盃に一ぱいで、なみなみとしているさまをいう。

一一　この趣向は、すでに宝永三年十一月、大坂片岡座の切狂言『京助六心中』にある。「此度助六の切狂言に念仏寺のおしやうとなられ、けいせいあげまきがなんをたすけんために、我が大こくといひ、出家の身とし蛸をくはるる所、しゆせうで涙がうかみ申」(『役者友吟味』大坂)。また『忠義武道播磨石』三には由良之助が「料理に珍味を好み、一年の内に精進は唯一日迷惑ながらの旦那の命日」と言う場面がある。二四六頁の絵尽しはこの蛸肴の場面。

一二　法会・法事の前夜。忌日の前夜。仏教では特に精進すべき大切な日とされる。

一三　理非のわからぬ人。

一四　元来はひたすら仏道修行に励むことであるが、転じて魚肉を食べないで潔斎することをいう。

一五　味噌汁の中に魚介、野菜、鳥肉などを入れた煮物料理。のちはうす醤油で煮て玉子とじにした。「なべやき　みそ汁にてなべにて其ままに申候也　たい　ぼら　こち何にても取あはせ候」(『料理物語』十三)

由良之助の錆刀と九太夫の駕籠抜け

郎どもうたへ〳〵」と。百謡一足元もしどろもどろの浮き拍子。二テレック〳〵ツッテン〳〵。「おのれ三末社ども。四めれんになさでおくべきか」と。さわぎに。まぎれ入りにける。

信始終を見とどけ鷺坂伴内。二階より降り立ち。「九太夫殿　子細とつくと見とどけ申した。主の命日に　精進さへせぬ根性で。敵討ち存じもよらず。このとほり主人師直へ申し聞け。用心の門を開かせませう」。百（九太夫）「なるほど　もはや御用心におよばぬこと」。信（伴内）「これさ　まだここに。刀を忘れて置きました」。百「ほんにまことに大馬鹿者の証拠。五たしなみの魂見ましよ。さて錆びたりな六赤鰯」。信「ハハハハハハハ」。百「いよ〳〵本心あらはれ　御安堵〳〵。ソレ九太夫が家来　迎ひの駕籠」。信（家来）「はつ」と答へて持ち出づる。百（九太夫）「サア伴内殿お召しなされ」。信（伴内）「先づ。御自分は老体　ひらに〳〵」。百「しからば御免」と乗り移る。信「イヤ九太殿。うけたまはればこの所に。勘平が女房がつとめてをると聞きました。貴

一 謡曲『猩々』の「足もとはよろよろと酔に臥したる枕の夢の」などのもじりか。「足元もしどろもどろに浮く」に「浮き拍子」を掛けた。
二 「テレック」は太鼓の調子、「ツッテン」は三味線の調子にいう擬声語。
三 太鼓持ち。廓で客の機嫌をとり、取りもちをする者。客の「大臣」を「大神」にかけて、それに対する「末社」の意から生じた。
四 酒に酔って正体を失うこと。めろめろに酔うこと。「めれん　大酔を云」（『俚言集覧』）
五 刀は武士の魂であるから、それを見れば日頃の武士としての心掛けの程がわかる。ここで刀を抜いてみる。
六 赤く錆びた鈍刀をあざけっていう語。

殿には御存じないか。九太夫殿。〈〈」といへど答へず（伴内）「コハ不思議」と。駕籠の簾を引き明くれば。内には手ごろの庭の飛石。（伴内）「コリヤどうぢや。九太夫は[七]松浦佐用姫をやられた」と。見回すこなたの縁の下より。百（九太夫）「コレ〈〈伴内殿。九太夫が駕籠抜けの計略は。最前力弥が持参せし書簡が心許なし。様子見とどけ　跡より知らさん。やはりわれらが帰るていにて。貴殿はその駕籠にひつ添うて」。信「合点」とうなづき合ひ。駕籠には人のあるていに　見せてしづ〈〈立ち帰る。

文をりに二階へ。勘平が妻のおかるは酔ひさまし。はや[八]里馴れて吹く風に。憂さを晴らしてゐる所へ。此（由良之助）「ちよと行てくる。由良之助ともあらう侍が。大事の刀を忘れて置いた。つい取つてくるその間に　掛物もかけ直し。炉の炭もついでおきや。アアそれ〈〈。こちらの三味線踏み折るまいぞ。これはしたり。九太は去なれたさうな。[九]三下り歌[一〇]父よ母よと泣く声聞けば。妻に鸚鵡の［会・鸚鵡］。うつせし言

由良之助、おかるの身請け

七 松浦佐用姫の望夫石伝説。夫の大伴狭手比古が任那鎮定のため松浦の港より出発するとき、佐用姫は別れを惜しんで山に登って領布を振って、そのまま石に化したという。『万葉集』巻五、『肥前風土記』などに見える古い説話であるが、それには石に化したことは記されていない。『幽明録』にみえる中国の望夫石伝説が付会されたと思われる。近世では専ら石に化した方に重点がおかれ、衆知の説話であった。

八 廓の生活風習に馴れて。

九 三味線の調子。本調子の第三絃を一全音だけ下げた調絃法。粋な艶っぽい感じを現す。

一〇 当時流行の三味線歌。天明三年刊の『弦曲粋弁当』二編に「二日あわねば　三下り　あひたや見たや二日あはねば男の心わしはしらなみうつつなやしんきヱ　△これは物まね呼出しのめりやす也十四五年前は　ちちよはよとなくこゑきけばつまにあふむのうつせしことのはヱヱなんじやイナおかしやんせ　又其のちは右よひだりの長者さま　とうたひし所をちか比は此うたをうたふ」とある。

の葉。エエなんぢやいな　おかしやんせ」。　[此]あたり見回し。由良之助。釣灯籠[一]のあかりを照らし。読む長文は御台より敵の様子こまぐ〜と。をなごの文の跡や先。参らせ候[二]で。はかどらず。[文]よその[三]恋よとうらやましく　おかるは上より見おろせど。夜目遠目なり字[四]性もおぼろ。思ひついたるのべ鏡[五]。出してうつして読み取る文章。[百]下屋[六]よりは九太夫が。繰りおろす文月影に。すかし読むとは。[文]神[七]ならずほどけ〔仏・解く〕かかりし　おかるが簪。ばつたり落つれば。[此]下には〔由良之助が〕はつと　見上げてうしろへ隠す文。[百]縁の下には〔九太夫が〕なほ笑壺[八]。[文]上には鏡

一　軒先につりさげる灯籠。次頁の絵尽し参照。
二　女性の手紙文として前後首尾が整わず、「参らせ候」をいくつも使って文章が長くなって、読むのにひまがかかる。
三　自分とはかかわりのない他人の恋。おかるは由良之助の読む女文字の手紙を恋文と思ったのである。
四　諺の「夜目遠目笠の中」（『譬喩尽』）を利用した文。夜でもあり、遠くからでもあるから、字の形もはっきりしない。
五　直接に自分の目で見ないで、鏡に写し取って見ること。相手に気付かれない手段であるが、演出としては女性の後ろ姿の美しい姿態を見せる効果がねらいである。近松の『心中二枚絵草紙』『国性爺合戦』などから見られる。
六　縁側の下。
七　神ならぬ身の知るよしもない。
八　笑壺に入る。物事が思い通りになってほくそえむ。

の影隠し。「由良さんか」。此「おかるか。そもじ[九]はそこに何してぞ」。文「わたしやお前にもりつぶされ[一〇]。あんまり辛さに酔(ゑ)ひさまし。風に吹

かれてゐるわいな」。此(由良之助)「ムウ。はてなう。よう風に吹かれてぢやの。イヤかる。ちとはなしたいことがある。屋根越しの天の川[一一]でここからはいはれぬ。ちよつと下(お)りてたもらぬか」。文(おかる)「はなしたいとは頼みたいことかえ」。此「まあそんなもの」。文「回つて来(行きま)やしよ(しょう)」。此「いや〳〵。段梯子(だんばしご)[一二]へ下りたらば。仲居が見つけて酒にせう。アアどうせうな。アアコレ〳〵幸ひここに九つ梯子(ばしご)[一三]。これを

九 二人称の女房詞。「そなた」の「そ」に「文字」をつけた語。「はづかし」を「はもじ」「おはもじ」という類。

一〇 酒を飲まされ、正体なく酔いつぶされ。

一一 距離が遠くて話ができないことのたとえ。牽牛と織女が天の川を隔てて、年に一度しか会えないことから、屋根越しでは天の川のようなものだという意。

一二 二階に上るための階段。通常の梯子に幅の広い段を付けた段梯子と、階段の下部を抽出しの箱にした箱梯子がある。文を読まれた由良之助は、おかるが第三者と接触するのを、避けようとしている。

一三 段が九つある梯子。

踏まへて下りてたも」と。一小屋根にかければ。文「この梯子は勝手がちがうて。オオ恐。どうやらこれはあぶないもの」。此「大事ない〳〵。あぶないこはいはむかしのこと。三間づつまたげても。二赤膏薬もいらぬ年輩」。（おかる）文「阿呆いはんすな。船に乗つたやうでこはいわいな」。（由良之助）此「道理で三船玉様が見える」。文「オオのぞかんすないな」。此「四洞庭の秋の月様を拝みたてまつるぢや」。文「イヤモウそんなら下りやせぬぞ」。此「下りざ下ろしてやろ」。文「アレまた悪いことを」。此「やかましい　五生娘かなんぞのやうに。六逆縁ながら」とうしろより　じつと。抱きしめ抱きおろし。（由良之助）「なんとそもじは御〔手紙を〕らうじたか」。文「七アイいいえ」。此「見たであろ〳〵」。文「アイなんぢややら　おもしろさうな文」。此「あの上からみな読んだか」。文「オオ八くど」。此「ア身のうへの大事とこそはなりにけり」。文「なんの事ぢやぞいな」。此「なんの事とはおかる。古いが惚れた。女房になつてたもらぬか」。文「おかんせ　嘘ぢや」。此「サ嘘から出

一 二階の大屋根に対する、一階の庇屋根の称。
二 神霊膏か。『京都買物独案内』に「神霊膏 一名 赤膏薬 本家製法所　西六条下魚棚油小路西へ入紫藤軒」と見える。いずれにしても傷薬であるから、処女でもあるまいし、大きくまたいでも傷をするような年ごろでもないという意。以下由良之助のきわどい洒落が続くが、一般に色チャリと称される場面である。
三 女陰の異称。
四 中国湖南省にある洞庭湖の秋の月。瀟湘八景の一つである洞庭秋月のこと。「隈もなく迷ひを照らす洞庭の秋の月」という形でよく用いられ（『百合若大臣野守鏡』三、『色里迦陵頻』うつくしの八景）、男の迷いを晴らす意で女陰のことを言う。「洞庭の月を大星見ておやし」（『柳多留』五十）。この言葉は延享四年六月の歌舞伎、京都布袋屋座『大矢数四十七本』の沢村宗十郎の台詞よりとったものといわれる（『古今いろは評林』下）
五 男性に接したことのない処女。
六 元来は仏語であるが、女を前から抱くのを順とするのに対して、後ろから抱くことをいう。
七 「アイ」と肯定しかけて、あわてて「いいえ」と否定する。
八 「くどい」の語幹。形容詞を語幹で言い切った場合の感動表現の用法。

た真でなければ根が遂げぬ。応と言や〳〵」。文「イヤいふまい」。此「なぜ」。文「お前のは嘘から出た真[九]ぢやない。真から出た嘘ぢや」。此「おかる 請け出さう」。文「エエ」。此「嘘でない証拠に。今宵のうちに身請けしよう」。文「ムウいやわしには」。此「間夫[一〇]があるなら添はしてやろ」。文「そりやまあほんかえ」。此「さぶらひ[一一]冥利。三日なりとも囲うたら それからは勝手次第」。文「ハアアうれしうござんす といはしておいて笑おでの」。此「いやすぐに亭主に金渡し。今の間に埒さそう。気づかひせずと待つてゐや」。文「そんならかならず待つてゐるぞえ」。此「金渡して来る間。どつちへも行きやるな。女房ぢやぞ」。文「それもたつた三日」。此「それ合点」。文「かたじけなうござんす」。三下り歌[一二]世にも因果な者ならわしが身ぢや。可愛い男に。幾瀬の思ひ。エエなんぢやいなおかしやんせ [一三]忍び音に鳴く。小夜千鳥 文奥でうたふも身の上と おかるは。[一四]思案とりどりの。

九 諺。始めはうそのつもりで言ったことが、しまいにその言葉通りの真実になってしまうこと。「うそから出た誠」（『俚言集覧』）

一〇 かくし男。遊女の場合には約束した男。

一一 武士が用いる誓いの詞。決して嘘いつわりでないことを約束する時、武士の場合に「侍冥利。……」という。

一二 三味線歌。安永五年刊の『艶歌選』に「世にもいんぐはなものならわしが身じや　かあい男にいくせのなんぎ」とある唄。奥で唄う三味線歌であるが、会えるようになるかもしれぬ夫勘平を思うおかるの気持を重ねている。

一三 夜の千鳥が忍び音に鳴くように、男を思ってしのびなきをしている。

一四 あれこれと、いろいろの思案がうかぶ。

政をりに出で合ふ平右衛門。「妹でないか」。文「ヤア兄さんか。[一]恥づかしい所で逢ひました」と顔を隠せば。政「苦しうない。関東より戻りがけ。母人に逢うてくはしく聞いた。夫のためお主のため。よく売られた　でかした／＼」。文「さう思うて下さんすりやわしやうれしい。したがまあ　よろこんで下さんせ。思ひがけなう今宵請け出さるるはず」。政「それは重畳[二]。何人のお世話で」。文「お前も御存じの　大星由良之助様のお世話で」。政「なんぢや由良之助殿に請け出される。それは下地[三]からのなじみか」。文「なんのいな[四]。この中より二三度酒の相手。夫があらば添はしてやろ。ひまがほしくばひまやろと。結構すぎた身請け」。政「さてはそのはうを。早野勘平が女房と」。文「イエ知らずぢやぞえ。親夫の恥なれば。明かしてなんの言ひませう」。政「ムゥすりや本心放埒者。お主の仇を報ずる所存はないにきはまつたな」。文「イエ／＼これ兄さん。あるぞえ／＼。高うはいはれぬ。コレ」から／＼とささ

一　場所が廓であることをいう。

二　この上もなく喜ばしいこと。

三　もともとから。

四　相手の言葉を強く否定するときにいう発語のことば。どうしてそんなことがあろうか、いやないという意の語。上方で用いる女性の方言。「〇なんのいな〇なんのまァ　両条共そうでないといふこと也」(『浪花聞書』)

やけば。政「ムウすりや　その文をたしかに見たな」。文「残らず読んだそのあとで。互ひに見合ふ顔とかほ。それからじやらつき出して　つい身請けの相談」。政「アノその文残らず読んだあとで」。文「アイナ」。文「ムウ。それで聞えた。妹。とてものがれぬ命。身どもにくれよ」と抜討ちにはつしと切れば。文ちやつと飛び退き。「コレ兄さん。わしには何あやまり。勘平といふ夫もあり。きつと二親あるからは　こなさんのままにもなるまい。請け出されて親夫に。逢はうと思ふがわしや楽しみ。どんなことでも謝らう。許して下んせ許して」と。手を合はすれば。政平右衛門。抜身を捨ててどうど伏し　悲嘆の。涙にくれけるが。「可哀や妹　なんにも知らぬな。親与市兵衛殿は六月二十九日の夜。人に切られてお果てなされた」。文「ヤアそれはまあ」。政「コリヤまだびつくりすな。請け出され添はうと思ふ勘平も。腹切つて死んだわやい」。文「ヤア／＼＼それはまあほんかいの。コレなう／＼」と取りついて

五 色めいてふざける。男女の間についていう語で、『色道大鏡』一に「じやらつく　かたるにざれことをまじへ、人をいさむる皃をいふ。是恋の一かかりなり」とある。
六 肯定の意を示す女性の返答語。
七 すばやく。動作の迅速なさまを表す語。
八 女性が親しみをこめて用いる二人称の代名詞。
九 底本には「誤らふ」とあるが、当時慣用の宛字である。
一〇 鞘から抜いたままの刀。
一一 本当のことかいなあ。「〇ほん　本也、ほん宜、ほん／＼、本いや抔云、不レ虚也」（『浪花聞書』）

わつとばかりに泣き沈む。政「オオ道理〳〵。様子話せば長いこと。おいたはしいは母者人(ははぢやびと)。いひだしては泣き。思ひ出しては泣き。娘かるに聞かしたら　泣き死(じに)するであろ。かならずいうてくれなとのお頼み。いふまいと思へども。とても逃れぬ(到底のがれられぬ)そちが命。そのわけは。忠義一途(いちづ)に凝(こ)りかたまつた由良之助殿。勘平が女房と知らねば　請け出す義理もなし。もとより色にはなほふけらず。見られた状(じやう)が一大事　請け出し[一]刺し殺す。思案のそこ(心底)　たしかに見えた。よしさうなうても壁[二]に耳。ほかより洩れてもそのはうが科(とが)。密書をのぞき見たるが誤り　殺さにやならぬ。人手に掛きより(掛けようよりは)わが手に掛け。大事を知つたる女。妹とて許されずと。それを功(手がらとして)に連判の。数に入つてお供に立たん。小身者(せうしんもの)[三]の悲しさは　人にすぐれた(人よりもまさる)心底(しんてい)を。見せねば数に入れられぬ。聞きわけて命をくれ　死んでくれ妹」と。事[四]を分けたる兄のことば。文おかるは始終せき上げ〳〵。〔勘平から〕「便りのないは身[五]の代(しろ)を。役に立てての旅立ちか。暇乞(いとま)ひにも見えそなもの(見えそうなもの)

一 『鬼鹿毛無佐志鐙』四には、力弥の嫁と身請けした揚巻を刺し殺す趣向がある。それを利用した構想か。

二 諺。いかに秘密にしてもどこから漏れるかわからない。「壁に耳、垣に目口」(『毛吹草』二)、「壁に耳あり」(『諺草』)。『忠臣金短冊』三にも「天に口有壁に耳。詞に出せば漏れやすし」と、由良之助の詞にある。

三 禄高の低い者。(一六〇頁注三)

四 すじ道をたてて、事情を話す。

五 身を売った代金。おかるが身を売った百両をさす。

と。恨んでばつかりをりました。もつたいないが父様（ととさま）は　非業（ひごふ）[六]の
死でもお年の上。勘平殿は三十に　なるやならずに死ぬるのは　さ
ぞ悲しかろ口惜（くちを）しかろ。逢ひたかつたであらうのに。なぜ逢はせて
は下さんせぬ。親夫の精進[七]さへ　知らぬはわたしが身の因果（不運）。なん
の生きてをりませう。お手に掛（か）からばかかさんが　お前をお恨みな
されましよ。自害したそのあとで。首なりと死骸なりと。功に立つ（手柄になるなら）
なら功にさんせ（役立てて功にして下さい）。さらばでござる兄様（あに）」といひつつ刀取りあぐる。
【此】「（由良之助）やれ待てしばし」と　とどむる人は由良之助。【政】はつとおどろ
く平右衛門。【文】おかるは「放して殺して」と。【此】あせるをおさへ
て。「ホウ兄妹（きやうだい）ども　見上げた　疑ひ晴れた。兄は東（あづま）の供を許す。
妹はながらへて。未来への追善[八]」。【文】「（おかる）サアその[九]追善は冥途の供」
と。【此】もぎ取る刀をしつかと持ち添へ。「夫勘平連判には加へしか
ど。敵一人（かたきいちにん）も討ち取らず。未来で主君にいひわけあるまじ。そのい
ひわけはコリヤここに」と。ぐつと突つ込む畳の透間（すきま）。【百】下[一〇]には九

六　思いもかけぬ災難で死ぬこと。横死。もと仏語で、前世の業因にあらざる死の意。

七　人の死後一定の期間、身を清め不浄を避けて潔斎すること。親と夫の死を知らなかったので、当然精進もしていない。

八　死んだ人の冥福を祈って仏事などを営むこと。

九　冥途へお供をしてゆくのが追善になるのだと、おかるがもぎ取ろうとする刀を、由良之助はしっかりと持ち添えて。

一〇　縁の下の敵を畳の上から刺す趣向は、古くよりの歌舞伎の型。例えば宝永六年江戸中村座「今川状了俊家督」、享保六年大坂嵐座「天竜地竜金鈴盛」など、先行の例が多い。

太夫肩先縫はれて　七転八倒[1]。〔此〕「それ引き出せ」の。〔政〕下知より早く縁先飛び下り平右衛門。朱に染んだからだをば　無二無三[2]に引きずり出し。「ヒヤア九太夫め　ハテよい気味」と引つ立てて。目通りへ投げつくれば。〔此〕起き立たせもせず由良之助。髻をつかんでぐつと引き寄せ。「獅子身中の虫[3]とはおのれがこと。わが君より高知をいただき。莫大の御恩を着ながら。敵師直が犬となつて。あることない事よう内通ひろいだ[4]な。四十余人の者どもは。親に別れ子に離れ。一生連れ添ふ女房を　君傾城[5]のつとめをさするも。亡君の仇を報じたさ。寝覚めにもうつつにも[6]。御切腹の折からを　思ひ出しては無念の涙。五臓六腑[7]を絞りしぞや。とりわけ今宵は殿の逮夜。口にもろ〱の不浄をいうても。慎みに慎みを重ぬる由良之助に。よう魚肉をつきつけたなア。いやといはれず　おうといはれぬ胸の苦しさ。三代相恩[8]のお主の逮夜に。咽を通したその時の心。どのやうにあらうと思ふ。五体[9]も一度に悩乱[10]し。四十四の骨々[11]も　砕くる

一　苦しみのあまりにころげまわってもだえるさま。「七転八倒する」（『譬喩尽』）
二　ただ一つだけのことを、脇目もふらずに行うさま。
三　諺。人から恩を受けながら、これを仇で返すもののたとえ。『仁王経』を出典とする。「獅子身中之虫」（『譬喩尽』）
四　「為す」「行う」の意をもつ罵語。
五　「君」「傾城」ともに遊女の意。「君傾城に成さがつても一度客に帯とかず」（『ひらがな盛衰記』四）
六　眠りから覚めたばかりのぼんやりしている時も、目がさめて気のたしかな時も。ねてもさめても。
七　一九九頁注六参照。
八　祖父、父、自分と三代にわたって主君の恩を受けていること。
九　「五体、筋脈肉骨皮毛。仏書頭ト四肢トヲ曰フ」（『和漢名数』八）
一〇　悩み苦しみ。もだえること。
一一　全身の骨の数。または関節の数。「諸々の病四十四のつぎめごとにせむ」（『宝物集』二）。「四十四の骨々は砕くるとも」（『傾城阿波の鳴門』三）

やうにあつたわやい。へヱヱ獄卒め[一二]　魔王め[一三]」と。〔九太夫を〕土にすりつけ捻ぢつけて　無念。涙にくれけるが。（由良之助）「コリヤ平右衛門。最前錆刀を忘れ置いたは。こいつをばなぶり殺しといふ知らせ。命取らずと苦痛させよ」。政（平右衛門）「かしこまつた」と抜くより早く。をどり上がり飛び上がり。切れどもわづか二三寸。明き所もなしに疵だらけ。百のたうち回つて。（九太夫）「平右殿。おかる殿。詫びして賜べ」と手を合はせ。以前は足軽[一四]づれなりと。目にもかけざる寺岡に　三拝するぞ見苦しき。此（由良之助）「この場で殺さばいひわけむつかし。喰ひ酔うたていにして。館へ連れよ」と羽織うち着せ疵の口。信隠れ聞いたる[一五]矢間　千崎竹森が。障子ぐわらりと引き明け。三人「由良之助殿　段々謝り入りましてござります」。此「それ平右衛門。喰ひ酔うたその客に。加茂川で。ナ。水雑炊[一六]を喰はせい」政「ハア」此「イケ」

一二 地獄で亡者の罪を責める鬼。転じて義理も人情もない鬼のような者をいう罵語。

一三 欲界にいて、仏道に入る衆生を妨げる者をいう仏語。転じて人を悪の道に誘い込む者をいう罵語。

一四 足軽ふぜい。「づれ」は、名詞について、さげすんだり軽んじたりする意をあらわす接尾語。

一五「疵の口を隠す」と「隠れ聞く」の掛詞。

一六「水雑炊の事　まづ鍋の底に味噌をしき、杓子か又は有合たる品にてよくねり交て底に押つけ置、さて空鍋にて火にかくる也、其味噌鍋底にこげつきて、少し狐色になりかかりたる時、水をよき程に加へて、よくかきまはし、其上に米歟或は飯を入るる、尤米ならばしばらく煮立程を可レ考、飯ならば速に煮立つべし、これを合図に菜を細かに刻たるを入て、直に蓋を覆ひ、偖少しむれたるかとおぼしき頃、鍋をおろし即席に盛出す事とぞ」（『式亭雑記』）。酔覚めの食事として最高のものとされていたので、加茂川に投げ込むことを洒落てこう言っている。

第八　道行旅路の嫁入

浮世とは。誰がいひそめて。飛鳥川。ふちも知行も瀬と変り。よるべもなみの下人に。結ぶえんやの誤りは。恋の枷杭加古川の。娘小浪がいひなづけ　結納も。取らずそのままに　振り捨てられし身の思ひ。母の思ひは山科の　婿の力弥を力にて　住家へおして嫁入りも。世にありなしの義理遠慮　腰元連れず乗物も。やめて親子の二人連れ。

＊竹本文字太夫・竹本友太夫の役場。一部は掛合。友太夫については「音曲に心をつくし、もみ込たるゆへ、今竹本座へ出やうに成たるは、誠に音曲のせいに入し徳ぞかし」（『操曲浪花芦』）「声はつめ袖のげい子、とはじみでさみしい、節は町のめいわく、なぜまあワキでもめ」（『波のうねり鼎噂』）とある。

＊加古川本蔵の妻戸無瀬と、その娘で力弥の許嫁の小浪の、東海道上り鎌倉から山科までの道行。

一「世の中は何か常なる飛鳥川昨日の淵ぞ今日は瀬となる」（『古今集』巻十八）に基づく修辞。主家没落のため境遇の激変したことを、『古今集』の歌に掛けていう。

二　よるべも無き浪人。大星をさす。飛鳥川・淵・瀬・浪・結ぶ（掬ぶ）・枷杭・加古川・小浪は縁語。枷杭・加古川は頭韻。

三　婚約はしたものの、塩谷判官の誤りのため恋もせきとめられた加古川本蔵の娘小浪。

四　世に用いられている本蔵と、世になき浪人者の由良之助の現況から、派手な嫁入りをしては義理を欠くことになる。その遠慮から。

五　雪のように白い美しい肌も、冬の厳しい寒さのために寒紅梅の色のように赤くなり。「雪の肌も寒く」「寒空」は掛詞で、その縁で「寒紅梅」と続く。

六「覚えず凍え」と「越え坂」とを掛ける。その坂

都のへ空に。こころざす。雪の肌[五]も。寒空は。寒紅梅の色添ひて。手先お[六]ぼえず凍え坂。薩埵峠に。さしかかり見返れば。富士[七]のけぶりの。空に

消え行方も知れぬ思ひをば。晴らす嫁入の。門火[八]ぞと。祝うてみほ[九]の松原に 続く。並松街道を〔松並木の街道筋を〕 せましと打つたる行列は〔大名行列〕。誰と知らねどへうらやまし。△アア世が世ならあのごとく。一度の晴れ[一〇]と花かざり。二人伊達をするが[一一]〔為る・駿河〕の府中過ぎ。城下。過ぐれば気散じに。母の心もいそ〱と。△二世[一二]の盃済んでのち。閨の睦言[一三]さゝめごと。親[一四]知らず子知らずと。蔦[一五]の細道。もつれ合ひ。うれしからうと手を

は薩埵峠。由比と興津の間の峠で、そこから富士の高根、愛鷹山、伊豆の岬、三保の松原が鮮やかに見えると『東海道名所図会』四にある。

七 西行の「風になびく富士の煙の空に消えて行方も知れぬわが思ひかな」（『新古今集』巻十七）による修辞。

八 婚礼の時、花嫁が生家を出るに際して焚く火。嫁入しては再び帰らぬという縁から死葬のまねびをするに始まるという（『女重宝記』二）。

九 駿府より東二里の白砂青松の名勝。羽衣の松で有名。「祝うて三度」という成語をふまえた掛詞。

一〇「晴れ」「花かざり」は頭韻。

一一 現在の静岡市。

一二 夫婦は二世の契り（『毛吹草』二）という考えから、夫婦の固めの盃。

一三「睦言」「さゝめごと」は脚韻。

一四 薩埵峠の南の海岸。海岸に山がせまって打ちよせる波に通行の困難なことからの称。明暦元年までは東海道はここを通ったが、この年薩埵山を開いた（『東海道名所記』二）。この辺りの道行の地名に前後の矛盾がある。正しくは薩埵峠（親知らず子知らず）→三保の松原→府中→鞠子川→宇津の山（蔦の細道）→瀬戸→島田。

一五「宇津の山にあり。海道より右の方（南側）に狭道あり、これ古の細道なり」（『東海道名所図会』四）。「蔦」「もつれ合ひ」は縁語。

引けば。○アノ母様の差し合ひを　わきへこかして鞠子川。宇津の山べのうつつにも。殿御はじめの新枕。せとの染飯こはいやら。恥づかしいやらうれしいやら　案じて胸もおほゐ川。水の流れと人ごころ。もしや心は変らぬか。日陰に花は咲かぬかと。いうてしま田の憂さ晴らし。二人わが身の上を。かくとだに。人しらすかの　橋越えて行けば吉田や赤坂の。まねく女の声そろへ。一上り歌縁を結ばば清水寺へ参らんせ。音羽の滝にざんぶりざ　毎日さういうて拝まんせ　さうぢやいな。紫色雁高我開令入給。神楽太鼓にヨイコノエイ。こちの昼寝をさまされた。都殿御に　逢うて辛さが語りたやソウトモ〳〵。もしも女夫とかかさま。ならば　伊勢さんの引き合はせ。　ひなびた歌も。身に取りて。よい吉相になるみ潟。熱田の社あれかとよ。七里の渡し帆を上げて　櫓拍子そろへてヤッシッシ。楫取る音は。すず虫か　いや。きり〳〵す。鳴くや霜夜と詠みたるは。小夜更けてこそくれまでと。かぎりある舟急がんと母が走れば。

一　人前では遠慮せぬばならぬような色情的話題。
二　「こかす」は転ずる意で、「鞠」と縁語。「鞠子川」は丸子の宿を流れる川。
三　「駿河なる宇津の山べのうつつにも夢にも人にあはぬなりけり」（『伊勢物語』）による。頭韻をふむ。
四　島田の東一里。「名物染飯　瀬戸村の茶店に売るなり。強飯を山梔子にて染て、それを摺つぶし、小判形に薄く干乾してうるなり」（『東海道名所図会』四）
五　「水の流れと身の行衛は知れぬもの」（『譬喩尽』）による修辞。
六　現在浪人の力弥を日陰の者と譬えての文。
七　「かくとだにえやは伊吹のさしも草さしもしらじなもゆる思ひを」（『後拾遺集』巻十一）をふむ修辞。
八　客を招く売春の女。吉田（豊橋市）、赤坂（宝飯郡赤坂町）は東海道の遊興の宿場。
九　京都東山にある寺。境内の音羽の滝は水垢離の行場として著名。それに因んで「ざんぶりざ」という。
一〇　「紫色雁高」は男根の逸物を意味し、「開」は女陰の意。後半は「妙法蓮華経」の文句「花開蓮現」をもじったらしいが、不詳。『譬喩尽』に「閨中の語也、京祇園の姐の園が語也、後忠臣蔵道行に出ㇾ之」とある。
一一　熱田神宮。東海道はここから海路となり、熱田より桑名まで海上七里の舟渡しとなる。
一二　舟唄の一節か。「ヤッシッシ」はその囃子詞。
一三　艪の音の「ギイ」からの修辞。「きりぎりす鳴くや霜夜のさむしろに衣かたしきひとりかも寝む」（『新古今集』巻五）をいう。

一四 歌は夜ふけのことであるが、日暮までと舟には時限があることなので急ごうと。

一五 今の庄野町、亀山市、関町。地名の「関」と「堰とむ」の掛詞。この関は東海道と伊勢街道の分岐点。

一六 昔官吏が諸国におもむく時に駅馬徴発の証として朝廷より賜る鈴。地名の鈴鹿を導くための修辞。

一七 「土山」「水口」「石部」「石場」は東海道の地名。「坂は照る〱鈴鹿は曇る、さきはいと言うてははいどうし、間の土山雨が降る」（『落葉集』四）の馬士踊の歌による文。「石場」「大石」「小石」とつづける。

竹本此太夫

〈ロ〉雪転し

マクラ

＊ 竹本此太夫の役場。先地事ふし事所作やつし修羅段切詰などの味ひ、あまり功者にて仕過る事多し。さるによつて、ふし付細かにして新ぶし多し」（『操曲浪花芦』）と評される。この時の竹本座の最高位の太夫。この段の基本構想は『忠臣金短冊』四に同じ。

一八 山科閑居は史実。元禄十四年六月末から翌年十月七日まで住む。「大石屋舗　勧修寺より七町ばかり乾」（『都名所図会』五）

一九 ふざける。「ざれたはふるる事を、上方にて〇ほたえると云。（『物類称呼』五）

庭の雪景色

二〇 雪ころがし。酒の戯れで雪だるまを作ってみるが、雪は転がらずに雪に自分が転かされてしまい。

二一 歌謡の一節か。未詳。

娘も走り　空の。霰に笠おほひ。船路のともの。〔艫・友〕後や先（後になり先になり）庄野・亀[15]山せきとむる。（関・塞き）伊勢と東の別れ道。[16]駅路の鈴の鈴鹿越え。間の[17]土山。雨が降る　みな口のはに。いひはやす。石部・石場で大石や。小石ひろうてわが夫と　なでつ。さすりつ手に据ゑて。やがて大津や三井寺の。ふもとを越えて山科へ　ほどなき。里へ三重〽いそぎ行く

第九　山科の雪転（山科閑居）

風雅でもなく。洒落でなく。せうことなしの[18]山科に。由良之助が侘び住居。祇園の茶屋に昨日から　雪の夜あけし朝戻り。太鼓・仲（太鼓持や）居に送られて　酒が。[19]ほたえる[20]雪こかし　雪はこけいで雪こかされ。人体捨てし遊びなり。（見栄をすっかり捨てた遊興である）

「旦那（太鼓）　申し旦那。お庭の景ようございます。[21]お庭の藪に雪持つてとなつた所。とんと絵に描いたとほり。けうといぢやないか　な

うおしな」。(仲居おしな)「サアこの景を見て。ほかへはどつちへも行きたうはござりますまいがな」。(由良之助)「ヘッ朝夕に見ればこそあれ住吉の。岸の向ひの淡路島山　といふこと知らぬか。自慢の庭でも　内の酒は飲めぬ〳〵。エエとほらぬやつ〳〵。サア〳〵奥へ〳〵　奥はどこにぞお客がある」と。先に立つて飛石の。ことばもしどろ足取りも　しどろに。見ゆる酒機嫌。「お戻りさうな」と女房の　おいしが軽う汲んで出る。茶屋の茶よりも気の端香。「お寒からう」と悋気せぬ　ことばの塩茶酔ひざまし。

一口飲んであと打ち明け。(由良之助)「エ奥　無粋なぞや〳〵。せつかくおもしろう酔うた酒　さませとは。アアアア降つたる雪かな。文弥いかによその和郎たちが　さぞ悋気とや見給ふらん。それ雪は打綿に似て飛んで中入れとなり。奥はかか様といへば　とつと世帯じむといへり。加賀の二布へお見舞の　おそいは御用捨。伊勢海老と盃。穴の稲荷の玉垣は。赤うなければ信がさめるといふやうな物

由良之助、酔のたわ言

一「此歌は津守国冬の歌にて新後拾遺集の雑の上に出て、下句うらよりをちの淡路島山と有。これは拾遺集に出たる人丸の、すみよしの岸にむかへる淡路島あはれと君をいはぬ日ぞなき、といふ歌の詞をひとつにおぼえあやまりて、きしのむかひのあはぢ島山といひ伝へたる也」(『瑠璃天狗』三)

二 奥方はどこにいるのか。「奥へ〳〵」と語呂合せ。

三「気の花」と「端香」との掛詞。やさしい心のこもった茶の出花の香り。

四「言葉の塩」と「塩茶」との掛詞。塩は愛嬌。「目もとの塩」などいう。「塩茶」は酔ざまし、嘔吐などに効果がある。

五 以下、謡曲『鉢木』の「ああ降つたる雪かな。如何に世にある人の面白う候ふらん。それ雪は鵝毛に似て飛んで散乱し。人は鶴氅を着て立つて徘徊すと言へり」のもじり。

六 ここから「……お見舞の」まで「文弥ぶし」で語る。この文弥節の出典は未詳。近松作『最明寺殿百人上臈』の「最明寺殿道行」にも「それ雪はがもうに似て……」以下に「文弥」の文字譜がある。文弥節に謡曲と同文の詞章があり、そのもじり文を同じ文弥節で語ったのであろう。

七 人を卑しめていう語。やつ。「わろ　あのわろ抔いふ、悪言歟、わろは者なり」(『浪花聞書』)

八 精製された綿。核をとり去っただけの繰綿を、綿弓で打って細いやわらかな綿にしたもの。「今俗木綿

かい。オイこれ〳〵。一二こぶら返りぢや　足の大指(親指)おつた〳〵。
一三おつとよし〳〵。ついでにかうぢや」と足先で。一四「アアこれ(おいし)ほたえ一五
さしやんすな　たしなましやんせ。酒(ささ)が過ぎるとたわいがない。ほ
んに世話でござらうの」(厄介なことで)とものやはらかにあひしらふ(応対する)。
力弥心得奥より立ち出で。「申し〳〵母人(ははびと)。親仁(おやぢ)様は御寝(ぎよし)一六なつた
か。これ上げられい」と差し出だす　親子が所作(しよさ)を塗り分けても。
下地は同じきり枕一七。(由良之助)「オオオオ応(おう)」は夢うつつ。「イヤもう皆去(い)にや
れ」。「ハイ〳〵〳〵。そんならば旦那(だんな)へよろしう」。若旦那ちと御
出でを　目づかひで(目くばせを力弥に送り)　去(い)に際悪う(きはわる)(ばつも悪そうに)帰りける。
〔廓の者を〕声聞えぬまで行き過ぎさせ。由良之助枕を上げ。「ヤア力弥。遊
興に事寄せ丸めたこの雪。所存(考えの)あつての事ぢやが　なんと心得た
ぞ」。(力弥)「ハツ雪と申す物は。降る時にはすこしの風にも散り。軽い身
でござりませうとも。あのごとく一致して丸まつた時は。峰の吹雪(ふぶき)
に岩をも砕く大石同然。重いは忠義。その重い忠義を思ひ丸めた雪

の実を採て未製これを種綿と云、操て種を去り除きたるをくり綿と云、これを製したるを打綿と云」(『守貞漫稿』十九)

九 帯や着物などの表と裏の間に入れる綿。中入綿。

一〇 加賀絹の腰巻。女房の腰巻を、お訪ねするのがおそかったが、それはお許し願いたい。「二布　女の身に近く腰をふさぐ具也」(『物類称呼』四)

一一 忍岡稲荷。「穴稲荷社地　上野御山内、池のはたのかたに門あり」(『江戸名所花暦』二)。但しここは猥褻な意味で用いただけで、伊勢海老以下、赤いものをならべていう。

廓の者辞去

一二 足のふくらはぎの痙攣(けいれん)。足の親指を折曲げると直るという。

一三「おつた〳〵」と「おつと」は頭韻。

一四 足先を女房の裾に入れていたずらをする。

一五 二五九頁注一九参照。

雪玉の問答

一六 おやすみなされたか。「御寝あれを、ぎようしなれ、ぎよしなれなどといふはいかが」(『かたこと』二)

一七「義理」と「桐枕」との掛詞。力弥が父に差出す桐の枕は、塗物であるところから「塗り分け」という。親子の行動は異っていても、心の中は同じ忠義の心からである。

も。あまり日数を延べ過しては　と思し召しての」。「イヤ〱。由良之助親子。原郷右衛門など四十七人連判の人数は。ナみな主なしの日陰者。日陰にさへ置けばとけぬ雪。せく事はないといふこと。ここは日当り　奥の小庭へ入れておけ。蛍を集め雪を積むも　学者の心長きためし。女ども。切戸内から明けてやりやれ。堺への状認めん。飛脚が来たらば知らせいよ」。「アイ〱」間の切戸の内。雪こかしこみ戸を立つるヲクリ襖。〽引き立て入りにける。

〈切〉山科　戸無瀬の訪れ

人の心の奥深き　山科の隠れ家を。尋ねてここに来る人は。加古川本蔵行国が女房戸無瀬。道の案内の乗物を　かたへに待たせただ一人。刀脇差さすがげに　行儀乱さず。庵の戸口。（戸無瀬）「頼みませう。〱」といふ声に。たすきはづして飛んで出る。むかしの奏者今のりん。（りん）「どうれ」といふもつかうどなる。（戸無瀬）「ハツ大星由良之助様お宅はこれかな。左様ならば。加古川本蔵が女房戸無瀬でござります。まことにそののちは打ち絶えました。ちとお目にかかりたい様

一 解けてしまうのではないか（同志の結束も乱れるのではないか）。
二 中国の車胤と孫康の故事。苦労して勉学に励むことをいう。『蒙求』上に、「孫康家貧にして油無し。常に雪に映して書を読む」「胤恭勤にして倦まず、博学多通、家貧にして常に油を得ず、夏月には則ち練嚢に数十の蛍火を盛り、以て書を照し、夜を以て日に継ぐ」とあり、「孫康映雪」「車胤聚蛍」と題されている。
三 庭の小門などにある小さなくぐり戸。
四 和泉国の堺の回船問屋天河屋義平宛の手紙。次の十段目の仕込み。
五 返事の「アイ」と「間の切戸」を掛ける。奥の小庭との間の切戸。
六 このヲクリで、由良之助・お石・力弥退場。
七 心の奥底を隠していることと、山科が人里離れた隠れ家であることを言い掛けた表現。
八 昔なら奏者が取次ぎに出るのだが、今は下女のりんが出て。「奏者」は武家屋敷で客と主人との取次ぎをする役。
九 訪問者の「頼もう」に対する応答の詞。
一〇 無愛想なさま。つっけんどんなさま。「ツカウドナ　かどかどしき」（『詞葉新雅』）

小浪の出

座敷へ案内

母親同士の挨拶

一一 小浪の出の美しさを鶯にたとえた修辞。「谷の戸出づる鶯の凍れる涙とけそめて」(『放下僧』)による構文か。

一二 「ほほゑむ」と「ゑがほ」を言い掛けた語。

一三 防寒用の女性のかぶりもの。真綿を素材とすることから、綿帽子ともいう。「うなぎわた」「古今綿」など、その形の上から種々の呼称がある。

綿帽子
〔都風俗化粧伝〕

一四 駕籠を帰すのは母子の覚悟の程を示す。

一五 よろこび勇むさま。娘の名前の小浪の縁からいう。

一六 夫の親と、妻の親の姻戚関係をいう。

子につき はる〴〵参りましたと。伝へられて下され」と。いひ入れさせて表の方。(戸無瀬)「乗物これへ」と舁き寄せさせ。(戸無瀬)「娘ここへ」と呼び出せば。[一一]谷の戸明けてうぐひすの 梅見つけたる[一二]ほほゑがほ ま深に。着たる[一三]帽子のうち。(小浪)「アノ力弥様のお屋敷はもうここかえ。わしや恥づかしい」となまめかし。

取り散らす物片づけて。「先づお通りなされませ」と。下女が伝へる口上に。(戸無瀬)「[一四]駕籠の者みな帰れ。御案内頼みます」といふも [一五]いそいそ娘の小浪。母につきそひ座になほれば。

おいししとやかに出で迎ひ。「これは〳〵。お二方ともようこそや御出で。とくよりお目にもかかるはず。お聞き及びの今の身の上。お尋ねにあづかりお恥づかしい」。(戸無瀬)「あの改まつたおことば。お目にかかるは今日初めなれど。先だつて御子息力弥殿に。娘小浪をいひなづけいたしたからは。お前なりわたしなり。[一六]あひやけ同志 御遠慮におよばぬこと」。(おいし)「これは〳〵痛み入る御挨拶。ことに御用しげい本蔵様の奥方。寒空といひ思ひがけない御上京。戸無瀬様はともあれ　小浪御寮。さぞ都珍しからう。祇園　清水　智恩院。大仏様御らうじたか。金閣寺拝見あらば　よい伝があるぞえ」と。心（遠慮）おきなき（のない）挨拶に。ただ（小浪）「あい〳〵」も口のうち。帽子まばゆき（帽子まぶしく気恥ずかしい）風情なり。

戸無瀬は行儀あらためて（居住まいを正して）。「今日参ること余の儀にあらず（ほかのことではございません）。これなる娘小浪いひなづけいたしてのち。御主人塩谷殿不慮の儀につき。由良之助さま。力弥殿。御在所も定かならず。移り変るは世の習ひ。変らぬは親心　とやかくと聞き合はせ。この山科にござる由うけたまはりましたゆゑ。このはうにも時分の娘（年頃になった娘）　早うお渡し申したさ。ちかごろ押しつけがましいが。夫も参るはずなれど　出仕にひまのない身の上。この二腰は夫が魂。これを差せばすなはち　夫本蔵が名代と。わたしが役の二人前。由良之助様にも御意得まし。祝言させて落ちつきたい。幸ひ今日は日柄もよし。御用意なされ下さりま

一　人名などにつけて、敬愛の情を示す接尾語のように用いる。身分の高い人の子息、子女に用いる。
二　祇園の社。今いう八坂神社。感神院の扁額、絵馬堂、桜、削掛の神事、祇園会などが有名。
三　音羽山清水寺。地主権現の桜、音羽の滝、舞台などが有名。西国三十三所の十六番札所。
四　華頂山大谷寺知恩教院。瓜生石、小鍛冶が井戸などが有名。浄土宗の総本山。
五　大仏殿方広寺。六丈三尺の大仏が有名。祇園以下京都東山添いの行楽地。すべて京内参りのコースである。

戸無瀬の婚儀催促とおいしの姑去り

六　鹿苑寺ともいう。金箔をはりめぐらせた三層の高閣が有名。金閣寺の拝見はむつかしかったらしく滑稽本『仮名手本蔵意抄』に「花洛の通言に曰、金閣寺はいけんあらば二百出さんせ、よいつてがあるぞヱ」とこの文をもじり、「金閣拝見之信牌」と称するものを図す。

金閣修覆　万人講中　一組十人　開庭拝見申刻限　日

七　思いがけない事柄。刃傷沙汰からの一連の事。
八　腰にさしている大小の二刀。
九　代理をつとめる人。代理ではあるが、形式として本人と同じ扱いとなる。
一〇　お会い申す。お会いして賛同を得る。
一一　暦の上で、行事をする日としての吉凶をいう。結婚には特に日柄を重んじる。『女重宝記』二に「よめ

取いひ入ならびに日どりの事」と題して、結婚の吉凶について述べる。

一二 他の場所に出かけること。外出。

一三 以下「……御遠慮なう遣はされませ」まで、由良之助在宅を仮想しての、おいしの直接話法による代弁。

一四 奉公人。召使い。

一五 身分の高い人。禄高の高い人。六行あとの「小身」の対。

一六 諺。慣用の言葉。

一七 形は似ているが、大きさ、重さが全くことなることから、物事のつり合わぬたとえにいう諺。『毛吹草』『諺苑』『譬喩尽』などに記載されている。

一八 婚約のしるしとして、男より女の方に贈る品物。『女重宝記』一に、「縁組しゆびして男の方より女の方へいひ入つかはす事、俗に是をたのみをつかはすといふ」とあり、以下結納の品々など詳述する。

一九 身代。資産。

せ」とあひ述ぶる。(おいし)「これは思ひもよらぬ仰せ。をり悪う夫由良之助は他行[一二]。さりながら。もし宿にをりまして　お目にかかり申さうならば。御親切[一三]の段　千万かたじけなう存じまする。いひなづけいたした時は。故殿様の御恩にあづかり。お知行頂戴いたしまかりあるゆゑ。本蔵様の娘御をもらひませう。しからばくれうと。言約束は申したれども。ただいまは浪人。人使[一四]ひとてもござらぬ内へ。いかに約束なればとて。大身[一五]な加古川殿の御息女。世話[一六]に申す提灯[一七]に釣鐘。釣り合はぬは不縁のもと。ハテ結納[一八]を遣はしたと申すではなし。どれへなりと外々へ。御遠慮なう遣はされませと　申さるるでござりませう」と。聞いてはつとは思ひながら。(戸無瀬)「アノまあおいし様のおつしやること。いかに卑下なされうとて。本蔵と由良之助様。身上[一九]が釣り合はぬとな。そんならば申しませう。手前の主人は小身ゆゑ。家老を勤める本蔵は五百石。塩谷殿は大名。御家老の由良之助様は千五百石。すりや本蔵が知行とは。千石ちがふを合点

で　いひなづけはなされぬか。ただいまは御浪人。本蔵が知行とは　皆ちがうてから五百石」。（おいし）「イヤそのおことばちがひまする。五百石はさておき。一万石ちがうても。心と心が釣り合へば。大身の娘でも　嫁に取るまいものでもない」。（戸無瀬）「ムムこりや聞きどころ　おいし様。心と心が釣り合はぬとおつしやるは。どの心ぢや　サア聞かう」。（おいし）「主人塩谷判官様の御生害。御短慮とはいひながら。正直をもととするお心よりおこりしこと。それに引きかへ　師直に金銀をもつてこびへつらふ。追従武士の禄を取る本蔵殿と。[一]二君に仕へぬ由良之助が大事の子に。釣り合はぬ女房は持たされぬ」と。聞きもあへず膝立てなほし。（戸無瀬）「へつらひ武士とは誰がこと。様子によつては聞き捨てられぬ　そこを許すが娘の可愛さ。[二]夫に負けるは女房の常。祝言あらうがあるまいが。いひなづけあるからは　天下晴れての力弥が女房」。（おいし）「ムムおもしろい。女房ならば[三]夫が去る。力弥に代つてこの母が去つた。〳〵」といひ放し。[四]心へだての唐紙を　はた

一　諺。『史記』田単伝にある王蠋の故事をもとにして、武士の道徳をいった。「けんじんは二君につかへず、ていぢよ両夫にまみえず」（『毛吹草』二）、「貞女両夫にまみえず、説苑王蠋曰、忠臣は二君に仕へず、貞女は二夫に更へず」（『諺草』）。『世話焼草』『譬喩尽』にもある。

二　三従の一つ。儒教道徳でいわれる、女の従うべき道として、家では父、嫁しては夫、夫の没後は子に従うべしという。「わかき時は親にしたがひ、さかりにしてはおとこにしたがひ、老ては子にしたがふ」（『毛吹草』二）

三　離縁する。夫が妻を一方的に離縁することに言い、それは夫の権限であった。

四　心に隔てがあって結婚に同意できぬ意と、次の部屋との隔ての唐紙の意とを掛けた文体。

戸無瀬の悪口、小浪の貞心

五　人情にそむく気儘な態度。

六　親しいことから、実際以上に良く見えたり、自分の都合のよいように判断すること。

七　文末について、願望の意をあらわす終助詞。よい婿をもたせてやりたい。

八　姑が息子の嫁を離縁すること。前頁のおいしの「力弥に代つてこの母が去つた。〳〵」に対する語。

九　家柄血筋のよいことを言って。

一〇　離別をされたあてこすりに。

一一「気は張り」と「張り弓」の掛詞。「張り弓」は弦をかけて張った弓。張り弓のように母親戸無瀬の気は張りつめている。

と。引き立て入りにける。

娘はわつと泣き出だし。「せつかく思ひ思はれて　いひなづけした力弥様に。逢はせてやろとのおことばを　頼りに思うて来たものを。姑御の胴欲に。去られる覚えはわたしやない。母様どうぞ詫言して。祝言させて下さりませ」と縋り。嘆けば母親は。娘の顔をつく〴〵と。打ちながめ〳〵。「親の欲目か知らねども。ほんにそなたの器量なら。十人並みにもまさつた娘。よい婿をがなと詮議して　いひなづけした力弥殿。尋ねて来た甲斐もなう。婿に知らさず去つたとは。義理にもいはれぬおいし殿。姑去りは心得ぬ。ムム〳〵さては浪人の身の寄るべなう　筋目をいひたて。有徳な町人の婿になつて。義理も。法も忘れたな。ナウ小浪。今いふとほりの男の性根。去つたといふを面当て　〔小浪を〕ほしがるところは山々。ほかへ嫁入りする気はないか。コレ大事のところ　泣かずともしつかりと返事しや。コレどうぢや〳〵」と。尋ぬる親の気は張り弓。（小浪）「アノ母様の胴欲なことおつしやります。国を出るをり　父様のおつしやつたは。浪人しても大星力弥。行儀といひ器量[一]といひ。仕合せな婿を取つた。貞女両夫にまみえず。サハリ[二]たとへ夫に別れても　またの夫をまうけなよ。ぬしある女の不義同然。かならず／＼寝覚めにも　殿御大事を忘るるな。由良之助夫婦の衆へ孝行尽し　夫婦仲むつまじいとてあじやらにも[三]。悋気ばしして[四]　去らるるな。案ぜうかとて隠さずと　懐妊になつたらさつそくに。知らせてくれとおつしやつたを　わたしやよう覚えてゐる。去られて去んで父様に苦に苦をかけてどういうて　どういひわけがあらうとも。力弥様よりほかに余の殿御。わしやいや／＼」と一筋に　恋を立てぬく心根を。

聞くにたへかね母親の。涙一途[五]に突きつめし。覚悟の刀抜き放せば。「母様これは何事」と押し留められて顔を上げ。「何事とは曲[六]がない。今もそなたがいふとほり　一時も早う祝言させ。初孫の顔見

母娘自害決意から祝言の承諾へ

一　物事をやりとげる能力。力量。

二　義太夫節の中の特に歌謡的な調子に乗った部分。その部分が「……悋気ばしして」まで続く。「サハリといふは義太夫節をやわらげ、歌のやうにかかり、少しサハルゆへサハリと云」(『浄瑠璃道之枝折』)

三　上方の方言。かりそめにも。「かりそめと云詞のかはりに、畿内にて〇あじやらと云」(『物類称呼』五)。「あじやら、実ならざるなり」(『浪花聞書』)

四　体言、活用語の連用形などについて、強調の意を添える助詞。

五　ただ悲しみの一途に思いつめた覚悟。

六　愛想がない。そっけない。

たいと。娘に甘いは　てて（父）の習ひ。よろこんでござるなかへ　まだ祝言もせぬ先に。去られて戻りましたとて　どう連れて去なれうぞ。というて先に合点せにゃ　[七]仕様。模様もないわいの。ことにそなたは先妻の子。わしとは[八]なさぬ仲ぢやゆゑ　およそにしたかと思はれては。どうも生きてはゐられぬ義理。このとほりを死んだ跡で　ててごへいひわけしてたもや」。(小浪)「アノもつたいないことおつしやります。殿御に嫌はれ　わたしこそ死すべきはず。生きてお世話になる上に　苦を見せまする不孝者。母様の手に掛けて　わたしを殺して下さりませ。去られても殿御の内　ここで死ぬれば本望ぢや。早う殺して下さりませ」。(戸無瀬)「オツオよう言やつた　でかしやつた。そなたばかり殺しはせぬ。この母も[九]三途の供。そなたをおれが手に掛けて。母も追つけ跡から行く。覚悟はよいか」と立派にも　涙。とどめて立ちかかり。(戸無瀬)「コレ小浪。アレあれを聞きや。表に[一〇]虚無僧の[一一]尺八。つるの巣ごもり」。鳥類でさへ子を思ふに　科もない子を手

七　どうしようもない。「仕様」に「模様」と脚韻を重ねて意味を強調する世話詞。「かか様がござるなら、仕様模様も有らふ物」(『神霊矢口渡』四)

八　継母・継父と継子との間柄。

九　仏語。冥途の道づれ。「三途」は地獄道、餓鬼道、畜生道。

一〇　普化僧ともいう。普化宗の僧で、深編笠をかぶり、袈裟姿で尺八を奏し、門口に立って米銭を乞う者。京都では明暗寺に属し、江戸では一月寺に属する。

虚無僧
〔守貞漫稿・七〕

一一　尺八の曲名。正式の題名は「巣鶴鈴慕」。琴古流本曲のうち、表十八曲の一つ。親子の鶴の鳴き別れを模したものといわれ、九段目の状況と合致する。

に掛けるは。因果と因果の寄り合ひと。思へば足も立ちかねて。ふるふ拳をやう〳〵に。振り上ぐる刃の下。〔小浪は〕尋常に座をしめ手を合はせ。「南無阿弥陀仏」と。唱ふるうちより「御無用」と声かけられて　思はずも。〔戸無瀬の〕たるみし拳　尺八もともに。ひつそと静まりしが。（戸無瀬）「オオさうぢや。今御無用と留めたは。虚無僧の尺八よな。助けたいが山々で。無用といふに気おくれし。未練など笑はれな。娘覚悟はよいかや」とまた振り上ぐる　〔尺八が〕また吹き出す。とたんの拍子にまた「御無用」。（戸無瀬）「ムムまた御無用と留めたは。修行者の手のうちか。振り上げた手のうちか」。（おいし）「イヤお刀の手のうち御無用。悴力弥に祝言させう」。（戸無瀬）「エエさういふ声はおいし様。そりや真実かまことか」と　尋ぬる襖の内よりも。ウタイ逢ひに相生の。松こそめでたかりけれ　と。祝儀の小謡　白木の小四方。目八分にたづさへ出で。（おいし）「義理ある仲のひとり娘。殺さうとまで思ひ詰めた　戸無瀬様の心底。小浪殿の貞女。こころざしがいとほしさ　させにくい祝言さす。

一「因果」は因果者の略。不幸者どうしの寄り合い。「幸ひある人を果報者といひ、わざはひあるを因果ものとのみいふこと」（『かたこと』三）

二 軽い敬意をもって、やめるように頼む時の言葉。

三 助けたいとばかり思っているので。「山々」は、強く望んでいるが、実際にはそうするわけにゆかぬときに用いることが多い。

四 ちょうどその時。

五 修行者すなわち虚無僧へのほどこしを断る意味なのか。それとも刀を振り上げて娘を切ろうとするのをとめる意味なのか。「手の内」にほどこしの米銭の意と腕前、手並の意のあるのを利用した文脈。

六 婚礼などの祝宴で謡う、謡曲『高砂』の地上歌の一節。「四海波静かにて、国も治まる時つ風。枝を鳴らさぬ御代なれや。逢ひに相生の、松こそめでたかりけれ」

七 謡曲の中の一節で、特に独吟に適する謡いどころ。文章も美しく、節付けもよい部分。ここでは『高砂』の右の一節をいう。

八 四方に穴のある三方に似た物をのせる台。それを四方といい、小型のものを小四方という。「三方は三面に眼象あるを云。四面にあるを四方と云」（『守貞漫稿』一）

九 物をささげる時、両手で目より少し低い高さ、八分目の高さにささげてもつこと。肘を両脇につけ、鄭重に捧げもつ姿勢である。

一〇　饗応の時に、招待した来客に主人から出す贈物。ここでは嫁入の時に嫁が持参する贈物をいう。

引出物に本蔵の首を所望

一一　大小の二刀。

一二　先祖代々伝わって来たもの。

一三　鎌倉時代の末期に相模国鎌倉に住んでいた刀工の名人、岡崎五郎正宗。彼の製作した刀も正宗と称する。

一四　平安時代の中頃に薩摩国谷山に住んでいた刀工の名人。安次、安平らの一派。またその製作した刀の称。

一五　軽いかすり傷。深手の対。

一六　殿の憎しみがかかっていないでしょうか。そうしたものではないでしょうか。

そのかはり。世の常ならぬ嫁の盃。受け取るはこの三方。御用意あらば」とさし置けば。

〔戸無瀬は〕すこしは心やすまつて　抜いたる刀鞘に納め。「世の常ならぬ盃とは。引出物[10]の御所望ならん。この二腰[11]は夫が重代[12]。刀は正宗[13]。差〔小刀〕添へは浪[14]の平行安。家にも身にも代へぬ重宝。これを引出」とみなまでいはさず。〔（おいし）〕「浪人とあなどつて。価の高い二腰。まさかの時に売り払へと。いはぬばかりの婿〔婿への引出物〕引出。御所望申すはこれではない」。〔（おいし）〕

〔（戸無瀬）〕「ムムそんなら何が御所望ぞ」。「この三方へは加古川本蔵殿の。お首を乗せてもらひたい」。「エエそりやまたなぜな」。「御主人塩谷判官様。高師直にお恨みあつて。鎌倉殿で一刀に切りかけたまふ。その時こなたの夫加古川本蔵。その座にあつて抱き留め。殿をささへたばつかりに　御本望も遂げられず。敵はやう〳〵薄手[15]ばかり。殿はやみやみ〔むざむざと〕御切腹。口へこそ出したまはね〔お出しにならないが〕。その時の御無念は。本蔵殿に憎しみがかかる[16]まいか。あるまいか。家来の身としてその加古川が娘。安閑(あんかん)と女房に持つやうな力弥ぢやと。思うての祝言ならば。この三方へ本蔵殿の白髪首(しらがくび)。いやとあればどなたでも[一]。首を並べる尉(じよう)と姥(うば)。それ見たうへで盃させう。ササアいやか。おうかの返答を」と。鋭きことばの理屈詰め。親子ははつとさしうつむき途方に。くれし折からに。(本蔵)「加古川本蔵が首進上申す。お受け取りなされよ」と。表にひかへし虚無僧の。笠脱ぎ捨ててしづ〱と内へはひるは。(小浪)「ヤアお前は父様(とと)」。(戸無瀬)「本蔵様。ここへはどうしてこの形(なり)は。合点(がてん)がいかぬ　こりやどうぢや(どうなさったのですか)」ととがむる女房。(本蔵)「ヤアざわざわと見苦しい。始終の子細皆聞いた。そちたちに知らさず　ここへ来た様子[二]は追つて。先づだまれ。そこもとが由良之助殿御内証[三]おいし殿よな。今日の仕儀[四]かくあらんと思ひ。妻子(さいし)にも知らせず。様子をうかがふ加古川本蔵。案にたがはず[五]拙者が首。婿引出(ひきで)に欲しいとな。ハハハハハ。いやはやそりや侍のいふこと。主人の仇(あた)を報[六]はんといふ所存もなく。遊興にふけり　大酒に性根(しやうね)を乱し。

一　どなたの首でもこの三方に並べる覚悟のわれわれ夫婦です。祝言の飾り物として島台に尉と姥を飾るので、現在の状況と三方の上にのせることを取合せて言った。

二　その訳はあとで話そう。

三　人妻の敬称。

四　次第。成りゆき。

五　予想していたそのとおり。

六　ヤ行上二段動詞「むくゆ」から転じたハ行四段動詞「むくふ」。中世ごろからハ行化し、近世では「むくふ」が通常。

放埒なる身もち　日本一の阿呆の鑑。[七]蛙の子は蛙になる。親に劣らぬ力弥めが大だはけ。うろたへ武士のなまくら刃金。この本蔵が首は切れぬ。馬鹿尽すな」と踏み砕く。(本蔵)「[八]破れ三方のふちはなれ。こつちから婿に取らぬ　[九]ちよこざいな女め」といはせも果てず。(おいし)「ヤア過言なぞ本蔵殿。浪人の錆刀　切れるか切れぬか塩梅見せう。不肖ながら由良之助が女房。望む相手ぢや　サア勝負〳〵」と裾引き上げ。[一〇]長押にかけたる槍押つ取り。突つかからんずその気色。「これは短気な　マア待つて」と留めへだつる女房娘。(本蔵)「[一一]邪魔ひろぐな」と荒けなく。右と左へ引きのくる。[一二]間もあらせず突つかくる。槍の[一三]しほ首ひつつかみ。もぢつて払へば身をそむけ。[一四]諸足縫はんとひらめかす。[一五]刃棟を蹴つて蹴上ぐれば。拳はなれて取り落す。槍奪はれじと走り寄り　[一六]腰際帯際引つつかみ。どうど打ちつけ動かせず　膝にひつ敷く強気の本蔵。敷かれておいしが無念の歯がみ。親子はあ〳〵危ぶむ中へ。

七 諺。何事でも、子供は親に似るものだ。悪いことが似る場合に用いる。「かいる」は「かへる」の転で、室町時代以降に用いられ、口語では「かいる」が通常。「蛙の子は蛙に成る」(『譬喩尽』)
八 壊れた三方の、折敷の縁が離れてしまったように、扶持から離れた浪人者。二五六頁絵尽し参照。
九 生意気で、こざかしい。略して「ちょこな」ともいう。
一〇 柱と柱との間に横にとりつけてある、装飾的な横木。槍・長刀はここに横たえて懸ける。
一一 「する」の卑語。
一二 すぐに。間なしに。
一三 槍の穂先と柄を接属した部分。千段巻といわれる部分。
一四 両足を縫うようにつらぬき通そうと。
一五 槍の刃のみね。刃の背。
一六 腰に結んだ帯の結びぎわ。

力弥の槍に、打明咄し

駆け出づる大星力弥。捨てたる槍を取る手も見せず本蔵が。馬手[一]の肋弓手へとほれと突きとほす。(本蔵は)うんとばかりにかつぱと伏す。「コハ情けなや」と母娘 取りつき。嘆くに目もかけず。(力弥は)止め刺さんと取りなほす。(由良之助)「ヤア待て力弥 早まるな」と。槍引きとめて由良之助 手負ひに向ひ。(由良之助)「一別以来[二]珍しし本蔵殿。御計略の念願とどき。婿力弥が手に掛かつて。さぞ本望でござらうの」と。星[三]を指いたる大星が。ことばに本蔵目を見開き。(本蔵)「主人の鬱憤を晴らさんと このほどの心づかひ。遊所[四]の出合ひに気をゆるませ。徒党の人数はそろひつらん。思へば貴殿の身の上は。本蔵が身にあるべきはず。当春鶴岡造営のみぎり。主人桃井若狭之助。高師直に恥ぢしめられ。もつてのほか憤り。それがしをひそかに召され 真[五]から〳〵の物語り。明日御殿にて出つくはせ。一刀に討ち止むると 思ひつめたる御顔色。止めても止まらぬ若気の短慮。小身ゆゑに師直に。賄賂[六]うすきを根に持つて。恥ぢしめたると知つたるゆゑ 主人

一 馬手は右、弓手は左。右手のあばら骨から、左手のあばら骨へ突き通れとばかりに。二五六頁の絵尽しはこのあたりの描写。

二 この前お別れして以来。

三 図星を指して、見事に言い当てた。「星」を縁として、「大星」と言いかける文辞。

四 廓で敵の回し者などに出合うことによって、敵に油断をさせ。

五 「まつ」は接頭語。「から〳〵」は「かくかく」の音便で、強調して「まつ」をつけた語。これこれしかじかのお話。第二の切、松伐りの打明け話をさす。一六八頁参照。

六 贈ったわいろの少ないことを遺恨に思って。

に知らせず。不相応の金銀衣服台の物。師直へ持参して。心に染まぬへつらひも　主人を大事と存ずるから。賄賂おほせあつちから謝つて出たゆゑに。斬るに斬られぬ拍子抜け。主人が恨みもさらりと晴れ。相手代つて塩谷殿の。難儀となつたは　すなはちその日。相手死なずば切腹にも及ぶまじと。抱き留めたは　思ひ過した本蔵が。一生の誤りは　娘が難儀としらがのこの首。婿殿に。進ぜたさ。女房娘を先へのぼし。こびへつらひしを身の科に　お暇を願うてな。道を変へて　そちたちより二日前に京着。若い折の遊芸が　役に立つた四日のうち。こなたの所存を見抜いた本蔵。手にかかれば恨みを晴れ。約束のとほりこの娘。力弥に添はせて下さらば　未来永劫御恩は忘れぬ。コレ手を合はして頼み入る。忠義にならでは捨てぬ命。子ゆゑに捨つる親心　推量あれ由良殿」といふも涙にむせ返れば。妻や娘はあるにもあられず。「ほんにかうとは露知らず　死におくれたばつかりに。お命捨つるはあんまりな。冥加のほどが恐

七　小身な主人にとっては、分不相応な多額の。
八　大きな台にのせた贈り物の品。
九　師直に賄賂を贈ってこびおもねったことを、私の過ちとして、主家を辞することを願いでて。
一〇　どうしたらよいのかわからないさま。
一一　神や仏の加護がいつ尽きるか、その咎めのほどが恐ろしい。

ろしい。許して下され父上」とかつぱと伏して。泣き叫ぶ。親子が心思ひやり。大星親子三人も。ともにしをれてゐたりしが。

（由良之助）「ヤア／＼本蔵殿。君子[一]はその罪を憎んでその人を憎まずといへば。縁は縁恨みは恨みと。格別の沙汰もあるべきにと（特別に取り扱ってくれてもよかったのに）さぞ恨みに思はれん。が所詮この世を去る人。底意を明けて見せ申さん」と。未然[二]を察して　奥庭の障子さらりと引き明くれば。雪をつかねて（集めかためて）石塔の　五輪[三]の形を二つまで。造り立てしは大星が。成り行く果てをあらはせり。

戸無瀬(となせ)は賢(さか)しく。「ムム御主人の仇(あた)を討つてのち。二君(じくん)に仕へず消ゆるといふ　お心のあの雪。力弥殿もその心で　娘を去つたの胴欲は（娘を離縁したという非道さは）。御ふびんあまつて（不憫に思って下さった余りのことで）おいし様。恨みた（恨んだのが）がわしや悲しい」。（おいし）「戸無瀬様のおつしやること。玉椿(たまつばき)[四]の八千代までとも祝はれず。後家(ごけ)[五]になる嫁取つた。このやうなめでたい悲しい。事はない　からいふ事が嫌さに。むごう辛ういうたのが。さぞ憎かつたでござんしよな

なりゆく果ての石塔

母親同士の嘆き

一　君子は、罪そのものに対してはきびしい態度をとるが、その罪をおかした人間に対しては憎むようなことをしない。「孔子曰、可哉、古の訟を聴く者は其意を悪(にく)みて其人を悪まず」（『孔叢子』上）による。

二　将来はこのようになるであろうと、推量して。文脈としては「造り立てしは」につづく。

三　平安中期ごろに密教で創始された塔形で、五大の地・水・火・風・空をそれぞれ方形・円形・三角形・半月形・団形の五形に石でかたどり、それを下から積み重ねたもの。表面に多く梵字を刻む。

五輪塔

四　いついつまでも末長く。『荘子』の「逍遥遊」篇による。「玉」は美称の接頭語。「玉椿」と「八千代」は成語として用いられることが多い。「玉椿の八千代、二葉の松の末かけて」（謡曲『鉄輪』）

五　家系。近世では尊卑の感情を伴って用いられ、特に結婚では氏と器量が女性の場合には重大視された。

六　呉王の夫差は越王の勾践を会稽山に破り、和議を申し込まれた。呉の忠臣、伍子胥は許すべからずと夫

う」。（戸無瀬）「イイエイナ。わたしこそ腹立つまま。町人の婿になつて　義理も法も忘れたかというたのが。恥づかしいやら悲しいやら　どうも顔が上げられぬ　おいし様」。「戸無瀬様。氏[五]も器量もすぐれた子　なんとしてこのやうに。果報つたない生れや」と声も。涙にせき上ぐる。

本蔵あつき涙を押へ。「ハツアアうれしや本望や。呉王[六]を諫めて誅せられ。はづかしめを笑ひし　伍子胥が忠義は取るに足らず。忠臣の鑑とは唐土の予譲[七]。日本の大星。むかしより今に至るまで。唐と日本にたつた二人。その一人を親に持つ。力弥が妻になつたるは。女御更衣[八]にそなはるより。百倍まさつてそちが身は　武士の娘の手柄者。手柄な娘が婿殿へ。お引き[九]の目録[一〇]進上」と　懐中より取り出すを。力弥取つて押しいただき　開き見ればコハいかに。目録ならぬ　師直が屋敷の案内　いちいちに。玄関　長屋[一一]　侍部屋。水門[一二]物置　柴部屋まで　絵図にくはしく書きつけたり。由良之助はつと

師直館絵図面の引出物

差に進言したが用いられず、逆に死を命ぜられた。彼は、わが眼を抉って東門にかけよ、やがて越に攻められ呉の亡ぶをその眼で見よう、と遺言して自害した。この話は『史記』三十一、「呉太伯世家」一にあり、『太平記』四の他、日本の文学、講釈にも多い。

七 晋の人で、范中行氏に仕え、後に智伯の臣となる。智伯が趙襄子に亡ぼされたので、主の仇を報いようと厠にひそんで襄子をねらったが発見された。襄子は、主のために仇を報いるものは義人であると、彼を許した。そこで身に漆を塗って癩となり、炭を呑んで唖となり、姿を変えて橋の下に待ちうけたが、これも失敗した。襄子はその義を感じて自分の衣を与えて切らせ、予譲はそのあと自害した。『史記』の「刺客伝」に見える話で、これも日本で著名。浄瑠璃では『ひらかな盛衰記』三、『義経千本桜』、『伽羅先代萩』四などに見える。

八 「女御」は、皇后中宮に次ぐ帝の夫人。「更衣」は女御に次ぐ夫人。転じて女性として達し得る最高の位を象徴的に言う文辞として用いられる。

九 引出物を上品にいう女性語。

一〇 進物の品名を書き記したもの。実物の代りに、とりあえず仮に品目名を奉書に書いて贈る。

一一 細長く連なった家。諸侯の屋敷内に、藩士などが住む家。

一二 水の取入口。

押しいただき。「ヘツエありがたし〳〵。徒党の人数はそろへども。敵地の案内知れざるゆゑ　発足も延引せり。この絵図こそは孫呉が[一]秘書。わがための六韜三略[二]。かねて夜討ちと定めたれば。継ぎ梯子にて塀を越し　忍び入るには縁側の。雨戸はづせばすぐに居間。ここを仕切つてから攻めて」と親子がよろこび。

手負ひながらもぬからぬ本蔵。「イヤ〳〵それは僻言ならん。用心きびしき高師直。障子襖は皆尻差し[三]。雨戸に合栓[四]　合枢。こぢてははづれず　掛矢[五]にて。毀たば音して用意せんか　それいかが」。

（由良之助）「オオそれにこそ手立てあれ。凝つては思案にあたはず[六]と　遊所よりの帰るさ。思ひよつたる前栽の雪持つ竹。雨戸をはづすわが工夫。仕様をここにて見せ申さん」と庭に。おりしも雪深く　さしもに強き大竹も　雪の重さに。ひいわりとしわりし竹を[七]。引き回して鴨居にはめ。（由良之助）「雪にたわむは弓同然。このごとく弓をこしらへ弦を張り。鴨居と敷居にはめおきて。一度に切つて放つ時は。まつこのやう[八]

一 中国の兵法の秘書とされる『孫子』と『呉子』。『孫子』は斉の孫武の著、『呉子』は周の呉起の著。二書は一対としてよく用いられる。「譬え項羽が勇有共、我又孫呉が秘術をふるひ」（『絵本太功記』十）

二 同じく中国の兵法書『六韜』と『三略』。『六韜』は周の太公望の著といわれ、『三略』は前漢の張良が黄石公より受けたとされる。この二書も一対として用いられる。「是皆不吉の書なりけり。呉子孫子六韜三略なんどこそ、然るべき当用の文なれ」（『太平記』一）

＊ 絵図を引出物とする趣向は『碁盤太平記』『忠義武道播磨石』五、『忠義太平記大全』六、『忠臣金短冊』三に見られる義士物の伝統的な趣向。

雪持竹の計略

三 障子・襖をしめたあと、明かぬように敷居にさし込む栈。「くるる」の一種。「按ズルニ扃ハ横扃、尻扃、南蛮扃ノ数品有リ」（『和漢三才図会』八十一）

四 「合」はそこにだけ合うように特別仕立てで作ったものの意。「栓」は戸の縦框に設けて、隣りの縦框の穴に横から差し込んで戸締りにするもの。「枢」は戸の上框の栈から鴨居に、下框から敷居に差しこんで戸締りとするもの。

五 樫の木で作った大形の槌。杭などを打つに用いる。

六 諺。あまり一所懸命になると、かえってよい考えがうかばない。『譬喩尽』に「凝つては思案に能はず、

に」と積つたる　枝打ち払へば雪散つて。伸びるは直ぐなる竹の力。鴨居たわんで溝はづれ。障子残らずばた／＼。本蔵苦しさうち忘れ「ハハアしたり／＼。計略といひ義心といひ。かほどの家来を持ちながら　了簡[九]もあるべきに。浅き[一〇]たくみの塩谷殿。口惜しき振舞ひや」と。悔を聞くに（由良之助も）御主人の御短慮なる御しわざ。今の忠義を戦場[一一]の　お馬先にて尽さばと。思へば無念に閉ぢふさがる。胸は七重[一二]の門の戸を　漏るるは。涙ばかりなり。

力弥はしづ／＼下り立つて　父が前に手をつかへ。（力弥）「本蔵殿の寸志により。敵地の案内知れたるうへは。泉州[一三]堺の天河屋義平方へも通達し。荷物の工面つかまつらん」と聞きもあへず（由良之助）「何さ／＼。山科にあること隠れなき由良之助。人数集めは人目あり。ひとまづ堺へ下つて後　あれから直ぐに発足せん。そのはう[一四]は母嫁戸無瀬殿もろともに。跡のかたづき諸事万事なにもかも。心残りのなきやうに。ナ。ナ。コリヤ。明日の夜舟[一五]に下るべし。われは幸ひ本蔵殿の　忍び

忠臣蔵九段目」とある。

七 たわんで曲っているさまを形容する擬態語。

八 「マッコノ」と読む。まさにこのように。「まつ」は接頭語で強調。二七四頁注五参照。

＊ この雪持竹の計略は、『忠臣金短冊』五で、既に討入の時に用いている。

九 師直の横暴に対し、堪忍して許すこと。

一〇 浅い思慮分別しか出来なかった塩谷殿。塩谷判官の実名浅野内匠頭を掛けた。

一一 戦場において、主君の馬前で。

一二 胸が幾重にもふさがれる意と、幾重にもかさなった門とを掛けた。深く心の底に秘めて、決意を表に表そうとしない由良之助の心を形容している。

由良之助虚無僧のいでたち

一三 和泉国の堺。今の大阪府堺市。十段目、天河屋の段の伏線。

一四 以下新妻を迎えたばかりの力弥に対する父親の愛情からの言葉。

一五 淀川を、京の伏見から大坂の八軒屋に下る夜行の舟。

姿をわが姿」と。袈裟うち掛けて編笠に。〔本蔵より〕[一]恩をいただく報謝返し未来の迷ひ晴らさんため。「今宵一夜は嫁御寮へ。舅が情けの恋慕[二]流し」。歌口湿して[三]立ち出づれば。かねて覚悟のおいしが嘆き。「御本望を」とばかりにて　名残り惜しさの山々を　いはぬ心のいぢらしさ。

手負ひは今を知死期時[四]。（小浪）「父様申し父様」と呼べど。答へぬ断末魔[五]。親子の縁も玉の緒も[六]　切れて一世[七]の。うき別れ　わつと泣く母泣く娘。ともに死骸に向ひ　地[八]の。回向念仏[九]は恋無情[一〇]。出で行く足も立ち留り。六字[一一]の御名を笛の音に。「南無阿弥陀仏。南無阿弥陀」これや尺八煩悩[一二]の　枕並ぶる[一三]追善供養。閨の契り[一四]はひとよぎり[一五]　心。残して三重へ立ち出づる

第十　発足の櫛笄（天河屋）

一　恩を受けたその返礼として、あの世での本蔵の成仏できぬ迷いを晴らすため、虚無僧となって追福する。

二　尺八の曲名。正しくは「鈴慕流し」。初代黒沢琴古の琴古流本曲のうち表十八曲の一つ。虚無僧の流しの曲として有名。力弥と小浪の恋の成就をきかす。

三　笛、尺八などの管楽器の吹口。尺八は歌口を斜めに削り取ってあるところに特徴があり、ここを湿らすと鳴りがよい。

四　近世の俗信で人が死ぬとされる時刻。

本蔵最期

五　人が息をひきとる最後の瞬間の苦痛。

六　心魂の緒の意で、生命、寿命のこと。

七　親子の縁。「おや子は一世しは三ぜ、ふうふは二せのちぎり」（『毛吹草』二）

八　現世。娑婆。浄土に対する語。

九　死者の冥福を祈って唱える念仏。

一〇　歌の分類の「神祇釈教恋無常」の語による表現。念仏を唱える者は恋の小浪・力弥、無常のお石・由良之助及び戸無瀬であることを言う。

一一　六字の名号。「南無阿弥陀仏」の六字。

一二「笛の音」の尺八と、百八煩悩とを掛けた表現。「百八煩悩」は仏語で、人間の心の百八の妄念をいう。

一三　謡曲『三井寺』の「百八煩悩の眠」「煩悩の夢」による文体か。亡君のために枕並べて討死せんとの意をきかした。

一四「枕」と「閨の契り」は縁語。

一五「一夜ぎり」と楽器の「一節切」とをかけた。尺

津の国と　和泉河内を引き受けて。よその国まで船寄せる　三国一の大湊。堺というて人の気も　賢しき町に疵もなき。天河屋の義平とて　金から金を儲け溜め。見かけは軽く　内証は重い暮しに重荷をば。手づから店でしめくくり　大船の船頭。「これで丁度七棹。受け取りました」と指し荷ひ。行くもたそかれ亭主はほつと。「日和もよし　よい出船」と。いひつつたばこ煙管筒。吸ひつけにこそ入りにけれ。

家の世継ぎは今年四つ　守は十九の丸額。親方よりもわが遊び。（伊五）「サアはじまりぢや〳〵。おもしろいこと〳〵。泣き弁慶の信田妻。とうざい〳〵。ここに哀れを。とどめしは。このよし松にとどめたり。もとよりその身は父ばかり。母は去られて。去なれたで。泣き弁慶と申すなり」。（よし松）「コリヤ伊五よ。もう人形まはしいや〳〵。かかさんを呼んでくれいやい」。（伊五）「ソレそのやうに無理いはしやると。旦那さんにいうて　こなはんも追ひ出さすぞ。あとの月からお釜が

竹本友太夫
〈ロ〉人形まわし
マ　ク　ラ

よし松をあやす人形まわし

八と一節切は同種の楽器。

＊ 竹本友太夫の役場。友太夫の評は二五六頁参照。

一六 日本・唐（中国）・天竺（印度）の三国。具体的に三国のみでなく、全世界の意に用いる。

一七 「さかい」と「さかしき」との連想の文体。自由港としての堺の商人の賢い商才をいう。

一八 表面は大金持らしくない気軽な生活であるが、一家の財政状況は富裕で大金持である。「重い暮し」「重荷」と韻をふみ、「軽く」に対応した文。

一九 箪笥、長持など、棹で担ぐ家具に用いる助数詞。

二〇 「いひつつ」と「煙管筒」は脚韻。

二一 額の生え際を丸くそりあげた前髪。角額の対。

二二 守する四歳の子供より自分の遊びに夢中で。

二三 諺。「泣弁慶　又涙弁慶ト云、関西ニテ人ニ負ル事キラヒニテ泣勝者ヲ云」（『諺苑』）。主人の子に対するあてこすり。

二四 古浄瑠璃の題名。この古浄瑠璃もじりを、ここでは文弥節のふし回しで、人形をつかいながら子守りの伊五が語る。

二五 芝居などで口上を述べる時、観客を静かにさせる目的で最初に言うきまり文句。

二六 商家の使用人が用いる大阪方言。

二七 妻を離縁して。「お釜」は妻の俗称（『増補俚言集覧』）。義平が妻を去ったことをいう。

割れて。手代は手代で　鼠の子かなんぞのやうに。目が明かぬと[一]いうて追ひ出し。飯炊き(めした)は大きなあくびしたというて暇(ひま)やり。今ではこなはんと。わしと旦那(だな)はんとばつかり。どうでこの内を(どうせこの家を)抜けそけ[二]するのかして。ちよこ〳〵船へ荷物が行く。駆落ちするなら　人形箱持つて行(い)かうぞや」。(よし松)「イヤ人形まはしより　おりやもう寝たい」。(伊五)「アレもうおれまでをそそのかす[三]ほどにの。よござるわ　おれが抱いて寝てやろ」。(よし松)「いやぢや」。(伊五)「なぜに」。(よし松)「われには乳(ちち)がないものおりやいやぢや」。(伊五)「アレまた無理いはしやる。こなたがをなごの子なら。乳よりよい物があるけれど。何をいうても相婿同士(あひむこどし)[四]」。これも涙の種ぞかし。

折ふし表へ侍二人「たそ頼まう(誰かお願い申します)　義平殿はお宿にか(御在宅か)」と。いふもひそめく[五]内からつこど[六]。(伊五)「旦那(だな)様は内に。われら。サハリ[七]人形まはしで忙しい。　用があらばはひつた〳〵」。「イヤ案内(あんない)いたさぬも無礼(取次を願わぬのも無礼)。原郷右衛門　大星力弥。ひそかに御意得たいと　申しておくり

＊ 下人のあほうが人形まわしをして遊ぶ型は、延享元年京都布袋屋座の歌舞伎『傾城千引鐘』三つ目にも見える。

一 目先きがきかぬ。商人としての判断力が欠けていると難くせをつけて。

二 人に気付かれぬようにそっと抜けること。夜逃げ。「ぬけそ」ともいう。十行本では「ぬけそするのかして」とある。

三 その気になるようにさせる。ここでは眠気を誘われることにいう。

四 妻が姉妹関係にある夫同士。ここでは単に男同士で役に立たぬと、猥雑なことを洒落て言う。

原郷右衛門・大星力弥、天河屋を訪問

五 ひそひそと、人をはばかる言い方。

六 つっけんどん。二六二頁注一〇参照。

七 前後は「詞」で語るが、この部分だけサハリのふし回しで「節」で語る。伊五が人形をまわしながら、客を相手にしていないさま。二六八頁注二参照。

八　食客、または饗応を必要とする来客。
＊　この頁六行目「だん〳〵貴公の……」から二八五頁五行目の「……おさらば」まで、浄瑠璃の地合を含まぬ、詞のみの応酬である。三人の会話の緊張に有効であろう。天河屋義平のモデルについては諸説あるが、実説よりも『忠義太平記大全』十二・一の天王寺屋度兵衛をふくらませた人物設定と思われる。
九　正式の資格をもった代理人。二六四頁注九参照。
一〇　返事の冒頭にきて、相手のいうことに対してその通りであると同意を示す感動詞。
一一　一式。一切すべて。巻物など一巻全部をいうところからの語。
一二　途中で寄港することなく、主要港の間を直接回送する船。通常百里以上の海路を直行する五百石以上の船をいう。ここでは堺から鎌倉への太平洋航路。
一三　鎧の付属品で、左右の腕の下半部を掩うもの。鎖、鉄金具をつけて矢をふせぐ。
一四　小手同様、足の下半部を掩うもので、鉄または皮で造る。

小手　臑当
〔武具訓蒙図彙〕

荷物発送の打合せと義平の苦心

やれ」。「なんぢや　腹へり右衛門。大食喰(おほめしくひ)や。こりやたまらぬ。アレ旦那(だな)さん　大きなけ[八]ないどが見えました」と。叫ぶよし松引き連れて　奥へ入れば。

亭主義平。「また阿呆(あはう)めがしやなり声(わめき声)」と。いひつつ出でて。「エ郷右衛門様　力弥様。サアまあこれへ」。「御免あれ」と座を占めて　郷右衛門。「だん〳〵貴公のお世話ゆゑ　万事あひ調(ととの)ひ。由良之助もお礼に参るはずなれども。鎌倉へ出立(しゅつたつ)も今明日(こんみやうにち)。なにかと取り込み　悴(せがれ)力弥を名代(みやうだい)[九]として　失礼のお断り」。(義平)「これは〳〵御念の入った儀。急に御発足(ごほつそく)とござりますれば。なにかお取り込みでござりませうに」。(力弥)[一〇]「なるほど　郷右衛門殿の仰せのとほり。明早々出立(さうさうしゆつたつ)の取り込み。自由ながら(勝手ではございますが)わたくしに参りお礼も申し。またお頼み申した後荷物(あとにもつ)も。いよ〳〵今晩で積み仕舞ひか。お尋ね申せと申し渡しましてござります」。(義平)「なるほど　お誂(あつら)へのかの道具一(ひと)まき[一一]。だん〳〵(次から次へ)大回[一二]しで遣(つか)はし。小手(こて)[一三]　臑当(すねあて)[一四]　小道具の類は。長持に仕込み　以上七棹。今晩出船を幸ひ　船頭へ渡し。残るは忍び提灯[一]　鎖鉢巻[二]。これは陸荷[三]で後より遣はすつもりでござります」。(力弥)「郷右衛門様お聞きなされましたか。いかいお世話でござりまする」。(郷右衛門)「いかさま主人塩谷公の　御恩を受けた町人も多ござれども。天河屋の義平は。武士もおよばぬ男気な者と。由良殿が見込み　大事をお頼み申されたももつとも。しかし槍　薙刀は格別。鎖帷子[四]の継ぎ梯子[五]のと申す物は　常ならぬ道具。お買ひなさるるに　不思議は立ちませなんだか(怪しまれはしませんでしたかな)」。(義平)「イヤその儀(その点は)は細工人[六]へ手前の所は申さず(私の住所氏名は申さないで)。手づけ[七]を渡し　金と引き替へにつかまつるゆゑ(いたしましたので)。いづくの誰と先様には存じませぬ」。(力弥)「なるほどもつとも。ついでに力弥めもお尋ね申しましよ。内へ(家の中へ)道具を取り込み荷物のこしらへ　御家来中(下人たちの)の見る目は　どうしてお忍びなされましたな」。(義平)「ホウそれも御もつとものお尋ね。この儀を頼まれまするると。女房は親里へ帰し。召使ひはたりひづみ[八]をつけて。だん〳〵(次々と)に暇遣はし。残るは阿呆と四つになる悴。洩れる筋はご

忍提灯
〔絵本戯場年中鑑・下〕

一　金属板で作った釣り鐘の提灯。中に自由に回転していつもろうそくが直立する仕掛けを設けて、光が一方にだけさすようにしたもの。「がんどうちょうちん」ともいう。三〇八頁の絵尽しの右下の寺岡平右衛門が持っている。

二　小さい鎖で編んで造った鉢巻。額を守る。

三　陸送の荷物。先の大回しに対していう。

四　小さい鎖をつづり合せて作った防禦用の下着。衣服の下、鎧の下に着込む。

五　継ぎ合せて長く伸ばせるようにした梯子。

六　木工・金工などの細かい、手先の器用な仕事をする人。ここでは武具を製造する人をいう。

七　物を注文する時に、契約履行の保証金として、代金の一部を前払いする金。名前を明らかにしないのを不安に思う細工人に、安心させるために前金を払ったのである。

八　「たり」はたわみ。「ひづみ」は歪むこと。転じて非難すべき欠点の意。短所。ここでは特に欠点もないのに暇をやる理由にするのだから「難癖をつけて」の意。

ざりませぬ」。（力弥）「さて／＼驚き入りましてござりまする。その旨を親どもへも申し聞かして　安堵させませう。郷右衛門殿　お立ちなされませぬか」。（郷右衛門）「いかさま出立に心せきまする。義平殿お暇申しませう」。（義平）「しからば由良之助様へも」。「よろしう申し聞かしませう。おさらば」。「さらば」と引き別れ二人は旅宿へ立ち帰る。

太田了竹の悪態と義平の去状

表閉めんとするところへ　この家の舅太田了竹「おつと閉めまい　宿にか」と。ずつと通つてきよろ／＼まなこ。（義平）「これは親仁様　ようこそお出で。さてこの間は女房園を　養生がてら遣はしおき。さぞお世話　お薬でもたべまするかな」。（了竹）「アア薬も飲みまする。食もくひます」。（義平）「それは重畳」。「イヤ重畳でござらぬ。手前も国元にゐた時は。斧九太夫殿から扶持ももらひ　相応の身代。今は一僕さへ召し使はぬ所へ。さしてもない病気を　養生さしてくれよとさし越されたは。子細こそあらん。ガそれはともあれ。なま若い女不埒があつては貴殿も立たず。身どもも皺腹でも切らねばならぬ。

九　この上もなく喜ばしいこと。この文のように感動詞的な挨拶語として用いることが多い。
一〇　資産。財産。動産と不動産のすべてを合わせていう。
一一　一人の下男。
一二　まだ世馴れぬ、未熟な若い女。「なま」は接頭語で、人をあらわす名詞につく場合は、形の上ではその名詞の資格があっても、実体はそれに及ばぬ未熟な状態であることを示す。

ところで一つの相談。先づ世間は暇やり分。暇の状をおこしておいて。ハテなん時でもここの勝手に。呼び戻すまでのこと。たつた一筆つい書いて下され」と。軽うい<ruby>ふのもの</ruby>だくみ。一物ありと知りながら。嫌といはば女房をすぐに戻さん　戻りては。頼まれた人へことばも立たずと　とつおいつ思案するほど。「いやかどうぢや　不得心ならこのはうにも。片時おかれず　戻すからはこの了竹もにじりこみ。へたばつてともに厄介　否か応かの返答」と。込みつけられてさすがの義平。たくみに乗るが口惜しやと。思へどこちらの一大事　見出だされてはとかけ硯。取つて引き寄せさら〳〵と。書き認め。「これやるからは了竹殿　親でなし子でなし。かさねて足踏みおしやんな。底たくみある暇の状。弱身をくうてやるが残念。持つて行きやれ」と投げつくれば。手早く取つて懐中し。「オオよい推量。聞けばこのあひだより　浪人どもが入り込みひそめくより。園めに問へども知らぬとぬかす。なに仕出さうも知れぬ

一　世間体は離別をしたことにして。
二　離縁状。近世では男の署名で、女宛名の離縁状を書くことによって離婚が成立する。したがって、暇の状がなければ女は再婚することができなかった。これが了竹が暇の状を強要する理由である。
三　あれやこれやと迷って。「取りつ置きつ」の転。
四　ずるずると、無理やりにこの家に入りこみ。
五　堺の方言。すわりこむ。「居るといふ事を……関東又泉州境（堺）にて、へたばると云」（『物類称呼』五）。堺の方言を用いている所が巧み。
六　無理強いされて。
七　かけごに硯を入れ、それを外箱の上部にかけてはめ込むようにした硯箱。引出しもついているのが多い。
八　心の底で陰謀を企てている。
九　こちらに弱点があるために、みすみす陰謀と知りながら承知する。
一〇　身分・家柄など社会的な地位の高い人。西鶴は『好色二代男』六・四に、「能い衆」「分限者」「銀持」の三つを説明して、「能い衆」「分限者」を歴々とし、「銀持」を「歴〳〵の中に入てまじはる事なし」としている。

婿。娘を添はしておくが気づかひ。幸ひさる歴々からもらひかけられ。去り状取ると　すぐに嫁入りさする相談。一杯まゐつて重畳〳〵」。（義平）「ホウたとへ去り状なきとても　子までなしたる夫を捨て。ほかへ嫁する性根なら　心は残らぬ勝手〳〵」。「オヽ勝手にするは親のからけ。今宵のうちに嫁らする」。「ヤアこまごと吐かずとはや帰れ」と。肩先つかんで門口より。そとへ蹴出してあとぴつしやり。〔了竹は〕はふ〳〵起きて（了竹）「コリヤ義平。なんぼつかんで放り出しても。嫁らす先から仕拵へ金。あたたまつて蹴られたりや。どうやら疝気が直つた」と。口は達者に足腰を　なでつ。さすりつ逃げ吠えに。ヲクリつぶやき。〳〵立ち帰る。

月の曇りに影隠す　隣家も寝入る亥の刻過ぎ。この家を目がけて捕手の人数　十手　早縄　腰提灯。火影を隠してうかがひ〳〵　（間者）大とおぼしき家来をまねき。耳打ちすればさし心得　門の戸忙しく打ちたたく。（義平）「誰ぢや。〳〵」もおよび腰。「イヤ宵に来た大船の船頭

一一 うまうまと、一ぱい食わして。
一二 目上の者が目下の者に対して振るう権力。
一三 こまごましたことをうるさく言わずに。
一四 やっとのことで。さんざんな目にあって、やっとそれからのがれるような場合に用いる。
一五 嫁入りのための仕度金。男の方から贈る。
一六 腰・腹など下半身の痛む病の総称。『病名彙解』によれば、陰気が内に積って、寒気のためにそれが加えられ、血気が虚弱する為に風冷が腹内に入って疝をなすとする。したがって「あたたまつて蹴られたりや」と皮肉った。「温まる」は仕度金で懐があたたまる意。
一七 逃げながら、憎まれ口をたたくこと。
＊ 竹本政太夫の役場。政太夫の評は一九一頁参照。
一八 午後十時すぎ。
一九 捕吏が携帯した武具。一尺五寸ほどの長さの鉄棒で手元に鉤があって、切込んでくる刃先を防ぐ。柄にはふさの紐がついている。またそれが捕吏の証明にもなった。
二〇 捕吏が罪人を縛るときに用いる縄。五尋の長さの本縄に対して、二尋半のものをいう。とりあえず現場では早縄を用いる。
二一 腰に柄をさしてぶら下げるようにした提灯。
二二 物を取ろうとする時の前かがみの姿勢。義平の不安を表す姿勢。

竹本政太夫
〈切〉天河屋
義平の心試し

でござる。船賃の算用（計算）がちがうた。ちよつと明けて下され」。（義平）「ハテ仰山な。わづかなことであろ　明日来た〱」。「イヤ今夜うける（出帆する）船。仕切つて（決済をしてもらわねば）もらはにや出されませぬ」と。いふも声高　近所の聞えと。義平は立ち出で　何心なく門の戸を。明くるとそのまま「捕つた〱。動くな　上意[一]」とおつ取り巻く。「コハなにゆゑ」と四方八方。まなこを配れば捕手の両人。「ヤアなにゆゑとは横道者[二]。おのれ塩谷判官が家来大星由良之助に頼まれ。武具馬具を買ひ調へ[三]大回しにて鎌倉へ遣はす条。急ぎ召し捕り拷問せよとの御上意。のがれぬところぢや　腕回せ」。（義平）「これは思ひもよらぬおとがめ。左様の覚えいささか（全くない）なし。定めてそれは人たがへ」といはせも立てず「ヤアぬかすまい。争はれぬ証拠あり。ソレ家来ども」。はつと心得持ち来るは。宵に積んだる莚蓙荷[四]の長持。見るより義平は心も空[五]。「ソレ動かすな」と四方の十手。そのまに荷物を切りほどき。長持開けんとするところを。飛びかかつて下僕を蹴退け。蓋の上にどつ

一　将軍をはじめ、主君の命令の意であるが、捕吏が罪人を捕える時に発する語として用いる。「御用」に同じ。

二　不正であることを知りながら、悪事をする者。

三　外洋航路の直行便。二八三頁注一二参照。

四　莚蓙に包んで荷ごしらえをしたもの。遠くへ送る長持の梱包は通常莚蓙荷である。

五　心が身体から抜け出て、どうしてよいかわからない状態。放心状態。

かと坐り。（義平）「ヤア粗忽千万[六]。この長持の内に入れおいたは。さる大名の奥方より。お誂へのお手道具[七]。お具足櫃[八]の笑ひ本[九]。笑ひ道具[一〇]の注文まで　その名を記しおいたれば。開けさしては歴々[一一]のお家のお名の出ること。御覧あつてはいづれものお身の上にもかかりませうぞ」。「ヤアいよ〳〵胡乱者[一二]。なか〳〵大抵では白状いたすまい。それ申し合せたとほり」。「合点でござる」と一間へ駆け入り。一子よし松を引つ立て出で。「サア義平。長持の内はともあれ。塩谷浪人一党にかたまり。師直を討つ密事の段々。おのれよく知つつらん。ありやうにいへばよし。いはぬとたちまち悴が身の上。コリヤこれを見よ」と抜き刀。幼き咽にさしつけられ。はつとは思へど色も変ぜず。「ハハハハハ女わらべを責めるやうに。人質取つての御詮議。天河屋の義平は男でござるぞ。子にほだされ　存ぜぬことを。存じたとはえ申さぬ。かつて[一三]なんにも存ぜぬ。知らぬ。知らぬといふから金輪奈落[一四]。憎しと思はばその悴。わが見る前で殺した〳〵」。

六 不注意で軽はずみなことをとがめる語。
七 手近において用いる道具。手回り品。
八 鎧・兜をいれる櫃。漆塗りで家紋を大きく入れ、上蓋が開閉する。

具足櫃
〔武具訓蒙図彙〕

九 春画の本。火災よけのまじないで、蜀山人の『南畝莠言』一に「青藤山人路史にいはく、ある士人蔵書はなはだ多し。其の櫃ごとに必春画一冊ヅツ入置けり。ある人其ゆゑをとふに、これ火災をよく厭勝なりと云々。此方にて具足櫃に春画をいるるといふ事も、かかる事などによれるや」とある。
一〇 男女交合に用いる閨房秘具。
一一 二八六頁注一〇参照。
一二 いぶかしい、怪しむべき者。
一三 全く。すべて。下に打消の語が来て、強く打消す意をもつ副詞。
一四 仏語。仏教の世界構造観で、地輪を支えるものとしてその下に金輪があり、その金輪の一番底をいう。金輪際とも。底の底まで絶対に。

「テモ土性骨の太いやつ。管槍　鉄砲　鎖帷子。四十六本の印まで　調へやつたるおのれが。知らぬというていはしておかうか。白状せぬと一寸だめし。一分刻みに刻むがなんと」。（義平）「オオおもしろい　刻まれう。武具はもちろん。公家　武家の冠　烏帽子。下女小者が藁沓まで。買ひ調へて売るが商人。それ不思議とて御詮議あらば。日本に人種はあるまい。一寸だめしも三寸縄も。商売ゆゑに取らるる命。惜しいと思はぬサア殺せ。悴も目の前突け／＼／＼。一寸だめしは腕から切るか　胸から裂くか。肩骨背骨も望み次第」と。さしつけ突きつけわが子をもぎ取り。「子にほだされぬ性根を見よ」と。絞め殺すべきその吃相。「ヤレ聊爾せまい　義平殿。しばし／＼」と長持より。大星由良之助良金。立ち出づるてい見て［義平は］びつくり。捕手の人々一時に。十手　取縄うち捨てて　はるか。下つて座をしむる。

心試しの事情判明

威儀を正して由良之助　義平に向ひ手をつかへ。「さて／＼驚き

一 根性。性骨を強調し、悪しざまにいう語。
二 槍の柄を金属の管に通し、刃の近くにその管がとまる鍔があり、左手に管を握り、右手で柄をしごくようにした槍。やりの進退がたやすく、しごくに便。
三 一寸ずつ細かにきざむように切って、なぶりごろしにすること。
四 武家で使われる雑役の下男。
五 罪人を縛る時の縄のかけ方。両手首を背にまわして縛り、その縄を首綱にかけて、首綱と手首の間を三寸にしめる。
六 心があらわれた顔の相。顔つき。
七 軽はずみなことをするな。このあたりは二五七頁の絵尽し参照。
＊『傾城伝授紙子』五・四に人形箱に義士が忍んで師直館に潜入する趣向がある。

入つたる御心底。泥中の蓮(でいちゅうのはちす)[八]。砂(いさご)[九]の中の黄金(こがね)とは　貴公の御事。さもあらんさもさうず[一〇]と。見込んで頼んだ一大事。この由良之助は微塵(ちっとも)いささか。お疑ひ申さねども。馴染(なじみ)近づきでなきこの人々。四十人余の中にも。天河屋の義平は生れながらの町人。今にも捕へられ　詮議にあはば。いかがあらん。何とかいはん。ことに寵愛の一子もあれば。子に迷ふは親心と評議まち〳〵。案じに胸も休まらず。所詮一心の定めしところを見せ(決心の程を見せて)。古朋輩(こほうばい)の者どもへ安堵させんため。せまじきこととは存じながら　右の仕合せ[一一]。粗忽の段はまつぴら〳〵[一二]。花は桜木。人は武士[一三]と申せども。いつかな〳〵(どうしてどうして)　武士もおよばぬ御所存。百万騎(ひゃくまんぎ)の強敵(がうてき)は防ぐとも。さほどに性根は据わらぬもの。貴公の一心を借り受け　われ〳〵が手本とし。敵(かたき)師直を討つならば　たとへ。巌石(がんぜき)[一四]の中にこもり。鉄洞(てつとう)の内に隠るるとも　やはか[一五]仕損じ申すべき。人ある中にも人なし[一六]と申せども。町家(ちやうか)の内にもあればあるもの。一味徒党の者どものためには。産土(うぶすな)[一七]とも。氏神(うぢしん)[一八]

八 諺。まわりの汚れに染まらず、潔白なることのたとえ。「泥の中の蓮」(『諺草』)「泥中の蓮」(『諺苑』)

九 つまらぬ物の中に意外なよい物がまじっていることのたとえ。諺書の類には見えぬが、『聖徳太子絵伝記』三にもあるので諺であろう。

一〇 「さも候はんず」の転。いかにもその通りであろう。「さもあらん」と同意の語を重ねて強調する。

一一 事の次第。いきさつ。

一二 「まっぴらごめん下さいませ」の下略。許しを乞うときの挨拶語。

一三 諺。花の中では桜が最もすぐれ、人の中では武士が最もすぐれている。「花はみよしの人は武士」(『諺苑』『譬喩尽』)。『忠臣金短冊』三にもこの語を用いる。

一四 どんなに厳重な防備をほどこしても。

一五 反語表現に用いて、強い否定の気持をあらわす副詞。いかでか。どうして。

一六 人の数は多いが、真の人物といえる人はめったにいない。

一七 自分の生れた土地の守護神。

一八 自分の家の祖先として祭る神。

とも尊(たつと)みたてまつらずんば。御恩の冥加(みやうが)[一]に尽き果てませう。静謐(せいひつ)[二]の代には賢者もあらはれず。ヘエ惜しいかな。悔しいかな。亡君御存生(ぞんじやう)のをりならば。一方の旗大将(はたがしら)。一国の政道。おあづけ申したとて惜しからぬ御器量。これに並ぶ大鷲文吾(おほわしぶんご)。矢間十太郎(やざまじふたらう)をはじめ。小寺(をでら) 高松 堀尾 板倉 片山等(とう)。つぶれしまなこを開(ひら)かする。妙薬名医の心魂(しんこん)。ありがたし〳〵」とすさつて三拝[三] 人々も。無骨(ぶこつ)[四]の段まつぴらと 畳に。頭をすりつくる。（義平）「ヤレそれは御迷惑。お手上げられて下さりませ。惣体(そうたい)[五]人と馬には。乗つて見よ添うて見よと申せば。おなじみない御方々は 気づかひに思し召すももつとも。私もとは軽い者。お国の御用うけたまはつてより。経上(へあが)[六]つたこの身代。判官様の様子うけたまはつてともに無念。何とぞこの恥辱すぎやうはないかと。力んで見ても石亀[七]の地団太(ぢだんだ)。およばぬことと存じたところへ。由良之助様のお頼み(この頼みこそ)。こそ心得たと向ふ見ず。ともにお力つけるばかり。情けないは町人の身の上。手一合(てにいちがふ)[八]でも御扶持

一 受けた御恩に対して、神仏の加護から見放されてしまうだろう。

二 静かに穏やかに治まった世の中。太平の世。「静謐、しづかにしづまるなり」（『譬喩尽』）

三 仏語で、身・口・意の三業に敬意を表して行う拝礼。転じて何度も繰返し頭を下げること。

四 無作法であったことをひとえにお許し下さいませ。

五 諺。親しくしてみなければ、人の性質など本当のことはわからないということのたとえ。「人にはそつてみろ、馬には乗つてみろ」（『諺苑』）

六 次第になり上がった財産。

七 諺。いくらいらだっても、力のないものにはどうすることもならぬことのたとえ。「がんがとべばいしがめもぢだんだ」（『和漢古諺』『毛吹草』『諺苑』）

八 両手の中に一合の米。

を　いただきましたらば。このたびのおぼし立ち。袖褄に取りついてなりともお供申し。いづれも様へ息つぎの。茶水でも汲みませうに。それもかなはぬは[九]。よく〳〵町人はあさましいもの。これを思へばお主の御恩。刀の威光はありがたいもの。それゆゑにこそお命捨てらるる。御うらやましう存じまする。なほも冥途で御奉公。おついでに義平めが。こころざしもおとりなし」と　あつきことばに人々も。思はず涙もよほして　奥歯[一〇]。噛み割るばかりなり。

由良之助暇の挨拶

由良之助取りあへず。「今晩鎌倉へ出立。本望遂ぐるも百日とは過すまじ。うけたまはれば。御内証[一一]まではぶきたまふ由　重々のおこころざし。追つつけそれも呼び返させ申さん。御不自由も今しばらく。はやお暇」と立ち上がる。

手打蕎麦切のふるまい

(義平)「ヤレ申さばめでたき旅立ち。いづれも様へも御酒一つ」。「いやそれは」。(義平)「ハテさて祝うて手打ち[一二]の蕎麦切り」。(由良之助)「ヤ手打ちとは吉相[一三]。しからば大鷲　矢間御両人は後に残り。先手組の人々は。郷右衛

九　武士の身分でない故に、討入りの同行がかなわぬことから、自分が町人であったことを嘆いている。

一〇　涙を流すまいと、歯をくいしばる様を強調している。

一一　奥様まで離縁なさった由。

一二　自ら打って作ったそば。討入り前に「手打ち」「蕎麦切り」と予祝の意で、義平がふるまった。この形は『傾城武道桜』五・一、『高名太平記』八・三、『忠義太平記大全』七・四などに見え、古く義士物の型となっていたもの。

一三　めでたい前兆。縁起がよいこと。

門　力弥を誘ひ。佐田の森までお先へ」。「いざこなたへ」と亭主が案内。「お辞儀は無礼」と由良之助ヲクリ二人を。〽伴ひ入る月と。また出る月と。二つ輪の親と夫との中に立つ。お園は一人小提灯暗き思ひも。子ゆゑの闇。あやなき門を打ちたたき。「伊五よ〳〵」と呼ぶ声が。寝耳にふつと阿呆は駆け出で。（伊五）「おれ呼んだは誰ぢや。化生の者か。迷ひの者か」。（園）「イヤ園ぢや　ここ開けてくれ」。（伊五）「さういうても気味が悪い。かならずばあといふまいぞ」と。いひつつ門の戸押し開き。（伊五）「エエお家さんか　ようごんしたの。一人歩きをすると。ナ病犬が噛むぞえ」。「オオ犬になりとも噛まれて死んだら。今の思ひはあるまいに。俺や去られたわいやい（離縁されてしまったわい）」。「鈍なことにならんしたなア」。（園）「旦那殿は寝てか」。「イイエ」。「留守か」。「イイエ」。「なんの事ぢやぞやい」。「なんの事やらわしも知らぬが。宵の口に（日の暮れて間もない頃）　猫が鼠を取つたかして。とつた〳〵と大勢来たが。ちやつとおれは蒲団かぶつたれば　つい寝入つた。今その和郎たちと。奥で酒

義平のくどき

一 河内国北河内郡蹉跎村（守口市佐太）にある佐太天神の森。京街道の淀川南岸沿いにあり、菅原道真配流の時の由緒の地として有名。
二 「伴ひ入る」と「入る月」の掛詞。前の「ヲクリ」で由良之助、義平らが退場し、無人となった舞台に雰囲気が転換して、お園の登場となる。
三 入る月即ち、妻を訳あって里に帰し、今大石らを案内して奥へ入った夫。出る月即ち、去り状を取って無理にここから出させようとする親。その親と夫の中にはさまって苦しむお園。
四 小提灯で暗いその上に子故の心の闇から、暗くてはっきり見えない門。
五 妖怪変化のもの。ばけもの。元来は仏語。
六 迷ってでてきた者。幽霊。
七 人を不意に驚かそうとするときに発する語。
八 町家の主婦の敬称。上方語。「お家さん」の転。「つま……大坂にておゑさんとよぶ。お家さま也」（『物類称呼』一）。「お家さん、まづ大体通例此通唱ふ、江戸にてかみさまといふに同じ」（『浪花聞書』）
九 狂犬病にかかっている犬。人に噛みつき易くなり、噛まれた場合には死亡する。
一〇 ぬかった、へまなこと。上方の方言としては、鈍の意より広く用いる。

盛りざざんざ[一一]やつてでござんす」。「ハテ合点のいかぬ　さうして坊[一二]は寝たか」。「アイこれはよう寝てでござんす」。「旦那殿と寝たか」。「イイエ」。「われと寝たか」。「イイエ。つい一人ころりと」。「なぜ伽[一三]して寝さしてくれぬ」。「それでもわしにも旦那様にも。乳がないというて泣いてばつかり」。「ヘエエ可哀やさうであろ〳〵。そればつかりがほんの事」と　（園は）わつと泣き出す門の口。空[一四]に知られぬ雨の足　乾く。袂もなかりける。（義平）「ヤイ〳〵伊五め　どこにをる」と。呼び立て出づる主人の義平。「アイ〳〵ここに」と駆け入るあと。尻目[一五]にかけて（義平）「たはけめが。奥へ行て給仕ひろげ[一六]」と。叱り追ひやり門の戸を。さすを押へて（しめるのを園は押えて）。（園）「コレ旦那殿。いふことがある　ここ開けて」。（義平）「イヤ聞くこともなしいふことも。ないしよう[一七]一つの畜生め。けがらはしい　そこ退かう」。「イヤ親と一所でない証拠。それ見て疑ひ晴れてたべ」と。戸のすきよりも投げ込む一通。拾ひ取る間につけこむ[一八]女房。夫は書き物一目見て。（義平）「コリヤ最前やつた暇の状。

一一 酒宴の席を設けて歌い騒ぐこと。元禄頃までに、めでたい婚礼の宴などで「三国一ぢや、浜松の音はざざんざ、酒になりすまいた、しやんしやん」という唄が流行した。この唄の囃子詞の「ざざんざ」が上記の意をもつ語として独立する。

一二 男の子供を丁寧にいう語。坊の訛った大阪方言。「坊、男児也、ぼんちともいふ」（『浪花方言』）。ここでは園の息子よし松をさす。

一三 夜に側に居て話相手になること。

一四 空から降ってくるのではない雨足、即ち涙。

一五 流し目にさげすんで見ながら。

一六 「せよ」の意であるが、相手をののしっていう時の詞。

一七 「いふことも無い」と「内証」との掛詞。「内証」はうちうち。父親と娘の園は、うちうちで心を合わせていることをいう。

一八 書状を拾う間に、うまくその機会を利用して家の中に入りこんでしまう。

これ戻してどうするのぢや」。（園）「どうするとは聞えませぬ。親了竹の悪だくみは。常からよう知つてのこと。たとへどのよな事ありとて。なぜ[一]暇状をくだんした。持つて戻ると[二]嫁らすと　思ひもよらぬこしらへ。うれしい顔で油断させ　[三]鼻紙袋の去り状を。盗んでわしは逃げてきました。お前はよし松可愛ないか。去つてあの子をまま母に。かける気かいの　[四]胴欲な」と。縋り嘆けば。（義平）「ヤアその恨みは[五]逆ねぢ。この内を去なすをり。いひふくめたをなんと聞いた。様子あつてそのはうに暇やるでなし。しばしのうち親里へ帰つてゐよ。舅了竹は。もと九太夫が[六]扶持人。心解けねば子細はいはぬ。病気のていにもてなし。起き伏しも自由にすな。櫛も取るなといひつけやつたを　なぜ忘れた。さんばら髪でゐる者を。嫁に取ろとはいはぬはやい。[七]なんのおのれがよし松が可愛かろ。昼は一日[八]阿呆めが。だましすかせど夜になると。かか様〱と尋ねをる。かかはおつつけ。もうここへと。だまして寝させどよう寝入らず。叱つて寝さそとたた

一　前出の暇の状。離縁状。去り状。
二　嫁入りをさせるといって、思いがけない嫁入仕度。
三　革・絹・畳紙などで作り、鼻紙・小銭・薬・印判などの小物を入れて懐中する袋。一二八頁頭注挿絵参照。
四　人情にそむく薄情なこと。
五　他より責め咎められたことに対して、反対に咎め返すこと。
六　給料をもらっている家来。
七　どうしてお前が、よし松が可愛いと言えるのだ。おとなしくしばらく親里に帰っておればよいのに、訪ねて来たことに対して責めている。
八　伊五を指していう。

きつけ。こはい顔すりや声あげず。しく〳〵泣いてをるを見ては。身節[九]が砕けて堪へらるるものぢやない。これを思へば親の恩[一〇]。子を持つて知るといふ。不孝の罰とわが身をば。悔んで夜ととも泣き明かす。夕べも三度抱き上げて。もう連れて行こ。抱いて行こと。門口まで出たれども。一夜で堪能するでもなし。五十日暇取ろやら[一一]。百日隔てておかうやら。知れぬことに馴染ましては[一二]。後の難儀と五町　三町。ゆぶり歩いてたたきつけ。寝さしてはそつとこかし[一三]。わが肌つくればうつつにも。乳を捜してしがみつき。わづかな間の別れでさへ。恋ひこがるるもの　一生を。引き分けうとは思はねども。是非におよばず暇の状。了竹へ渡せしを。内証にて受け取つては。親[一四]の許さぬ不義の科。心よからず持つて帰れ。これまでの縁。約束[一五]事。死んだと思へば事済む」と。切れ離れよき男気[一六]は。常を知るほどなほ悲しく。（園）「この家にゐるとお前が立たず。うちへ去ぬると嫁[一七]らにやならず。悲しい者はわたし一人。これが別れにならうも知れ

九 身体の節々が砕けるように、苦痛で堪えがたい。
一〇 諺。「親の恩は子を持てから知る」（『譬喩尽』）
一一 五十日間も日数がかかるのやら。
一二 母親になじませてしまうと。
一三 倒す。ここでは横に寝かせる。上方の方言。
一四 親に去り状を渡したまま、内証でうけとって離婚を解消すれば、親の許可のない結婚となって、それは不義とされる。
一五 前世からの約束事。因縁。
一六 思いきりのさっぱりとした男らしい気性。
一七 「嫁る」は動詞。嫁入りする。

ぬ。よし松を起してちよつと逢はして下さんせ」。(義平)「イヤそれならぬ。今逢うて今別るるその身。後の思ひがなほふびんな。わけて今宵はお客もあり。ぐど〳〵いはずと早くお行きやれ」。(園)「それでもちよつとよし松に」。(義平)「ハテさて未練な。後の難儀を思はずや」と。無理に引き立て去り状も。ともに渡して門先へ　心づよくも突き出だし。(義平)「子が可愛くば了竹へ。詫言立てて春までも。かくまひもらはば思案もあらん。それかなはずばこれかぎり」と門の戸閉めて。内に入る。

(園)「ナウそれがかなふほどなれば。この思ひはござんせぬ。つれないぞやわが夫。科もない身を去るのみか。わが子にまで逢はさぬは。あんまりむごい胴欲な。顔見るまではなんぼでも。去なぬ〳〵」と門うちたたき。(園)「情けぢや。慈悲ぢや。ここ開けて。寝顔なりとも見せてたべ。コレ手を合はせ拝みます。むごいわいの」とどうと伏し前後。不覚に泣きけるが。

お園のなげき

一　別れてからあとの、よし松の思い。
二　ぐずぐずと文句をいうさま。
三　来春までには、浪士たちの復讐は落着しているとの予想でいう。
四　いくらでも。いつまでも。大阪の方言。

（園）「ハアア恨むまい　嘆くまい。なまなか[五]に顔見たら。かか様かと取りついて。離しもせまいし　離れもなるまい。今宵去(い)ぬれば今宵の嫁入り。明日まで待たれぬわしが命。さらばでござるさらばや」と。いうては戸口へ耳を寄せ。もしやわが子が声するか。顔でも見せてくれるかと。うかがひ聞けど音もせず。「ハアア是非もなや(しかたがない)　これまで」と　思ひ切つて駆け出す向ふへ。目ばかり出した大男　道をふさいで引つ捕へ。「これは」といふ間も情けなや[六]　すらりと抜いて島田髷(まげ)[七]。根よりふつつと切り取つて　懐(ふところ)[八]までをひつさらへ。いづくともなく逃げ行きし　無法無意気[九]ぞ是非もなき。

（園）「ナウ憎や腹立ちや。何者かむごたらしう髪切つて。書いた物まで取つて去(い)んだ。櫛笄(くしかうがい)[一〇]の盗人なら。いつそ殺して〱」と泣き叫ぶ。声に驚き義平は思はず駆け出でしが。「ハアここが男の魂(たましひ)の乱れ口[一一]よ」とくひしばり(歯をくいしばって辛抱し)。ためらふうちに奥よりも。「御亭主。〱。義平殿」と立ち出づる由良之助。「だん〱(いろいろと)御親切の御馳走。お礼は

切られた島田髷

五 中途半端なさまにいう。なまじっか。

＊ このあたりのお園の愁嘆場は「やつし世話事の達人」（『操曲浪花芦』）といわれる政太夫の聞かせ所であったろう。

六 「言ふ間もなく」と「情けなや」の掛詞。

七 近世中頃の最も通常の女性の髪型。時代と地方により多くの変型があるが、髷は先端が高くて後部が低く総じて太い髷である。次第に細くなってゆく傾向が見られる。

島田髷
〔女用訓蒙図彙〕

八 懐中物。ここでは前出の鼻紙袋をいい、中には離縁状が入っている。

由良之助の置土産・天河の合言葉

九 乱暴でやぼな行為。

一〇 女性の髪飾りの一つ。まげの間に横に指す棒状のもの。べっこう・瑪瑙(めのう)・金・銀などで作る。『女用訓蒙図彙』三に「下髪は身持むづかしきゆへにくる〱とまはしてからがひにて仮にしめをきたるなり」とあるように、本来は結髪道具であった。三〇一頁注一〇挿絵参照。

一一 乱れのはじまり。

鎌倉より申し越さん。なほ後荷物の儀。早飛脚[一]をもってお頼み申す。夜の明けぬ内はやお暇」。(義平)「いかさま。今しばしとも申されぬ刻限。道中御健勝で。御吉左右[二]をあひ待ちまする」。「着いたさばさつそく。書翰をもってお知らせ申さう。かへすぐ\もこのたびのお世話。ことばでお礼はいひ尽されませぬ。ソレ矢間　大鷲　御亭主へ置き土産」。「はつ」と文吾　十太郎。扇を時の白台[三]と　乗せて出したる一つつみ。「これは貴公へ　これはまた。御内宝お園殿[四]へ。些少ながら」と差し出だす。義平はむつと顔色変り。(義平)「ことばでいはれぬ礼とあれば[五]。イヤコレ礼物受けうと存じ。命がけのお世話は申さぬ。町人と見あなどり。小判の耳[六]で面はるのか」。(由良之助)「イヤわれ/\は娑婆[七]の暇。貴殿は残るこの世の宿縁。御台かほよ御前の儀も　御頼み申さんため。寸志[八]ばかり」といひ残し。表へ出ればなほむつと。「性根魂を見ちがへたか。踏みつけた仕方　あたいま/\し。けがらはし」とつつみし進物蹴飛ばせば。包みほどけて内よりばらり　女房

一 通常の飛脚便を利用するのでなく、特別に仕立てて急行させる飛脚。
二 めでたいおしらせ。暗に討入りの成功をいう。
三 白木で作った台で、進物などを乗せて差し出すもの。この時に持合せていた白扇を臨時の白台として差し出した。
四 他人の妻の敬称。
五 礼だとしたら、さぞかし金品の類であろうの意の下略。
六 「耳」は物のふちをいう。小判をそろえたそのふちの意であるが、転じて数多くの小判の意に用いている。諺の「小判で面張る」(『譬喩尽』)と同じで、金の力で人を屈服させる意。
七 この世への別れ。
八 わずかの志ばかりの贈物。人に物を贈る時に、へりくだっていう謙譲の語。
九 添え髪。髪の毛の少ない時や、髪型などの種類によって、髪を結うときに補って加える髪。
一〇 女の髪形の一。笄を利用して、髪を笄に巻いて笄

駆け寄り。(園)「コレこれはわしが櫛笄。切られた髪。ヤアヽヽこの一つつみは去り状。ホイさては最前切つたのは」。(由良之助)「ホウこの由良之助が。大鷲文吾を裏道より回らせ。根よりふつつと切らした心は。いかな親でも尼法師を。嫁らさうともいふまいし。嫁に取る者はなほあるまい。その髪の伸びる間もおよそ百日。われヽヽ本望遂ぐるも百日は過さじ。討ちおほせた後めでたく祝言。その時には櫛笄。その切り髪を添へに入れ。笄髷の三国一　先づそれまでは尼の乳母。一季半季の奉公人。その肝煎りは大鷲文吾　同じく矢間十太郎。この両人が連中へ　大事は洩れぬといふ請判。由良之助は冥途から仲人いたさん　義平殿」。(義平)「ハアア重々のおこころざし。お礼申せ女房」。(園)「わたしがためには命の親」。(由良之助)「イヤお礼に及ばず。返礼と申すも九牛が一毛。義平殿にも町人ならずば。ともに出立とのお望み幸ひかな。かねて夜討ちと存ずれば。敵中へ入り込む時。貴殿の家名の天河屋を　すぐに夜討ちの合言葉。天とかけなば河と答へ。

笄髷
〔女用訓蒙図彙〕

の先端を左右に出した型。初めは短い笄で楊枝のようなものであったが、文化頃には装飾的に一尺もある笄を用いる。元来は町方の中年女の髪型である。

一一 日本・唐土・天竺の三国の中で一番すぐれている。世界中で一番すぐれているの意である。

一二 奉公の年限を「季」という。一季は一年。

一三 周旋をする人。

一四 保証人が保証を引受ける意で押す判。ここでは大鷲・矢間の二人が仲間に対して計画は露見しないという保証をする意。

一五 諺。非常に多くのものに対して、その中の極めて少ないことの譬え。『漢書』の「司馬遷伝」に基づく。「大かいの一滴、九牛が一もう」(『和漢古諺』)

一六 あらかじめ約束しておいて、暗中で敵味方を確認する時に用いる言葉。義士物では「山—川」が本来の合言葉で、『高名太平記』『忠義武道播磨石』『鬼鹿毛無佐志鐙』『忠義太平記大全』が「山—川」である。他に討入時、戦い時、引上時と三度変る系列があり『碁盤太平記』は「山—鐘、花—梅、笠—鶴」、『寛濶鎧引』は「林—森、鶴—鷺、夏—冬」、『忠臣金短冊』は「山—鐘、花—海、川—月」である。他に『播磨椙原』は「山—川、林—森」、『大矢数四十七本』は「いろは歌」になっている。

四十人余のものどもが。天よ。河よと申すなら。貴公も夜討ちにお出でも同然。義平の義の字は義臣の義の字。平はたひらか　たやすく本望。はやお暇」と。立ち出づる　末世[一]に天を山といふ。由良之助が孫呉[二]の術。忠臣蔵ともいひはやす。婆婆[三]のことばの定めなき別れ。別れて三重へ出でて行く

第十一　合印の忍兜（討入）

柔[四]よく剛を制し　弱よく強を制するとは。張良に石公が伝へし秘法なり。塩谷判官高定の家臣。大星由良之助これを守つて。すでに一味の勇士四十余騎　猟船に取り乗つて。苫[五]ふか〴〵と稲村が崎[六]の油断を頼みにて。岸の岩根に漕ぎ寄せて。

（敵が防備を油断しているのを期待して）

先づ一番に打ち上ぐるは。大星由良之助義金。二番目は原郷右衛門。第三番目は大星力弥。後に続いて竹森喜多八　片山源太。先手[七]

一 後世になってから合言葉は山・川になったとする。前項のように「天—河」は本書が初出であり、当然天河屋とからめた趣向であるが、「天—河」が本当で、のちに「山—川」に変ったのだと主張する本書も、戯曲としては当然の主張であろう。

二 孫子・呉子の兵法。

三 この世の言葉は定めなく変化してゆくことと、はかない別れとを掛けた文体。

四 『三略』の「柔能く剛を制し、弱能く強を制す」、『老子』の「柔は剛に勝れ、弱は強に勝る」を出典とする。『前漢書』張良伝によれば、兵法の秘書『三略』は漢の張良が黄石公から伝えられたものという。

＊ マクラの部分は、近松作『碁盤太平記』の「夜討せいぞろへ」のマクラとほぼ同文。第十一全体の構想も同書に負う所が多い。

＊ 竹本島太夫の役場。島太夫の評は一六一頁参照。

竹本島太夫
〈ロ〉勢揃え
マクラ

五 苫、茅を編んで、船の上部を掩うもの。

六 「稲村崎。七里ヶ浜の東にあり。……此渚を横手原といふ」（『東海道名所図会』六）。現況と異なり、渚があり、上陸地点にえらばれた。

七 先陣をうけたまわる船。それにつづく後続の船。

八 羽織に合印をつけて夜討にかかるのは、『傾城武道桜』以来の義士物の型。「いろは」の合印の初出は不明だが、

稲村が崎上陸（一）

後舟だん〳〵に列を乱さず立ち出づる。奥山孫七　須田五郎。着たる羽織の合印(あひじるし)[八]。いろはにほへとと立ち並ぶ。勝田　早見　遠森(とほのもり)。音に聞えし片山源五。大鷲文吾掛矢[九]の大槌引つさげ〳〵。[一〇]吉田　岡崎ちりぬるをわか手は小寺　立川甚兵衛。不破　前原　深川弥次郎。得たる半弓(はんきゅう)[一一]たばさんで。上るは川瀬忠太夫　空にかがやく。大星瀬平(せへい)。よたれ。そつねならむうゐの。奥[一二]村　岡野　小寺が嫡子。中村　矢島　牧　平賀やまけふこえて。朝[一三]霧の立ち並びたる芦野や菅野。千葉に村松　村橋伝治。塩田　赤根は薙刀(なぎなた)構へ。中にも磯川十文字[一四]。遠松　杉野　三村の次郎。木村は用意の継ぎ梯子(ばしご)。千崎弥五郎　堀井の弥惣。同じく弥九郎遊所の酒にゑひもせぬ[一五]。由良之助が智略にて　[一六]八尺ばかりの大竹に。弦(つる)をかけてぞ持つたりける。後陣は矢間十太郎。はるか後(あと)より身を卑下し[一七]。出づるは寺岡平右衛門　[一八]仮名実名袖印(けみやうじつみやうそでじるし)　その数四十六人なり。[一九]鎖袴(くさりばかま)に黒羽織　忠義の〔鎧の〕胸当(むねあて)うちそろふ。げに忠臣の[二〇]仮名手本

稲村が崎上陸（二）

享保二十年三月、大坂中村十蔵座の『いろは軍記』以来、四十七人をいろはに準える習慣は確立している。

九　二七八頁注五参照。

一〇　吉田忠左衛門、岡崎八十右衛門の名を東海道の宿場の吉田、岡崎に掛け、池鯉鮒(ちりふ)を引出して、「いろは」の合印の「ちりぬるをわか」と言い、「わか手」に掛けた文体。

一一　大弓の半分程の長さの小型の弓。討入は室内戦になる可能性があるための準備。

一二　いろは歌の「うゐのおく」と「奥村」の掛詞。

一三　「やまけふこえてあさ」と「朝霧」の掛詞。「朝霧の立つ」と「立ち並びたる」の掛詞。

一四　十文字槍。穂先が十字架状になっている槍。

一五　「酒に酔ひ」と「ゑひもせす」の掛詞。

一六　九段目二七八頁雪持竹の計略による智略の武器。

一七　参加を許された足軽の平右衛門（七段目二五三頁）が、へりくだって後陣についている。

一八　俗名、通称、呼名の類を仮名という。大星は、由良之助が仮名、義金が実名。

＊　討入の場面に義士の名を揃えて描写するのは、『碁盤太平記』『寛潤鎧引』など先例が多く、『碁盤太平記』『忠臣金短冊』と同文の所もある。

一九　細い鎖を編んで作った袴。防禦の役目をする。

二〇　「忠臣の手本」というべき所を、袖印の「いろは」の勢揃えをふまえて、習字の「仮名手本」という。

二手に分れて進攻

義心の手本義平が家名。「天と河との合言葉　忘るなかねてのいひ合はせ。矢間　千崎　小寺の面々。悴力弥をはじめとし　表門より入れ〳〵。郷右衛門とそれがしは。裏門より込み入つて。合図の笛を吹くならば　時分はよしと乗り込めよ。取るべき首はただ一つ」と。由良之助に下知せられ　怒りのまなこ一時に。館をはるかににらみつけ　裏と表へ三重

〽別れ行く

竹本信濃太夫
〈切〉討入り
師直の油断

かくとは知らず。高武蔵守師直は。由良之助が放埒に　心もゆるむ油断酒。芸子遊女に舞ひ歌はせ。薬師寺を上客にて　身のほど知らぬ大さわぎ。果ては雑魚寝の不行儀に　前後も知らぬ寝入りばな。非常を守る番人の　拍子木のみぞ残りけり。

矢間・千崎表門に潜入

表裏一度に手筈をきはめ　矢間　千崎不敵の二人。表門に忍び寄り　内の様子をうかがへば。夜回りとおぼしき拍子木　遠音をさせばよきをりと。例のたしなむ継ぎ梯子。高塀に打ちかけ〳〵　雲居

一 合言葉のだめ押しと、二手に分れて進攻するのは『碁盤太平記』他と同構想。

＊ 竹本信濃太夫の役場。一七二頁参照。

二 油断してのんびりと酒を飲んでいる。この場限りの造語であろう。

三 舞踊、音曲をもって酒宴の興を助ける女。売色しないことがたてまえである。大阪の言葉で、『浪花聞書』に「芸子、女芸者をいふ」とある。

四 一番上座に着席する客。主賓。

五 一つの部屋に多人数の人が入りまじって寝ること。

六 武家屋敷では中間が夜警に拍子木を打って邸内を回る。宵、夜、明方にそれぞれ打ち方がきまっていた。

七 蜘蛛の異称。蜘蛛のように。蜘蛛と雲は同音であることから、縁語として用いた。
八 うしろ手に縛ってその縄を首に回し、厳重に捕縄する縛り方。「高手」が肩から肘まで、「小手」は肘から手首までの称。
九 侍たちの詰所。

表門組邸内に乱入

＊ この表門組乱入より、師直斬首の終りまで、『碁盤太平記』『鬼鹿毛無佐志鐙』『忠臣金短冊』と同じ構想で、同文の箇所も多い。他に小説の『播磨椙原』『忠義武道播磨石』『寛濶鎧引』も類似の構想である。
一〇 門扉を閉ざすための横木。左右の扉にそれぞれ金具があって、それに太い横木をさし通す。
一一 九段目切で由良之助が考察して本蔵に示した、仕掛の道具をいう。二七八頁参照。
一二 勢いよくぷっつりと弦が切れるさまをいう擬声語。

裏門組邸内に乱入

までもとささがに[七]の　上りおほせた塀の屋根。はや拍子木の近づく音　ひらりと降りるを見つけし番人。「スハ何者」と駆け寄るを取つてひつ伏せ高手小手[八]。よい案内と息を止め　縄先腰にひつかけて。拍子木奪ひかつちかち。役所[九]〳〵を打ち回り　うかがひ回るぞ不敵なる。

はや裏門に呼子の笛。時分はよしと両人は。拍子木合はせて「天」「河」と。貫[一〇]の木はづして大門を　ぐはらりと開けば力弥をはじめ。杉野　木村　三村の一党　われも〳〵と込み入つて。見れば一面雨戸の固め　「父が教へし雪折[一一]は。ここぞ」と下知して丸竹に　弦をかけたを雨戸の鴨居。敷居にはさんで一時に。ひいふう三つの拍子にて　かけたる弦をてうど切れば。鴨居は上がり敷居は下がり　雨戸はづれてばた〳〵[一二]。「そりや　乗り込め」と天河の　声ひびかして乱れ入る。

「スハ夜討ちぞ」と松明提灯　裏門よりも込み入つて。一方は郷右

衛門　一方は由良之助。床几[一]にかかつて下知をなす。小勢なれども　寄せ手は今宵必死の勇者。秘術を尽せば由良之助。「余の者に目なかけそ　ただ師直を討ち取れ」と。郷右衛門もろともに八方に下知すれば。はやり[二]男の若者ども　もみ立て〳〵三重〳〵切り結ぶ。

両隣よりの事態の糾明

北隣は仁木播磨守　南隣は石堂右馬之丞。両隣より何事かと　家の棟に武者を上げ。提灯星のごとくにて。「ヤア〳〵御屋敷騒動の声　太刀音矢叫び[三]事騒がしく。狼藉者か盗賊か。ただし非常[四]の沙汰なるか。うけたまはりとどけよ[五]と。主人申しつけられし」と高らかに呼ばはつたり。

由良之助の弁明

由良之助取りあへず。「これは塩谷判官が家来の者ども。主君の仇を報はんため。四十余人の者どもが千変万化[六]のたたかひ。かく申すは大星由良之助　原郷右衛門。尊氏御兄弟へお恨みなし。もとより両隣仁木　石堂殿へなんの遺恨も候はねば。卒爾[七]いたさんやうもなし。火の用心は堅く申しつけたれば。これもつて御用心におよば

床几
〔武用弁略〕

一 陣中や狩場で用いる携帯用の腰掛。脚を打違いに組み、上に革を張り、広げて坐る。
二 血気にはやる若者たち。
三 ねらったものに矢が命中した時、射手があげる声。
四 予期しない異常なでき事。
五 よく聞いて連絡するようにと。
六 さまざまの手段を講じての戦い。
七 軽はずみな行動をとるはずもない。

八　不本意ながら応戦するであろう。
九　誠にけなげなことでございます。
一〇　我も人も、即ち誰でも。

一一　約二時間。
一二　わずかの手負い。軽傷。

師直を捕えて斬首

一三　すのこ縁。廂の外側にあって雨ざらしになっている縁。竹を並べたり、狭い板を間をすかせて張る。ぬれ縁。三〇八頁絵尽し参照。
一四　かかえあげるようにして連れてきて。
一五　皆さん。「いづれも様」を略したいい方。
一六　柴、薪などを保管しておく物置。
一七　花に露がかかっていきいきとするように。「いきいき」の序として用いた。「いき〳〵」「勇んで」も頭韻をふむ。

ぬこと。ただ穏便に捨ておかれよ。それとても隣家のこと聞き捨てならず加勢あらば。力なく一矢つかまつらん[8]」と高声に答へたり。両家の人々聞きとどけ「御神妙〳〵[9]。われ人[10]主人持つたる身は　もつともかくこそあるべけれ。御用あらばうけたまはらん　提灯引け」と一時に。静まりかへつて控へける。

　一時[11]ばかりのたたかひに　寄せ手はわづか二三人。薄手[12]を負うたるばかりにて　敵の手負ひは数知れず。されども大将師直とおぼしき者もなきところに。足軽寺岡平右衛門。館の内を飛び回り。「部屋〳〵はもちろん　上は天井下は簀子[13]。井の内まで槍を入れて探せども　師直が行方知れず。寝間とおぼしき所を見れば。夜着蒲団のあたたまり。この寒夜に冷めざるは逃げて間なしと覚えたり。表の方が気づかはし」と駆け行くを。「ヤレ平右衛門待て〳〵」と。矢間十太郎重行。師直を宙[14]に引つ立て。「コレ〳〵いづれも[15]。柴部屋[16]に隠れしを見つけ出して生け捕りし」と。聞くより大ぜい花に[17]

露　いき〳〵勇んで由良之助。「ヤレでかされた手柄〳〵。さりながらうかつに殺すな。仮にも天下の執事職。殺すにも礼儀あり」と。受け取つて上座に据ゑ。「われ〳〵[一]陪臣(ばいしん)の身として。御館へ踏ん込み狼藉つかまつるも主君の仇(あた)を報じたさ。慮外のほど御許し下され。[二]御尋常に御首をたまはるべし」と相述ぶれば。師直もさすがの[三]えせ者　悪(わろ)びれもせず「オオもつとも〳〵。覚悟はかねて　サア首取れ」と。油断さして抜討ちにはつしと切る　[四]ひつぱづして腕ねぢ上げ。(由良之助)[五]「ハアアしをらしき御手向ひ。サアいづれも。日ごろの鬱憤この時」と。

一　家来のさらにまた家来。
二　おとなしく。素直に。
三　一筋縄ではゆかぬしたたか者。
四　さっとはずして。
五　けなげで殊勝な。皮肉たっぷりな言葉。

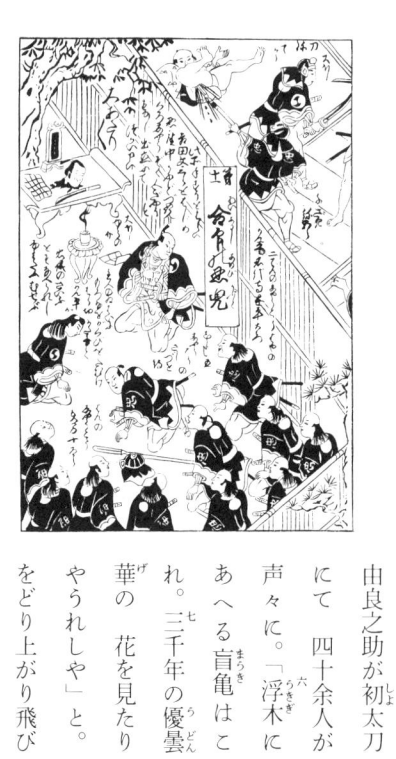

由良之助が初太刀にて　四十余人が声々に。「浮木にあへる盲亀はこれ。三千年の優曇華の　花を見たりやうれしや」と。をどり上がり飛び上がり　形見の刀で首かき落し。よろこび勇んで舞ふもあり。「妻を捨て子に別れ　老いたる親を失ひしも。この首一つ見んためよ今日はいかなる吉日ぞ」と。首をたたいつ食ひつきつ　一同にわつとうれしなき　理過ぎて哀れなり。

由良之助は懐中より　亡君の位牌を出し。床の間の卓に乗せたてまつり。師直が首血潮を清め手向け申し。兜に入れし香を焚き　す

六『法華経』妙荘厳王本事品、『雑阿含経』などにある話をもとにした諺。話の内容は少し異なるものもあるが、要は、盲目の亀が海中で流木に出合う機会のように、極めてまれな、殆んどあり得ないほどの得難い機会を得ることのたとえに用いる。

七 二〇六頁注六参照。

八 四段目一九八頁の、判官切腹に際して大星に残した九寸五分。

九「いちどうに」の約まった語。八行本に「一同に」とあるが、十行本に「一どに」とあるによる。

一〇「しよく」の訛ったいい方。茶道、香道などに用いられる三脚または四脚の足長の台。香、花、灯などをのせる。元来は仏具。絵尽し参照。

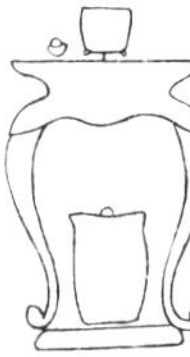

卓
〔南方録〕

位牌に首級を手向け

矢間重太郎第一の焼香

さつて。三拜九拜[一]し。（由良之助）「おそれながら。亡君尊霊蓮性院見利大居士[二]へ申し上げたてまつる。去んぬる御切腹のその折から。跡とむらへと下されし九寸五分にて。師直が首かき落し。御位牌に手向けたてまつる。草葉の陰[三]にて御受け取り下さるべし」と涙と。ともに礼拝し。（由良之助）「いざ〳〵　御一人づつ御焼香[四]」。「先づ惣大将なれば御自分様より」。「イヤ拙者より先づさきへ。矢間十太郎殿御焼香なされ」。（矢間）「イヤ〳〵それは存じも寄らず（思いもよらぬ事で）。いづれもの手前と申し。御贔屓はかへつて迷惑」。（由良之助）「イヤ贔屓でござらぬ。四十人余の衆中が師直が首取らんと。一身をなげうつ中に貴殿一人。柴部屋より見つけ出し　生捕りになされたは。よく〳〵主君塩谷尊霊の。お心にかなひし矢間殿。おうらやましう存ずる。なんといづれも[五]」。「御もつともに存じまする」。（矢間）「それはなんとも」。「ハテさて刻限が延びます」。（矢間）「しからば御免」と一の焼香。「二番目は由良殿。いざお立ち」とすすむれば。（由良之助）「いやまだほかに

一　三拝の礼と九拝の礼を行う意から転じて、丁寧に礼拝することをいう。

二　浅野長矩の戒名は「冷光院殿吹毛玄利大居士」。

三　墓所の地下。あの世。

四　死者の霊前で香を焼いて礼拝すること。ここでは位牌の前での焼香。焼香の順序は厳しいしきたりがある。

＊本望成就のあと、焼香場面のあるのは『忠義武道播磨石』『忠義太平記大全』で、小説系を利用した趣向。

五　「なんと皆さん、そうではござらぬか」の下略。

早野勘平の財布第二の焼香

焼香のいたし人(て)あり」。「そりや何者誰人」と。問へば大星懐中より[6]碁盤縞の財布取り出し。「これが忠臣二番目の焼香。早野勘平がなれの果て。その身は[7]不義の誤りから[8]一味同心もかなはず。せめては石碑の連中に(建立の仲間に入ろうと)と。女房売つて金調(ととの)へ。その金ゆゑに舅は討たれ　金は戻され。せんかたなく腹切つてあひ果てし。その時の勘平が心　さぞ無念にあらう口惜しからう　金戻したは由良之助が一生の誤り。ふびんな最期を遂げさしたと。[9]片時(へんし)忘れず肌放さず。今宵夜討ちも財布と同道。平右衛門。そちがためには妹婿(いもとむこ)。焼香させよ」と投げやれば。「ハハハハはつ」と押しいただき〳〵。(平右衛門)「草葉の陰より　さぞありがたう存じましよ。[10]冥加にあまる仕合せ」と。財布を香炉の上に着せ。「二番の焼香　早野勘平重氏(しげうぢ)」と。高らかに呼ばはりし。声も涙にふるはすれば。列座の人も残念の　胸も。張り裂くばかりなり。

敵の攻め太鼓

思ひがけなや人馬の音。山谷(さんこく)にひびく攻め[11]太鼓[12]鬨(とき)をどつとぞあげ

六　碁盤の目のように、縦横に方形の模様を連ねた織物の縞の財布。二三一頁の勘平母が差し出した財布。
七　お軽との密通をさしていう。
八　討入の盟約に加わって心を一つに行動を共にすること。
九　少しの間。ちょっとの間。
一〇　過分の冥加を得て、この上なき幸運。
一一　敵に攻めかかる時に打ちならす合図の太鼓。
一二　多人数の者が一斉に声を出して、攻撃の気勢をあげる。

にける。

由良之助ちつともさわがず。「さては師直が一家の武士　とりか[一]けしと覚えたり。罪[二]つくりになにかせん」と覚悟のところへ。桃井若狭之助遅ればせに駆けつけたまひ。「ヤア／＼大星。今表門より攻めかけたは。師直が弟師安。ここで腹切つては。敵に恐れしと後代までのそしり。塩谷殿の御菩提所光明寺[三]へ立ち退くべし」と。仰せにはつと由良之助。「いかさま最期をとぐるとも。亡君の墓の前。仰せにしたがひ立ち退き申さん。御尻払ひ[四]頼み上ぐる」と。いふ間もあらせず　いづくに忍びゐたりけん。薬師寺次郎　鷺坂伴内。「おのれ大星　のがさじ」と　右往左往[五]に討つてかかる。力弥すかさず　受け流し／＼。暫時がうちは討ち合ひしが。はづみをうつて討つ太刀に。袈裟[六]にかけられ薬師寺最期。かはす二[七]の太刀足切られ。[八]尾にもつがれず鷺坂伴内。そのまま息は絶えにける。

「オオ手柄／＼」と称美のことば。末世末代伝ふる義臣　これもひ

薬師寺・鷺坂返り討ち

一　攻撃をしかけてきた。

二　この上更に罪つくりに、無益の殺生をして何になろう。本望を達したので、自害しようという心。

三　二〇〇頁注四参照。

四　軍術用語で、軍が退却する時、軍列の最後をまもって敵の追撃に備える軍隊。

五　右に左に走り回るさま。

六　袈裟がけに斬られ。右の肩から左の脇、または左右逆に、斜めに斬りさげることをいう。

七　薬師寺を斬ったその刀で二度目に打込んで鷺坂の足を斬る。

八　三段目一九一頁の「尻に尾のない鷺坂は」をうける。鷺には尾がないので、切られた足を尾に継ぐ訳にもゆかず。

キリの祝言

とへに君が代の。久しきためし竹[九]の葉の栄えを。ここに書き残す

竹田出雲
作者　三好松洛
並木千柳

寛延元年辰八月十四日

右之本頌句音節墨譜等令加筆候
師若鍼弟子如縷因吾儕所伝泝先師
之源幸甚
竹本義太夫高弟
予以著述之原本挍合一過可為正本者
也　竹田出雲掾清定
京二条通寺町西へ入丁　正本屋山本九兵衛版
大坂高麗橋二丁目　山本九右衛門版

竹本座の紋

九　竹本座の紋の竹の葉に掛けて、竹本座の繁栄をたたえている。

桂川連理柵（かつらがはれんりのしがらみ）

長右衛門 桂川連理柵

座本 豊竹此吉

上の巻 道行恋の乗りかけ（追分松ばらの段）

[一]相ノ山今はむかしとなる太鼓〔成・鳴〕 [二]神楽の。五十鈴[三]片削ぎの千木は内外に変れども。誓ひは同じ神垣に。[四]参宮の下向多けれど。かれも見返り〔見・都〕。これもまたみやこ育ちや[五]雪ぢやれに。色も。くつきりよい信濃屋の〔品・信濃〕。お半が[六]花奢な振袖は。[七]彼岸桜や楊貴妃の。綻びかかる。出づ端手姿。下女や丁稚が介抱に。まだ夜をこめて[八]明星が茶屋を。出づればいつとなく。誰が[九]まつ坂に[一〇]小比丘尼が。[一一]三下り歌えい〱〱〱〱〱。嶋様 紺様 羽織様 十里様。中乗様 やつて行か

＊ 冒頭が道行で始まる世話物。本作の粉本である『曾根崎模様』も冒頭が「観音回り」。

一 間の山節で語り出す指定。袖乞いの者が三味線・簓にのせて歌った伊勢の俗謡。

二 神楽に用いる鈴から「五十鈴川」をいいだす。

三 神社の棟の千木の先が、内宮は内、外宮は外に片削ぎに切落してある。「片削ぎの千木は内外に変れども誓は同じ伊勢の神風」（『風雅集』巻十九）による。

四 お蔭参り、抜け参りと称して、親や主人に無断で参宮しても、とがめられなかった。

五 布の雪晒し。ここは肌の白く美しい女をいう。

六 上品で優雅なさま。

七 珍花とされた桜の名称と中国の美女楊貴妃を合わせて、お半の端手姿の形容とした。

八 伊勢国明星村の茶屋。神宮に近く、参拝者の浄めの茶屋として賑わう。参拝者相手の遊所でもあった。

九 「待つ」と「松坂」の掛詞。明星茶屋より四里。

一〇 年若い比丘尼。尼姿をして諸国を勧進して歩き、売春も行うようになった。

一一 間の山の女の、客引きの呼びかけをもとにした歌謡か。客の姿を見て適当な呼び名で客引きをするのは当時の風習。この歌謡は未詳であるが、「えい〱」で始まるから、海老屋節系のものか。「三下り」は三味線の調絃名で、粋な調子になる。

比丘尼
〔人倫訓蒙図彙〕

んせはふらんせ（休んで行かないか）　投げさんせ下んせ。　晩の泊りは空頼み。雲津(くもつ)[一]の川瀬。二世三世(にせさんせ)。堅い薬師の清水(しみづ)過ぎ。津(つ)の町続き長々と。歌長野とよく野千貫松の。松の千歳(ちとせ)を契(ちぎ)るは愚痴よ。竹の一よの逢ふ瀬も〔節・夜〕うれし。ともに白髪(しらが)の妹背(いもせ)の中も。はじめ寝た夜は恥づかしものよ。オオいとしらし可愛らし。可愛らし　げな小娘の（お半の）。帰りの旅は急（お伊勢参りの帰り道は）がれて。心も。せきの追分(おひわけ)[二]〔急・関〕に。しばし息をつぎ煙管(ぎせる)[三]。小室[四]さても。

見事な。ソンレハ。乗掛馬(のりかけうま)[五]よ。蒲団(ふとん)ば（を敷いて）りして跡付(あとづけ)つけて。　都登りの三度笠[六]。丁稚の長(ちやう)吉(きち)　下女のりん。目早く（目ざとく）見つけて「ソレそこへ。隣

一　松坂、雲津、薬師の清水、津、とよく野、千貫松、という順序が、伊勢路の京上りの順路。雲津は町筋が二筋になっていて、同じ川を三度わたる道筋で三渡りと称したことから、二世三世と続ける。「二世三世」から「堅い」という。「川瀬、二世、三世」は脚韻。「津の町、続き」「長々と、長野」は頭韻。さらに「長野、とよく野」と脚韻でつないで「千貫松の、松の千歳」と松を重ね、「千歳、契る」と頭韻で収める。「長野とよく野」から「可愛らし」までは歌謡で語る。

二　東海道と伊勢街道との分岐点。

三　「息を継ぎ」と「継煙管」の掛詞。「継煙管」は羅宇の中央で二分できる女性用の煙管。水口の名産。

四　「跡付つけて」までを小室節で歌うという指定。小室節は近世初期江戸吉原へ通う馬子唄から流行したとも、小諸追分の宿場で歌われた信濃追分ともいわれる。「扨ても見事のお葛籠(つづら)馬よ、上にや氈(せん)しきからしまの蒲団、蒲団ばりして小姓衆を乗せて、そなた下りか俺や今上る……」（『若緑』四、二上り「おつづら馬」）

五　荷物二十貫を振分けにして馬腹の両側につけ、その上に蒲団を敷き人を乗せる。「跡付」は馬の尻につける荷。三貫に限って許される。三二〇頁絵尽し参照。

六　三度飛脚が用いる菅笠の一種。旅行用に用い、女笠としても使用。三一八頁、三二〇頁の絵尽し参照。

七　関から坂の下、鈴鹿、筆捨山、土山、水口と進んで石部に入る順路。関の追分からは東海道である。

八　駅鈴(えきれい)。ここでは鈴鹿をいいだす修辞。

りの帯屋長右衛門様」。（お半）「遠州から　今お帰りか」。（長右衛門）「お半　そなたは参宮ぢやの」。（お半）「アイナ。念願とどいてよい所で。お目にかかるも参宮のお蔭。いかさまよい連れ　一緒に」と。うち連れ越える。［関を］坂の[七]下　[八]駅路の鈴にあらねども。[九]くもる鈴鹿の風景は。絵にも書かれぬ[一〇]筆捨山や。間の土山雨もなく。日和続きの春景色　うまい道連れしあはせ者と。みな口々に歌ふ声。［皆・水］[一一]オンド[一二]おぢやれ女と名は嫌なれど。[一三]夜明けも宵も恋の昼。コレとまらんせ〳〵。夜さの契りと引きとめられて。都娘と名を立てられて。難波の梅の香も知らず。コレとまらんせ〳〵。露の涙に抱きとめられて。日数を込めし女子旅。[一四]足元重き石部の宿に。泊り定めて。[一五]三重

石部宿屋の段

〽夢結ぶ。石部の宿の出刃屋は定宿。[一六]とくより。泊る長右衛門お半主従旅草臥れ。[一七]水さへ寝入る。[一八]丑満過ぎ。[一九]見世の間に寝る亭主

九　あとの「間の土山雨もなく」と共に、踊歌による修辞。「関のお地蔵は親よりましぢや、親も定めぬつまを持つよの、かへではないかこれ与作、さつたもない事、ほてつぱらめがえ、坂は照る〳〵鈴鹿は曇る、さきはいと言うてははいどうし、間の土山雨が降る」（『落葉集』四、古来中興当流踊歌百番・馬士踊）

一〇「本名は岩根山といふ。里諺に云、狩野古法眼東国通行の時、此山の風景を画にうつしてんやと筆をとるに、こころに逮ばず、山間に筆を捨しとぞ」（『東海道名所図会』二）

一一　伊勢音頭の曲節か。

一二　江戸時代街道筋にあった旅籠屋の下女。旅人を泊めて売春もした。門口に立って、旅人を「おぢやれ」と招いたことからの称。三二三頁注一七参照。

一三「夜明け」と「宵」、「宵」と「恋」は韻をふむ。更に「コレとまらんせ」を介して、「引きとめられて」「名を立てられて」「抱きとめられて」と対句の修辞。

一四「足元重き」と「重き石」を掛けて石部を引出す。

一五　ここで舞台装置が転換して、石部宿屋の場となる。

場面設定

＊　冒頭の伊勢街道道行は、安永元年五月の歌舞伎「桂川」（大坂中座）より発想か。

一六　早くから。「とくより」と「泊る」は頭韻。

一七　静けさを強調する修辞。

一八　午前三時頃。真夜中。丑満つ時とも、丑の刻を四分した第三刻ともいう。

一九　ここは、表口から入ったすぐの、帳場のある部屋。

一　午前四時頃の出発。近世の旅では、七つ立ちは普通である。『傾城反魂香』上、『生写朝顔話』宿屋の段などにも七つ立ちの例がある。この時刻以前の出発は夜立ちとなり許可が必要である。

お半長右衛門因果の仮枕、すりかえた棒鞘

二　腑におちぬとっぴな声。「きやうとい、気疎也大に也といふ心か、又きつくとかいふ様の心か、尚可尋」（『浪花聞書』）

九右衛門。そろ〳〵起きて帯引き締め。（亭主）「女子ども〳〵。サア〳〵起きて釜の下焚きつけよ。一七つ立ちのお客が四組。寝過して叱られな」と。家業を精に居間の方。下女を起しに入りにけり。

次の間より逃げ出るお半。「長右衛門様。〳〵」と　いふも泣き声半分に　障子をあけて一間の内。逃げ込む音に長右衛門　ふつと目覚まし。（長右衛門）「お半なんぢや。寝耳に突き抜く二けうとい声。こはい夢でも見やつたか。コレ目を覚ましや」と撫で摩すれば。（お半）「イエ〳〵　そんなことぢやない。とつともう長吉めが参りの時から。いろ〳〵といやら

しいことばかりいうて。泊り／＼で三じやらくら／＼。そのたび／＼に四りんを起して叱らして済ましたが。明日(あす)は京へ是非とも去(い)ぬる。今夜の泊りが恋の五切羽(せっぱ)と。無理やりなことしようとしをる。りんを起せど今夜に限つて目があかず。やう／＼(やっとのこと)と突き退(の)けてどうやらかうやら助かつた。六憎てらしい」と七腹立ち涙。しやくり上げたる告口(つげぐち)に。（長右衛門）「オオそりや腹の立つは道理ぢや。がアノ長吉はそなたの八爺御(ててご)。次兵衛殿が存生(ぞんじやう)から。ふびんがられた(かわいがられた)九子飼ひの丁稚。ことにめでたい参宮(さんぐ)の下向。もう堪忍(かんにん)してやつて。去(い)んだ(帰っても)と必ずそんな噂(うはさ)。一〇歯節(はぶし)へも出

三 男女がだらしなく、じゃらじゃらとふざけるさま。「酒のんでじやらくらとおもしろかろといふに」（『風流今平家』七八・二）

四 女中の通称。

五 瀬戸際。さし迫り窮迫すること。元来は太刀の鍔(つば)の両側、柄と鞘との当る所に添える金属板である。

六 憎体らしい。にくたらしい。「にくてらしい、にくらしい也」（『浪花聞書』）

七 腹立たしくて流れる涙。

八 父の尊称。「三都ともに他の父母を爺御(ててご)母御(ははご)と云」（『守貞漫稿』四）

九 子供の時から雇って養育すること。「聞いて鬼門の角屋敷。お前はお染。内の子飼の久松は。左少ながら此長吉」（『染模様妹背門松』）

一〇 口に出して言うてあげなさんな。「歯節」は歯茎。

してやりやんな。堅[一]い母御のお石女郎が聞かれたら。あいつはすぐに足が上がる。それも殺生。内では傍に目があつて。どうもすることはならぬほどに。了簡をしてやつて。サア〳〵往て　も一寝入りしや」。「オオいやいな。寝間へ去んだらまたどんなことしをろやら。お前の蒲団の中へ入れて。とつくりと寝さして下さんせ。長吉づらにかかつて。ろくに寝ぬのでわたしや寝ぶたい」。「いかさま道理。ア子どものことぢや。そんならここへはひつて寝や」と。一つ蒲団に。仮枕　これぞ因果[二]の始めとは。結ぶの神もしら紙の障子引き立て。また寝の床。かくとも知らず長吉は　鼠逃[三]した猫なで声。(長吉)「お半様〳〵。もう〳〵転合しやせぬほどに。早う戻つてねね[四]さんせ。エ。エ。これはしたり　どこへはひつてゐやんすぞいの。エエわしが思ふやうにもない。夜更けてそないにうはさは[五]すると　ツイ風を引くわいなア」と　いひつつ尋ねて。(長吉)「エエここぢや。大方長右衛門様の枕元へ。アアなにも告げさんせにやよいが。様子聞かう」

一　しつけなどの厳しい母親のお石さん。「女郎」は接尾語で女性の名につけて軽い敬意をあらわす。お石という名にかけて、堅い母親という。
二　災難のはじまり。二人の仮枕が不幸の訪れる原因になり、心中に至ることの暗示。
三　長吉がお半に逃げられたことを、猫が鼠を逃がしたと表現し、「鼠逃した猫」と「猫なで声」を掛ける。
四　「ねね」は「ねんね」とともに寝る意の小児語。
五　そわそわ。落着きのないさまをあらわす語。ここではうろうろする意。
六　猫が爪で破った障子の破れから。猫が獲物に対して爪を磨ぐ意から長吉のお半に対する態度をかけていう。
七　「かみずる」の名詞形。上気して。のぼせて。
八　腰が抜けて、へたばってしまいそうな歩み。
九　「する」「なす」の卑語。しやがった。やらかした。
一〇　元服の時に前髪を剃る。まだ元服もしていない、この若い俺をさしおいて。
一一　相当の年配であるのに。年齢不相応な行為を、嘲笑非難する時にいう。
一二　処女であるお半を指す。
一三　すぐに食事できるよう膳を整えておくこと。ここでは女の方から進んで男に身をまかせることにいう。「居膳、閨中語、女の方から以て来也」(『譬喩尽』)
一四　「秋風寒く」から歌謡の曲節で語り、「隣りの宿

と窺ひ足。一間の障子に耳を寄せ。「ヤヤヤア。こりやえならぬ音がする。合点がいかぬ」と覗いてびつくり。猫の爪とぐ破れより〔見・身〕みを掻きむしり立ちずくみ。気は上ずりに鼻息荒く。立ち退く足もゑじかり股。（長吉）「サア〳〵〳〵。存のほかなことみしらした。前髪のおれを差し置き。よい年からげて初物を。賞翫するやつもやつ。据膳する悴も悴め。ヘエエエエエエ〳〵。体が燃えて腹が立つわい。腹ばかりか何もかも立つわいやい」。三下り歌 秋風寒く身に滲むも。今の恨みはなが堀と。人目を包む頬被り。 隣りの宿屋はまだ寝ぬ騒ぎ。おぢやれが歌は古手屋八郎兵衛。惚れたお妻を香具屋に。寝取られたその腹立ち。二人を切りに出た鮫鞘。三下り歌 鯉口くつろげ落しざし。はや初夜の鐘 指折れば。（長吉）「イヤ〳〵。切つてはこつちの首も飛ぶ。この意趣を晴らす近道。今日昼聞けば跡付に入れてある脇指は。遠州の大名から研ぎを請け取り。預つて来た棒鞘。すり替へるによい隣りの騒ぎ」と。こて〳〵引き出す跡

屋」から浄瑠璃節にもどる。また次の「鯉口くつろげ」から「指折れば」までは前の歌謡のつづきで、「イヤ〳〵」から浄瑠璃節となる。

一五 「長く」と「長堀」の掛詞。「長堀」は大阪市南区、東西の横堀川を結ぶ川。今は埋立てられている。

一六 隣りの宿屋の、おじゃれの歌を余所事浄瑠璃とし、ここでの長吉の嫉妬の心をその歌であらわそうとする手法。この歌は「八郎兵衛」と題されるもので、『新大成糸のしらべ』三下りの部に歌詞がある。

一七 旅宿の下女。「京大坂の旅人宿の下女を○はすはといふ。東海道にて○をじやれといふ」（『物類称呼』一）三一九頁注一二参照。

一八 元禄十五年七月に起った、四つ橋娘殺し事件の主人公。但しこの歌謡の主人公の八郎兵衛は、明和元年大坂三桝座の歌舞伎『文月恨切子』の主人公の古手屋八郎兵衛を歌ったものである。

一九 鮫の皮を巻いた刀の鞘。若者の好む華美な装飾で、公式な、晴れの場所では使用されない。

二〇 刀の鞘の、鍔と合う部分をゆるめて、抜刀の準備をする。「鞘口を鯉口といふは、其状の似たるを以ていひ」（『武家名目抄』七）

二一 刀の鐺を下げてさす。俗に「こじりさがり」。

二二 午後八時ごろにうつ寺の鐘。

二三 三一八頁注五参照。

二四 白木の反りのない鞘。刀剣を研ぎに出すために、刀身だけを白木の鞘に納めたもの。

付の。一したみの小口解きほどく。悪事は壁に耳かきの先を歪めて錠前を。〔明けて〕なんの苦もなく取り出す棒鞘。手早に己が旅差の目釘すつぽり入れ替へる。身はまた刀の錆屑と。なるともなんと渋紙を。元のとほりに認める。

時しも勝手の女子ども。「サア御膳がよござります。皆起きなさつてお手水」と。呼ばはる声に長右衛門。お半も帯締め立ち出づれば。

りんは目をする草鞋のこしらへ。丁稚はしやなぐる脚絆の紐。はや表へは。馬が来る。きり／＼しやんと持つて出る。〔膳を〕「膳部のそまつはお心安さ。つんとあがつて下さんせ」と。おぢやれが挨拶馬士が歌。馬も嘶く東雲は　旅の。詠めと。三重〽いふやらん

信濃屋の段

桃のやう／＼春も立ち。夏過ぎ秋は。嫁入りの忌み詞をもおしこ

＊刀のすり替は『伊達娘恋緋鹿子』一の趣向利用。

一 底が四角で、上部が丸い籠。

二「壁に耳」と「耳かき」の掛詞。「壁に耳」は諺で、どこで誰が聞いているかわからぬ、悪事は露見する意。あとの伏線としての表現。「壁に耳あり」（『譬喩尽』）。金属性の耳かきを道具にして錠前をあける。

三 旅行中の護身用として差す刀。

四 刀剣を柄から抜けぬように、柄の表から目釘孔にさし通す釘。竹、銅、鉄、鯨髭などで造る。目釘を抜くと刀身は簡単に差しかえられる。

起床

五 諺「身から出た錆じや」（『譬喩尽』）の利用。

六「なんとしらぬ」と「渋紙」の掛詞。渋紙は紙を貼り重ねて渋をひいた、防水用の包紙で、棒鞘を包んでいたもの。

出発

七 出発準備も整い、馬の嘶き、馬士の歌が表から聞えてくるとともに、東の空が明るくなってくる描写。

八 娘の結婚を祝う詩の「桃夭」（『詩経』）の「桃之夭夭タル」による修辞。「夭夭」と「漸う」の掛詞。

九「秋」を「飽く」に掛けて、「嫁入の忌み詞」と続ける。「しうげんの夜いみことば……やる　おくる　あく　しまぬ……」（『女重宝記』一）。忌み詞を押しこむ意から、押小路を引き出す修辞。

一〇「柳」「馬場」「糸」は俳諧の付合で縁語。

マクラ
お半の結納

うぢ　ヲクリ
柳の[10]。ばばになるまでも〔馬場・婆〕　縁長かれや糸筋を。結納物の信濃屋[11]へ〔品・信濃〕　運ぶ〔結納を〕帯屋の男ども。先に立たせて入り来るは。長右衛門が弟義兵衛。出迎ふ主の後家お石。「これはマアお仲人長右衛門様の弟御。お手づからお慮外〔思いがけない〕なお使ひ。男衆[12]もマア／＼ここへ」と。挨拶取り／＼煙草盆。手代がはりは丁稚の長吉。飯焚きのりん汲みたてる茶釜もりん／＼賑はしき。

義兵衛、結納持参

義兵衛は手をつき慇懃に。「兄[13]長右衛門〔になり代って〕申します。昨日申し上げたとほり。妻絹が親里油[14]の小路。仏壇屋才右衛門より遣はしました結納[15]の品々。めでたうお納め下されませ。とかくは追つつけ参つた上」。〔お石〕「テモ[16]まあ御丁寧なお言伝て。隣づから[17]と申し。連合ひ次兵衛がをられました時からわけて御懇意。ことに娘お半がことは。ちひさい時から長右衛門様御夫婦のお世話の上。なほ／＼お世話な今度の縁組。もう結納も来て私が安堵。心祝ひの雑煮[18]も上げたし。めでたう一献　男衆もサア／＼こちへ」と挨拶に。〔義兵衛〕「お辞宜は申さぬ御〔辞退はいたしま〕

結納の挨拶

一一　お半の居宅。場所は京都柳馬場押小路、虎石町。母はお石。父は次兵衛（実説は次郎兵衛）で既に死去。兄治助は江戸店に出勤。

一二　下男。男の奉公人。義兵衛について結納の品を持って来た男。三三四頁絵尽し右下の二人。

一三　長右衛門が帯屋の主人であるから、弟の義兵衛は兄の代理として参上している。したがって弟の詞は、兄としての詞となっている。

一四　京都の縦筋の地名。堀川通りの一つ東側の筋。油小路の六条から七条にかけて、仏具屋町という地名がある。このあたりを想定したか。

一五　「縁組しゆびして男の方より女の方へいひ入つかはす事、俗に是をたのみをつかはすといふ」（『女重宝記』二）

一六　感動詞。いまさらのように感じ入った時に発する。

一七　隣り同士の間柄。「拙者ためには従弟づからなるが」（『武道伝来記』二・三）

一八　祝い事には雑煮を食べる習慣がある。正月の雑煮の習慣は今日も残っており、結婚式にも三々九度のあと雑煮が出る（『女重宝記』二）。

祝儀」と。みなうち連れて入りにけり。

あとに残るは長吉一人。「油の小路へ仲人は長右衛門。スリヤお[一]娘に心は残らぬ印。この春石部のぱつちりは[二]。ほんのその場の出来心。お寺さんでも神さんでも。一緒に寝たら助けちやおかぬ。ガ難儀なは今度の嫁入り。どうぞこいつをぐれさして[三]。お半さんをしめ[四]る魂胆。ヤコリヤ」(義兵衛)「気づかひすな長吉。その工面[五]はしておいた」。(長吉)「エエマア義兵衛様か。そりやかたじけない。が　どういふ工面で」。(義兵衛)「サアその訳はナ。われが兄の本間の五六。ここの内にはづき[六]なしと聞いたゆゑ。今日侍[七]にこしらへて。ナ。かう〳〵するつもり」。「できた。それではたしかにこちから変改[八]。南無[九]長吉が結ぶの神様」。「イヤ〳〵拝むことはない。このやうに働くも闇の礫[一〇]。当てがある。ソレ。せんどちよつと聞いた石部の泊りで。すり替へた腰の物。贋とも知らぬ長右衛門。研屋へやつてでき上がるはもう二三日。蔵屋敷へ持つて往たらえらいしくじり。ところでわが身のゆ[一一]

長吉・義兵衛の謀略

一「おむすめ」の下略。他人の娘を親しくいう。ここではお半。原本は「お娘」とあってルビはないが、三四四頁と三四八頁には「お娘」とあるので、「オムス」と読む。

二 処女を自分のものにしてしまうことをいう隠語的表現。

三 予定を立てていたことを、うまくその通りにいかぬようにする。すっかり当てをはずさせる。

四 男女の情交をいう。「山で小柴をしむるが如く、今宵其様としめあかす」(『松の葉』一)

五 グメンと濁音に読む。「工面、ぐとにごり唱ふ」(『浪花聞書』)とあるように元来は「グ」であったが、江戸で「クメン」となった。上方ではのちまで「グ」である。

六 一面識もない。

七 武士を卑しめていう語。「ひが、ざぶ、りやんこ、皆侍客をいふ」(『譬喩尽』)

八 約束を一方的に破ること。特に婚約の破棄にいうことが多い。

九 仏に帰依する意をもつ語で、南無阿弥陀仏の南無に同じ。ここでは長吉が義兵衛を感謝の念で拝み奉っているのだが、結ぶの神様と言いながら南無を冠している矛盾がおかしみ。

一〇 闇の礫でするのではない、当てがあってすることだ。「闇の礫」は諺で目標の定まらぬことのたとえ。

がめておきやつた。正真をおれにたもれば。尋ね出した顔をして。われらが持つて上がつたら　長右衛門はぶち上げられ。御用は鼻がうけたまはる。そこでは十分腰入れて。コリヤ世話をする。〳〵。先づ丁稚道の苦しみをのがれさせ。お半と女夫にすること請け合ひ。ガまだ一つ頼むことは。お半が方から長右衛門へ。状やらぬことはよもやあるまい。その状ちよいといはしてほしい。それを証拠にお半長右衛門が不義をぶちまき。母者人と二人して兄めをぼい出し。跡取りはこの義兵衛。兄嫁のお絹御前を拙が北の御方様」。「なんとえらいか〳〵」。「よし〳〵。そりやたがひのためづくぢや」。「そんなら脇指を貴様の方へ」。「イヤ〳〵。今請け取つて去んでは目に立つ。五六に当分預けておこ」。「それもよいわ。こんなこともあらうかと。状はとうにたくつておいた。ガお娘と女夫になるやうに。サア」「呑み込んだ」と請け合ふうち。「ソレ長右衛門が」といひ捨て　二人は勝手へ走り行く。

一一「闇の夜のつぶて」（『諺苑』）
一二 不正な行為をする。石部宿で刀身をすりかえたことをいう。
一三 自分のことをさしていう。自分の鼻をゆびさしていうことからの語か。「はなとはわが身のこと」（『新撰大阪詞大全』）
一三 六道の苦しみをいう「修羅道の苦患」（謡曲『知章』）「修羅道の苦」（謡曲『通盛』）「餓鬼道の苦」（『八百屋お七』）などの常套表現をもじって、大げさにいう面白味。
一四 盗むの卑語の大阪方言。
一五「母……京にて児童は〇ハワサンと呼び、年長じては母者人と称す」（『物類称呼』一）
一六 男性が用いる自称。遊里などの気取った通人ぶった言い方。「拙、われら」（『虚実柳巷方言』中）。「北の御方様」と共に粋な言葉の部分と「いはす」「ぼい出し」などの下品な言葉の混用によって、義兵衛の生活態度、性格などを表現している。
一七 一般に程度の甚だしいさまをいう語で、ここでは「なんとうまいことを考えたなあ」の意。
一八 台所。転じて台所のある裏口の方向をもいう。

長右衛門登場

長右衛門のくどき言

折から帯屋長右衛門。上下改め一腰[一]は。隣づから[二]も祝儀の出立ち。それと見るより駆け出るお半。「聞えぬわいな聞えぬ[三]」と　縋りついたる。恨み泣き。（長右衛門）「フゥ聞えぬとは嫁入りのことか。おれが仲人した訳は。そなたとこの身が可愛から。もとわしは捨子であつたを。死なれた［お前の］爺御次兵衛殿が拾ひ上げ。五つの年まで養育して。幸ひ子のない隣りの帯屋へ。養子にやつて下さつたは。実の親に勝つた大恩。臨終の枕元へ［私を］呼びつけ。江戸店[四]に居る兄息子の治助より。案じるは妹のお半。年寄つての子はなほふびんな。そなたおれになり代つて。成人さしてよい聟取り。身の片づき[五]を頼むとの遺言は。子も同然に思はしやつた末期の頼み。お気づかひなさるるなと。請（約束）け合うた本心に（をした私の本心に）。いかなる天魔[六]が入れ替り。心のほか[七]もほか過ぎた。石部の宿の新枕[八]は。時の拍子といひながら。二人が因果かなんたる報い。コレここをよう聞きわけてたも。さら〳〵（決して）そなたを嫌ふではなけれども。今いふとほりの義理といひ。子に持ちさうな小娘を。

一　腰に脇指を差して、儀式ばった正装をしている。

二　三二五頁注一七参照。

三　相手の言うこと、することが理解できず、筋が通らないことをなじる言い方で、浄瑠璃文に頻用する。女性の言葉。

四　江戸にある出店、支店。上方の大きな商人はこの頃出店を江戸に持つことが多い。以下養父の遺言。

五　身のふり方。特に結婚のことをいう場合が多い。

六　仏語で、欲界六天の頂上の第六天にいる魔王とその眷属。転じて人の心をまよわす悪魔。「時宗、どうして天魔が入り替ってそんな心になってくれたぞ」（『助六所縁江戸桜』）

七　思いがけない意外なこと。それを強調した言い方。

八　男女がはじめて共寝をすること。

そそなかした道知らず[一〇]と。世間の人の笑ひ草　たがひの親々はもとより。女房絹にもなんといひわけ〔することができようか〕。かういふ色事するからは。まんざら子どもといはれぬそなた。モどうも顔は合はされまい。さすれば人の知らぬうち。おれがことは思ひ切り。油の小路へ往て〔嫁に〕たもれば。親たちへ義理も立ち。たがひに名さが[一一]は立たぬといふもの。おれがためぢやと堪忍して。腹を立てずと嫁入りしや。絹が二親は結構者[一二]。聟の才治郎も若けれど。気立ちはよし男もよし[一三]。それゆゑに急いだ仲人。コレ聞き入れて機嫌よう。祝言してたも。祝言を」と。

身を悔みたる涙声〔罪を犯した身を後悔してながす涙声〕　かきくもりたる。くどき言。

お半も涙の顔振り上げ。「昨日今日[一四]まで手習ひの〔習字の稽古の〕　お師匠様のおつしやつたは。姫御前[一五]は一生に夫といふはただ一人。二人と肌を触れるのは　女子でないといひ教へ。女今川[一六]庭訓に書いてあるのを。忘れなとおつしやつたを覚えてゐる　ソレ。伊勢参りの下向の時。堅い石部[一七]のお前をば悪い気にして〔ふっと悪い気をおこさせて〕。初床も小さい時から抱へ歩行[一八]。

九「そそのかす」の訛り。教唆して、悪い方へさそう。

一〇 人としての道にはずれた行為をする人を非難していう語。このあたりは『番蝶夢逢夜』の「子に持ちそふな娘をば、そゝのかした恥知らずと笑はるゝのみならず、跡でそなたの親達のなげきのほどはどふあらふ」による。

一一 悪い評判。

一二 気立てのよい好人物。「名さがの立つ」という言い方で用いられる。

一三 男としての容貌。男ぶり。「Qecqôxa」（『日葡』）。

一四 以下『曾根崎模様』による文脈が多い。「お師匠様のおつしやるには。女子の子の嗜は。一つ生に夫といふはたつた一人ふたりと持つは女コじやない。女今川庭訓にも書いて有るとおつしやつたを。よふ覚て居る物。ソレ伊勢参りの下向の時」（『曾根崎模様』五）

一五 未婚の若い女性の敬称。「Fimegoje　幼い女の子、または、若い娘」（『日葡』）

お半の妊娠

一六 貞享四年（一六八七）以来、明治まで繰返し改版出版された女訓書「女今川」をいうか。

一七 石部の宿の「石部」と、身持ちの固い人物をいう「石部金吉」を兼ねた。「石部金吉鋏兜」（『譬喩尽』）、「石部金吉鉄冑、石部屋喜左衛門トモ云、石ニ上下キセタトモ云」（『諺苑』）

一八 幼児を抱いて歩くこと。

可愛がられりや。愛しうなり。広い世界によいお方は。長右衛門様よりあるまいと思へば。世間の人さんも。〔貴方を〕結構な人。よい人と〔言うのを〕聞けばうれしくたまさかに　譏る一お人は憎てらしく。ものいふことも嫌なほど。贔屓なお前ゆゑならば　母様に叱られうが。人が笑をが。構はねど。可愛がつて下さんす。お絹さんの思はくと　お前を人に悪言はすが。かなしいけれど　なんぼでも二。わしや嫁入りはいや〳〵」と　〔長右衛門の〕あどない三気にも恋の意地　膝に身を投げ泣き沈む。ふびんと思へど長右衛門。「言やる四所ももつともなれど。そりやほんの子ども心。ようものを合点五しや。色の恋のとは似たか寄つた六の年配。おれは今年三十八。そなたは十四。おとなげないと行き過ぎた。鑑七にする人の口の端八。かからぬうちにどうぞ嫁入り」。（お半）「サイナ九。どうもその嫁入りの。ならぬ訳は」と　〔長右衛門の〕手を取つて。振りの脇一〇から内懐一一（お半）「これぢやによつてどうも嫁入りは」。（長右衛門）「フ。たつた一度でこの腹のかさ一二。腹帯までしてゐるは」。（お半）「ややぢやさうにござんする」。

一　憎らしい。「憎体らしい」の約まった語。「にくてらしい、にくらしい也」（『浪花聞書』）
二　どうしても。「なんぼうでも」の上方の言い方。下に否定の語を伴って強い決意をあらわす。
三　あどけない。無邪気な。
四　「言ひやる」の約まった語。「やる」の上が「イ」音の時は脱落する現象がある。
五　「よふ得心をして見やや。おれは今年三十八。そなたは漸十四の花。莟にもならぬ身を。よい年をしてだましたと笑はるるは知れた事」（『曾根崎模様』五）
六　似たりよったりの年齢同士のものだ。「ちやうどおまへのとしばいでかつかうも其まま」（『冥途の飛脚』下）
七　見本。手本。行きすぎの例とする。
八　評判にならないうちに。「掛口端、口のはしにかかると云事なり。歯にあらず」（『諺草』）
九　「さればいな」の約まった語。相手の言葉を途中でうけとって、話を取る時の発語。肯定的に受取る場合が多いが、ここでは逆である。
一〇　女物の和服で、袂の袖付の下の縫合せていない部分。脇明け。八つ口。「小袖の左右の脇袖の下の辺に口をあけていきをぬく也。袖を長くする事なし。是をわきあけと云也……今は八つくちと云」（『貞丈雑記』三）
一一　着物の下前と膚の間の懐ろ。
一二　妊婦が妊娠五ヵ月目に腹に巻く帯。岩田帯。「懐

姙の婦人着帯の祝の時は、其婦人の夫帯を自身取て結ぶ事古例也」(『貞丈雑記』一)

一三 失敗に気付いた時や、思わぬ意外さに驚く時に発する感動詞。

お半の告白

＊ お半の懐妊が決定的な破局への導入になるのは、『袂の白絞』『染模様妹背門松』のお染久松物の応用。

一四 月経。月のもの。「新玉の月」即ち正月と、「月の障り」の掛詞。

一五 四月一日と十月一日の衣替え。ここでは四月の衣替えを過ぎての意と、妊娠二カ月(如月)をかけたい方か。

一六 五月雨頃の夜の暗さ。季語・夏。梅雨頃に梅が結実することと、妊娠時の悪阻のために酸味のある梅干が欲しくなることを背景として妊娠五カ月を表し、「五月闇」から「心の闇」と続けてお半の悩みをいう。

長右衛門・お石の挨拶

一七 甲斐性のない。

一八 あわててせくさまをあらわす。「道中早めてとつかはと急ぐほどがや」(『丹波与作待夜の小室節』上)

一九 この上なくめでたいよろこび。「Taiqei, Voqina yorocobi」(『日葡』)

二〇 「いいつけや」が訛って「いいつきゃ」となった。

二一 「娘の恋とも知らず」と「皺のびて」の掛詞。

「ホイ」[一三]。はつと　当惑長右衛門。差し俯いて詞なし。

お半は背を撫でおろし。「今年始めて新玉の。月[一四]の障りのほどもなう　伊勢から戻り着更衣[一五]を。過ぎてをかしいお腹の様子。袖に隠すも三月か。四月　梅に実の入る五月闇[一六]　心の闇も隠さるる。だけはと　つらい辛抱を思ひやつて」と忍び泣き。(長右衛門)「よしない[一七]おれゆゑいぢらしい　年端もゆかぬ身の苦労。可愛やふびん」と抱きしめ涙に。涙添へゐたる。

勝手に聞えるお石が声。はつと二人は立ち別れ　長右衛門は上がり口。(長右衛門)「コレお半。ちよと御挨拶に来たと。お石様へ申してたも」と。いふ高声に　お石はとつかは[一八]。「これは〳〵長右衛門様。さてマア段々お世話の上。さきほどは結納の数々」。(長右衛門)「イヤモ時節柄ゆゑ心ばかり。早速縁組調うて　私までも大慶[一九]　それゆゑちよつとおよろこび」。(お石)「それはマア〳〵かたじけない。コレお半。ソレお盃言ひつきや[二〇]」と。勝手へ立たせ　母親は。娘の恋とも皺[二一]のびて。心いそ〳〵うち混(こん)じ　ヲクリはなしに〳〵笑ひを添へにけり。

かかる折しも表の方(かた)。苦(にが)みばしつた[一]侍一人(いちにん)。門口にうちしはぶき[二]。

(五六)「信濃屋お石殿とはこの家かな」。「ハイ石と申すはすなはち私。あなた様はどれから(何処から来られたか)」と。いふうちおうへ[三]に。のし上がり。(五六)「こと長ければかいつまんで申す。といふは別のことでもおりない[四]。油の小路仏壇屋へ。これの(ここの)息女を縁談極(きは)まり。結納(ゆひいれ)も参つたよし。戻してほしい。イヤサ結納(たのみ)を戻し縁組の。変改(へんがい)がしてもらひたい」。(お石)「ヘエそりやまたどうした様子で変改」。(五六)「サレバサ。仏壇屋才治郎は。世間へ隠した女房がある。〔その女が言うには〕ほかの女房に添はし[五]ともない。表向きから仲人(なかうど)して。世間晴れた才治郎が女房にしてくれい(して欲しい)。武士と見込んで頼んだと。かの女が泣きしみづき[六]。頼むに引かれぬ武士の役。それゆゑ縁辺(えんぺん)[七]文へに参つた。コレ武士が手を下げる。聞き届けて変改頼む」と。藪(やぶ)からばう若無人[八]の侍(さぶらひ)。合盗(あひずり)[九]の長吉　義兵衛。勝手を立ち出(い)で分別顔。(義兵衛)「いかさま(もっともだ)。頼まれて引かぬは侍。隠し女房のある

一　にがにがしいと思う心が顔付きにあらわれた侍。
二　咳ばらいをして家の者に来訪を気付かせる。
三　部屋。土間に対する語。
四　「ない」「いない」の丁寧語。ござらぬ。能狂言によくみられる会話語。
五　添わしたくない。「とも」は希望の助動詞「たい」の連用ウ音便に助詞「も」のついた「たうも」から「とうも」「とも」と変化した語。上方では通常「とみない」となる。「とみない、見とふもないを見ッとみない、行ともないを行とみないといふ、江戸でいふともないなり」(『浪花聞書』)
六　涙でぐっしょりと濡れるほど大泣きに泣く。
七　「縁辺」は結婚。かの女と才治郎との結婚を支えるために変改を申し入れにきたことをいう。
八　諺の「藪から棒」(『諺苑』)と「傍若無人」の掛詞。
九　共謀して悪事を働く者。共犯者。
一〇　正しくは「ジュンジク」。互いに心がやわらぎうまく解決すること。特に家族間が仲良くうまくゆくことに用いる例が多い。訛って「ジュンズク」ともいう。
一一　町家の主婦の称。大坂の言葉で、他人の妻を呼ぶ時に用いる。「妻、つま、京にて他の妻をお内義さんとよぶ。大坂にておゑさんとよぶ（お家さま也）。江戸にてかみさまといふ」(『物類称呼』一)。この作品ではお石のことを長吉は「お家さん」、義兵衛は「お袋様」と呼んでいる。
一二　正妻以外の囲ってある女。上方の方言。ここでは

聟(むこ)に。お半女郎をやつてから。純熟[一〇](じんじく)しさうなことでもなし。ナア長吉」(長吉)「なるほどさうぢや。申しお家様[一一](さん)。お侍の頼みといひ。こりや変改がよござりましよぞえ」。(お石)「差し出な長吉。仲人(なかうど)はこの長右衛門様。嫁入るさきは小舅御(こじうとご)。一つ家同前でも。他人と他人の義理は格別。お侍様へは気の毒なれど。変改はなりませぬ」。(義兵衛)「そりやお袋様悪い合点(がつてん)。気に入つた妾[一二](てかけ)のある聟。せつかく嫁入りさしてからが(嫁入りをさせたとしても)。五日帰り[一三]に三下り半[一四](みくだりはん)。エ若い子を愛しながらに(いとかわいそうに)。ナア長吉」。(長吉)「サイナ。そこを思うていふけれど。ア金言耳に逆ふ[一五](きんげん・さか)でごんす(ござる)」。(お石)「何をませた すつこんでゐい(だまって控えていよ)」。「オイトせう[一六]」。(お石)「申しお侍様。ただいまも申すとほり。変改の儀はお赦(ゆる)されて下さりませ」。(五六)「イヤサこの刀が目に見えぬか。町人づれに武士が手を下げ。いひ出した詞(ことば)立たぬとて。そのぶんに帰られうか」。(お石)「イヤモたとへお手討ちにあひましても。変改はええ[一七]いたしませぬ。仁義とやらいふことを。表になさるがお侍。よもや左様な無理なことも」。(五六)「オオむたいなこと(無理無法なこと)をいひかけて。

婚約者の才治郎が世間に隠してある女のお雪をさす。「妾、おもひもの、京師にててかけとよぶ。東国にてめかけと云」(『物類称呼』一)

一三 近世の里帰りの風習の一つ。結婚式より五日目に嫁いだ女が親里の家に行くこと。婿の方ではその翌日に嫁の安否をたずねる。「五日帰之事、婚礼の夜より、第五日にあたる日、早朝より嫁親里へ行事也。翌日むこの方の親類より、里へ人を遣し、案否(あんぴ)をとふなり。里見廻(みまひ)などいへり」(『女諸礼集大全』二)

一四 夫から妻にあてた離縁状。三行半に書く習慣からの称というが、必ずしも定っていた訳ではない。「離別状は、妻にても養子にても、文段同意也。随分短く書てよし。三行半と云ならわしたるも短き譬也。急度三行半に書ものと覚たるは、間違也。元来上方にはなきことゆへ、定法もなし。……離縁一札、其元事不熟に付離縁いたし候。此後何方江縁付候共、差構無之候。為後日一札差遣候以上、何ノ何月日　誰印　たれどの」(『農家調宝記』二)

一五 諺。立派な忠告も、ややもすれば人の感情をそこなってすなおに聞き入れられないことの譬え。「其忠ある者を母の腹立せらるるは、金言の耳に逆ふと云ものなり」(『都鄙問答』二)

一六 自分で自分の失敗を認めた時に発する語。

一七 よういたしません。「ええ」は下に打消・反語がきて、可能の意味をあらわす。「よう」「え」と同意で、三者は鼎立して享保以後用いられる。

手討ちにするは無理非道。というてこのまま帰つては。身が仲人も水の泡。消えて行く礼金を。取らぬ上に武士が立たぬ。座敷を借つて切腹する」と。羽織脱ぎ捨て両肌脱げば。驚くお石二人の合盗。（義兵衛）「それは御短気　マアしばらく。わたくしどもにお任せ」と。刀持つ手を引きとめながら。（義兵衛）「サアどうなされますお袋様。この家で腹切りがあつたら。嫁入りどころぢやあるまいぞえ」。（長吉）「ソレ〱。悪ういたら身上は上がりもの。子飼ひのこの長吉も。二君に仕へるが口惜しい」。（お石）「ぢやというて　変改はどうもならぬ。申しお侍様。そちらでな

一　一人称で、男性がやや優越感をもって用いる。武士が用いる用例が多い。偽武士となっての武士言葉。

二　三三二頁注九参照。

三　身分や地位は全くだめになってしまう。「身上」は身分、地位、更に経済的な財産までを含めていう。「上がりもの」はだめになってしまって、どうしようもなくなること。あがったり。

四　諺。『史記』田単列伝二十二に「忠臣は二君に事へず、貞女は二夫を更めず」とあるによる。「忠臣二君につかへず貞女両夫にまみえず」（『諺草』）。長吉までが五六の偽武士の武士言葉の調子に乗って「二君に仕へるが口惜しい」と言うおかしみ。

さるる仲人の。お骨折ほどにはあるまいけれど。せつかくお出で下された。御苦労休めに御酒なりと。お上がりなされて下されと。おづ／＼

差し出す金の包み。一目見るより皺面も。そのまま変るにこ／＼顔。（五六の）[五]仁体崩し手をもぢ／＼。（長吉）「アアこれ／＼お侍様。金づくぢやあるまい。ナソレ切腹なされねば。お侍が立ちますまい」。（五六）「ナければ。そこをどうぞしやうもやうは[六]」。（長吉）「申しお家様。お前の心たつた一つ。変改せうとおつしやりませ。さうなければたちまちべり／＼[七]」。（義兵衛）「アア合点の悪いお袋。マア長吉がいふやうに[八]」。（五六）「ヤア不返事は変改せ

五 見え。体裁。ここでは五六の武士らしくみせていた外面をいう。

六 方法手段。同じ韻の語を重ねて強調する語。「というて先に合点せにゃ　仕様。模様もないわいの」（『仮名手本忠臣蔵』九）。二六九頁参照。

七 紙などが破れるさまをあらわす擬声語。ここでは何もかも無茶苦茶になってしまうことを、下品に言っている。

八 義兵衛の「……長吉がいふやうに」と変改をすすめる詞に対して、お石の不返事・沈黙の間がここにある。

悪党の往生ずくめ

五六、計略失敗して退散

ぬな。目[一]くさり金（がね）にまなこくれ。このまま済ます武士と思ふか。もはや切腹　ここ放せ」と。二人を突き退（の）け抜き放せば。

お石は「ハア〳〵」二人は縋（すが）り。（義兵衛）「ササササササ。ここが思案の四[二]つ辻ぢや。お袋[三]」。（長吉）「お家様（へさん）。サア腹切らさうか」。（お石）「サアそれは」。（義兵衛）「サア」。（お石）「〳〵」。（長吉）「〳〵」。（お石）「〳〵」。（義兵衛・長吉）「〳〵〳〵」と　往[四]生づくめ。

（長右衛門は）最前よりものをもいはず。始終をのみ込む煙[五]草をやめ。（長右衛門）「義兵衛。長吉。ざわ〳〵せずとそこ放せ。お石様。この金（かね）はマア納めておかしやりませ」。（義兵衛）「コレ兄貴。ここ放したら腹へぐつしやり」。（長吉）「長右衛門様。切つたらあとはつい（簡単には）癒（い）えぬぞへ」。（長右衛門）「ササ大事ない長右衛門がのみ込んだ。コレお侍。無理なことでも侍の一言（いちごん）。立たねば切腹するとはもつとも。サア。さつぱりとやらしやりませ」。（五六）「ヤア。あの　そのはうは　身が腹切るを」。（長右衛門）「つひに見たことがない。珍しう見物いたそ」。（五六）「ハテようないこと（つまらないことを）を見たがるなア。ええ切るまいと思はうが。そこが武士だ。墨[六]打ちなしに。十文字に切つ

一 金高の少ない金を罵（ののし）っていう語。武士の体裁を装う五六の、いばって言うさま。

二 思案に迷うさまを、東西南北に通ずる四辻に譬えていう語。

三 以下の対話の切り方と話者については、多くの考え方が可能である。息つぎの「。」と、「往生づくめ」の場面から想定した試案の一つ。歌舞伎の台帳の用語で「繰り上げ」といわれる型で、問答や口論の場面で問い詰める技法として用いる。

四 むりやりに難題をもちかけて、不本意な事を強制して承知させることをいう。「あふじやうずくめ、むりあふじやう、人を無理におしつくるをいふ。もと圧状より出たる詞なり」（『俚言集覧』）

五 何もかも事情が見通しである。「始終を呑み込む」と「呑み込む煙草」の掛詞。

六 墨縄を使って木材などに線を引いて印をつけること。大工が材を切る時に切るべき線を引くこと。比喩的に、巧みに切ることをいう。

て見せう。どいつも止めなよ〳〵」。(長右衛門)七「いかな〳〵。義兵衛も長吉も。止めだてしたら八ほでもぐぞ。サア切らんかいの」。(五六)「ハテ忙(せは)しない。身繕(みづくろ)ひする間(ま)もあるもの」と。いひつつ刃物九逆手(さかて)に取り。(五六)「南無阿(なむあ)弥陀仏(みだぶつ)。どうぢや止めぬか。エエ笑止な。腹の二つや三つ。切るぶんは惜しまぬが。畳が汚れて迷惑であらうぞよ。南無阿弥陀仏。エエあとで難儀をしをらうが。今腹切る。止めぬか。〳〵 アアままよ。思ひ切つて南無阿弥陀仏。〳〵」と 何遍も。しやくつてみれど止め人(て)はなし。(五六)「アアいや〳〵切られぬ〳〵」。(長右衛門)「フウそりやなぜに」。(五六)「ハテ今日は一〇血忌(ちい)みぢや よしにせう。ことに町人風情(ふぜい)のことに。腹切つては名がすたる。さうぢや。〳〵」と刃物を鞘(さや)。「大方(おほかた)さうでありそなもの。またなんぞに一一生(しやう)かへて。出直して来てみい」と。一二病づかされしよげ〳〵と。去(立去る)ぬる侍 長吉は。一三底気味悪う台所。

(義兵衛)「兄貴あとから お暇(いとま)」と。義兵衛もどうやら一四胴ぶるひ。あとをも

七 いかなることがあっても、決して止めはしない。
八 手を罵っていう上方の方言。「ほで、手のこと也。あくたいに云言葉」(『浪花聞書』)
九 切腹の時の刀の持ち方。「是非におよばぬ これまでと。刀逆手(さかて)に取り直し」(『仮名手本忠臣蔵』四)。一九八頁参照。
一〇 暦の用語。鍼灸・鳥獣の殺生など、血に関係したことをさけるべき忌日。正月は丑の日、二月は未の日、三月は寅の日というように、月と十二支の日の組合せで定まる。該当日は暦の下欄に「ちいみ」と記されている。「血忌日、殺伐を主(つかさ)どるゆへに灸針出血髪をそり爪をとるなどにあしき日なり。外に忌なし」(『暦略註』)
一一 生れかわって。
一二 毒づかれて。因縁をつけられて。「病付かしをつた、時花詞(はやりことば)也」(『譬喩尽』)
一三 なんとなく、薄気味悪いさま。
一四 怖気づいてぶるぶると震えること。「どうやら」「胴ぶるひ」と頭韻をふむ。

義兵衛も退場

見ずして立ち帰る。

お石はうれしく娘を呼び出し。「思ひがけない災難を　のがれたもみなお蔭。長右衛門様へお礼申しや。悪魔[一]づらにかかつて　祝儀の盃遅なつた。ここへ銚子も取つておぢや」。（お半）「イエ〳〵。結納の祝儀の盃なら。もうよしにして下さんせ。わしや嫁入りは嫌でござんす」。（お石）「これはしたり[二]　またかいの。わしとさし向ひにいふとは違ふ。お世話なされたお方の前で。気随[三]いうては世間が済まぬ。母親[四]育ちの甘いからと。笑はすのか不孝者。ただし嫁入りのならぬやうな。色事でもあつてのことか。ナア申し長右衛門様」。（長右衛門）「なんのそんなことがあるぞいな。しかしそのやうに。あたまごなしにいうては　合点がいくまい。わしは去んでこちの者おこさうほどに。合点のいくやうに」と。きず[五]持つ足を立ち上がる。折から来たる女房お絹。「何やらもや〳〵[六]としたことがあつて。お石様お心づかひ。それでちよつとお見舞に」。「それはマア〳〵お懇ろにかたじけない。

一　悪魔め。「づら」は「悪人づら」「馬鹿づら」の類の罵りの意をもつ接尾語。

二　これはまあ。意外なことに驚いた時に言う発語のことば。

三　わがまま。気まま。

四　母親に甘やかされて育ったから、気ままなのだと。

五　諺。うしろめたいことがあって、落ちつかないことをたとえて言う。「疵持足」「疵持足じや」（『譬喩尽』）

六　気がむしゃくしゃするさま。

わざ〳〵呼びましに行きたい所。サア〳〵ここへ」に上がり口。（長右衛門）「コレお絹。よい所へようおぢやつた。アレ見や　嫁入りを嫌というて。あやまつた[七]稲荷様見るやうにしてゐる。得心のいくやうに。よう意見してやつてたも。この嫁入りが冷えて[八]は。舅殿へどうも〔言い訳が〕立たぬ。ノさうでないかも」　いひ捨てに帰る夫に入り替る。お絹は笑顔ほれ〴〵と。「先度からお石様に。そしりはしりを聞いてゐる。年のゆかぬうちは。こはい〴〵と思ふばかりで。誰しも嫌と思へども。[九]灸の皮切りと同じことで。また嫁入りしたあとは。案じたやうなものぢやない。ことにさきはほかでもなし。わしも当分いてゐれば。[一〇]うひ〴〵しいこともない。ノ合点がいたか」と　をかしみまぜ。勧めるうちにも〔お半は〕しく〳〵涙。「お前の手前も気の毒なれど。嫁入りはわしやいや〳〵。堪忍して下さんせ」と　身をねぢ。背け衿に顔。〔をうずめる〕（お絹）「フウ　さういはんすは。なんぞものがあるわいの。ソレ忘れてかえ。去年大坂[一一]へ連れて往た時。中山文七[一二]の芝居で。富十郎が八

七　諺。心にやましいことなどがあって、頭が上げられないでじっとうつむいているさまの譬え。稲荷社の狐の石像のさまからいうか。「誤った稲荷様のやうに」（『譬喩尽』）

八　調子に乗って順調に運んでいたことが、調子が狂ってすっかり駄目になることにいう。ここでは縁談の解消。

九　最初に据える灸。灸点に初めて据える時は、熱さ痛さを最も強く感じるので恐いと思う。それを結婚の性行為とかけて言った比喩。

一〇　なじみがなくはじめての人ばかりで、気がはるさま。

一一　以下、本作の粉本である『曾根崎模様』の文句どり。「それ〳〵去年の夏で有ッた。こな様と連立て大坂へ下つた時。中山文七が芝居でした。八百やのお七を見て戻ッた。夫から夜船の口々に。イヤお七をよふした可愛らしいといふたれど。わしやひつとつもかはゆふないなぜといはんせ。（中略）江戸中を渡されて。浅ましい死をしたとはな。コレお半様。おまへはそふではないけれど」（『曾根崎模様』五）

一二　宝暦十年（一七六〇）五月六日よりの大坂角の芝居、中山文七座本の『八百屋お七歌さいもん』をさしていう。ここは『曾根崎模様』の文句取りであるので、お七を当り役とした初世中村富十郎を作者が書添えたが、宝暦十年の芝居では富十郎は吉三郎を演じ、お七役は山下金作が演じている。

百屋お七　イヤ面白い　名人ぢや。狂言とは思はれぬ。いぢらしいと夜船[一]の口々。［その時あなたはこう言った］わしや一つもいぢらしない。［全くいじらしいと思わない］なぜといはんせ。得手[二]勝手な色事に引かされ。親の定める縁づきを。嫌ふお七は不孝者。江戸中を引き渡され。浮名を鳴した鈴の森[三]。浅ましい死をしたも。親に不孝にあつた罰。お前はさうではなけれども。親御のきめた婚礼を。嫌はんすればお七が手本。不孝の罰でその身ばかりか。誰[四]が名まで出ようやら。そこをよう思ひ回して。ナナ。これいなう。これほどいうても頭振[五]らんすは　どうあつても嫌ぢやな。ハテそんならもうない縁ぢや。長右衛門殿が仲人でも。私が弟に取る嫁入り。さつぱり変改いたします。結納の証はおつつけ取りに」と。立ち上がる　［お石は］裾に取りつき。「常からお半が爺御とも。頼みに思ふ長右衛門様。せつかくお世話なされた縁組。変改請けるも娘の気随[六]。否でも応でも得心させ。是非ともこの子はやりまする。気に障つたら幾重にも。堪忍して下さんせ」と。子ゆゑに欠ける義理仲を。取り繕

一　乗合船で夕方出航し、翌朝目的地に着く夜行便。京都大坂間の淀川を運行する三十石船は一日二往復で、上り下りそれぞれに昼船と夜船があった。ここでは大坂での芝居見物の帰りの夜行の上り船。「三十石舟、積石数を呼で名とす。早舟三十石と云。古舟新船の品あり。新舟を伏見舟と云。摂州浪花より城州伏見にいたるに此舟を用。其流十里、淀川を往来す。朝に大坂に乗て夕べに伏見に着。是を昼舟と云。夕べに乗て朝にいたる、是を夜船と云。伏見よりくだるも又しかり。荷物および多く旅客を装乗て乗合舟とす。漢に云夜航船也」(『和漢船用集』五)

二　勝手気ままな。自分のことばかり考えて、他人の事を考慮しないさまにいう。

三　近世の江戸の刑場。今の品川区鈴ヶ森。お七はここで処刑された。「鳴す」と「鈴」は縁語。「ここぞ名にふる鈴の森最期場にこそ着きにけれ」(『八百屋お七』下)

四　長右衛門のことを暗にいうか。

五　否定の意を表現する行為。首を横に振る。「かぶり」は振る場合にのみ用いる頭の意。

六　勝手気ままに振舞うこと。

ひし詫び口上。(お絹)「オオわけもないお石様。[七]わたしや一つも腹は立たぬ。かうしたことはなんぼもありうち。[八]〔気が〕進まぬ所へ無理にやつて。わづらひでも出ては気の毒。また嫌はれる女房持つては弟も顔が立たぬ。とかく波風ないやうに。何事もこれきり〳〵。お半さん。なんにも気の毒[九]なことはない。遊びにごんせ」とさばけよく。[一〇]肌あたりよき隣りのお絹。[一一]会釈とり〳〵立ち帰れば。

お石・お半退場

母も娘の萎れ顔。見れば持病の虫でもと[一二] 気づかひ半分可愛さに。意見も半分そこ〳〵に。ヲクリ連れて一間へ。いり相過ぎ。[一三]

身を潜める五六

行灯提げて下女のりん。「アアもや〳〵とやかましや。[一四]お半様の(気苦労も)屈託も 皆色ゆゑ 嫌やの〳〵。色事やめてわしらはまし(色事とはすっぱり縁を切って私の方がましよ)」と 門の戸。引き立て台所。夜なべ[一五]の糸素綿車。[一六]舞ひ戻つたる本間の五六。昼しくじつた侍のなり(姿)に引き替へ頬被り。この家を窺ひ門口を。じり〳〵[一七]しめあけ見回せど。弟が影もあらがねの。[一八]土辺[一九]に這ふ〳〵縁の下。身を潜めてぞ待ちゐたる。

七 何をおっしゃっているのですか。

八 世間によくありそうなこと。ありがち。

九 気分がふさぐこと。心配なこと。「気の薬」の対。二行前の「気の毒」は今日と同じように「かわいそうだ」の意であるが、ここでは自分の気分がふさぐ意に用いている。この意味の用法の方が古い。

一〇 物わかりのよいこと。さばけていること。

一一 お絹の名前にかけて、肌ざわりのよい絹と、人あたりのよいお絹とを重ねた表現。

一二 原因のはっきりしない子供の病気の汎称。

一三「連れて一間へ入り」と「入相過ぎ」の掛詞。時間の経過を述べる。

一四 三三八頁注六参照。

一五 夜間にする仕事。

一六 糸をつくるために、綿花の種子を取り除く道具。綿繰車。

綿繰車
〔百人女郎品定〕

一七 音のしないように、戸をおさえながらそっとあける。

一八「弟が影もあらず」と「あらがね」の掛詞。「あらがねの」は「土」にかかる枕詞。

一九 地面。大地。

お半はあるにも。あられぬ一間そつと抜け出で表の方。こらへし涙一時に　わつと泣き出す口に袖。当てても洩るる振袖の脇より。伝ふ雨まさり。

晴れぬ心を押し静め。（お半）「長右衛門様夫婦の意見。母様のお叱りを。無理とはさら／＼思はねど。ほかの男は持つまいと。神々様へ誓言を。守つてみてもどうしても。思ふ人には添はれぬ身。義理や孝行欠くうへに。浮名を立てられゐようより。死んでこの苦を助かろ」と。半太夫しども泣き入る娘気は。突き詰めたりし鏡台の。引出しあけて。取り出だす。剃刀のうすき縁。（お半）「長右衛門様堪忍して下さんせ。お前の気に背いて。嫁入りが嫌なゆゑ。わたしや今死にまする。お絹様といふお方があれば。所詮女夫になられぬこの世。かならず／＼未来では。年穿鑿せずと。女夫になつて下さんせえ。お前より先へ死んで。あの世へ早う生れたら。老い女房と嫌はりよかと。わたしやそれを案じます。とりわけてお絹様。こ

一人泣くお半

一 泣き声が人に聞かれぬように口に袖を当てる。
二 涙が雨にまさる程しとど流れる。
三 「しども泣き入る」から「うすき縁」までを半太夫節で語る。

自害を計るお半

四 「しどもなき」と「泣き入る」の掛詞。「しどもなし」は子供じみてたわいないさま。
五 気持が突き詰めることと、突当りに立てかけてある鏡台の意を掛ける。
六 「剃刀の刃の薄き」と、若くして果てるこの世との「薄き縁」を掛ける。
七 年齢をあれこれと勘定してみること。現世で三十八歳と十四歳という年齢が問題になっていることについていう。
八 夫より年齢が上の妻。
九 無駄にする。徒労なことにする。
一〇 冥途へゆくのにさし障りとなること。成仏するのに妨げとなること。
一一 歌謡の詞章によくみられる文脈。「きみのこころにふくあきかぜはしづが身にしむおもひかな」（『新なげぶし』）
一二 諺。生きていてこそ、よい事もあるが、死んでは何もならぬ。「死で花実が咲くかいの」（『譬喩尽』）

れまでのおこころざしを。無足（むそく）[九]にした不義いたづら。お許しなされて下さりませ。何よりも母様（かか）が。さぞや嘆きと　こればかりが。黄泉（よみぢ）[一〇]の障（さは）り」と忍び音（ね）に。泣くや女鹿（めじか）の夫（つま）恋ひて。世[一一]を秋風の身にぞ染（し）む。

長吉、無体の横恋慕

気を取り直す剃刀（かみそり）を。〔長吉が〕うしろから奪い取って　あとよりたくつてその手をじつと。〔握る〕（お半）「ヤア長吉。見許して殺してたも」。（長吉）「ハテ無分別な。死[一二]んで花実（はなみ）が咲くかいの。ソレ伊勢参りの下向の時。堅[一三]いお前の石部をば。割つてみようととぎ立てた。玄翁（げんをう）[一四]は間に合はず。いかに伊勢参宮ぢやてて〔伊勢参りだといっても〕。長右衛門様にようお初穂[一五]を上げさんしたの」。（お半）「アアこれ　それを」。「オットいはぬは。いはぬはやつぱりお前が可愛さ。コレどれほどに思はんしても。長右衛門様とは年（とし）が合はぬ。といふわれらは今年十八。アノ浄瑠璃（じやうるり）や祭文（さいもん）[一六]にも。聞[一七]いて鬼門（きもん）の角（かど）屋敷。お前はお染（そめ）。内の子飼ひの久松（ひさまつ）は。些少（させう）ながらこの長吉。丁度合うたりかなうたり。応ならすぐにかたげて退（の）く〔承知とあればすぐにつれて去る〕　サア／＼ササササどうぢや／＼」

一三 宿場の「石部」から、お半の身持ちの固さを「堅いお前の石部」と表現し、そのお半を口説きおとすことを、石の縁と性表現を兼ねて「割る」といい、その縁から「玄翁」とつづける文脈。

一四 石を割る鉄鎚。「石をわる鉄鎚を玄能といふ事は、むかし下野国那須野に石あり。人はいふにおよばず鳥けだ物まで此石にふれるは死す。殺生石となづく。人皇七十六代近衛院の官女玉藻の前が怨霊なりといへり。玄能和尚この所に行脚し杖をもつてこの石をたたいて偈を示して野狐をあらはし給ふといふ事、神社考にみへたり。これより石を割くろがねの鎚を玄能といふなり」（『世話重宝記』四）

一五 神仏に供える、その年最初の収穫物。比喩的に女性が処女をささげることにいう例が多い。ここではその両方を掛けていう。

一六 歌祭文。三味線を伴奏にして、心中などを直ちに読みこんで語ってあるいた門付け芸。

一七 浄瑠璃『袂の白絞』、歌祭文『あぶらやおそめ久松心中』などに見られる詞章を下敷にした文脈。「所はみやこのひがしぼり。きいてきもんのかどやしき。かはらばしとやあぶらやの。ひとり娘におそめとて。心も花の色ざかり。としは二八のほそまゆに。内のこがひの久松がしのび／＼にねあぶらと」（歌祭文『あぶらやおそめ久松心中』）

と引きずり寄せて。面皰の頬摺り。（お半）「エヽ嫌らしい　放しをれ」と。突き退けても（長吉は）放さばこそ。（五六は）縁の下より伸び上がる。（五六）兄が顔見て。（長吉）「まだ早い。〳〵〳〵」。（お半）「ヤイ長吉。早いとは何が早いぞいやい」。（長吉）「サそれは」。「オオそれよ」。「日が暮れて間がないゆゑ。連れて退くにはまだ早い」と。いひまぎらして懐に。隠した脇指股ぐらから。そろ〳〵繰り出す縁側に。心移して手元はお留守。下女のおりんが入れ代り。お半を奥へ行灯の火。吹き消すあとは。恋慕の闇。（長吉）「お半様。こりやどうさんす」と。いふを標に耳に口。囁くりんを喰た長吉。（長吉）「フウ顔見ては恥づかしいと。のたまふも理かな。その心なら一時も。連れて行かう」と手を引いて。戸口を探る忍び足。約束違へず門口へ。（長吉）「来たは義兵衛か　ソレ渡した。よい様に頼む」と突きやるりん。（義兵衛）「おつと合点」と引つ担げ。（義兵衛）「長吉よ。器量に似合はぬこのお娘。アアえらうつぞよ（上手にす早くやったなあ）。シイ」と静める声聞きつけ。奥よりお石が差し出す手燭。火かげを力に奪

一 五六が脇指を受取るため、縁の下に忍び込んでいる。三四八頁絵尽し参照。

幕切のだんまり模様

二 でたらめを言ってごまかして。

三 脇指を五六に渡すのを見付からぬように、縁の下にばかり気を付けて、手元のお半のことがお留守になる。

四 行灯が消えて実際に闇になったのと、恋の為に理性を失った状態をたとえた「恋慕の闇」を重ねた表現。「恋慕の闇の黒褌」（『譬喩尽』）。以下歌舞伎の幕切れに用いられる「ダンマリ模様」の応用か。

五 耳に口をあてて、りんがお半の口真似で、気づかれぬように小声で「顔見ては恥づかしい」と言う設定。

＊ お半とりんの入れ替りの趣向は、『染模様妹背門松』の「東ぼり油屋の段」の利用。

六 燭台に柄をつけ、手に持って差し出すようにしたもの。三四八頁絵尽し参照。

七 今まで真暗であった所に差し出された明りの助けを得て。

ひ取る脇指。（お石）「長吉　アレ盗人が。ホイ」とびつくり[八]戸をぴつしやり。投げ込む砂に手燭の火。闇を。便りとわが恋[九]に。あらぬ重荷を軽々と　足に。任せて。〽急ぎ行く

下の巻　六角堂の段

大慈大悲の。御仏の。御名は。六つ[一〇]に六角堂[一一]　仏法盛んの霊地とて。土地の参詣遠国の。順礼歌[一二]にはなまりなく。順礼歌わが思ふ心のうちは六つの角。　ただ丸かれと夫婦仲。祈る。願ひかぐる〳〵と　御堂を回る帯屋のお絹。供さへ連れぬお百度参り[一三]。

回り[一四]しまひの図を考へ。あとを慕うて小舅義兵衛。「コレ〳〵お絹様。ちよつと。〳〵」と小陰へ招き。（義兵衛）「奇特に毎月お百度は。いかなる願でましますな」。（お絹）「ハテ女子の願ひはいつまでも。夫婦仲よう第一は。舅御様御夫婦の。どうぞお気に違はぬやうにと。観音様

八「びつくり」「ぴつしやり」と韻をふむ。

九 恋のためにつのる思いを重荷を背負う苦しさにたとえた「恋の重荷」から、義兵衛がりんをお半と思いこんで背負って行く様子をいう。「名も理や恋の重荷。げに持ちかぬるこの身かな」（謡曲『恋重荷』）

一〇「南無阿弥陀仏」の六字。六字の名号から「六角堂」へと続ける。

一一 京都の紫雲山頂法寺の通称。本堂が六角形の建造物であることからの称。「六角堂頂法寺は六角通烏丸通のひんがしに有。天台宗にして開基は聖徳太子なり。本尊如意輪観音は金像にて長一寸八歩也。西国十八番巡礼所、洛陽巡の三十三番」（『都名所図会』一）

マクラ　場面設定

一二 諸国の寺社を巡る順礼が唱える御詠歌。特に西国三十三所順礼歌、四国八十八所順礼歌が名高い。ここは西国三十三所順礼歌の、「十八番、山城国六角堂」の「わが思ふ心のうちは六つのかど、ただまろかれと祈るなりけり」にもとづく。夫婦仲が円満であることを順礼歌の「ただまろかれと」に続けて述べる文脈。「わが思ふ」以下「六つの角」までは御詠歌の曲節で語る。

義兵衛の横恋慕

一三 神仏に祈願成就を願って、境内の一定の場所（お百度石）から神仏の前に百度往復して、その度毎に祈願すること。ここでは六角堂を一周しては祈願して百周する。

一四 お百度を回り終る機会をねらって。

へ掛ける御苦労」(義兵衛)。「したり。貞女かな〳〵。その心に惚れたわれら。明け暮れくどけどむごい返事。夫婦仲よう祈つても。兄貴は魂[一]が返つてある。美しいこなん[二]を置いて河東[三]へはひり込み。自前[四]の芸子にひどい乗り。それで足らいで。隣りのお半にひびき[五]を入れたを知らずか」(お絹)。「アア義兵衛様 やくたいもない。をり〳〵の東[六]通ひは殿御のありうち。間柄といひ。年もいかぬお半様。そんなことがなんのあろ。そりやみな世間のいひなし[七]。転合にもいうて下さんすな」。「テモ愚粋人[八]ではあるわいの。猥らな証拠はコレこの状。長様参る半より。片側[九]もどきな状があつても。まださうでないかいの」。「いかさま合点のいかぬ文。ちよつと借して下さんせ」。「アアいやそれから御覧じ。ちとこの方に入用な証拠の状。それとも[一〇]にわしがいふことうんといふ心なら。ハテやるまいものでもない。サどうする気ぢや」と寄り添へば。うるさう思へど男のため。荒立てはと。上手者[一一]。(お絹)「主ある私をよもやと思へど。真実ならばをりをみて」(義兵衛)。「エ

一 心が他に移ってしまう。心変りしている。

二 対称の代名詞、「こなさん」の転。もと女性語であったが、のち男女共に用いるようになった。

三 京都の鴨川の東側、祇園、石垣あたりの花街をいう。「特に京人は祇園町等を指て河東と云。阪人は島の内坂下等を指て南と云」(『守貞漫稿』二十一)

四 「かかえ」に対する語で、遊女や芸者が自宅から通って仕事をしていることを言う。「自前と云は身を売ず、自宅ありて置屋に口銭を与へて芸子するを云也」(『守貞漫稿』二十一)

五 女性を犯すことの比喩表現。

六 河東の花街に通うこと。

七 言いこしらえたデマ。

八 愚かな粋人。「粋人」は色事に通じ、言動があかぬけしている人。したがって次にいう「猥らな証拠」の手紙を残したりはしない。

九 もう一方の側からの同じような似た手紙。

一〇 ある事柄に対して、別の事柄を述べて選択させる時に用いる接続詞。「それとも」に同じ。

一一 相手のやりかたより、さらに一歩上の手段をとる者。

かたじけない。そんなら手つけ[一二]にお口を祝はう」。（お絹）「アアこれ人が見る　さきへ」。[一三]く\と突き飛ばされてふな\く\く。あとから早う[一四]も尻食らひ。観音堂を。別れ行く。

長吉をまるめこむお絹

あとに[一五]つくりと[一六]つおいつ。思案に往際(いには)も（帰りがけを忘れている）。忘るるお絹。寺内(じない)へ[一七]不躾(ぶしつけ)[一八]肴籠(さかなかご)提げて。ぶら\く丁稚(でつち)の長吉。「お絹様ぢやないか。ここに何してつつぽりと（しょんぼりと）」。（お絹）「オオ長吉殿か。わしや観音様へ参つたが。ちとこなたに話したいことがあつたに。よい所で逢うた　マア\くここへ。話といふはほかでもない。[一九]そちのお半様と長右衛門殿とのわけ。大方知つてゐやらうの」。（長吉）「知つてゐる段かいな（勿論知っていますとも）。石部の宿屋で。イヤモ[二〇]けたいなことを見てな。やつぱり今に胸はくら\く。どこやらはいき\く」。（お絹）「道理\く。惚(ほ)れてゐやるお半様を。寝取られたら腹が立つはず」。（長吉）「アアいえ\くなんのわしがお半様に」。「隠しやんな　知つてゐる。わしがいふやうにしやるなら。そなたの恋はかなへてやるが。なんと[二一]談合(だんかふ)に乗る心か」。「エエお前の手前も恥づか

一二 元来は経済用語で、契約に際してその履行を保証するものとして、相手に支払う金銭などをいう。ここでは約束の手つけとして接吻しようという。

一三 腰が定まらずにふらふらしているさま。「ふな\く、ふら\く也。ふらつくをふなつくと云」（『浪花聞書』）

一四「あとから早うも尻食らひ」と「尻食らひ観音」を掛ける。困った時だけ観音に祈るが、良くなると知らぬ顔をしていること。転じて自分に都合のよいことだけをして、あとは知らぬ顔をしていることにいう。観音の縁日が十八日から二十三日までで、そのあと闇になることから、「尻が暗い」とかけた言い草である。

一五 思い沈んでひとりでたたずむさま。「つつくり、さびしう独立(ひとりたち)たるさま歟」（『かたこと』五）

一六 ああすればよいか、こうすればよいかと迷うさま。

一七 突然でその場の状況にふさわしくないさま。精進すべき寺へ肴を持込むことをいう。

一八 肴を運ぶための、竹で編んだ籠。新鮮さを保つために風通しのよい籠に入れた。三四九頁絵尽し参照。

一九 お前が惚れているお半様。あとの談合の下敷。

二〇 いまいましく、癪にさわること。

二一 相談。「ダンゴウ」と濁音に読まない。

しいが。ありやうは（実のところは）お娘に首だけ。女夫にして下んすなら。どんなことでもきつと聞く気」。（お絹）「その心なら近いうちこちの内で。このことを打ちわつて（何もかも暴露して）一もやつかす。その時そなたが罷り出て。お半はおれが女房ぢや。伊勢参りから懇ろして（親しく関係して）ゐると。突つ張つていひ張ると。長右衛門殿がどのやうに抗うても。あの人の手へはわしが入れぬ（長右衛門殿へお半を決して渡しはしない）。主であらうが家来であらうが二。一度でも抱かれて寝たといひ抜けば　すなはち夫。それではわしも悋気を助かり三。そなたの恋もかなふといふもの。ノ。よう呑み込みやつたかや」。（長吉）「なるほどさうぢや。こりや

一 ごたごたをおこさせる。混乱を起す。義兵衛が見せたお半の手紙でもめ事が起ることを想定している。

二 武士に限らず、地主と小作人、庄屋と村人、主人と下僕の関係などにもいう。

三 嫉妬心がすくわれる。夫とお半の関係についての妻お絹の悋気をいう。

よい気のつけどころ。誰がどういうても。おれが懇ろしてゐると。いひ張ることは合点ぢやが。大方こちの後家殿が わしを追ひ出すであらうぞえ」。(お絹)「ハテそこらを案じて色事がなるものか。追ひ出さるるに極まつたら。お半はおれが女房と 大きな顔して連れて出や。二人ゆるりと暮すほど。金はわしが続けてやる。マア当分の小づかひ」と。巾着捜して取り出す金。小杉に乗せて手に渡せば。(長吉)「ハアこりや一歩が五歩あるな。これをきつさりはづむとは。気の幅広なお絹様。お前の下知は背かぬ〳〵」。(お絹)「そしたら連れ立つて去ぬる道々。まだ

四 着眼点。狙いどころ。

五 布、革などで作った袋物で、口を緒で括り締めるように仕立ててある。中に金銭、薬、鼻紙などを入れて携帯する。

巾着
［守貞漫稿後集・四］

六 杉原紙の小さい判のもの。最高質の鼻紙として使用する。「鼻紙は小杉原に限るべし。或人云、小杉原は女には勿論なれど、男にはぬるしとて、小半紙を用ゆべきかといへり、是よろしからず。鼻紙は、当道においては、男女ともに小杉原を本とす。男のもつには、小はばの小杉はぬるし、展の大はばを用ゆべし。外の紙には、もし加賀の小菊か、那須の中杉たるべし。此外の紙は、曾て用ゆべからず」(『色道大鏡』二)

七 一両の四分の一に当る一分金が五枚。

八 きっぱりと。躊躇することなくすっぱりと。

何やかや話すこと」。(長吉)「おつとお供を」[一]せい願寺通り。柳の馬場を上がり行く。

それとは知らず長右衛門。為替の金を請け取つて 戻る日脚[二]も七つ前。六角堂にしばらくと。茶屋が床几に休みゐる。すぎはひは職人ながら 男つき。磨き[三]立てたる仏壇屋。箔をおきぬが弟才治郎。来かかるを見て 本堂の後ろから出る舞子風。顔も雪野[四]が小手招き。(雪野)「さつきにから待ちかねたも 急に話さにやならぬ訳。知つてのとほり近いころは。お前をこちへ寄せつけぬ。兄様の底[五]が昨日知れた」。(才治郎)「フウその知れた様子はどうぢや」。(雪野)[六]「サイナ様子はわしを。遥か田舎へ百両でやる相対[七]。才治郎様とは深い仲。なんぼでもほかへは行かぬといひ張つても。むごい兄様ぶちたたいて紏明[八]往生。所詮いうても埒明かぬと。思うたゆゑに知らせの文。ここで出会ふが冥途の首途。お前に別れ一日も 生きてゐる心はない。名残りに顔を見たさに」と。抱きついたる。くどき泣き。(才治郎)「そりや雪野 聞えぬ

一 「お供をせう」と「誓願寺通り」を掛ける。誓願寺通りは、六角堂の南側を東西に通じる通り。誓願寺通りを東行して、柳の馬場を北向する道筋になる。誓願寺「誓願寺通、西は六角通といふ大宮まで東は寺町まで」(『都名所車』)。

涙にくれるお雪・才治郎

二 さしこむ日の光の角度。影の長さから時間を推定して七つ前と判断した。七つは秋分の時点で午後四時。七から六と転じて「六角堂」と続く。

三 「磨く」と「箔」は付合(『類船集』)。「仏壇」と「箔」は縁語。「箔を置き」と「お絹」は掛詞。男振りのよい仏壇屋の才治郎(お絹の弟)が来かかったのである。

四 顔も雪のように白い雪野。

五 人に見せない心の底。心底。

六 相手の言葉をうけていう、発語の女性語。

七 契約。相談してきめること。

八 きめつけて無理やりに服従させること。もと「極圧状」で、無理に書かす証文をいう。

〳〵。そなたがさういふ心なら。おれもなんの生きてゐよう。職人の[九]部屋住み。百両はおろか十両も[一〇]才覚できず。というてそなたを田舎へやつて。何楽しみのこの浮世」。「ぐど〳〵何もいはずとも。一緒に死なうというてたも。聞えぬ人」と身をそむけ　涙交りの。恨み口。(才治郎)[一一]「コレ堪忍して潔う」。(雪野)「一緒に死んで下さんすか」。「死ないでならうか未来も女夫」。「ヘエエかたじけない」と抱き合ひ。とかう涙に暮れゐたる。

　妹が行方を[一二]鵰まなこ光らす針の惣兵衛は。それと見つけて。「コリヤ逃げな。[一三]ようぬけそひろいだな」と。妹が首筋引き据ゆれば。二人ははつと驚く赤面。(惣兵衛)「ヤイ銭なしの才治郎め。今までは月々に[一四]百目か二両のあてがひで。慰みものにさした妹。向後は大金にせにやならぬ。来て下さんなと[一五]山止めしても。抜けつくぐつつ出会ふが面倒さ。百両で田舎へやる。悲しくば百両出しや。というたとてありもせまい。サア女郎め失せい。ここからすぐに[一六]肝煎りへ」と。

九 親がかりで、まだ家督を相続していない者。また家督相続の権利のない次男以下のものにもいう。親がかりのために金が自由にならない。

一〇 工面して整えることができない。

一一 何もかも堪え忍んで、我慢辛抱する。

一二 熊鷹が餌を捜す時のような鋭い目つき。そんな目つきで妹のお雪の行方を探していた。「光」「針」は縁語。

二人を引きさく惣兵衛

一三 「ぬけそ」は「ぬけそけ」の略で、そっとその場を脱出すること。「ひろぐ」は「する」の罵語。ようも逃げかくれしやがったなあ。

一四 銀貨百匁か、または金貨二両。二八二頁注二参照。ほぼ価値は等しい。

一五 出入を禁止すること。元来は山林保護のため山に入るのを禁ずることにいう。

一六 口入屋。奉公人・遊女などを周旋することを職業とする人。

一　お前の好き勝手で。
二　ひよわなさま。虚弱であるさま。
三　やさ男も随分思い切った文句を言ったものだ。「やつし」はやさ男、色男の意。「理屈」は筋道の通った論理、またその言葉の意であるが、必ずしも筋道が通っている事が条件でない。

あらわれ出た長右衛門

四　糸を通す針の穴。針の縁語。針の穴を「耳」ともいうので、「耳をそばだてて」の意をいう。針の物兵衛が耳をそばだてて。
五　人を罵っていう語。「毛才六」ともいう。
六　多くの使用人を使って。
七　わずかの金銭を罵っていう語。はしたがね。
八　専ら妹のものだけになってしまうもの。
九　元来は顎の骨の意であるが、物を言うことや口先の意に用いる。「ぬかす」は「言う」の罵語。
一〇　相撲の用語。相手を投げて泳いだ所を、足首を片手に取って前に倒す技。
一一　これも相撲のきまり手。背負い投げ。
一二　「すつくと立つたは長右衛門」という地の文と、「ヤア長右衛門様」という才治郎の詞とを掛けていう。この前後の文脈は省略があって分り難いが、人形の舞台を見る観客にとっては問題はない。

引き立つれども　(雪野)「いや〳〵〳〵。わしや才治郎様の女房ぢや。なんの田舎へ行きやせぬ〳〵」。(才治郎)「オオさうぢや〳〵。一緒にこそ居ね二年このかた。囲うて置いたりや女房同然。気儘に田舎へやらさうか」と。力んで見せてもひがいそな。やつしも思ひ切つたる理屈。針はみづを欹てて。(物兵衛)「ヤなんと言や。囲うて置いたりや女房ぢや。ヤこりや理屈ぢや。ヤイ才六め。囲ひ者といふのはな。親兄弟にも栄耀させ。人に人を使はして。二貫目いらうが。五十両払ひがあらうが。節季〳〵にすつぱ〳〵持つてござるが旦那様。おのれがおこした目くさり金は　妹めが身三昧。親兄弟にいつ三文もあてがうた。田舎へやらぬとは　ココこの頬桁でぬかしたか。エエなめ過ぎた素野郎め。邪魔ひろぐとかうぢやが」と。いひざま蹴倒し踏み打擲。(雪野)「コレ胴欲な」と　取りつく妹。(物兵衛)「かまひくさるか　嫌らしい」と。突き飛ばしてまた立ちかかる。足首つま取りかづき投げ。すつくと立つたは。(才治郎)「ヤア長右衛門様。面目ない」と差し俯く。

目顔しかめて物兵衛は。肩腰さすり起き上がり。(物兵衛)「ヤイ強いよい男め。なんの意趣でえらう投げた。どういふ理屈で銭なしめが尻持(才治郎の加勢をするのか)つのぢや。持つならば重たく(重くとも)と百両小判を出して持て。金さへ取ったら妹は　一生こますわい[一三]」。(長右衛門)「ハテしれたこと。望みの百両。ソレ請け取れ」。「ヤアほんに小判ぢや。オオ〳〵こりや百両あるわいやい」。「サアそれやるからは一札(いっさつ)書け」と。腰の矢立(やたて)[一四]を差し出せば。(才治郎)「イヤ申し長右衛門様。この金お前に出してもろては。姉貴(あねき)の手前どうもわたしが」。(長右衛門)「ハテいはれぬことを。他人のことでもまさかの時は。難儀を救ふが人の道。女房の弟が身の上。見ぬ顔する男ぢやない。構はずとおれ次第[一五]。ドレ一札(いっさつ)見ようか」。(物兵衛)「ハイこれでお気に入りましたかな。悪くば千枚でも。へへへへへ差し上げますでござります」。「イヤこれでよい〳〵」。「左様(さやう)ならもうお暇(いとま)申しましよ。お歴々様の前へ。げんば[一六]の悪い風体(ふうたい)でまひつく(うろうろするのは)は見苦しい」。「イヤ〳〵まだ用があらうがな」。「イイエ。もうなんにも用は」。「あるは

一三 上方の語で、「与える」の罵語。

一四 携帯用の筆記具。墨壺に筒をつけたもので、その筒に筆を入れて帯にはさむ。

一五 おれの言う通りにせよ。まかせておけ。

一六 不詳。「現場」か。

ずぢや。望みのとほり金出すに。才治郎をなんで踏んだ。エエ。田舎へやろとはココこの頬桁(ほほげた)でぬかしたか」。（惣兵衛）「イイエ」。（長右衛門）「エエなめ過(馬鹿にす)ぎた素野郎め」と。いひざま首筋引きずり上げ。腰も折れよと踏み倒し。（長右衛門）「ソレ才治郎　今の仕返し」。（才治郎）「はつ」とうれしさ恨みの踵(きびす)。か弱い足も背骨にこたへ〔で踏みつけると〕。（惣兵衛）「アア死にまする相果てる」と。やう〳〵に起き上がり。ちがら。〳〵と。逃げ帰る。

雪野(ゆきの)もうれしく「どういうたらこのお礼が済もぞいなア。二人がためには観音より。なほありがたい姉聟菩薩(ぼさつ)」。（長右衛門）「ハテ礼いふ手間で早う去(い)の。当分雪野を置く所も。心積りが」あひの町(まち)。二人が命はすでのこと。この世あの世のさかひ町。あぶないことと泣き顔も。笑顔に変る憂(う)さ辛(つら)さ。三条通りあとになし　うち連れ。てこそ

三重〽立ち帰る

帯屋の段

笑顔に変る二人

一　男を罵っていう語。

二　弱々しく足をひきずって歩くさま。

三　「心積りがある」と「間の町」の掛詞。「間の町」は京都縦筋の通り名で、六角堂の東側を南北に通る東洞院通りの一つ東側の縦筋。その東が高倉通りで、順に堺町通り柳馬場通りとなる。

四　二人はあわや心中しようとする所であったことを地名と掛けていう。

五　縦筋の柳馬場通りと、横筋の押小路通りの交わったあたり。押小路通りは、二条通りの一つ南側の東西の通り。

マクラ　帯屋の風景

柳の馬場を。押小路。軒を並べし。呉服店。現銀商ひかけ硯。虎石町の西側に　主は帯屋長右衛門。井筒に帯の暖簾を　かけ値如才もないぎのお絹。気の取り苦しい姑に　目をもらはじと襷掛け。洗濯物を引熨斗の。

お戸瀬の贔屓口

皺は寄つても頑丈な。母のお戸瀬は勝手を出　「朝飯の箸下に置くと駆け出した長右衛門。もう昼過ぎたに戻らぬは。また河東で飲み据ゑてゐるのであろ。お絹。ちつといはしやれいの」。「イエ／＼遠州の殿様から請け取りの脇指。研屋から来るとそのまま。蔵屋敷へ持つて参られました」。「サイノ。脇指の研ぎができましたと持つて往たばつかりに。かう隙が入つてうちの見回しができるかいの。同じことでも弟の義兵衛めは。かゆい所へ手の行くやうに精出すのに。エ兄のぬるまにこまつた」と。継子を憎み実の子を。持てはやしたる贔屓口。

お戸瀬・義兵衛の陰謀

聞きかねて隠居繁斎。数珠つまぐつて奥より出で。「アアお婆

六 掛売と掛硯を掛けていう。「掛硯」は上の懸子に筆墨硯を収め、下の段に印判や金銭を入れる硯箱で、商家の店先の必需品である。

七 柳馬場通りの押小路・御池間の町名。「むかし此町に一向門徒の開山親鸞上人住給ひ往生し給ふ。其所の庭の築山泉水の石に虎に似たる石有しゆへ、町の小名とす。其後太閤秀吉公の御時聚楽の城に引取て築山に居給ふ。後に伏見の城へうつされ……」（『京町鑑』）。

八 井桁の紋の中央部に「帯」と書いたものを商標として、暖簾に染め抜いた。

九 「暖簾をかけ」と「掛け値」の掛詞。「如才もない」と「内儀」の掛詞。

一〇 大目玉をもらうまいと。叱られないようにと。

一一 洗濯物に熨斗をかけて皺を伸ばすこと。その皺から「しわは寄つても」に言い掛ける。

一二 頑固で片意地なさま。

一三 鴨川の東。四条の川東は色町であった。

一四 諸大名が年貢米や国産物を販売するために、大都市に移送して倉庫に管理した。そのため家臣を派遣して出納に当らせる。その倉庫兼販売所をいう。

一五 諺。細かい所にまで気が付いて、よく行き届く。「痒所へ手の届兼やうなもの」（『譬喩尽』）

聞きづらい。死なれた隣りの次兵衛殿が　五つになるまで育てられた長右衛門。無理に貰うて家の根継ぎ〔とした〕。死んだ先の女房は。隣りへの義理があると　荒い詞もつかはなんだに。長右衛門が成人以後後妻に直つた身をもつて。連れ子の義兵衛ばつかりを大事にかけ。兄がことといふとがみ〳〵〳〵〳〵。エエちと嗜めやれ。嫁女。気にかけてたもんな」と。女房にかはる仏性。（お戸瀬）「オオその結構を見込んでの。身代をささほうさにする長右衛門。ずいぶんと可愛がらしやれ」。（繁斎）「アアやかましや〳〵。お絹〔私を〕隠居へ連れて往て。昼寝なとさしてたも」と。負けてゐぬ口逆らふは。後生の邪魔と繁斎は。裏の隠居へ嫁引き連れ〔繁斎が〕。行くと。〔義兵衛が〕戻ると一時に。義兵衛はとつかは内に入り。「母者人聞かしやれ。一昨日兄貴が取りに往た駿河の為替。まだ金を見ぬゆゑ。合点がいかぬと飛脚屋へ往て問うたれば。一昨日長右衛門殿に渡したと。為替手形を出して見せた。すりや為替の百両は。兄貴が宙でくすねたに極まつた」。（お戸瀬）「オオさうであろ。戻り

一　相続する者。跡継ぎ。

二　長右衛門をさす。

三　女房お戸瀬とは全く逆の、仏様のような慈悲深い性質。

四　めちゃめちゃ。無茶苦茶。

五　「隠居所」の略したいい方。

六　お戸瀬の負けていない口ごたえに逆らうのは。

七　急いでせかせかしているさま。

八　子供が母に対して親しみの情をこめて呼ぶ語。

九　為替の決済の現金・手形を運ぶことを業とするもの。

一〇　為替の証券。現金の送金の代用として、この証券を以て、それぞれの土地の両替屋または飛脚屋で債権債務の決済を行う。手形には一定の書式がある。一〇八頁注六参照。

一一　人の物をこっそりと自分のものにしてしまう。「盗む」よりは消極的で、罪悪感の薄い場合にいう。三五三頁の惣兵衛に与えた百両をさす。

絶体絶命の長右衛門

をつたら吟味（調べてみて）して。親父殿へのつら当て。ぐつといがめて[一二]よい楽しみ。ま一つよいことは（もう一つ都合のよいことは）。昨日（きのふ）のぼつた浜松の五十両も。金戸棚（かねとだな）の合鍵（あひかぎ）[一三]して。コレ見や。ちよろり盗んでおいたは金のいるわが身にやりたさ。為替の金をくすねたからは。これも兄めにぬりつける[一四]」。（義兵衛）「できた〳〵。この五十両はの。コレから。〳〵」と囁く（ささや）弟（おとと）。兄長右衛門は棒鞘（ぼうざや）の一腰　腰にさし詰る[一五]。難儀をなんと投首（なげくび）[一六]し。しほ〳〵帰るわが家の内。

見るより戸瀬はやんぐわん声[一七]。「五町か十町ある屋敷に半日の上（わずか五町か十町の距離の半日以上も）かかつて　内のことは何になる（一体どうなるのじゃ）。朝から芸子やおやま狂ひも。あんまり張（ちやう）[一八]でござらう」と。わめくは隠居の耳へ筒抜け。（繁斎）「また鬼婆がしやら声（わめき声）は　長右衛門が戻つたか」と。お絹を連れて親（おや）繁斎。

「さつきにもいうて聞かすに。長右衛門さへ見りや嚙（か）みつくやうに。近所の手前もちと思や。長右衛門もひだるかろ（腹がすいているだろう）。お絹早う飯をおま[一九]しや」。（お戸瀬）「イヤ飯どころぢやない　問はにやならぬことがある。コリ

一二 ひどいめにあわせる。「いがめる、曲也、江戸でいふねぢり上るなど也」（『浪花聞書』）。
一三 合鍵であける。
一四 自分の罪を他人に転嫁する。
一五 「腰にさし」と「さし詰る」の掛詞。
一六 万策つきて思案にくれる。「難儀」「なんと」「投首」は「な」の頭韻。
一七 薬鑵声（やかんごえ）の転。甲高くわめき散らす声。
一八 増長。つけあがり。
一九 「与える」「やる」の謙譲語。

ヤ長右衛門。一昨日取りに往た為替の百両。ドレ金見よう。ここへ出せ」と。いはれて吐胸[一]の長右衛門。「イヤせつかく参つたれど。先の亭主が折ふし留守。金は明日請け取る約束」。（義兵衛）「コレ〳〵兄貴。ぬけ〳〵嘘をいはしやんな　俺やたつた今先へ往たれば。金はこなたに渡したと。為替手形を出して見せた。ガそれでもこなた請け取らぬか」。（長右衛門）「サアそれは」[二]。（義兵衛）「金は明日の約束で。先へ手形はやるまいがの」。（長右衛門）「サアそれは」。（お戸瀬）「コレ〳〵義兵衛。詮議にや及ばぬ。もう河東へ飛んだぢやあろ。昨日のぼつた[三]五十両も心許ない。サアここへ出して見せい」。「あつ」[四]といふより長右衛門。巾着の鍵[五]こて〳〵と　金戸棚の引出しあけ。（長右衛門）「ヤアこりや五十両の金がない。どうしたこと」と驚く夫。お絹もびつくり繁斎も　ともに驚くあきれ顔。「ホホホホホホホホホホ。オオ盗人[六]たけ〴〵しい。錠のおりたこの戸棚。鍵持つた者が出さいで誰が取ろ。これもお盗み遊ばしたの。オオ天晴な家の根継ぎ。親父殿の安堵であろ。嫁御さぞうれしかろな

一 「吐胸を突く長右衛門」の意。急な事態に驚き、ぎょっとする。

二 返答に窮した時に発する言葉。芝居のせりふとして最もよく用いられる型である。

三 地方から京都へ人が行ったり、物が送られたりすること。

四 返答をする場合に発する語。はい。

五 こまかい物をいじる状態をいう擬態語。

六 諺。悪い事をしてもずうずうしい態度の人を罵っていう。「盗人猛々敷ひ、なせることをせぬとあらそふなり」（『譬喩尽』）

う」。（義兵衛）「イヤ母者人それはかりぢやない。まだ〳〵どめつさうなこと[七]があるわいの。隣りの娘お半と。兄貴が懇ろしてゐると近所からいひ立てれど。いとしなげに兄貴に限つて。猥らなといはうか。大人げないそんなこと。よもやあるまいと思うたが。違ひないはコレこの状。ヘエロの[八]間は取つて退けて。伊勢参りの下向道。石部の宿の仮枕今しも忘れかね参らせ候。どうぞ〳〵今一度。うれしき御げん[九]を願ひ上げ候。長様参る。お半より。[一〇]ハハアませたり[一一]〳〵小へげた[一二]れ」。（お戸瀬）「ヤアそりや大それた不義徒ら。兄弟同然といひ。恩ある家の小娘をそそなかし[一三]。嫁入りの邪魔をようしたな。ア。コレ親父殿。なんとがみ〳〵いふが無理か。水晶輪[一四]のやうな義兵衛。贔屓口[一五]でござるかや」と。悪は悪でも当座の理詰め。長右衛門は身に冷や汗。親繁斎も胸せまり。「長右衛門。エエ情けないことしてくれたな。色[一六]は心のほかとはいへど。あんまり図[一七]のない取り合ひで。俺や世間へ顔が出されぬ。嫁女の里へもどの顔下げ。どう挨拶のしやうがあ

七 「滅相」に接頭語「ど」が付いた語。思いもよらない、とんでもないを強調した、下品な言い方。

八 手紙の冒頭の部分は省略しておいて。途中の部分から読みはじめる。

九 お目にかかること。女性の使用する書簡用語。

一〇 女性の手紙の末尾部の型。

一一 年齢のわりに大人っぽい。

一二 馬鹿者め。上方語で、人を罵っていう語。

一三 「そそのかす」の転。教唆して悪い方へ誘う。

一四 水晶の玉で作った輪。一点の曇りもない潔白なことのたとえに用いる。「水晶輪の如く」（『譬喩尽』）

一五 自分が贔屓している方に味方する不公平な言葉。ここでは義兵衛の言葉を長右衛門に対する悪意に満ちた言葉でないと弁護する。

一六 男女の色事は常識では判断できぬ。

一七 途方もない取り合せ。思いもよらない組合せ。

らう。指をさされぬ帯屋の家。暖簾に泥をよう塗つた」と。始めて聞いた親の恨み。胸に釘打つ長右衛門。面目なみだにくれゐたる。

お絹は舅の傍に寄り。「いちづにお聞きなされては　お腹の立つももつともなれど。長右衛門様に不義はない。ありや相手が違ひました」。（義兵衛）「コレ〳〵これお絹女郎。今読んだをどう聞かしやつた。そのうへにコレ長様参る。貧乏ゆるぎもならぬわいの」。（お絹）「サアその長様がきつい間違ひ。お半様の色の相手は。うちの子飼ひの長吉ぢやわいな」。（義兵衛）「ハハハハハ。ハハハハハこりや臍が石橋舞ふわいハハハハハ。まだ〳〵と競り合をより。長吉　内にか。ちよつと来てたも。ちよつと〳〵」と門口から。どやげば隣りの内より長吉。疾しや遅しと走り来る。義兵衛は落ち着く布袋形。（義兵衛）「コリヤ聞け長吉。われとそちのお半女郎と。懇ろしてゐると言やい。覚えないとさつぱりと言へ」。「コレ〳〵コレ長吉殿。ここぢや。〳〵。ノ合点か。覚えのあることというたがよい」と。お絹が目まぜ　呑み込む長吉。

一　今まで後ろ指をさされたこともない。
二　弱点をつかれて、一層心をいためる。
三　「面目なく」と「なみだ」の掛詞。

お絹の弁護と繁斎の捌き

四　ほんの少し動くこと。下に打消の語を伴って、少しも動くことがならぬ意に用いる。微動だにしない。
五　諺「臍が茶を沸かす」「臍が宿替する」「臍が西国する」の類を更に大げさに誇張して言う。「石橋」は能をもととした歌舞伎舞踊。
六　まだるいさまをあらわす副詞。のんべんだらりと時間のみをすごすさま。だらだら。
七　大声をあげて、どなる。
八　布袋さまのように悠然と落ち着いている。
九　目付きで相手に密かに知らせること。目くばせ。

「皆様の手前も面目ないが。伊勢参りの戻り石部の宿屋で。お半様と女夫事[一〇]。アイ。懇ろしてゐますからは。お半様はわしが女房」。(義兵衛)「ヤイ〳〵〳〵そりや何ぬかす。コリヤやい。この状。ナ。この状に。長様参るお半より」。(長吉)「エエ義兵衛様しちくどい[一一]。長様参るは。おはもじ[一二]ながらこの長吉」。(義兵衛)「エエなんのことぢやい。テモ芸気[一三]のないやつ」と。義兵衛は頭。かきむしる。見るにお絹は心地よく。「申しかか様。現在恋の本人が出たからは。夫に不義はござりませぬぞえ」。(お戸瀬)「ハテ。そりやもうしよことがない[一四]。が為替の百両と五十両はどこへやつた。サア〳〵長右衛門白状せい」。「申し母者人。いかにも百両の金は。わたくしが悪使ひ。なれど五十両の金は存じませぬ。こりやどこぞに。合鍵した[一五]盗人めが」。(お戸瀬)「あるなら出せ。その盗人は。サア誰ぢや。鍵を持つてけつかつて[一六]。盗人はほかにあるとは。仏のやうな義兵衛や母に。塗りつけう[一七]と思ふのか。乞食の子やら。盗人の子やら。知れぬ捨子のうぬとは違ふ。素性正しいこちら

一〇 夫婦として交わりを結ぶ事。
一一「しち」は「しち面倒」などの「しち」と同じ接頭語。やたらにしつこい。
一二「はづかし」の「は」を用いる文字詞。女房詞を丁稚の長吉が用いている所が面白い。
一三 周囲の状況に合わせてうまく振舞う才気のない者。その場の状況をこわしてしまうひどい奴。
＊「長様参るお半より」の手紙の「長」の字を利用して、相手違いの長吉宛の恋文に仕立てて、急場を脱する趣向は『八百屋お七』に基づく。「よし様参るお七より」の手紙に、吉祥寺の住持が「宛名にかきしよし様は愚僧勿論吉祥寺。なんとまがいはあるまい」と急場を救う。その他『卅三年忌袂白絞』など、この作品の趣向に影響を与えた「お七物」「お染物」に多い。
一四 しかたがない。やむを得まい。
一五 合鍵を使って明ける。
一六「有る」「居る」など人の動作を罵ってきたなくいう語。
一七 罪を人におしつける。

親子に。科を着せうとする横道。サア〳〵五十両の行き端をいへ。ヤいはぬとかうぢや」と棕櫚箒。振り上げてりう〳〵。肩腰分かず打ち据ゑる。「こりやあんまり」と駆け寄るお絹。箒をしつかと動かせず。（お絹）「エエ〳〵お前はなア」。（お戸瀬）「なんとした」。（お絹）「なんとしたとは胴欲な。いかに胤腹分けぬとて。さうむごたらしうはせぬものぢや。いはぬが礼儀孝行なれど。お前方の氏素性も。あんまりあやは抜けぬぞえ。サアいひませうか。いはうか」と。腹立つままの捨て詞。真面目になつたる母息子。長右衛門は女房を引き退け。「母者人に

一 道にはずれた行為。
二 行く先。人の行く先に限らず用い、用例としては金のゆくえについて用いる例が多い。
三 棕櫚の幹を包んでいる褐色の繊維の棕櫚毛で造った箒。室内の掃除用に用いる。絵尽し参照。
四 刀槍など長いものを振りまわす時の、風を切る音をあらわす。「りう〳〵、刀などふり廻す声、又勢の盛なるをいふ」（『俚言集覧』）
五 非道なさま。むごいさま。
六 胤と腹を共にしない意で、母お戸瀬にとって長右衛門が実子でないことを指していう。
七 お戸瀬はもとこの家の飯焚女であったことは、あとの繁斎の言葉で判る。
八 「あや」は物の筋の意で、筋が通っていない、素性がよくわからぬ、の意。
九 相手を脅す言葉。捨てぜりふ。ここでは売り言葉に対する買い言葉。
一〇 お絹の態度に、お戸瀬義兵衛母子も緊張し、本気になることをいう。それを見て長右衛門が仲に立つ。

向うて[一一]慮外な悪口。サいひやまぬか。置きをらぬか」。（お絹）「何いはしやんす。礼儀も人によるわいな。なんぼ結構にあしらうても。[一二]嚙み分けのある母御ぢやない。エエわしや腹が立つ。〈〈。〈〈」と。身を震はして無念泣き。（お絹の）心根ふびんと引き寄せて。（長右衛門）「道理ぢや〈〈。ガコリヤ。[一三]親ぢやわやい　親ぢやわやい。親といふ字で何事も。[一四]虫を死なす胸の内。思ひやつてくれ。[一五]女房ども」と　拳を握り。男泣き。（お戸瀬）「オオそれ〈〈。親ぢや。〈〈。親に向つて何を不足。コリヤ義兵衛。ちつと代つて箒の役。たたきのめして金の行方を」。「オット合点」と

一一　思いがけない、不埒な悪口。

一二　物の条理をよく理解すること。分別。

一三　親ではないか。「やい」は文末に用いて、話し相手に対し強調していう働きを持つ。「お前のいうことは道理ではあるが、親ではないか。辛抱せねばならない」という意。

一四　腹立たしい気持を堪えて辛抱する。虫を殺す。

一五　女房よ。「ども」は目下の者をいう名詞について相手への呼びかけの意を示す接尾語。複数にも単数にも用いる。

棕櫚箒。振り上ぐる手を〔長右衛門が〕ぐつと捻ぢ上げ。「ヤわれにはようたたかれまい。見事兄をわりやぶつか」。（お戸瀬）「イイヤ弟がぶつのぢやない。おれが名代にどつか[一]して。金の白状さするのぢや」。（繁斎）「イヤ白状も糸瓜[二]もいらぬ。兄に指でもさいたらば。この繁斎がぼいまくるぞ[三]」。（義兵衛）「コレ親仁殿。金を盗んだ長右衛門。なんでこなた贔屓する」。（繁斎）「ソレそれが大たはけ[四]の親玉とやらぢや。長右衛門はこの家の主。百五十両が千両でも。わが物をわが使はうが。撒き散らさうが心次第。それを取つた盗んだと。詮議立てあほくさい[五]。づけ〳〵[六]ものをぬかしたら。むかしの飯焚きお竹にぼい下げ[七]。長右衛門女夫が草履直さし。親子[八]ともにぶちのめさせて　責めつかはすぞよ」と。道を立てたる父親の。情けに女夫はありがた涙。親子は脹れる焼餅顔[九]。（お戸瀬）「アア義兵衛草臥れた。台所で一ぱいせうかい」。「オオそれがよごんしよ[一〇]。コリヤ長吉め失せい。おのれにや大分せりふ[一一]がある」と。弱みを見せぬ親と子が。あとに引つ添ひ出来合ひ[一二]の。壺をかぶつた[一三]色事仕

一　なぐる。たたくの卑語。大阪方言。「どつく、どうつく也、たたくこと」（『浪花聞書』）
二　「……もへちまも」の形の下に、否定の語を伴って、「……」を強調していう場合に用いる。白状など全くする必要がない。
三　追い出す。追放する。相手を罵っていう場合に用いる。
四　馬鹿者の中でも一番の大馬鹿者。「親玉」は芝居の通言として一座の中心役者をいう。
五　いかにも馬鹿げている。大阪方言。
六　遠慮することなく露骨に物を言うさま。
七　「ぼい」は「追ひ」の意の接頭語で、荒っぽい言い方。注三の「ぼいまくる」と同様の言い方。
八　お戸瀬と義兵衛の親子。
九　「脹れる焼餅」と「焼餅顔」の掛詞。「焼餅顔」は、不満のために焼餅のようにふくれた顔。
一〇　ようございましょう。
一一　苦情をいうこと。文句。「せりふする、一理窟いふことなり」（『浪花聞書』）。この前後、芝居の用語を多用している。「贔屓」「親玉」「せりふ」「色事仕」など。
一二　当分の間に合せだけの。
一三　失敗する。『徒然草』五十三段の仁和寺の法師の鼎の壺の故事に基づく語という。その場のがれにうまく偽ったが、あとで義兵衛親子にいじめられて失敗する色事仕の長吉の意。

ヲクリうち連れ〳〵勝手へ入るあとは。はや暮れかかれば下男。灯す八方行灯の灯。仏壇の灯明は　年寄役と繁斎が。　ヲクリこて〳〵。灯せどしめりゐる。

繁斎、意見の繰り言

女夫の者を膝近く。「一年〳〵尻が温もり。道も義理も知らぬ婆め。追ひまくるも合点なれど。七十に近い繁斎。女房の離別が見目でもないと。堪忍の胸をさすつてゐる。したが否といはうが応といはうが。近いうち隠居へ呼び取り　母屋のことは構はすまい。女夫ながらそれを楽しみに。わづらはぬやうにしてたも。長右衛門も何やかや気のもめることもあらう。が浮世に長うもゐぬおれに。逆様事やど見せてたもんな。もののたとへはアノ灯明。わづか灯心一筋でも。油との持ち合ひで灯つてある。油は繁斎。灯心は長右衛門。暗いというては掻き立て。ずり込むというては掻き立て。段々と掻き立て〳〵。もがきあせつて灯心がなうなれば。油があつても家は暗闇。その気の細い灯心一本。たかが町人の身の上で　これが恥の

一四 竹や木で四角形か八角形の輪を作って骨を組み、それに紙を張って天井から吊す行灯。商家の店先きなどに用いることが多い。江戸では「八間」という。

一五 老人などが不器用に手先で物事を行うさま。

一六 時間のたつにつれて、腰が据わってくる。それに伴って勝手なことをしはじめる場合などにいう。

一七 あまり面目の立つことでない。

一八 隠居所に対する称。世帯主の住む所で、ここでは家業については一切長右衛門にまかせて、お戸瀬に口出しさせないことをいう。

一九 親を見送るべき子が、親より先に死ぬこと。「やど」は「やなど」の転。繁斎は長右衛門が死を覚悟しているのを見抜いている。

二〇 以下諺の「油ありて灯心なし」（『譬喩尽』）などをもとにした譬え。

立たぬとは。畢竟心が狭いといふもの。じつとこたへて気を掻き立てさへせねば。いつまでも身は有明行灯。遠州の御用も相かはらず聞くやうに。親に安堵を頼むぞや」と。くくめるやうに箸折り屈み。心は真実かがむ腰　伸して仏間へ入りにけり。

親の慈悲心身にこたへ　差し俯いたる夫の傍。いはんとすれど胸塞がり　しばし。詞も出ざりしが。「申し長右衛門様。道理は道理なれど。お前はきつう済まぬ顔ぢやが。必ずひよんな思案やなど。怪我にも出して下さんすなえ。姑御や小舅に辛い気がねも辛抱も。お前といふ人あればこそ。十年連れ添ふ女房の手前。立たぬこともなんにもいらぬ。おやま狂ひも芸子遊びも。そりや殿たちの器量といふもの。お半女郎と二人の仲。ひよつと私が知つたかと。いひわけにさしやんす仲人。愚鈍な者でも女房ぢやと思うての心づかひと。心ぢや拝んでをりました。その返報ではなけれども。縁組を変改は。年端のゆかぬアノ子でも　もしやお前の楽しみに。なりもせうかと

お絹のくどき言

一　いらいらする。灯心の縁語としての文脈。

二　夜明けまで灯しておく行灯。商家では前述の八方行灯を店のあかりとして朝まで灯しておく。「身はあり」と「有明」は掛詞。「行灯」は「安堵」に掛ける。「灯心」「掻き立て」から、更に次の「遠州」「安堵」まで縁語。

三　「遠州行灯」の縁から、いままで通り遠州藩の御用も受けるようにとつづける。

四　口に含んで食べさせるように、説明して納得させる。

五　ただ二人だけの兄弟。ここでは長右衛門夫婦をさしていう。「箸折り鏡の兄弟　今もいふ諺なり。これは唯二人ある兄弟にてよく顔かたちの似たるをいふ也。……往昔の箸の製作は今の如く精しからず木にもあれ萩にもあれ、折りてもちしものなり。されど長短なく対に折り二本にかぎるものゆゑに、唯兄弟二人なるを箸折といふなり」(『柳亭記』上)。「箸折り屈み」から「かがむ腰」へと言い掛ける。

六　物思いに沈んだ顔。

七　予期せぬ異様な思案。妙な考え。ここでも長右衛門の自害を想定していう。「凶なこととは凶の字の唐音なり」(『譬喩尽』)

八　義理の立たないようなことも、何も遠慮することはない。

九　「おやま狂い」と「芸子遊び」に特に明確な区別はない。玄人の女性にうつつをぬかして遊興すること

心の奉公。わしや疾うから知つてはゐれど。悋気どころか顔へも出さぬは。気の毒がらすが笑止など[一二]（私に対して気の毒に思うのが〔思ってのこと〕）結構な舅御や。意地くね悪い[一三]姑御の。耳へ入ろかとそれがかなしさ。半中サハリ[一四]わたしも女子の端ぢやもの。大事の男を人の花（お半〔に供するのは〕）。腹も立つし。悋気のしやうも。まんざら知らぬでなけれども。可愛い。殿御に気を揉まし　わづらひでも出ようかと。案じ過してなんにもいはず。六角堂へお百度も。どうぞ夫に飽かれぬやう。お半女郎と二人の名さが[一五]。立たぬやうにと願立ても　はかない女子の心根を。ふびんと思うていつまでも。見捨てず添うて下さんせ」と。夫の膝に打ち伏して　くどき立つるぞいぢらしき。

長右衛門、妻に陰ながらの別れ

長右衛門も目をすり赤め。「女房[一六]どもかたじけない。言やることが道理だらけ。道理のないはおれが身一つ。さりながら百両の金を色使ひといふたは嘘。そなたの弟才治郎が。死するを助けた雪野が身の代」。（お絹）「エエそれはマア」。（長右衛門）「ササササ堅うこのことといふまいと思

をいう。
一〇　物事をやりとげる能力。甲斐性。
一一　信濃屋の段における、お半と才治郎の仲人に立とうとしたのを、お絹に対する言い訳と考えていた。
一二　同情すべきいたわしいこと。
一三　意地わるで、心のひねくれているさま。
一四　以下、都半中の語り物の一節であろうが未詳。半中節で語る。
一五　悪い噂。汚名。
一六　三六三頁注一五参照。

うたれど。浮気らしい色狂ひと思はれまいためのいひわけ。嫁入り[一]の冷えた詫(わ)びぢやと思へば。惜しう思はぬ為替(かはせ)の百両。また五十両の盗人はしつかりと知れてあれど。詮議(せんぎ)[二]すれば不孝になる。この二[三]口のわけは立てど。面目ないはお半がこと。時のはづみといひながら。らつち[四]も無いことしたと。わが身ながらも愛想(あいそ)が尽き。連れ添ふそなたに顔上げて。いふもいはれぬ身の誤り。美しう[五]いうてたもるほど　俺(おり)や面が被(かぶ)り[六]たい。堪忍してたも。堪(こら)へてたも。しかしこれもさつぱり埒(らち)あけてしまうたれば。どこへなりとも嫁入りせう。親父様のありがたい意見といひ。ハテあやまつて[七]憚(はばか)らぬおれが身の上。なんにも案じることはない。とかくこれまでのことは。コレあやまつた〳〵」。（お絹）「エエわけもない[八]　女房になんの詫び。もう〳〵このことはさらりと流して。またいひ出さぬかための盃。わしや肴(さかな)こしらへう。一つあがつて(一杯飲んで)ちとお休み」。「そんならさうせう。アア気草臥(くたび)れか　ふら[九]〳〵眠(ねぶ)たい。その間(ま)も一睡。ヤツ」　ころりとこけ

一 才治郎・お半の縁談が解消になったことをさす。
二 義母が盗んだことを知った上での発言。
三 百両紛失の件と、五十両盗難の件。
四 「埒もない」の転。とんでもない。
五 三六六頁のお絹の台詞「お半女郎と二人の仲。……心ぢや拝んでをりました」をさす。
六 恥ずかしさに、面があれば被りたい。顔をおおいたい。穴があれば入りたい。
七 一時の過りを今は謝って改心しているから誰に憚る所もない。『論語』学而編の「過てば則ち改むるに憚ること勿れ」に基づくものであるが、諺として用いられていた。「過つて改めざる、これを過ちと謂ふ」（『譬喩尽』）
八 道理の立たないことである。
九 居眠りをして、頭がゆれるさま。こっくりこっくりと。

る夫にあてがふ枕。蒲団うち着せ女房は。勝手へとつかは行く影を。蒲団のうちより手を合はせ。「[10]不所存な長右衛門を　男と思うて辛抱する。心意気のうれしさ過分さ。千万年も連れ添うて。礼がいひたい[11]堪能させたい。取りわけて五つからお世話なされた親父様。末期の水もあげませず。[12]逆さまごとの嘆きをかけるは。不孝といはうか道知らず。さつきの御意見お絹が心底。聞けば骨身を裂かるる苦しみ。親父様の御了簡。お絹が心はさばけても。さばけぬものはお半が[13]腹帯。死なしやつた次兵衛殿。お石殿へは恩を仇。そのうへ屋敷へ持つて往た[14]正宗の差添は。いつすり替へられたも知らぬ贋物。[15]贔屓強い[16]お留守居も。お国へ取り成す詞はない。今夜[17]四つまでに詮議しだせと。御了簡はついたれど。どこを詮議も[18]雲を闇。所詮生きてはいひわけ立たず。死なうと覚悟極めたれど。親父様やお絹が顔。名残りに一目と見に戻り。いよ／＼女房に苦に苦をかけ。不孝に不孝の[19]覆輪かける。この身はなんたる大悪人。愛想もこそも尽き果て

一〇 考えのあさはかなさま。
一一 充分に満足させたい。
一二 親が子供の葬儀を営むこと。当然の順序が逆になることにいう。
一三 三三〇頁注一二参照。
一四 鎌倉時代の末期に、相模国鎌倉に住んでいた岡崎五郎入道正宗作の差添。「正宗」は刀匠中興の祖と言われる名刀匠で、その鍛えた刀は、名刀の代表とされた。「差添」は、大刀に添えて差す小刀。
一五 私をとても贔屓してくださる。
一六 諸藩の大名が、蔵屋敷に配置した役人。藩の産米の販売などの仕事が主務であるが、お国との連絡をとって諸事を取扱った。ここでは遠州の武士より頼まれて正宗の差添を京都の研師に出し、その世話をお留守居役がしたという設定。
一七 午後十時前後。
一八 雲を闇の中でつかもうとするように漠然としてあてがないさま。闇雲。「家老の身のふか／＼との自害は、雲を闇なせんさくと存る」(『役者若見取』大坂)
一九 「輪をかける」と同意で、さらに重ねて一層悪くなる場合に用いる。

た。わが身の上」と忍び泣き　枕も。漂[一]ふ涙なり。

お半の暇乞い

同じ思ひを半中[二]信濃屋の。お半は胸の憂さ辛さ。よそ目を包む振袖の。　内を覗いてよい首尾[三]と。そつとはひつて枕元。（お半）「長右衛門様〳〵。今朝下さんした文の返事。ちよつと逢ひに参じた」と。ゆすり起せばとぼけた顔。（長右衛門）「フウお半か。返事に来たとは合点[四]がいたか」。「なるほどお前のおつしやるとほり。得心してこれきりに。とんと思ひきりませう」。「オオ出かしやつた〳〵。それでたがひの身も納まり。世間の噂もひとり[五]止む。サア〳〵その心ならかうしてゐるとま

一　つづいての半中節との関係で、『春富士都錦』（宝暦十三年）所収の「おはん長右衛門愁ひの段」の「えやは咎めじ罪科も次第を紙にうく涙」に基づく文脈と考えられる。

二　半中節で、以下「……振袖の」まで語る。これも前条に引用した『春富士都錦』の歌詞のつづきの「同じ思ひを信濃屋のお半はそれと聞くよりも、内の辛さを振袖に」に基づくものであろう。「同じ思ひをし」と「信濃屋」は掛詞。

三　あたりに誰もいないので、よい機会と思い。

四　納得がいったか。

五　ひとりでに。自然に。

た浮名。ちやつと内へ去んでたも」。「アイ。〳〵。わたしやこれを限りに。さつぱりうちへ帰りますが。お前はずいぶんお達者で。見納めに今一度顔を。よう見せて下さんせ」と。抱き起して顔つく〴〵。見る目もあかれぬ雨やさめ。長右衛門もこの世の別れと。口へは出さねど心の内。暇乞ひぞと抱き締め。（長右衛門）「なんにもきな〳〵思はずと。わづらはぬやうに母御へ孝行」。（お半）「アイ。今まではよう可愛がつて下さんした」。礼はいはずに気を揉まして。（長右衛門）「アアやくたいもない子ぢや。死に別れではなし。縁は切つても朝夕見る顔。アアいや〳〵。誰も

六　いままでの気分が晴れて、心がすっきりとするさま。きれいさっぱり。

七　長右衛門の顔をつくづくと見つめて、見飽きることもなく、その目からはいつまでも降りそそぐ雨のように涙がとめどなく流れる。「目も飽かれぬ」と「明かれぬ雨」は掛詞。

八　「さめ」は「春さめ」「小さめ」など雨の意の語素。「雨やさめ」は雨を重ねた言い方で、涙をひどく流して泣くさまの形容に用いる。「Ameyasameto naqu」（『日葡』）

九　あれこれと思い悩むさま。くよくよ。「きな〳〵、女などの物おもふ体を云」（『俚言集覧』）

一〇　たわいのないさま。

見ぬうち。サア去にや〳〵。コレ去にやいの」と突きやられ。名残りもをしの離れえぬ。衾を分けて出て行く果ては。桂の川水に浮名を流すぞはかなけれ。

虫が知らすか長右衛門。「アアどうやらをかしい今の去にやう。合点がゆかぬ」と門の口。落ちた一通〔を見つけ〕灯影に透し。（長右衛門）「書置の事。さてこそな」と。駆け出しても宵闇に。影さへ見えぬ四つ辻を。また駆け戻つて見る書置。仏壇の間に繁斎が。看経の声いつよりも。無常を誘ふ鉦の音。（繁斎）「南無阿弥陀〳〵。南無阿弥陀仏。南無阿弥陀。南無阿弥陀」。（長右衛門）ヨミ「お前と縁切りほか〳〵へ嫁入りする心もなく。ことにただならぬこの身。世間へ知れても私が恥はいとはねど。お前の名を出すがかなしく。お絹様への詫言や母様に叱られぬうち。桂川へ身を投げ候。お前は御無事で御夫婦仲よう。をり〳〵には一遍の御回向願ひ参らせ候。　アア可愛や。突き詰めた娘気で。莟の花を散らさすも。皆この長右衛門がなした業ぢやわいの」。（繁斎）「南無

一 「惜し」と「鴛鴦」の掛詞。「鴛鴦」は男女の仲の睦まじい形容に用いる所から「離れえぬ」に連なる。
二 諺「鴛鴦の衾」に基づく文脈。「鴛鴦の衾を重ぬ」（『譬喩尽』）
三 桂川。京都の西部を南北に流れる。上流は保津川で、下流は淀川に注ぐ。「桂川、大井河の流にして舟渡しあり。丹波道なり」（『都名所図会』四）

お半の書置

四 何となく不吉な予感がするときの譬え。「蛔虫が知らしたか」（『譬喩尽』）
五 「夜」と「四つ辻」の掛詞。
六 経を読むこと。黙読にも、声を出し鉦を鳴らして読むことにもいう。ここでは後者。以下繁斎の奥での読経の声と鉦の音が、緊張した舞台表の状況に対して効果的である。三七〇頁絵尽し参照。
七 以下「願ひ参らせ候」まで、書置の文章。
八 普通ではないこの身体。妊娠のことをいう。
九 かわいそうに。
一〇 まだ年が若くて、これからさぞ美しくなるであろう女を、莟のままで果てさせてしまうのも。

阿弥陀。〈〈。南無阿弥陀仏。南無阿弥陀」。ヨミ「さぞや[一一]母様の嘆き力落しと存じ候間。江戸の兄様を呼びのぼし。朝夕の御介抱頼み上げ参らせ候。　そなたが死んではなほもつて。生きてゐられぬ長右衛門。一緒に死ぬるが親御へいひわけ　アアいかさま因果[一二]は車の輪。十五六年以前。宮川町[一三]の芸子岸野[一四]にのぼり。つまらぬことで桂川へ心中に出た所。さきへ岸野が身を投げたを。見るよりふつと死におくれ。人の知らぬを幸ひにその場を逃れ。今日までは生きのびたが。思へば最期の一念で。岸野はお半と生れ変り。場所も変らぬ桂川へ。われを伴ふ死出の道連れ。これこそ因果の罪滅ぼし。さうぢや。〈〈」と観念し　桂川へと駆け出だす。

道引き違へ（別の道からやって来た）本間の五六。門口覗き相図[一五]の手拍子。長吉勝手を忍び出で。「兄者人大事ない　ここへ」と。懐より取り出す五十両。(長吉)「義兵衛から請け取つた約束の骨折り賃。件の脇指持つて来てか」。(五六)「オオ提げて来た」と金に引き替へ。(五六)「俺やなんにもわけを知らぬが。

一一 看経の声を背景に、以下再び「頼み上げ参らせ候」まで書置の文。

一二 諺。因果の回っていくさまを車輪にたとえていう。「ゐんぐはは車のわのごとし」（『毛吹草』二）。「因果は輪る車の如し」（『譬喩尽』）

一三 鴨川の東岸、四条と五条の間の遊女町。「宮川筋、北は四条に起り、南は五条に至る。四条下るを東石垣と称す。……遊廓となりしは宝暦元年なりとす」（『京都坊目誌』首・五）

一四 十五、六年以前に心中に失敗した相手の岸野の存在は、本作の上演時までのお半長右衛門劇では確認できない。『増補宮薗集都大全』所収の『番蝶夢逢夜』「長三郎おかんうれひの段」は人物名が異なるが桂川物とみてよい。この歌にある「おより」を下敷とした設定である。

善玉であった本間の五六

一五 仲間の長吉に来訪をそっと知らせる手拍子。

この脇指はどうした代物。骨折りにさへ五十両。義兵衛殿はよう出すの」。（長吉）「ハテその五十両も根は合鍵した盗み物。この脇指は長右衛門が。遠州の殿様から請け取つて来た誂へ物。恋の敵の意趣ばらし。石部の宿屋で擦り替へたはおれが細工。なんとよいか[一]」。（五六）「よいとも〳〵。それを義兵衛はどうする積り」。（長吉）「サア長右衛門のうつそりが[二]。贋とも知らず研ぎにかけ。今日蔵屋敷へ持つて往て。えらう目玉[三]をもらうて戻り。今夜四つまでに正真[四]を渡さねば。どんなぼくが来う[五]も知れぬ。ところでこの正真を。義兵衛がほかで尋ね出したと蔵屋敷へ持つて行くと。長右衛門は呉服所[六]を上げられ。大方首も空へ上[七]がり物。義兵衛は褒美に二代の呉服所。これもよかろが」。（五六）「よいとも〳〵。ようも揃うた畜生めら。ヤア。俺や小さいから大坂の北浜[八]に奉公。母者人の話で聞けば。親父殿はこれの御隠居。繁斎様のお情けで　聚楽[九]で八百屋商売。その縁でうぬまでお世話。七つの年に信濃屋へ奉公にやつたも繁斎様。ところに悪の義兵衛めが。贋侍を

一　どうだ。うまくやったろう。

二　まぬけ者。ぼんやりめ。

三　目上の人から叱りつけられる。

四　本物。摩り替えた贋物に対する本物の脇指。

五　おかみから、お咎めをうける。

六　武家の衣服類の御用達をした店。

七　おかみに没収される金品。首が飛んでしまうの意。「呉服所を上げられ」と照応する文脈。

八　「堂島市詞浜、大江橋の北詰より西へ渡辺橋の間凡四丁余の間にあり。相場の市店軒をつらね、終日交易にいとまなし。尤市立の場は渡辺橋の少し東にあり。浪花の北方なるを以て北浜といひ、又は略して浜ともいふ」（『摂津名所図会大成』十一）

九　「東は大宮より西は千本迄、北は一条に限り南は春日〈今いふ丸太町〉に至る東西四町南北七町の間にして、町数百二十町といふ。此間を聚楽といひ地名に呼ぶ」（『京町鑑』）

頼みに来たは。どうでも帯屋　信濃屋の難儀の筋と推量して。悪者(わるもの)仲間へ入つたも。このたくみを聞かうため。その脇指はやつぱり贋物。正真はコリヤ指いてゐる」と。聞いて長吉「ハアしもた(しまった)」と。

逃げる長吉・義兵衛母子

逃げ行くがんづか[10]摑(つか)み投げ。勝手を駆け出る母　義兵衛。「その脇指を」と取りつくを。(五六)[11]「ちよこざいすな」と右左(みぎひだり)。どつさりころりと投げつくれば。

長吉も起き立つて　三人一緒にむしやぶり[12]つく。繁斎　お絹も駆け出でて。「様子は聞いた　三人ともくくれ〳〵」といふ声に。「こりやかなはぬ」と　三人は行き方知らず逃げて行く。

五十両は一まず解決

五六はお絹に五十両。渡せばよろこび。「コレ〳〵長右衛門様。金が出たぞへ。どこにぢや」と　尋ね回れば繁斎　五六。とも〳〵尋ねるをりもをり。

桂川での心中

隣のお石がおろ[13]〳〵涙。「さつきにからお半がゐぬゆゑ。尋ねてみればこの書置」。「エエ」と皆々胸(むな)騒ぎ。(お絹)「長右衛門様もどこへぢ

＊ 悪玉が実は善玉であったとか、逆に善玉が実は悪玉であったという構想は、歌舞伎で常用される手法で、浄瑠璃にも例は多い。

一〇 「がん」は髪の転。髪の毛を束ねたところ。たぶさ。

一一 こざかしい、生意気な態度、行動。

一二 はげしい勢いでつかみかかる。

一三 分別を失って、取り乱してなく涙。

や知れぬ[一]。ヤア〳〵」とにはかの狼狽。繁斎は気をいらち[二]。「そちは早うその脇指遠州の蔵屋敷へ。後日のいひわけ証拠の三人。追つかけて引つくくれ」。(五六)「心得ました」と駆け行く五六。門へどや〳〵桂[三]の百姓。「氷[四]の淵に二人の身投げ。引き上げたれば見知つた顔。長右衛門様とお半様」。「ヤア〳〵それは」と皆敗亡[五]。あきれて結句[六]涙も出ず。「男ども女子どもも皆おぢや〳〵(来い来い)。氷[七]の淵が長右衛門様へ身を投げたといの(身投げしたということだ)」。「こちの者どもも皆来い〳〵。お半が長右衛門様で長右衛門がお半様ぢやといやい」。「エエエエ二人ながらうろたへまい。たかが氷が淵と桂川が心中ぢや」と　何をいふやらわけもなし。

「何分早う最期場(臨終の場所)へ」と　百姓どもに勧められ。家内の男女呼び連れ〳〵。なきに[八]行くかや水鳥の。声[九]澄み渡る月影の桂川へと急ぎ行く。哀れを筆に書き留めて　治まる御代の物語　話の。種となりにけり

むすび

一　底本には「知レれ」とある。改めた。

二　いらいらする。急いて行動をおこす。

三　地名。桂の里。桂川の西、七条通りの西にあたる。「桂里、京の西にあたり七条通なり。川有西川とも桂川ともいへり」(『名所都鳥』五)

四　桂川に「氷の淵」という所名は見当らない。

五　うろたえ、狼狽すること。

六　かえって。予想とはちがった結果があらわれる場合に用いる。

七　「へ」と「が」が入れかわった言葉になっていて、狼狽のさまをあらわす。次の詞も二つともしどろもどろの、意味の通じない詞になっている。

八　「泣き」と「鳴き」との掛詞。

九　「声澄み渡る」と「澄み渡る月影」を掛ける。

作者　菅　専助

安永五丙申歳
十月十五日

右謳曲以通俗為要故文字
有正有俗且加文采節奏為
正本云爾　作者近松半二誌
元祖豊竹越前少掾　孫　豊竹若大夫
高弟豊竹筑前少掾　門人　豊竹此大夫

大坂長堀白髪橋北へ入　大津屋 佐々井治郎右衛門版
江戸本石町三町目　山崎金兵衛版
江戸大伝馬町三町目　鱗形屋孫兵衛版

解説

土田衞

傾城八花形

上演年次は元禄十五年（一七〇二）十月か。大坂、竹本座上演。太夫、竹本筑後掾、竹本頼母ほか。人形遣い、辰松八郎兵衛ほか。作者、錦文流。

上演の年次については、今日まだ定説がない。石川了氏が「義士浄瑠璃二、三の再検討―二つの『八花形』及び『碁盤太平記』―」（北海道大学『国語国文研究』昭和52・8）にこの問題について詳しく検討されている。従うべき点が多いと思われるので、それによりながら解説をする。

古く明和版『外題年鑑』には元禄十五年正月二日を初日としているが、周知のごとく、元禄期の記事については明和版の記事は信用し難いし、その根拠も不明である。若月保治氏は、『古浄瑠璃の研究』三に元禄十六年十月上の亥の日初日と具体的な推定を下されたが、それは本曲が赤穂義士の討入りを背景に書かれているという説に基づき、それ以後の上演とし、本曲の第五に「時しも亥子の寿は」（二〇〇頁）、「頃しも今は秋ざれや」（二〇一頁）とあるのを根拠にしたものである。「頃しも今は秋ざれや」は、頭注に記したように、古浄瑠璃『しのだづま』の文句取りであるので根拠にすることに躊躇するが、「時しも亥子の寿は」は、やはり上演の季節にかかわる文辞と考えるのが素直な読み方であろう。しかし、何より本曲が義士の討入りを背景にしているのかどうかに問題がある。石川氏は

『好色敗毒散』巻一の二にある「十徳一損」が本曲の「好色八徳」(四四頁)の模倣であるという長谷川強氏の説を利用して、『好色敗毒散』の序文の日付である元禄十五年九月以前の上演とされた。「十徳」は「八徳」をやつしたものであることは明瞭なので、『好色敗毒散』が『傾城八花形』以後のものであることは間違いはないが、その上演を九月以前とすることには若干問題がある。元禄十五年九月十五日という日付は序文の日付であって、刊記には「元禄十六癸未歳正月吉日」とある。通例にしたがえば、一月二日の発売であろうか。序文、執筆、刊記、発行の時間の問題はきわめて難かしく実証すべくもないが、『好色敗毒散』に関して言えば、その上演をみて「十徳一損」の部分を書く余地は無しとしない。一方、この『傾城八花形』をほとんどそのままに、一部を書きかえて京都の宇治座で上演した浄瑠璃に『難波染八花形』がある。これは石川氏の論文にあるごとく、同曲の「初春野郎足揃」に読みこまれた歌舞伎役者によって、元禄十六年春の上演と決定できるであろう。そうなると『傾城八花形』を、その前年の元禄十五年の十月上の亥の日を、開演中に含む時期の上演と考えることがもっとも都合がよいと思う。大坂の上演と、それを外題替した京都の上演との時間の関係がきわめて適当であるからである。因みに元禄十五年の亥子の寿は十月十日である。

もしそうだとすると、赤穂義士事件との関係も微妙である。元禄十四年三月十四日刃傷、切腹、四月から五月の城明渡し、その後約一年半を経ての上演であり、元禄十五年十二月十四日の討入りの二カ月前の上演となる。いわゆる忠臣蔵物との類似は、

① 殿中口論から刃傷沙汰になって城明渡しに至ること。(一二頁)

② 「連判状」という言葉が逆臣の言葉ではあるが、用いられていること。(三〇頁)

③ 高い塀を越えて門を開き、敵を討つこと。(九七、九八頁)

の三点であろうか。上演年次の推定を正しいとすれば、③は関係がない。①②は関係があるといえばあるという程度のものである。とくに①は状況が類似しているので、作者はその設定を赤穂義士事件で想定したと考えるのがよいかもしれない。ただこの作品では、冒頭で主人公の友綱が城の明渡しからの帰路という状況設定で舞台が始まって、しかも作品の展開は赤穂義士事件とは関係がない。城の明渡しをした天川の城主の木戸秋高はこの冒頭にのみ、しかも語りのなかだけにしか出てこないのである。したがってこの浄瑠璃は義士浄瑠璃とは言えないであろう。

作者の錦文流についても、長友千代治氏の「錦文流年譜」(『錦文流全集』俳諧他・年譜篇、近世文藝資料22、平成3年)が詳しい。これもそれによりながら解説をする。

姓は山村氏、号が文流、正保元年(一六四四)頃大坂またはその周辺に生れた。出自は不詳。若い頃の経歴は明らかにし得ない。四十歳の半ばすぎまでに、大坂談林系の雑俳前句付点者としての活動が確認され、またこの頃までに浄瑠璃『本海道虎石』を竹本義太夫のために書いている。その後はしばらく雑俳点者と出羽座の座付作者を兼ねての生活であった。出羽座の衰退により、竹本座にも執筆したが、この頃の作品がこの『傾城八花形』であろう。元禄十六年近松門左衛門が『曾根崎心中』を書き、やがて座付作者として竹本座の専属になると、彼は浮世草子の作家に転向し、本屋の松寿堂万屋彦太郎の専属作家となった。宝永年間には、同二年の『棠大門屋敷』(からなしだいもんやしき)を始めとして、次々と浮世草子を発表した。今度は松寿堂万屋彦太郎の衰退によって、また雑俳点者と浄瑠璃作家にもどるが、老齢により見るべきものもなく、享保六年(一七二一)七十八歳の頃に没したものと思われる。以上の経歴でもわかるように、社会の盛衰に流されながらも、器用に生きた作家といえようか。雑俳点者・浄瑠璃作家・浮世草子作家という兼業は、この時期さして珍しいことではない。それぞれの領域で一流とまではいかなかったけれども、元禄から宝永にかけての、大坂の代表的な作家の一人といえよう。『傾城八花形』の特徴を一言でいえば、「歌舞伎仕立て」の一言に尽きるであろう。挿絵に利用させていただいた絵入十八行本の見返しに、次のような人形遣い辰松八郎兵衛の口上がある。

此度仕ります新浄るりはけいせい八花形と申まする。則かぶきじたてに仕りまして。はつぴはんぎりをのぞき。皆きながしにて仕ります。此度浄るり作者にしき文流義も何がなとぞんじとりくみましてござります。扨切にふうりうしのだづまと。中事をいたします。人形はめづらしからね共。私がつかひますが。何がなおなぐさみに。にんぎやうの足をつかふて。お目にかけまする様にござります。とかくおなじみの。ちくごの掾義でござります間。あしきことをも。よしなに御けんぶつなされ下され。御ひいきたのみ上まする。おつ付浄るりのはじまり左様におこゝろへなされませふ

この口上を整理すると、「歌舞伎仕立て」「着流し姿の人形遣い」「風流信田妻の景事」「八郎兵衛の足遣い」の四点になろうか。この四点が『傾城八花形』の上演者側の意図であったことは明白であろう。ここでは「歌舞伎仕立て」という点にしぼって考えてみよう。元禄期の歌舞伎の構成は、顔見世、二の替などの上演時期による特徴を持つが、『傾城八花形』は二の替の構成に類似する。二の替の構成は元禄の十年代に次のような類型を持つようになった。

上―お家の横領を企む後室が、悪家老と組んで世継を追放しようとし、多くの仲間を味方にひきいれ、機会を狙っている。忠臣がそれを察知して、世継を盛りたてようとするが、世継は遊蕩に身をやつしている。忠臣は悪家老の計画を暴き戦いをいどむが、利あらずして敗れ、一旦はお家を追放される。

中—追放された世継は流浪し、卑しい身分に身をやつして苦労をしいられる。しかし、かつての遊蕩を忘れることができず、廓を訪ねる。その女郎、忠臣たち、忠臣の女房などの苦労と献身的な活躍があって、やがて悪家老は追放され、天下はおさまる。

下—家国のめでたい治定を祝福して、祝宴が設けられ、総踊りなどの景事。

『傾城八花形』の筋書と構成は右の元禄歌舞伎の二の替の構成と同じである。歌舞伎の上では、忠臣の諫言事、実事、武道事などが見せ場であり、中では傾城事、やつし事、うれい事を見せ場とした。『傾城八花形』でもこれらの場面はすべて揃っているといえよう。そして、第五の「風流信太妻」はまさしく元禄歌舞伎の切の景事であるといえよう。

このことは人物の構成についても言える。主な登場人物を歌舞伎の役柄に分類して整理してみると、次のようになろう。

友綱……立役
葛之丞・両輪之介……実方
無量之介……実悪
伏屋・泉川……若女方
水仕男……道化方

右の詳細を説明することはここでは省略するが、一点だけ触れておこう。第三の切、泉川狂乱の場における水仕男のことである。この水仕男の姿が絵入十八行本（七三頁）に描かれている。この扮装は元禄歌舞伎の道化方の扮装である。例えば『古今四場居百人一首』の南北さぶの絵姿、『役者万年暦』の山田甚八の絵姿と、衣裳の模様は違うが完全に一致し、この姿こそが元禄歌舞伎の道化方の象徴的な扮装なのである。

元禄歌舞伎ではそれぞれの役柄に応じて、固有の趣向と演技のパターンがある。それを「……事」と言う。『傾城八花形』の趣向を元禄歌舞伎のパターンに当てはめてみると、次のようになろうか。

第一　伏屋の捌き事　叔母・伏屋の述懐　葛之丞の諫言
　　　友綱の手負事　両輪之介の武道事
第二　無量之介の責め　松虫の死霊事
第三　町代の公事事　葛之丞夫婦の愁嘆事　泉川の狂女事
　　　水仕男の道化事　葛之丞のやつし事
第四　友綱の騙り　忠臣らの武道事
第五　祝言のふし事

それらの詳細もここでは触れないが、頭注では指摘するように努めた。

以上述べてきたように、『傾城八花形』は元禄歌舞伎の浄瑠璃化と言えよう。作者錦文流は、すでに長友氏のご指摘にもあるように、歌舞伎の作の経験を持っていた。元禄十五年三月吉日の刊記をもつ『元禄大平記』(都の錦作) 巻八の三に

当夏片岡座にて日本素盞烏尊といふ看板をいだし。つゞいて大唐安禄山といふ仕組あり。さて〳〵めづらしき外題かな。(中略) いかに狂言なればとて文盲な外題。一盲衆盲を引とかや　鴻池の奴子嶋の柳 (=錦文流のこと) が才のつたなさいよ〳〵おかしく。是大坂に目明のなき故芝居のものさへあなどつて。かやうに安房(あはう)な看判をいだす。

とある。浮世草子とはいえ、『元禄大平記』のこの記事は信用してよいと思われる。幸いに『日本素

盞嗚尊』の狂言本は天理図書館に現存するが、それには作者の記載はない。しかし、『日本素盞嗚尊』の上演は役人替名によって元禄十四年と決定できるので、『元禄大平記』の記述と合致する。錦文流には少なくとも『日本素盞嗚尊』『大唐安禄山』の二作の歌舞伎作品があったと考えてよかろう。その経験が『傾城八花形』に影響を与えたというよりも、むしろ意識して歌舞伎風の浄瑠璃を試みたものがこの『傾城八花形』と考えたい。

傾城三度笠

上演年次不詳。大坂、豊竹座上演。作者、紀海音。太夫、豊竹若太夫ほか。

上演年次については、今日まだ定説がない。明和版『外題年鑑』には正徳三年（一七一三）十月十二日を初日として、『播州曾根松』の切浄瑠璃として上演されたとしているが、明和版の信憑性からいってもそのままには信用しがたい。上限は実説の宝永七年（一七一〇）正月以降、下限は豊竹若太夫が豊竹上野少掾を受領した正徳五年秋としか、現時点では定めようがない。そうなると、明和版の正徳三年十月十二日もこの期間のなかに入るので、この期日を特に否定する根拠もない限り、一応それに従っておくのが今日では通説となっている。今後の課題であろう。

作者についても問題が皆無なわけではない。黒木勘蔵氏の『近世演劇考説』の「浄瑠璃作者としての西沢一風」に「先頃私が偶然手に入れた『傾城三度笠』の絵番付の残欠と思はれるものに、作者として紀海音と並べて西沢一風の名を大きく掲げて居る事である」と記され、その理由として、一風は豊竹座の作者として客分扱いを受けていたので、実際に執筆しなかった正本には名前を載せなかったが、番付には掲げたものとされた。『傾城三度笠』の絵尽しの所在を知らないので何とも言えないが、昭和五十九年十一月の東京古典会の『古典籍下見展観大入札会目録』に、それらしきものとして「三度傘絵づくし」が掲載されている。私は一見する機会を逸したが、所在をご存じの方はご教示をお願いしたい。いずれにしても、この時期の豊竹座の事情からみて、たとえ西沢一風が助作者としてからんでいたと仮定しても、紀海音を立作者とすることには問題はなかろう。

作者の紀海音については数多く触れられたものがあるが、ここでも一通り述べておく。寛文三年（一六六三）、大坂の御堂前の菓子商の老舗鯛屋（たいや）善右衛門の次男として生れた。父は貞印と号した貞門派の俳人である。父の影響を受けて、文学的環境の中に育ち、青年時代は黄檗（おうばく）宗の悦山和尚のもとに参禅して勉学に努めた。元禄の末年頃還俗（げんぞく）して医者となり、この頃からの放蕩生活がやがて浄瑠璃作者としての生活に縁をとりもったらしい。豊竹若太夫と海音との提携は宝永四年末からと思われるが、確実な最初の作品は『椀久末松山（わんきゅうすえのまつやま）』である。以後二人の関係は、海音の引退の享保八年（一七二三）まで続く。引退の理由は明確ではない。享保九年鯛屋は類焼して、兄の貞柳に代って老舗鯛屋の復興に努力した。兄の没後は高津に隠居し、専ら俳諧狂歌に余生を送った。寛保二年（一七四二）十月没、享年八十歳。この経歴から、海音の浄瑠璃著作活動を「道楽気」を持った「余技」という考えもあるが（例えば増田七郎氏）、たとえ生活費の出所が著作活動からでなかったとしても、近松門左衛門の竹本座と張合って豊竹座を盛りたてたことから考えても、決して道楽や余技ではなかったと思う。

『傾城三度笠』は世話物の浄瑠璃である。海音の作品には存疑作も多く、またこの作同様に上演年次の決定できないものも多いので、この『傾城三度笠』が世話物の何作目のものであるかを明示できないが、海音の作品としては、比較的初期のものに属する。世話物は俗っぽくいえば、当時の現代劇で、しかも事実芝居であった。実説については、延広真治氏に『永保記事略』を教えていただいた。藤堂藩城代家老日記の『永保記事略』は、現在上野市立図書館に所蔵されているもので、寛永十七年（一六四〇）十月より寛保三年六月までの百三年間の、九巻にまとめられた編年体の日記であり、上野市から翻刻出版されている。その宝永七年正月二十五日の項に、

一和州御領下新口村小百姓四兵衛と申者大坂町御奉行北条安房守殿ゟ御差留之儀従古市奉行中越候事

△四兵衛悴清八と申者六ケ年以前大坂へ養子ニ遣し養父之家を継亀屋忠兵衛と申候之処金銀を盗取遊女を請出し引連候而致欠落和州郡山下上里村ニ而親類方ニ隠れ居候所大坂ゟ被召捕致入牢候付而也

（朱）是ハ世俗ニ曰謂梅川忠兵衛ノ義也

△右四兵衛義無何事相済御指戻し有之

但斉金銀ハ被　仰付候趣也

とある。朱書の一行は後人の書入れであろう。従来検討されていない資料と思われるので、考察をしてみよう。

この資料が伝える事実は次の点である。

① 忠兵衛は大和国新口村の小百姓四兵衛の息子で、名は清八。六年前に大坂へ養子にゆき、亀屋忠兵衛と称していたこと。

② 金銀を盗み、その金で遊女を身請けして出奔したこと。
③ 出奔先は和州郡山下上里村の親類の家であったこと。
④ 大坂より召捕えられて入牢したこと。
⑤ 父の四兵衛は犯人隠匿の罪は許されたが、金銭は弁償を命ぜられたこと。

以上の五点になろうか。資料の性格上、忠兵衛の犯罪の原因に触れられていないのはやむを得まい。『傾城三度笠』には書かれなかった事実もあるが、書かれている内容は、忠兵衛の父親の名義を除いて（新兵衛は四兵衛のもじりであろう）、すべてこの事実と合致することが明らかとなる。近松の『冥途の飛脚』も出奔先を除いて事実と合致する。このことは当時の世話物を考える場合には、注目しておいてよかろう。

『傾城三度笠』については、従来近松の『冥途の飛脚』との比較で考察をすすめるのが常であった。しかも、『冥途の飛脚』を正徳元年三月の上演、『傾城三度笠』をその一年半後の正徳二年十月の上演という前提のもとでの考察であった。『傾城三度笠』の上演年月を確定できぬ限り（『冥途の飛脚』も宝永七年正月の事件以後、正徳元年七月以前の上演で不確定）、この前提は一応除外して考えねばなるまい。しかし、影響関係に考察を及ぼさないかぎり、『冥途の飛脚』との比較は有効であろう。近松の情、海音の義理という立場でこの両作品を比較し、近松の方を勝れたものとする考えが一般である。おとらという人物を忠兵衛の許嫁として設定し、おとら・新七が忠兵衛の母親に不義を許され、結婚を認めてもらったことに対する義理から、忠兵衛・梅川を匿（かくま）うという、義理にからむ主構想を立てていることが一番の理由であろう。また、忠兵衛の逃亡も近松のような恋に生きぬこうとする主体的な行動でなく、友人の利右衛門の命がけの説得に「命にかけてのこころざし　無下にいたさうやうはなし。そんなら落ちてみようか」（一三六頁）というていたらくであった。その点、近松の場合、梅川・忠兵衛の二人は、命ある限り生きぬき添い遂げようとする、いたましいまでの主体性が確立されていると言わねばなるまい。

それでは海音の『傾城三度笠』には取柄がないということになるのだろうか。海音の世話物において注目されるのは、脇役の活躍ではないかと思う。脇役の扱い方が、近松の場合とは相当に隔りがある。このことを『傾城三度笠』で考えてみる。『冥途の飛脚』も『傾城三度笠』も主役は梅川・忠兵衛の男女であることは言うまでもない。もっとも重要な脇役は忠兵衛の友人の利右衛門（『冥途の飛脚』では八右衛門）であろう。よく言われることであるが、『冥途の飛脚』の場合は、八右衛門という人物の性格の曖昧さがいつも問題になっている。利右衛門と八右衛門のもっとも鮮明な相違は、この性格の問題であろう。利右衛門は忠兵衛にとって命の恩人ともいうべき、善意に徹した人物である。一時忠兵衛が利右衛門を疑う時間を持ったが、直ぐにその疑問は氷解して「利右衛門が膝に頭をつけ。『ただ堪忍』とばかりにて　手をあはせてぞ拝」（一二九頁）むのである。二作品に共通する封印切の場面で、この二人の性格はどのような相違をもたらしたのか。『冥途の飛脚』の忠兵衛が三百両の公金を家から持出したのは、飛脚屋としての商用であって、横領の意思などは全くなかった。ただ足が自然に梅川の方に向いただけであった。廓に着いても八右衛門の暴言を聞かなかったら封印切はなかった。何度か近松の詞章の中で繰返し言われている忠兵衛の短気が、男の一分が廃（すた）ったくやしさと相俟（あいま）って、遂に封印を切ってしまうという羽目になった。八右衛門の暴言がきっかけではあったけれど、あくまで忠兵衛の短気という性格が原因の犯罪であり、その結果の悲劇である。

それに対して『傾城三度笠』の忠兵衛は、家から金を持出す時には既に封印切の犯罪を決意していた。「サアどうしようかからしようか」と迷いはするものの、「命にかへて一分立て」るために、「利右衛門めが何ほどに　はり合ひかけてきをるとも。この金にては埒があく」（一二〇頁）と決断して家を出た。結果、話は逆であったことがわかり、忠兵衛のために利右衛門が「たとへ五年が十年でも。身請けの埒をあくるまで　廓の門は出でまじ」（一一九頁）と言う。そういう愛情のある友への義理から「その段ならば安堵せよ」と物静かに封印を切るのである。三百両を家から持出させたのも、封印切の犯罪を犯させたのも、結果的には利右衛門がそうさせたことになるといえるのではないだろうか。さらに肝腎の逃亡も利右衛門に勧められ、お膳立てをしてもらっての逃亡であった。このことを主人公の忠兵衛と脇役の八右衛門・利右衛門との関係から整理すると、『冥途の飛脚』は主人公自らが封印を切り、逃亡したこととなり、『傾城三度笠』は脇役が封印を切らせ、逃亡させたこととなる。主筋の展開に対する脇役のかかわり方が、近松と海音で逆転していることに気付く。

同様のことが、『冥途の飛脚』の孫右衛門と『傾城三度笠』の新兵衛についても言えそうである。『冥途の飛脚』の新口村の場は、観客の涙を誘う名場面で、この作品のクライマックスとして悲劇性が見事に結実した場面と言えるだろう。この場の欠如した『冥途の飛脚』は考えられない。しかし主人公の梅川・忠兵衛と脇役孫右衛門との関係からだけで言うならば、脇役の主人公に対する、主筋の展開にかかわる働きかけは何もない。逃亡の途中で親と陰ながらに会ったというだけの筋にすぎない。それに対して『傾城三度笠』の新兵衛親子は、梅川・忠兵衛をこの場からさらに逃亡させるために、いろいろと策謀をめぐらし、一旦自害の決意をした二人の心を変えさせ、二人は再び逃亡を試みようとするのである。結果としては失敗には終ったが、この場合も主筋の展開に対する脇役のかかわり方が対照的であると言えよう。

以上のことを観客の立場で比較すると、どのような相違になるのであろうか。『冥途の飛脚』の観客は、封印切の場では忠兵衛と心のくやしさを共有し、彼の心理に同情してその犯罪を許す。そして、新口村の場では孫右衛門の親としての慈愛に涙を流すのである。やはり近松は情の作家であり、作家の狙い通りに観客は心をゆさぶられることであろう。もし海音を近松と同様に情の作家として評価するならば、二流、三流の作家と言わねばなるまい。『傾城三度笠』の観客はそうではなかったと思う。主筋の展開が脇役の言動一つでどう変化するかわからない興味、主人公が外的状況の中で翻弄されてゆく事件の展開への関心、これらが観客の楽しみであり、海音の狙いであった。このことは今問題にしている『傾城三度笠』だけのことではなく、近松と同じ素材を共有した世話物の他の二作についても言える。ここでの説明は省略するが、『丸腰連理松』の弥兵衛と権兵衛、『心中二つ腹帯』の姑なども同じ設定と思われる。このことは海音の世話物の方法でもあったのではなかろうか。浄瑠璃と歌舞伎の歴史がこのあと後者の方向に展開してゆくことを考えると、海音の評価はこの視点から再検討する必要があると思う。

＊脇役の問題については、中村浩子さんの卒業論文が参考になったことを付記しておく。

仮名手本忠臣蔵

寛延元年（一七四八）八月十四日より十一月中旬まで、その間閏十月が入るので約四カ月間、大坂、竹本座初演。作者、竹田出雲・三好松洛・並木千柳の合作。太夫は付録に番付を収めたが、ここに翻刻しておく。（人形役割は省略する）

第一　鶴岡(つるがおか)の饗応(きやうおう)　竹本文字大夫
第二　諫言(かんげん)の寝刃(ねたば)　竹本島大夫
第三　恋歌(こひか)の意趣(みしゅ)　竹本信濃大夫　竹本百合大夫
第四　来世(らいせ)の忠義(ちうぎ)　竹本政大夫
第五　恩愛(おんあい)の二玉(ふたつだま)　竹本百合大夫
第六　財布(さいふ)の連判(れんぱん)　竹本島大夫
第七　大臣(だいじん)の錆刀(さびがたな)　竹本此大夫　竹本文字大夫　竹本友大夫　竹本信濃大夫　竹本百合大夫　竹本政大夫

第八道行　旅路(たびぢ)の嫁入(よめいり)　竹本文字大夫　竹本友大夫
第九　山科(やましな)の雪転(ゆきこかし)　竹本此大夫
第十　発足(ほつそく)の櫛笄(くしかうがい)　竹本友大夫　竹本政大夫
第十一　合印(あいしるし)の忍兜(しのびかぶと)　竹本島大夫　竹本信濃大夫

三味線　鶴沢友治郎　鶴沢義介　鶴沢善七　大西藤蔵

初演時に出された番付には二種類あるが、付録に収めたものが最初のものと思われ、もう一種の一枚物の番付も、右の太夫役割には異同がない。また『浄瑠璃譜』には異なった太夫役割を記載するが、番付を信用すべきであろう。しかし、この公演中に竹本座ではもめごとがあり、十月から太夫の交替があった。交替後の番付は未発見のため、詳細はわからない。もめごとについての資料として、『義太夫執心録』『浄瑠璃譜』などがあるが、要は人形遣いの吉田文三郎と太夫の竹本此太夫との意見不一致による口論が原因である。その結果、此太夫・島太夫・百合太夫・友太夫の四人が竹本座から退座し、大隅掾・千賀太夫・長門太夫・上総太夫の四人が豊竹座から移動してきた。このように興行にとっては好ましくない事件があったにもかかわらず、そのあと二カ月も続演されているのは、さすがに『仮名手本忠臣蔵』であるといえよう。

作者について簡単に触れておく。

竹田出雲は二代目清定といわれる人で、元祖の出雲の子である。通称親方出雲と呼ばれた。元祖は竹本座の経営者であるから、当然竹本座に所属し、始めは竹田小出雲といい、元文二年（一七三七）ごろから作者としての名が見えはじめる。その頃から三好松洛らとの合作は多い。竹本座では、延享二年（一七四五）、一時歌舞伎に筆をとっていた並木宗輔を、浄瑠璃作家並木千柳として迎えることとなった。この頃から竹本座は全盛期に入るが、千柳・松洛・小出雲の三人の合作の最初は同年七月の『夏祭浪花鑑』（なつまつりなにわかがみ）である。以後三人の合作期がしばらく続くことになるが、同四年六月に親の出雲が没して、小出雲は二代目出雲を襲名し、同年の十一月『義経千本桜』、翌寛延元年八月の『仮名手本忠臣蔵』と、現在まで上演され続けた名作を残すこととなった。さきに述べた吉田文三郎と竹本此太夫のもめごとの時、出雲は文三郎の側に立ったが、此太夫一派が豊竹座に移り、やがて千柳も去るに及んで、出雲の全盛期も山を越え、宝暦六年（一七五六）十一月に没した。享年六十六歳。

三好松洛はその伝を明らかにし得ない。伊予の松山城外の願成寺の住持で、故あって還俗したという説、北新地の茶屋の主人であったという説などがある。松山には願成寺という寺が二寺、成願寺という寺が一寺あるが、いずれにもこの説を証する資料を見出すことができない。元文元年二月、竹本座の『赤松円心緑陣幕』に文耕堂との合作者として初めて名がみえる。以来三十余年の長期にわたって、文耕堂を始め千前軒（元祖出雲）・小出雲（二代目出雲）・千柳・半二などと合作を続け、単独作はない。五十余りの作品に名をとどめているにかかわらず、立作者としての作品はわずかに二作、したがって松洛の本領はあくまで助作者の立場で発揮された。明和七年（一七七〇）秋以降、翌八年一月までの間に没した。享年七十六歳。

並木千柳は備後三原の成就寺の僧。還俗後、豊竹座に入り、享保十一年の『北条時頼記』に初めて名をとどめる。その後は豊竹座の立作者の位置にあって活躍したが、寛保二年（一七四二）冬から歌舞伎の作者に転じて並木宗輔と名を改め、延享元年までの三年間は岩井半四郎座と中村十蔵座の立作者であった。延享二年に再び浄瑠璃の作者にもどり、今度は竹本座に勤めてもとの並木千柳を名乗った。この時期に浄瑠璃の三大名作といわれる『菅原伝授手習鑑』『義経千本桜』『仮名手本忠臣蔵』が出雲・松洛らとの合作で生れるのである。実質的な立作者はこの千柳であったろうといわれている。寛延四年に豊竹座に復帰し、また並木宗輔と名を改めて『一谷嫩軍記（いちのたにふたばぐんき）』を三段目まで書いて、九月に病没した。享年五十七歳。

この三人が『仮名手本忠臣蔵』の十一段をどう分担したかということは、作品研究としても、作家研究としても重要な問題である。したがって既にいくつかの説があるが、まだ決定的なものではないように思われる。浄瑠璃の合作の方法について、どのようにして分担がきめられ、どのような打合せで各段が執筆され、どのような過程を経て一つの作品に仕上がってゆくのか、これらがまだよく分らない。歌舞伎の場合には、後の時期の資料であるが、立作者が各場の仕組みの素案を作って分担者に渡し、分担者の書いたものを何度も打合せて正本に仕立ててゆく過程を記したものがある。打合せはどうしても必要な過程であるが、その場合の立作者の介入の程度が一番の問題であろう。この程度如何によって分担を考察する方法が大きく変ってくるからである。

『仮名手本忠臣蔵』は「芝居の独参湯（どくじんとう）」と言われ、わが国の最多上演記録を持つ作品である。その理由はいろいろと考えられるであろうが、要するにこの作品が最も秀れた作品であるからである。どこがそうなのかについては各自の意見があろうが、観客の立場からこの芝居を観劇して体験する緊張と感動が、『仮名手本忠臣蔵』の人気を保ちつづけた理由であるはずである。整った構成、四季に配した展開、時代と世話の調和、仕組と趣向の統一と変化、人物の配置の妙、敵討への共感、忠義を中心に据えて恋・金の三巴（みつどもえ）などなど、数えあげればきりのない秀れた点を持った作品である。十一段にわたって主人公がつぎつぎと転じ、それぞれの主人公の造型が見事で、その情が悪には醜く、善には美しく妙である。やはり浄瑠璃の作品の中では最高のものと言ってよかろう。

この作品はいうまでもなく、赤穂事件といわれる討入りの劇化である。簡単に史実を年表化してみよう。

元禄十四年二　月　四日　浅野内匠頭長矩は勅使御馳走役を任命せられる。

〃　　三　月十四日　長矩が江戸城松之廊下で吉良上野之介義央を斬りつける。即日長矩は田村右京太夫家へお預け・切腹・御家断絶・領地返上という苛酷な処分を受ける。

〃　　四　月十九日　城受渡しのため、脇坂淡路守安照らが赤穂城に入城。

〃　　五月二十一日　城受渡しの事務は一切終了。

〃　　六月二十四日　大石内蔵之助良雄らは花岳寺で主君の百カ日の法要を行い、翌日赤穂を離れる。

元禄十四年九　月　　吉良上野之介は本所一ツ目に転居。

〃　十二月　　吉良上野之介の隠居願が承認される。この頃から大石らは浅野大学長広による浅野家の再興を当面の方針とした。

元禄十五年二　月　　山科にて大石ら会合する。当面の方針は変更なし。

〃　七　月　　浅野大学の閉門は解除されたが、浅野家の再興は許されず、広島浅野家にお預けとなる。その結果、京都丸山会議で討入りの方針を決定する。

〃　十二月十四日　吉良邸に討入り、襲撃は成功した。討入った人数は四十六人、残る一人の足軽寺坂は逃亡説と使者説がある。

〃　十二月十五日　泉岳寺の浅野内匠頭墓前に上野之介の首級を供え、夕刻幕命により、四十六人は四家にお預けとなる。

元禄十六年二　月　四日　四十六人全員は切腹を命ぜられ、それぞれのお預けの家にて切腹。

宝永七　年九　月　　浅野大学が安房国に五百石の知行を得て、再興が形の上で実現した。これで事件はすべて落着となる。

以上がその概要である。事件としては、浅野内匠頭長矩の刃傷の第一事件と、大石内蔵之助良雄ら討入りの第二事件ということになろう。両事件とも、泰平をむさぼっていた元禄の人々にとっては、充分に天下を震駭（しんがい）させるに値する事件であった。吉良をお構いなしとした幕府の処置に対しての、判官贔屓（ほうがんびいき）的な心理が働いたことも配慮せねばなるまい。浅野内匠頭の一国の城主としての対応の拙さは責められることはなく、世評は専ら浅野方を善とし、吉良方を悪として、この一件をこの後久しきにわたって忘れることはなかった。したがって、文学・演劇・歌謡・大衆芸能の格好な素材として、事件の直後から今日に至るまで、数多くの作品を残すに至った。

『仮名手本忠臣蔵』は寛延元年八月までのいわゆる忠臣蔵物を集大成したもので、また同時に寛延元年八月以降今日に至るまでの、いわゆる忠臣蔵物の源流をなすものと考えて間違いはなかろう。例えば、先の『傾城八花形』は第一事件の後、第二事件の前の上演である。その解説にも述べたように、これは忠臣蔵物ではないけれども、赤穂事件の城受渡しを幕開きの状況設定に利用したものであろう。『仮名手本忠臣蔵』の成立を考えるには、このようなものも含めて、事件以後の膨大な忠臣蔵物の検討が必要なことは言うまでもない。さらに近世の芸能作品の成立を考える場合の常として、忠臣蔵物以外の作品の趣向利用ということも配慮せねばならない。

従来の成立論の問題点は、先行作品を浄瑠璃と歌舞伎とで考えているところに弱点がある。既に祐田善雄氏は「『仮名手本忠臣蔵』成立史」（『浄瑠璃史論考』所収）でこの問題に注意を喚起され、小説・実録物を含めて検討する必要を説かれたが、まだその成果はあがっていないと思われる。私もその後小説類にも目を通すように努めてはいるが、ここにそれを書く準備はまだない。気のついていることを頭注に記しておいたにすぎない。忠臣蔵劇の上演年表は、天明五年（一七八五）の八文字舎自笑編『古今いろは評林』以来何度か試みられている。中でも秋葉芳美氏の「赤穂義士劇類聚年表」（『上方』一〇八号）が秀れたものである。祐田善雄氏も前記論文に掲載されているが、それを補充して、事件以後『仮名手本忠臣蔵』の上演までの関係作品の一覧を今後の参考として記しておく。忠臣蔵物の作品という限定した意味でなく、範囲を広く解釈して収めることとする。

	年時	外題	作者	劇場・版元
浄瑠璃	元禄15・10?	傾城八花形	錦文流	大坂竹本座
浄瑠璃	16・春	難波染八花形		京都宇治座
歌舞伎	16二替	傾城三つ車	近松門左衛門	京都早雲座
実録	16?	介石記		
浮世草子	宝永2・8	傾城武道桜	西沢一風	菊屋七郎兵衛版
浮世草子	4・1	傾城播磨石		柏屋勘右衛門版
歌舞伎	5・1	福引閏正月	車屋忠右衛門	京都亀屋座
浮世草子(実録)	5・6	播磨椙原	都の錦	
歌舞伎	7・6	鬼鹿毛武蔵鐙	吾妻三八	大坂篠塚座
歌舞伎	7・秋	太平記さゞれ石		京都夷屋座
歌舞伎	7・秋?	硝(さざれいし) 後太平記		京都夷屋座
歌舞伎	この頃京都万太夫座・大坂榊山座にても忠臣蔵物上演。詳細不明。			
浮世草子	7・閏8	傾城伝受紙子	江島其磧	八文字屋八左衛門版
浄瑠璃	7?	兼好法師物見車	近松門左衛門	大坂竹本座
浄瑠璃	7?	碁盤太平記	近松門左衛門	大坂竹本座
浄瑠璃	7?	鬼鹿毛無佐志鐙	紀海音	大坂豊竹座
浮世草子	8・1	忠義武道播磨石		菱屋治兵衛版
浮世草子	正徳2秋以前	忠臣略(りゃく) 太平記	江島其磧	江島屋市郎左衛門版

歌舞伎	2・2	関東二度の敵討		大坂荻野・宮崎座
浮世草子	3・1	寛濶鐙引		金屋平左衛門版
浮世草子	3・1	今川一睡記		中島又兵衛版
浮世草子	3・9	西海太平記		中島又兵衛版
浮世草子	この頃?	高名太平記	青木鷺水	芳野屋徳兵衛版
歌舞伎	6・閏2	大系図繋馬	津打治兵衛	江戸市村座
浮世草子	享保2・1	忠義太平記大全		菱屋治兵衛版
歌舞伎	2・4	忠臣いろは軍記		大坂沢村座
歌舞伎	10・7	小夜衣二張彎将(にちようのゆみとり)	長谷川千助・中田嘉右衛門	大坂嵐座
歌舞伎	11・7	大矢数四十七本		大坂嵐座
浄瑠璃	17・10	忠臣 金短冊(こがねのたんざく)	並木宗助・小川丈助 安田蛙文	大坂豊竹座
歌舞伎	17・11	大石宮内一代記		名古屋筒井座
歌舞伎	20・3	鎧桜故郷錦	津打治兵衛・津打九平次 玉松小十郎	江戸中村座
歌舞伎	20・3	忠臣いろは軍記	戸川不琳・豊田新助 中田嘉右衛門	大坂中村座
歌舞伎	20・閏3	兼好法師物門		名古屋小野川座
浄瑠璃	元文3・7	忠臣いろは夜討		京都宇治座

歌舞伎	元文5・1	豊歳(ほうねん)永代蔵	津打治兵衛・藤本斗文	江戸市村座
歌舞伎	寛保1・9	粧武者いろは合戦	津打九平次・津打半十郎	大坂中村座
歌舞伎	2・9	忠臣以呂波(いろは)文字(もんじ)	津打半四郎・中村清三郎	江戸河原崎座
歌舞伎	3・9	粧武者いろは合戦	並木丈輔・沢村文治	大坂姉川座
歌舞伎	3・9	忠臣いろは軍談	津打次兵衛・津打九平次 津打半十郎	江戸市村座
歌舞伎	延享1・7	今川忠臣伝	藤本斗文・津田又市 早川伝四郎	江戸中村座
歌舞伎	2・盆前	いろは合戦		京都中村粂太郎座
歌舞伎	3・7	扇矢数四十七本	松本左流・安田文治郎	大坂市山座
歌舞伎	4・6	大矢数四十七本	中田吉兆・豊田珍平・梁京助 喜多松冠柳・比良野由平	京都布袋屋座

桂川連理柵

安永五年（一七七六）十月十五日より、大坂北堀江市ノ側の芝居にて初演。座本は豊竹此吉、太夫は豊竹若太夫・豊竹此太夫。名義の関係で別名になっているが、此吉と此太夫は同一人物である。作者、菅専助。番付が見当らないので、太夫の役割は不明であるが、正本の包み紙が残されているので、この時の豊竹座の太夫は判明する。豊竹麓太夫、豊竹房太夫、豊竹枡太夫、豊竹時太夫、豊竹頼太夫、豊竹湊太夫、豊竹杣太夫、豊竹八重太夫、豊竹此太夫の九名である。

作者が菅専助であることは間違いなかろうが、問題が皆無なわけではない。塚本圭子・石田三子両君のレポートによって私はそのことを知ったが、底本にした大阪女子大学本は奥書に「作者近松半二誌」とあり、しかもそれは埋木で、この埋木のある正本には必ず初丁オモテ二行目の行頭に木の葉型の朱印が斜めに押されているという事実がある。底本の他に天理図書館本と関西大学図書館蔵の一本にも全く同じ事実がある。京都総合資料館本と早稲田大学図書館本には、この埋木はなく、それに代って同文の墨印が埋木と同じ所にある。これにも初丁の同じ場所に木の葉型の印記がある。その他関西大学図書館蔵の別本、早稲田大学演劇博物館の二本、中之島図書館本、日本大学総合図書館本の五本には、「作者近松半二誌」は一切どこにもなく、また木の葉型の印記も見当らない。これらを刊行の順序から考えると次のようになろう。

① 「作者近松半二誌」が全くない本が先ず刷られたが（現存には見当らない）、発売前に何らかの問題があり、すでに刷りあがっていた本には「作者近松半二誌」の墨印を捺印し、初丁オモテにも木の葉の形の朱印を押した。（京都総合資料館本・早稲田大学図書館本）

② その時に版木にも「作者近松半二誌」と埋木をし、刷りあがった本には①と同じ場所に木の葉印を押した。（大阪女子大学本・天理図書館本・関西大学図書館蔵の一本）

③ 何らかの問題がなくなって後、「作者近松半二誌」の埋木も削り、木の葉印も押さなくなった。（関西大学図書館蔵の別本・早稲田大学演劇博物館の二本・中之島図書館本・日本大学総合図書

館本）

以上のように判断する。③の諸本は①②より後のものであるからである。この何らかの問題を推測してみよう。

近松半二は三十余年の浄瑠璃著作活動のすべてを竹本座の作者として過した。ただ一年だけが例外で、この『桂川連理柵』の上演された安永五年のみ、豊竹座即ちこの北堀江市ノ側の芝居に所属した。安永五年正月の『鯛屋貞柳歳旦閣』（たいやていりゅうさいたんびらき）は菅専助・若竹笛躬・安田阿契・近松半二の四人の合作で、専助と半二の初めての合作の作品である。つづいての『三国無双奴請状』は両人とも関係がない。九月の『蓋寿永軍記』（きぬがさ）は専助・半二の二人だけの合作で、その次の作品が『桂川連理柵』である。したがって、この『桂川連理柵』が両人の合作であったとしても、この時の市ノ側芝居の状況からみて、なんの不思議もない。ところが菅専助の単独作として一旦丸本が作られたのだから（①）、当然それは専助の単独作と言えるものであったのだろうが、一方半二の側からは、自分の名がないことに文句を言う余地のある状況であったと思われる。全くの想像だが、例えばヒントを与えたとか、相談に乗ったとかが考えられよう。半二の申入れを断われずに、姑息な手段で、できあがった本に墨印で「作者近松半二誌」と押印し、さらに埋木をしたことは、この間の事情を物語るのではないだろうか。半二はそのまま豊竹座を去った。

作者専助は医者の子で、若い時から浄瑠璃を好み、二世豊竹此太夫の門に入って豊竹光太夫と称した。宝暦七年（一七五七）子供芝居の浄瑠璃を語ったのが、現存資料の初出である。その後も明和六年（一七六九）まで太夫としての名も見えるが、大成しなかった。明和二年に豊竹座が退転して以来、その復興に努力していた豊竹此太夫が北堀江市ノ側に芝居を建て、豊竹此吉の名代で自ら座本となり、明和四年十二月に『染模様妹背門松』で大当りをとった。この『染模様妹背門松』が専助の処女作である。以後は此太夫・専助提携時代に入り、市ノ側の芝居の全盛期を二人で築いてゆくこととなる。この間丸本に名をとどめるもの三十三編、うち単独作は十編である。安永九年（一七八〇）専助は引退して京都に移住した。豊竹此吉座はその後経営不振になり、堀江を離れて転々とするが、寛政元年（一七八九）五月に再び新作で旗揚げすることとなり、京都に隠棲していた盟友の専助に作品を依頼した。『博多織恋鏑』がそれである。九年間の空白の後の四作品は、かかる事情のもとでの作品である。没年、享年ともに不詳。

『桂川連理柵』の実説と成立については、かつて『愛媛大学紀要』第九巻に書いたことがある。それをふまえて、その後気付いたことも加えて整理してみよう。詳しくは同書を参照願いたい。

京都柳馬場御池上ル、信濃屋次郎兵衛の娘のお半は、宝暦十一年四月十一日の夜酉の下刻（午後七時頃）に家出をした。翌十二日に桂川に年齢の隔った男女の死体があがった。女はお半で、男はお半の隣家、帯屋の主人の長右衛門であった。お半はその時十四歳、長右衛門は三十八歳である。噂はたちまち広まったであろう。信濃屋の菩提寺明福寺の過去帳には「於桂川ニテ水溺」と一旦書いたのを消して、「於桂川共溺死」と書き直している。しかし事実は如何であれ、噂は隣の年端もいかぬ娘との心中というものであったに違いない。二月十四日に類焼して曾根崎新地芝居で興行していた豊竹座は、お初・徳兵衛の新作浄瑠璃の中へこの心中事件を差込んで、五月十八日から『曾根崎模様』と題して興行した。その丸本の奥書には、はっきりと「京都桂川の心中を早速綴加へ」とある。また『浄瑠璃譜』も「そごはぬ心中ありしを右浄瑠璃に取組」と記した。にもかかわらず、近世の随筆類はすべて強盗殺人事件として記録してある。史実はどちらが正しいかは分らない。しかしどちらであろうとも、浄瑠璃では、これを心中事件として劇化したのである。

『曾根崎模様』は長右衛門を徳兵衛の兄と設定することによって、お初・徳兵衛の曾根崎心中劇とからませたもので、その五冊、六冊、七冊の三段をお半・長右衛門に宛てている。以後この桂川物は、ほかの世話物と同様に歌舞伎化されるのは当然として、次のような宮薗系の歌謡に作曲されている。

柳馬場帯屋の段・桂川恋の柵	『春富士都錦』所収	宝暦十三年刊
番蝶夢逢夜	『増補宮薗集都大全』所収	宝暦十三年刊
朧桂川	『宮薗花扇子』所収	明和六年三月刊
桂川恋のしがらみ	『宮薗鸚鵡石』所収	安永二年九月刊
朧桂川		安永四年秋刊

単冊の薄物ではまだ他にもあることと思う。とにかく宮薗系の歌謡として流行したことには間違いはない。歌舞伎の節事にも桂川物の場合は宮薗節が用いられた。例えば安永元年（一七七二）五月大坂中の芝居の『桂川』の番付には、宮古路大隅事常盤らの名が見える。『桂川連理柵』はこれらの浄瑠璃、歌舞伎、歌謡の流れのうえに立って、その影響を受けて成立した。

この作品の主筋であるお半と長右衛門の石部宿屋の一件から、信濃屋の段のお半の縁談、さらに心中に至るまでは、すでに『曾根崎模様』でできあがっていたものである。中でも信濃屋の段は頭注にも指摘したように、詞章もそのままである部分も多い。また『曾根崎模様』にはない趣向でも、その後の桂川物の歌舞伎・歌謡を利用したと考えられるものもある。浄瑠璃や歌舞伎の成立を考える場合の常ではあるが、この『桂川連理柵』の場合も、利用した趣向は桂川物のみとは限らない。長吉が五六に頼んでお半の婚約変替をせまる場面は、『染模様妹背門松』（これも菅専助作）の善六が下敷きであろうし、長吉が恋の遺恨から贋刀とすりかえる趣向は『伊達娘恋緋鹿子』（これも同前）の武兵衛と同じ手段である。『伊達娘恋緋鹿子』は八百屋お七物であるが、『桂川連理柵』の有名な「長様参るお半より」（三六一頁）の「長」を長吉と言い張るのも、紀海音の『八百屋お七』の吉祥寺住持以来の趣向である。

それでは専助の新しい部分は何なのか。『曾根崎模様』に対して『桂川連理柵』が新しく設定した人物は、一つは繁斎・お戸瀬夫婦とその連れ子の義兵衛、もう一つは才次郎の恋人の雪野である。さらに丁稚の長吉の働きも加えておくのがよかろう。このことは義兵衛の家督横領の奸計と才次郎を巡る三角関係が、作者専助の新しい構想であったことになる。桂川物の劇史を調べてみると、その最初の『曾根崎模様』がお初・徳兵衛物にさし込まれたために、その後の桂川物の歌舞伎はすべてお初・徳兵衛と関係を持って作られている。例えば安永元年五月の大坂中の芝居の『桂川』は、お初・徳兵衛との関係を一応は絶ってはいるが、これは『曾根崎模様』の桂川関係部分の三段の歌舞伎化であって、お初・徳兵衛の悪役であった片岡幸之進とその親幸右衛門は登場している。したがって『桂川連理柵』以前の桂川物では、長右衛門が大恩のある片岡幸右衛門の子の幸之進を斬ったという状況が設定されているのである。長右衛門の心中の最大の原因はこのことであって、お半との問題は死へのきっかけを作る事件でしかなかった。専助の新しい構想は桂川物を完全にお初・徳兵衛から絶縁させたところにあり、それには当然のこととして幸之進殺害に代る心中の原因を設定する必要があった。それを刀の紛失事件に求め、「今夜四つまでに詮議しだせ」（三六九頁）と追詰められる状況を設けたのではないか。その刀のすり替えは長吉の恋の意趣からではあったが、その刀の紛失を利用して義兵衛らの家督横領の奸計が仕組まれ、さらにその奸計のもう一つの手段としての為替金百両の紛失が、才次郎の恋人の雪野の設定につながったと考えたい。

先に『桂川連理柵』の成立論を書いた時には気付かなかったことを、この機会に書いておきたい。桂川物の歌舞伎は幕末頃に、お半・長右衛門から、おかん・長三郎へと変化した別の型ができあがる。天保の頃からこの傾向が見えはじめるが、それはおかんをお半の前身とし、長三郎を長右衛門の前身とする型である。これは『桂川連理柵』の帯屋の段の長右衛門最後の独白「十五六年以前。宮川町の芸子岸野(きしの)にのぼり。つまらぬことで桂川へ心中に出た所。さきへ岸野が身を投げたを。見るよりふつと死におくれ。……思へば最期の一念で。岸野はお半と生れ変り。場所も変らぬ桂川へ」(三七三頁)とかかわりのある発想であることは明瞭であろう。この独白が持つ意味はそれなりに『桂川連理柵』のこの時点で理解できる。桂川へお半を追って行こうとする時に、もはやこれまでと観念する長右衛門の運命的な因果応報の結末が、この独白でより効果的になるからである。以前に私はこれを菅専助の発想による設定と考えていた。宝暦十三年(一七六三)刊の『増補宮薗集都大全』に「番蝶夢逢夜長三郎おかんうれひの段」と題した薗八節が収められている。これは桂川物の薗八節であることは一読して明白である。おかんをお半、長三郎を長右衛門として読めば、桂川物以外の何ものでもない。ところが薗八節では始めからおかんを、およりの生れ変りとして語っている。長三郎は十五年以前に桂川に身投げした愛人のおよりの声を聞いた気がして目をさますと、それはおかんの夢を見ての寝言であった。おかんをゆり起すと、「〇アイはかないかなしいゆめ心。うき川竹のつとめして。よりとよばれしながれの身。くがいのさとは祇園町。かはるまくらのなかにもわけて。お前と深い誓紙まであだな身うけがいとまごひ。なき身と消えし桂川。△アノ身を投げて死にやつたか。〇アイ」と語られる。この「番蝶夢逢夜」が『桂川連理柵』の長右衛門最後の独白の下敷になったことは明白であろうし、この流れが幕末のおかん・長三郎の桂川物へたどりつくのも理解できる。

もう一つ興味のある資料がある。慶応大学図書館に所蔵されている歌舞伎の絵尽し集の中に『増補しんはん／おはん長右衛門／朧の桂川』と題した絵本が混在している。出版の年次は確かではないが、集書の現況から見て、安永四年の出版と考えている。この絵本にもよりが登場し、そのよりは桂川で入水し、おはんの面影がよりにそっくりであるという内容である。お半と長右衛門との話の展開は桂川物の通りであるが、この絵本には、よりに言い寄る松浦家の侍軍左衛門という人物があり、長右衛門は松浦家出入りの町人となっている。和歌の詠草の添削をめぐって争いがあり、長右衛門は軍左衛門を斬るはめになり、結局はそのことからお半と心中することになる。歌舞伎的な筋書であるが、この絵本は歌舞伎の絵尽しの型式とは全く異なったものである。面白いのは「延享三年とらのなつ」に長右衛門が祇園祭でよりと知りあい、桂川で入水することになることである。延享三年は『桂川連理柵』の実説の宝暦十一年の十五年前で、「番蝶夢逢夜」の内容とぴたりと一致する。私にはここまでしか分らない。これらの資料が互いにどのように絡んでいるのか、またそれらが『桂川連理柵』とどう関係を持つのか。まことに興味のある問題ではあるが、後考を俟(ま)つこととしたい。

付録

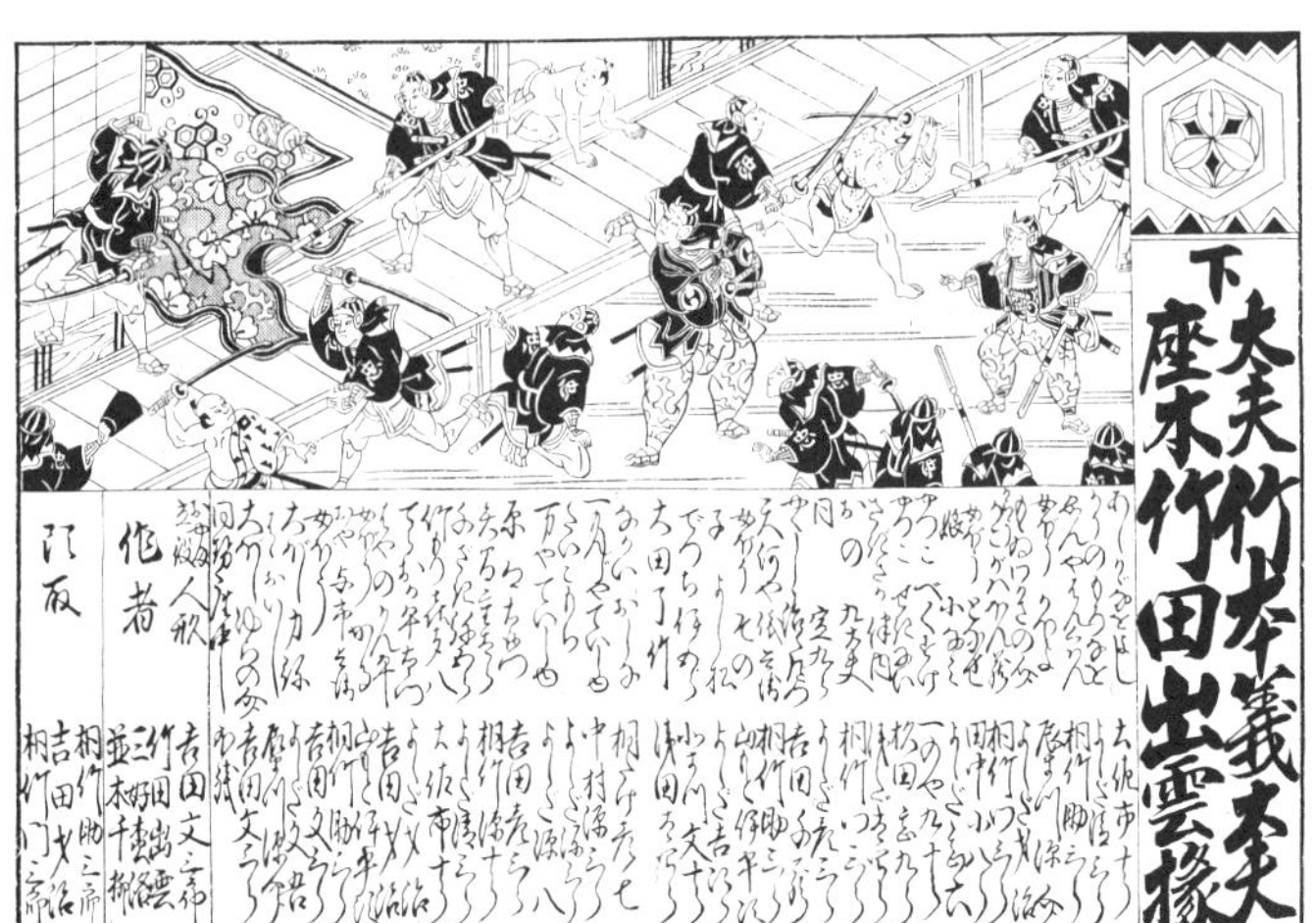

『仮名手本忠臣蔵』初演役割番付

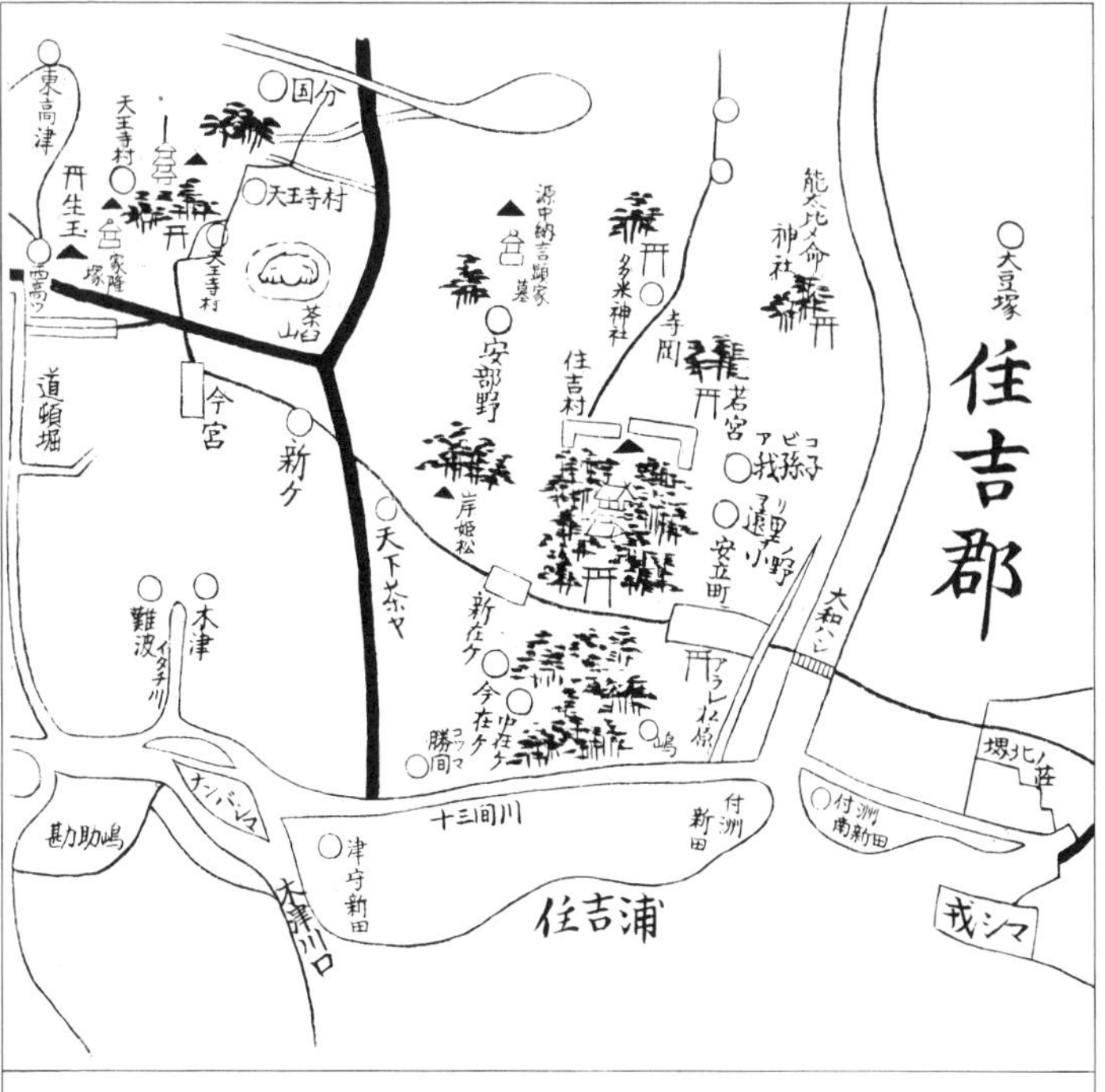

『傾城八花形』関係地図

「摂津国名所大絵図」より

←『傾城三度笠』関係地図

「河内国絵図」より

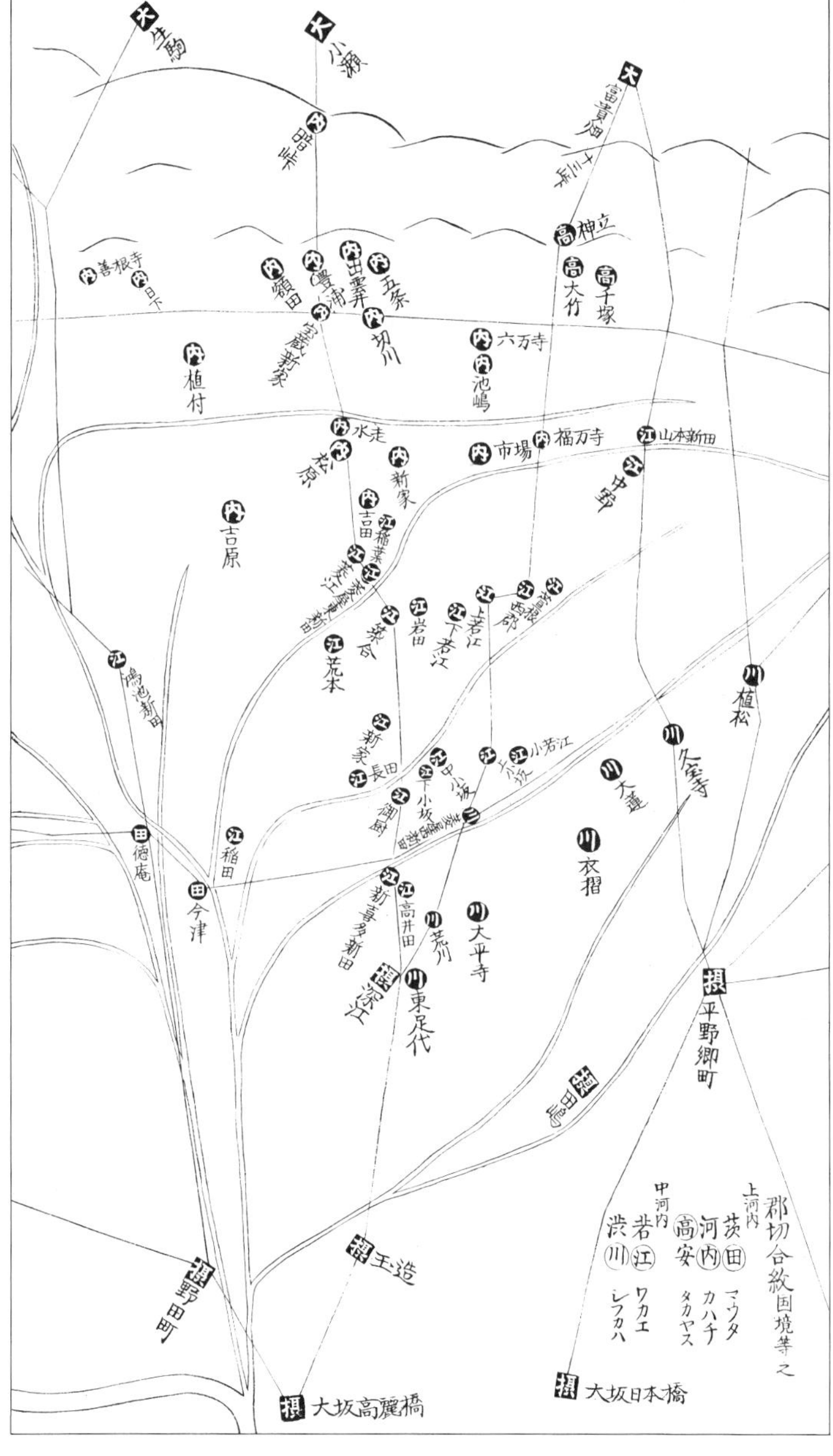

郡切合紋国境等之
上河内 茨田 マウタ
河内 カハチ
高安 タカヤス
中河内 若江 ワカエ
渋川 シブカハ
大坂日本橋
大坂高麗橋
玉造
野田町
平野郷町
深江
東足代
大平寺
荒川
今津
徳庵
稲田
衣摺
大蓮
久宝寺
植松
鴻池新田
吉原
荒本
岩田
上若江
下若江
小若江
新家
長田
御厨
新喜多新田
高井田
市場
福万寺
山本新田
中野
水走
松原
植付
六万寺
池嶋
五条
出雲井
善根寺
日下
額田
神立
大竹
高千塚
十三峠
富貴畑
生駒
小瀬

新潮日本古典集成〈新装版〉

浄瑠璃集

令和元年九月二十五日　発行

校注者　土田　衞

発行者　佐藤隆信

発行所　株式会社 新潮社

〒一六二-八七一一　東京都新宿区矢来町七一

電話　〇三-三二六六-五四一一（編集部）

〇三-三二六六-五一一一（読者係）

https://www.shinchosha.co.jp

印刷所　大日本印刷株式会社

製本所　加藤製本株式会社

装画　佐多芳郎／装幀　新潮社装幀室

組版　株式会社DNPメディア・アート

乱丁・落丁本は、ご面倒ですが小社読者係宛お送り下さい。送料小社負担にてお取替えいたします。

価格はカバーに表示してあります。

ISBN978-4-10-620874-4　C0392

世阿弥芸術論集

田中　裕　校注

初心忘るべからず——至上の芸への厳しい道程を説き、美の窮極に迫る世阿弥。奥深い人生の知恵を秘めた「風姿花伝」「至花道」「花鏡」「九位」「申楽談儀」を収録。

近松門左衛門集

信多純一　校注

義理人情の柵を、美しい詞章と巧妙な作劇で織り上げ、人間の愛憎をより深い処で捉えて感動を呼ぶ「曾根崎心中」「国性爺合戦」「心中天の網島」等、代表作五編を収録。

三人吉三廓初買

今尾哲也　校注

封建社会の間隙をぬって、颯爽と立ち廻る三人の盗賊。詩情あふれる名せりふ、緊密に絡み合う人と人の絆。江戸の世紀末を彩る河竹黙阿弥の代表作。

世間胸算用

金井寅之助
松原秀江　校注

大晦日に繰り広げられる奇想天外な借金取りの攻防。一銭を求めて必死にやりくりする元禄庶民の泣き笑いの姿を軽妙に描き、鋭い人間洞察を展開する西鶴晩年の傑作。

浮世床四十八癖

本田康雄　校注

九尺二間の裏長屋、壁をへだてた隣の話もつつ抜けの江戸下町の世態風俗。太平楽で、ちょっぴりペーソスただようその暮しを活写した、式亭三馬の滑稽本。

誹風柳多留

宮田正信　校注

柳の枝に江戸の風、誹風狂句の校注は、酸いも甘いもかみわけた碩学ならではの斬新無類・機智縦横。全句に句移りを実証してみせた読書界学界への衝撃。

萬葉集（全五巻）　青木・井手・伊藤・清水・橋本 校注

古今和歌集　奥村恆哉 校注

新古今和歌集（上・下）　久保田 淳 校注

山家集　後藤重郎 校注

金槐和歌集　樋口芳麻呂 校注

方丈記 発心集　三木紀人 校注

名歌の神髄を平明に解き明す。一巻・巻第一～巻第四　二巻・巻第五～巻第九　三巻・巻第十～巻第十二　四巻・巻第十三～巻第十六　五巻・巻第十七～巻第二十

息をのむ趣向、目をみはる技巧、選びぬかれた言葉のひびき……力の限り生きた証しを三十一文字に刻んだ人間の誇りゆえに、千年の歳月を、古今集は生きた！

美しく響きあう言葉のなかに人生への深い観照が流露する、藤原定家・式子内親王・後鳥羽院などによる和歌の精華二千首。作者略伝をはじめ充実した付録。

月と花を友としてひとり山河をさすらう人生詩人、西行――深い内省にささえられたその歌は祈りにも似た魂の表白。千五百首に平明な訳注を付した待望の書。

血煙の中に産声をあげ、政権争覇の余震が続く鎌倉で、修羅の中をひたむきに疾走した青年将軍、源実朝。『金槐和歌集』は、不吉なまでに澄みきった詩魂の書。

痛切な生の軌跡、深遠な現世の思想――中世を代表する名文『方丈記』に、世捨て人の列伝『発心集』を併せ、鴨長明の魂の叫びを響かせる魅力の一巻。

古事記　西宮一民 校注

千二百年前の上代人が、ここにいる。神々の哄笑は天にとどろき、ひとの息吹は狭霧となって野に立つ……。宣長以来の力作といわれる「八百万の神たちの系譜」を併録。

徒然草　木藤才蔵 校注

あらゆる価値観が崩れ去った時、批評家兼好の眼が躍る――人間の営為を、ある時は辛辣に、ある時はユーモラスに描きつつ、人生の意味を鋭く問う随筆文学の傑作。

蜻蛉日記　犬養廉 校注

妻として母として、頼みがたい男を頼みとして生きた女の切ない哀しみ。揺れ動く男女の愛憎の襞を、半生の回想に折り畳んで、執拗に綴った王朝屈指の日記文学。

落窪物語　稲賀敬二 校注

姉妹よりも一段低い部屋〝落窪〟で泣き暮す姫が貴公子に盗み出された。幸薄い佳人への惜しみない優しさと愛。そして継母への復讐。甘美な夢をささやく王朝のメルヘン！

狭衣物語（上・下）　鈴木一雄 校注

運命は恋が織りなすのか？　妹同然の女性への思慕に苦しむ美貌の貴公子と五人の女性をめぐる愛のロマネスク――波瀾にとんだ展開が楽しい王朝文学の傑作。

とはずがたり　福田秀一 校注

初めて後深草院の愛を受けた十四歳の春から、様々な愛欲の世界をへて仏道修行に至るまで。波瀾に富んだ半生と、女という性の宿命を赤裸々に綴った衝撃的な回想録。

■ 新潮日本古典集成

古事記　西宮一民
萬葉集　一～五　青木生子　井手至　伊藤博　清水克彦　橋本四郎
日本霊異記　小泉道
竹取物語　野口元大
伊勢物語　渡辺実
古今和歌集　奥村恆哉
土佐日記　貫之集　木村正中
蜻蛉日記　犬養廉
落窪物語　稲賀敬二
枕草子　上・下　萩谷朴
和泉式部日記　和泉式部集　野村精一
紫式部日記　紫式部集　山本利達
源氏物語　一～八　石田穣二　清水好子
和漢朗詠集　大曽根章介　堀内秀晃
更級日記　秋山虔
狭衣物語　上・下　鈴木一雄
堤中納言物語　塚原鉄雄
大鏡　石川徹
今昔物語集　本朝世俗部　一～四　阪倉篤義　本田義憲　川端善明
梁塵秘抄　榎克朗
山家集　後藤重郎
無名草子　桑原博史
宇治拾遺物語　大島建彦
新古今和歌集　上・下　久保田淳
方丈記　発心集　三木紀人
平家物語　上・中・下　水原一
金槐和歌集　樋口芳麻呂
建礼門院右京大夫集　糸賀きみ江
古今著聞集　上・下　西尾光一　小林保治
歎異抄　三帖和讃　伊藤博之
とはずがたり　福田秀一
徒然草　木藤才蔵
太平記　一～五　山下宏明
謡曲集　上・中・下　伊藤正義
世阿弥芸術論集　田中裕
連歌集　島津忠夫
竹馬狂吟集　新撰犬筑波集　木村三四吾　井口壽
閑吟集　宗安小歌集　北川忠彦
御伽草子集　松本隆信
説経集　室木弥太郎
好色一代男　松田修
好色一代女　村田穆
日本永代蔵　村田穆
世間胸算用　金井寅之助　松原秀江
芭蕉句集　今栄蔵
芭蕉文集　富山奏
近松門左衛門集　信多純一
浄瑠璃集　土田衞
雨月物語　癇癖談　浅野三平
春雨物語　書初機嫌海　美山靖
與謝蕪村集　清水孝之
本居宣長集　日野龍夫
誹風柳多留　宮田正信
浮世床　四十八癖　本田康雄
東海道四谷怪談　郡司正勝
三人吉三廓初買　今尾哲也